考試分數大躍進
累積實力
百萬考生見證
應考秘訣

1 2
5
3 4

QR Code
一掃到日本 **全新解題版**
絕對合格

すごい

新日檢

ニホンゴノウリョクシケンドッカイタイゼン

閱讀 大全 N1~N5

吉松由美・田中陽子

西村惠子・林勝田

U0080216

《新日檢 絕對合格！ N1,N2,N3,N4,N5 閱讀大全》
隆重推出——朗讀版！
我們不只重寫解題，更深挖每個答案背後的邏輯，啟發非凡思維。
在學習的道路上，開啟雙翼。

語言權威專家的洞察，
激發閱讀與聽力的雙重進步，

成為攻克日檢無懈可擊的秘密武器，
立即體驗，開啟學習的飛躍，
勢如破竹，高飛不止。

閱讀，貫穿我們日常的每一刻——從滿地飛舞的傳單到激動人心的信件，從註冊新課程到應用實踐，它是語言運用戰場上的必勝關鍵。
在日檢中，閱讀不僅佔重要的三分之一，更是您智力投資的黃金比例，提升成績的高效槓桿。

在日檢考試中，閱讀測驗又被稱作「時間的小偷」！
因為這完全就是一場與秒針競速的戰役！滿布單字跟文法的試題中，您需跨越重重陷阱、穿梭茫茫字海，於限時中抵達答案的彼岸。合格證書之所以看起來遙遠、璀璨，就是因為有太多人在閱讀這關失足。

專為那些閱讀成績屢屢讓人扼腕的您設計，
本書將使閱讀成為您日檢征途的王牌，
為您在日語世界的探險揭開序幕！

事半功倍，啟動最強懶人學習模式：

★「題型分類」密集特訓，對日檢每一關卡進行策略突破，讓您在考場上無敵於天下！

★ 翻譯對照解析，開啟高效解題新紀元，讓理解變得無比直觀！

★ 全方位加油站，集結同級單字的詳解攻略 × 豐富小知識大公開，全面提升語言實力！

★「專業日文朗讀」把聲音帶著走，打造閱讀與聽力的雙重練功房！

★「智慧解題」的大挑戰：洞察題意，秒破長篇難題！

前所未見，全新日檢 N1 至 N5 閱讀一網打盡！

擁有前瞻性的『透力』——精準預測考題，加上深度的『滲力』——解讀答題的關鍵，開啟日檢閱讀的新視野。找到正確的方法，轉變考試結果！

即使面對如盜賊般搶走時間的考試，也能保持冷靜，從容解答每一題！

一戰定勝負，輕鬆拿下高分！

為何日檢閱讀每次都如黑洞，一吸即逝所有時間？

背下單字和文法，閱讀考試依然是霧裡看花？

為何始終無法尋得那本理想中的閱讀教材？

成績始終未達預期？無需再擔憂！

本書將為您照亮閱讀成績提升之路，

揭開日檢閱讀的神秘面紗，一旦掌握了解題技巧，成績逆轉即刻可達！

考場上，如猛虎出閘，直搗難題核心，高分觸手可及。

《QR Code 一掃到日本 全新解題版 新日檢 絕對合格！ N1,N2,N3,N4,N5 閱讀大全》一您的學習救星！由日籍頂尖金牌教師精心打造，獲百萬考生熱烈推薦，並成為眾多學府的首選教材。無論考試倒數計時多少，這本書將為您全方位升級日檢實力，終結準備不足的焦慮和時間壓力的困擾！

搭配本書【5 大必背】策略，任何考題都將迎刃而解！

命中考點： 名師傳授，精準擊中考試關鍵，直達理想分數

深諳出題秘密的老師，長年在日跟蹤日檢動態，內容完整涵蓋考試題型。從核心考點到出題模式，完美符合新制考試要求。透過練習各種「經過包裝」的題目，培養「穿透題意的洞察力」，掌握每一個公式和脈絡，開闢直通日檢成功的通道。

精確鎖定考試核心，讓您的準備工作不再走冤枉路，高效精準地攻克日檢閱讀，合格不依靠運氣！

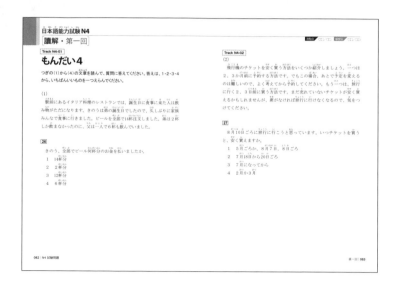

讀解・第一回

Track N4-01

もんだい4

つぎの(1)から(4)の文章を読んで、質問に答えてください。答えは、1・2・3・4から、いちばんいいものを一つえらんでください。

(1)

駅前にあるイタリア料理のレストランでは、誕生日に食事に来た人は飲み物がただになります。きのうは弟の誕生日でしたので、久しぶりに家族みんなで食事に行きました。ビールを全部で14杯注文しました。弟は2杯しか飲まなかったのに、父は一人で6杯も飲んでいました。

26

きのう、全部でビール何杯分のお金を払いましたか。

1　14杯分
2　2杯分
3　12杯分
4　6杯分

Track N4-02

(2)

飛行機のチケットを安く買う方法をいくつか紹介しましょう。一つは2、3か月前に予約する方法です。でもこの場合、あとで予定を変えるのは難しいので、よく考えてから予約してください。もう一つは、旅行に行く2、3日前に買う方法です。まだ売れていないチケットが安く買えるかもしれませんが、席がなければ旅行に行けなくなるので、気をつけてください。

27

8月10日ごろに旅行に行こうと思っています。いつチケットを買うと、安く買えますか。

1　5月ごろか、8月7日、8日ごろ
2　7月18日から20日ごろ
3　7月になってから
4　2月か3月

082 | N4 試験問題　　　第一回 | 083

2 一目十行：「中文翻譯解析」學習力翻倍，易學易懂，大幅提升解題速度！

本書獨立模擬試題區，擬真設計，測驗時全神貫注無干擾。單元後附上精確翻譯與深入解析，使您在訂正錯誤時迅速理解，對答案不再模糊不清！結合精確翻譯＋深入分析，打造最高效解題節奏。考場上所向披靡，學習效率飆升，成為人人稱羨的學習佳作！

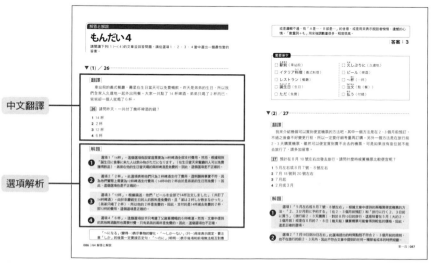

解答と解題

もんだい4

請閱讀下列(1)～(4)的文章並回答問題。請從選項1・2・3・4當中選出一個最恰當的答案。

▼ (1) / 26

【翻譯】
車站前的義式餐廳，凡是在生日當天可以免費暢飲。昨天是弟弟的生日，所以我們全家人久違地一起外出用餐。大家一共點了14杯啤酒，弟弟只喝了2杯而已，爸爸卻一個人就喝了6杯。

26 請問昨天，一共付了多少啤酒的錢？

1 14杯
2 2杯
3 12杯
4 6杯

【解題】

中文翻譯 → 選項解析

1 選項1「14杯」。這種廳是在生日當天享用14杯酒全額免費、然而、相據規則「誕生日に食事に来た人は飲み物がただになります」（在生日當天來餐廳的人可以免費暢飲）。弟弟在他的生日當天來免費暢飲免費的，因此、這種廳等不正確的。

2 選項2「2杯」。此選項表明他們為2杯酒直接付了費用。選項誤與事實不符。因為他們實際上是買2杯14杯的酒。（14杯的2杯台計是是弟弟的生日啤酒量）。因此、這種廳等不正確的。

3 選項3「12杯」。根據描述、他們「ビールを全部で14杯注文しました」（共訂了14杯酒），由於爸爸獨自喝光6杯的份，弟弟只喝了2杯，所以他們付了14減去免費6杯的份。支付的金額為14杯減去免費的2杯、即12杯的費用。選項描述正確。

4 選項4「6杯」。這個選項代表支付了6杯而啤酒的費用、然而、文章中提到的有他其飲酒趣都是免費的份、只有爸爸的喝掉的全是免費的份。因此、這種廳等不正確。

「～になる」（變得～的表示動作的狀態轉變狀態下符合立・2選項的的狀態）。另外如果「しか」的後面一定要連接否定句「～のに」（卻明卻～表示情相和狀況實法或反）

成是邏輯不通、有「A是～、B部是～」的語意。成是用來表示抑說者惊慎、遺憾的心情，「數量詞＋も」用來強調數量很多，程度很高。

答案：3

重要單字

□ 駅前（車站前）　　　　□ 久しぶりに（久違的）
□ イタリア料理（義式料理）　□ ビール（啤酒）
□ レストラン（餐廳）　　　□ 一杯（一杯）
□ 誕生日（生日）　　　　　□ 注文（點、購）
□ ただ（免費）　　　　　　□ 払う（付錢）

▼ (2) / 27

【翻譯】
我來介紹幾個可以買到便宜機票的方法吧。其中一個方法是在2、3個月前預訂，不過之後會不好變更行程。所以一定要仔細考慮再訂購。另外一個方法是在旅行前2、3天購買機票，這時候可以便宜買到還沒賣出去的機票，可是如果座位有位置就不能去旅行了，請多加留意。

27 預計在8月10號左右出發去旅行，請問什麼時候買機票比較省錢呢？

1 5月左右或8月7號、8號左右
2 7月18號到20號左右
3 7月起
4 2月或3月

【解題】

1 選項1「5月左右或8月7號、8號左右」。根據文章中提到的兩種便宜買票方法的「2、3か月前に予約する」（在2、3個月前訂購）「旅行に行く2、3日前に買う」（在旅行前2、3天購買）或者是在旅行前5月、8月2、3個月前了或是在旅行前7、8日（後半段）購買機票可能會便宜到機票可能便宜。因此、這是正確的答案。

2 選項2「7月18號到20號左右」。此選項確切地對應的2、3內月、不符合文章中提到的任何一種省成本的的機會關係。

086 | N4 解答と解題　　　第一回 | 087

3 學霸解題秘籍：一點就通，您的私人教師幫您迎戰自學之路

是您自學路上的強大盟友。擺脫單槍匹馬的孤獨，本書將成為您的私人教師，透過每一題的深入分析，不僅揭示答案背後的邏輯，還解構那些錯誤選項的致命陷阱，並提供巧妙的迴避策略。我們精心設計的步驟，將引領您逐一攻破學習過程中的障礙。

這本書不僅提供答案，更重要的是，它教會您如何思考。通過詳盡的解析，您將掌握獨立解題的能力，提高解題效率和準確率。無論您是在準備考試，還是希望在學習上達到更高層次。

為了精益求精，我們精心挑選「必背重點單字」，「單字 × 解題戰術」極速提升回答速度，3倍強化應考力量！在最短的時間內實現成績的飛躍，奪得優異成績單！

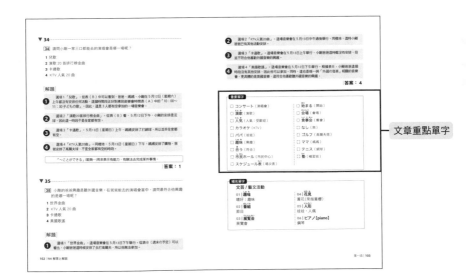

文章重點單字

4 滋補增智：補充知識，樂學貼近道地日語

　　閱讀文章後的「補充知識」，選取接近級數程度的各類話題，延伸單字、文法、生活及文化背景。多元豐富的內容，讓您在感嘆中親近日本文化，不知不覺深入日語核心。閱讀測驗像閱讀雜誌一般有趣，實力自然激增！

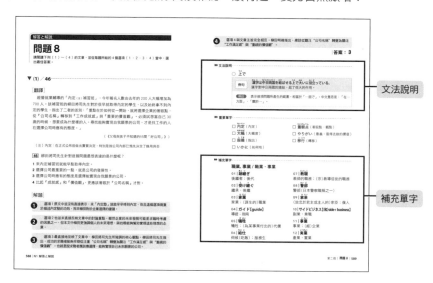

文法說明

補充單字

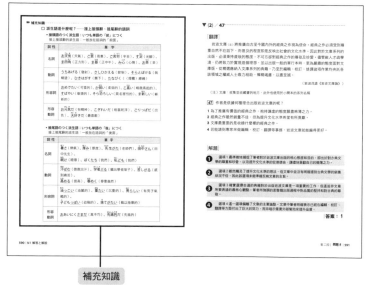

補充知識

5 **雙劍合璧：**「閱讀＋聽力」雙管齊下，為您打磨出兩把閃耀的勝利之劍！

　　為何限制自己只在一個領域進步？我們邀請日籍教師錄製精彩朗讀音檔，讓您的閱讀突破紙張的界限，融入日常的每個瞬間。刻意訓練讓您的閱讀與聽力無形中得到全面提升，聽熟了，聽力不再是噩夢，而是您的超能力！看多了，閱讀不僅是技能，更成為您的第六感。

　　本書內容精修，適用於新日檢、GNK、日本留學試驗…等，一次考遍各種日語考試！讓您讀得舒適，學習更高效！閱讀拿高標，縮短日檢合格路，成為考證高手！

　　別自限為學習界的外行人，您只是還未找到那本能激發潛力的神奇教材！本書將成為學習進階的加速器，讓您的學習能力飆升至新高度，喚醒腦海中的聰明基因。這不僅是學習的躍進，更像是賦予您一顆全新、充滿才智的超級大腦，準備好打開全新的學習世界大門，迎接日檢的絕對合格！

線上音檔 ——

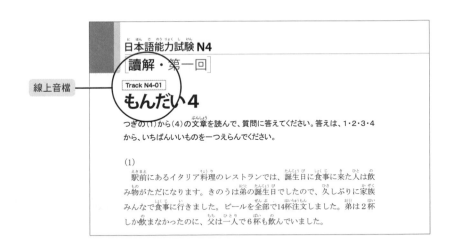

CONTENTS [目錄]

N2

N1

新日本語能力試驗的考試內容

N5　題型分析

測驗科目 (測驗時間)			試題內容		
			題型	小題題數＊	分析
語言知識 (20分)	文字、語彙	1	漢字讀音　◇	7	測驗漢字語彙的讀音。
		2	假名漢字寫法　◇	5	測驗平假名語彙的漢字及片假名的寫法。
		3	選擇文脈語彙　◇	6	測驗根據文脈選擇適切語彙。
		4	替換類義詞　○	3	測驗根據試題的語彙或說法，選擇類義詞或類義說法。
語言知識、讀解 (40分)	文法	1	文句的文法1 （文法形式判斷）　○	9	測驗辨別哪種文法形式符合文句內容。
		2	文句的文法2 （文句組構）　◆	4	測驗是否能夠組織文法正確且文義通順的句子。
		3	文章段落的文法　◆	4	測驗辨別該文句有無符合文脈。
	讀解＊	4	理解內容 （短文）　○	2	於讀完包含學習、生活、工作相關話題或情境等，約80字左右的撰寫平易的文章段落之後，測驗是否能夠理解其內容。
		5	理解內容 （中文）　○	2	於讀完包含以日常話題或情境為題材等，約250字左右的撰寫平易的文章段落之後，測驗是否能夠理解其內容。
		6	釐整資訊　◆	1	測驗是否能夠從介紹或通知等，約250字左右的撰寫資訊題材中，找出所需的訊息。
聽解 (30分)		1	理解問題　◇	7	於聽取完整的會話段落之後，測驗是否能夠理解其內容（於聽完解決問題所需的具體訊息之後，測驗是否能夠理解應當採取的下一個適切步驟）。
		2	理解重點　◇	6	於聽取完整的會話段落之後，測驗是否能夠理解其內容（依據剛才已聽過的提示，測驗是否能夠抓住應當聽取的重點）。
		3	適切話語　◆	5	測驗一面看圖示，一面聽取情境說明時，是否能夠選擇適切的話語。
		4	即時應答　◆	6	測驗於聽完簡短的詢問之後，是否能夠選擇適切的應答。

＊「小題題數」為每次測驗的約略題數，與實際測驗時的題數可能未盡相同。此外，亦有可能會變更小題題數。

＊有時在「讀解」科目中，同一段文章可能會有數道小題。

＊ 符號標示：「◆」舊制測驗沒有出現過的嶄新題型；「◇」沿襲舊制測驗的題型，但是更動部分形式；「○」與舊制測驗一樣的題型。

資料來源：《日本語能力試驗JLPT官方網站：分項成績・合格判定・合否結果通知》。2016年1月11日，取自：http://www.jlpt.jp/tw/guideline/results.html

N4 題型分析

測驗科目 (測驗時間)			題型	小題 題數*	分析
語言 知識 (25分)	文字、語彙	1	漢字讀音 ◇	7	測驗漢字語彙的讀音。
		2	假名漢字寫法 ◇	5	測驗平假名語彙的漢字寫法。
		3	選擇文脈語彙 ○	8	測驗根據文脈選擇適切語彙。
		4	替換類義詞 ○	4	測驗根據試題的語彙或說法,選擇類義詞或類義說法。
		5	語彙用法 ○	4	測驗試題的語彙在文句裡的用法。
語言 知識 、 讀解 (55分)	文法	1	文句的文法1 (文法形式判斷) ○	13	測驗辨別哪種文法形式符合文句內容。
		2	文句的文法2 (文句組構) ◆	4	測驗是否能夠組織文法正確且文義通順的句子。
		3	文章段落的文法 ◆	4	測驗辨別該文句有無符合文脈。
	讀解*	4	理解內容 (短文) ○	3	於讀完包含學習、生活、工作相關話題或情境等,約100-200字左右的撰寫平易的文章段落之後,測驗是否能夠理解其內容。
		5	理解內容 (中文) ○	3	於讀完包含以日常話題或情境為題材等,約450字左右的簡易撰寫文章段落之後,測驗是否能夠理解其內容。
		6	釐整資訊 ◆	2	測驗是否能夠從介紹或通知等,約400字左右的撰寫資訊題材中,找出所需的訊息。
聽 解 (35分)		1	理解問題 ◇	8	於聽取完整的會話段落之後,測驗是否能夠理解其內容(於聽完解決問題所需的具體訊息之後,測驗是否能夠理解應當採取的下一個適切步驟)。
		2	理解重點 ◇	7	於聽取完整的會話段落之後,測驗是否能夠理解其內容(依據剛才已聽過的提示,測驗是否能夠抓住應當聽取的重點)。
		3	適切話語 ◆	5	於一面看圖示,一面聽情境說明時,測驗是否能夠選擇適切的話語。
		4	即時應答 ◆	8	於聽完簡短的詢問之後,測驗是否能夠選擇適切的應答。

表頭:試題內容

* 「小題題數」為每次測驗的約略題數,與實際測驗時的題數可能未盡相同。此外,亦有可能會變更小題題數。

* 有時在「讀解」科目中,同一段文章可能會有數道小題。

* 符號標示:「◆」舊制測驗沒有出現過的嶄新題型;「◇」沿襲舊制測驗的題型,但是更動部分形式;「○」與舊制測驗一樣的題型。

資料來源:《日本語能力試驗JLPT官方網站:分項成績・合格判定・合否結果通知》。2016年1月11日,取自:http://www.jlpt.jp/tw/guideline/results.html

N3　題型分析

測驗科目 （測驗時間）		試題內容			
		題型		小題 題數 ＊	分析
語 言 知 識 （30分）	文 字 、 語 彙	1	漢字讀音 ◇	8	測驗漢字語彙的讀音。
		2	假名漢字寫法 ◇	6	測驗平假名語彙的漢字寫法。
		3	選擇文脈語彙 ○	11	測驗根據文脈選擇適切語彙。
		4	替換類義詞 ○	5	測驗根據試題的語彙或說法，選擇類 義詞或類義說法。
		5	語彙用法 ○	5	測驗試題的語彙在文句裡的用法。
語 言 知 識 、 讀 解 （70分）	文 法	1	文句的文法1 （文法形式判斷）○	13	測驗辨別哪種文法形式符合文句內容。
		2	文句的文法2 （文句組構）◆	5	測驗是否能夠組織文法正確且文義通順 的句子。
		3	文章段落的文法 ◆	5	測驗辨別該文句有無符合文脈。
	讀 解 ＊	4	理解內容 （短文）○	4	於讀完包含生活與工作等各種題材的撰 寫說明文或指示文等，約150～200字左 右的文章段落之後，測驗是否能夠理解 其內容。
		5	理解內容 （中文）○	6	於讀完包含撰寫的解說與散文等，約 350字左右的文章段落之後，測驗是否 能夠理解其關鍵詞或因果關係等等。
		6	理解內容 （長文）○	4	於讀完解說、散文、信函等，約550字 左右的文章段落之後，測驗是否能夠理 解其概要或論述等等。
		7	釐整資訊 ◆	2	測驗是否能夠從廣告、傳單、提供各 類訊息的雜誌、商業文書等資訊題材 （600字左右）中，找出所需的訊息。
聽 解 （40分）		1	理解問題 ◇	6	於聽取完整的會話段落之後，測驗是否 能夠理解其內容（於聽完解決問題所需 的具體訊息之後，測驗是否能夠理解應 當採取的下一個適切步驟）。
		2	理解重點 ◇	6	於聽取完整的會話段落之後，測驗是否 能夠理解其內容（依據剛才已聽過的提 示，測驗是否能夠抓住應當聽取的重 點）。
		3	理解概要 ◇	3	於聽取完整的會話段落之後，測驗是否 能夠理解其內容（測驗是否能夠從整段 會話中理解說話者的用意與想法）。
		4	適切話語 ◆	4	於一面看圖示，一面聽取情境說明時， 測驗是否能夠選擇適切的話語。
		5	即時應答 ◆	9	於聽完簡短的詢問之後，測驗是否能夠 選擇適切的應答。

N2 題型分析

測驗科目（測驗時間）				試題內容	
			題型	小題題數＊	分析
語言知識、讀解	文字、語彙	1	漢字讀音 ◇	5	測驗漢字語彙的讀音。
		2	假名漢字寫法 ◇	5	測驗平假名語彙的漢字寫法。
		3	複合語彙 ◇	5	測驗關於衍生語彙及複合語彙的知識。
		4	選擇文脈語彙 ○	7	測驗根據文脈選擇適切語彙。
		5	替換同義詞 ○	5	測驗根據試題的語彙或說法，選擇同義詞或同義說法。
		6	語彙用法 ○	5	測驗試題的語彙在文句裡的用法。
	文法	7	文句的文法1（文法形式判斷）○	12	測驗辨別哪種文法形式符合文句內容。
		8	文句的文法2（文句組構）◆	5	測驗是否能夠組織文法正確且文義通順的句子。
		9	文章段落的文法 ◆	5	測驗辨別該文句有無符合文脈。
語言知識、讀解	讀解＊	10	理解內容（短文）○	5	於讀完包含生活與工作之各種題材的說明文或指示文等，約200字左右的文章段落之後，測驗是否能夠理解其內容。
		11	理解內容（中文）○	9	於讀完包含內容較為平易的評論、解說、散文等，約500字左右的文章段落之後，測驗是否能夠理解其因果關係或理由、概要或作者的想法等等。
		12	綜合理解 ◆	2	於讀完幾段文章（合計600字左右）之後，測驗是否能夠將之綜合比較並且理解其內容。
		13	理解想法（長文）◇	3	於讀完論理展開較為明快的評論等，約900字左右的文章段落之後，測驗是否能夠掌握全文欲表達的想法或意見。
		14	釐整資訊 ◆	2	測驗是否能夠從廣告、傳單、提供訊息的各類雜誌、商業文書等資訊題材（700字左右）中，找出所需的訊息。

聽解	1	理解問題	◇	5	於聽取完整的會話段落之後，測驗是否能夠理解其內容（於聽完解決問題所需的具體訊息之後，測驗是否能夠理解應當採取的下一個適切步驟）。
	2	理解重點	◇	6	於聽取完整的會話段落之後，測驗是否能夠理解其內容（依據剛才已聽過的提示，測驗是否能夠抓住應當聽取的重點）。
	3	理解概要	◇	5	於聽取完整的會話段落之後，測驗是否能夠理解其內容（測驗是否能夠從整段會話中理解說話者的用意與想法）。
	4	即時應答	◆	12	於聽完簡短的詢問之後，測驗是否能夠選擇適切的應答。
	5	綜合理解	◇	4	於聽完較長的會話段落之後，測驗是否能夠將之綜合比較並且理解其內容。

*「小題題數」為每次測驗的約略題數，與實際測驗時的題數可能未盡相同。此外，亦有可能會變更小題題數。

*有時在「讀解」科目中，同一段文章可能會有數道小題。

* 符號標示：「◆」舊制測驗沒有出現過的嶄新題型；「◇」沿襲舊制測驗的題型，但是更動部分形式；「○」與舊制測驗一樣的題型。

資料來源：《日本語能力試驗 JLPT 官方網站：分項成績．合格判定．合否結果通知》。2016 年 1 月 11 日，取自：http://www.jlpt.jp/tw/guideline/results.html

N1 題型分析

<table>
<tr><td rowspan="2">測驗科目
(測驗時間)</td><td colspan="4">試題內容</td></tr>
<tr><td colspan="2">題型</td><td>小題
題數
*</td><td>分析</td></tr>
<tr><td rowspan="12">語言知識、讀解</td><td rowspan="4">文字、語彙</td><td>1</td><td>漢字讀音 ◇</td><td>6</td><td>測驗漢字語彙的讀音。</td></tr>
<tr><td>2</td><td>選擇文脈語彙 ○</td><td>7</td><td>測驗根據文脈選擇適切語彙。</td></tr>
<tr><td>3</td><td>同義詞替換 ○</td><td>6</td><td>測驗根據試題的語彙或說法，選擇同義詞或同義說法。</td></tr>
<tr><td>4</td><td>用法語彙 ○</td><td>6</td><td>測驗試題的語彙在文句裡的用法。</td></tr>
<tr><td rowspan="3">文法</td><td>5</td><td>文句的文法1
（文法形式判斷） ○</td><td>10</td><td>測驗辨別哪種文法形式符合文句內容。</td></tr>
<tr><td>6</td><td>文句的文法2
（文句組構） ◆</td><td>5</td><td>測驗是否能夠組織文法正確且文義通順的句子。</td></tr>
<tr><td>7</td><td>文章段落的文法 ◆</td><td>5</td><td>測驗辨別該文句有無符合文脈。</td></tr>
<tr><td rowspan="2">讀解*</td><td>8</td><td>理解內容
（短文） ○</td><td>4</td><td>於讀完包含生活與工作之各種題材的說明文或指示文等，約200字左右的文章段落之後，測驗是否能夠理解其內容。</td></tr>
<tr><td>9</td><td>理解內容
（中文） ○</td><td>9</td><td>於讀完包含評論、解說、散文等，約500字左右的文章段落之後，測驗是否能夠理解其因果關係或理由。</td></tr>
<tr><td rowspan="4">語言知識、讀解</td><td rowspan="4">讀解*</td><td>10</td><td>理解內容
（長文） ○</td><td>4</td><td>於讀完包含解說、散文、小說等，約1000字左右的文章段落之後，測驗是否能夠理解其概要或作者的想法。</td></tr>
<tr><td>11</td><td>綜合理解 ◆</td><td>3</td><td>於讀完幾段文章（合計600字左右）之後，測驗是否能夠將之綜合比較並且理解其內容。</td></tr>
<tr><td>12</td><td>理解想法
（長文） ◇</td><td>4</td><td>於讀完包含抽象性與論理性的社論或評論等，約1000字左右的文章之後，測驗是否能夠掌握全文想表達的想法或意見。</td></tr>
<tr><td>13</td><td>整理資訊 ◆</td><td>2</td><td>測驗是否能夠從廣告、傳單、提供各類訊息的雜誌、商業文書等資訊題材（700字左右）中，找出所需的訊息。</td></tr>
</table>

聽解	1	理解問題	◇	5	於聽取完整的會話段落之後,測驗是否能夠理解其內容(於聽完解決問題所需的具體訊息之後,測驗是否能夠理解應當採取的下一個適切步驟)。
	2	理解重點	◇	6	於聽取完整的會話段落之後,測驗是否能夠理解其內容(依據剛才已聽過的提示,測驗是否能夠抓住應當聽取的重點)。
	3	理解概要	◇	5	於聽取完整的會話段落之後,測驗是否能夠理解其內容(測驗是否能夠從整段會話中理解說話者的用意與想法)。
聽解	4	即時應答	◆	11	於聽完簡短的詢問之後,測驗是否能夠選擇適切的應答。
	5	綜合理解	◇	3	於聽完較長的會話段落之後,測驗是否能夠將之綜合比較並且理解其內容。

＊「小題題數」為每次測驗的約略題數,與實際測驗時的題數可能未盡相同。此外,亦有可能會變更小題題數。

＊有時在「讀解」科目中,同一段文章可能會有數道小題。

＊ 符號標示:「◆」舊制測驗沒有出現過的嶄新題型;「◇」沿襲舊制測驗的題型,但是更動部分形式;「○」與舊制測驗一樣的題型。

資料來源:《日本語能力試驗 JLPT 官方網站:分項成績·合格判定·合否結果通知》。2016 年 1 月 11 日,取自:http://www.jlpt.jp/tw/guideline/results.html

［讀解・第一回］

Track N5-01

もんだい4

つぎの (1)から (3)の ぶんしょうを 読んで、しつもんに こたえて ください。こたえは、1・2・3・4から いちばん いい ものを 一つ えらんで ください。

(1)

　きょうの 昼、友だちが うちに ごはんを 食べに 来ますので、今 母が 料理を 作って います。わたしは、フォークと スプーンを テーブルに 並べました。おさらは 友だちが 来て から 出します。

27

　今、テーブルの 上に 何が ありますか。

1　フォーク

2　フォークと スプーン

3　おさら

4　フォークと スプーンと おさら

Track N5-02

（2）

　きょうは　山に　登りました。きれいな　花が　さいて　いたので、
向こうの　山も　入れて　写真を　とりました。鳥も　いっしょに　と
りたかったのですが、写真に　入りませんでした。

28

とった　写真は　どれですか。

（3）

友だちに　メールを　書きました。

来週、日本に　帰ります。一度　会いませんか。わたしは　月曜日の
夜に　日本に　着きます。火曜日と　木曜日は　出かけますが、水曜日
は　だいじょうぶです。金曜日は　おばさんの　家に　行きます。

29

「わたし」は　いつ　時間が　ありますか。

1　来週は　毎日

2　月曜日

3　水曜日

4　火曜日と　木曜日

もんだい 4

請先閱讀下面的文章(1)～(3)再回答問題。請從選項 1・2・3・4 當中選出一個最適當的答案。

▼ (1) ／ 27--

[翻譯]

　　今天中午朋友要來我家吃飯，所以家母現在正在煮菜。我把叉子和湯匙排放在餐桌上。盤子就等朋友來了之後再拿出來。

27 請問現在餐桌上有什麼呢？

1 叉子
2 叉子和湯匙
3 盤子
4 叉子、湯匙和盤子

[解題] 這一題問題關鍵在「今」（現在），問的是當下的事情。

❶ 　選項 1「フォーク」（叉子）不正確，因為文中說明「フォークとスプーンをテーブルに並べました」（我把叉子和湯匙排放在餐桌上），所以餐桌上不只有叉子。

❷ 　選項 2「フォークとスプーン」（叉子和湯匙）正確，這是因為文中明確指出「フォークとスプーンをテーブルに並べました」，表明餐桌上現有叉子和湯匙。

❸ 　選項 3「おさら」（盤子）不正確，從文中的「おさらは友だちが来てから出します」可知，盤子將在朋友到來後才拿出，因此現時餐桌上並無盤子。

❹ 　選項 4「フォークとスプーンとおさら」（叉子和湯匙和盤子）不正確，雖然餐桌上確實有叉子和湯匙，但如前述，盤子會在朋友來訪後才放置，因此選項包含了不在場的物品（盤子）。

|答案：2

重要單字

□ 今日^{きょう}（今天）　　　□ 友^{とも}だち（朋友）
□ 昼^{ひる}（白天）　　　　□ 家^{うち}（家裡）

```
□ ごはん（飯）                    │  □ わたし（我〈自稱詞〉）
      た                           │
□ 食べる（吃）                    │  □ フォーク（叉子）
      く                           │
□ 来る（來）                      │  □ スプーン（湯匙）
      いま                         │
□ 今（現在）                      │  □ テーブル（餐桌）
      はは                         │         なら
□ 母（我的媽媽；家母）            │  □ 並べる（排列；排整齊）
      りょうり                      │         さら
□ 料理（料理）                    │  □ お皿（盤子）
      つく                         │         だ
□ 作る（作〈飯〉）                │  □ 出す（拿…出來）
```

▼ (2) ／ 28

[翻譯]

今天我去爬山。山上有盛開的漂亮花朵，所以我把它和對面那座山一起拍了進去。原本也想要拍小鳥的，可是牠沒有入鏡。

28 請問拍到的照片是哪一張呢？

1 只有山
2 小鳥
3 山和花
4 花和小鳥

[解題]

1　選項1（圖1）　不正確。圖1顯示了山，沒有展示花朵，所以它不符合題目的描述，因為題目指明了花朵也應該在照片中。

2　選項2（圖2）　不正確。這張圖片顯示了一隻鳥和一根樹枝，但沒有提到山或花朵。缺少描述中提及的花朵和山，因此這不可能是正確答案。

3　選項3（圖3）　正確選擇。這張圖片顯示了山和盛開的花朵，這與描述中的「きれいな花がさいていたので、向こうの山も入れて写真をとりました」相符，意味著作者拍攝了花和山。這正好符合題目要求的照片。

4　選項4（圖4）　不正確。雖然這張圖片展示了花朵，這符合拍攝花朵的部分，但鳥的出現並不符合「鳥もいっしょにとりたかったのですが、写真に入りませんでした」的描述，這句話表明作者希望拍攝鳥，但鳥並沒有出現在照片中。

|答案：**3**

□ 山（山）
やま

□ 登る（登〈山〉）
のぼ

□ きれい（美麗的）

□ 花（花）
はな

□ 咲く（〈花〉開）
さ

□ 向こう（對面）
む

□ 一緒に（一起）
いっしょ

□ 写真（照片）
しゃしん

□ 撮る（照〈相〉）
と

□ 鳥（鳥）
とり

□ 入る（進去…）
はい

▼ (3) ／ 29 --

[翻譯]

我寫了封電子郵件給朋友。

> 下週我會回日本。要不要見個面呢？我星期一晚上抵達日本。星期二和星期四要出門，不過星期三沒事。星期五要去一趟阿姨家。

29 請問「我」什麼時候有空呢？

1 下週每一天

2 星期一

3 星期三

4 星期二和星期四

[解題] 這一題問題關鍵在「いつ」（什麼時候），要仔細留意文章裡面出現的時間、日期、星期。

1 　選項1「来週は毎日」（下週每一天）不正確，因為文中指出「火曜日と木曜日は出かけますが、水曜日はだいじょうぶです。金曜日はおばさんの家に行きます」，說明了作者不是每天都有空。

2 　選項2「月曜日」（星期一）不正確，作者提到「月曜日の夜に日本に着きます」（我會在星期一晚上到達日本），這意味著他剛到達，可能需要休息，並未明確指出這天有空。

3 　選項3「水曜日」（星期三）正確，從「水曜日はだいじょうぶです」（星期三沒問題）可以看出，這天作者有空。

4 選項 4「火曜日と木曜日」（星期二和星期四）不正確，文中明確表示「火曜日と木曜日は出かけます」（星期二和星期四我會外出），因此這兩天作者沒有空。

「友だちにメールを書きました」（我寫了封電子郵件給朋友）的「に」表示動作的對象，在這裡可以翻譯成「給…」，「会いませんか」（要不要見個面呢）的「〜ませんか」用來客氣地邀請對方、詢問對方意願。

| 答案：3

重要單字

□ メール（電子郵件）
□ 来週（下週）
□ 日本（日本）
□ 帰る（回…）
□ 会う（見面）
□ 月曜日（星期一）
□ 夜（晚上）
□ 着く（到達）

□ 火曜日（星期二）
□ 木曜日（星期四）
□ 出かける（出門）
□ 水曜日（星期三）
□ 大丈夫（沒問題；靠得住）
□ 金曜日（星期五）
□ おばさん（阿姨）

補充單字

曜日 / 星期

01｜日曜日
星期日

02｜月曜日
星期一

03｜火曜日
星期二

04｜水曜日
星期三

05｜木曜日
星期四

06｜金曜日
星期五

07｜土曜日
星期六

08｜先週
上個星期，上週

［讀解・第一回］

Track N5-04

もんだい5

つぎの　ぶんしょうを　読んで、しつもんに　こたえて　ください。こたえは、1・2・3・4から　いちばん　いい　ものを　一つ　えらんで　ください。

　わたしが　住んで　いる　ビルは　5階まで　あります。わたしの　家は　4階です。4階には　わたしの　家の　ほかに、二つの　家が　あります。

　となりの　家には、小さい　子どもが　います。3歳　ぐらいの　男の　子で、いつも　帽子を　かぶって　います。よく　公園で　お母さんと　遊んで　います。

　もう　一つの　家には、女の　子が　二人　います。わたしと　同じ　小学校に　行って　います。一人は　同じ　クラスなので、いつも　いっしょに　帰って　きます。

　今度、新しく　2階に　来る　家には、わたしと　年の　近い　女の　子が　いると　聞きました。早く　いっしょに　遊びたいです。

30

いつも　いっしょに　帰って　くる　子は、何階に　住んで　いますか。

1　5階
2　4階
3　3階
4　2階

31

男の　子は　よく　何を　して　いますか。

1　家に　いる
2　公園に　行く
3　学校に　行く
4　女の　子と　遊ぶ

もんだい5

請先閱讀下面的文章再回答問題。請從選項 1・2・3・4 當中選出一個最適當的答案。

[翻譯]

我住的大樓一共有 5 層樓。我家在 4 樓。4 樓除了我家以外，還有其他兩戶。

隔壁那戶有很小的小朋友。是個年約 3 歲的小男孩，總是戴著帽子。他常常和他媽媽在公園玩耍。

另一戶有兩個小女孩。她們和我上同一間小學。其中一個人和我同班，所以我們都一起回家。

聽說這次要搬來 2 樓的新住戶有個和我年紀差不多的女孩，希望能快快和她一起玩。

▼ **30**--

30 請問總是和作者一起回家的小孩住在幾樓呢？

1 5樓
2 4樓
3 3樓
4 2樓

[解題]

1 選項 1「5階」不正確，因為文中提到作者住在 4 樓，並且其他兩家也位於 4 樓，沒有提到 5 樓有住戶。

2 選項 2「4階」正確，先從文中提到作者住在 4 樓，接下來從「わたしと同じ小学校に行っています。一人は同じクラスなので、いつもいっしょに帰ってきます」（和我上同一間小學。其中一個人和我同班，所以我們都一起回家）可以知道，和作者同班且一起回家的女孩居住在 4 樓的另一家。

3 選項 3「3階」不正確，文中沒有提到 3 樓的住戶情況，也沒有任何資訊指出這名女孩住在 3 樓。

4 選項 4「2階」不正確，文中指出「今度、新しく2階に来る家には、わたしと年の近い女の子がいると聞きました」（聽說將有一位年齡接近我的女孩新搬到 2 樓），但她並不是文章中提到的，經常一起回家的女孩。

| 答案：2

重要單字

□ もう一つ（另外一個）

□ 女の子（小女孩）

□ 小学校（小學）

□ 同じ（相同）

□ クラス（班級）

□ 今度（這次）

□ 年の近い（年齡相近）

□ 聞く（聽説；問）

□ 早く（快一點）

□ ～たい（想〈做〉…）

▼ **31**---

31 請問小男孩常常做什麼呢？

1 待在家

2 去公園

3 去上學

4 和小女孩一起玩

[解題] 這一題問題關鍵在「よく何をしていますか」，問的是平常常做什麼事情？

1   選項1「家にいる」（在家）不正確，文中對小男孩的描述，沒有提到他經常在家。相反，文章強調了他與母親在公園玩耍的活動。

2   選項2「公園に行く」（去公園）正確，從文中「よく公園でお母さんと遊んでいます」（他常常和他媽媽在公園玩耍）來看，小男孩經常進行的活動是在公園遊玩，這直接對應到問題中詢問的常做活動。

3   選項3「学校に行く」（去學校）不正確，文中未提到關於小男孩去學校的信息，並且考慮到他只有大約3歲，通常還未到上學年齡。

4   選項4「女の子と遊ぶ」（和女孩玩）不正確，雖然文中提到另外有女孩的家庭，但並未提及小男孩與女孩一起玩耍的情況。此外，文中明確指出男孩經常和母親一起在公園玩耍，並沒有涉及和其他孩子的互動。

    第4段「わたしと年の近い女の子がいると聞きました」（聽説有個和我年紀差不多的女孩），這裡的「年の近い女の子」也可以用「年が近い女の子」來代替，「早くいっしょに遊びたいです」（希望能快快和她一起玩）的「～たいです」表示說話者個人的心願、希望。

|**答案：2**

- □ 住_すむ（居住）
- □ ビル（大樓）
- □ ～階_{かい}（…樓）
- □ 隣_{となり}（隔壁）
- □ 小_{ちい}さい（小的）
- □ 子_こども（小孩）
- □ ～歳_{さい}（…歲）
- □ 男_{おとこ}の子_こ（小男孩）

- □ いつも（總是）
- □ 帽子_{ぼうし}（帽子）
- □ かぶる（戴〈帽子〉）
- □ よく（常）
- □ 公園_{こうえん}（公園）
- □ お母_{かあ}さん（媽媽）
- □ 遊_{あそ}ぶ（遊玩）

補充單字

家 / 住家

01 | 家_{いえ}
房子；家庭

02 | 家_{うち}
自己的家裡（庭）；房屋

03 | 庭_{にわ}
庭院，院子

04 | 鍵_{かぎ}
鑰匙；鎖頭

05 | プール【pool】
游泳池

06 | アパート【apartment house 之略】
公寓

07 | 池_{いけ}
池塘；(庭院中的)水池

08 | ドア【door】
(大多指西式前後推開的)門；(任何出入口的)門

09 | 門_{もん}
門，大門

10 | 戸_と
(大多指左右拉開的)門；大門

[讀解・第一回]

Track N5-05

もんだい6

右の ページを 見て、下の しつもんに こたえて ください。こたえは、1・2・3・4から いちばん いい ものを 一つ えらんで ください。

　来週、友だちと いっしょに おいしい ものを 食べに 行きます。友だちは 日本料理が 食べたいと 言って います。たくさん 話したいので、金曜日か 土曜日の 夜に 会いたいです。

32

何曜日に、どの 店へ 行きますか。
1　月曜日に、山田亭
2　土曜日か 日曜日に、ハナか フラワーガーデン
3　土曜日に、山田亭
4　日曜日に、おしょくじ本木屋

23階　レストランの　案内

おしょくじ　本木屋	日本料理	【月～日】11：00～15：00
ハナ	喫茶店	【月～金】06：30～15：30 【土、日】07：00～17：30
フラワーガーデン	イタリア料理	【月～金】17：30～22：00 【土、日】17：30～23：00
パーティールーム	フランス料理	【月～日】17：30～23：00
山田亭	日本料理	【月～金】11：30～14：00 【土、日】11：30～23：00

もんだい6

請參照右頁並回答以下問題。請從選項 1・2・3・4 當中選出一個最適當的答案。

▼ **32**---

[翻譯]

　　下週我要和朋友一起去享用美食。朋友說他想吃日本料理。我想要和他好好地聊個天，所以想在星期五或星期六的晚上見面。

32 請問要在星期幾、去哪間餐廳？

1 星期一，山田亭
2 星期六或星期天，花或 Flower Garden
3 星期六，山田亭
4 星期日，御食事本木屋

23 樓　餐廳介紹

御食事　本木屋	日本料理	【一～日】11：00～15：00
花	咖啡廳	【一～五】06：30～15：30 【六、日】07：00～17：30
Flower Garden	義式料理	【一～五】17：30～22：00 【六、日】17：30～23：00
Party Room	法式料理	【一～日】17：30～23：00
山田亭	日本料理	【一～五】11：30～14：00 【六、日】11：30～23：00

1 　選項1「月曜日に、山田亭」（星期一去山田亭）不正確，因為文中明確提到想在「金曜日か土曜日の夜」（星期五或星期六晚上）見面，星期一不符合約定的時間。

2 　選項2「土曜日か日曜日に、ハナかフラワーガーデン」（星期六或星期日去花或Flower Garden）不正確，主要是因為朋友希望吃日本料理，而花是咖啡廳，Flower Garden則提供意大利料理，不符合選擇日本料理的要求。

3 　選項3「土曜日に、山田亭」（星期六去山田亭）正確，因為這家餐廳在「土曜日」營業時間為「11：30〜23：00」，符合在晚上吃日本料理的需求，並且符合原文中計劃在星期五或星期六晚上見面的條件。

4 　選項4「日曜日に、おしょくじ本木屋」（星期日去御食事本木屋）不正確，主要是因為文中指明希望在星期五或星期六晚上見面，而星期日不在此行程計劃內。

> 「おいしいものを食べに行きます」的「動詞ます形＋に行きます」表示為了某種目的前往。

|答案：3

重要單字

□ おいしい（美味的）
□ 日本料理（日本料理）
□ 言う（說；講）
□ たくさん（很多）
□ 話す（說話）

□ 〜か（…或）
□ 土曜日（星期六）
□ 喫茶店（咖啡廳）
□ イタリア料理（義式料理）
□ フランス料理（法式料理）

補充單字

食べ物 / 食物

01 | ご飯
米飯；飯食

02 | 朝ご飯
早餐，早飯

03 | 昼ご飯
午餐

04 | 晩ご飯
晚餐

05 | 夕飯
晚飯

06 | 食べ物
食物，吃的東西

07 | 飲み物
飲料

08 | お菓子
點心，糕點

讀解・第二回

Track N5-06

もんだい4

つぎの (1)から (3)の ぶんしょうを 読んで、しつもんに こたえて ください。こたえは、1・2・3・4から いちばん いい ものを 一つ えらんで ください。

(1)

　きょう　お昼に、本屋へ　10月の　雑誌を　買いに　行きましたが、売って　いませんでした。お店の　人が、あしたか　あさってには　お店に　来ると　言いましたので、あさって　もう　一度　行きます。

27

　いつ　雑誌を　買いに　行きますか。
1　来月
2　きょうの　午後
3　あさって
4　あした

Track N5-07

(2)

　5日前に　犬が　生まれました。名前は　サクラです。しろくて　とても　かわいいです。母犬の　モモは　右の　前の　足が　くろいですが、サクラは　左の　うしろの　足がくろいです。

28

生まれた　犬は　どれですか。

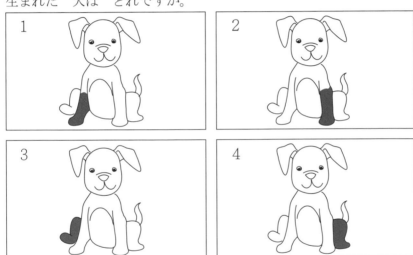

(3)

机_{つくえ}の 上_{うえ}に メモが あります。

わたしと 山田先生_{やまだせんせい}は となりの 部屋_{へや}で 会議_{かいぎ}を して います。ほかの 学校_{がっこう}からも 先生_{せんせい}が 5人_{にん} 来ました。会議_{かいぎ}で 使う_{つか} 資料_{りょう}は 今_{いま} 4枚_{まい} ありますが、3枚_{まい} 足りませんので_た、コピーを お願いします_{ねが}。

29

今_{いま} となりの 部屋_{へや}には 全部_{ぜんぶ}で 何人_{なんにん} いますか。

1　3人_{にん}
2　5人_{にん}
3　7人_{にん}
4　8人_{にん}

もんだい4

請先閱讀下面的文章(1)～(3)再回答問題。請從選項1・2・3・4當中選出一個最適當的答案。

▼ **(1)／27**--

[翻譯]

　　今天中午我去書店買 10 月號雜誌，但是書店沒有賣。店員説，明天或後天雜誌會到貨，所以我後天還要再去一趟。

27　請問什麼時候要去買雜誌呢？

1 下個月
2 今天下午
3 後天
4 明天

[解題]　這一題問題關鍵在「いつ」，要注意題目出現的時間。

1　選項1「来月」（下個月）不正確，因為根據原文，作者計劃在得知雜誌將於「明天或後天」送達後，選擇「後天」再次前往購買，與「下個月」不相符。

2　選項2「きょうの午後」（今天下午）也不正確，因為文中說明雜誌將於「明天或後天」到達書店，今天下午再去仍然買不到。

3　選項3「あさって」（後天）正確，文中作者提到書店職員說雜誌將在「明天或後天」到貨，並決定在「後天」再次前往書店，符合問題要求的時間。

4　選項4「あした」（明天）不正確，因為作者選擇在「後天」去書店，而不是「明天」。原文明確指出了作者的選擇，故這個選項與計劃不符。

|答案：3

重要單字

□ 本屋（書店）
□ 雜誌（雜誌）
□ 買う（買）
□ 売る（賣）

□ お店（店家）	□ あさって（後天）
□ あした（明天）	□ もう一度（再一次）

▼ **(2) ／ 28** ---

[翻譯]

　5天前小狗出生了。名字叫小櫻。白白的好可愛。狗媽媽桃子的右前腳是黑色的，小櫻則是左後腳是黑色的。

28 請問出生的小狗是哪一隻呢？

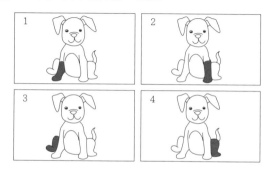

[解題]　在解題時，需要根據描述來確定每隻小狗的獨特特徵。在這道題目中，我們需要確定哪一張圖片中的小狗符合文中描述的特徵。以下是對每張圖片選項的詳細解說：

① 　選項1（圖1）　小狗前右腳是黑色的。這個選項不符合文中描述。文章中提到「サクラは左のうしろの足がくろいです」（小櫻的左後腳是黑的），而這個選項描述的是前右腳是黑色，因此不正確。

② 　選項2（圖2）　小狗前左腳是黑色的。文中提到的是左後腳是黑色，而這裡描述的是前左腳黑色，所以錯誤。

③ 　選項3（圖3）　小狗後右腳是黑色的。這個選項也不符合文中描述。根據文章，應該是左後腳是黑色，而這裡是後右腳，因此不正確。

④ 　選項4（圖4）　小狗後右腳是黑色的。這個選項完全符合文中對小狗「サクラ」的描述。文章明確表示小櫻的左後腳是黑色，因此這是正確的選項。

　「母犬のモモは右の前の足がくろいですが、サクラは左のうしろの足がくろいです」（狗媽媽桃子的右前腳是黑色的，小櫻則是左後腳是黑色的）這一句運用了「Aは〜が、Bは〜」句型，表示「A是這樣的，但B是這樣的」，呈現出狗媽媽和小狗毛色不同的對比。

答案：4

重要單字

□ 犬（狗）	□ 右（右邊）
□ 生まれる（出生）	□ 前（前面）
□ 名前（名字）	□ 足（腳）
□ しろい（白色）	□ くろい（黑色）
□ かわいい（可愛的）	□ 左（左邊）
□ 母犬（狗媽媽）	□ 後ろ（後方）

▼ (3) ／ 29

[翻譯]

書桌上有張紙條。

> 我和山田老師在隔壁房間開會。其他學校也派了 5 位老師過來。現在在會議上使用的資料有 4 張，不過還少了 3 張，所以請你影印一下。

29 請問現在隔壁房間一共有幾個人呢？

1 3人　　　　**2** 5人　　　　**3** 7人　　　　**4** 8人

[解題]
這一題問題關鍵在「全部で」，問的是全部的人數。

1 選項1「3人」不正確，因為根據文中提供的信息，會議室內有我和山田老師以及其他5位來自不同學校的老師，合計是7人，因此3人的說法與事實不符。

2 選項2「5人」也不正確，這一選項只計算了來自其他學校的5位老師，但忽略了我和山田老師也在會議室內，因此人數計算不完整。

3 選項3「7人」正確，文中明確提到我和山田老師在會議室開會，另有來自其他學校的5位老師加入，合計7人在會議室內。

4 選項4「8人」不正確，此選項可能是將會議室內的人數誤加一人，原文中沒有提及第8個人的存在，所以這一選項與事實不符。

> 「コピーをお願いします」（麻煩你影印一下）的「〜をお願いします」用來請求別人做某件事，或是向別人要什麼東西。

答案：3

□ 机 (桌子) 　　　　　　　　□ 資料 (資料)

□ メモ (備忘錄，紙條) 　　　□ ～枚 (…張)

□ 先生 (老師) 　　　　　　　□ 足りる (充分；足夠)

□ 部屋 (房間) 　　　　　　　□ コピー (影印)

□ 会議 (會議) 　　　　　　　□ ～をお願いします (麻煩您…)

□ 学校 (學校) 　　　　　　　□ 全部で (總共)

□ 使う (使用)

補充單字

学校 / 學校

01 | 学校
學校；(有時指)上課

02 | 大学
大學

03 | 教室
教室；研究室

04 | クラス【class】
(學校的)班級；階級

05 | 生徒
(中學，高中)學生

06 | 学生
學生(主要指大專院校的學生)

07 | 留学生
留學生

08 | 授業
上課，教課

09 | 休み
休息；假日

10 | 夏休み
暑假

［讀解・第二回］

もんだい5

つぎの　ぶんしょうを　読んで、しつもんに　こたえて　ください。こたえは、1・2・3・4から　いちばん　いい　ものを　一つ　えらんで　ください。

　父は　毎日　コーヒーを　飲みます。夏の　暑い　ときには、冷たい　コーヒーを、冬の　寒い　ときには、温かい　コーヒーを　飲みます。わたしも　ときどき　飲みますが、コーヒーは　おいしいと　思いません。

　きょうの　朝は、コーヒーが　ありませんでした。きのう、スーパーへ　行ったとき、売って　いなかったからです。父は　わたしたちと　いっしょに　お茶を　飲みました。きょうの　お茶は、中国の　有名な　お茶でした。寒い　朝に、温かい　お茶を　飲んで、体も　温かく　なって、元気が　出ました。

30

きょうの　朝、お父さんは　どうして　コーヒーを　飲みませんでし
たか。

　　1　きょうの　朝は　寒かったので
　　2　うちに　コーヒーが　なかったので
　　3　コーヒーは　おいしいと　思わないので
　　4　きょうの　朝は　暑かったので

31

きょうの　朝は　どんな　お茶を　飲みましたか。

　　1　あまり　おいしくない　お茶
　　2　有名な　お茶
　　3　冷たい　お茶
　　4　まずい　お茶

もんだい5

請先閱讀下面的文章再回答問題。請從選項1・2・3・4當中選出一個最適當的答案。

[翻譯]

爸爸每天都會喝咖啡。夏天炎熱的時候喝冰咖啡，冬天寒冷的時候就喝熱咖啡。我有時雖然也會喝，可是我不覺得咖啡很美味。

今天早上咖啡沒有了。這是因為昨天去超市的時候發現它沒有賣。爸爸和我們一起喝了茶。今天的茶是中國很有名的茶葉。在寒冷的早上喝一杯溫熱的茶，身體會暖和起來，精神都來了。

▼ **30**--

30 請問今天早上為什麼爸爸沒有喝咖啡呢？

1 因為今天早上很冷
2 因為家裡沒有咖啡
3 因為不覺得咖啡好喝
4 因為今天早上很熱

[解題]

1 　選項1「きょうの朝は寒かったので」（今天早上因為很冷）不正確，因為文中沒有提到天氣是導致沒有喝咖啡的原因。文章只是描述了當天喝了中國有名的熱茶，感到身體溫暖和精神振奮。

2 　選項2「うちにコーヒーがなかったので」（因為家裡沒有咖啡）正確。原因是前一天去超市時咖啡已售完，所以今天早上父親沒有咖啡可以喝，改為和家人一起喝茶。

3 　選項3「コーヒーはおいしいと思わないので」（因為不認為咖啡好喝）不正確，這是指作者個人對咖啡的感受，與父親今天早上為何沒有喝咖啡的原因無關。

4 　選項4「きょうの朝は暑かったので」（今天早上因為很熱）不正確，文中未提及天氣熱是影響喝咖啡的因素。此外，文章指出了是因為缺乏咖啡，而不是天氣問題，導致喝茶代替咖啡。

「～とき」表示在做某件事情的同時發生了其他事情，可以翻譯成「…的時候」，「～からです」用來解釋原因。

「夏の暑いときには、冷たいコーヒーを」（夏天炎熱的時候喝冰咖啡）的「を」，下面省略了「飲みます」。像這樣省略「を」後面的他動詞是很常見的表現，作用是調節節奏，或是讓內容看起來簡潔有力，我們只能依照常識去判斷被省略的動詞是什麼，在這邊因為後面有一句「温かいコーヒーを飲みます」，所以可以很明確地知道消失的部分是「飲みます」。

「わたしもときどき飲みますが、コーヒーはおいしいと思いません」（我有時雖然也會喝，可是我不覺得咖啡很美味），「ときどき」是「有時」的意思，表示頻率的常見副詞按照頻率高低排序，依序是「よく（時常）＞ときどき（有時）＞たまに（偶爾）＞あまり（很少）＞ぜんぜん（完全不）」，要注意最後兩個的後面都接否定表現，「～と思いません」用來表示說話者的否定想法，「と」的前面放想法、感受，可以翻譯「我不覺得…」、「我不認為…」。

答案：2

重要單字

□ 父（我的爸爸；家父）
□ 毎日（每天）
□ コーヒー（咖啡）
□ 飲む（喝）
□ 夏（夏天）
□ 暑い（炎熱的）

□ 冷たい（冰涼的）
□ 冬（冬天）
□ 寒い（寒冷的）
□ 温かい（暖和；溫暖）
□ 時々（有時候）
□ スーパー（超市）

▼ 31 ---

[31] 請問今天早上喝的茶是怎樣的茶呢？

1 不太好喝的茶
2 有名的茶
3 冰的茶
4 難喝的茶

[解題]

1 選項1「あまりおいしくないお茶」（不怎麼好喝的茶）不正確，因為文章中沒有提及今天的茶味道不好，只是提到它是中國有名的茶，且喝了後感覺很溫暖和振奮。

2 選項2「有名なお茶」（有名的茶）正確。文中直接提到「きょうのお茶は、中国の有名なお茶でした」（今天的茶是中國很有名的茶葉），明確指出了今天所喝的茶的特點。

3 選項3「冷たいお茶」（冷茶）不正確，文章描述喝了這茶後感覺溫暖，暗示喝的是熱茶，因此這個選項與描述不符。

4 選項4「まずいお茶」（難喝的茶）不正確，同選項1，文中沒有提及茶的味道不好，而且喝茶後的描述是正面的，指出喝了後感到身體暖和和精神振奮，這與「難喝」的描述不吻合。

> 「体も温かくなって」（身體也暖和了起來）的「〜くなります」前面接形容詞語幹，表示變化。

答案：2

重要單字

□ お茶（茶）
□ 中国（中國）
□ 有名（有名）
□ 朝（早上）

□ 体（身體）
□ 元気（精神；精力）
□ あまり～ない（幾乎不…）
□ まずい（味道不好的）

補充單字

季節、気象 / 季節、氣象

01 | 春
春天，春季

02 | 夏
夏天，夏季

03 | 秋
秋天，秋季

04 | 冬
冬天，冬季

05 | 風
風

06 | 雨
雨，下雨

07 | 雪
雪

08 | 天気
天氣；晴天

09 | 暑い
（天氣）熱，炎熱

10 | 寒い
（天氣）寒冷

讀解・第二回

Track N5-10

もんだい6

みぎ　　　　　　　　　　み　した
右の　ページを　見て、下の　しつもんに　こたえて　ください。こたえは　1・2・3・4
　　　　　　　　　　　　　　　　　ひと
から　いちばん　いい　ものを　一つ　えらんで　ください。

　　　　　　　ちか　　　　　　　　　　　　　　ふた　　　　　　　　　　　　　　やす　　にく
　うちの　近くに　スーパーが　二つ　あります。いちばん　安い　肉と
たまご　か
卵を　買いたいです。

32

　　　　　　　なに　か
どちらで　何を　買いますか。
　　　　　　　　　　　　ぎゅうにく　たまご
1　　Aスーパーの　牛肉と　卵
　　　　　　　　　　　　　　　にく　　　　　　　　　　　　　　　たまご
2　　Aスーパーの　とり肉と　Bスーパーの　卵
　　　　　　　　　　　　　にく　たまご
3　　Bスーパーの　とり肉と　卵
　　　　　　　　　　　　　にく　　　　　　　　　　　　　たまご
4　　Bスーパーの　ぶた肉と　Aスーパーの　卵

Aスーパーの 広告

Bスーパーの 広告

もんだい6

請參照右頁並回答以下問題。請從選項1・2・3・4當中選出一個最適當的答案。

▼ **32** -

[翻譯]

　　我家附近有兩間超市。我想要買最便宜的肉類和雞蛋。

32 應該要在哪一間買什麼呢？

1 A超市的牛肉和雞蛋
2 A超市的雞肉和B超市的雞蛋
3 B超市的雞肉和雞蛋
4 B超市的豬肉和A超市的雞蛋

A超市廣告

B超市廣告

特賣！ ——— 超值！

雞肉
90元
／100公克

豬肉
130元
／100公克

雞蛋
188元
／12入

牛肉
330元
／100公克

[解題] 對於這個問題，我們需要比較A超市和B超市的肉類和雞蛋價格，來決定在哪裡購買最便宜的商品。

❶ 選項1提到在A超市購買牛肉和雞蛋。A超市的牛肉價格為350圓／100公克，雞蛋價格為198圓／12個。這不是最經濟的組合。

❷ 選項2提到在A超市購買雞肉，在B超市購買雞蛋。A超市的雞肉價格為80圓／100公克，B超市的雞蛋價格為188圓／12個，這個選項符合要求，因為A超市的雞肉是兩家超市中最便宜的肉類，而B超市的雞蛋比A超市便宜。

❸ 選項3提到在B超市購買雞肉和雞蛋。儘管B超市的雞蛋確實比較便宜，但其雞肉價格（90圓／100公克）不是兩家超市中最便宜的。

❹ 選項4提到在B超市購買豬肉，在A超市購買雞蛋。然而，根據價格信息，B超市的豬肉不是最便宜的選項。

|答案：2

重要單字

□ 一番（最…；第一）
□ 安い（便宜的）
□ 肉（肉）
□ 卵（蛋）
□ 広告（廣告）

□ とり肉（雞肉）
□ 円（日圓）
□ グラム（公克）
□ 牛肉（牛肉）
□ ぶた肉（豬肉）

[讀解・第三回]

もんだい4

つぎの (1)から (3)の ぶんしょうを 読んで、しつもんに こたえて ください。こたえは、1・2・3・4から いちばん いい ものを 一つ えらんで ください。

(1)

皆さん、今週の 宿題は 3ページだけです。21ページから 23ページまでです。月曜日に 出して ください。24ページと 25ページは 来週の じゅぎょうで やります。

27

今週の 宿題は、どうなりましたか。

1 ありません

2 3ページまで

3 21ページから 23ページまで

4 24ページから 25ページまで

Track N5-12

(2)

わたしの　部屋には　窓が　一つしか　ありません。窓の　上には　時計が

かかって　います。テレビは　ありませんが、本棚の　上に　ラジオが

あります。あした　父と　パソコンを　買いに　行きますので　パソコ

ンは　机の　上に　置きます。

28

今の　部屋は　どれですか。

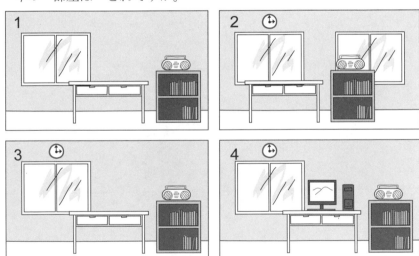

(3)

山田さんが　友だちに　メールを　書きました。

　　土曜日の　カラオケ、わたしも　行きたいですが、その　日は
昼から　夜まで　仕事が　あります。でも、日曜日は　休みです。
日曜日に　行きませんか。あとで　時間を　教えて　ください。

29

山田さんは　いつ　働いて　いますか。

1　土曜日の　昼から　夜まで

2　土曜日の　昼まで

3　土曜日の　夜から

4　日曜日

もんだい4

請先閱讀下面的文章(1)～(3)再回答問題。請從選項 1・2・3・4 當中選出一個最適當的答案。

▼ (1) ／ 27 --

[翻譯]

　　各位同學，這禮拜的作業只有 3 頁。從第 21 頁寫到第 23 頁。請在星期一繳交。第 24 頁和第 25 頁要在下禮拜的課堂上寫。

27 請問這禮拜的作業是什麼？

1 沒作業
2 寫到第 3 頁
3 從第 21 頁到第 23 頁
4 從第 24 頁到第 25 頁

[解題]

1 　選項 1「ありません」（沒有）不正確，因為文中清楚指出本週有作業，且具體到了 3 頁，從第21頁到第23頁。

2 　選項 2「3ページまで」（到第 3 頁）不正確，這個選項可能會誤導為是指前 3 頁的內容，但實際上作業指定的是從第21頁到第23頁，而非從第一頁開始。

3 　選項 3「21ページから23ページまで」（從第21頁到第23頁）正確，這直接反映了文章中「今週の宿題は3ページだけです。21ページから23ページまでです」的指示，確切描述了作業的範圍。

4 　選項 4「24ページから25ページまで」（從第24頁到第25頁）不正確，因為雖然文中提到這兩頁將在下週的課堂上進行，但它不屬於這週的作業範圍。

> 　「月曜日に出してください」（請在星期一繳交）的「～てください」用來命令、要求對方做某件事情。

答案：3

□ 今週（本週）
こんしゅう

□ 宿題（家庭作業）
しゅくだい

□ ページ（頁碼；第…頁）

□ ～から～まで（從…到）

□ ～てください（請…）

□ 授業（教課；上課）
じゅぎょう

□ やる（做〈某事〉）

▼ (2) ／ 28 --

[翻譯]

我的房間只有一扇窗而已。窗戶上方掛了一個時鐘。雖然沒有電視機，但是書櫃的上面有一台收音機。明天我要和爸爸去買電腦，電腦要擺在書桌上面。

28 請問現在房間是哪一個呢？

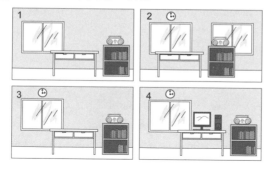

[解題]　這一題要從全文的敘述來找出房間的樣貌，問題問的是「今」（現在），所以要注意時態。

1　選項1（圖1）　這個選項不符合描述，因為「窓の上には時計がかかっています」（窗戶上方掛了一個時鐘），而這張圖片中沒有時鐘，所以選項1是錯的。

2　選項2（圖2）　這個選項也不符合描述，因為「わたしの部屋には窓が一つしかありません」（我的房間只有一個窗戶），而這張圖片有兩個窗戶，因此選項2錯誤。

3　選項3（圖3）　這個選項完全符合文中描述。只有一個窗戶，窗戶上方有時鐘，書架上有收音機，並且沒有電腦，符合「あした父とパソコンを買いに行きますのでパソコンは机の上に置きます」（明天和爸爸一起去買電腦，所以將來電腦會放在書桌上）的描述。因此，選項3是正確的。

4 選項4（圖4）　這個選項不符合描述，因為文中提到明天才會購買電腦，而這張圖片已經有電腦在書桌上，因此選項4錯誤。

答案：3

重要單字

□ 窓（まど）（窗戶）　　　　　□ 本棚（ほんだな）（書架；書櫃）

□ ～しかない（只有…）　　　　□ ラジオ（收音機）

□ 時計（とけい）（時鐘）　　　□ パソコン（電腦）

□ かかる（垂掛）　　　　　　　□ 置く（お）（放置）

□ テレビ（電視）

▼ (3) ／ 29

[翻譯]

山田小姐寫電子郵件給朋友。

> 星期六的卡拉 OK 我雖然也很想去，但是那天我要從中午工作到晚上。不過禮拜日我就休息了。要不要禮拜日再去呢？等一下請告訴我時間。

29 請問山田小姐工作的時間是什麼時候？

1 星期六的中午到晚上
2 到星期六的中午
3 從星期六晚上開始
4 星期日

[解題]　這一題問的是「いつ」（什麼時候），所以要注意文章裡面出現的時間表現。

1 選項1「土曜日の昼から夜まで」（從星期六中午到晚上）正確，文章中明確提到山田小姐在星期六日中午到晚上有工作，因此這個選項完全符合問題所問的工作時間。

2 選項2「土曜日の昼まで」（直到星期六中午）不正確，文章指出山田小姐工作的時間是從中午開始，持續到晚上，而不是僅到中午為止。

3 選項3「土曜日の夜から」（從星期六晚上開始）也不正確，因為山田小姐的工作是從中午開始，並持續至晚上，而不是從晚上開始。

❹ 選項4「日曜日」（星期日）同樣不正確，文章中提到山田小姐星期日是休息日，並未在星期日工作。

「友だちにメールを書きました」（寫了封電子郵件給朋友）的「に」表示動作的對象，在這裡可以翻譯成「給…」，「日曜日に行きませんか」（要不要禮拜日再去呢）的「〜ませんか」用來客氣地邀約對方做某件事情，「あとで時間を教えてください」（等一下請告訴我時間）的「〜てください」用來請求、命令對方做某件事情。

|答案：1

重要單字

□ カラオケ（卡拉OK）

□ 〜が（但是…）

□ 仕事（工作）
　　し ごと

□ 日曜日（星期日）
　　にちよう び

□ あとで（…之後）

□ 時間（時間）
　　じ かん

□ 教える（教導；告訴）
　　おし

□ 働く（工作）
　　はたら

補充單字

娯楽、嗜好 / 娛樂、嗜好

01 | 映画
　　　えい が
電影

02 | 音楽
　　　おんがく
音樂

03 | レコード【record】
唱片，黑膠唱片（圓盤形）

04 | テープ【tape】
膠布；錄音帶

05 | ギター【guitar】
吉他

06 | 歌
　　　うた
歌，歌曲

07 | 絵
　　　え
畫，圖畫

08 | カメラ【camera】
照相機；攝影機

09 | 写真
　　　しゃしん
照片，相片

10 | フィルム【film】
底片；影片

[讀解・第三回]

Track N5-14

もんだい5

つぎの ぶんしょうを 読んで、しつもんに こたえて ください。こたえは、1・2・3・4から いちばん いい ものを 一つ えらんで ください。

　ことしの 夏休みに したいことを 考えました。

　7月は 家族で 外国に 旅行に 行きますが、その あとは 時間が あるので、いろいろな ことを したいです。

　わたしは 音楽が 好きで、CDも たくさん 持って います。うちの 近くに ピアノを 教えて いる 先生が いるので、夏休みに 習いに 行きたいです。来週、先生の 教室を 見に 行きます。

　それから、料理も したいです。休みの 日には ときどき 料理を して いますが、学校が ある 日は 忙しいので できません。母は 料理が じょうずなので、母に 習いたいと 思います。

30

ことしの　夏休みに　何を　したいと　思って　いますか。

1　外国に　行って、ピアノを　習いたい

2　ピアノを　教えたい

3　ピアノと　料理を　習いたい

4　CDを　たくさん　買いたい

31

いつも　料理は　どのぐらい　しますか。

1　休みの　日に　ときどき　します。

2　しません。

3　毎日　します。

4　学校が　ある　日に　します。

もんだい5

請先閱讀下面的文章再回答問題。請從選項 1．2．3．4 當中選出一個最適當的答案。

[翻譯]

我思考了一下今年暑假想做什麼。

7 月要和家人去國外旅行，回國後有空出的時間，所以我想做很多事情。

我喜歡音樂，也收藏很多 CD。我家附近有在教鋼琴的老師，所以我暑假想去學。下禮拜要去參觀老師的教室。

接著，我想要下廚。假日我有時候會煮菜，不過上學的日子很忙，沒辦法下廚。我媽媽燒得一手好菜，所以我想向她討教幾招。

▼ 30 --

30 請問今年夏天作者想做什麼呢？

1 想去國外學鋼琴　　　2 想教授鋼琴
3 想學鋼琴和煮菜　　　4 想買很多的 CD

[解題]　這一題問題問的是作者今年暑假想做什麼，「〜と思っていますか」是用來問第三人稱（＝作者）的希望、心願。

1 選項1「外国に行って、ピアノを習いたい」（想去國外學鋼琴）不正確，因為雖然作者提到將與家人去國外旅行，但學鋼琴的地點是在家附近，不涉及在國外學習。這個選項混淆了旅行和學習鋼琴的地點，因此不符合文章描述。

2 選項2「ピアノを教えたい」（想教鋼琴）同樣不正確，文章中作者表達的是學習鋼琴的意願，並沒有提到想要教鋼琴，因此這個選項與作者的意願不符。

3 選項3「ピアノと料理を習いたい」（想學鋼琴和料理）正確，作者明確表示暑假想去學鋼琴，並從母親那裡學習料理。這一選項準確反映了文章中提到的兩項活動。

4 選項4「CDをたくさん買いたい」（想買很多CD）不正確，文章中雖然提到作者喜歡音樂並擁有許多CD，但沒有提及暑假想購買CD的計劃，因此這個選項與文章中作者的暑假計劃無關。

答案：**3**

□ 今年 (今年)
□ 夏休み (暑假)
□ 考える (思考；考慮)
□ 家族 (家族)
□ 外国 (外國)
□ 旅行 (旅行)
□ 音楽 (音樂)

□ 好き (喜歡)
□ 持っている (擁有)
□ ピアノ (鋼琴)
□ 教える (教導)
□ 習う (學習)
□ 教室 (教室)

▼ 31

31 請問作者多久下一次廚？

1 假日有時候會下廚
2 作者不煮菜
3 每天都下廚
4 有上學的日子才煮菜

[解題] 這一題問題關鍵在「どのぐらい」，可以用來詢問能力的程度，不過在這邊是詢問行為的頻率。

1 選項1「休みの日にときどきします」（假日有時會做）是正確的。這個選項直接對應到文章中作者提到在休息日偶爾會煮菜，因此這個選項最好地描述了作者烹飪的頻率。

2 選項2「しません」（不做）不正確。文章明確表示作者在休息日會煮菜，即使在上學的日子因為忙碌無法煮菜，也不能說作者完全不煮，因此這個選項不符合文章內容。

3 選項3「毎日します」（每天都做）也不正確。根據文章，作者只在休息日偶爾煮菜，並非每天都烹飪，所以這個選項與作者實際的烹飪習慣不符。

4 選項4「学校がある日にします」（上學的日子會做）不正確。文章中作者表明在上學的日子因為忙碌而無法煮菜，因此這個選項與文章描述相矛盾。

> 「母は料理がじょうずなので、母に習いたいです」（我媽媽燒得一手好菜，所以我想向她討教幾招），句型「AはBが〜」用來表示A具有B的能力，或是用來形容A的B特質，比如說「姉は髪が長いです」是表示姊姊的頭髮很長，「わたしは歌がへたです」是表示我歌唱得不好，「に」表示行為的對象，可以翻譯成「向…」。

|答案：1

□ 休^{やす}み（休假）
□ 料^{りょう}理^りをする（煮菜）
□ ときどき（有時候）
□ 忙^{いそが}しい（忙碌的）

□ できる（會…；辦得到）
□ 上^{じょう}手^ず（拿手）
□ 思^{おも}う（想；覺得）

補充單字

食べ物 / 食物

01 | コーヒー【(荷) koffie】
咖啡

02 | 牛乳^{ぎゅうにゅう}
牛奶

03 | お酒^{さけ}
酒；清酒

04 | 肉^{にく}
肉

05 | 鶏肉^{とりにく}・鳥肉^{とりにく}
雞肉；鳥肉

06 | 水^{みず}
水；冷水

07 | 牛肉^{ぎゅうにく}
牛肉

08 | 豚肉^{ぶたにく}
豬肉

09 | お茶^{ちゃ}
茶；茶道

10 | パン【(葡) pão】
麵包

11 | 野菜^{やさい}
蔬菜，青菜

12 | 卵^{たまご}
蛋，卵

13 | 果物^{くだもの}
水果，鮮果

讀解・第三回

Track N5-15

もんだい6

右の ページを 見て、下の しつもんに こたえて ください。こたえは、1・2・3・4から いちばん いい ものを 一つ えらんで ください。

　月曜日の　朝、うちの　近くの　お店に　新聞を　買いに　行きます。いろいろな　ニュースを　読みたいので、安くて　ページが　多い　新聞を　買いたいです。

32

　どの　新聞を　買いますか。

1　さくら新聞

2　新聞スピード

3　大空新聞

4　もも新聞

新聞の案内

新聞の名前	ページ	お金	売っている日
さくら新聞	30ページ	150円	毎日
新聞スピード	40ページ	150円	毎日
大空新聞	40ページ	120円	週末
もも新聞	28ページ	180円	毎日

もんだい6

請參照右頁並回答以下問題。請從選項1．2．3．4當中選出一個最適當的答案。

▼ 32--

[翻譯]

　　星期一早上，我要去家裡附近的商店買報紙。我想閱讀各式各樣的新聞，所以想買既便宜頁數又多的報紙。

32 請問要買哪份報紙呢？

1 櫻花報
2 速度報
3 大空報
4 桃子報

報紙介紹

報紙名稱	頁數	價格	出刊日
櫻花報	30頁	150圓	每天
速度報	40頁	150圓	每天
大空報	40頁	120圓	週末
桃子報	28頁	180圓	每天

[解題]　「どの」（哪一個）用來在眾多選擇當中挑出其中一樣。

❶　　選項1「さくら新聞」（櫻花報）不正確，因為雖然櫻花報有每天出售，且符合在星期一購買的需求，但其頁數（30頁）和價格（150圓）與「新聞スピード」相比，後者有更多的頁數（40頁），因此不是最好的選擇。

2 選項2「新聞スピード」（速度報）正確，因為這份新聞擁有最多的頁數（40頁）且價格（150圓）合理，滿足作者尋找「安くてページが多い新聞」（便宜且頁數多的報紙）的需求，並且每天都有出售，因此可以在星期一購買。

3 選項3「大空新聞」（大空報）不正確，因為這份報紙只在週末出售，不符合作者在星期一購買的需求，儘管其價格（120圓）是最便宜的，且頁數（40頁）也相對多。

4 選項4「もも新聞」（桃子報）不正確，其售價（180圓）比其他選項貴，且頁數（28頁）最少，不符合作者尋找「安くてページが多い新聞」的標準。

|答案：2

重要單字

□ 新聞（報紙）
しんぶん

□ いろいろ（各式各樣的）

□ ニュース（新聞）

□ 読む（閱讀）
よ

□ ので（因為…）

□ 案内（介紹；説明）
あんない

□ ～ている（表狀態持續下去）

□ 週末（週末）
しゅうまつ

補充單字

文房具、出版品／文具用品、出版物

01｜ボールペン【ball-point pen】
原子筆，鋼珠筆

02｜万年筆
まんねんひつ
鋼筆

03｜コピー【copy】
拷貝，複製

04｜字引
じびき
字典，辭典

05｜ペン【pen】
原子筆，鋼筆

06｜新聞
しんぶん
報紙

07｜本
ほん
書，書籍

08｜ノート【notebook 之略】
筆記本；備忘録

09｜鉛筆
えんぴつ
鉛筆

10｜辞書
じしょ
字典，辭典

11｜雑誌
ざっし
雜誌，期刊

12｜紙
かみ
紙

Track N5-16

もんだい4

つぎの (1)から (3)の ぶんしょうを 読んで、しつもんに こたえて ください。こたえは、1・2・3・4から いちばん いい ものを 一つ えらんで ください。

(1)

　けさは いつもより 早く 新聞が 来ました。いつもは 朝 6時ぐらいですが、きょうは 30分 早かったです。わたしは 毎日、新聞が 来る 時間に 起きますが、きょう 起きたとき、新聞は もう 来て いました。

27

けさは 何時 ごろに 新聞が 来ましたか。
1 朝 6時 ごろ
2 朝 6時半 ごろ
3 朝 5時 ごろ
4 朝 5時半 ごろ

(2)

　きょう、本屋で　買った　2さつの　本を　本棚に　入れました。大きくて
厚い　本は、下の　棚の　右の　ほうに　入れました。小さくて　うすい　本
は、上の　棚の　左の　ほうに　入れました。

28

　今の　本棚は　どれですか。

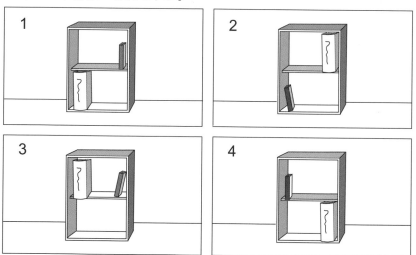

Track N5-18

(3)

友_{とも}だちに　メールを　書_かきました。

　　土曜日_{ど よう び}に　パーティーを　します。30人_{にん}に　電話_{でん わ}を　しました
が、18人_{にん}は　その　日_ひは　時間_{じ かん}が　ないと　言_いって　いました。全_{ぜん}
部_ぶで　20人_{にん}　ぐらい　集_{あつ}めたいので、ぜひ　来_きて　ください。

29

土曜日_{ど よう び}に　時間_{じ かい}が　ある　人_{ひと}は　何人_{なんにん}　いますか。

1　8人_{にん}
2　12人_{にん}
3　20人_{にん}
4　30人_{にん}

もんだい4

請先閱讀下面的文章(1)～(3)再回答問題。請從選項 1・2・3・4 當中選出一個最適當的答案。

▼ (1) ／ 27--

[翻譯]

　　今早的報紙比平時都還早送來。平時是大約早上 6 點送來，今天卻早了 30 分鐘。我每天都在送報的時間起床，不過今天起床的時候，報紙已經送來了。

27 請問今早報紙大概是幾點送來的？

1 早上 6 點左右

2 早上 6 點半左右

3 早上 5 點左右

4 早上 5 點半左右

[解題]　這一題問的是「けさ」，所以要把焦點放在今天早上。

1　　選項 1「朝 6 時ごろ」（大約早上 6 點）不正確，因為文章中明確指出今天的新聞比平時早來，而平時的送達時間是大約早上 6 點。因此今天的送達時間必定早於 6 點。

2　　選項 2「朝 6 時半ごろ」（大約早上 6 點半）不正確，因為這個時間已經晚於文中提到的「平時是 6 點，今天早了30分鐘」的描述，所以 6 點半是過了應到達的時間。

3　　選項 3「朝 5 時ごろ」（大約早上 5 點）也不正確，因為這個時間比文章中提到的今天比平時早30分鐘的描述還要早，且沒有證據表明今天的送達時間比平時早了這麼多。

4　　選項 4「朝 5 時半ごろ」（大約早上 5 點半）正確，因為文章中說明「平時約 6 點到達，今天早了30分鐘」，所以正確的今天的到達時間應該是早上 5 點半。這個選項與文章描述的情況相匹配。

|答案：4

▼ (2) ∕ 28----------

[翻譯]

今天我把在書店買的兩本書放進書櫃裡。又大又厚的書放在下層的右邊。又小又薄的書則是放在上層的左邊。

28 請問現在書櫃是哪一個？

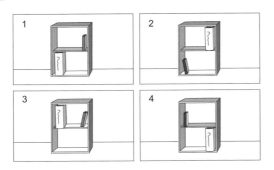

[解題] 這一題問的是「今」（現在），通常會強調時間點的題目都會經過一些變化，所以要特別注意時態。

1 選項1（圖1） 大而厚的書被放置在書架下層左側，而小而薄的書則放在上層右側。這與題目描述相反，題目要求將大而厚的書放在下層右側，小而薄的書放在上層左側，因此選項1不正確。

2 選項2（圖2） 大而厚的書放在書架上層右側，小而薄的書放在下層左側。這同樣與題目要求的位置不符，題目指出大而厚的書應放在下層，而圖片中它被放在了上層，故選項2也不正確。

3 選項3（圖3） 將兩本書都放了書架的上層，這明顯與題目描述不符，題目明確表示大而厚的書應該放在下層。此外，圖片中大而厚的書放在左側，這也與要求的右側相反，所以選項3錯誤。

4 　選項4（圖4）　顯示了大而厚的書放在書架下層右側，小而薄的書則放在上層左側，這完全符合題目的描述。這張圖片滿足了所有題目給出的條件：大小、書的厚度，以及確切的位置，因此選項4是正確的答案。

答案：4

重要單字

□ 〜で（場所＋で，表動作進行的場　□ 下^{した}（下方）
　所，譯作「在…」）　　　　　　　□ 薄^{うす}い（薄的）
□ 〜冊^{さつ}（〈數量詞〉…本）　　　　□ 上^{うえ}（上面）
□ 入^いれる（放入）
□ 厚^{あつ}い（厚重的）

▼ **(3) ／ 29**---

[翻譯]

　我寫了封電子郵件給朋友。

> 星期六要開派對。我打電話給 30 個人，其中有 18 個人說他們沒有空。我一共想邀請 20 個人來參加，所以請你一定要到場。

29 請問星期六有空的有幾個人呢？

1 8 人
2 12 人
3 20 人
4 30 人

[解題]　這一題的解題關鍵在「何人」（幾人），通常這種問人數的題型都要配合算術才能得到正確答案，所以要特別注意題目所有出現的人數。

1 　選項1「8人」不正確，因為這表示只有8人有空，但根據題目，是12人有空（30人中18人沒空，所以30－18＝12）。

2 　選項2「12人」正確，因為題目提到30人中有18人沒空，所以有12人表示他們有空參加這個星期六的派對。

3 選項 3「20人」不正確，這是主辦人希望能集結的總人數，而不是已確定有空的人數。題目中沒有證據顯示已有20人確認參加。

4 選項 4「30人」也不正確，因為題目明確提到18人那天沒空，所以不可能有30人有空。

| 答案：**2**

重要單字

□ 書く（寫）

□ パーティー（派對）

□ 電話（電話）

□ 全部（全部）

□ 集める（召集；收集）

□ ぜひ（一定；務必）

補充單字

数字 / 數字

01 | ゼロ【zero】
（數）零；沒有

02 | 零
（數）零；沒有

03 | 一
（數）一；第一

04 | 二
（數）二，兩個

05 | 三
（數）三；三個

06 | 四
（數）四；四個

07 | 五
（數）五

08 | 六
（數）六；六個

09 | 七・七
（數）七；七個

10 | 八
（數）八；八個

11 | 九・九
（數）九；九個

12 | 十
（數）十；第十

13 | 百
（數）一百；一百歲

14 | 千
（數）千，一千

15 | 万
（數）萬

日本語能力試験 N5

［讀解・第四回］

Track N5-19

もんだい 5

つぎの ぶんしょうを 読んで、しつもんに こたえて ください。こたえは、1・2・3・4から いちばん いい ものを 一つ えらんで ください。

同じ クラスの 田中さんは、毎日、違う 色の 服を 着て きます。きょう、田中さんに「何色の 服が いちばん 好きですか。」と 聞きました。田中さんは「赤が いちばん 好きです。赤い 色の 服を 着た 日は、いちばん うれしいです。」と 言いました。今週、田中さんは 2回 赤い 色の 服を 着て 学校に 来ました。白い 服と 黄色い 服と 緑の 服も 1回ずつ ありました。

わたしは、毎朝 学校に 着て いく 服の 色を、あまり 考えません。黒や 茶色の 服を よく 着ますが、これからは、もっと いろいろな 色の 服を 着たいと 思います。

30

今週、田中さんが いちばん よく 着た 服の 色は 何色ですか。

1 赤
2 白と 黄色
3 緑
4 黒と 茶色

31

　「わたし」は、学校に　着て　いく　服の　色を、これから　どうしたいと　思って　いますか。

1　あまり　考えません。

2　赤い　色の　服を　着たいです。

3　これからも　黒や　茶色の　服を　着たいです。

4　いろいろな　色の　服を　着たいです。

もんだい5

請先閱讀下面的文章再回答問題。請從選項1・2・3・4當中選出一個最適當的答案。

［翻譯］

同班的田中同學每天都穿不同顏色的衣服。

今天我問田中同學：「妳最喜歡什麼顏色的衣服」，田中同學說：「我最喜歡紅色。穿紅色衣服的那一天最開心」。這禮拜田中同學穿了兩次紅色衣服來上學。白色衣服、黃色衣服和綠色衣服也各穿了一次。

我每天都沒有多想要穿什麼衣服上學。我常穿黑色或咖啡色的衣服，不過接下來我想多穿其他顏色的衣服。

▼ 30---

30 請問這禮拜田中同學最常穿的衣服顏色是什麼顏色？

1 紅色

2 白色和黃色

3 綠色

4 黑色和咖啡色

［解題］ 這一題問的是「いちばんよく着た」（最常穿的），「いちばん」（最…）表示最高級，也就是程度或頻率最多、最高的。

1 選項1「赤」正確，因為題目明確指出田中同學，這禮拜穿了兩次「赤い色」（紅色）的衣服，比其他顏色的衣服更頻繁，這符合「いちばんよく着た」（最常穿的）的描述。

2 選項2「白と黄色」不正確，因為田中同學這禮拜穿白色和黃色的衣服各一次，頻率低於紅色衣服。

3 選項3「綠」也不正確，因為田中同學這禮拜穿綠色衣服只有一次，這也低於紅色衣服。

4 選項4「黒と茶色」不正確，並且根本未在題目中提及田中同學穿黑色或茶色衣服的情況，這是另一位同學的服裝習慣，因此無法作為本題的答案。

|答案：1

☐ 同じ（相同的）

☐ クラス（班級）

☐ 違う（不同）

☐ 着る（穿）

☐ 何色（什麼顏色）

☐ 赤い（紅色的）

☐ 嬉しい（開心的）

☐ 黄色い（黃色的）

☐ 緑（綠色）

▼ 31--

31 請問「我」對於接下來穿去上學的衣服顏色，是怎麼想的呢？

1 沒多加思考

2 想穿紅色的衣服

3 接下來也要穿黑色或咖啡色的衣服

4 想穿各種顏色的衣服

[解題] 問題裡面的「どうしたい」意思是「想怎麼做」，「どう」用來詢問狀態，「～と思っていますか」用來詢問第三人稱的心願、希望。

1 選項1「あまり考えません」（不太考慮）不正確，因為題目中提到作者想改變穿著風格，這與「あまり考えません」表示的態度不符，這句話更多地是用來描述過去的狀態。

2 選項2「赤い色の服を着たいです」（想穿紅色的衣服）同樣不正確，文章中提到想嘗試多種顏色，並非專指紅色。

3 選項3「これからも黒や茶色の服を着たいです」（想繼續穿黑色或咖啡色的衣服）也不正確，因為雖然提到過去常穿這些顏色，但表明了未來想改變這一點。

4 選項4「いろいろな色の服を着たいです」（想穿各種顏色的衣服）是正確的，直接反映了作者想要改變穿著風格，穿更多顏色的衣服的意願，與題目中的「もっといろいろな色の服を着たいと思います」完全一致，表示未來想嘗試更多樣化的顏色。

| **答案：4**

☐ 毎朝（每天早上）

☐ あまり～ない（不怎麼）

☐ 茶色（茶色）

☐ よく（經常）

☐ もっと（更）

讀解・第四回

もんだい6

下の ページを 見て、つぎの しつもんに こたえて ください。こたえは、1・2・3・4から いちばん いい ものを 一つ えらんで ください。

　郵便局で、アメリカと イギリスに 荷物を 送ります。アメリカへ 送る 荷物は 急がないので、安い ほうが いいです。イギリスへ 送る 荷物は 急ぐので、速い ほうが いいです。荷物は どちらも ３キロぐらいです。

32

全部で いくら 払いますか。
1. 7,500円
2. 4,500円
3. 10,000円
4. 15,000円

外国への 荷物 （アメリカと ヨーロッパ）

	〜２キロ	２キロ〜５キロ	５キロ〜10キロ
飛行機 （１週間ぐらい）	3,000円	5,000円	10,000円
船 （２ヶ月ぐらい）	1,500円	2,500円	5,000円

もんだい6

請參照下頁並回答以下問題。請從選項1・2・3・4當中選出一個最適當的答案。

▼ **32**--

[翻譯]

　　我要在郵局寄送包裹到美國和英國。寄到美國的包裹不趕時間，所以用便宜的寄送方式就行了。至於寄到英國的包裹因為是急件，所以想用比較快的寄送方式。兩個包裹重量都是3公斤左右。

32 請問總共要付多少郵資呢？

1 7,500 圓
2 4,500 圓
3 10,000 圓
4 15,000 圓

國外包裹（美洲及歐洲）

	～2公斤	2公斤～5公斤	5公斤～10公斤
空運 （大約一週）	3,000圓	5,000圓	10,000圓
船運 （大約兩個月）	1,500圓	2,500圓	5,000圓

[解題]　根據題目描述和提供的信息，知道：

美國的包裹：需要使用便宜的運送方式。由於包裹大約是3公斤，因此選擇使用船運，費用是2,500圓。

英國的包裹：需要使用快速的運送方式。同樣的，包裹大約是3公斤，選擇使用飛機運輸，費用是5,000圓。

總費用就是2,500圓＋5,000圓＝7,500圓。

接下來，我們來看每個選項的解析：

① 　選項 1 選「7,500圓」正確。根據上述計算，兩個包裹的運費加起來正好是7,500圓，符合題目條件。

② 　選項 2 選「4,500圓」錯誤。這個價格無法從提供的郵費選項中得到。沒有任何運送組合能在這一價格下完成兩個包裹的運送。

③ 　選項 3「10,000圓」錯誤。這個價格太高，不存在郵費配置能夠合理解釋這一總額。即使選擇最貴的郵費組合，也不會達到10,000圓。

④ 　選項 4「15,000圓」錯誤。這個選項遠遠超過了任何可能的郵費組合，顯然不符合題目描述的任何郵費條件。

　「～ほうがいいです」表示說話者經過比較後做出的選擇，可以翻譯成「…比較好」或是「我想要…」，「どちらも」意思是「兩者都…」。

答案：1

重要單字

□ 郵便局（郵局）

□ アメリカ（美國）

□ イギリス（英國）

□ 荷物（貨物；行李）

□ 送る（寄；送）

□ へ（往…；去…）

□ 急ぐ（急於…；急忙）

□ キロ（公斤）

□ 飛行機（飛機）

□ 船（船）

補充單字

数字 ／ 數字

01 | 一つ
（數）一；一個

02 | 二つ
（數）二；兩歲

03 | 三つ
（數）三；三歲

04 | 四つ
（數）四個；四歲

05 | 五つ
（數）五個；五歲

06 | 六つ
（數）六個；六歲

07 | 七つ
（數）七個；七歲

08 | 八つ
（數）八個；八歲

09 | 九つ
（數）九個；九歲

10 | 十
（數）十個；十歲

讀解・第一回

Track N4-01

もんだい4

つぎの(1)から(4)の文章を読んで、質問に答えてください。答えは、1・2・3・4から、いちばんいいものを一つえらんでください。

(1)

　駅前にあるイタリア料理のレストランでは、誕生日に食事に来た人は飲み物がただになります。きのうは弟の誕生日でしたので、久しぶりに家族みんなで食事に行きました。ビールを全部で14杯注文しました。弟は2杯しか飲まなかったのに、父は一人で6杯も飲んでいました。

26

きのう、全部でビール何杯分のお金を払いましたか。
1　14杯分
2　2杯分
3　12杯分
4　6杯分

Track N4-02

(2)

　飛行機のチケットを安く買う方法をいくつか紹介しましょう。一つは2、3か月前に予約する方法です。でもこの場合、あとで予定を変えるのは難しいので、よく考えてから予約してください。もう一つは、旅行に行く2、3日前に買う方法です。まだ売れていないチケットが安く買えるかもしれませんが、席がなければ旅行に行けなくなるので、気をつけてください。

27

　8月10日ごろに旅行に行こうと思っています。いつチケットを買うと、安く買えますか。

1　5月ごろか、8月7日、8日ごろ

2　7月18日から20日ごろ

3　7月になってから

4　2月か3月

(3)

これは、田中さんから林さんに届いたメールです。

林さん

　　お久しぶりです。お元気ですか。最近の大阪の天気はどうですか。
　　わたしは20日から、仕事で1週間、大阪に行くことになりました。
　　大阪駅の近くに、おいしいフランス料理のレストランがあるそうですね。いっしょに食事をしたいです。
　　わたしは23日の夜は、時間があります。
　　林さんはその日はどうですか。お返事ください。

田中

28

林さんは田中さんに何を知らせなければなりませんか。

1　最近の大阪の天気がいいかどうか。
2　大阪駅の近くのレストランがいいかどうか。
3　23日に時間があるかどうか。
4　20日に時間があるかどうか。

Track N4-04

(4)

　野菜や果物は体にとてもいい食べ物ですが、食べ過ぎはよくありません。野菜は1日に350グラム、果物は1日に200グラムぐらいがいいそうです。

　けさ、わたしはいちごを七つ食べました。一つ14グラムぐらいですから、七つで約100グラムです。お昼は果物が食べられませんでしたので、その代わりにサラダをたくさん食べました。晩ごはんのあとで、りんごを食べようと思っていますが、食べ過ぎには気をつけなければいけません。

29

　この人は、きょうの夜どれぐらい果物を食べるとちょうどいいですか。

1　できるだけたくさん

2　350グラム

3　200グラム

4　100グラム

もんだい4

請閱讀下列(1)～(4)的文章並回答問題。請從選項 1・2・3・4 當中選出一個最恰當的答案。

▼ (1) ／ 26

[翻譯]

　　車站前的義式餐廳，壽星在生日當天可以免費暢飲。昨天是弟弟的生日，所以我們全家人久違地一起外出用餐。大家一共點了 14 杯啤酒。弟弟只喝了 2 杯而已，爸爸卻一個人就喝了 6 杯。

26 請問昨天，一共付了幾杯啤酒的錢？

1 14 杯
2 2 杯
3 12 杯
4 6 杯

[解題]

1 選項 1「14杯」。這個選項假設家庭需要為14杯啤酒全部支付費用。然而，根據規則「誕生日に食事に来た人は飲み物がただになります」（在生日當天來餐廳的人可以免費獲得飲品），弟弟在他的生日當天喝的兩杯啤酒是免費的。因此，這個選項是不正確的。

2 選項 2「2杯」。此選項表明他們只為 2 杯啤酒支付了費用，這明顯與事實不符，因為他們實際上需要為12杯啤酒支付費用（14杯中的 2 杯由於是弟弟的生日而免費）。因此，這個選項也是不正確的。

3 選項 3「12杯」。根據描述，他們「ビールを全部で14杯注文しました」（共訂了14杯啤酒）。由於來慶祝生日的人的飲料是免費的，且「弟は 2 杯しか飲まなかった」（弟弟只喝了 2 杯），所以他的 2 杯是免費的。因此，支付的是14杯減去免費的 2 杯，即12杯的費用，這個選項是正確的。

4 選項 4「6杯」。這個選項似乎只考慮了父親單獨喝的 6 杯啤酒。然而，文章中提到的其他啤酒顯然也需要付費，只有弟弟的兩杯是免費的。因此，這個選項也不正確。

　　「～になる」（變得…）表示事物的變化。「～しか～ない」（只…）用來表示限定，要注意「しか」的後面一定要接否定句。「～のに」（明明…）表示後項和前項無法相互對應

或是邏輯不通，有「A是…，B卻是…」的含意，或是用來表示說話者惋惜、遺憾的心情。「數量詞＋も」用來強調數量很多、程度很高。

重要單字

□ 駅前（車站前）
□ イタリア料理（義式料理）
□ レストラン（餐廳）
□ 誕生日（生日）
□ ただ（免費）

□ 久しぶりに（久違地）
□ ビール（啤酒）
□ ～杯（…杯）
□ 注文（點〈餐〉）
□ 払う（付錢）

▼ **(2) ／ 27**

[翻譯]

　　我來介紹幾個可以買到便宜機票的方法吧。其中一個方法是在 2、3 個月前預訂，不過之後會不好變更行程，所以一定要仔細考量再訂購。另外一個方法是在旅行前 2、3 天購買機票，雖然可以便宜買到賣不出去的機票，可是如果沒有座位就不能去旅行了，請多加留意。

27 預計在 8 月 10 號左右出發去旅行，請問什麼時候買機票比較便宜呢？

1　5 月左右或 8 月 7 號、8 號左右
2　7 月 18 號到 20 號左右
3　7 月起
4　2 月或 3 月

[解題]

❶　選項 1「5 月左右或 8 月 7 號、8 號左右」。根據文章中提到的兩種買便宜機票的方法，「2、3 か月前に予約する」（在 2、3 個月前預訂）和「旅行に行く 2、3 日前に買う」（旅行前 2、3 天購買），對於 8 月 10 日的旅行，這意味著在 5 月（大約 2、3 個月前）或是在 8 月的 7、8 日（幾天前）購買機票可能會得到較低的價格。因此，這是正確的選項。

❷　選項 2「7 月 18 日到 20 日左右」此選項提出的時間點既不符合 2、3 個月前的規則，也不在旅行的前 2、3 天內，因此不符合文章中提到的任何一種節省成本的時間規劃。

❸　選項3「7月之後」這個選項太過籠統，不具體指出具體購買的日期，無法確定是否符合文章中提到的便宜機票的時間範圍。

❹　選項4「2月或3月」此選項提出的時間遠早於推薦的2、3個月前的購票時機，因此並不是購買8月10日旅行機票的理想時期。

　　「いくつか」是從「疑問詞＋か」這個用法來的，「いくつ」(幾個)加上疑問的「か」表示數量不確定。「かもしれない」(或許…)表示說話者對於自己的發言、推測沒把握。「席がなければ」的「ば」表示滿足前項的條件就會發生後項的事情，意思是「如果…就…」。「行ける」(能去)和「買える」(能買)是「行く」、「買う」的可能形。

　　「～と思っている」用來表示某人有某種想法、念頭。「いつチケットを買うと」的「と」前面接動詞辞書形，表示前項動作一發生，後項事物就會立刻成立，常用在說明自然現象、路線、習慣、使用方法，可以翻譯成「一…就…」。

|答案：1

重要單字

□ 飛行機（飛機）

□ チケット（機票；票券）

□ 方法（方法）

□ 紹介する（介紹）

□ 予約（預購；預約）

□ 場合（情形；狀況）

□ 予定（預定〈計畫〉）

□ 変える（改變）

□ 旅行 （旅行）

□ 席（位子）

補充單字

レジャー、旅行 / 休閒、旅遊

01｜遊び
遊玩；不做事

02｜玩具
玩具

03｜小鳥
小鳥

04｜珍しい
少見，稀奇

05｜釣る
釣魚；引誘

06｜予約
預約

07｜出発
出發；起步

08｜案内
引導；帶路

09｜見物
觀光，參觀

10｜楽しむ
享受，欣賞

［翻譯］

這是一封田中寫給林先生的電子郵件。

> 林先生
>
> 好久不見。近來可好？最近大阪的天氣如何呢？
> 我20日起要去大阪洽公1個禮拜。
> 聽說大阪車站的附近有很好吃的法式料理餐廳。我想和你一起吃頓飯。
> 我23日晚上有空。
> 你那天方便嗎？請回信給我。
>
> 田中

28 請問林先生必須要告訴田中什麼事情呢？

1 最近大阪的天氣好不好
2 大阪車站附近的餐廳好不好
3 23 日有沒有時間
4 20 日有沒有時間

［解題］

1 選項 1「最近大阪的天氣如何」。此選項不正確。雖然田中先生在郵件開頭詢問了大阪的天氣情況「最近の大阪の天気はどうですか」，但主要的請求並不是關於天氣，而是關於會面的可能性。

2 選項 2「大阪站附近的餐廳是否好」同樣，文章中沒有提及任何關於餐廳的信息或田中對此有所詢問，因此這選項與情境不相關。

3 選項 3「23日是否有空」。從文章的對話中可以看到田中提到「わたしは23日の夜は、時間があります」（我23日晚上有空），隨後詢問林先生「林さんはその日はどうですか」（你那天方便嗎）。這表明田中詢問的是先生23日是否有空。選項 3 直接回答了這個問題，符合文章給出的需求。

4 選項4「20日是否有空」。文章中未提及任何有關20日的計畫或約定，因此這個選項與提供的情境不相關。

「～ことになる」表示一種客觀的安排，不是由說話者來決定這樣做的。「名詞＋だ＋そうだ」(聽說…)表示消息來源是從其他地方得來的，傳聞的「そうだ」前面還可以接動詞普通形、形容詞普通形、「形容動詞語幹＋だ」。「～かどうか」用在不確定的時候，「いいかどうか」的意思是「好或不好」，可以還原成「いいか悪いか」。

答案：3

重要單字

□ 届く（送達）

□ メール（電子郵件）

□ お久しぶりです（好久不見）

□ 大阪（大阪）

□ ～週間（…週）

□ ことになる（〈被〉決定…）

□ フランス料理（法國料理）

□ 夜（晚上）

□ 返事（答覆）

□ ～なければならない（必須）

▼ (4)／29

[翻譯]

蔬菜和水果雖然對身體很好，但是如果吃太多就不好了。據說蔬菜一天攝取 350 公克，水果一天攝取 200 公克，這樣最理想。

今天早上我吃了 7 顆草莓。一顆重量是 14 公克左右，7 顆大約 100 公克。中午不能吃水果，所以取而代之地，我吃了很多沙拉。晚餐後我想吃蘋果，不過一定要小心過量。

29 請問這個人今晚要吃多少的水果才剛剛好呢？

1 吃越多越好
2 350 公克
3 200 公克
4 100 公克

遇到詢問「どれぐらい」（多少）的題型，就要留意文章裡面提到的數字。這一題問題把焦點放在「果物」，所以我們只要看水果的部分就好。

1 選項1「盡可能多地」。這個選項建議食用大量的水果，但文章指出一天應該攝取的水果量為200公克，因此這個選項過量且不符合文章建議。

2 選項2「350公克」。這個選項提到的水果攝取量，超過了建議的每日攝取量（200公克），因此不正確。

3 選項3「200公克」。雖然文章中指出每日水果攝取量為200公克「果物は1日に200グラムぐらいがいいそうです」，但本文已提到作者早上已經攝取了約100公克的水果，因此這個選項也不適合。

4 選項4「100公克」。根據文章描述，作者早上已經攝取了100公克的水果「けさ、わたしはいちごを七つ食べました。一つ14グラムぐらいですから、七つで約100グラムです」，如果晚上再攝取100公克，總量則恰好為每日建議量200公克，因此這是最合適的選項。

在本文第1段的文法應用中，「～にいい」意思是「對…很好」，相反的，如果要表達某項事物是有害的，可以用「～に悪い」。「動詞ます形＋過ぎ」是名詞用法，意思是「過於…」、「太…」，表示程度超出限度，帶有負面的語感。「形容詞普通形＋そうだ」(聽說…)表示消息來源是從其他地方得來的，傳聞的「そうだ」前面還可以接動詞普通形、「名詞＋だ」、「形容動詞語幹＋だ」。

在本文第2段的文法應用中，「その代わりに」意思是「取而代之地」，表示用後項來代替前項。「～ようと思っている」(打算…)用來表示說話者積極地想做某件事情。「動詞未然形＋なければいけない」(不能不…)用來說明在這個情況之下該怎麼做才是最理想的，雖然帶有「本來就該如此」的強制語感，但其實要做不做還是取決於個人。

｜答案：4

重要單字

□ 野菜（蔬菜）

□ 果物（水果）

□ 食べ物（食物）

□ ～過ぎ（…過頭；…超過）

□ グラム（公克）

□ 苺（草莓）

□ 約～（大約）

□ その代わりに（取而代之地）

□ サラダ（沙拉）

□ ～ようと思う（我想…）

Track N4-05

もんだい5

つぎの文章を読んで、質問に答えてください。答えは、1・2・3・4から、いちばんいいものを一つえらんでください。

　最近の日本では、お父さんやお母さんが仕事で忙しかったり、子どもが勉強で忙しかったりで、家族ひとりひとりが違う時間に食事をする家庭が増えています。特に、子どもが中学生や高校生になって自分の時間を持つようになると、家族みんなで食事をするのが難しくなるようです。

　一人で食べるのとだれかといっしょに食べるのは、違います。例えば、一人のときは、おはしの持ち方が正しくなかったり、ちゃんと座らないで食べたりしても、だれも注意しません。でも、だれかといっしょのときには、食べ方や座り方にも気をつけなければいけません。

　家族がいっしょに食事をするのはとても大切なことです。できれば、テレビをつけないで、きょうどんなことがあったか話をしながら食事をしましょう。そうすれば、きょうはお兄さんは元気があるなあ、お姉さんはよく笑うなあ、お父さんは疲れていそうだなあ、と家族の様子がよくわかります。上手に時間を作って、1週間に1回は、家族みんなでごはんを食べるようにしてみませんか。

30

日本ではどのように食事をする人が増えていますか。

1 家族といっしょに食事をする人。

2 中学生や高校生の友だちと食事をする人。

3 お父さんやお母さんと食事をする人。

4 一人で食事をする人。

31

家族が違う時間に食事をするのはどうしてですか。

1 家族みんなが忙しいことが多いから。

2 一人で暮らしているから。

3 一人でいることが好きだから。

4 テレビを見ながら食べたいから。

32

<u>一人で食べるのとだれかといっしょに食べるのは、違います</u>とあります

が、どんなことが違いますか。

1 食べるものが違います。

2 好きなものが違います。

3 食べ方や座り方が違います。

4 使うお茶碗やお皿が違います。

1 　選項 1「和家人一起吃飯的人」。這個選項不正確，文章中提到現代的生活方式使得家人難以一起用餐，「家族ひとりひとりが違う時間に食事をする家庭が増えています」（家庭中每個人都在不同時間吃飯的情況正在增加），這表明共同用餐的人數正在減少。

2 　選項 2「和國中或高中同學一起吃飯的人」。這個選項同樣不正確，文章沒有提及與同學一起用餐的情況，因此這與問題無關。

3 　選項 3「和爸爸或媽媽吃飯的人」。這個選項也不符合，因為文中明確指出由於父母工作等原因，家庭成員難以一同用餐（如選項 1 的解釋）。

4 　選項 4「獨自吃飯的人」。這是正確的選項。文章明確指出由於家庭成員各自忙碌，導致家庭中每個人都在不同時間吃飯的情況正在增加，意味著更多人獨自用餐。

> 「～ようになる」(變得…)表示能力、狀態或行為的改變。「～ようだ」(好像…)表示說話者依據種種情況來進行主觀的推測。

答案： 4

▼ 31 --

31 請問為什麼家人都各自在不同的時間吃飯呢？

1 因為家人各忙各的
2 因為自己一個人住
3 因為喜歡自己一個人
4 因為想邊看電視邊吃飯

[解題]　「どうして」和「なぜ」一樣，都是用來詢問原因、理由的疑問詞。

1 　選項 1「因為家人各忙各的」。文章第一句明確指出「お父さんやお母さんが仕事で忙しかったり、子どもが勉強で忙しかったりで、家族ひとりひとりが違う時間に食事をする家庭が増えています」，這表明由於父母忙於工作和孩子忙於學業，導致全家人無法在同一時間共進晚餐。這與選項 1 完全相符。

2 　選項 2「因為自己一個人住」。這個選項提到的是單身生活，但文章討論的是家庭成員間的狀況，因此與問題情境不符。

3 　選項 3「因為喜歡一個人」。文章中沒有提及家庭成員喜歡獨自一人進食的情感原因，這個選項與文章討論的主題不相關。

4 　選項 4「因為想邊看電視邊吃飯」。雖然看電視吃飯可能是一些家庭的習慣，但文章中並未提及這作為分開用餐時間的原因，所以這個選項也是不符合的。

答案： 1

32 文章中提到獨自吃飯和跟別人一起吃飯是不同的，請問是什麼不同呢？

1 食物不同
2 喜歡的東西不同
3 吃相和坐姿不同
4 使用的碗盤不同

[解題] 在這類以劃底線為題型的考題中，通常會用換句話說的方式來詢問底線部分的含義。因此，把握全文的主旨至關重要，尤其要利用底線部分的上下文來深化理解，因為這些部分很可能是對前文的總結或對後文的引導。

1 　選項1「吃的東西不同」。文章中沒有提到吃的東西，會因為是一人還是多人用餐而有所不同，因此這個選項與文中的討論不符。

2 　選項2「喜歡的食物不同」。文章中也未提及喜歡的食物，會因用餐方式不同而有所差異，所以這個選項同樣不適用。

3 　選項3「吃的方式和坐姿不同」。文章明確指出「一人のときは、おはしの持ち方が正しくなかったり、ちゃんと座らないで食べたりしても、だれも注意しません。でも、だれかといっしょのときには、食べ方や座り方にも気をつけなければいけません」，這句話直接解釋了獨自用餐時可能不會注意餐桌禮儀，但與人一起用餐則需要注意這些行為，完全符合這個選項。

4 　選項4「使用的飯碗和盤子不同」。文中未有提到用具的選擇，會因用餐方式不同而改變，故此選項與文章的內容無關。

　「例えば」(比方說)用在比喻說明的時候。「～に気をつける」意思是「留意…」，格助詞要用表示對象的「に」。「動詞未然形＋なければいけない」(不能不…)用來說明在這個情況之下該怎麼做才是最理想的，雖然帶有「本來就該如此」的強制語感，但其實要做不做還是取決於個人。

|答案：3

33 請問和家人一起用餐有怎樣的好處呢？

1 不再打開電視
2 變得有精神
3 瞭解家人
4 講話變得有技巧

［解題］

① 　選項 1「不再開電視」。文章中提到了一起吃飯時應該避免看電視，以促進交流，但這並非直接好處，而是一種建議的環境設置。

② 　選項 2「會變得有精神」。儘管文章中提到與家人一起用餐時，可以觀察到誰「元気がある」（精神好），這不是一起用餐帶來的好處，而是觀察到的現象。

③ 　選項 3「能更好地了解家人」。文章中直接提到「そうすれば、きょうはお兄さんは元気があるなあ、お姉さんはよく笑うなあ、お父さんは疲れていそうだなあ、と家族の様子がよくわかります」。這表明共餐可以讓人更好地理解家人的情況和心情，完全對應這個選項。

④ 　選項 4「會變得更會說話」。文章並未提及一起用餐會直接提升說話技巧。雖然一起用餐可能增進溝通，但這不是文中直接提到的益處。

｜答案：3

重要單字

□ 最近（最近）
□ 忙しい（忙碌的）
□ 勉強（唸書）
□ ひとりひとり（每一個人）
□ 違う（不同）
□ 家庭（家庭）
□ 増える（增多）
□ 中学生（國中生）
□ 高校生（高中生）
□ ～ようになる（變得…）
□ 難しい（困難的）
□ ～ようだ（似乎…）
□ 例えば（比方説）
□ おはし（筷子）
□ 持ち方（（筷子的）拿法）

□ 正しい（正確的）
□ ちゃんと（好好地）
□ 注意する（提醒；注意）
□ 食べ方（吃相；吃法）
□ 座り方（坐姿）
□ ～なければいけない（不得不…）
□ お兄さん（哥哥）
□ 元気（有精神；活力）
□ お姉さん（姊姊）
□ 疲れる（疲累）
□ 様子（樣子）
□ 上手（高明；巧妙；擅長）
□ 暮らす（生活）
□ お茶碗（碗）
□ お皿（盤）

Track N4-06

もんだい6

つぎのA「コンサートのスケジュール表」とB「週末の予定」を見て、質問に答えて
ください。答えは、1・2・3・4からいちばんいいものを一つえらんでください。

34

つよし君の家族が3人で行くことができるコンサートはどれですか。
1 子どもの歌
2 演歌人気20曲
3 アニメの歌
4 カラオケ人気20曲

35

つよし君のパパは、外国の音楽を聴くのが趣味です。パパが行くこと
ができるコンサートで、パパの趣味にいちばん合うのはどれですか。
1 世界の歌
2 カラオケ人気20曲
3 アニメの歌
4 アメリカの歌

A　コンサートのスケジュール表

日時	コンサート
5月12日	
10：00〜11：30	子どもの歌
13：00〜14：30	アメリカの歌
15：30〜17：30	演歌人気20曲
5月13日	
10：00〜11：30	アニメの歌
13：00〜14：30	カラオケ人気20曲
15：30〜17：30	世界の歌

B　週末の予定

	11日（金）	12日（土）	13日（日）
パパ	夜：お食事会	午前：なし 午後：なし	午前：なし 午後：ゴルフ
ママ	夜：なし	午前：なし 午後：なし	午前：テニス 午後：買い物
つよし君	夜：塾	午前：なし 午後：サッカー	午前：なし 午後：なし

もんだい6

請閱讀下列的A「演唱會場次表」和B「週末行程」並回答問題。請從選項1．2．3．4
當中選出一個最恰當的答案。

[翻譯]

A 演唱會場次

日期時間	演唱會
5月12日	
10：00～11：30	兒歌
13：00～14：30	美國歌謠
15：30～17：30	演歌20首排行榜金曲
5月13日	
10：00～11：30	卡通歌
13：00～14：30	KTV人氣20曲
15：30～17：30	世界金曲

B 週末行程

	11日（五）	12日（六）	13日（日）
爸爸	晚上：聚餐	上午：無 下午：無	上午：無 下午：高爾夫
媽媽	晚上：無	上午：無 下午：無	上午：網球 下午：購物
小剛	晚上：補習	上午：無 下午：足球	上午：無 下午：無

▼ 34

34　請問小剛一家 3 口都能去的演唱會是哪一場呢？

1 兒歌
2 演歌 20 首排行榜金曲
3 卡通歌
4 KTV 人氣 20 曲

［解題］

1　選項 1「兒歌」。從表（B）中可以看到，爸爸、媽媽、小剛在 5 月12日（星期六）上午都沒有安排任何活動，這個時間段正好對應到音樂會時間表（A）中的「10：00～11：30子どもの歌」。因此，這是 3 人都有空參加的一場音樂會。

2　選項 2「演歌20首排行榜金曲」。從表（B）看，5 月12日下午，小剛的安排是足球，因此這一時段不是全家都有空。

3　選項 3「卡通歌」。5 月13日（星期日）上午，媽媽安排了打網球，所以並非全家都有空。

4　選項 4「KTV人氣20曲」。同樣地，5 月13日（星期日）下午，媽媽安排了購物，爸爸安排了高爾夫球，不是全家都有空的時段。

> 「～ことができる」(能夠…)用來表示有能力、有辦法去完成某件事情。

答案：1

▼ 35

35　小剛的爸爸興趣是聽外國音樂。在爸爸能去的演唱會當中，請問最符合他興趣的是哪一場呢？

1 世界金曲
2 KTV 人氣 20 曲
3 卡通歌
4 美國歌謠

［解題］

1　選項 1「世界金曲」。這場音樂會在 5 月13日下午舉行。從表 B（週末の予定）可以看出，小剛爸爸這時候安排了去打高爾夫，所以他無法參加。

2 選項 2「KTV人氣20曲」。這場音樂會在 5 月13日中午過後舉行。同樣地，這時小剛爸爸已有其他活動安排。

3 選項 3「卡通歌」。這場音樂會在 5 月13日上午舉行，小剛爸爸這時雖沒有安排，但並不符合他喜歡外國音樂的興趣。

4 選項 4「美國歌謠」。這場音樂會在 5 月12日下午舉行。根據表 B，小剛爸爸這個時段沒有其他安排，因此他可以參加。同時，這也是唯一與「外国の音楽」相關的音樂會，更具體的是美國音樂，這符合他喜歡聽外國音樂的興趣。

答案：4

重要單字

- □ コンサート（演唱會）
- □ 演歌（演歌）
- □ 人気（人氣；受歡迎）
- □ カラオケ（KTV）
- □ パパ（爸爸）
- □ 趣味（興趣）
- □ 合う（符合）
- □ 市民ホール（市民中心）
- □ スケジュール表（場次表）
- □ 始まる（開始）
- □ 会場（會場）
- □ 食事会（餐會）
- □ なし（無）
- □ ゴルフ（高爾夫球）
- □ ママ（媽媽）
- □ テニス（網球）
- □ 塾（補習班）

補充單字

文芸 / 藝文活動

01 | 趣味
嗜好；趣味

02 | 番組
節目

03 | 展覧会
展覽會

04 | 花見
賞花（常指賞櫻）

05 | 人形
娃娃，人偶

06 | ピアノ【piano】
鋼琴

［讀解・第二回］

Track N4-07

もんだい4

つぎの(1)から(4)の文章を読んで、質問に答えてください。答えは、1・2・3・4から、いちばんいいものを一つえらんでください。

(1)

　きょう、日本語のクラスを決めるためのテストがありました。取った点数で、入るクラスが決まります。80点以上の人はクラスA、79点～60点はクラスB、59点～30点はクラスC、29点以下はクラスDです。わたしはもう1年も日本語を勉強しているので、クラスBに入りたかったのですが、3点足りなくて入ることができませんでした。2か月後のテストで、また頑張りたいと思います。

26

　この人はきょうのテストで何点取りましたか。

1　77点

2　57点

3　27点

4　3点

Track N4-08

(2)

　わたしの母は掃除が好きで、毎日どこかを掃除しています。でも、毎日、家中全部を掃除するのではなくて、月・水・金は玄関と台所、火・土はトイレ、木・日はおふろと庭、というように、何曜日にどこを掃除するか決まっています。わたしも時々手伝います。父は、家の掃除はあまり手伝ってくれませんが、月に２回ぐらい車を洗います。そのときは、わたしもいっしょに自分の自転車を洗います。

27

　この人のお母さんがいちばんよく掃除するところはどこですか。

1　家中全部

2　玄関と台所

3　トイレ

4　車と自転車

(3)

これは、林さんから楊さんに届いたメールです。

楊さん

　あしたの夕方、黄さんといっしょに、カラオケに行きます。池袋の店に行こうと思っていますが、もしかしたら、新宿のほうにするかもしれません。
　カラオケの店では部屋を借ります。中では、飲んだり、食べたりもできます。前に行ったことがある黄さんの話では、外国の歌のカラオケもあるそうですよ。
　楊さんもいっしょに行きませんか。
　このメールを読んだら、返事をください。

林

28

あした、林さんが行くカラオケの店はどんな店ですか。
1　カラオケの店は池袋にしかありません。
2　外国の歌のカラオケもあるかもしれません。
3　部屋の中では歌うことしかできません。
4　外国の歌を歌うこともできます。

Track N4-10

(4)

　もしもし、伊藤さんですか。田中です。あした、仕事のあと、会う約束でしたよね。わたしが伊藤さんを迎えに行こうと思ったんですが、伊藤さんの会社の場所がよくわかりません。すみませんが、駅前のデパートまで出て来てもらえますか。わたしはあしたは早く仕事が終わるので、先に買い物するつもりです。そのあとは、デパートの喫茶店で本でも読んで待っていますので、仕事が遅くなるようでしたら、6時ごろに一度お電話ください。よろしくお願いします。

29

田中さんはあした、伊藤さんとどこで会おうと思っていますか。

1　駅前のデパート
2　伊藤さんの会社
3　駅
4　田中さんの会社

もんだい4

請閱讀下列(1)〜(4)的文章並回答問題。請從選項1・2・3・4當中選出一個最恰當的答案。

▼ (1) ／ 26

[翻譯]

　　今天有個考試是為了決定日文分班才舉行的。依照分數，決定分到哪一班。拿到80分以上的人是A班，79〜60分是B班，59〜30分是C班，29分以下是D班。我已經唸了1年的日語，所以想進去B班，可是差3分，沒有辦法進去。2個月後的考試，我想再接再厲。

26　請問這個人今天的考試拿了幾分呢？

1 77分

2 57分

3 27分

4 3分

[解題]　從第2行〜第3行可以得知分班的分數條件如下：

班級	A	B	C	D
分數	80以上	79〜60	59〜30	29以下

①　　選項1「77分」。如果這個人的分數是77分，則本來就已經能夠進入B班「79点〜60点」，而不會差3分。因此，這個選項不符合描述中「3点足りなくて」（差3分）的情況。

②　　選項2「57分」。根據描述「クラスBに入りたかったのですが、3点足りなくて」（想進入B班但差3分），最低分數進入B班的門檻是60分。所以如果他得到57分，則正好符合差3分無法進入B班的情況。

③　　選項3「27分」。27分遠低於進入B班（60分）的要求，甚至低於C班的最低分數（30分），這遠超過「3点足りなくて」（差3分）的範圍。

④　　選項4「3分」。3分遠遠不足以考慮進入任何班級，這個選項與描述不符，因為他表達的是差3分無法進入B班，而不是幾乎沒有得分。

「ため」（為了…）前面接動詞辞書形或是「名詞＋の」，表示目的。「時間／數量＋も」用來強調數量很多，程度很高。「～たいと思う」(我想…)表示說話者有某個想法、念頭，想去做某件事情，比起「～(よ)うと思う」(我打算…)，態度比較不積極。

答案：2

重要單字

□ クラス（班級）

□ 決める（做決定）

□ 取る（考取；拿）

□ 点数（分數）

□ 決まる（決定）

□ ～点 （…分）

□ 以上（以上）

□ 以下（以下）

□ ～のだ（有強調自己（主張的含意）

□ 足りる（足夠）

□ 頑張る（加油；努力）

▼ (2) ／ 27

[翻譯]

　　我的媽媽很喜歡打掃，她每天都在打掃某個地方。不過，她不是天天都在打掃家裡每個角落，像是一、三、五打掃玄關和廚房，二、六是廁所，四、日是浴室和庭院，固定每個禮拜幾就打掃哪裡。我有時也會幫忙。爸爸雖然不太幫忙打掃家裡，但他一個月大概會洗兩次車，這時候我也會清洗自己的腳踏車。

27 請問這個人的母親最常打掃的地方是哪裡？

1 家裡全部
2 玄關和廚房
3 廁所
4 汽車和腳踏車

[解題]　從第 2 行和第 3 行可以得知這個人的母親一週打掃區域的分配是：

星期	月・水・金	火・土	木・日
地點	玄関と台所	トイレ	おふろと庭

1 選項 1「家中全部」。文章中指出她並非每天都會打掃家中全部，而是按日程分區打掃，所以此選項不符。

2 選項 2「玄關和廚房」。根據描述「月・水・金は玄関と台所」，母親會在星期一、三、五打掃玄關和廚房，這 3 天的頻率高於其他地方，因此是母親最常打掃的地方。

3 　選項3「廁所」。文章提到「火・土はトイレ」，母親在星期二和星期六打掃廁所，頻率較「玄関と台所」低，不是最常打掃的地方。

4 　選項4「汽車和腳踏車」。這是父親和作者的任務，兩人大概每月清洗兩次車。這不是母親的常規打掃範圍，且清洗頻率也較低。

> 　「どこかを」(某地方)是「疑問詞＋か」的用法，表示不明確、不特定。「というように」(像這樣…)的前面是舉例、條列說明，後面做出結論或歸納。「決まっている」是指「有這樣的規則定律」。

> 　表示頻率的常見副詞按照頻率高低排序，依序是「よく(時常)＞時々(有時)＞たまに(偶爾)＞あまり(很少)＞全然(完全不)」，要注意最後兩個的後面都接否定表現。「～てくれる」表示某人為己方做某件事，有感謝的語意。

｜答案：2

重要單字

□ 掃除（打掃） （そうじ）	□ 庭（庭院） （にわ）
□ 家中（家裡全部） （いえじゅう）	□ 手伝う（幫忙） （てつだう）
□ 玄関（玄關） （げんかん）	□ ～てくれる（〈為我們〉做…）
□ 台所（廚房） （だいどころ）	□ 自転車（腳踏車） （じてんしゃ）
□ おふろ（浴室）	

▼ **(3)／28**--

［翻譯］

這是一封林同學寫給楊同學的電子郵件。

> 楊同學
>
> 明日的傍晚，我將和黃同學一起去唱KTV。目前打算去池袋的店，但也許會改去新宿那邊。
>
> 在KTV店內，我們會租一個包廂，裡面可以邊唱歌邊享用飲料和食物。黃同學曾去過，據他表示，那裡還有外國歌曲可供選唱哦。

楊同學，不妨也一起來參加？閱讀此郵件後，請回覆我。

　　　　　　　　　　　　　　　　　　　　　　　　　　　　　　林

[28] 請問明天林同學要去的 KTV 是什麼樣的店呢？

1 KTV 只有池袋才有
2 可能也有外國歌曲
3 在包廂中只能唱歌
4 也可以唱外國歌曲

[解題]　「どんな」用來詢問性質、狀態、樣式，所以要掌握題目當中對KTV的敘述。這一題先將KTV的特色整理如下，再配合刪去法作答：

行數	描述	情報
3~4	池袋の店に行こうと思っていますが、もしかしたら、新宿のほうにするかもしれません。	池袋和新宿都有分店。
5~6	中では、飲んだり、食べたりもできます。	包廂內也可以飲食。
7	外国の歌のカラオケもあるそうですよ。	也有外國歌曲。

① 　　選項1「KTV只有池袋才有」。文中提到「池袋の店に行こうと思っていますが、もしかしたら、新宿のほうにするかもしれません」（本想去池袋的店，但也許會改去新宿的），顯示KTV店不只在池袋，也可能在新宿，因此這個選項不正確。

② 　　選項2「可能也有外國歌曲」。雖然黃同學的話提供了外國歌曲的信息，這個選項用了「かもしれません」來表達不確定性，但是已經有足夠證據說明確實有外國歌曲，所以這個說法過於曖昧，不夠精確。

③ 　　選項3「在包廂中只能唱歌」。文中明確指出「中では、飲んだり、食べたりもできます」（包廂內可以喝東西、吃東西），這表示除了唱歌外，還可以進行其他活動，所以這個選項不正確。

④ 　　選項4「也可以唱外國歌曲」。根據文中「外国の歌のカラオケもあるそうですよ」（聽說有外國歌曲），這句話確認了KTV店有提供外國歌曲，所以這個選項正確描述了店裡的特點。

　　「～(よ)うと思う」(打算…)表示說話者積極地想採取某種行動。「もしかしたら」(可能…)用在語氣不確定的時候，表示有某種可能。「～にする」表示做出決定或是選擇某

項事物。「〜たことがある」(…過)表示過去曾經有某種經驗。「〜たら」(如果…就…)表示條件，如果前項發生就可以採取後項行為，「たら」遇上「読む」會起音便變成「だら」。

重要單字

□ 池袋 (池袋)

□ もしかしたら (或許；該不會)

□ 新宿 (新宿)

□ ほう (那裡；那一帶)

□ 〜にする (決定…)

□ かもしれない (也許；可能)

□ 借りる (借〈入〉)

□ 読む (看；讀)

▼ **(4) / 29**---

[翻譯]

　　喂？請問是伊藤先生嗎？我是田中。我們約了明天下班後要見面對吧？我想去接伊藤先生您，不過，我不太清楚貴公司的位置，所以不好意思，可以請您到車站前的百貨公司嗎？我明天工作會提早結束，打算先去買東西，之後我想在百貨公司的咖啡廳看看書等您，所以如果您可能會晚下班的話，請先在6點左右給我一通電話。麻煩您了。

29 請問田中先生明天打算要在哪裡和伊藤先生碰面呢？

1 車站前的百貨公司
2 伊藤先生的公司
3 車站
4 田中先生的公司

[解題]　這道題目詢問的是「どこ」(哪裡)，對於地點的位置要特別注意。例如，在這個問題中，就出現了「伊藤さんの会社」、「駅前のデパート」、「デパートの喫茶店」等地點，正確答案只有一個，要小心陷阱。

1 　選項1「車站前的百貨公司」。對話中田中先生說「すみませんが、駅前のデパートまで出て来てもらえますか。」(能麻煩你到車站前的百貨公司來嗎？)，這明確指出他們計劃在百貨公司附近會面。這是文中直接提到的會面地點。

2 　選項2「伊藤先生的公司」。田中先生提到他不確定伊藤先生公司的具體位置「伊藤さんの会社の場所がよくわかりません」，所以沒有選擇在公司會面。

3 選項 3「車站」。雖然提到了「駅前のデパート」（車站前的百貨公司），但這不是在車站內，而是在車站附近的百貨公司，因此這個選項並不精確。

4 選項 4「田中先生的公司」。文中沒有提及田中先生，希望在自己公司會面的信息。

「会う約束でしたよね」的「よね」放在句尾表示確認。「〜(よ)うと思う」(打算…)表示說話者積極地想採取某種行動。「〜てもらえるか」(可否請你…)是從「〜てもらう」(請…)變來的，用來詢問對方能不能做某件事情。

「〜つもりだ」(打算…)表示說話者預定要做某件事情，和「〜(よ)うと思う」不同的是，「つもり」帶有計畫性。「〜ようだ」(似乎…)在這邊表示推測，帶有「依據觀察到的情形，覺得…」的意思。

|答案：1

重要單字

□ もしもし（〈電話裡的應答聲〉喂？） □ 終わる（結束）
□ 約束（約會；約定） □ 先に（先…）
□ 迎える（〈迎〉接） □ デパート（百貨公司）
□ 仕事（工作） □ 〜つもりだ（我打算…）

補充單字

仕事 / 職場工作

01｜計画
計劃

02｜予定
預定

03｜途中
中途；半途

04｜片付ける
收拾；解決

05｜訪ねる
拜訪，訪問

06｜用
事情；用途

07｜用事
事情；工作

08｜両方
兩方，兩種

職業、事業 / 職業、事業

01｜受付
詢問處；接待員

02｜運転手
司機

03｜看護師
護理師，護士

04｜警官
警察；巡警

讀解・第二回

Track N4-11

もんだい5

つぎの文章を読んで、質問に答えてください。答えは、1・2・3・4から、いちばんいいものを一つえらんでください。

　夜おふろに入る人と朝おふろに入る人と、どちらが多いでしょうか。最近見たある雑誌には、80％の人が夜おふろに入っていると書いてありました。

　夜おふろに入る理由は、疲れた体をゆっくり休めることができるからと答えた人がほとんどでした。おふろで本を読んだり音楽を聴いたりするという人もいますし、最近では、テレビを見ながらおふろに入るという人も増えているそうです。中には何時間もおふろに入るという人もいて、驚きました。

　外国では、朝シャワーを浴びる人が多いですが、日本でもだいたい20％の人が朝おふろに入っています。女性より男性のほうが、朝おふろに入る人が多いそうで、これはとてもおもしろいことだと思いました。夜おふろに入っている人の中にも、もし時間があれば、朝おふろに入りたいという人もいました。

　このように、生活習慣はひとりひとり違います。結婚してから、おふろのことでけんかしたという人もいます。体をきれいにして、ゆっくり休めることが大切ですから、自分に合った方法でおふろを楽しむのがいいでしょう。

30

日本では、いつおふろに入る人が多いですか。

1　夜

2　朝

3　朝と夜

4　テレビを見るとき

31

夜おふろに入る理由は、どれが多いですか。

1　疲れた体をゆっくり休めたいから。

2　本を読んだり、音楽を聴いたりしたいから。

3　テレビを見たいから。

4　シャワーを浴びるのは大変だから。

32

作者はどんなことがおもしろいことだと思いましたか。

1　外国では、シャワーを浴びる人が少ないこと。

2　日本でも20％ぐらいの人が、朝シャワーを浴びていること。

3　女性より男性のほうが、朝おふろに入る人が多かったこと。

4　男性より女性のほうが、朝おふろに入る人が多かったこと。

33

この文では、どのようにおふろを楽しむのがいいと言っていますか。

1　結婚してから楽しむほうがいいです。

2　楽しむのではなく、体をきれいにしたり、休めたりしなければいけません。

3　時間があれば、できるだけおふろに入って楽しむほうがいいです。

4　自分に合ったやり方で楽しむのがいいです。

もんだい5

請閱讀下列文章並回答問題。請從選項1・2・3・4當中選出一個最恰當的答案。

[翻譯]

　　晚上泡澡的人和早上泡澡的人，哪種人比較多呢？最近我看一本雜誌，上面寫説80%的人是在晚上泡澡。

　　關於在晚上泡澡的理由，大多數的人都回答「因為可以讓疲憊的身體獲得充分的休息」。有人會在泡澡的時候看書或聽音樂，而最近也越來越多人會邊看電視邊泡澡，其中有些人甚至可以一泡就泡好幾個鐘頭，真讓人大吃一驚。

　　在國外，早上沖澡的人很多，日本也有大概20%的人會在早上泡澡。比起女性，聽說比較多的男性會在早上泡澡，我覺得這是個非常<u>有趣的現象</u>。習慣晚上泡澡的人當中，如果時間充足，也有人會想在早上泡澡。

　　像這樣每個人的生活習慣都不一樣。也有人結婚後因為洗澡的事情吵架。洗淨身體和充分休息是很重要的，不妨用適合自己的方法來享受泡澡吧。

▼ **30**--

30 請問在日本，什麼時候泡澡的人比較多呢？

1 晚上
2 早上
3 早上和晚上
4 看電視時

[解題]　這篇文章有4個段落，運用典型的「起承轉合」手法，介紹各種洗澡的習慣。各段落的主旨如下表所示：

第一段	開門見山點出晚上洗澡的人比較多。
第二段	承接上一段說明原因，並介紹各種洗澡習慣。
第三段	話題轉到早上洗澡的人的情況。
第四段	結論：每個人的洗澡習慣都不同，可以找出適合自己的方法。

1 　選項 1 「晚上」。文章中第一段明確指出「80％の人が夜おふろに入っている」（80％的人在晚上洗澡），這明確指示大多數人選擇晚上洗澡，這是直接的事實陳述。

2 　選項 2 「早上」。文章提到約20％的人選擇在早上洗澡，這相對於晚上來說少很多，因此這不是正確答案。

3 　選項 3 「早上和晚上」。雖然有提到有些人在早上和晚上都會洗澡，但文中沒有指出這種習慣的比例超過單獨晚上洗澡的人，因此此不適合作為答案。

4 　選項 4 「看電視時」。文中提到一些人會邊看電視邊洗澡，但這並不代表這是洗澡的主要時段，而且這更多是描述洗澡時的活動，而非洗澡的時間。

> 　「ＡとＢ(と)、どちらが～か」（Ａ和Ｂ，哪個比較…？)是二選一的疑問句型，用來比較Ａ、Ｂ兩者。

答案：1

▼**31**--

31 請問晚上泡澡最多的理由是什麼？

1 因為想讓疲累的身體充分休息
2 因為想看書或聽音樂
3 因為想看電視
4 因為沖澡很麻煩

[解題]

1 　選項 1 「想讓疲累的身體充分休息」。文中指出大多數人晚上洗澡是為了「疲れた体をゆっくりと休めることができるからと答えた人がほとんどでした」（大多數的人都回答，因為可以讓疲憊的身體獲得充分的休息）」，這顯示這是主要且普遍的理由。

2 　選項 2 「想要邊讀書或邊聽音樂」。雖然文中提到有人在浴室內讀書或聽音樂，但這並非主要原因，更多是描述一個附加的活動。

3 　選項 3 「想要看電視」。文章確實提到有人邊洗澡邊看電視，但這不是大部分人的主要理由。

4 　選項 4 「沖澡很麻煩」。文章中沒有提到這個理由，不符合文意。

「～ことができる」(能夠…)用來表示有能力、有辦法去完成某件事情。「～という」用來引用別人的說話內容，或是可以解釋成「像這樣的…」。「～そうだ」(聽說…)表示消息來源是從其他地方得來的，傳聞的「そうだ」前面要接動詞普通形、「名詞＋だ」、形容詞普通形、「形容動詞語幹＋だ」。

| 答案： 1

▼**32**--

32 請問作者覺得什麼是有趣的現象呢？

1 在國外沖澡的人很少
2 在日本也約有 20%的人會在早上沖澡
3 早上泡澡的男性比女性多
4 早上泡澡的女性比男性多

[解題]

1　選項1「在國外沖澡的人很少」。文章中沒有提到外國沖澡的人少，反而提到在外國沖澡的人多。

2　選項2「在日本，大約20%的人會在早上沖澡」。這個信息在文中被提及，但沒有被作者標記為特別有趣。

3　選項3「早上泡澡的男性比女性多」。這是文中提到的有趣現象，並且是被直接連接到作者的感受「これはとてもおもしろいことだと思いました」，顯示這是作者認為有趣的部分。

4　選項4「早上泡澡的女性比男性多」。這個選項和事實相反，文章說的是男性比女性多。

　　「～と思う」表示說話者個人的想法、感受。「～ば」(假如…)帶有假設語氣，表示如果滿足前項條件，說話者就希望或準備採取後項行為，「～ば」的前面有時候也會加個「もし」(如果)。

| 答案： 3

▼**33**--

33 請問這篇文章說要如何享受泡澡呢？

1 結了婚再來享受比較好
2 不是享受，而是一定要把身體洗乾淨並休息
3 有時間的話，盡可能地泡澡享受比較好
4 用適合自己的方法來享受比較好

1 　選項 1「建議在結婚後才享受洗澡」。文章中並沒有提到結婚與享受洗澡的關聯，這一選項與問題無關。

2 　選項 2「不是為了樂趣，而是必須保持清潔和休息」。此選項對立於文章的建議，文章鼓勵找到個人喜好的洗澡方式，並非僅僅是為了清潔或休息。

3 　選項 3「如果有時間，應盡量進入浴室享受」。雖然這個選項看似正面，但它強調「如果有時間」這一前提條件，而文章中提倡的是根據個人情況來適應。

4 　選項 4「應該選擇最適合自己的方式來享受」。這一選項直接反映了文章最後一句的建議，即享受洗澡應該根據個人的偏好和狀況，來選擇最適合的方式。

　「このように」（誠如以上所述）經常用來做總結，作用是承接上面所說的內容，進行歸納或分析。「動詞ます形＋方」（「方」唸成「かた」），表示做某個動作的方法。

｜答案：4

重要單字

☐ おふろに入る（洗澡；泡澡）	☐ 〜たい（想要…）
☐ ある（某個）	☐ 生活（生活）
☐ 〜てある（表行為結果的狀態）	☐ 習慣（習慣）
☐ 理由（理由）	☐ 結婚する（結婚）
☐ ゆっくり（悠閒地）	☐ けんか（吵架）
☐ 休める（能休息）	☐ きれい（乾淨；漂亮）
☐ 〜ことができる（能夠…）	☐ 大切（重要）
☐ 答える（回答）	☐ 自分（自己）
☐ 〜そうだ（聽說…）	☐ 楽しむ（享受）
☐ 驚く（令人吃驚）	☐ 大変（辛苦；糟糕）
☐ 外国（國外）	☐ 作者（作者）
☐ シャワーを浴びる（沖澡）	☐ 女性（女性）
☐ 〜でも（也…；即使是…）	☐ 男性（男性）
☐ おもしろい（有趣的）	☐ やり方（做法）
☐ もし（如果）	☐ できるだけ（盡可能…）

[讀解・第二回]

Track N4-12

もんだい6

つぎのA「今月の星座占い」とB「今月の血液型占い」を見て、質問に答えてください。答えは、1・2・3・4からいちばんいいものを一つえらんでください。

34
今月、旅行へ行くといいのはどんな人ですか。
1 みずがめ座でB型の人
2 しし座でO型の人
3 おひつじ座でAB型の人
4 おうし座でA型の人

35
今月、健康に気をつけたほうがいいのはどんな人ですか。
1 うお座でB型の人
2 てんびん座でAB型の人
3 かに座でO型の人
4 さそり座でA型の人

A 【今月の星座占い】

順位	星座	アドバイス
1位	おひつじ座	チャンスがいっぱいあります。
2位	ふたご座	学校の勉強や仕事を頑張るといいです。
3位	やぎ座	なくしたものが見つかるかもしれません。
4位	みずがめ座	新しい友だちができそうです。
5位	しし座	一人でどこか遠くへ出かけてみましょう。
6位	うお座	嫌いな人とも話してみましょう。
7位	おうし座	失敗しても、早く忘れて、次に進みましょう。
8位	てんびん座	困ったことがあったら、友だちや家族に相談しましょう。
9位	かに座	小さいことを考え過ぎないようにしましょう。
10位	おとめ座	お金を使い過ぎる月になりそうです。
11位	いて座	わからないことがあったら、人に聞きましょう。
12位	さそり座	風邪をひきやすいですから、気をつけましょう。

B 【今月の血液型占い】

1位	B型	元気いっぱいに過ごすことができそうです。
2位	O型	遠くに住んでいる友だちに会いに行くと、うれしいことがあるでしょう。
3位	A型	おなかが痛かったり、頭が痛かったりすることが多くなりそうですから、健康に気をつけましょう。
4位	AB型	忘れものが多くなりそうなので、注意しましょう。

もんだい6

請閱讀下列的A「本月星座運勢」和B「本月血型占卜」並回答問題。請從選項1・2・3・4當中選出一個最恰當的答案。

[翻譯]

A【本月星座運勢】

排名	星座	建議
第1名	牡羊座	機會很多。
第2名	雙子座	學校課業或工作可以努力看看。
第3名	摩羯座	或許能找回失物。
第4名	水瓶座	能結交到新朋友。
第5名	獅子座	獨自去哪裡晃晃吧。
第6名	雙魚座	也和討厭的人說說話吧。
第7名	金牛座	就算失敗也趕快忘掉，繼續前進吧。
第8名	天秤座	有煩惱就找朋友或家人商量吧。
第9名	巨蟹座	別太過在意小事。
第10名	處女座	這個月支出似乎會超過許多。
第11名	射手座	有不明白的事物就請教他人吧。
第12名	天蠍座	容易感冒，請小心。

B【本月血型占卜】

1位	B型	可以精神奕奕地度過這個月。
2位	O型	去探望遠方的友人，會有好事發生。
3位	A型	這個月常常會肚子痛或是頭痛，所以請多注意健康。
4位	AB型	這個月常常忘東忘西，要小心。

34 請問這個月適合去旅行的是哪種人？

1 水瓶座 B 型的人
2 獅子座 O 型的人
3 牡羊座 AB 型的人
4 金牛座 A 型的人

[解題] 這一題問目的是適合旅行的星座和血型，為了節省時間，可以用刪去法來作答。4 個選項的敘述分別如下(括號裡面的○×表示和旅行有無關聯)：

選項	星座血型	星座運勢	血型運勢
1	みずがめ座B型	新しい友だちができそうです(✘)	元気いっぱいに過ごすことができそうです(✘)
2	しし座O型	一人でどこか遠くへ出かけてみましょう(○)	遠くに住んでいる友だちに会いに行くと、うれしいことがあるでしょう(○)
3	おひつじ座AB型	チャンスがいっぱいあります(✘)	忘れものが多くなりそうなので、注意しましょう(✘)
4	おうし座O型	失敗しても、早く忘れて、次に進みましょう(✘)	おなかがいたかったり、あたまがいたかったりすることが多くなりそうですから、健康に気をつけましょう(✘)

① 選項 1「水瓶座 B 型的人」。星座預測指出「新しい友だちができそうです」（可能會交到新朋友）；而血型預測提到「元気いっぱいに過ごすことができそうです」（看起來將會精力充沛地度過）。這些描述與旅行相關性不大。

② 選項 2「獅子座 O 型的人」。星座方面建議「一人でどこか遠くへ出かけてみましょう」（應該獨自去遠方旅行）；血型預測則說「遠くに住んでいる友だちに会いに行くと、うれしいことがあるでしょう」（去遠方看朋友會有好事發生）。這些都直接與旅行相關，顯示獅子座 O 型的人非常適合旅行。

③ 選項 3「牡羊座 AB 型的人」。星座指出「チャンスがいっぱいあります」（將會有很多機會）；但血型提示「忘れものが多くなりそうなので、注意しましょう」（可能會忘東忘西，需要注意）。這些描述與旅行的直接相關性不高。

4 選項4「金牛座A型的人」。星座建議「失敗しても、早く忘れて、次に進みましょう」（即使失敗，也應該快速放下，繼續前進）；血型則是「おなかが痛かったり、あたまが痛かったりすることが多くなりそうですから、健康に気をつけましょう」（可能會經常胃痛或頭痛，需注意健康），這些提示與旅行不太相符。

「～そうだ」(似乎…)前面如果接動詞ます形，表示說話者依據所見所聞做出的個人判斷。「～ても」是假設語氣，可以翻譯成「就算…」、「即使…」，表示後項的成立與否並不受前項限制。

答案：2

▼ **35**--

35 請問這個月最好要注意健康的是怎樣的人？

1 雙魚座 B 型的人　　　2 天秤座 AB 型的人
3 巨蟹座 O 型的人　　　4 天蠍座 A 型的人

[解題] 這一題問的是要注意身體健康的星座和血型，同樣可以利用刪去法來作答，4 個選項的敘述分別如下(括號裡面的○×表示和健康出問題有無關聯)：

選項	星座血型	星座運勢	血型運勢
1	うお座B型	嫌いな人とも話してみましょう(✗)	元気いっぱいに過ごすことができそうです(✗)
2	てんびん座AB型	困ったことがあったら、友だちや家族に相談しましょう(✗)	忘れものが多くなりそうなので、注意しましょう(✗)
3	かに座O型	小さいことを考え過ぎないようにしましょう(✗)	遠くに住んでいる友だちに会いに行くと、うれしいことがあるでしょう(✗)
4	さそり座A型	風邪をひきやすいですから、気をつけましょう(○)	おなかがいたかったり、頭がいたかったりすることが多くなりそうですから、健康に気をつけましょう(○)

1 選項1「雙魚座B型的人」。星座預測「嫌いな人とも話してみましょう」（應該與不喜歡的人說說話），這與健康無直接關聯。

血型預測「元気いっぱいに過ごすことができそうです」（看起來將會精力充沛地度過），這表示健康狀況良好。

② 選項2「天秤座AB型的人」。星座預測「困ったことがあったら、友だちや家族に相談しましょう」（若有困擾，應該諮詢朋友或家人），與健康無明顯關聯。

血型預測「忘れものが多くなりそうなので、注意しましょう」（可能會經常忘東忘西，需要注意），主要關注精神狀態而非身體健康。

③ 選項3「巨蟹座O型的人」。星座預測「小さいことを考え過ぎないようにしましょう」（不要過度擔心小事），這與健康相關性不高。

血型預測「遠くに住んでいる友だちに会いに行くと、うれしいことがあるでしょう」（若去看遠方的朋友會有喜事），與健康狀況無直接聯繫。

④ 選項4「天蠍座A型的人」。星座預測「風邪をひきやすいですから、気をつけましょう」（容易感冒，需注意），這明確指出需要關注健康。

血型預測「おなかが痛かったり、頭が痛かったりすることが多くなりそうですから、健康に気をつけましょう」（可能會經常腹痛或頭痛，應該注意健康），這進一步強調了健康問題的可能性。

「～たら」(要是…就…)表示條件，如果前項發生就可以採取後項行為。「動詞ます形＋過ぎる」(過於…)，表示程度超出限度，帶有負面的語感。「動詞ます形＋やすい」(容易…)，表示某個行為很好達成，或是某件事情很容易發生。

「～ようにする」(設法…)表示努力地達成某個目標或是把某件事變成習慣，這個句型和「急にうまくいくようになるでしょう」的「～ようになる」(變得…)很容易搞混，要記得「する」的語感是積極地去做、去改變，「なる」則是用在自然的變化。

|答案：4

重要單字

□ みずがめ座（水瓶座）

□ しし座（獅子座）

□ おうし座（金牛座）

□ 健康（健康）

□ うお座（雙魚座）

□ てんびん座（天秤座）

□ かに座（巨蟹座）

□ さそり座（天蠍座）

□ おひつじ座（牡羊座）

□ 星座（星座）

□ 占い（占卜）

□ 順位（排名）

□ チャンス（機會）

□ ふたご座（雙子座）

□ やぎ座（摩羯座）

□ 失敗（失敗）

□ 相談（商量；溝通）

□ おとめ座（處女座）

□ いて座（射手座）

□ 血液型（血型）

[讀解・第三回]

Track N4-13

もんだい4

つぎの(1)から(4)の文章を読んで、質問に答えてください。答えは、1・2・3・4から、いちばんいいものを一つえらんでください。

(1)

　ホテルの部屋から電話をかける場合、ホテルがある京都市内とそれ以外とでは、料金が違います。京都市内にかける場合は、3分10円です。京都市以外のところにかける場合は、3分80円です。外国へかける場合は、1分200円かかります。部屋の電話を使った方は、チェックアウトのときに、フロントで電話代を払ってください。電話のかけ方など、わからないことがあったら、いつでもフロントに聞いてください。

26

　ホテルの部屋から、大阪市にいる妹に3分、アメリカの友だちにも3分、電話をかけました。いくら電話代を払いますか。

1　10円

2　80円

3　280円

4　680円

（2）

　英語に「ジューンブライド」ということばがあります。「6月の花嫁」という意味で、西洋では、6月に結婚した女性は幸せになると言われています。しかし、6月に雨の多い日本では、6月の結婚はあまり多くなく、下から5番目だそうです。日本で結婚する人がいちばん多いのは3月で、その次に多いのは11月、さらにその次に多いのは10月です。反対に少ないのは1月、8月、9月で、天気のいい春や秋に結婚する人が多く、寒い冬や暑い夏は少ないことがわかります。

27

日本で、結婚する人が3番目に多いのは何月ですか。

1　11月

2　10月

3　3月

4　1月、8月、9月

Track N4-15

(3)

市民プールの入り口に、このお知らせがあります。

市民プールのご利用について

・プールの利用時間は午前9時から午後5時までです。

・毎週月曜日は休みです。

・料金は1回2時間までで400円です。

・11回ご利用できる回数券を4000円で買うことができます。

・先に準備運動をしてから入りましょう。

・先にシャワーを浴びてから入りましょう。

・お酒を飲んだあとや、体の具合がよくないときは、入ってはいけません。

28

このお知らせから、市民プールについてわかることは何ですか。

1　学校が休みの日は、市民プールは使えません。

2　12回利用したい場合、回数券を買うとお金は全部で4,800円かかります。

3　400円で何時間でも泳ぐことができます。

4　酔っている人や病気の人は入ってはいけません。

(4)

　このお店では、100円の買い物をすると、ポイントが1点もらえます。ポイントを集めると、プレゼントをもらうことができます。5点集めるとコップ、10点ならお皿、20点ならお弁当箱を入れる袋、25点ならお弁当箱がもらえます。今、いちばん人気があるのはお弁当箱で、特に幼稚園や小学生の子どもはみんなこれをほしがります。

29

　今、ポイントが18点あります。娘のためにお弁当箱をもらいたいと思います。あといくらの買い物をしないといけませんか。

1　100円
2　200円
3　500円
4　700円

もんだい4

請閱讀下列(1)～(4)的文章並回答問題。請從選項1・2・3・4當中選出一個最恰當的答案。

▼ (1) ╱ 26 --

[翻譯]

　　若從飯店撥電話出去，撥給飯店所在的京都市區的費用和其他地方是不同的。撥給京都市區是 3 分鐘 10 圓。撥給京都市以外的地區，3 分鐘 80 圓。國際電話 1 分鐘的花費是 200 圓。使用電話的客人請在退房時至櫃台繳交電話費。如果有不明白的地方，例如電話撥打方式等等，敬請隨時詢問櫃台。

26　從飯店分別打給住在大阪市的妹妹以及人在美國的朋友，各講了 3 分鐘的電話。請問電話費要付多少錢？

1 10 圓
2 80 圓
3 280 圓
4 680 圓

[解題]　這是一則說明電話費的短文。問題是在問「いくら」，所以我們只要把焦點放在和金額相關的資訊就好。從第 2 行～第 4 行可以整理出以下的電話計費方式：

地區	京都市	京都市以外	外国
計費方式	3 分10圓	3 分80圓	1 分200圓

1　選項 1「10圓」。這個選項只考慮了京都市內的費率，但根據題目，涉及到的是京都市外和國外通話，因此這個選項不正確。

2　選項 2「80圓」。此選項僅計算了大阪市（京都市以外）的費用，但沒有包含到美國的通話費用。因此這個選項也不正確。

3　選項 3「280圓」。此選項似乎是（京都市以外）加上（國外）的 1 分鐘費用。但美國的通話費用應該是600圓（200圓×3 分鐘），而非200圓。

4　選項 4「680圓」。此選項計算了大阪市（京都市以外）的80圓和美國（國外）的600圓（200圓×3 分鐘）。這正確匹配了題目的條件和設定。

「場合」(…時)用在說明遇到某種情況的時候，會發生什麼事情，或是該採取什麼行動。「動詞ます形＋方」(「方」唸成「かた」)，表示做某個動作的方法。「など」(…等等)用在舉例的時候。「～たら」(要是…就…)表示條件，如果前項發生就可以採取後項行為。

答案：4

重要單字

- □ 電話をかける（打電話）
- □ ホテル（飯店）
- □ 京都（京都）
- □ 市内（市區）
- □ 以外（以外）
- □ 料金（費用）
- □ チェックアウト（退房）
- □ フロント（櫃台）
- □ 電話代（電話費）
- □ 妹（妹妹）

▼ (2) ／ 27--

［翻譯］

　　英文裡面有個字叫「June bride」，意思是「6月新娘」，西洋人傳說6月結婚的女性會獲得幸福。可是，日本6月多雨，很少人選在6月結婚，6月聽說是舉辦婚禮月份排名中的倒數第5名。在日本最多人結婚的月份是3月，再來是11月，皆在其後的是10月，反之，比較少人結婚的是1月、8月、9月，可以得知選在天氣較好的春天、秋天結婚的人較多，在寒冬或炎夏結婚的人則為少數。

27 在日本，請問結婚人數第3多的月份是幾月？

1 11月

2 10月

3 3月

4 1月、8月、9月

［解題］ 從第3行～第6行可以得知日本人結婚的月份依人數多寡的排序是：

排名	1	2	3	4～7	8	9	10～12
月份	3月	11月	10月	不詳	6月	不詳	1月、8月、9月

❶ 選項1「11月」。此為日本結婚人數的第2多的月份，不是第3多。因此，這個選項不正確。

2 　選項 2「10月」。根據原文中的描述「日本で結婚する人がいちばん多いのは 3 月で、その次に多いのは11月、さらにその次に多いのは10月です」，這表明10月是日本結婚人數第 3 多的月份。因此，這個選項是正確的。

3 　選項 3「3 月」。3 月是日本結婚人數最多的月份，不是第 3 多。所以，這個選項不正確。

4 　選項 4「1 月、8 月、9 月」。這些月份中結婚人數較少，根據原文的排序，它們位於排名最後，因此這些月份不是第 3 多的月份。因此，這個選項也不正確。

　「～と言われている」(據說…)表示很多人都這樣說。「しかし」和「でも」一樣都是逆接的接續詞，用來表示接下來的內容和前面提到的不同，只是「しかし」的語感比較生硬，是文章體。

|答案：2

重要單字

□ 英語（英文）
□ ジューンブライド（六月新娘）
□ ことば（語詞）
□ 花嫁（新娘）

□ 西洋（西洋）
□ 幸せ（幸福）
□ ～番目（第…個）
□ 反対に（相對地）

補充單字

年中行事 / 節日

01｜正月
正月，新年

02｜お祭り
慶典，祭典

03｜行う・行なう
舉行；修行

04｜お祝い
慶祝；祝賀禮品

05｜祈る
祈禱；祝福

06｜プレゼント【present】
禮物

▼ (3)／28

[翻譯]

市民游泳池的入口有這張公告。

市民游泳池的使用注意事項

・游泳池開放時間是上午 9 點到下午 5 點。

・每週一公休。

・費用是 1 次 2 小時，400圓。

・可以購買回數票，11次4000圓。

・請先做好暖身運動再下水。

・請先沖澡再下水。

・飲酒後或身體不適時，請勿下水。

---

28 根據這張公告，請問可以知道什麼有關市民游泳池的事情呢？

1 學校放假時，不能使用市民游泳池

2 如果想游 12 次，買回數票一共要付 4800 圓

3 花 400 圓可以游好幾個鐘頭

4 酒醉或生病的人不能下水

[解題] 這一題必須用刪去法作答。從公告的7點當中可以得知以下的事項規定：

事項	規則
開放時間	午前９時から午後５時まで 休み：毎週月曜日
收費方式	１回：400 円 (2 時間まで) 回数券：4000 円 (11 回)
下水規定	先にシャワーを浴びて、準備運動をする入ってはいけない：お酒を飲んだあと、体の具合がよくないとき

將 4 個選項對照事項規定，可以得到下面的結果。正確答案是 4：

選項	關鍵處	對應句	解說	正確與否
❶ 1	學校放假的日子不能使用市民游泳池。	「休み：毎週月曜日」（休息日：每週一）。	公告中提到休息日是每週一，沒有提及學校放假日（通常是週末或特定假日）。因此，這個選項不正確。	×
❷ 2	如果想使用12次，購買回數券總共需要4,800圓。	「回数券：4000円（11回）」（回數券：4000圓，11次）。	根據公告，回數券4000圓可以使用11次。若使用12次，需要再支付400圓，總計4400圓，而非4800圓。因此，這個選項也不正確。	×
❸ 3	可以支付400圓在任何時間游泳。	「料金は 1 回 2 時間までで400円です。」（費用為每次 2 小時內400圓）。	公告明確指出每次入場費400圓僅限 2 小時。因此，這個選項描述不正確。	×
❹ 4	醉酒者或身體不適者不得進入。	「お酒を飲んだあとや、体の具合がよくないときは、入ってはいけません。」（喝酒後或身體狀況不佳時，不得進入）。	這是公告中的直接規定，與公告完全一致，故這個選項是正確的。	○

「～ことができる」(可以…)用來表示有能力、有辦法去完成某件事情。「～てはいけない」(不可以…)表示強烈禁止。

答案：4

重要單字
- □ 〜回（…次）
- □ 回数券（回數票）
- □ 準備運動（暖身運動）
- □ 休みの日（休假日）
- □ 泳ぐ（游泳）
- □ 酔う（酒醉）
- □ 病気（生病）

[翻譯]

　　本店消費 100 圓可以得到 1 點。收集點數可以兌換贈品。5 點可以換杯子，10 點可以換盤子，20 點可以換便當袋，25 點可以換便當盒。現在最受歡迎的是便當盒，特別是幼稚園和國小的孩童，大家都很想要這個。

29 我到目前為止收集了 18 點。我想換便當盒給我的女兒，請問還要消費多少錢才行呢？

1 100 圓

2 200 圓

3 500 圓

4 700 圓

[解題]　從第 2 行～第 4 行可以整理出以下的表格：

點數	5	10	20	25
贈品	コップ	お皿	お弁当箱を入れる袋	お弁当箱

❶　　選項 1「100圓」。如果再消費100圓，將獲得 1 點積分，使總積分達到19點。這仍然不足以換取便當盒，因此這個選項不正確。
　　對應日文：「100円の買い物をすると、ポイントが 1 点もらえます」（消費100圓，可獲得 1 點積分）。

❷　　選項 2「200圓」。消費200圓可獲得 2 點積分，總積分將達到20點，依然不足以換取便當盒，因此這個選項也不正確。

❸　　選項 3「500圓」。消費500圓可獲得 5 點積分，總積分將達到23點，仍不足以換取便當盒，所以這個選項不正確。

❹　　選項 4「700圓」。消費700圓可獲得 7 點積分，這使總積分達到25點，剛好足夠換取便當盒。因此，這個選項是正確的。
　　對應日文：「25点ならお弁当箱がもらえます」（如果有25點，可以獲得便當盒）和 25－18＝ 7，這說明還需要 7 點積分，每100圓購物獲得 1 點，因此需要再消費700圓。

　　「動詞辞書形＋と」(一…就…)表示前項動作一發生，後項事物就會立刻成立，常用在說明自然現象、路線、習慣、使用方法。「ほしがる」(想要…)用在第三人稱表示欲望，也可以說「ほしがっている」，第一人稱則是用「ほしい」。

｜答案：4

□ ポイント（點數）
□ もらう（得到）
□ 集める（收集）
□ プレゼント（禮物）
□ 弁当箱（便當盒）

□ 幼稚園（幼稚園）
□ 小学生（小學生）
□ 娘（女兒）
□ ～ため（為了…）
□ ほしがる（想要）

補充單字

経済、取引 / 經濟、交易

01 | 経済
經濟

02 | 貿易
國際貿易

03 | 盛ん
繁盛，興盛

04 | 輸出
出口

05 | 品物
物品；貨品

06 | 特売品
特賣商品，特價商品

07 | バーゲン【bargain sale 之略】
特價；特賣

08 | 値段
價錢

09 | 上がる
登上；升高

10 | 呉れる
給我

11 | 貰う
收到，拿到

12 | 遣る
派；給予

13 | 中止
中止

金融 / 金融

01 | 通帳記入
補登錄存摺

02 | 暗証番号
密碼

03 | キャッシュカード【cash card】
金融卡，提款卡

04 | クレジットカード【credit card】
信用卡

05 | 公共料金
公共費用

06 | 仕送り
匯寄生活費或學費

[讀解・第三回]

Track N4-17

もんだい5

つぎの文章を読んで、質問に答えてください。答えは、1・2・3・4から、いちばんいいものを一つえらんでください。

　日本人は日記が好きだと言われています。日本では、日記に使うノートだけを作っている会社もあります。

　小学生のときには、夏休みの宿題に日記がありました。日記には、その日どんなことをしたか、どこへ行ったか、何を思ったかなどを書きました。何かしたことがある日はいいのですが、夏休みは長いですから、したことが何もない日もあります。そんな日は書くことがないので、とても困ったことを覚えています。

　最近は、インターネットを使って日記を書く人が増えてきました。インターネットに何かを書くのは、前は難しかったのですが、今では簡単な方法があって、これを「ブログ」といいます。日本語で書かれたブログは英語で書かれたものよりも多く、世界でいちばん多いそうです。日本人は、ほかの国の人よりも、書くことが好きだと言えるでしょう。

　日記を書くことに、どのようないい点があるか考えてみました。例えば、その日のよかったこと、悪かったことを思い出して、次はどうすればいいか考えることができます。また、子どもがいる人は、子どもが大きくなる様子を書いておけば、将来大きくなったときに見せてあげることもできます。いろいろな使い方がありますね。

30

この人は、夏休みの日記にどんなことを書きましたか。

1 おもしろいこと

2 思い出したこと

3 困ったこと

4 したこと、行ったところ、思ったこと

31

この人は、夏休みに日記を書くとき、どんなことに困りましたか。

1 何をしたかすぐに忘れてしまうこと。

2 書くことがたくさんあって、全部は書けないこと。

3 何もしなかった日に、書くことがないこと。

4 日記を書くのに、時間がかかること。

32

日本語で書かれた「ブログ」は世界でいちばん多いとありますが、ここからどんなことがわかりますか。

1 日本人はインターネットが好きだということ。

2 日本人は書くことが好きだということ。

3 日本人は日記に使うノートが好きだということ。

4 日本人は書いたものを子どもに見せるのが好きだということ。

| 33 |

ここではどのような日記の使い方が紹介されていますか。

1　自分や子どものための日記の使い方。

2　夏休みを楽しく過ごすための日記の使い方。

3　外国の人と仲よくなるための日記の使い方。

4　英語が上手になるための日記の使い方。

もんだい5

請閱讀下列文章並回答問題。請從選項 1・2・3・4 當中選出一個最恰當的答案。

[翻譯]

很多人說日本人喜歡日記，在日本甚至有只製作日記本的公司。

小學時期的暑假作業要寫日記。日記裡面寫說那天做了什麼、去了哪裡、在想什麼等等。有事情做的日子倒還好，不過暑假很漫長，所以有的時候沒有事情可以做。這種日子沒有什麼好寫，我還記得我因此感到十分困擾。

最近有越來越多人利用網路寫日記。以前要在網路上寫東西是件難事，不過現在有了簡單的方法，就叫作「部落格」。用日語寫的部落格比用英語寫的部落格還多，據說是全世界最多的。日本人可以說是比其他國家的人還喜歡寫東西吧？

我試著想想寫日記這個行為有什麼樣的好處。比方說可以回想當天的好事、壞事，思考下次該如何應對。還有，有小孩的人也可以寫寫小孩的成長史，等到長大後再拿給他看。有各式各樣的使用方法呢。

▼ 30 --

30 請問這個人在暑假的日記裡寫了什麼呢？

1 有趣的事物
2 回想起來的事物
3 困擾的事情
4 做過的事、去過的地方、想法

[解題] 這篇文章有 4 個段落，通篇環繞「日記」這個主題。各段落的主旨如下表所示：

第一段	破題點出日本人喜愛日記。
第二段	作者回憶起小學時期暑假寫日記的情形。
第三段	話題轉到網路部落格，再次證明日本人喜歡寫日記。
第四段	說明日記的好處、用法。

1 選項1「おもしろいこと」（有趣的事）。文章中並未提到夏休期間專門寫下「有趣的事」，而是更廣泛地描述了日常生活的各種活動。因此，這個選項不完全符合原文的描述。

2 選項2「思い出したこと」（回憶起的事情）。雖然文章提到了記錄下的內容可能包括對某些事件的回憶，但這並非文章中專門強調的主題，因此這個選項也不是最佳答案。

3 選項3「困ったこと」（遇到的困難）。文章有提到在沒有特別事情發生的日子裡，作者感到寫日記很困難，但這不是日記內容的主要組成部分，只是表達了寫日記時的一個情感狀態。

4 選項4「したこと、行ったところ、思ったこと」（做的事情、去的地方、想的事情）。這個選項直接對應到文章中的描述：「日記には、その日どんなことをしたか、どこへ行ったか、何を思ったかなどを書きました」。這句意味著日記中記錄了日常的活動、走訪的地點以及個人的想法，完全符合問題的詢問。

答案：4

▼ **31**--

[31] 請問這個人暑假寫日記的時候，對什麼感到很困擾呢？

1 很快地就忘記自己做過什麼
2 要寫的東西太多了，寫不下全部
3 沒做什麼的時候沒東西好寫
4 寫日記很花時間

[解題]

1 選項1「忘記自己做了什麼」。文章中沒有提到作者寫日記時，忘記自己做過的事情。因此，這個選項與原文的描述不符。

2 選項2「有太多東西要寫，但無法全部寫下」。文章同樣沒有提及作者因為事件繁多，而無法將所有事情寫入日記的情況，所以這個選項也不正確。

3 選項3「在什麼也沒做的日子裡，沒有東西可以寫」。文章中明確提到在沒有活動的日子裡，作者感到寫日記困難，因為沒有內容可以填充。對應的日文原句是「そんな日は書くことがないので、とても困ったことを覚えています」。這是與問題完全吻合的描述，是正確答案。

4 選項4「寫日記需要花費很多時間」。雖然寫日記可能需要時間，但文章中沒有特別提到，時間長短是作者在寫日記時的一個困擾，因此這個選項不是正確答案。

答案：3

▼ 32 --

32 文章裡面提到用日語寫的部落格是全世界<u>最多</u>，請問從這邊可以得知什麼事情？

1 日本人很喜歡上網

2 日本人喜歡寫東西

3 日本人很喜歡日記本

4 日本人喜歡把寫下的東西給小孩看

[解題]

1 　選項 1「日本人喜歡上網」。雖然文章提到了使用網絡的部落格，但這一事實本身不直接表明日本人特別喜歡使用互聯網。因此，這個選項不是最佳答案。

2 　選項 2「日本人喜歡寫作」。文章中明確提到：「日本語で書かれたブログは英語で書かれたものよりも多く、世界でいちばん多いそうです。」（據說以日語寫成的部落格比以英語寫的還多，世界上最多。） 緊接著解釋說：「日本人は、ほかの国の人よりも、書くことが好きだと言えるでしょう。」（可以說，日本人比其他國家的人更喜歡寫作。）這表明日本人喜歡寫作，是直接從提及的部落格數量推斷出來的結論。

3 　選項 3「日本人喜歡使用日記本」。雖然文章一開始提到日記和專門生產日記本的公司，但這與「世界上日語部落格最多」這一事實無直接關聯，因此不是正確的推斷。

4 　選項 4「日本人喜歡把寫的東西給孩子看」。這個選項提到的是可能的日記用途之一，但與部落格數量世界最多這一點無關，因此也不是正確答案。

> 　「〜てくる」在這邊的語意是「從過去至今」，表示變化持續到現在。「〜という」(稱為…)用在介紹的時候，意思是「叫做…」。「〜だと言える」意思是「可以說是…」。

| **答案：2**

▼ 33 --

33 請問這篇介紹了什麼樣的日記使用方法呢？

1 為了自己或小孩的日記使用方法

2 為了快樂過暑假的日記使用方法

3 為了和外國人相處融洽的日記使用方法

4 為了增進英文能力的日記使用方法

［解題］

1 　選項1「為自己和孩子的日記使用方式」。文章中提到了關於記錄孩子成長的用途：「また、子どもがいる人は、子どもが大きくなる様子を書いておけば、将来大きくなったときに見せてあげることもできます」（此外，對於有孩子的人來說，如果記錄下孩子成長的情況，將來孩子長大後也可以給他們看），這正好說明了這種日記的使用方式，非常符合選項1。

2 　選項2「為了使暑假過得愉快的日記使用方式」。文章沒有提到專門用於讓暑假更愉快的日記使用方法，所以這個選項不符合。

3 　選項3「為了和外國人變得親近的日記使用方式」。文章中沒有提及任何關於使用日記，來和外國人建立良好關係的內容，因此這個選項不正確。

4 　選項4「為了提高英語能力的日記使用方式」。文章中沒有提到使用日記來提高英語技能的方法，所以這個選項也不是正確的答案。

答案：1

重要單字

- □ 日本人（日本人）
- □ 日記（日記）
- □ ～と言われる（被説…）
- □ 会社（公司）
- □ ノート（筆記本）
- □ 夏休み（暑假）
- □ 宿題（作業）
- □ 困る（困擾）
- □ 覚える（記得）
- □ インターネット（網路）
- □ 使う（利用；使用）
- □ ～てくる（表動作從過去到現在的推移，可譯作「…起來」）
- □ 前（以前）
- □ 簡単（簡單）
- □ ブログ（部落格）

- □ 世界（世界）
- □ ～と言える（可以説是…）
- □ 思い出す（想起）
- □ どうすればいい（該如何是好）
- □ 子ども（小孩）
- □ 将来（將來）
- □ ～てあげる（〈為他人〉做…）
- □ いろいろ（各式各樣）
- □ 使い方（使用方法）
- □ ～てしまう（表説話者遺憾或後悔的語氣）
- □ ～せる（表使某人做某事，可譯作「讓…；叫…」）
- □ 過ごす（度過）
- □ 仲よい（感情融洽）

［讀解・第三回］

Track N4-18

もんだい6

つぎのA「朝の特別メニュー」とB「500円ランチ」を見て、質問に答えてください。
答えは、1・2・3・4からいちばんいいものを一つえらんでください。

34

朝、会社に行く前はあまり時間がありません。そんなとき、どれを注文するといいですか。

1　お子さまコース

2　お急ぎコース

3　ゆっくりコース

4　サンドイッチ

35

日曜日のお昼に、家族3人でさくら喫茶で食事をしました。わたしと家内は500円ランチに紅茶を追加しましたが、子どもは甘いものも食べたいと言ったので、少し多くお金がかかりました。3人でいくら払いましたか。

1　400円

2　1750円

3　1900円

4　2000円

さくら喫茶

A　朝の特別メニュー（8：00～11：30）

1　お子さまコース【パン、卵、サラダ、ジュース】350円

2　お急ぎコース【パン、卵、フルーツ、コーヒーか紅茶】400円（急いでいるお客様は、こちらをどうぞ）

3　ゆっくりコース【パン、卵、サラダ、フルーツ、コーヒーか紅茶（おかわり自由）】500円（ゆっくりお食事できるお客様は、こちらをどうぞ）

さくら喫茶

B　500円ランチ（11：30～14：00）

月曜日	火曜日	水曜日	木曜日	金曜日	土曜日	日曜日
カレー	牛どん	サンドイッチ	焼き魚	ハンバーグ	うどん	ステーキ

500円ランチをご注文のお客様には、お飲み物とサラダとケーキを次の料金でサービスいたします。

＋100円　お飲み物（コーヒーか紅茶）
＋150円　お飲み物（コーヒーか紅茶）、サラダ
＋200円　お飲み物（コーヒーか紅茶）、ケーキ

もんだい6

請閱讀下列的A「早餐特餐」和B「500圓午餐」並回答問題。請從選項1．2．3．4當中選出一個最恰當的答案。

[翻譯]

櫻花咖啡廳

A 早餐特餐（08：00～11：30）

- 兒童餐【麵包、蛋、沙拉、果汁】 350圓

- 匆忙套餐【麵包、蛋、水果、咖啡或紅茶】 400圓（推薦給趕時間的客人選用）

- 悠閒套餐【麵包、蛋、沙拉、水果、咖啡或紅茶（可續杯）】 500圓（歡迎可以悠閒用餐的客人選用）

櫻花咖啡廳

B 500圓午餐（11：30～14：00）

星期一	星期二	星期三	星期四	星期五	星期六	星期日
咖哩	牛肉蓋飯	三明治	烤魚	漢堡排	烏龍麵	牛排

點500圓午餐的客人，可以享有下列的飲料、沙拉、蛋糕加點優惠。

＋100圓 飲料（咖啡或紅茶）

＋150圓 飲料（咖啡或紅茶）、沙拉

＋200圓 飲料（咖啡或紅茶）、蛋糕

34 早上上班前沒什麼時間。請問像這種時候,應該要點哪個套餐好呢?

1 兒童餐

2 匆忙套餐

3 悠閒套餐

4 三明治

[解題]

① 選項1「お子さまコース」(兒童餐)。包括麵包、雞蛋、沙拉和果汁,售價350圓。儘管價格合理,這個選項並未特別針對匆忙的早晨而設計。

② 選項2「お急ぎコース」(匆忙套餐)。包含麵包、雞蛋、水果,以及咖啡或茶,售價400圓。這個選項特別指出,適合早上趕往公司前,快速用餐需求的顧客:「急いでいるお客様は、こちらをどうぞ」(如果您很趕,請選擇這個套餐)。

③ 選項3「ゆっくりコース」(悠閒套餐)。包括麵包、雞蛋、沙拉、水果以及可免費續杯的咖啡或茶,售價500圓。這個選項鼓勵顧客慢慢享用,明顯不適合時間緊迫的早晨。

④ 選項4「サンドイッチ」(三明治)。這是午餐菜單的一部分,並不適用於早餐時間。

> 「おかわり」是「再來一份」的意思,「おかわり自由」是「免費再續」的意思。

答案:2

35 星期日中午,一家3口一起在櫻花咖啡廳吃飯。我和太太都點了500圓午餐,再加點紅茶,小孩因為想吃甜食,所以多付了點錢。請問3人總共付了多少錢呢?

1 400 圓

2 1750 圓

3 1900 圓

4 2000 圓

[解題] 點餐內容整理成表格如下：

項目	單價	份數	小計
主餐	500	3	1500
附餐	100	2	200
	200	1	200

1 　選項1「400圓」。這個選項明顯太低，因為一份午餐就是500圓，不可能3個人的總費用只有400圓。

2 　選項2「1750圓」。這個金額看起來也不符合所提供的服務和商品總和。

3 　選項3「1900圓」。從描述中，我們知道3人中有兩位成人點了500圓的午餐，並各自加點了100圓的紅茶。小孩除了500圓的午餐外，還願意要一些甜點，所以選擇了加200圓的套餐（包含蛋糕）。因此，計算如下：

成人午餐及紅茶：（500＋100 圓）× 2人＝1200圓

小孩午餐及甜點套餐：500圓＋200圓＝700圓

總計：1200圓＋700圓＝1900圓

這符合選項3的金額。

4 　選項4「2000圓」。這個金額略高於所需支付的總金額。

　「いたす」是敬語表現，是「する」的謙讓語，透過降低自己的姿態來提高對方的地位。「家内」(內人)用來在外人面前稱呼自己的太太。

答案：3

重要單字

□ 特別（特別）
□ メニュー（菜單）
□ ランチ（午餐）
□ コース（套餐）
□ 急ぎ（匆忙）
□ フルーツ（水果）
□ カレー（咖哩）
□ 牛どん（牛肉蓋飯）

□ サンドイッチ（三明治）
□ 焼き魚（烤魚）
□ ハンバーグ（漢堡）
□ うどん（烏龍麵）
□ ステーキ（牛排）
□ サービス（服務）
□ 家内（內人）
□ 追加（追加）

讀解・第四回

Track N4-19

もんだい4

つぎの(1)から(4)の文章を読んで、質問に答えてください。答えは、1・2・3・4から、いちばんいいものを一つえらんでください。

(1)

陳さんの家の玄関に、郵便局からのメモが貼ってありました。

陳　永輝　様

　きょう、小包をお届けに来ましたが、家にだれもいらっしゃいませんでしたので、局に持ち帰りました。
　あしたの夕方、もう一度お届けします。
　もし、あしたも、家にいらっしゃらない場合は、局で預かることになりますので、お電話ください。

9月12日　さくら郵便局　電話　03-1234-3456

26

陳さんはあしたも朝から出かけます。きょう、何をしたほうがいいですか。
1　家に早く帰ります。
2　家に電話します。
3　郵便局に行きます。
4　郵便局に電話します。

Track N4-20

(2)

レストランの入り口に、このお知らせがあります。

レストラン・ケラケラ

★ イタリア料理のレストランです。おいしいピザやスパゲッティをどうぞ。

★ 昼は午前11時から午後2時まで、夜は午後6時から午後9時までです。（土・日は午後11時まで）

★ お酒は夜だけあります。

★ 駐車場はありません。電車やバスをご利用ください。

27

このレストランについて、正しい文はどれですか。

1　このレストランではおすしも食べられます。
2　午後はずっと店に入れません。
3　お昼にお酒を飲むことはできません。
4　自分の車で行ってもいいです。

（3）

　これは最近よく売れているコーヒーです。ミルクと砂糖が入っているので、お湯を入れればすぐに飲めます。あまり甘くなくて、わたしにはちょうどいいのですが、甘いコーヒーが好きな人は、砂糖をスプーン1杯ぐらい入れるといいかもしれません。コンビニでも買うことができますので、コーヒーが好きな人は一度飲んでみてください。

28

　このコーヒーは、どうすれば飲むことができますか。
　1　ミルクと砂糖を入れるだけで飲めます。
　2　お湯を入れるだけで飲めます。
　3　砂糖をスプーン1杯入れるだけで飲めます。
　4　何も入れなくても飲めます。

Track N4-22

(4)

　木下さんは、さくら町にある〇〇銀行で働いています。でも、営業が仕事なので、あまり銀行の中にはいません。いつも朝から自転車で、さくら町の工場やお店をひとつひとつ訪ねて、そこの人たちから、お金についての相談を受けます。そして、夕方ごろ、銀行に戻ります。

29

　木下さんの仕事について、正しい文はどれですか。

1　銀行の中で、工場や店の人と相談します。

2　いつも車で工場や店を見に行きます。

3　よくお金についての試験を受けます。

4　朝から夕方までさくら町のあちらこちらに行きます。

もんだい4

請閱讀下列(1)〜(4)的文章並回答問題。請從選項1・2・3・4當中選出一個最恰當的答案。

▼ (1) ／ 26

[翻譯]

陳先生家的玄關貼了張郵局的通知單。

陳 永輝 先生

今天前來投遞您的包裹，不過由於無人在家，所以先拿回局裡。
明天傍晚會再投遞一次。
如果明天也不在家，我們將會把包裹寄放在局裡，請來電洽詢。

9月12日 櫻花郵局 電話 03-1234-3456

---

26 陳先生明天也是一大早就外出，請問今天他應該要做什麼才好呢？

1 早點回家
2 打電話給家裡
3 去郵局
4 打電話給郵局

[解題]

1 選項1「家に早く帰ります」（早點回家）。雖然回家可能看似合理，但通知中提到陳先生明天將不在家，因此這並不是一個可行的解決方案。

2 選項2「家に電話します」（給家裡打電話）。這個選項在這個情境下沒有任何幫助，因為問題的焦點是郵件的處理，而不是與家裡的聯繫。

❸ 　選項 3「郵便局に行きます」（去郵局）。直接去郵局似乎是一個解決方案，但根據通知，郵局建議在無法再次成功投遞後，由收件人主動聯繫他們。

❹ 　選項 4「郵便局に電話します」（給郵局打電話）。這是最合適的選擇。通知中明確指出，如果陳先生明天也不在家，他應該主動聯繫郵局：「もし、あしたも、家にいらっしゃらない場合は、局で預かることになりますので、お電話ください」（如果明天您也不在家，我們將保留包裹，請您給我們打電話）。這是一個直接的指示，要求陳先生在確定不在家時主動聯繫郵局。

　「お＋動詞ます形＋する」是謙讓的敬語表現，透過降低自己的姿態來提高對方地位。「～ことになる」表示一種客觀的安排，不是由說話者來決定這樣做的。

|答案： **4**

重要單字

- □ メモ（通知單；備忘錄）
- □ 貼る（張貼）
- □ 様（表對他人的敬意，可譯作「…先生」、「…女士」）
- □ 小包（包裹）
- □ お届けする（送達）
- □ 局 （此指郵局的略稱）
- □ 持ち帰る（帶回去）
- □ 夕方（傍晚）
- □ 預かる（保管）
- □ お～ください（為表示敬意而抬高對方行為的表現方式，「請…」之意）

▼ **(2)／27**--

［翻譯］
　餐廳入口有一張公告。

哈 哈 餐 廳

★ 本店是義式料理餐廳。請享用美味的披薩或義大利麵。

★ 上午從11點營業至下午 2 點，晚上從 6 點營業到 9 點。（六、日營業至晚上11點）

★ 酒類只在晚上提供。

★ 無附設停車場。敬請搭乘電車或公車。

27 針對這間餐廳，請問下列敘述何者正確？

1 這間餐廳可以吃得到壽司
2 下午無法進入餐廳
3 白天不能喝酒
4 可以開自己的車前往

[解題]

1 　選項1「このレストランではおすしも食べられます」（在這家餐廳也可以吃到壽司）。這個選項不正確，因為通告指出這是一家意大利料理餐廳，主打美味的披薩和意大利麵，並未提及壽司。公告提到：「イタリア料理のレストランです。おいしいピザやスパゲッティをどうぞ」。

2 　選項2「午後はずっと店に入れません」（整個下午都不能進入店內）。這個選項也不正確，因為餐廳的營業時間包括下午的時段，直到晚上9點，週末延長至11點。因此，並非整個下午都不能進店。公告提到：「昼は午前11時から午後2時まで、夜は午後6時から午後9時までです。（土・日は午後11時まで）」。

3 　選項3「お昼にお酒を飲むことはできません」（中午不能喝酒）。這個選項是正確的。公告明確指出酒精飲料只在晚上供應，因此中午時段無法飲酒。關鍵句在：「お酒は夜だけあります」。

4 　選項4「自分の車で行ってもいいです」（可以開自己的車去）。這個選項不正確，因為公告中明確指出餐廳沒有停車場，建議客人使用公共交通工具。公告提到：「駐車場はありません。電車やバスをご利用ください」。

　「(ら)れる」是動詞的可能形，表示環境允許，或是本身有能力做某件事情。「～てもいい」（也行…）表示雖然有其他做法，不過某行為也獲得許可。

|答案：3

重要單字

- □ 入り口（入口）
- □ お知らせ（公告）
- □ ピザ（披薩）
- □ スパゲッティ（義大利麵）
- □ どうぞ（請享用）
- □ 駐車場（停車場）

- □ 電車（電車）
- □ ご～ください（為表示敬意而抬高對方行為的表現方式，「請…」之意）
- □ おすし（壽司）
- □ ずっと（長時間；一直）

[翻譯]

　　這是最近很暢銷的咖啡。裡面已經含有奶精和砂糖，所以只要加入熱水，馬上就能飲用。喝起來不會太甜，很適合我的口味，不過喜歡甜一點的人，或許可以加1茶匙左右的砂糖。這款咖啡在超商也能買到，喜歡咖啡的人請買來喝喝看。

[28] 請問這款咖啡要怎樣才能飲用呢？

1 只放奶精和砂糖就能飲用
2 只放熱開水就能飲用
3 只放一茶匙的砂糖就能飲用
4 什麼都不放就能飲用

[解題]

1　　選項1「ミルクと砂糖を入れるだけで飲めます」（只需加入奶精和糖就可以喝）。這個選項不正確，因為文章已經說明，咖啡中已經含有奶精和糖，不需要再額外加入。

2　　選項2「お湯を入れるだけで飲めます」（只需加入熱水就可以喝）。這是正確的選項。它提供了一個直接且準確的方法，來飲用這款咖啡，文章中明確指出：「ミルクと砂糖が入っているので、お湯を入れればすぐに飲めます」（因為已經含有奶精和糖，所以只要加入熱水就可以立刻飲用）。

3　　選項3「砂糖をスプーン1杯入れるだけで飲めます」（只需加一匙糖就可以喝）。這個選項不正確，文章提到如果喜歡甜咖啡的人可以考慮加糖，但這不是必需的，且核心的喝法是加入熱水。

4　　選項4「何も入れなくても飲めます」（什麼也不加也能喝）。這個選項同樣不正確，因為文章說明需要加熱水才能飲用。

　　「売れている」意思是「(目前)熱賣」。「わたしには」的「に」表示「對…來說…」。「～ことができる」(能夠…)用來表示有能力、有辦法去完成某件事情。

　　「飲んでみてください」的「～てみる」意思是「嘗試看看」，表示試探性地進行某個行為。「入れなくても」的「ても」是假設語氣，可以翻譯成「就算…」、「即使…」，表示後項的成立與否並不受前項限制。

|答案：2

□よく売れる（熱賣）

□ミルク（奶精；牛奶）

□砂糖（糖）

□お湯（熱水）

□〜ば（…的話）

□すぐに（馬上）

□ちょうど（剛剛好）

□スプーン（茶匙；湯匙）

□コンビニ（便利商店）

□〜なくても（即使不…也…）

▼ (4)／29

[翻譯]

　　木下先生在櫻花鎮的○○銀行工作。不過由於他是業務，所以經常不在銀行裡。他總是一大早就騎著腳踏車，一一拜訪櫻花鎮的工廠或店家，替那裡的人們進行有關金融的諮詢。到了傍晚左右他便回到銀行。

29　關於木下先生的工作，請問下列敘述何者正確？

1　他在銀行裡面和工廠、店家的人商量事情
2　他總是開車去工廠或店家拜訪客戶
3　他常常報考金融方面的考試
4　他從早到傍晚都到櫻花鎮的各個地方

[解題]

1　選項1「在銀行內部與工廠和商店的人進行諮詢」。這個選項不正確。文中指出木下先生通常不在銀行內，而是騎自行車訪問各個地點，與人們進行金融諮詢。「でも、営業が仕事なので、あまり銀行の中にはいません」。

2　選項2「總是開車去看工廠和店鋪」。這個選項也不正確。文中明確提到木下先生是使用自行車進行訪問，而不是開車。「いつも朝から自転車で、さくら町の工場やお店をひとつひとつ訪ねて」。

3　選項3「經常進行有關金錢的考試」。此選項與文章描述不符。文章中並未提到任何有關進行考試的信息，只提到他與人們討論有關金錢的問題。

4　選項4「從早到傍晚到處走訪櫻花鎮」。這是正確的選項。根據文中描述，木下先生從早到晚騎自行車訪問櫻花鎮的不同工廠和店鋪，並於傍晚返回銀行。「いつも朝から自転車で、さくら町の工場やお店をひとつひとつ訪ねて、そして、夕方ごろ、銀行に戻ります」。

「～について」（針對…）用在要對於某件事物進行敘述或說明的時候。

重要單字

□ 銀行（ぎんこう）（銀行）
□ 働く（はたらく）（工作）
□ 営業（えいぎょう）（業務）
□ 工場（こうじょう）（工廠）
□ ひとつひとつ（一一地）

□ 訪ねる（たず ねる）（拜訪）
□ ～について（有關…；針對…）
□ 受ける（う ける）（接受）
□ 戻る（もど る）（回到）
□ 試験（し けん）（考試）

補充單字

職場での生活 / 職場生活

01 | 遅れる（おく れる）
遲到；緩慢

02 | 頑張る（がん ば る）
努力；堅持

03 | 厳しい（きび しい）
嚴格；嚴重

04 | 慣れる（な れる）
習慣；熟悉

05 | 出来る（で き る）
完成；能夠

06 | 叱る（しか る）
責備，責罵

07 | 謝る（あやま る）
道歉，謝罪

08 | 下げる（さ げる）
降低，向下

09 | 辞める（や める）
停止；離職

10 | 機会（き かい）
機會

[讀解・第四回]

Track N4-23

もんだい5

つぎの文章を読んで、質問に答えてください。答えは、1・2・3・4から、いちばんいいものを一つえらんでください。

　わたしの母はことし60歳になったので、30年間働いた会社をやめました。これまでは、毎朝5時に起きてお弁当を作ってから、会社に行っていました。家に帰ってからも、ちょっと休むだけで、すぐに晩ごはんを作ったり、洗たくしたりしなければならないので、いつもとても忙しそうでした。母はよく1日が24時間では時間が足りないと言っていました。わたしもたまには家のことを手伝いましたが、たいていはお皿を洗うだけでした。今では、あのころもっと母の手伝いをしてあげればよかったと、申し訳ない気持ちでいっぱいです。

　母は会社をやめてやっと自分の時間ができたと言っています。最近は健康のために運動を始めたようですし、ほかにも、新しい趣味がいろいろできたようです。例えば、タオルで人形を作って、近所の子どもにあげたり、踊りを習いに行ったりしています。今の母は、働いていたころよりも、元気そうです。さっきは友だちからぶどうジャムの作り方を教えてもらったから、自分でもやってみると言って、スーパーに材料を買いに出かけました。こんな母を見るとわたしもうれしくなります。

30

この人のお母さんは、仕事をやめる前はどんな様子でしたか。

1 「わたし」がよく手伝ったので、家ではゆっくりしていました。
2 忙しくてゆっくり休む時間もあまりありませんでした。
3 昔のほうが今よりも元気でした。
4 毎日忙しかったですが、自分の時間も十分にありました。

31

この人のお母さんは最近どのように過ごしていますか。

1 前からやっている運動を続けています。
2 毎日ぶどうジャムを作っています。
3 人形を作ったり、踊りを習ったりしています。
4 仕事が忙しいので、自分の時間がありません。

32

こんな母とありますが、どんな様子ですか。

1 毎日会社で一生懸命働いている様子。
2 毎日仕事で忙しくて、休む時間もあまりない様子。
3 毎日趣味や運動で元気そうに過ごしている様子。
4 毎日スーパーにジャムの材料を買いに行く様子。

33

このあと、この人のお母さんはどこにいるはずですか。

1　会社にいるはずです。

2　スーパーにいるはずです。

3　踊りの教室にいるはずです。

4　近所の子どもの家にいるはずです。

もんだい 5

請閱讀下列文章並回答問題。請從選項 1 · 2 · 3 · 4 當中選出一個最恰當的答案。

[翻譯]

　　我的母親今年滿 60 歲，離開了她工作 30 年的公司。在此之前，她每天早上 5 點起來做便當，接著再去上班。回到家後她也只能休息一下，馬上就要去煮晚餐、洗衣服，看起來總是很忙碌。她以前常說 1 天 24 個小時不夠用。我有時也會幫忙做家事，可是大概都僅只於洗碗而已。現在回想起來，都覺得當時應該要多幫母親做家事才對，覺得很愧疚。

　　母親現在說她離職後終於有了自己的時間。最近為了健康她似乎開始運動，而且還培養許多新的興趣。比如說，利用毛巾做娃娃送給住附近的小孩，或是去學跳舞。比起上班時期，母親現在看起來有精神多了。剛剛她還向朋友學了葡萄果醬的製作方式，說自己也要來試試看，就出門去超市買材料了。看到像這樣的母親我也跟著開心起來。

▼ **30** ---

30 請問這個人的母親在辭掉工作前過得如何呢？

1「我」常常幫她的忙，所以母親在家裡都很悠閒
2 忙得連好好休息的時間都很少
3 以前比現在還有精神
4 雖然每天都很忙，但很有自己的時間

[解題]

這篇文章只有兩個段落，敘述作者母親離職前和離職後的改變。各段落的主旨如下表所示：

第一段	敘述母親離職前的忙碌生活。
第二段	說明母親離職後的改變。

1　　選項 1「我經常幫忙，所以她在家能夠放鬆」。這個選項不正確，因為雖然作者偶爾幫忙做家務，大多數時間母親仍然非常忙碌。文中提到作者主要只是洗盤子，且感到對不起母親，認為應該更多地幫忙。「わたしもたまには家のことを手伝いましたが、たいていはお皿を洗うだけでした」。

2 選項2「她非常忙碌，幾乎沒有時間好好休息」。這是正確的選項。文中描述母親每天的日程滿檔，從早到晚都在忙碌，進一步強調了她沒有足夠的時間休息。「家に帰ってからも、ちょっと休むだけで、すぐに晩ごはんを作ったり、洗たくしたりしなければならないので、いつもとても忙しそうでした」。

3 選項3「她在過去比現在更有活力」。此選項與文章描述不符。文章中提到母親退休後，似乎更健康也更快樂，這意味著她現在比以前更有活力。「今の母は、働いていたころよりも、元気そうです」。

4 選項4「她每天都很忙，但也有足夠的自己的時間」。這個選項同樣不正確。文章明確指出母親在退休前，幾乎沒有自己的時間，退休後才終於有了屬於自己的時間。「会社をやめてやっと自分の時間ができたと言っています」。

「動詞未然形＋なければならない」(不得不…)表示基於某種規範，有義務、責任去做某件事情。「そうだ」(看起來…)前面如果接動詞ます形、形容詞語幹或形容動詞語幹，表示說話者根據自己的所見所聞來進行判斷。

「～てあげる」(…為…做)表示替對方做某件事情。「～ば」表示滿足前項的條件就會發生後項的事情，意思是「如果…就…」。

答案：2

▼ 31

31 請問這個人的母親最近過得如何呢？

1 持續做之前一直有在做的運動
2 每天都在做葡萄果醬
3 製作娃娃或是去學跳舞
4 忙於工作，沒自己的時間

[解題]

1 選項1「她一直在繼續之前就開始的運動」。這個選項不正確。根據文中的描述，母親是最近才開始做運動來保持健康，這是一個新的活動，而不是繼續之前的運動。「最近は健康のために運動を始めたようですし」。

4 選項2「她每天都在製作葡萄醬」。此選項同樣不正確。雖然母親剛從朋友那裡學會做葡萄醬的方法，並打算嘗試做看看，但這並不表示她已經在每天進行這項活動。「さっきは友だちからぶどうジャムの作り方を教えてもらったから、自分でもやってみると言って」。

3 　選項3「她在製作玩偶和學習跳舞」。這個選項是正確的。文章中提到母親創造了一些新的愛好，包括製作玩偶和學習跳舞，這表明她在探索不同的興趣活動。「例えば、タオルで人形を作って、近所の子どもにあげたり、踊りを習いに行ったりしています」。

4 　選項4「因為工作忙碌，所以沒有自己的時間」。這個選項不適用，因為母親已經退休，不再受工作的束縛，並且文章強調她現在有了很多自己的時間。「母は会社をやめてやっと自分の時間ができたと言っています」。

　「ため」(為了…)前面接動詞辞書形或是「名詞＋の」，表示目的。「～ようだ」(好像…)表示說話者依據種種情況來進行主觀的推測。「ほかにも」(除此之外)用在列舉事物、做補充說明的時候。

|答案：**3**

▼ 32--

32　文章提到像這樣的母親，請問是指什麼樣子的呢？

1 每天在公司拚命工作的樣子
2 每天都忙於工作，沒什麼時間休息的樣子
3 每天都因為興趣或運動而精神奕奕的樣子
4 每天都去超市買果醬材料的樣子

[解題]

1 　選項1「每天在公司努力工作的樣子」。這選項不正確，因為文章明確說明母親已經從工作崗位上退休了。「30年間働いた会社をやめました」。

2 　選項2「每天因工作忙碌而幾乎沒有休息時間的樣子」。這選項同樣不正確，文章描述的是退休後的生活，不再受工作壓力的束縛。「母は会社をやめてやっと自分の時間ができたと言っています」。

3 　選項3「每天通過興趣和運動過得精神飽滿的樣子」。這選項是正確的。文章提到母親退休後開始了新的運動，並且培養了新的愛好，如製作玩偶和學習舞蹈，這些都使她看起來更加活力充沛。「最近は健康のために運動を始めたようですし、ほかにも、新しい趣味がいろいろできたようです」。

4 　選項4「每天都去超市買果醬的材料」。這選項不正確，文中提到的是她只是最近從朋友那裡學到了做果醬的方法，並沒有說明這已成為她每日的習慣。「さっきは友だちからぶどうジャムの作り方を教えてもらったから、自分でもやってみると言って」。

|答案：**3**

33 請問之後這個人的母親應該人在哪裡呢？

1 應該在公司
2 應該在超市
3 應該在舞蹈教室
4 應該在附近的小朋友的家

[解題]

1 　選項1「應該在公司」。這個選項不正確，因為文中已經明確指出母親已經從工作崗位退休了。文中提到：「30年間働いた会社をやめました」。

2 　選項2「應該在超市」。這是正確的選項。文章中提到母親剛從朋友那裡學會了做果醬的方法，並說她要試著自己做看看，因此打算去超市購買材料。「さっきは友だちからぶどうジャムの作り方を教えてもらったから、自分でもやってみると言って、スーパーに材料を買いに出かけました」。

3 　選項3「應該在舞蹈教室」。雖然母親確實有參加舞蹈課程，但在這個情境下不適用，因為文章特別提到她要去購買果醬材料。

4 　選項4「應該在附近孩子的家」。這個選項也不正確。雖然母親有做玩偶送給附近的孩子的習慣，但並沒有說她接下來會去孩子家。

|答案：2

重要單字

□ やめる（辭去〈工作〉）
□ ちょっと（稍微；…一下）
□ 休_{やす}む（休息）
□ たまに（偶爾）
□ たいてい（大概）
□ 申_{もう}し訳_{わけ}ない（抱歉）
□ やっと（終於）
□ 運動_{うんどう}（運動）
□ できる（培養〈興趣〉）

□ タオル（毛巾）
□ 人形_{にんぎょう}（娃娃）
□ 近所_{きんじょ}（附近）
□ 踊_{おど}り（舞蹈）
□ 習_{なら}う（學習）
□ ぶどう（葡萄）
□ ジャム（果醬）
□ 作_{つく}り方_{かた}（製作方式）
□ 教_{おし}える（教導）

□ ～てみる（…看看）　　　　□ 続ける（持續；繼續）
□ 材料（材料）　　　　　　　□ 一生懸命（拚命）
□ 嬉しい（開心）　　　　　　□ 教室（教室）
□ 昔（以前）　　　　　　　　□ ～はずだ（應該…）
□ 十分（十足；非常）

補充單字

過去、現在、未来 / 過去、現在、未來

01 | さっき
剛剛，剛才

02 | 夕べ
昨晚；傍晚

03 | この間
最近；前幾天

04 | 最近
最近

05 | 最後
最後

06 | 最初
最初，首先

07 | 昔
以前

08 | 唯今・只今
現在；馬上

09 | 今夜
今晚

10 | 明日
明天

11 | 今度
這次；下次

12 | 再来週
下下星期

13 | 再来月
下下個月

14 | 将来
將來

時間、時、時刻 / 時間、時候、時刻

01 | 時
…時，時候

02 | 日
天，日子

03 | 年
年齡；一年

04 | 始める
開始；開創

05 | 終わり
結束，最後

06 | 急ぐ
快，急忙

[讀解・第四回]

Track N4-24

もんだい6

つぎのA「林さんから陳さんへのメール」とBのパンフレットを見て、質問に答えて
ください。答えは、1・2・3・4からいちばんいいものを一つえらんでください。

34

あしたの授業のあと、二人が遊びに行くことができる場所はどこですか。
1　陳さんの家
2　さくら美術館
3　ひまわり公園
4　コスモスデパート

35

陳さんは、今度の土曜日か日曜日に、さくら美術館に行きたいと思っ
ています。陳さんはいちばん遅くて何時までに美術館に着かなければい
けませんか。
1　午後5時半
2　午後6時
3　午後7時半
4　午後8時

A　林さんから陳さんへのメール

陳さんへ
あしたは水曜日なので、授業は５時半までですね。
家に帰る前に、どこかへ遊びに行きませんか。
林

B　パンフレット

さくら美術館

火曜日〜金曜日：午前９時半〜午後６時（中に入れるのは30分前まで）
土曜日・日曜日：午前９時半〜午後８時（中に入れるのは30分前まで）
休み：毎週月曜日
★いろいろな絵を見ることができます。

ひまわり公園

月曜日・火曜日・木曜日：午前８時〜午後８時
金曜日〜日曜日：午前８時〜午後11時
休み：毎週水曜日
★今週の金曜日からプールが始まります。

コスモスデパート

月曜日〜木曜日：午前10時〜午後８時
金曜日〜日曜日：午前10時〜午後９時
休みはありません。
★今週の水曜日から土曜日まで、洋服が安いです。

もんだい6

請閱讀下列的A「林同學寄給陳同學的電子郵件」和B的導覽手冊並回答問題。請從選項
1・2・3・4當中選出一個最恰當的答案。

[翻譯]

A　林同學寄給陳同學的電子郵件

陳同學：

　　明天是星期三，課只上到５點半吧？

　　回家之前要不要去哪裡玩玩呢？

林

B　導覽手冊

櫻花美術館

週二～週五：上午９點半～下午６點（最後入場時間是閉館前30分鐘）

週六～週日：上午９點半～晚上８點（最後入場時間是閉館前30分鐘）

休館日：每週一

★可以參觀許多畫作。

向日葵公園

週一、週二、週四：上午８點～晚上８點

週五～週日：上午８點～晚上11點

休園日：每週三

★自本週五開始開放游泳池。

波斯菊百貨

週一～週四：上午10點～晚上８點

週五～週日：上午10點～晚上９點

全年無休。

★本週三至週六服裝有特價。

34 請問明天下課後，這兩人能去哪裡玩呢？

1 陳同學家
2 櫻花美術館
3 向日葵公園
4 波斯菊百貨

[解題]

1 選項 1「陳同學的家」。這個選項理論上是可能的，但從林同學的郵件來看，他建議去外面玩，而不是回家，所以這個選項並不符合郵件的提議。

2 選項 2「櫻花美術館」。美術館週三的營業時間是到下午 6 點，但最後入場時間是前30分鐘（也就是 5 點半），因此他們在下課後無法進入。文中提到：「火曜日〜金曜日：午前 9 時半〜午後 6 時（中に入れるのは30分前まで）」。

3 選項 3「向日葵公園」。這個地方在週三是休息日，因此他們無法前往。文中提到：「休み：每週水曜日」。

4 選項 4「波斯菊百貨公司」。這是一個正確的選項。百貨公司週三的營業時間是到晚上 8 點，因此他們在下課後有時間去這裡。文中提到：「月曜日〜木曜日：午前10時〜午後 8 時」。

> 「〜ことができる」（能夠…）用來表示有能力、有辦法去完成某件事情。

答案：4

35 陳同學這個禮拜六或禮拜日想去櫻花美術館。請問他最晚必須幾點到美術館呢？

1 下午 5 點半
2 晚上 6 點
3 晚上 7 點半
4 晚上 8 點

[解題]

1 選項 1「下午 5 點半」。文中提到，週末的美術館開放到晚上 8 點，最後入場時間是關閉前30分鐘，即 7 點半前。因此，5 點半並非最晚必須到達的時間。

2 　選項 2「晚上 6 點」。同樣，這個時間早於必要的最晚入場時間，不是最遲必須到達的時間。

3 　選項 3「晚上 7 點半」。按照美術館的規定，週末的最後入場時間是晚上 8 點的前半小時，即 7 點半。因此，若要進入美術館，陳同學必須最遲在這個時間到達。文中提到：「土曜日・日曜日：午前 9 時半〜午後 8 時（中に入れるのは30分前まで）」。

4 　選項 4「晚上 8 點」。這個時間已經超過了美術館的開放時間，因此不可能是一個可行的選項。

　「動詞未然形＋なければならない」(不得不…)表示基於某種規範，有義務、責任去做某件事情。

答案：3

重要單字

□ 授業（上課）

□ 遊ぶ（遊玩）

□ 場所（地方）

□ 公園（公園）

□ 美術館（美術館）

□ 土曜日（星期六）

□ 日曜日（星期日）

□ 着く（到達）

□ 水曜日（星期三）

□ パンフレット（導覽手冊）

□ 火曜日（星期二）

□ 金曜日（星期五）

□ 毎週（每週）

□ 月曜日（星期一）

□ 木曜日（星期四）

□ 今週（本週）

□ プール（游泳池）

□ 洋服（服裝；西裝）

補充單字

いろいろな機関、施設 / 各種機構、設施

01｜床屋
理髮店；理髮室

02｜講堂
禮堂

03｜会場
會場

04｜事務所
辦公室

05｜教会
教會

06｜神社
神社

讀解・第一回

問題4

つぎの(1)から(4)の文章を読んで、質問に答えなさい。答えは、1・2・3・4から最もよいものを一つえらびなさい。

(1)

川村さんはインターネットでホテルを予約したところ、次のメールを受け取った。

あて先	ubpomu356@groups.co.jp
件 名	ご予約の確認（予約番号：tr5723）
送信日時	2020年11月23日 15：21

　　大林ホテルをご予約くださいまして、ありがとうございます。ご予約の内容は、以下の通りです。ご確認ください。当日は、お気をつけてお越しくださいませ。

予約番号：tr5723
お名前：川村次郎　様
ご宿泊日：2020年12月2日　1泊
お部屋の種類：シングル
ご予約の部屋数：1部屋
宿泊料金：5,000円（朝食代を含みます）

※チェックイン時刻は15：00からです。

※キャンセルのご連絡はご宿泊の前日までにお願いいたします。ご宿泊当日のキャンセルは、キャンセル料をいただきますので、ご注意ください。

大林ホテル

○○県××市△△１－４－２

00-0000-0000

交通案内・地図は<u>こちら</u>

24

上のメールの内容から、分かることはどれか。

1 ホテルで朝食を食べるには、宿泊料金のほかに5,000円を払わなければならない。

2 川村さんはホテルに着いたら、まずキャンセル料を払わなければならない。

3 午後３時まではホテルの部屋に入ることはできない。

4 川村さんは、奥さんと二人でホテルに泊まるつもりだ。

(2)

スミスさんは次の通知を受け取った。

ビジネス日本語会話能力検定
1次試験の結果通知と面接のご案内

受験番号　12345

氏　　名　ジョン・スミス

生年月日　1984年2月6日

2級1次試験結果： **合格**

下記の通り、2次の面接試験を行います。

1　日　　時　7月21日（日）　午前10時30分より20分程度面接開
始時刻は多少変更になる場合がありますので、会場
には予定時刻の30分前までにお越しください。

2　会　　場　平成日本語学院
交通案内・地図は裏面をご覧ください。

3　持 ち 物　本通知書、写真付きの身分証明書

25

スミスさんは面接の日に、どうしなければならないか。

1　10時まで会場にいなければならない。

2　10時50分までに会場へ行かなければならない。

3　10時までに会場へ着かなければならない。

4　10時までに会場に引っ越さなければならない。

Track N3-03

(3)

　気象庁の３か月予報では、６〜８月の気温は全国的に「平年（注１）より高い」という予測である。予報通りなら、去年に続いて今年の夏も暑くなりそうだ。

　コンビニの売り上げは天気ととても深い関係があり、夏は暑ければ暑いほど、ビールやアイスクリーム、冷やし中華（注２）など、夏に関係する商品がよく売れるらしい。気温が１、２度違うと、売り上げが大きく変わると聞いたことがある。

（注１）平年：ここでは、気温が他の年と比べて高くも低くもない年のこと

（注２）冷やし中華：ゆでて冷やしためんの上にきゅうりやハム、卵焼きなどを細く切った物を乗せ、冷たいスープをかけた食べ物

26

この文章の内容から、分かることはどれか。

1　今年の夏は涼しくなるので、ビールやアイスクリームはあまり売れないだろう。

2　今年の夏は暑くなるので、ビールやアイスクリームがよく売れるだろう。

3　去年の夏は涼しかったが、今年の夏は暑くなるだろう。

4　気温が１、２度違うと、コンビニの商品も他の物に変わる。

（4）

　大地震のとき、家族があわてず行動できるように、家の中でどこが一番安全か、どこに避難するかなどについて、ふだんから家族で話し合っておきましょう。

　強い地震が起きたとき、または弱い地震でも長い時間ゆっくりと揺れたときは、津波が発生する恐れがあります。海のそばにいる人は、ただちに岸から離れて高い所などの安全な場所へ避難しましょう。

　避難場所での生活に必要な物や、けがをしたときのための薬なども事前にそろえておきましょう。

27
　上の文章の内容について、正しいものはどれか。
　1　いつ地震が起きても大丈夫なように、いつも家の中の一番安全な所にいるほうがよい。
　2　弱い地震であれば、長い時間揺れても心配する必要はない。
　3　ふだんから地震が起きたときのために準備をしておいたほうがいい。
　4　避難場所での生活に必要な物は、地震が起きたあとに買いに行くほうがよい。

問題4

請閱讀下列（1）～（4）的文章並回答問題。請從選項1・2・3・4當中選出一個最恰當的答案。

▼(1)／24

[翻譯]

　　川村先生在網路上訂飯店，收到了下面這封電子郵件。

收件者	ubpomu356@groups.co.jp
標題	訂房確認（訂房編號：tr5723）
寄件時間	2020年11月23日 15：21

　　感謝您在大林飯店訂房。您訂房的詳細內容如下，敬請確認。入住當天敬請路上小心。

訂房編號：tr5723
姓名：川村次郎　先生
入住日期：2020年12月2日 一晚
房間種類：單人房
訂房數：一間
住宿費：5,000圓（含早餐費用）

※辦理入住時間為15：00過後。
※如欲取消訂房，請於入住前一天告知。若為入住當天取消，則須酌收手續費，敬請留意。

大林飯店
○○縣××市△△１－４－２
00-0000-0000
交通指南、地圖在此

24 從上面這封電子郵件，可以知道什麼事情呢？

1 如果要在飯店享用早餐，除了住宿費，必須再另外支付 5,000 圓
2 川村先生抵達飯店後，首先必須要支付取消訂房的費用
3 下午 3 點前不能進入飯店房間
4 川村先生打算和太太一起下榻飯店

[解題]

1 選項1「ホテルで朝食を食べるには、宿泊料金のほかに5,000円を払わなければならない」。
分析：不正確。根據選項的描述，必須額外支付5000圓來享用早餐。但郵件中明確說明宿費5,000圓已包括早餐費用。
關鍵句：「宿泊料金：5,000円（朝食代を含みます）」。

2 選項2「川村さんはホテルに着いたら、まずキャンセル料を払わなければならない」。
分析：同樣不正確。選項描述川村先生抵達飯店後，需要先支付取消費用，但根據郵件，取消費用只在客人在入住當天取消時才會收取，郵件中沒有信息表明他要取消。
關鍵句：「ご宿泊当日のキャンセルは、キャンセル料をいただきますので、ご注意ください」。

3 選項3「午後3時まではホテルの部屋に入ることはできない」。
分析：這是正確的選項。選項中提到不能在下午3點前進入飯店房間，這與郵件中的入住登記時間，從下午3點開始相符合。
關鍵句：「チェックイン時刻は15：00からです」。

4 選項4「川村さんは、奥さんと二人でホテルに泊まるつもりだ」。
分析：不正確。選項描述川村先生計劃和他的太太一起入住飯店，但郵件中指出他預訂的是單人房間，並沒有提及他計劃與他人一起入住。
關鍵句：「お部屋の種類：シングル」。

「動詞た形＋ところ」表示在做某件事情的同時發生了其他事情，或是做了某件事情之後的結果，中文可以翻譯成「…結果」、「…時」。「名詞＋の通り」意思是「如同…所示」。「くださいませ」是「くださいます」的命令形，但是是語氣比較客氣的命令，「～ませ」通常會用在店家招呼客人時，像是「いらっしゃいませ」（歡迎光臨）也是大家耳熟能詳的一句。

除此之外，這封電子郵件當中運用了許多「お」、「ご」接在名詞前面，像是「お名前」、「ご宿泊日」，這屬於「美化語」，廣義來說也是一種敬語，作用是讓名詞聽起來好聽也較有禮貌。

|答案：3

- □ インターネット（網路）
- □ 予約（預約）
- □ 受け取る（領，接收）
- □ あて先（收件人〈信箱〉地址）
- □ 件名（標題）
- □ 確認（確認；証實）
- □ 日時（日期與時間）

- □ 内容（內容）
- □ 当日（當天）
- □ 宿泊（過夜）
- □ いただく（給…；拜領…〈「もらう」的謙讓語〉）
- □ （動詞普通形／名詞＋の＋）通り（如同…所示）

▼ **(2)／25**--

[翻譯]

史密斯同學收到了下面這張通知單。

商務日語會話能力檢定
初試結果通知暨口試說明

准考證號碼：12345

姓　　　名：約翰・史密斯

出生年月日：1984年2月6日

2級初試結果：**合格**

複試注意事項如下。

1 日期時間　7月21日（日）　　上午10時30分，大約20分鐘
　　　　　　　　口試時間可能有些變動，請提早30分鐘抵達會場。

2 會　　場　平成日本語學院
　　　　　　　交通指南、地圖請參照背面。

3 攜帶物品　本通知單、附照片的身分證

---

25 史密斯同學在面試當天，必須做什麼事情呢？

1 必須在會場待到 10 點
2 必須在 10 點 50 分以前前往會場
3 必須在 10 點以前抵達會場
4 必須在 10 點以前搬家到會場

[解題]

1 選項 1「10時まで会場にいなければならない」。
分析：選項 1 的表達方式誤解了原文意思。選項中提到需要一直待在會場直到10點，但實際上原文是指需要在一個特定時間之前到達，而非停留至該時間。

2 選項 2「10時50分までに会場へ行かなければならない」。
分析：選項 2 與通知中提到的時間不符。選項描述必須在10點50分之前到達，但根據通知，面試從10點30分開始，並需要提前30分鐘到達，因此這個選項是不正確的。

3 選項 3「10時までに会場へ着かなければならない」。
分析：這是正確的選項。通知中指出面試從10點30分開始，並要求提前30分鐘到達，因此10點是他必須到達的最晚時間。
關鍵句：「日時：午前10時30分；会場には予定時刻の30分前までにお越しください」。

4 選項 4「10時までに会場に引っ越さなければならない」。
分析：「引っ越す」意味著搬家，這與面試的要求無關，因此選項 4 的必須在10點之前搬到會場，是一個不相關的內容。

> 「～程度」（大概是…）直接接在名詞下面，表示差不多就是這樣的程度或時間長短。「～場合がある」意思是「有…的可能性」。「～付き」直接接在名詞下面，表示「附有…」。

答案：3

重要單字

□ 通知（通知，告知）
□ 検定（檢定；鑑定）
□ 面接（面試，口試）
□ 氏名（姓名）
□ 生年月日（出生年月日）
□ 合格（合格，考上）

□ 下記（下列）
□ 時刻（時間，時刻）
□ 変更（更改，變動）
□ 持ち物（攜帶物品）
□ 本（此〈份〉，這〈張〉）
□ 身分証明書（身分證）

[翻譯]

　　根據氣象局未來３個月的氣象預測，６～８月全國各地氣溫「將比平年（注1）還高」。如果預測準確，那麼今年的夏天似乎也會延續去年的炎熱。

　　聽說超商的營業額和天氣有著很密切的關係，夏天越是炎熱，啤酒、冰淇淋、中華涼麵（注2）等和夏天有關的商品就會賣得很好。我也聽說過，氣溫差了１、２度，營業額就有著劇烈變動的事情。

（注１）平年：在此指該年氣溫比起其他年份不高也不低

（注２）中華涼麵：將切細的小黃瓜、火腿、煎蛋等食材放在煮過冰鎮的麵條上，再淋上冰涼醬汁食用的食物。

26 從這篇文章內容，可以知道什麼事情呢？

1 今年夏天將變涼爽，看來啤酒和冰淇淋會賣得不太好
2 今年夏天將會變熱，看來啤酒和冰淇淋會賣得很好
3 去年夏天雖然涼爽，不過今年夏天會變熱
4 氣溫差個１、２度，超商商品也會跟著更換

[解題]

1　選項１「今年の夏は涼しくなるので、ビールやアイスクリームはあまり売れない」。

分析：選項１與原文相矛盾。選項中指出夏天將會涼爽，因此啤酒和冰淇淋不會銷售得很好，但文章指出，根據氣象局的預報，今年夏天預期會很熱，這通常意味著與夏季相關的產品（如啤酒和冰淇淋）會銷售得更好。

關鍵句：「６～８月の気温は全国的に『平年より高い』という予測である」。

2　選項２「今年の夏も暑くなりそうなので、ビールやアイスクリームがよく売れる」。

分析：選項２與原文相符。選項描述由於預期夏天會很熱，與夏季相關的產品如啤酒和冰淇淋會銷售增加。

關鍵句：「夏は暑ければ暑いほど、ビールやアイスクリーム、冷やし中華など、夏に関係する商品がよく売れるらしい」。

3　選項３「去年の夏は涼しかったので、ビールやアイスクリームはあまり売れなかった」。

分析：選項３與原文不符。選項中指出去年夏天涼爽導致銷售不佳，但文章實際上說明去年夏天也是炎熱的，這意味著啤酒和冰淇淋等夏季產品可能銷售良好，而非不好。

關鍵句：「去年に続いて今年の夏も暑くなりそうだ」。

選項4「気温が1、2度違うと、売り上げの商品が大きく変わる」。

分析：選項4有所誤解。選項中提到氣溫變化1至2度會改變銷售的產品類型，但文章實際上是說氣溫的小幅變化可以大幅影響銷售額，而非改變銷售的產品類型。

關鍵句：「気温が1、2度違うと、売り上げが大きく変わると聞いたことがある」。

　　「AはBと関係がある」表示A和B有著關聯性。「～ば～ほど、～」（越…越…），「ば」和「ほど」前面接的都是同一個語詞，表示隨著前項的程度加深，「ほど」後面的事物也會跟著改變。「～らしい」（似乎…）表示傳聞、聽說，含有一種「我看（聽）到的就是這樣」的意思。

|答案：2

重要單字

- □ 気象庁（氣象局）
- □ 予報（預報）
- □ 気温（氣溫）
- □ ～的（〈前接名詞〉關於，對於；…的）
- □ 予測（預測）
- □ 続く（繼續，持續）
- □ 売り上げ（〈一定期間內的〉營業額）
- □ 関係（關係，關聯）
- □ 商品（商品，貨品）
- □ 変わる（改變）
- □ 卵焼き（日式煎蛋）
- □ （名詞＋）通り（正如…那樣）
- □ ば～ほど（越…越…）

▼ **(4)／27**---

[翻譯]

　　為了讓家人在發生大地震時能保持冷靜行動，平時就可以全家人一起討論家中哪裡最安全、應該去哪裡避難…等等。

　　發生強震或是長時間緩慢搖晃的微震時，海嘯很有可能會襲來。在海邊附近的人，應該要立刻離開岸邊到高處等安全場所避難。

　　在避難場所的生活必需品，以及受傷時所需的藥品，也應該要事先準備好。

27 針對上面這篇文章，正確的選項為何？

1 為了能因應突來的地震，要一直待在家中最安全的地方

2 如果是微震，即使長時間搖晃也不用擔心

3 平時最好能做好因應地震發生時所需的準備

4 最好是地震發生之後才去購買在避難場所的生活必需品

[解題]

1 選項1「いつ地震が起きても大丈夫なように、いつも家の中の一番安全な所にいるほうがよい」。

分析：選項1與原文不符。選項建議人們總是待在家中最安全的地方，但原文中並沒有這樣的建議。文章只是建議家人討論哪裡最安全和避難的地點。

關鍵句：「家の中でどこが一番安全か、どこに避難するかなどについて、ふだんから家族で話し合っておきましょう」。

2 選項2「弱い地震であれば、長い時間揺れても心配する必要はない」。

分析：選項2與原文矛盾。選項指出即使是輕微地震持續搖晃也不必擔心，但文章明確表示即使是輕微地震，如果持續搖晃也可能引發海嘯，需要小心。

關鍵句：「弱い地震でも長い時間ゆっくりと揺れたときは、津波が発生する恐れがあります」。

3 選項3「ふだんから地震が起きたときのために準備をしておいたほうがいい」。

分析：選項3與文章的整體建議相吻合，即平時應與家人討論避難場所，並準備避難時所需的物品和醫療用品。

關鍵句：「避難場所での生活に必要な物や、けがをしたときのための薬なども事前にそろえておきましょう」。

4 選項4「避難場所での生活に必要な物は、地震が起きたあとに買いに行くほうがよい」。

分析：選項4與文章建議相反，選項指出地震後購買避難物品較佳，但文章中建議應事先準備好避難所所需的物品。

關鍵句：「避難場所での生活に必要な物や、けがをしたときのための薬なども事前にそろえておきましょう」。

在第1段的文法應用中，「〜について」（針對…）表示提出某個話題，並就這個話題進行說明。「または」是「或者」的意思。

在第2段的文法應用中，「〜恐れがある」（恐怕會…）表示有某種疑慮，是不好的可能性。「ただちに」意思是「立即」。

在第3段的文法應用中，「〜ため」（為了…）表示因為某種目的而存在、採取某種行動，這種目的通常是正向的，有時也有造福別人的意思。「〜ための薬」指的就是「用來…的藥」。「名詞＋であれば」意思是「只要…」、「如果…」。「〜必要はない」表示「沒有…的必要」。

|**答案：3**

- □ あわてる（慌張，驚慌）
- □ 行動（行動）<ruby>こうどう</ruby>
- □ 避難（避難）<ruby>ひ なん</ruby>
- □ 話し合う（交談；溝通）<ruby>はな</ruby><ruby>あ</ruby>
- □ 揺れる（搖動，晃動）<ruby>ゆ</ruby>
- □ 津波（海嘯）<ruby>つ なみ</ruby>

- □ 発生（發生；〈生物等〉出現）<ruby>はっせい</ruby>
- □ ただちに（立刻，馬上）
- □ 離れる（離開）<ruby>はな</ruby>
- □ 揃える（備齊，準備）<ruby>そろ</ruby>
- □ ～ように（為了…而…）
- □ ～恐れがある（恐怕會…）<ruby>おそ</ruby>

さまざまな自然現象 / 各種自然現象

01 | 明るい
明亮的；開朗的

02 | 及ぼす
波及到，影響到

03 | 火災
火災

04 | 乾燥
乾燥；枯燥無味

05 | 清い
清澈的；（內心）暢快的

06 | 霧
霧氣；噴霧

07 | 砕ける
破碎，粉碎

08 | 曇る
天氣陰，朦朧

09 | 現象
現象

10 | 錆びる
生鏽；（聲音）蒼老

11 | 湿る
受潮；（火）熄滅

12 | 霜
霜；白髮

13 | 重力
（理）重力

14 | 蒸気
蒸汽

15 | 蒸発
蒸發；（俗）失蹤

16 | 接近
接近；親密

17 | 増水
氾濫，漲水

18 | 備える
準備；配置

19 | 天然
天然，自然

20 | 土砂崩れ
土石流

［讀解・第一回］

Track N3-05

問題 5

つぎの（1）と（2）の文章を読んで、質問に答えなさい。答えは、1・2・3・4から最もよいものを一つえらびなさい。

(1)

　最近、日本では、子どもによる恐ろしい犯罪が増える一方だといわれているが、本当だろうか。日本政府が毎年出している『犯罪白書』『子ども・若者白書』（注1）などの資料からいうと、一般的な見方に反して、子どもが起こす事件は決して増えてはいない。恐ろしい犯罪は、反対に減っている。子どもの数自体が減っているのだから、事件の数を比べても意味がないという人もいるかもしれないが、数ではなく割合で考えても、増えているとは言えない。

　このように、実際には子どもによる犯罪は増えていないのに、私たちがそう感じてしまうのは、単にマスコミが以前に比べてそのような事件を詳しく報道する（注2）ことが多くなったためではないかと思う。繰り返し見せられているうちに、それが印象に残ってしまい、子どもが恐ろしい事件を起こすことが増えたような気がしてしまうのではないだろうか。印象だけによらず、正しい情報と知識にもとづいて判断することが重要である。

（注1）白書：政府が行政の現状や対策などを国民に知らせるために発表する報告書

（注2）報道する：新聞、テレビ、ラジオなどを通して、社会の出来事を一般に知らせること

28

子どもによる恐ろしい犯罪の数について、実際にはどうだと言っているか。

1 増えている。
2 事件の数は減っているが、割合で考えると増えている。
3 増えていない。
4 増えたり減ったりしている。

29

そう感じてしまうとあるが、どういうことか。
1 子どもによる犯罪が増えていると感じてしまう。
2 子どもによる犯罪が増えていないと感じてしまう。
3 マスコミが子どもによる犯罪を多く報道するようになったと感じてしまう。
4 子どもが起こす事件の数を比べても意味がないと感じてしまう。

30

この文章を書いた人の意見として、正しいのはどれか。
1 マスコミは、子どもによる恐ろしい犯罪をもっと詳しく報道するべきだ。
2 マスコミの報道だけにもとづいて判断することが大切だ。
3 子どもによる恐ろしい事件が増えたのはマスコミの責任だ。
4 印象だけで物事を判断しないことが大切だ。

Track N3-06

(2)

　わたしはずっと、スポーツ選手はしゃべるのが苦手な人が多いと思っていた。彼らは口ではなくて体を動かすのが仕事だからだ。しかし最近、①中には言葉の表現力が非常に高い人もいることを知った。先日NHKの番組で、野球選手のイチローさんが、コピーライター（注）の糸井重里さんと対談しているのを見た。わたしは、イチロー選手の言葉の表現力の豊かさに驚かされた。彼は、誰もが使うような安易な言葉を用いないで、「自分の言葉」で話していた。彼の表現力は、言葉のプロである糸井さんに全く負けていなかった。わたしは思わず夢中になって聞き入ってしまった。

　イチロー選手のように、自分が②言いたいことを、「自分の言葉」で表現できるようになるためにはどうすればいいのだろう。たくさん本を読んだり人と話したりして知識を増やすことも、もちろん大切だ。だが、まず何よりも、いつも自分の言葉で話したいという意識を持っていることがいちばん重要なのではないか。イチロー選手は、きっとそういう人なのだと思う。

　　（注）コピーライター：商品や企業を宣伝するため、広告などに使用する言葉を作る人

31

①中にはとあるが、「中」は何を指しているか。

1　ＮＨＫの番組

2　コピーライター

3　しゃべるのが苦手な人

4　スポーツ選手

32

この文章を書いた人は、イチロー選手の言葉の表現力についてどう考えているか。

1　言葉のプロと同じくらい高い表現力がある。

2　人の話を夢中になって聞き入るところがすばらしい。

3　「自分の言葉」で話すので、よく聞かないと何を言っているのか分かりにくい。

4　言葉のプロよりもずっと優れている。

33

②言いたいことを、「自分の言葉」で表現できるようになるためには、何が最も重要だといっているか。

1　ぴったりの言葉を辞書で調べること

2　本を読んだり、人と話したりして、知識を増やすこと

3　誰もが使うような安易な言葉をたくさん覚えること

4　自分の言葉で伝えたいという気持ちを常に持っていること

問題5

請閱讀下列（1）和（2）的文章並回答問題。請從選項1・2・3・4當中選出一個最恰當的答案。

▼ (1)

[翻譯]

　　最近在日本，有很多人說由未成年所犯下的重大犯罪一直在增加，這究竟是真是假？從日本政府每年公布的『犯罪白皮書』、『孩童、青少年白皮書』（注1）等資料來看，結果正好與一般民眾的看法相反，未成年所犯下的事件並沒有增加。窮凶惡極的犯罪甚至還減少了。或許有人認為那是因為小孩越來越少，拿事件數量來做比較也沒意義；不過即使不用數字，而是用比例來思考，也不能表示數據是增加的。

　　就像這樣，未成年犯罪明明實際上並無增加，但是我們卻有這樣的感覺，我在想，也許只是因為比起以往，媒體經常性且更詳細地報導（注2）這類事件罷了。是不是透過反覆觀看而留下印象，讓我們覺得未成年犯下的重大罪行越來越多呢？不光憑印象，而是根據正確的資訊及知識來判斷事物，這點是很重要的。

（注1）白皮書：政府為了告知國民行政現況或對策而發布的報告書

（注2）報導：透過報紙、電視、廣播等，傳達社會上所發生的事情

▼ (1) ／ 28

28 孩子的重大犯罪件數，實際情況是如何呢？

1 有所增加

2 事件數量雖然減少，但是就比例而言是增加的

3 沒有增加

4 有時增加有時減少

[解題]　這篇文章整體是在探討孩童犯罪之所以看似增加的原因。各段落的主旨如下表所示：

第一段	作者強調其實未成年犯罪並無增加的趨勢。
第二段	作者認為未成年犯罪之所以看似增加，可能是因為媒體過度渲染。

❶ 選項1「增えている」。
分析：這與文章描述不符。選項聲稱兒童犯罪正在增加，但文章中明確指出，根據政府的報告，孩子犯罪實際上並沒有增加。
關鍵句：「一般的な見方に反して、子どもが起こす事件は決して増えてはいない」。

❷ 選項2「事件の数は減っているが、割合で考えると増えている」。
分析：選項2同樣與文章所述不符。選項中指出事件總數在減少，但比例在增加，而文章指出罪行的發生不僅在數量上沒有增加，連以比例來看也沒有增加。
關鍵句：「恐ろしい犯罪は、反対に減っている」；「割合で考えても増えていない」。

❸ 選項3「増えていない」。
分析：這是正確選項。文章中明確指出，不僅兒童犯罪沒有增加，實際上還在減少。
關鍵句：「一般的な見方に反して、子どもが起こす事件は決して増えてはいない。恐ろしい犯罪は、反対に減っている」。

❹ 選項4「増えたり減ったりしている」。
分析：選項4同樣與文章描述不符。選項描述兒童犯罪有增有減的不定趨勢，但文章明確指出兒童犯罪沒有呈現增減不定的趨勢，而是沒有增加，甚至減少。

在文章第1段的文法應用中，「名詞＋による」（由…引起的）表示造成後項事態的原因，在這邊指的是肇事者。「～一方だ」表示某種狀況越演越烈、持續下去，可以翻譯成「一直…」、「越來越…」。「名詞＋からいうと」（從…來說）表示判斷或比較的依據。「～に反して」（與…相反）表示後項和前項不同，有意料之外的感覺。「反対に」意思是「相反地」。「～とは言えない」表示無法如此斷言，是語氣比較委婉的否定用法。

在文章第2段的文法應用中，「～ために」（為了…）表示為了達到某種目的而積極地採取後項行動。

答案：3

▼ (1) ／ 29 --

29 文中提到有這樣的感覺，這是指什麼呢？

1 覺得未成年犯罪增加了
2 覺得未成年犯罪並無增加
3 覺得媒體變得經常報導未成年犯罪
4 覺得比較未成年犯罪件數也沒有意義

[解題]

1
選項1「子どもによる犯罪が増えていると感じてしまう」。
分析：這是正確選項。文章中明確說明了儘管實際犯罪數據未增，公眾仍可能感受到增加的現象。這反映了文章中描述的社會感知，與實際犯罪統計之間的差異。選項與文章中的描述相符，指出公眾感覺到的增加可能主要是由於媒體報導的變化。
關鍵句：「実際には子どもによる犯罪は増えていないのに、私たちがそう感じてしまうのは、単にマスコミが以前に比べてそのような事件を詳しく報道することが多くなったためではないかと思う」。

2
選項2「子どもによる犯罪が増えていないと感じてしまう」。
分析：這與文章的描述相反。文章中強調了媒體報導使人感覺犯罪在增加，而選項2表達的是相反的情況，感覺兒童犯罪沒有增加，因此不符合文章的描述。

3
選項3「マスコミが子どもによる犯罪を多く報道するようになったと感じてしまう」。
分析：雖然這部分在文章中有所提及，選項提出媒體對兒童犯罪的報導似乎增多了，但這並非人們的直接感受，而是文章作者提出的可能原因。因此，選項3雖然部分對應文章的內容，但沒有直接反映出公眾的感受。

4
選項4「子どもが起こす事件の数を比べても意味がないと感じてしまう」。
分析：選項4在文章中沒有直接支持。選項指出比較兒童事件數量無意義，單文章討論的是感覺犯罪增加的感知，而非比較事件數量的意義，因此這個選項與文章中的討論不符。

接續詞「のに」表示前項和後項不相應或是不合邏輯，有時還帶有一種惋惜或責備的語氣，可以翻譯成「明明…」、「卻…」。「～を通して」（透過…）表示方法、道具、手段。「～ため」（因為…）在這裡表示原因理由。「～うちに」（在…之間）表示在某一個狀態持續的期間發生了後項的事情。

「印象に残る」意思是「留下印象」。「～気がする」前面常接「～ような」（類似…），表示有某種感覺。「動詞未然形＋ず」相當於「～ないで」，是比較書面用語的用法，表示在不做某個動作的狀態下做後項的動作。「～にもとづいて」（根據…）表示依據前項來做出後項的行為、判斷。

答案：1

▼ (1)／**30**--

30 下列敘述當中，哪一個是作者的意見呢？

1 媒體最好是要更詳盡地報導未成年犯下的重大案件
2 只憑媒體的報導來判斷事物是很重要的
3 越來越多未成年犯下重大罪行，這是媒體應負的責任
4 不光憑印象來判斷事物是重要的

[解題]

1 　選項1「マスコミは、子どもによる恐ろしい犯罪をもっと詳しく報道する方がよい」。
　解析：這個選項的重點詞彙是「もっと詳しく報道するべきだ」，表示「應該更詳細地報道」。文章中提到由於媒體過度報道，讓人們感覺到犯罪似乎在增加，這與作者批評媒體的立場相反。因此，這一選項不符合文章作者的意見，是錯誤的。

2 　選項2「マスコミの報道だけにもとづいて判断することが大切だ」。
　解析：這個選項的關鍵詞是「マスコミの報道だけにもとづいて」，意思是「僅依據媒體的報道來判斷」。這與文章末句的「不能只依賴媒體報道，而是要根據正確資訊及知識判斷事物」相矛盾。因此，這一選項也是錯誤的。
　關鍵句：「印象だけによらず、正しい情報と知識にもとづいて判断することが重要である」。

3 　選項3「子どもによる恐ろしい事件が増えたのはマスコミの責任だ」。
　解析：文章提到媒體報道導致人們感覺犯罪增加，但這並不等於實際犯罪率的增加。這個選項錯誤地將感知上的變化歸咎於媒體，而文章中並未直接指責媒體造成犯罪率實際增加，故此選項亦為錯誤。

4 　選項4「印象だけで物事を判断しないことが大切だ」。
　解析：此選項指出重要的是不應僅憑印象判斷事物，這直接反映了文章最後的觀點，作者強調不應僅根據印象判斷事物，而應基於正確的信息和知識。因此，這是正確的選項。
　關鍵句：「印象だけによらず、正しい情報と知識にもとづいて判断することが重要である」。

　「名詞＋として」表示立場、身分、地位、資格…等等，最常翻譯成「作為…」、「關於…」。「動詞辞書形＋べきだ」（應該要…）表示依照常理、規則來說，必須採取某種行為。要注意的是如果前面接「する」，則可以說成「すべきだ」或「するべきだ」。

|答案：4

重要單字

□ 恐^{おそ}ろしい（驚人的，嚴重的；可怕的）	□ 起^おこす（引起；發生）
□ 犯罪^{はんざい}（犯罪）	□ 事件^{じけん}（事件）
□ 増^ふえる（增加）	□ 決^{けっ}して（絕對〈不〉…〈後面接否定〉）
□ 政府^{せいふ}（政府；內閣）	□ 反対^{はんたい}に（相對地）
□ 若者^{わかもの}（年輕人）	□ 減^へる（減少）
□ 資料^{しりょう}（資料）	□ 自体^{じたい}（本身，自身）
□ 一般的^{いっぱんてき}（一般的，普遍的）	□ 割合^{わりあい}（比例）
□ 見方^{みかた}（看法，見解）	□ マスコミ（媒體）

□ 繰り返す（反覆，重複）	斷發展，可譯作「越來越…」）
□ 気がする（覺得〈好像，似乎…〉）	□ ～からいうと（從…來看；就…而言）
□ 印象（印象）	□ ～に反して（與…相反）
□ 情報（資訊，消息）	□ ～うちに（趁…；在…之內…）
□ ～による（因…造成的…）	□ ～にもとづいて（根據…；基於…）
□ ～一方だ（表某狀況朝著一個方向不	

▼ (2)--

[翻譯]

　　我一直覺得有很多運動選手都不擅言詞。因為他們的工作不是動口，而是動身體。不過，最近我發現①其中有些人的言語表達能力卻非常地好。前幾天我在 NHK 的節目上看到棒球選手鈴木一朗和文案寫手（注）糸井重里的對談。對於鈴木一朗選手豐富的表達能力我不由得感到驚訝。他不使用大家都在用的常見詞彙，而是用「自己的詞彙」。他的表達能力，完全不輸給文字專家糸井先生。我不禁聽得入迷。

　　到底要怎麼做才能像鈴木一朗選手一樣，②能把想講的事情，用「自己的詞彙」表達出來呢？當然，看很多的書、和很多人交談以增加自己的知識也是十分重要的。不過比起其他事物，最重要的應該是要先隨時提醒自己用自己的語彙說話吧？我覺得鈴木一朗選手一定是這樣的人。

（注）文案寫手：以寫廣告詞來宣傳商品或企業為職業的人

▼ (2)／**31**--

31 文中提到①其中，「其」指的是什麼呢？

1 NHK 的節目
2 文案寫手
3 不擅言詞的人
4 運動選手

[解題] 這篇文章整體是在探討鈴木一郎選手的說話技巧。各段落的主旨如下表所示：

第一段	作者發現鈴木一朗雖然是運動選手，但是表達能力不輸給專家。
第二段	要用自己的詞彙來進行表達，最重要的是要時時存有這樣的意識。

1
選項1「ＮＨＫの番組」。
分析：文章中的描述並未直接指向NHK的節目，因此此選項不正確。沒有提及任何特定的電視節目或媒體平台，而是討論了語言表達力。
關鍵句：「中には言葉の表現力が非常に高い人もいることを知った」。

2
選項2「コピーライター」。
分析：討論是圍繞在運動選手與文案寫手的對談，而「中には」（其中）所指的對象與文案寫手無關，因此這一選項錯誤。文中是在描述運動選手中有表現力高的個體，而非聚焦於文案寫手。

3
選項3「しゃべるのが苦手な人」。
分析：儘管這看似可能的解釋，但這句話中的「中」（其中）實際上是指整個運動選手群體，而非僅僅指那些不擅長說話的個體，所以這選項不正確。
關鍵句：「スポーツ選手はしゃべるのが苦手な人が多いと思っていた」。

4
選項4「スポーツ選手」。
分析：此句明確指出「中」（其中）是指運動選手的整體群體，而這群體中包含了表現力非常高的個體。這與問題直接相關，因此選項4是正確的。
關鍵句：「スポーツ選手はしゃべるのが苦手な人が多いと思っていたが、中には言葉の表現力が非常に高い人もいることを知った」。

「～からだ」放在句末，表示原因理由。前面可以直接接動詞或形容詞，不過遇到名詞或形容動詞，必須加個「だ」再接上「～からだ」。「～と思っていた」意思是「過去有段時間都這麼想」，不過現在已經沒有這種想法了。

答案：4

▼ **(2)／32**---

32 作者對於鈴木一朗選手的表達能力有什麼看法呢？

1 他和文字專家有著相同的高度表達能力
2 他能入迷地傾聽別人講話，這點很棒
3 他用「自己的詞彙」說話，不認真聽會不知道他在講什麼
4 他比文字專家還優秀許多

[解題]

①
選項1「言葉のプロと同じくらい高い表現力がある」。
分析：選項1正確。文章中提到了鈴木一朗在表現力上不輸給專業人士的描述。選項中描述的情況與文章中的說法相符，說明他的表現力與專業的語言人士相等。
關鍵句：「彼の表現力は、言葉のプロである糸井さんに全く負けていなかった」。

②
選項2「人の話を夢中になって聞き入るところがすばらしい」。
分析：選項2與文章描述不符。文章中提到的是作者自己被鈴木一朗的話語所吸引，並非鈴木一朗專注聆聽他人講話的能力令人驚嘆。因此，這個選項的描述與文章中的情況不相符。
關鍵句：「わたしは思わず夢中になって聞き入ってしまった」。

③
選項3「『自分の言葉』で話すので、よく聞かないと何を言っているのか分かりにくい」。
分析：選項3沒有在文章中找到直接支持的證據。雖然文章提到鈴木一朗用「自分の言葉」來表達自己，但沒有提到這使得他的話不細聽難以理解。因此，這個選項的描述與文章中的資訊不一致。
關鍵句：「彼は、誰もが使うような安易な言葉を用いないで、『自分の言葉』で話していた」。

④
選項4「言葉のプロよりもずっと優れている」。
分析：選項4誇大了文中的描述，與文章所述的情況不符。文章說他的表現力不輸給專家，但沒有說超過專家。因此，選項4是不正確的。

「〜に負ける」（輸給…）要用格助詞「に」表示對象，「に」的前面要放贏家；反之，如果是「〜に勝つ」（打敗…），「に」的前面要放輸家。「言葉のプロである糸井さん」的「である」是文章寫法，也可用「の」取代。「である」在這邊的作用是連接兩個屬性相同的名詞，「AであるB」表示「B是A」。副詞「思わず」的意思是「不禁地」，後面常接「〜てしまう」。「夢中になる」意思是「著迷」。

答案：1

▼ (2) ／ 33

33 ②能把想講的事情，用「自己的詞彙」表達出來，作者認為最重要的是什麼呢？

1 查字典找出最恰當的語詞
2 看看書、和人交談來增加知識
3 大量地記住大家都在使用的簡單詞彙
4 隨時謹記著用自己的詞彙來表達

[解題]

1 選項1「ぴったりの言葉を辞書で調べること」。
分析：選項1並未直接在文章中提及。文章雖然提到增加知識和經驗是有用的，但並沒有特指查字典找到合適的詞語，是提升表達力的關鍵方法。
關鍵句：「たくさん本を読んだり人と話したりして知識を増やすことも、もちろん大切だ」。

2 選項2「本を読んだり、人と話したりして、知識を増やすこと」。
分析：選項2與文章相關，因為文章確實提到了讀書和與人交談，有助於改善表達能力。然而，它不是文章中指定的最重要的事物，不是最優先的。
關鍵句：「まず何よりも、いつも自分の言葉で話したいという意識を持っていることがいちばん重要なのではないか」。

3 選項3「誰もが使うような安易な言葉をたくさん覚えること」。
分析：選項3完全違反了文章中，對表達自己思想的建議。選項3描述的「學習很多人都使用的簡單詞語」是文章中特別提到應避免的行為。
關鍵句：「誰もが使うような安易な言葉を用いないで」。

4 選項4「自分の言葉で伝えたいという気持ちを常に持っていること」。
分析：這是文章中明確表達的最重要觀點。選項4描述的「一直持有想用自己的話來表達的心情」正是文章中強調的核心理念，是一個正確的選項。
關鍵句：「まず何よりも、いつも自分の言葉で話したいという意識を持っていることがいちばん重要なのではないか」。

「名詞＋の＋ように」（和…一樣地）表示前項是後項動作、行為的目標、目的。「～ようになる」（變得…）表示某種能力、習慣、狀態在時間的推移之下發生改變。「～ために」（為了…）表示為了達到某個目的而積極地採取後項的行動。「用言仮定形＋ば」（如果…）表示一種假設條件，滿足前項條件就能得到後項的結果。

「もちろん」（當然）的後面有時會接表示逆接的「が」（不過），表示先肯定某項事物，再進行部份否定或是做其餘補充；類似用法是「確かに」（的確），後面也常接逆接的「が」。「きっと」（一定是…）常和「だろう」、「～と思う」等推測表現合用。

答案：4

重要單字

□ ずっと（一直以來）
□ 選手（せんしゅ）（選手）
□ しゃべる（説話；講話）
□ 苦手（にがて）（不擅長）

□ 動かす（うご）（使…活動）
□ 表現力（ひょうげんりょく）（表達能力）
□ 先日（せんじつ）（日前，幾天前）
□ 対談（たいだん）（交談，對話）

□ 豊かさ（豊富）

□ 安易（常有；簡單）

□ プロ（專家）

□ 全く（完全，絕對）

□ 負ける（輸；失敗）

□ 夢中（熱中，著迷）

□ 増やす（增加）

□ 意識（自覺；意識）

□ きっと（一定）

□ ～（ら）れる（自發用法，表示「不由得…」）

□ ～ようになる（表能力、狀態、行為的變化，可譯作「會…」）

補充單字

スポーツ / 體育運動

01｜引退
隱退，退職

02｜泳ぎ
游泳

03｜空手
空手道

04｜監督
監督；監督者

05｜加える
加，加上

06｜功績
功績

07｜スケート【skate】
冰鞋；溜冰

08｜相撲
相撲

09｜正式
正式的，正規的

10｜体操
體操；體育課

11｜適度
適度，適當的程度

12｜潜る
潛入（水中）；鑽進

13｜ランニング【running】
賽跑，跑步

試合 / 比賽

01｜アウト【out】
出界；出局

02｜補う
補償，彌補

03｜収める
接受；取得

04｜躍り出る
躍進到，跳到

05｜開始
開始

06｜却って
反倒，相反地

07｜稼ぐ
（為賺錢而）拼命的勞動

08｜競技
競賽，體育比賽

［讀解・第一回］

問題6

つぎの文章を読んで、質問に答えなさい。答えは、1・2・3・4から最もよいものを一つえらびなさい。

　先月、父が病気で入院した。私にとってはとてもショック（注1）な出来事だった。私はこれまで重い病気をしたことが一度もなく、家族もみんな丈夫だった、健康でいられることを、ずっと当たり前のように思っていた。だが、青白い顔をして病院のベッドに横になっている父を見て、決して①そうではなかったのだと、初めて気がついた。幸い、父は順調に回復し、今では元気に元通りの生活をしている。

　父の入院という初めての経験をして、私が健康について真剣に考え始めたころ、あるテレビ番組で、100歳の元気なおばあさんを紹介しているのを見た。おばあさんによると、早寝早起きをして体をよく動かすことが長生きの秘訣（注2）だそうだ。なんと毎朝5時に起きて、庭の草花の世話をしたり、家の掃除をしたりするという。その一方で、自分が100歳になっても元気でいられるのは、何よりも②まわりの人のおかげだとも言っていた。明るい笑顔で答えるこのおばあさんを見て、私は、感謝の気持ちを忘れず、腹を立てたり、つまらないことで悩んだりしないことも、健康の秘訣なのではないかと思った。

　私も最近、健康のために、なるべく体を動かすようにしている。まずは会社からの帰り、一駅分歩くことから始めてみた。まだ始めたばかりで、効果は特に感じないが、しばらく続けてみようと思う。そして、あ

のおばあさんのように、感謝の気持ちと明るい心を忘れずに生活しようと思う。

（注1）ショック：予想しなかったことに出あって、おどろくこと

（注2）秘訣：あることを行うのにもっとも良い方法

[34]

①そうではなかったのだとあるが、「そう」は何を指しているか。
 1　父が入院したこと
 2　父が病院のベッドに横になっていたこと
 3　健康なことが当然であること
 4　自分がこれまで一度も病気をしなかったこと

[35]

②まわりの人のおかげだとあるが、どういうことか。
 1　暑いときに他の人が自分のまわりに立ってかげを作ってくれること
 2　家族や近所の人が助けてくれること
 3　おまわりさんが助けてくれること
 4　近所の人がいつも自分の家のまわりを歩き回ってくれること

[36]

この人は、健康のためにどんなことを始めたか。
 1　電車が来るまでのあいだ、駅の中を歩いて待っている。
 2　電車が駅に着くまでのあいだ、電車の中でずっと歩いている。
 3　自分の家からいちばん近い駅のひとつ前で降りて、家まで歩く。
 4　会社から家まで歩いて帰る。

37

この文章全体のテーマは、何か。

1 100歳の元気なおばあさん

2 父の入院

3 テレビ番組

4 健康のためにできること

問題6

請閱讀下列文章並回答問題。請從選項1・2・3・4當中選出一個最恰當的答案。

[翻譯]

上個月我的父親因病入院。這對我來說是一件打擊(注1)很大的事。到目前為止我一次也沒有生過重病，家人也都很健康，所以一直以來，我把身體健康當成是理所當然的事。可是，看到臉色發青躺在醫院病床上的父親，我第一次發現到①事情並非如此。幸好父親順利康復，現在生活作息也都恢復往常一樣正常、健康。

有了父親住院的初次體驗，我開始認真地思考健康這件事。這時剛好看到某個電視節目在介紹一位100歲的健康老奶奶。老奶奶表示，她長壽的祕訣(注2)就是早睡早起活動身體，沒想到她每天都早上5點起床，照料庭院的花草，打掃家裡。另一方面，她也說自己長命百歲都是②託眾人之福。看到老奶奶用開朗的笑容回答問題，我想，也許健康的秘訣還有不忘感謝、不生氣、不為了小事煩惱吧？

最近為了健康，我也盡可能地活動筋骨。首先從下班回家時，走一個車站的距離開始。雖然我才剛開始進行，沒特別感受到什麼效果，但我想再持續一陣子。還有，就像那位老奶奶一樣，謹記著感謝的心情及開朗的一顆心過活。

（注1）受到打擊：碰到預料之外的事情而驚嚇

（注2）秘訣：進行某件事情時最好的方法

▼ 34 --

[34] 文中提到①事情並非如此，「如此」指的是什麼？

1 父親住院
2 父親躺在醫院病床上
3 健康是理所當然的
4 自己到目前為止都沒生病過

[解題] 這篇文章整體是在描述作者父親生病，啟發他對健康的重視。各段落的主旨如下表所示：

第一段	作者表示父親生病一事讓他第一次知道原來健康不是理所當然的。

第二段	作者在電視上看到某位老奶奶，發現健康秘訣不只是早睡早起多活動，還有不忘感謝、不生氣和不為小事煩惱。
第三段	作者為了健康也開始培養運動的習慣，並打算懷著感謝與開朗的心過日子。

① 選項1「父が入院したこと」。
解析：選項1描述了父親入院這一事件對作者造成的影響，但「そうではなかったのだ」的指示對象並非指這件事，而是對於健康的看法。因此，選項1「父親住院的事實」不是引起作者重新評估的主要原因，所以這個選項不正確。
關鍵句：「先月、父が病気で入院した。私にとってはとてもショックな出来事だった」。

② 選項2「父が病院のベッドに横になっていたこと」。
解析：雖然這句提到了父親躺在床上的情景，但這不是「そうではなかったのだ」所指的內容。這部分只是觸發了作者對健康觀念的重新思考，因此選項2也不正確。
關鍵句：「だが、青白い顔をして病院のベッドに横になっている父を見て、決してそうではなかったのだと、初めて気がついた」。

③ 選項3「健康なことが当然であること」。
解析：這是文章中作者明確提到的原始想法，與「決してそうではなかったのだと、初めて気がついた」相對應。作者在見到父親的情況後，意識到健康並非理所當然，這直接回答了問題。選項3是正確的。
關鍵句：「健康でいられることを、ずっと当たり前のように思っていた」。

④ 選項4「自分がこれまで一度も病気をしなかったこと」。
解析：雖然提到作者自身之前從未生病的事實，但這並非「そうではなかったのだ」的指示對象。這只是說明了為什麼作者原本認為健康是理所當然的，因此選項4不正確。
關鍵句：「私はこれまで重い病気をしたことが一度もなく」。

「～にとって」意思是「對…而言」，表示站在前項的立場來進行後面的判斷或評價，或是描述對於某件事物的感受。「横になる」意思是「橫躺」或「睡覺」。「～と気がつく」表示發現、注意到某件事物。

答案：3

▼ **35**---

35 文中提到②託眾人之福，這是什麼意思？

1 炎熱的時候，其他人站在自己的四周幫忙擋太陽
2 受到家人或鄰居的幫助
3 受到警察的幫助
4 鄰居總是幫忙在自家附近走來走去

[解題]

1 選項1「暑いときに他の人が自分のまわりに立ってかげを作ってくれること」。
解析：選項1描述的情境，即在炎熱時他人為自己遮陰，與老奶奶所提到的「まわりの人のおかげ」無直接關聯。原文討論的是老奶奶健康長壽的原因，主要強調的是周圍人的支持和幫助，與具體的遮陰行為無關。

2 選項2「家族や近所の人が助けてくれること」。
解析：選項2直接對應到老奶奶對「まわりの人」的描述，即她認為自己能保持健康並活到100歲，是因為家人和鄰居的持續支持和幫助。這完全吻合選項2的描述，因此這是正確的選項。
關鍵句：「まわりの人のおかげだとも言っていた」。

3 選項3「おまわりさんが助けてくれること」。
解析：雖然「おまわりさん」（警察）在日語中帶有「まわり」（周圍）的語音，但文中老奶奶所感謝的「まわりの人」泛指她的社會支持網絡，而非特指警察。因此，選項3中的警察幫助與文中談論的支持範圍不吻合。

4 選項4「近所の人がいつも自分の家のまわりを歩き回ってくれること」。
解析：此選項描述的是鄰居在老奶奶家周圍走動的情景，這類行為雖可能提供一定的安全感，但與老奶奶所提到的精神和實際上的支持並不直接相關。原文強調的是對她健康長壽有實質影響的支持，因此選項4不符合文中的描述。

「～について」（針對…）表示提出某個話題，並就這個話題進行說明。「～によると」（根據…）表示消息的來源或判斷的依據。「動詞辞書形＋のに」（為了…）表示在做某件事情時的手段、所需物品、花費。「なんと」（居然）用來傳達出驚訝、佩服或失望的語氣。「その一方で」（另一方面）用來承接前言並轉移話題。「動詞未然形＋ず」相當於「～ないで」，是比較書面用語的用法，表示在不做某個動作的狀態下做後項的動作。

「父の入院という初めての経験をして」的「～という」（…這樣的），和「～家の掃除をしたりするという」的「～という」（據說…）不一樣。前者的作用是連接A、B兩個名詞，A是B的內容性質也可以是B的名字。後者是文章寫法，放在句末表示傳聞、引用，而這消息是間接得知的。

「～ではないかと思う」（我在想是不是…）表示說話者自己的推測、判斷、想法，帶有不確定的語氣。

| **答案：2**

36 這個人為了健康開始進行什麼事情呢？

1 在等電車的這段時間，在車站中邊走動邊等
2 在電車抵達車站的這段時間，不停地在電車裡走動
3 提前在離自己家最近的一站下車走回家
4 從公司走回家

[解題]

1 選項1「電車が来るまでのあいだ、駅の中を歩いて待っている」。
解析：此選項描述與文章中描述的健康促進活動不符，文章指的是從下班後在特定情況下進行的步行，而不是在車站內等待時的隨機走動。

2 選項2「電車が駅に着くまでのあいだ、電車の中でずっと歩いている」。
解析：選項2描述了在電車行進期間內行走的情境，這與文中的描述不相符。原文談論的是在下車後的行走。

3 選項3「自分の家からいちばん近い駅のひとつ前で降りて、家まで歩く」。
解析：選項3直接對應到文章中描述的行為，即作者描述的從離家一站前的車站下車後走路回家的做法。這是正確的選擇。
關鍵句：「まずは会社からの帰り、一駅分歩くことから始めてみた」。

4 選項4「会社から家まで歩いて帰る」。
解析：雖然文章提到了作者在下班回家的路途中進行步行，但是具體的行為是在離家一站前的地方開始行走，而非整段從公司到家的路程，這過度擴大了實際行走的範圍。因此，選項4描述的活動範圍與實際情況不符，也不正確。

> 「動詞た形＋ばかりで」表示某個動作才剛做完不久而已，這個舉動是導致後項的原因。「名詞＋の＋ように」（和…一樣地）表示前項是後項動作、行為的目標、目的。「動詞未然形＋ずに」相當於「〜ないで」，是比較書面用語的用法，表示在不做某個動作的狀態下做後項的動作。「〜ようと思う」（打算…）表示說話者積極地想做某件事情。

|**答案：3**

37 這篇文章整體的主旨是什麼呢？

1 100 歲的健康老奶奶
2 父親住院
3 電視節目
4 為了健康著想所能做的事

［解題］

❶ 選項1「100歳の元気なおばあさん」。

解析：這選項提到的「100歲的元氣老奶奶」，在文章中被用作闡述健康長壽的秘訣例子，用以強化主題，但不是文章的中心主題。文章的焦點是健康的重要性和如何維持健康，而不僅僅是談論老奶奶的故事。

❷ 選項2「父の入院」。

解析：「父親的住院」雖然是文章的重要組成部分，但整篇文章更著重於由此事件引發的對健康的思考和行動，而非單純描述入院事件。因此，它不是文章的中心主題。

關鍵句：「先月、父が病気で入院した」。

❸ 選項3「テレビ番組」。

解析：「電視節目」是文章的一個細節，用來支撐健康討論，但它不是文章的中心主題。這只是提供背景信息的一個元素，用於引出健康討論。

關鍵句：「あるテレビ番組で、100歳の元気なおばあさんを紹介しているのを見た」。

❹ 選項4「健康のためにできること」。

解析：文章從父親的住院引發對健康的深思，介紹了健康的秘訣，以及作者自己採取的行動來增進健康，表明「為了健康可以做的事情」是貫穿全文的中心主題。選項4正確概括了文章的主題，是文章的核心討論點。

關鍵句：「健康について真剣に考え始めた」。

> 「～ために」（為了…）表示為了達到某種目的而積極地採取後項行動。

答案：4

重要單字

- □ 出来事（偶發事件，變故）
- □ 健康（健康）
- □ 当たり前（理所當然）
- □ 青白い（〈臉色〉慘白的；青白色的）
- □ 横になる（橫躺；睡覺）
- □ 気がつく（注意到，意識到）
- □ 幸い（幸虧，好在）
- □ 順調（〈病情等〉良好；順利）
- □ 回復（復原，康復）
- □ 元通り（原樣，以前的樣子）
- □ 真剣（認真，正經）
- □ 世話（照顧）

- □ 笑顔（笑臉，笑容）
- □ 感謝（感謝）
- □ 腹を立てる（生氣，憤怒）
- □ 悩む（煩惱）
- □ 効果（效果，功效）
- □ 分（表事物的單位）
- □ しばらく（暫且，暫時）
- □ 予想（預想）
- □ 出あう（碰到，遇見）
- □ ～にとっては（對…來說）
- □ ～について（關於…）
- □ ～おかげだ（多虧…；由於…的緣故）

[讀解・第一回]

Track N3-08

問題7

右のページは、「宝くじ」の案内である。これを読んで、下の質問に答えなさい。答えは、1・2・3・4から最もよいものを一つえらびなさい。

38

宝くじ50はいつ買うことができるか。

1　毎日

2　毎週金曜日

3　毎週抽せんの日

4　抽せんの日の翌日

39

私は今週、01、07、12、22、32、40を申し込んだ。抽せんで決まった数は02、17、38、12、41、22だった。結果はどうだったか。

1　4等で、100,000円もらえる。

2　5等で、1,000円もらえる。

3　2等で、50,000,000円もらえる。

4　一つも当たらなかった。

宝くじ50

　宝くじ50は、1から50までの中からお客様が選んだ六つの数と、毎週一回抽せん（注）で決められる六つの数が、いくつ一致しているかによって当選金額が決まる宝くじです。全国の宝くじ売場で毎日販売されています。

申し込み方法

　宝くじ50の申し込みカードに、1から50までの中から好きな数を六つ（05、13、28、37、42、49など）選んで記入し、売場で申し込んでください。数の並ぶ順番はばらばらでもかまいません。

名称	宝くじ50
販売場所	全国の宝くじ売場
販売日	毎日
販売単価	申し込みカード一枚200円
抽せん日	毎週金曜日（19：00〜）
賞金の支払い期間	抽せん日の翌日から1年間。
抽せん結果案内	結果はホームページまたは携帯電話で！抽せん日当日に結果が分かります。

等級	当選条件	金額
1等	申し込んだ数が抽せんで出た数6個と全て同じ	100,000,000円
2等	申し込んだ数が抽せんで出た数5個と同じ	50,000,000円
3等	申し込んだ数が抽せんで出た数4個と同じ	500,000円
4等	申し込んだ数が抽せんで出た数3個と同じ	100,000円
5等	申し込んだ数が抽せんで出た数2個と同じ	1,000円

（注）抽せん：人の意思に影響されない公平なやり方で、たくさんある中からいくつかを選ぶこと

問題7

右頁是「彩券」的介紹。請在閱讀後回答下列問題。請從選項1・2・3・4當中選出一個最恰當的答案。

[翻譯]

彩券50

　　彩券50的玩法是玩家從1～50當中選出6個號碼，和每週一次開獎（注）的6個號碼相互對照，並依照相同號碼的數量來決定獲獎金額。全國的彩券行每天均有發售。

投注方式

　　請於彩券50的投注卡上，從1～50當中隨意選出6個數字下注（例如05、13、28、37、42、49），在彩券行進行投注。號碼若無依序排列也不要緊。

名稱	彩券50
銷售點	全國彩券行
銷售日	每天
銷售單價	投注卡一張200圓
銷獎日	每週五（19：00～）
領獎期限	自開獎日隔天算起一年內。
開獎結果	開獎結果請上網站或利用手機查詢！開獎日當天即可得知結果。

獎項	中獎方式	金額
頭獎	投注號碼和開獎號碼6碼全部相同	100,000,000圓
二獎	投注號碼和開獎號碼5碼相同	50,000,000圓
三獎	投注號碼和開獎號碼4碼相同	500,000圓
四獎	投注號碼和開獎號碼3碼相同	100,000圓
五獎	投注號碼和開獎號碼2碼相同	1,000圓

（注）開獎：是不受人為意志影響的公平做法，從眾多事項當中選出幾個

38 什麼時候能購買彩券 50？

1 每天
2 每週五
3 每週抽選日
4 開獎日的隔天

[解題]

1
選項 1「每日」。
解析：文章明確提到彩券50的販售日為「每日」（每天），意味著彩票每天都可購買。這是直接回答問題的信息。
關鍵句：「販売日：每日」。

2
選項 2「每週金曜日」。
解析：雖然抽選是在每週五進行，但這與彩券的販賣日無關。
關鍵句：「抽せん日：每週金曜日」。

3
選項 3「每週抽せんの日」。
解析：此選項與選項 2 相似，抽選日是每週五，但彩券是每天都有販售，所以選項 3 同樣不正確。
關鍵句：同上。

4
選項 4「抽せんの日の翌日」。
解析：文章中未提及抽選日隔天有關彩券的特別販賣信息，所以選項 4 也是不正確的。

「かまわない」前面經常接「ても」或「でも」，表示「即使…也沒關係」。「または」是「或者」的意思。

|答案： **1**

39 我這個禮拜投注了 01、07、12、22、32、40 號。抽選出的號碼是 02、17、38、12、41、22。請問結果如何？

1 中 4 獎，可得到 100,000 圓
2 中 5 獎，可得到 1,000 圓
3 中 2 獎，可得到 50,000,000 圓
4 什麼獎也沒中

[解題]

1 選項1「４等で、100,000円もらえる」。
解析：根據抽選結果，提交的數字中只有12和22兩個數字與抽選號碼相同，對中兩個號碼不符合４等的條件，因此選項1「４等，可以得到100,000圓」是不正確的。４等的要求是對中３個號碼。
關鍵句：「４等／申し込んだ数が抽せんで出た数３個と同じ／100,000円」。

2 選項2「５等で、1,000円もらえる」。
解析：選項2與實際的抽選結果相吻合，因為提交的數字中12和22兩個號碼對中，符合５等的條件。因此，選項2「５等，可以得到1,000圓」是正確的。
關鍵句：「５等／申し込んだ数が抽せんで出た数２個と同じ／1,000円」。

3 選項3「２等で、50,000,000円もらえる」。
解析：提交的數字中只有兩個號碼對中，不符合２等的條件，因此選項3「２等，可以得到50,000,000圓」是不正確的。２等需要對中５個號碼。
關鍵句：「２等／申し込んだ数が抽せんで出た数５個と同じ／50,000,000円」。

4 選項4「一つも当たらなかった」。
解析：由於已確認至少有兩個號碼對中，選項4「一個也沒中」顯然是錯誤的。此選項不正確，因為實際上有中獎的號碼存在。

> 「～によって」（依照…）表示依據的方法、手段，文章當中可以寫成「～により」。

答案：2

重要單字

- □ 宝くじ（彩券）
- □ 翌日（隔天）
- □ 数字（數字）
- □ 申し込む（投注；報名）
- □ ～等（…等〈級〉，…獎）
- □ 当たる（中〈獎〉）
- □ 一致（一致，符合）
- □ 当選金額（獲獎金額）
- □ 全国（全國）
- □ 販売（販賣，發售）
- □ 記入（填寫，記上）
- □ 順番（順序）
- □ ばらばら（未照順序分散貌；凌亂）
- □ 名称（名稱）
- □ 賞金（獎金）
- □ 支払い（支付，付款）
- □ 携帯電話（手機）
- □ 当日（當天）
- □ 等級（等級）
- □ 影響（影響）
- □ によって（根據…；按照…）

［讀解・第二回］

Track N3-09

問題4

つぎの(1)から(4)の文章を読んで、質問に答えなさい。答えは、1・2・3・4から最もよいものを一つえらびなさい。

(1)

これは、山川日本語学校の学生に学校から届いたメールである。

あて先	yamakawa@yamakawa.edu.jp
件 名	川田先生の歓迎会について
送信日時	2020年4月10日 11：32

　　4月から新しくいらっしゃった、川田先生の歓迎会を下記の通り行います。4月17日（水）までに、参加できるかどうかを返信してください。一人でも多くの方の参加をお待ちしております。

日時：4月24日（水）　12時～14時
場所：2階　談話室
会費：500円（お昼ご飯が出ます）

　　川田先生への歓迎の意をこめて、歌や踊りなどやってくれる人をさがしています。お国のでも、日本のでもかまいません。一人でも、お友だちと一緒でも大歓迎ですので、興味がある方は、15日（月）までに教務の和田に連絡してください。

24

上のメールの内容から、分かることはどれか。

1 歌や踊りをしたい人は、教務の和田さんに連絡する。
2 川田先生が、新しく来た学生を歓迎してくれる。
3 歓迎会に参加する人は、教務の和田さんに申し込む。
4 歓迎会では、川田先生が歌や踊りをしてくれる。

Track N3-10

(2)

○○市保健所より、市民の皆様へお知らせ

　寒くなって、インフルエンザがはやる季節になりました。小さいお子様やお年寄りの方は、インフルエンザにかかりやすいので、特に気をつけてください。

インフルエンザにかからないようにするためには
● 外出するときはマスクをつけましょう。
● 家に帰ったら必ず手洗いやうがいをしましょう。
● 栄養のバランスのとれた食事をしましょう。
● 体が疲れないように無理のない生活をしましょう。
● インフルエンザの予防接種（注）を受けましょう。

　熱が出て、「インフルエンザかな？」と思ったときには、できるだけ早く医師に診察してもらってください。

令和2年12月　○○市保健所

（注）予防接種：病気にかかりにくくするために、事前にする注射のこと

25

この「お知らせ」の内容について、正しいのはどれか。

1　子どもやお年寄りしかインフルエンザにかからない。

2　子どもやお年寄りだけが、インフルエンザにかからないように気をつければよい。

3　インフルエンザにかからないようにするためには、体を疲れさせないことが大切だ。

4　熱が出れば、間違いなくインフルエンザなので、すぐに医師に診察してもらったほうがいい。

（3）

　「留学しよう！」と決めてから、実際に留学が実現するまでは、みなさんが思っている以上に準備する時間が必要です。語学留学であれば、それほど面倒ではありませんが、大学などへの留学の場合は少なくとも（注）6か月、通常は1年以上の準備が必要だといわれています。どのような手続きが必要なのかしっかりと理解し、きちんとした計画を立てることから始めましょう。

（注）少なくとも：どんなに少ない場合でも

26

この文章の内容について、正しいのはどれか。
1　留学しようと思ったら、いつでも行けるので、必要以上に準備する必要はない。
2　外国の大学に留学する場合は、1年以上前から準備を始めたほうがよい。
3　外国の大学に留学するのは面倒なので、語学留学だけにするほうがよい。
4　外国の大学に留学するのは、6か月から1年間ぐらいがちょうどよい。

Track N3-12

(4)

　日本では、1月7日の朝に「七草」といわれる七種類の野菜を入れたおかゆを食べる習慣があり、これを「七草がゆ」といいます。中国から日本に伝わり、江戸時代（1603-1867年）に広まったといわれています。消化のいいものを食べて、お正月にごちそうを食べ過ぎて疲れた胃を休めるとともに、家族の1年の健康を願うという意味もあります。最近では、元日を過ぎるとスーパーで七草がゆ用の七草のセットをよく見かけますが、他のさまざまな季節の野菜を入れて作るのもよいでしょう。

27
　七草がゆの説明として、正しいのはどれか。
　1　七草がゆは、お正月に疲れないために食べる。
　2　七草がゆは、日本の江戸時代に中国へ伝えられた。
　3　七草がゆには、家族の健康を祈るという気持ちが込められている。
　4　七草がゆは、七草以外の野菜を入れて作ってはいけない。

問題4

請閱讀下列（1）～（4）的文章並回答問題。請從選項1・2・3・4當中選出一個最恰當的答案。

▼ (1)／24--

[翻譯]

這是山川日本語學校寄給學生的一封電子郵件。

收件者	yamakawa@yamakawa.edu.jp
標題	關於川田老師的歡迎會
寄件日期	2020年4月10日 11：32

為4月起來本校任教的川田老師所舉辦的歡迎會，注意事項如下。請於4月17日（三）前回信告知能否出席。希望各位能踴躍參與。

日期時間：4月24日（水）　12時～14時
地　　點：2樓　交誼廳
費　　用：500圓（備有中餐）

我們在尋找能懷著歡迎川田老師的心意來唱歌跳舞的人。不管是貴國的歌舞，還是日本的都行。一人獨秀或是和朋友一起表演，我們都很歡迎，有興趣的人請在15日（一）前和教務處的和田聯絡。

24 從上面這封電子郵件，可以知道什麼事情呢？

1 想唱歌跳舞的人，要和教務處的和田聯絡
2 川田老師要歡迎新入學的學生
3 要參加歡迎會的人，要向教務處的和田報名
4 在歡迎會上，川田老師要唱歌跳舞

[解題] 這一題要用刪去法作答。從這封電子郵件的內文可以知道以下的事情：

行數	描述	情報
1〜2	4月から新しくいらっしゃった、川田先生の歓迎会を下記の通り行います。	川田老師 4 月到職任教，大家要替他辦個歡迎會。
2〜3	4月17日（水）までに、参加できるかどうかを返信してください。	要在 4 月17日（三）前回覆是否參加。
3〜4	日時：4月24日（水） 12時〜14時 場所：2階　談話室 会費：500円（お昼ご飯が出ます）	歡迎會的時間是 4 月24日（三）的12時〜14時，地點在 2 樓交誼廳，參加費用是500圓，有附中餐。
7〜10	川田先生への歓迎の意をこめて、歌や踊りなどやってくれる人をさがしています。お国のでも、日本のでもかまいません。一人でも、お友だちと一緒でも大歓迎ですので、興味がある方は、15日（月）までに教務の和田に連絡してください。	歡迎會需要人唱歌跳舞。形式和人數均不限。如要表演，要在15日（一）前聯絡教務處的和田。

1
選項1「歌や踊りをしたい人は、教務の和田さんに連絡する」。
解析：選項 3 正確。根據郵件指示，任何對於表演歌曲或舞蹈有興趣的人，都應該聯繫教務處的和田先生。因此，選項1正確反映了郵件的具體要求。
關鍵句：「歌や踊りなどやってくれる人をさがしています。興味がある方は、15日（月）までに教務の和田に連絡してください」。

2
選項2「川田先生が、新しく来た学生を歓迎してくれる」。
解析：郵件中沒有提到川田老師將會歡迎新來的學生。實際上，郵件的內容是關於為新來的川田老師舉辦的歡迎會。因此，選項2「川田老師將會歡迎新來的學生」與郵件的內容不符。

3
選項3「歓迎会に参加する人は、教務の和田さんに申し込む」。
解析：郵件中提到參加歡迎會的人，需要通過回覆郵件確認自己的參加意願，而不是直接向和教務處的田先生申請。因此，選項3不符合郵件中的指示。

4
選項4：「歓迎会では、川田先生が歌や踊りをしてくれる」。
解析：郵件中並未提到川田老師會在歡迎會上進行任何表演，而是在尋找願意在歡迎會上表演的學生。因此，選項4也是不正確的。

「〜について」（針對…）表示提出某個話題，並就這個話題進行說明。「いらっしゃる」是「いる」和「来る」的敬語，在這邊「いらっしゃった」是「来た」的尊敬語形式。「名詞＋の通り」意思是「如同…所示」。「〜ておる」是「〜ている」的謙讓語形式，藉由降低自己的身分來提高對方的地位。「かまわない」前面經常接「ても」或「でも」，表示「即使…也沒關係」。

答案：1

□ 届く（寄達，送達；及，達到）

□ 方（者，人〈尊敬説法〉）

□ 参加（參加；出席）

□ 談話室（交誼廳）

□ 会費（費用）

□ 歓迎（歡迎）

□ お国（貴國）

□ かまわない（…也不介意）

□ ～ておる（「～ている」的慎重説法，
可譯作「正在…；…著」）

□ ～をこめる（滿懷…）

▼ (2) ／ 25 --

[翻譯]

○○市衛生所發給各位市民的通知

　氣溫下降，來到了流感盛行的季節。小朋友和年長者特別容易得到流感，所以請小心。

為了預防流感
● 請於外出時戴口罩。
● 回到家請務必洗手和漱口。
● 飲食要營養均衡。
● 避免身體疲勞，正常生活作息。
● 施打流感疫苗（注）。

　如有發燒情形，懷疑自己得到流感，請盡早看醫生。

　　　　　　　　　　　令和 2 年 12 月　　○○市衛生所

（注）疫苗：為了降低生病機率，事先施打預防針

25 關於這張「通知單」的內容，正確敘述為何？

1 只有小孩和老年人才會得到流感

2 只有小孩或老年人要小心別得到流感就好

3 為了預防得到流感，不讓身體勞累是很重要的

4 如有發燒就一定是流感，最好趕快請醫生檢查

［解題］

1 選項1「子どもやお年寄りしかインフルエンザにかからない」。
解析：此選項認為只有兒童和老年人會感染流感，但原文明確表示這兩個群體較容易感染，並非唯一可能感染的群體。
關鍵句：「小さいお子様やお年寄りの方は、インフルエンザにかかりやすいので、特に気をつけてください」。

2 選項2「子どもやお年寄りだけが、インフルエンザにかからないように気をつければよい」。
解析：雖然文中強調兒童和老年人需特別注意，避免感染流感，但並未表明只有這兩群人需注意。選項2將注意事項限定於特定群體，與原文的普遍預防措施的描述不相符。
關鍵句：「小さいお子様やお年寄りの方は、インフルエンザにかかりやすいので、特に気をつけてください」。

3 選項3「インフルエンザにかからないようにするためには、体を疲れさせないことが大切だ」。
解析：原文中列出了多項預防措施，包括避免過度勞累。選項3與這些措施相符，正確描述了原文的重點。
關鍵句：「体が疲れないように無理のない生活をしましょう」。

4 選項4「熱が出れば、間違いなくインフルエンザなので、すぐに医師に診察してもらったほうがいい」。
解析：文章中提到發燒可能是流感的跡象，建議盡快就醫。選項4中「如果發熱，那肯定是流感」的肯定語氣過於強烈，不符合原文只是建議可能性的語氣。
關鍵句：「熱が出て、『インフルエンザかな？』と思ったときには、できるだけ早く医師に診察してもらってください」。

「〜ように」（為了…）表示為了達成前項，而採取後項的行動。「〜ために」（為了…）表示為了達成某種目的而積極地採取後項行動，和「〜ように」不同的是，「〜ために」的前面只能接人為的意志動作（例如：聞く，聽），有強調目的的語感。「〜ように」的前面能接意志動作和無意志動作（例如：聞こえる，聽見），甚至還能接否定形。另一方面，「〜ために」前後的主語都必須是同一人，不過「〜ように」前的主語不同也沒關係。

> 「～かな」（…吧）放在句末，表示確認、擔心、疑問、期盼、無法理解…等語氣，在這邊是一種自問自答、自說自話的感覺。副詞「できるだけ」意思是「盡可能地」。「用言仮定形＋ば」（如果…）表示一種假設條件，滿足前項條件就能得到後項的結果。「間違いなく」意思是「肯定是…」。

答案：3

重要單字

□ 保健所（衛生所）
□ はやる（流行；盛行）
□ お年寄り（老年人）
□ かかる（患（病））
□ マスク（口罩）
□ 手洗い（洗手）

□ うがい（漱口）
□ 栄養（營養）
□ バランス（均衡；平衡）
□ 熱が出る（發燒）
□ 医師（醫師）
□ 診察（診察，看診）

▼ (3) ／ 26--

[翻譯]

　　從決定「我要去留學！」一直到實際去留學，這段期間所需的準備時間，多得超乎各位想像。如果只是外語留學，倒還沒有那麼麻煩，不過如果是去國外讀大學，據說至少（注）需要 6 個月，一般是需要 1 年以上的準備時間。第一步先弄清楚需要辦理什麼手續，再好好地規畫一下吧。

（注）至少：表示最少的限度

26　針對這篇文章的內容，正確敘述為何？

1 決定去留學後，不管什麼時候都能出發，所以不需要多花時間的準備
2 去國外讀大學，最好是 1 年前就開始進行準備
3 去國外讀大學很麻煩，最好是外語留學就好
4 去國外讀大學，讀 6 個月～ 1 年左右剛剛好

[解題]

1
選項1「留学しようと思ったら、いつでも行けるので、必要以上に準備する必要はない」。

解析：選項1提出了一種觀點，認為留學的決定和出發可以隨時進行，不需要過度準備。然而，這與文章的指示相矛盾。文章強調準備留學實際上需要比大多數人預期的更長時間。

關鍵句：「みなさんが思っている以上に準備する時間が必要です」。

2
選項2「外国の大学に留学する場合は、1年以上前から準備を始めたほうがよい」。

解析：選項2與文章內容完美吻合，指出到外國大學留學應提前至少一年開始準備，這是文章中明確建議的準備時間。因此，選項2是正確的答案。

關鍵句：「大学などへの留学の場合は少なくとも6か月、通常は1年以上の準備が必要だといわれています」。

3
選項3「外国の大学に留学するのは面倒なので、語学留学だけにするほうがよい」。

解析：選項3提出了語言留學，相較於其他類型留學更為簡便的觀點。雖然文章提到語言留學相對不那麼麻煩，但並沒有建議只做語言留學。因此，選項3不符合文章的整體建議。

關鍵句：「語学留学であれば、それほど面倒ではありませんが」。

4
選項4「外国の大学に留学するのは、6か月から1年間ぐらいがちょうどよい」。

解析：選項4錯誤地解釋了準備時間。文章中的「6か月から1年以上」指的是準備時間的長度，並不是留學的適當時間長度。

關鍵句：同選項2。

「〜以上に」表示超過某個限度。「名詞＋であれば」意思是「只要…」、「如果…」。「それほど〜ない」（沒那麼…）表示程度不如前面所提到的那樣。「〜たら」（如果…）是假定用法，表示前項發生的話，後項也會跟著實現，或是要採取後項的行動。

答案：2

重要單字

□ 留学（留學）
□ 実現（實現）
□ 準備（準備，預備）
□ 必要（必要，需要）
□ 面倒（麻煩，費事）
□ しっかり（確實地）

□ 理解（理解，瞭解）
□ きちんと（好好地，牢牢地）
□ 計画（計畫，規劃）
□ 立てる（立定，設定）
□ 〜ば（如果…的話）
□ 〜ほど〜ない（沒那麼…）

［翻譯］

在日本有個習俗是在 1 月 7 日早上，吃一種加了七種蔬菜名為「七草」的粥，這就叫「七草粥」。據說這是由中國傳至日本，並在江戶時代（1603—1867 年）普及民間。吃一些容易消化的東西，不僅可以讓在過年期間，大吃大喝的胃好好休息，也含有祈求全家人這一年身體健康之意。最近在元旦過後常常可以在超市看到煮七草粥所用的七草組合，不過，放入當季其他的各種蔬菜來熬煮也不錯吧。

27 關於七草粥的說明，正確敘述為何？

1 七草粥是為了不在過年感到疲勞而吃的
2 七草粥是在日本江戶時代傳到中國的
3 七草粥含有祈禱家人健康的心願
4 七草粥不能加入七草以外的蔬菜

［解題］

❶ 選項 1「七草がゆは、お正月に疲れないために食べる」。
解析：選項 1 提出七草粥是為了避免新年疲勞，但原文說明是為了過年期間，大吃大喝的胃好好休息，故此選項與原文描述不符。
關鍵句：「お正月にごちそうを食べ過ぎて疲れた胃を休める」。

❷ 選項 2「七草がゆは、日本の江戸時代に中国へ伝えられた」。
解析：選項 2 指出七草粥從日本傳到中國，但文章明確指出是從中國傳到日本，因此選項 2 的方向完全相反。
關鍵句：「中国から日本に伝わり」。

❸ 選項 3「七草がゆには、家族の健康を祈るという気持ちが込められている」。
解析：此選項正確，與原文一致，七草粥象徵著對家庭成員一整年健康的祝願。
關鍵句：「家族の 1 年の健康を願うという意味もあります」。

❹ 選項 4「七草がゆは、七草以外の野菜を入れて作ってはいけない」。
解析：選項 4 誤指七草粥不能加入其他蔬菜，而原文則提倡可以加入其他季節性蔬菜，因此此選項錯誤。
關鍵句：「他のさまざまな季節の野菜を入れて作るのもよいでしょう」。

> 「名詞＋という」（叫做…）用來表示人事物的名稱。「～とともに」表示後項和前項同時進行，或是後項會跟著前項發生改變，可以翻譯成「…的同時」。如果前面接的不是狀態、動作，而是人物的話，就表示和某人一起做某事。

|答案：3

□ かゆ（粥）

□ 習慣（習慣；習俗）

□ 伝わる（傳入；流傳）

□ 広まる（擴大；遍及）

□ 正月（新年；一月）

□ ごちそう（大餐，豪華饗宴）

□ 休める（讓…休息）

□ 過ぎる（經過〈時間〉）

□ セット（組合；一套）

□ 見かける（看到）

□ 祈る（祈禱）

□ 〜とともに（…同時，也…）

補充單字

食事、食べる、味/用餐、吃、味道

01 | 味わう
品嚐；體驗

02 | 旺盛
旺盛

03 | お代わり
（酒、飯等）再來一杯、一碗

04 | 齧る
咬；一知半解

05 | カロリー【calorie】
（熱量單位）卡路里

06 | 食う
（俗）吃，（蟲）咬

07 | 高級
（級別）高，高級

08 | 肥える
胖；土地肥沃

09 | 献立
菜單

10 | 刺身
生魚片

11 | さっぱり
整潔，俐落

12 | 塩辛い
鹹的

13 | しつこい
過於濃的，油膩

14 | しゃぶる
（放入口中）含，吸吮

15 | 上
上等；（書籍的）上卷

16 | 上品
高級品；莊重

17 | 食生活
飲食生活

18 | 食欲
食慾

19 | そのまま
照樣的；就那樣

20 | 粗末
粗糙，不精緻

［讀解・第二回］

問題5

つぎの（1）と（2）の文章を読んで、質問に答えなさい。答えは、1・2・3・4から最もよいものを一つえらびなさい。

（1）

　日本料理は、お米を中心にして、野菜や魚、海草などさまざまな食材を用いる健康によい料理です。季節と関係が深いことも特徴の一つです。日本は季節の変化がはっきりしていますので、それぞれの季節で取れる食材も変わってきます。「旬」という言葉を聞いたことがありますか。「旬」とは、ある食材がもっとも多く取れ、もっともおいしく食べられる時期のことです。日本料理は、この「旬」を大切にしています。お店のメニューにも、「今が旬」や「旬の食材」と書いてあるのをよく見かけます。また、日本料理は味だけでなく、見た目（注1）の美しさも大切にしています。日本料理のお店で食事をする機会があったら、食べ始める前に、盛り付け（注2）にもちょっと気をつけてみてください。料理をきれいに見せるお皿の選び方や、料理ののせ方からも、料理人が料理に込めた心を感じられることでしょう。

（注1）見た目：外から見た様子

（注2）盛り付け：料理をお皿やお椀にのせること、またそののせ方

28

日本料理には、どんな特徴があると言っているか。

1 お米をたくさん食べるが、野菜、魚、海草などはあまり用いない。
2 季節に関係なく一年中同じ食材を使った料理が多い。
3 日本にしかない食材を使った料理が多い。
4 季節ごとの食材に合わせた料理が多い。

29

「旬」の説明として、正しいものはどれか。

1 その季節だけにとれる材料を使って、料理する方法のこと
2 季節と関係が深い材料を使った料理のこと
3 ある食材が、一年で一番おいしく食べられる期間のこと
4 お店で一番おすすめのメニューのこと

30

日本料理を作る料理人は、どのようなことに特に心を込めているといっ

ているか。

1 味だけでなく、料理をきれいに見せること
2 野菜、魚、海草などをたくさん使った料理の方法を発達させること
3 世界中の人々に日本料理の美しさを知ってもらうようにすること
4 料理をきれいに見せるためのお皿を作ること

（2）

　マイホーム（注１）の購入は、多くの人にとって一生のうちでいちばん大きな買い物です。マイホームを購入することにどんな良い点と悪い点があるかについて、考えてみましょう。

　まず一番の良い点は、一生暮らせる自分の住まいを手に入れられる（注２）ことです。それに、一部を新しく作り変えたり、壁に釘を打ったりするのも自由ですし、財産としても高い価値があります。

　次に悪い点についても見てみましょう。まず言えることは、簡単に住む場所を変えられなくなることです。転勤することになって、新しい仕事場の近くに移りたいと思っても、簡単に引っ越すことはできません。また、多くの人は家を購入するためのお金が足りず、住宅ローン（注３）という長期間の借金を抱えることになります。マイホーム購入の際には、あせらず、家族でよく話し合ってから決めましょう。

（注１）マイホーム：自分の家
（注２）手に入れる：自分の物にする
（注３）住宅ローン：住宅を買うために、銀行などからお金を借りること。またその借りたお金のこと

31

マイホームを購入することの良い点はどんなところだと言っているか。

1 住宅ローンを利用する必要がなくなること
2 買ったときより高い値段で他の人に売れること
3 簡単に引っ越しができること
4 一生住める自分のうちを持てること

32

マイホームを購入することの悪い点はどんなところだと言っているか。

1 大きな買い物をする楽しみがなくなってしまうこと
2 簡単に引っ越しができなくなること
3 転勤することができなくなること
4 家族で話し合って決めなければならないこと

33

マイホームを購入する際には、どうするべきだと言っているか。

1 転勤するたびに、新しいマイホームを購入するべきだ。
2 良い家を見つけたら、できるだけ急いで買うべきだ。
3 良い点と悪い点についてよく考え、家族で話し合って決めるべきだ。
4 住宅ローンは利用するべきではない。

問題5

請閱讀下列（1）和（2）的文章並回答問題。請從選項1・2・3・4當中選出一個最恰當的答案。

▼ **(1)** --

[翻譯]

　　日本料理以米飯為主食，採用蔬菜、魚或海草等各式各樣的食材，是有益健康的料理。和季節有著密不可分的關係是它的特色之一。日本的四季變化鮮明，不同的季節所取得的食材也都有所不同。請問您有聽過「當季」這個詞嗎？所謂的「當季」，就是指某樣食材盛產，也是最好吃的時節。日本料理相當重視這個「當季」。我們也常常可以看到餐廳菜單上寫著「現在是當季」、「當季食材」等字眼。此外，日本料理不光是注重味道，連外觀（注1）的美感也相當講究。如果有機會在日本料理店用餐，不妨在開動以前先看看擺盤（注2）。從美化料理的器皿選用到菜肴的擺盤，也都能感受到師傅對於料理的用心吧！

（注1）外觀：從外表看起來的樣子

（注2）擺盤：把料理放上碗盤，或是其置放方式

▼ **(1)** ／ **28** --

28　文章提到日本料理有什麼特色呢？

1 吃很多米飯，但是很少使用到蔬菜、魚、海草等
2 和季節沒什麼關聯，一年到頭常常使用同樣的食材
3 經常使用日本才有的食材
4 料理經常會搭配各個季節的食材

[解題]

1

選項1「お米をたくさん食べるが、野菜、魚、海草などはあまり用いない」。
解析：選項1與文章描述相反。原文明確指出日本料理以米飯為主，且多樣化使用包括蔬菜、魚類和海草等食材。因此，選項1「吃很多米飯，但很少使用蔬菜、魚類和海草等」是不正確的。
關鍵句：「日本料理は、お米を中心にして、野菜や魚、海草などさまざまな食材を用いる健康によい料理です」。

② 選項2「季節に関係なく一年中同じ食材を使った料理が多い」。
解析：選項2的描述與文章中的說明完全相反。文章強調日本料理深受季節影響，注重使用當季食材。因此，選項2「不受季節影響，全年使用相同食材的料理較多」是不正確的。
關鍵句：「季節と関係が深いことも特徴の一つです」。

③ 選項3「日本にしかない食材を使った料理が多い」。
解析：雖然日本料理確實使用一些地域特有的食材，但文章主要著重於季節性食材的使用，而非專門討論只有在日本才有的食材。因此，選項3「使用許多只在日本有的食材進行烹飪」在文中並未特別提及，且不是文章的主要焦點。

④ 選項4「季節ごとの食材に合わせた料理が多い」。
解析：此選項正確反映了文章的內容，清晰地描述了日本料理深受季節變化影響的特點，符合文章提到的以季節變化調整食材的烹飪方法。因此，選項4「根據季節變化使用不同食材的料理較多」是正確的。
關鍵句：「それぞれの季節で取れる食材も変わってきます」。

「名詞＋を中心にする」意思是「以…為主」。「～によい」表示對前項事物來說是良好的、有幫助的。如果想表示「對…是有害的」，就要用「～に悪い」。「～も変わってきます」（跟著改變）在這邊表示隨著前項產生某種變化。「～ごと」是接尾語，接在名詞後面表示「各個…」、「每…」。

答案：4

▼ **(1) / 29**---

29 關於「當季」的說明，正確敘述為何？

1 使用只在該季節才能取得的食材製作料理的方式
2 使用和季節有著深厚關係的食材所製作的料理
3 某樣食材一年當中最好吃的時期
4 餐廳最推薦的菜色

[解題]

① 選項1「その季節だけにとれる材料を使って、料理する方法のこと」。
解析：選項1描述了利用特定季節才能獲得的材料來料理的方法。然而，文章中討論的「旬」並非指一種烹飪方法，而是指材料本身處於最佳風味和品質的時期。因此，選項1並未準確捕捉「旬」的核心概念。

② 選項2「季節と関係が深い材料を使った料理のこと」。
解析：選項2強調使用與季節深度相關的材料進行烹飪。雖然這接近「旬」的概念，也突顯了季節性的重要性，但它仍然側重於料理本身，而不是食材本身處於其最佳食用時期這一點。因此，選項2未完全符合「旬」的定義。

選項3「ある食材が、一年で一番おいしく食べられる期間のこと」。

3 解析：選項3完美地反映了文章中對「旬」的描述，即某食材在一年中可獲得且最美味的時期。這符合文章中的關鍵句，正確表達了「旬」即食材的盛產及最佳風味時期的概念。

關鍵句：「『旬』とは、ある食材がもっとも多く取れ、もっともおいしく食べられる時期のことです」。

選項4「お店で一番おすすめのメニューのこと」。

4 解析：選項4描述了餐廳最推薦的菜單，與「旬」所指的食材最佳食用時期概念無直接相關。選項4與文章中對「旬」的討論不符。

「名詞＋として」表示立場、身分、地位、資格…等等，最常翻譯成「作為…」、「關於…」。「～を大切にする」意思是「把…看得很重」、「珍惜…」、「注重…」。

答案：3

▼ **(1)** ／ **30**---

30 製作日本料理的師傅，在什麼地方特別用心呢？

1 不僅是味道，還要讓料理看起來很美麗
2 讓大量使用蔬菜、魚、海草的料理方法更為進步
3 讓世界各地的人知道日本料理之美
4 製作盤子讓料理看起來更漂亮

[解題]

選項1「味だけでなく、料理をきれいに見せること」。

1 解析：選項1正確反映了文章中的描述。文章強調日本料理師傅在烹調時不僅追求味道的卓越，也非常重視料理的外觀美感，從而提升整體的用餐體驗。因此，選項1正確地描述了日本料理的烹飪哲學。

關鍵句：「日本料理は味だけでなく、見た目の美しさも大切にしています」。

選項2「野菜、魚、海草などをたくさん使った料理の方法を発達させること」。

2 解析：雖然日本料理確實以使用豐富多樣的食材如蔬菜、魚類和海草著稱，選項2描述了這些食材在日本料理中的使用，但文章中未具體提到料理師傅在發展這些烹飪方法上特別下了心思。這個選項沒有直接體現文章中的重點。

選項3「世界中の人々に日本料理の美しさを知ってもらうようにすること」。

3 解析：選項3描述了對於推廣日本料理的美的一個目標，然而這並不是文章的主題所在。文章聚焦於日本料理的製作方法和美學，而非其全球推廣。因此，選項3並未直接反映文中的內容。

選項4「料理をきれいに見せるためのお皿を作ること」。

4 解析：選項4將焦點放在製作美化料理的盤子上，然而文章中談到的是選擇合適的盤子來增強料理的視覺吸引力，並非製作盤子。因此，選項4錯誤地解釋了文中提到的概念。

關鍵句：「料理をきれいに見せるお皿の選び方や、料理ののせ方からも、料理人が料理に込めた心を感じられることでしょう」。

「～だけで（は）なく」表示事物、情況不僅如此，後面常接「も」，表示「連…」、「…也是」。「～たら」（如果…）是假定用法，表示前項發生的話，後項也會跟著實現，或是要採取後項的行動。「～ため」（為了…）表示因為某種目的而存在、採取某種行動，這種目的通常是正向的，有時也有造福別人的意思。

答案：1

重要單字

□ 海草（かいそう）（海草；海菜）

□ 用いる（もち）（使用；採納）

□ 特徴（とくちょう）（特色，特徴）

□ 変化（へんか）（變化）

□ はっきり（清楚地）

□ それぞれ（各自，分別）

□ 食材（しょくざい）（食材）

□ 味（あじ）（味道）

□ 美しさ（うつく）（美麗）

□ 機会（きかい）（機會）

□ お皿（さら）（盤子）

□ 込める（こ）（包含在內；貫注）

□ のせる（放到…上）

□ お碗（わん）（碗，木碗）

□ 材料（ざいりょう）（食材；材料）

□ 発達（はったつ）（發達；擴展）

□ ～を中心にして（ちゅうしん）（以…為重點；以…為中心）

▼ (2)--

[翻譯]

　　購買 My home（注1）對於很多人而言是一生當中最昂貴的花費。我們來想想看買 My home 有哪些好處和壞處吧！

　　首先最大的好處是，擁有（注2）屬於自己可以住上一輩子的房子。不僅如此，將房子一部分翻新，或是在牆壁打釘子也都是個人自由，作為財產也有相當高的價值。

　　接著來看看壞處吧！首先提到的是，居住地點不能說換就換。即使面臨調職，想搬到新的工作地點附近，也不能說搬就搬。還有，很多人不夠錢買房子，就得背負房貸（注3）這個長期的債務。在購買 My home 時，不要焦急，和家人好好地討論再決定吧。

（注1）My home：自己的家

（注2）入手：把某物變成自己的東西

（注3）房貸：為了購買住宅，向銀行等機構借貸。或是指該筆借款

▼ (2) ／ 31 --

31 本文提到購買 My home 有什麼好處呢？

1 不再需要背負房貸

2 可以以高於購買時的價格賣給別人

3 搬家可以説搬就搬

4 可以擁有住上一輩子的自己的家

[解題]

這篇文章整體是在探討 "My home" 的優缺點。對多數日本人來說，My home 不僅是一棟屬於自己的房子，更是一個畢生的夢想。由於它具有這層特殊意義，所以在這邊刻意不翻譯成中文的「我的家」或「自己的家」。

本文各段落的主旨如下表所示：

第一段	開門見山帶出My home這個話題。
第二段	說明My home的優點。
第三段	說明My home的缺點，並給予讀者購買時的建議。

❶ 選項1「住宅ローンを利用する必要がなくなること」。
解析：選項1描述了一種情況，即購買自己的房子後不需要使用住宅貸款。然而，文章中並未提及購買房子可以避免使用住宅貸款的情況。因此，選項1與文章內容不符。

❷ 選項2「買ったときより高い値段で他の人に売れること」。
解析：雖然文章提到房產具有作為財產的高價值，但並未明確指出可以以比購買時更高的價格賣出。因此，選項2未直接反映文章的描述，不是完全正確的。
關鍵句：「財産としても高い価値があります」。

❸ 選項3「簡単に引っ越しができること」。
解析：選項3與原文中的信息相反。文章指出購買自己的家後，實際上搬家會變得更加困難，因為居住地點變得固定。因此，選項3「可以輕易地搬家」是錯誤的。
關鍵句：「簡単に住む場所を変えられなくなること」。

❹ 選項4「一生住める自分のうちを持てること」。
解析：選項4可擁一生可居住的房子，完全符合文章中描述的好處。文章強調購買自己的房子可以提供一個終生居住的穩定場所，這是購買房產的主要優勢之一。選項4正確反映了文章的核心訊息。
關鍵句：「一生暮らせる自分の住まいを手に入れられること」。

答案：4

32 本文提到購買 My home 有什麼壞處呢？

1 無法再享受巨額消費的樂趣

2 搬家變得無法説搬就搬

3 不能調職

4 必須和家人討論過後再決定

[解題]

1 選項1「大きな買い物をする楽しみがなくなってしまうこと」。
解析：這個選項討論了購買自己的房子，可能導致其他大筆購買的機會減少，從而影響購物樂趣。然而，文章中未提及這一點，沒有討論購買房屋如何影響其他購物行為。因此，與原文不符。

2 選項2「簡単に引っ越しができなくなること」。
解析：這個選項直接反映了文章的內容，正確指出購買自己的房子後，搬家將變得較為困難。這是由於購房後，居住地點變得固定，不易變更，這是購買房屋的一個顯著缺點。因此，選項2是正確的。
關鍵句：「簡単に住む場所を変えられなくなることです」。

3 選項3「転勤することができなくなること」。
解析：這個選項暗示購買房屋後可能影響職業靈活性，特別是與搬家相關的調職。文章中提到搬家的不便，可能間接影響調職的選擇，但並未明確說明無法調職。因此，選項3稍微誤導，因為它暗示了一個直接的無法調職結果，這在文章中未被直接討論。

4 選項4「家族で話し合って決めなければならないこと」。
解析：文章中建議在購買房屋時應仔細與家人討論，以做出明智的決定。這是一個建議性的指導，旨在提醒讀者考慮所有家庭成員的意見和需求。但，選項4「必須與家人商量後才能決定」表達偏負面，因此與文章意旨不符。
關鍵句：「マイホーム購入の際には、あせらず、家族でよく話し合ってから決めましょう」。

「～について」（針對…）表示提出某個話題，並就這個話題進行說明。「動詞未然形＋ず」相當於「～ないで」，是比較書面用語的用法，表示在不做某個動作的狀態下做後項的動作，或表示一種「不…」的狀態。

|答案：**2**

33 本文提到購買 My home 應該要怎麼做呢？

1 每次調職就應該買一棟新家

2 找到好的房子就要盡快買下

3 好好地思考好處及壞處，和家人討論過後再決定

4 不應該申請房貸

❶ 選項1「転勤するたびに、新しいマイホームを購入するべきだ」。
解析：這個選項提出了每次調職都應該購買新家的觀點，然而文章中並沒有提到這樣的建議。實際上，考慮到購買家居通常涉及長期承諾和大量資金，這樣的做法在實際中是不現實的。因此，選項1與文章的敘述不符。

❷ 選項2「良い家を見つけたら、できるだけ急いで買うべきだ」。
解析：文章中實際上反對這種急躁的購買行為，建議讀者「あせらず」（不要急躁），充分考慮決策。因此，選項2與文章推崇的慎重考慮和決策過程相反。
關鍵句：「あせらず」。

❸ 選項3「良い点と悪い点についてよく考え、家族で話し合って決めるべきだ」。
解析：這個選項完全符合文章中的建議。文章強調在做出購買決定之前，應該仔細評估所有利弊，並與家庭成員進行深入討論。因此，選項3「應詳細考慮優缺點並與家人商討後決定」正確地反映了文中的核心建議。
關鍵句：「マイホーム購入の際には、あせらず、家族でよく話し合ってから決めましょう」。

❹ 選項4「住宅ローンは利用するべきではない」。
解析：文章中沒有明確反對使用住房貸款的觀點，只是提到許多購房者需要利用住房貸款來購買房屋。選項4沒有在文章中找到直接的支持，因此與原文不符。

「〜際に」（…之時）比較會用在正式場合或書面用語，表示某件事情進行的當中。「たびに」意思是「每當…」，表示前項動作每次發生的時候，後項也會隨著出現，或是進行。「〜たら」（如果…）是假定用法，表示前項發生的話，後項也會跟著實現，或是要採取後項的行動。

「動詞辞書形＋べきだ」（應該要…）表示依照常理、規則來說，必須採取某種行為。要注意的是如果前面接「する」，則可以說成「すべきだ」或「するべきだ」。另外也要注意「べきだ」的否定形不是「ないべきだ」，而是「べきではない」（不應該…）。

｜答案：3

重要單字

□ 購入（購買）こうにゅう	□ 移る（遷移；移動；推移）うつ
□ 一生（一輩子，終生）いっしょう	□ 引っ越す（搬家）ひ こ
□ 暮らす（生活）く	□ 足りる（足夠）た
□ 住まい（住宅）す	□ 抱える（負擔；〈雙手〉抱著）かか
□ 釘（釘子）くぎ	□ あせる（焦急，不耐煩）
□ 打つ（打，敲）う	□ 〜として（作為…；以…來說）
□ 財産（財產）ざいさん	□ 〜（さ）せる（表示使役，可譯作
□ 価値（價值）かち	「讓…」）
□ 変える（變更）か	□ 〜際には（在…時；當…之際）さい
□ 転勤（調職，調動工作）てんきん	□ たびに（每當…）

[讀解・第二回]

Track N3-15

問題6

つぎの文章を読んで、質問に答えなさい。答えは、1・2・3・4から最もよいものを一つえらびなさい。

　多くの日本人にとって、お茶は生活に欠かせないもの（注1）です。しかし、お茶はもともと日本にあったわけではなく、中国から伝わったものです。

　お茶が最初に日本に伝わったのは、奈良時代（710–784年）と考えられています。しかし、広く飲まれるようになったのは、それからずいぶん後の鎌倉時代（1185–1333年）からです。中国に仏教を学びに行った栄西という僧が、お茶は健康と長寿に効果があることを知り、日本に帰国したのち、①それを本に書いたことから広まったと言われています。そのため、お茶ははじめ、高価な薬として、地位の高い人たちの間で飲まれていましたが、その後、時がたつにつれて一般の人も②楽しめるようになりました。

　お茶にはいろいろな種類があります。日本でもっとも多く飲まれているのは「緑茶」です。日本の緑茶は、お茶の葉を蒸して作るのが特徴ですが、それに対して、中国の緑茶は炒って（注2）作ります。この作り方の違いが、お湯をついだあとの色や味にも影響します。「緑茶」という名前は、もともとはお茶の葉の色が緑色であることから来ていますが、日本の緑茶は、いれた（注3）あとのお湯の色も、美しい緑色をしています。一方、中国の緑茶は、いれると黄色っぽい色になります。ま

た一般的に、日本の緑茶はやや甘く、中国の緑茶は香りがさわやか（注
4）です。どちらもそれぞれにおいしいものですので、あなたもぜひ、
飲み比べてみてください。

（注1）欠かせないもの：ないと困るもの

（注2）炒る：鍋などに材料を入れて加熱し、水分を減らすこと

（注3）いれる：お湯をついで飲み物を作ること

（注4）さわやか：さっぱりとして気持ちがいい様子

34

お茶は、いつから日本にあると考えられているか。
1　奈良時代より前
2　奈良時代
3　鎌倉時代
4　わからない

35

①それは、何を指しているか。
1　お茶に薬としての効果があること
2　自分が日本に帰国したこと
3　中国で仏教を学んだこと
4　お茶が奈良時代に日本に伝わったこと

36

②楽しめるようになりましたとあるが、どういうことか。

1　一般の人も簡単にお茶を作れるようになった。

2　一般の人もみんな地位が高くなり、生活が楽になった。

3　一般の人も簡単に高価な薬を買えるようになった。

4　一般の人も簡単にお茶を飲めるようになった。

37

日本と中国の緑茶の説明として、正しくないのはどれか。

1　日本の緑茶はお茶の葉を蒸して作るが、中国の緑茶は炒って作る。

2　お湯をつぐ前のお茶の葉の色はどちらも緑色である。

3　日本の緑茶は中国の緑茶より、甘くておいしい。

4　いれたあとのお湯の色が日本の緑茶と中国の緑茶と異なる。

問題6

請閱讀下列文章並回答問題。請從選項1・2・3・4當中選出一個最恰當的答案。

[翻譯]

　　對於多數日本人而言，茶是生活中不可或缺（注1）的飲料。不過茶不是日本固有的東西，而是從中國傳來的。

　　茶最早傳入日本大約是在奈良時代（710—784年）。然而，被廣為飲用則是多年以後，從鎌倉時代（1185—1333年）開始的事情。據説有位去中國學習佛教的僧侶名為榮西，他知道茶具有健康和長壽的效用，回到日本之後，就把①這點寫進書裡，所以才廣為人知。因此，地位崇高的人們開始把茶葉當成昂貴的藥品飲用，之後隨著時代的推移，一般民眾也②開始可以享用。

　　茶有許多種類。在日本最常喝的是「綠茶」。日本的綠茶，特色在於茶葉是用蒸的。相對的，中國綠茶則是用煎焙（注2）的。作法的不同也影響到注入熱水後的顏色和味道。「綠茶」這個名稱的由來，原本就是因為茶葉是綠色的，日本的綠茶沖泡（注3）後的湯色，仍是美麗的綠色。不過，中國的綠茶在沖泡後會略呈黃色。此外，一般而言日本的綠茶帶有些許甘甜，中國綠茶則是香氣清新（注4）。兩者都各有千秋，也請您務必喝喝看比較一下。

（注1）不可或缺：沒有的話會很困擾的事物

（注2）煎焙：將材料放入鍋子等容器加熱，使其水分減少

（注3）沖泡：倒入熱開水製作飲品

（注4）清新：清淡舒爽的樣子

▼ 34 --

34　一般認為茶是從什麼時候開始出現在日本的呢？

1 奈良時代以前
2 奈良時代
3 鎌倉時代
4 不清楚

［解題］

❶ 選項1「奈良時代より前」。
解析：此選項提到茶在奈良時代之前傳入日本。然而，文章中明確指出茶是在奈良時代首次傳入日本，並沒有提及更早的時期。因此，選項1與文章的敘述不相符，是不正確的。
關鍵句：「お茶が最初に日本に伝わったのは、奈良時代と考えられています」。

❷ 選項2「奈良時代」。
解析：此選項完全符合文章中的描述。文章確切地指出茶是在奈良時代首次傳入日本。因此，選項2「奈良時代」正確地反映了文章中的信息，是正確的答案。
關鍵句：「お茶が最初に日本に伝わったのは、奈良時代と考えられています」。

❸ 選項3「鎌倉時代」。
解析：根據文章，茶雖然在鎌倉時代開始廣泛飲用，但最初的傳入時間是奈良時代。選項3「鎌倉時代」描述了茶普及的時期，而非最初傳入的時代，因此這個選項是錯誤的。
關鍵句：「広く飲まれるようになったのは、それからずいぶん後の鎌倉時代からです」。

❹ 選項4「わからない」。
解析：文章中明確提及了茶傳入日本的時代，指出是在奈良時代。因此，選項4「不知道」不正確，因為文章提供了清晰的歷史信息。
關鍵句：「お茶が最初に日本に伝わったのは、奈良時代と考えられています」。

「〜にとって」意思是「對…而言」，表示站在前項的立場來進行後面的判斷或評價，或是描述對於某件事物的感受。「〜に欠かせない」意思是「對…是不可或缺的」。「〜わけではない」（並不是說…）是一種語帶保留的講法，針對某種情況、心情、理由、推測來進行委婉的否定或部分否定。

「〜ようになる」（變得…）表示某種能力、習慣、狀態在時間的推移之下發生改變。

|答案：2

▼ **35** --

35 ①這點是指什麼呢？

1 茶有藥效
2 自己回到日本
3 在中國學習佛教
4 茶在奈良時代傳入日本

[解題]

1
選項1「お茶に薬としての効果があること」。
解析：根據文章，榮西和尚在中國學習期間發現了茶的健康和長壽效用，並將這些知識帶回日本，進而將之記錄在書籍中，從而使得茶在日本廣為流傳。這個描述清楚指出「それ」指的是茶的健康和長壽效用。因此，選項1「茶具有藥效」正確地解釋了文中「それ」的描述。
關鍵句：「中国に仏教を学びに行った栄西という僧が、お茶は健康と長寿に効果があることを知り、日本に帰国したのち、それを本に書いたことから広まったと言われています」。

2
選項2「自分が日本に帰国したこと」。
解析：文章中的「それ」不是指榮西的回國行為，而是指他所帶回的關於茶的知識。因此，選項2「自己返回日本的事實」並不符合文中「それ」所指的內容，是不正確的。
關鍵句：同上。

3
選項3「中国で仏教を学んだこと」。
解析：儘管文章提及榮西在中國學習佛教，「それ」實際上指的是他從這段學習中，獲得關於茶的醫療效用的知識，而非單純學習佛教這一行為。因此，選項3「在中國學習佛教的事實」並不準確地反映了「それ」的含義。
關鍵句：同上。

4
選項4「お茶が奈良時代に日本に伝わったこと」。
解析：雖然文章討論了茶在奈良時代傳入日本的事實，但「それ」指的是榮西所記錄的關於茶的健康和長壽效用，並非茶傳入的時間。因此，選項4「茶於奈良時代傳入日本的事實」也不符合文中「それ」所指的內容。
關鍵句：同上。

> 「～という」（這樣的…）的作用是連接A、B兩個名詞，A可以是B的名字，也可以是B的內容、性質。「のち」（…後）是「あと」的文章用語，比較正式。表示在某件事物發生之後。

答案：1

▼ **36** --

[36] 文中提到②開始可以享用，是指什麼呢？

1 一般人也能輕易地製作茶葉
2 所有人的地位提高，生活變得輕鬆許多
3 一般人也能輕鬆買到高價的藥品
4 一般人也能輕易地就喝到茶

［解題］

1 選項1「一般の人も簡単にお茶を作れるようになった」。
解析：這個選項指出一般人能夠簡單地製作茶。然而，文章中指的是隨著時間的推移，一般人能夠享受到喝茶的樂趣，而並未直接提到製作茶的過程。因此，選項1與文章的描述不完全吻合。
關鍵句：「その後、時がたつにつれて一般の人も楽しめるようになりました」。

2 選項2「一般の人もみんな地位が高くなり、生活が楽になった」。
解析：這個選項談論了一般人地位的提升和生活的改善，這與文章中討論的茶的普及無關。因此，選項2與文章主題不相符，是不正確的。
關鍵句：同上。

3 選項3「一般の人も簡単に高価な薬を買えるようになった」。
解析：文章中確實提到茶最初是作為高價藥品使用，但主要強調的是茶作為飲料的普及。選項3談論的是藥品的購買，這與茶作為日常飲料普及的主題不一致，因此不正確。
關鍵句：同上。

4 選項4「一般の人も簡単にお茶を飲めるようになった」。
解析：這個選項完全符合文章的描述。文章中說明了茶最初是高級飲品，隨時間的推移變得普及，使得一般人也能輕易享受到。因此，選項4「一般人也能容易地飲茶」直接回應了文章中提到的情境，是正確的選擇。
關鍵句：同上。

> 「そのため」（因此…）是接續詞，用來說明導致的結果。「名詞＋として」表示立場、身分、地位、資格…等等，最常翻譯成「作為…」、「關於…」。「その後」（之後…）可以唸成「そのあと」、「そのご」、「そののち」，都用來表示發生某件事情之後。後面兩者語感比較生硬、正式，是文章用語，在這邊應該是唸成「そのご」比較恰當。「〜につれて」（隨著…）表示後項因應前項產生變化。

答案：4

▼ 37 --

37 關於日本和中國的綠茶說明，**不正確**的選項為何？

1 日本綠茶是把茶葉蒸過再製作，中國綠茶是煎焙製作
2 加入熱開水前兩者的茶葉顏色都是綠色
3 日本綠茶比中國綠茶甘甜美味
4 日本綠茶和中國綠茶沖泡後的湯色不一樣

[解題]

1　選項1「日本の緑茶はお茶の葉を蒸して作るが、中国の緑茶は炒って作る」。
解析：選項1正確。文章中指出日本的綠茶是通過蒸的方法製作，而中國的綠茶則是通過炒的方法製作。因此，選項1「日本的綠茶是蒸製的，而中國的綠茶是炒製的」正確地反映了文章中兩國製作方法的差異。
關鍵句：「日本の緑茶は、お茶の葉を蒸して作るのが特徴ですが、それに対して、中国の緑茶は炒って作ります」。

2　選項2「お湯をつぐ前のお茶の葉の色はどちらも緑色である」。
解析：文章中提到綠茶的名稱來自於茶葉的綠色。這一描述適用於所有綠茶，包括日本和中國的綠茶。因此，選項2「泡茶前，兩者的茶葉顏色都是綠色」也是正確的。
關鍵句：「『緑茶』という名前は、もともとはお茶の葉の色が緑色であることから来ています」。

3　選項3「日本の緑茶は中国の緑茶より、甘くておいしい」。
解析：選項3暗示日本綠茶在味道上優於中國綠茶。然而，文章中指出兩者各有其特色，並沒有比較哪一個更好，只是說明味道的不同。因此，選項3「日本綠茶比中國綠茶更甜、更好喝」是不正確的。由於題目要的是不正確的內容，所以答案是3。
關鍵句：「日本の緑茶はやや甘く、中国の緑茶は香りがさわやかです。どちらもそれぞれにおいしいものです」。

4　選項4「いれたあとのお湯の色が日本の緑茶と中国の緑茶と異なる」。
解析：選項4正確地描述了日本和中國綠茶泡完後的水色差異，文章中提及日本綠茶泡後是美麗的綠色，而中國綠茶則呈現黃色調。因此，選項4是正確的。
關鍵句：「日本の緑茶は、いれたあとのお湯の色も、美しい緑色をしています。一方、中国の緑茶は、いれると黄色っぽい色になります」。

|答案：3

重要單字

- □ もともと（原本）
- □ ずいぶん（很；非常）
- □ 仏教（佛教）
- □ 学ぶ（學習）
- □ 栄西（將日本禪宗發揚光大的僧侶。也可讀作「ようさい」。）
- □ 高価（昂貴，高價）
- □ 地位（地位）
- □ 一般（一般，普通）
- □ 種類（品種，種類）
- □ 蒸す（蒸熱）
- □ つぐ（倒入，注入）

- □ やや（些許，稍微）
- □ 香り（香味，香氣）
- □ 飲み比べる（喝來比較）
- □ 鍋（鍋子）
- □ 加熱（加熱）
- □ 減らす（使…減少）
- □ さっぱり（清爽地）
- □ 異なる（相異，不同）
- □ 〜わけではない（並非…）
- □ 〜につれて（隨著…）
- □ に対して（對〈於〉…）
- □ 〜っぽい（看起來好像…；感覺好像…）

［讀解・第二回］

Track N3-16

問題7

つぎのページは、バスツアーのパンフレットである。これを読んで、下の質問に答えなさい。答えは、1・2・3・4から最もよいものを一つえらびなさい。

38

ツアーの内容として、正しいのはどれか。

1　いちご食べ放題のほか、昼食か夕食を選ぶことができる。

2　参加する人数が25名未満の場合は、申し込んでも行けないかもしれない。

3　参加する人は、中伊豆までは自分で行かなければならない。

4　家族や友達と一緒でないと、申し込むことができない。

39

さゆりさんは友達と二人でツアーに参加したい。2月の予定によると、今申し込めば必ず行くことができるのは何日のツアーか。

1　13日、14日、24日、26日

2　19日、20日、21日、27日、28日

3　20日、27日

4　19日、21日、28日

「いちご食べ放題！」
伊豆日帰りバスツアーのご案内

☆お勧めのポイント☆

新宿発2食付きの日帰りバスツアーです。家族やお友達同士の方にお勧めです。

旅行の条件

最少人数：25名（申し込み人数が25名に達しない場合、ツアーは中止になることがあります）

最大人数：40名（満席になり次第、受付を終了します）

食事：昼食1回、夕食：1回

ツアー日程

新宿（8：00発）-🚌-中伊豆（いちご食べ放題1時間）-🚌-河津（うなぎ弁当50分）-🚌-三津浜（海鮮鍋と寿司の夕食1時間）-🚌-新宿着（19：30〜20：40予定）

2月の予定

月	火	水	木	金	土	日
1	2	3	4	5	6	7
8	9	10	11	12	13☆ □受付中	14☆ □受付中
15	16	17	18	19☆ ◎出発決定	20 ●受付終了	21☆ ◎出発決定
22	23	24☆ □受付中	25	26☆ □受付中	27 ●受付終了	28☆ ◎出発決定

カレンダーの見方

□ 受付中：ただいま受付中です。まだ出発決定の25名に達

　　していません。

◎ 出発決定：出発が決定していますが、現在も受付中です。

　　まだお席に余裕がございます。

● 受付終了：出発が決定していますが、現在満席のため、

　　受付を終了しました。

お申し込み方法

　　インターネットからのお申し込みは、カレンダー中の☆印を

クリックしてください。お申し込み画面へ進みます。

　　電話でもご予約を受付けています。各旅行センターまでお問

い合わせください。

　　お申し込みいただいても、25名に達しない場合、ツアーは

中止になることがありますので、ご了承ください。

問題7

下頁是巴士旅遊導覽手冊。請在閱讀後回答下列問題。請從選項 1 · 2 · 3 · 4 當中選出一個最恰當的答案。

[翻譯]

「草莓任你吃！」伊豆一日巴士旅遊

☆推薦重點☆

這是從新宿出發，附贈兩餐的一日巴士旅遊。推薦各位和家人或朋友一起參加。

成行條件

最少人數：25位（報名人數如未達25位，活動可能取消）
最多人數：40位（只要額滿報名就截止）
餐點：中餐：一餐、晚餐：一餐

旅遊行程

新宿（8：00出發）- 🚌 -中伊豆（草莓任你吃 1 個鐘頭）- 🚌 -河津（鰻魚便當50分鐘）- 🚌 -三津濱（晚餐海鮮鍋及壽司 1 個鐘頭）- 🚌 -抵達新宿（預計19：30～20：40）

2 月的行程

一	二	三	四	五	六	日
1	2	3	4	5	6	7
8	9	10	11	12	13☆ □開放報名中	14☆ □開放報名中
15	16	17	18	19☆ ◎確定成行	20 ●報名截止	21☆ ◎確定成行
22	23	24☆ □開放報名中	25	26☆ □開放報名中	27 ●報名截止	28☆ ◎確定成行

月曆說明

□開放報名中：現正接受報名中。目前人數未滿25位，尚未確定成行與否。

◎確定成行：確定能成行，不過也還在開放報名中。尚有空位。

●報名截止：確定能成行，不過報名人數額滿，無法接受報名。

報名方法

利用網路報名者，請點選月曆中的☆記號，即可前往報名畫面。也可以利用電話預約。詳情請洽各旅遊中心。

報名後如該行程未滿25人，活動可能取消，敬請見諒。

▼**38**--

38 關於旅遊的內容，下列何者正確？

1 除了草莓任你吃，還可以選擇要吃中餐或晚餐

2 參加人數如未滿 25 人，報名後可能無法成行

3 參加的人必須自行前往中伊豆

4 如果不是和家人或朋友同行，就無法報名參加

[解題]

1　　選項1「いちご食べ放題のほか、昼食か夕食を選ぶことができる」。

解析：根據旅遊手冊的描述，行程中包括了一次午餐和一次晚餐，並不需要從中選擇一餐。因此，選項1「除了草莓吃到飽之外，可以選擇午餐或晚餐」與實際提供的行程不符，是不正確的。

關鍵句：「食事：昼食1回、夕食：1回」。

2　　選項2「参加する人数が25名未満の場合は、申し込んでも行けないかもしれない」。

解析：根據旅遊手冊的規定，如果報名人數不足25人，該旅遊團可能會被取消。這一點與選項2「如果參加人數少於25人，即使報名也可能無法成行」相符，因此這個選項是正確的。

關鍵句：「申し込み人数が25名に達しない場合、ツアーは中止になることがあります」。

3 選項 3「参加する人は、中伊豆までは自分で行かなければならない」。
解析：根據行程安排，參加者會從新宿搭乘巴士前往中伊豆，無需自行前往。因此，選項 3「參加者必須自行前往中伊豆」與行程安排不符，是錯誤的。

4 選項 4「家族や友達と一緒でないと、申し込むことができない」。
解析：雖然行程推薦給與家人或朋友同行的人，但並非強制要求必須如此。因此，選項 4「如果不是與家人或朋友一同，則無法報名」並不正確，因為手冊中僅是推薦，並非強制條件。
關鍵句：「家族やお友達同士の方にお勧めです」。

　　「〜場合」（…時）是假設用法，表示某種情況發生的時候。「〜次第」（就…）前面接動詞ます形或動作性的名詞，表示某動作一結束後就立刻做下一個動作。「〜放題」前面接名詞、形容動詞語幹、動詞ます形、「〜たい」等，表示做事情毫無限制，很自由、隨便的樣子。常見的還有「飲み放題」（喝到飽）、「言いたい放題」（暢所欲言）、「勝手放題」（隨你便）。「名詞＋として」表示立場、身分、地位、資格…等等，最常翻譯成「作為…」、「關於…」。「〜未満」（未滿…）接在名詞後面，表示數量、程度不足。

|答案：2

▼ **39**--

39 小百合想和朋友兩個人一起參加旅遊。根據 2 月的行程，現在報名的話就一定能成行的是哪幾天的旅遊呢？

1 13 日、14 日、24 日、26 日
2 19 日、20 日、21 日、27 日、28 日
3 20 日、27 日
4 19 日、21 日、28 日

[解題]

1 選項 1「13日、14日、24日、26日」。
解析：這些日期上的標記都是「受付中」，表示尚未達到25人的出發決定人數，因此報名這些日期並不能保證行程一定會成行。所以這個選項是不正確的。
關鍵句：「13☆□受付中」、「14☆□受付中」、「24☆□受付中」、「26☆□受付中」。

2 選項 2「19日、20日、21日、27日、28日」。
解析：在這些日期中，19日、21日和28日標記為「出発決定」（確定成行）且仍在接受報名，而20日和27日雖確定成行但「受付終了」（報名截止），無法再報名。這些日期中有部分符合條件但不全符，因此這個選項也不正確。
關鍵句：「19☆◎出発決定」、「20●受付終了」、「21☆◎出発決定」、「27●受付終了」、「28☆◎出発決定」。

③ 選項 3「20日、27日」。
解析：這兩個日期都是「受付終了」（報名截止），雖然行程已確定成行，但因為無法再接受新的報名，所以無法滿足題目中「今申し込めば必ず行くことができる」的條件。因此選項 3 是錯誤的。
關鍵句：「20●受付終了」、「27●受付終了」。

④ 選項 4「19日、21日、28日」。
解析：這些日期都被標記為「出発決定」（確定成行），並且還在接受報名，完全符合題目要求的條件，即報名後可以確保行程成行。因此，這是正確的選項。
關鍵句：「19☆◎出発決定」、「21☆◎出発決定」、「28☆◎出発決定」。

> 　　「～ため」（因為…）在這裡表示原因理由。「～によると」（根據…）表示消息的來源或判斷的依據。「用言假定形＋ば」（如果…）表示一種假設條件，滿足前項條件就能得到後項的結果。

|答案：4

重要單字

□ いちご（草莓）
□ 食べ放題（吃到飽）
□ 人数（人數）
□ 未満（未達；不到）
□ 日帰り（當天來回）
□ バスツアー（巴士之旅）
□ お勧め（推薦）
□ 同士（同伴；同好）
□ 申し込み（申請，報名；訂購）
□ 中止（中斷，中止）
□ 満席（額滿，客滿）
□ 受付（受理，接受）

□ 終了（結束）
□ うなぎ（鰻魚）
□ 海鮮鍋（海鮮鍋）
□ ただいま（現在；剛剛；立刻）
□ 余裕（剩餘）
□ 印（記號）
□ 受付ける（受理，接受）
□ 問い合わせる（詢問；查詢）
□ 了承（諒解；知曉）
□ ～に達する（達到…）
□ ～次第（一…立即…）

日本語能力試験 N3

[讀解・第三回]

Track N3-17

問題4

つぎの（1）から（4）の文章を読んで、質問に答えなさい。答えは1・2・3・4から最もよいものを一つえらびなさい。

（1）

　これは、山田さんに届いたメールである。

あて先	yamada999@groups.ac.jp
件　名	明日の会議の場所について
送信日時	2020年8月19日　16：30

山田様

いつもお世話になっております。

株式会社ABCの中村です。

突然で申し訳ありませんが、今、うちの会社のエレベーターが故障しています。修理を頼みましたが、明日の午後までかかるそうです。

そこで、明日の会議の件ですが、9時に、山田さんにこちらにおいでいただくことになっていましたが、12階まで歩いて上ってきていただくのも大変なので、同じビルの1階にある喫茶店さくらに場所を変更したいと思います。

時間は同じ9時でお願いします。

もし問題がありましたら、お早めにご連絡ください。

株式会社ABC　中村

24

メールの内容と合っているものはどれか。

1 山田さんの会社のエレベーターが故障した。

2 中村さんは明日午前9時に喫茶店さくらで山田さんと会うつもりだ。

3 山田さんの会社はビルの12階にある。

4 明日の会議は、時間も場所も変更になった。

Track N3-18

(2)

田中さんが、朝、会社に着くと、机の上にメモがあった。

明日の会議の資料について

開発課　田中様

おはようございます。

明日（21日）の会議の資料ですが、まだ一部、こちらにいただいていません。

用意できましたら、すぐに文書管理課までお持ちください。

いただいていないのは以下のところです。

1　「第3章」の一部

2　「第5章」の一部

3　「おわりに」の全部

今日中に英語の翻訳文を書かなければならないので、時間があまりありません。用意できた部分から、順にこちらに持ってきてください。

翻訳文ができたら、そちらに送りますので、確認してください。

よろしくお願いします。

8月20日　文書管理課　秋山

25

このメモを見て、田中さんはまず、どうしなければならないか。

1　すぐに明日の会議について秋山さんと相談する。

2　すぐに会議の資料の翻訳文を書く。

3　すぐに資料を用意して文書管理課に送る。

4　すぐに秋山さんから届いた翻訳文を確認する。

Track N3-19

(3)

　子供が描く絵には、その子供の心の状態がよく現れます。お母さんや学校の先生にとくに注意してほしいのは黒い絵を描く子供です。子供は普通、たくさんの色を使って絵を描きます。しかし、母親に対して不安や寂しさを抱えた子供は、色を使わなくなってしまうことがよくあるからです。もし自分の子供の絵に色がなくなってしまったら、<u>よく考えてみてください</u>。なにか子供に対して無理なことをさせたり、寂しい思いをさせたりしていませんか。

26

<u>よく考えてみてください</u>。とあるが、だれが何を考えるのか。

1　母親が、学校の先生に注意してほしいことについて考える。

2　学校の先生が、黒い絵を描く子供の心の状態について考える。

3　母親が、ふだん自分の子供に言ったりしたりしていることについて考える。

4　子供が、なぜ自分は黒い絵を描くのかについて考える。

（4）

　「のし袋」は、お祝いのときに人に贈るお金を入れる袋です。白い紙でできていて、右上に「のし」が張ってあります。「のし」は、本来はあわびという貝を紙で包んだものですが、今はたいてい、あわびの代わりに黄色い紙を包んだものを使います。あわびには「長生き」の意味があります。また、のし袋の真ん中には、紙を細長く固めて作ったひもが結んであります。これを「水引」といいます。色は赤と白の組み合わせが多いですが、金色と銀色のこともあります。結び方は、お祝いの種類によって変えなければなりません。

27

「のし袋」の説明として、正しいものはどれか。
1　本来はあわびを包んだ袋のことをいう。
2　今は普通、全部紙でできている。
3　水引は、紙をたたんで作ったものである。
4　のしの色は、お祝いの種類に合わせて選ぶ必要がある。

問題4

請閱讀下列（1）～（4）的文章並回答問題。請從選項1・2・3・4當中選出一個最恰當的答案。

▼（1）／24

[翻譯]

這是一封寫給山田先生的電子郵件。

收件者	yamada999@groups.ac.jp
標題	關於明天開會地點
寄件日期	2020年8月19日　16：30

山田先生

平日承蒙您的照顧了。
我是ＡＢＣ股份有限公司的中村。
雖然有點唐突，不過現在我們公司的電梯故障了。現在已請人來修理，但聽說要等到明天下午才能修好。

因此，關於明天開會一事，原本是請您9點過來我們公司，不過要您爬上12樓也很累人，所以我想把地點改在本大樓1樓的櫻花咖啡廳。
時間一樣是麻煩您9點過來。
如有問題，請盡早和我聯繫。

　　　　　　　　　　　　　　ＡＢＣ股份有限公司　中村

24 下列敘述當中符合郵件內容的是哪個選項？

1 山田先生公司的電梯故障了
2 中村先生打算明天上午 9 點在櫻花咖啡廳和山田先生碰面
3 山田先生的公司位於大樓的 12 樓
4 明天的會議，時間和地點都有所變更

〔解題〕

1 選項1「山田さんの会社のエレベーターが故障した」。
解析：在郵件中，「うちの会社」指的是寄件人中村所在的公司，即株式會社ABC，而不是山田先生的公司。因此，選項1「山田先生的公司的電梯故障了」是不正確的。
關鍵句：「うちの会社のエレベーターが故障しています」。

2 選項2「中村さんは明日午前9時に喫茶店さくらで山田さんと会うつもりだ」。
解析：郵件確實提到因為電梯故障，原本計劃在公司的會議改至1樓的櫻花咖啡廳，時間仍為上午9點。因此，選項2「中村先生打算明天上午9點在櫻花咖啡廳與山田先生見面」是正確的。
關鍵句：「同じビルの1階にある喫茶店さくらに場所を変更したいと思います。時間は同じ9時でお願いします」。

3 選項3「山田さんの会社はビルの12階にある」。
解析：郵件中的12樓是指中村所在公司的樓層，並非山田先生的公司所在地。因此，選項3「山田先生的公司位於大樓的12樓」是不正確的。
關鍵句：「12階まで歩いて上ってきていただくのも大変」。

4 選項4「明日の会議は、時間も場所も変更になった」。
解析：郵件確認了會議地點改變，但時間保持不變，仍然是上午9點。因此，選項4「明天的會議時間和地點都有變更」是不正確的。
關鍵句：「時間は同じ9時でお願いします」。

「〜について」（針對…）表示提出某個話題，並就這個話題進行說明。「〜ことになっている」（預定…）表示某個約定、規定、法條，內容是已經決定好的事。「〜たら」（如果…）是確定條件用法，表示前項發生的話，後項也會跟著實現，或是要採取後項的行動。

「突然で申し訳ありませんが」也可以用「急なことで申し訳ありませんが」來取代，這是信件裡面經常出現的前置詞，用在開頭的招呼語後，表示話題轉折準備進入正題。接續詞「そこで」有兩種用法，一種是承上啟下，意思是「因此」、「於是」。另一種是話題轉換，可以翻譯成「那麼」、「話說…」。在這邊是第一種用法。

|答案：**2**

□ お世話になる（承蒙照顧）
□ 株式会社（股份有限公司）
□ 申し訳ありません（很抱歉，對不起）
□ 故障（故障，出問題）
□ 修理（修理，修繕）
□ そこで（〈轉換話題〉 因此，於是；那麼）

□ 件（事情，事件）
□ 上る（登上，攀登）
□ 早め（提前，儘早）
□ ～ことになっている（預訂…；按規定…）

▼ (2)／25

[翻譯]

田中先生早上一到公司，就發現桌上有張紙條。

關於明天的會議資料

開發部　田中先生

早安。
明天（21日）的會議資料，我還有一部分沒收到。
如已準備齊全，請立刻送到文件管理部。

尚未收到的文件如下。
1） 「第3章」一部分
2） 「第5章」一部分
3） 「結語」全部

由於必須在今天把文件翻成英文，所以沒什麼時間。請您將準備好的文件依序送過來。
等我翻譯完，會送到您那邊去，到時還請確認。麻煩您了。

8月20日　文件管理部　秋山

25 看完這張紙條，田中先生首先該怎麼做呢？

1 馬上和秋山先生商談明天的會議資料
2 馬上翻譯明天的會議資料
3 馬上準備好資料送到文件管理部
4 馬上確認秋山先生送來的譯文

[解題]

1 選項1「すぐに明日の会議について秋山さんと相談する」。
解析：雖然與同事討論是常見的做法，但是在這個具體情境中，備忘錄並未指示田中需要立即和秋山討論會議事項，這不是首要任務。因此這個選項不正確。

2 選項2「すぐに会議の資料の翻訳文を書く」。
解析：這裡提到秋山需要在今天內完成英語翻譯文的撰寫，但這是秋山的任務，而不是田中的。備忘錄中要求田中準備資料，而非撰寫翻譯。因此，這個選項也不正確。
關鍵句：「今日中に英語の翻訳文を書かなければならないので、時間があまりありません」。

3 選項3「すぐに資料を用意して文書管理課に送る」。
解析：備忘錄中明確指示田中在準備好資料後，應立即將其送到文書管理課。這是首要任務，因為只有在資料準備好並送達後，翻譯工作才能進行。因此，這是正確的選項。
關鍵句：「用意できましたら、すぐに文書管理課までお持ちください」。

4 選項4「すぐに秋山さんから届いた翻訳文を確認する」。
解析：根據備忘錄，田中需要確認翻譯文，但這是在翻譯文完成並寄達之後的事情。目前田中的首要任務是準備並送出資料，不是立即確認翻譯文。因此，這個選項也是不正確的。
關鍵句：「翻訳文ができたら、そちらに送りますので、確認してください」。

「～について」（針對…）表示提出某個話題，並就這個話題進行說明。「～たら」（如果…）是假定用法，表示前項發生的話，後項也會跟著實現，或是要採取後項的行動。「ところ」在這邊是形式名詞的用法，沒有實質意義，表示內容、部分。

|答案：3

重要單字

□ 開発課（開發部）
□ 一部（一部分）
□ 用意（準備）
□ 文書管理課（文件管理部）
□ 以下（以下）

□ おわりに（結語）
□ 翻訳（翻譯）
□ 順に（依序，依次）
□ 相談（商談，討論）
□ ～たら（…了的話〈表確定條件〉）

[翻譯]

　小朋友畫的畫可以充分展現出該名小孩的內心狀態。特別是要請媽媽和學校老師注意畫出黑色圖畫的孩子。之所以會有這樣的結果，是因為通常小朋友會使用許多顏色來畫畫。不過，對於母親感到不安或是寂寞的小朋友，常常會變得不用彩色。如果自己的小孩畫作失去了色彩，請仔細地想想，您是否有強迫小孩做一些事？或是讓他感到寂寞了呢？

26 文中提到請仔細地想想，請問是誰要想什麼呢？

1 母親要想想希望學校老師注意什麼
2 學校老師要想想畫出黑色圖畫的小孩的心理狀態
3 母親要想想平時對自己的小孩説了什麼、做了什麼
4 小朋友要想想為什麼自己會畫黑色的圖畫

[解題]

❶
　選項 1「母親が、学校の先生に注意してほしいことについて考える」母親應該思考她希望學校老師注意的事情。
　解析：文章中沒有提到母親需要思考她希望學校老師注意的事情，因此這個選項與文章內容不相符。

❷
　選項 2「学校の先生が、黒い絵を描く子供の心の状態について考える」學校老師應該思考畫黑色畫的孩子的心理狀態。
　解析：雖然文章提到老師應該特別注意畫黑色畫的孩子，但具體到誰需要 "思考" 的部分，文中指示的是看到無色畫作的母親應該反思，而不是老師，所以這個選項不正確。

❸
　選項 3「母親が、ふだん自分の子供に言ったりしたりしていることについて考える」。
　解析：這段話指出，如果母親發現孩子的畫作失去了色彩，她應該反思是否對孩子有過不合理的要求或使他們感到孤獨。這與選項 3 的描述相符，是正確的選擇。
　關鍵句：「もし自分の子供の絵に色がなくなってしまったら、よく考えてみてください。なにか子供に対して無理なことをさせたり、寂しい思いをさせたりしていませんか」。

❹
　選項 4「子供が、なぜ自分は黒い絵を描くのかについて考える」孩子應該思考為什麼自己會畫黑色的畫。
　解析：文章中的焦點是母親應如何反應，而不是孩子自己應該如何思考，因此這個選項不正確。

｜答案：3

- □ 心(心境，心情；心思，想法)
- □ 状態(狀態，情形)
- □ 現れる(顯現，展露)
- □ 普通(通常，一般)
- □ 不安(不安)
- □ 寂しさ(寂寞)

- □ 抱える(抱持；承擔)
- □ 無理(勉強，硬逼)
- □ 思い(感覺；思想)
- □ ふだん(平時，平常)
- □ ～てほしい(表對某人的要求或希望，可譯作「想請〈你〉…」)

▼ (4)／27

[翻譯]

「熨斗袋」指的是喜事時放入金錢送給別人的袋子。袋子是由白色紙張所製成的，右上角貼有「熨斗」。「熨斗」本來是用紙張包裹一種叫鮑魚的貝類，不過現在幾乎都是用包有黃紙的東西來取代鮑魚。鮑魚有「長壽」意涵。此外，熨斗袋的中央還綁有細長的紙製結。這叫做「水引」。顏色多為紅白組合，不過也有金銀款的。打結方式依據慶賀主題的不同也會有所改變。

27 關於「熨斗袋」的説明，下列敘述何者正確？

1 原本是指包鮑魚的袋子
2 現在通常都是全面用紙張製作
3 水引是摺紙製成的
4 熨斗的顏色要依照慶賀主題來選擇

[解題]

1
選項1「本来はあわびを包んだ袋のことをいう」。
解析：「のし」(熨斗)原本是指用紙包裹鮑魚的物品，而不是一種袋子。此選項將「のし」的概念錯誤地解釋為一種特定的袋子，這與文中的說明不符。
關鍵句：「本来はあわびという貝を紙で包んだものですが」。

2
選項2「今は普通、全部紙でできている」。
解析：文章中提到「のし袋」(熨斗袋)及其組件(如「のし」(熨斗)和「水引」)均由紙製成，符合當前的製作標準。因此，選項2「現在通常都是紙製的」正確地描述了「のし袋」的材質。
關鍵句：「白い紙でできていて」、「今はたいてい、あわびの代わりに黄色い紙を包んだものを使います」、「紙を細長く固めて作ったひもが結んであります」。

❸ 選項3「水引は、紙をたたんで作ったものである」。

解析：「水引」是用紙條固化而成的繩子，其製作方式並不是通過摺疊紙張，而是將紙條緊密地固化。因此，選項3描述錯誤。

關鍵句：「紙を細長く固めて作ったひもが結んであります」。

❹ 選項4「のしの色は、お祝いの種類に合わせて選ぶ必要がある」。

解析：文中提到「のし」一般使用黃色紙，並沒有指出需要根據不同的慶祝類型選擇不同的顏色，而是「水引」的類型和綁法會因慶祝的種類而變化。因此，選項4是不正確的。

關鍵句：「今はたいてい、あわびの代わりに黄色い紙を包んだものを使います」。

「名詞＋の代わりに」（來取代…）表示用後項來代替前項。「AをBという」意思是「把A取名叫B」，或是表示A的名稱就是B。「～こともある」意思是「也有…的情況」。「～によって」（依照…）表示依據的方法、手段，文章當中可以寫成「～により」。斷定助動詞「～である」和「～だ」都可以用在文章裡。只是相較之下前者比較正式，不能用來表達主觀感受，經常用在敘述客觀事物上，特別是論說文最常使用。

答案：2

重要單字

□ お祝い（慶祝，祝賀）

□ できている（製造而成）

□ 本来（原來，本來）

□ あわび（鮑魚）

□ 包む（包上，裹住）

□ 代わりに（取而代之）

□ 長生き（長壽）

□ 固める（讓…變硬；固定）

□ ひも（〈布，皮革等〉帶，細繩）

□ 結ぶ（繫，打結）

□ 組み合わせ（配合，組成）

□ たたむ（折，疊）

□ ～こともある（也有…〈的情況〉）

補充單字

行事、一生の出来事／儀式活動、一輩子會遇到的事情

01 | 儀式
儀式，典禮

02 | 貴重
貴重，寶貴

03 | 記念
紀念

04 | 記念写真
紀念照

讀解・第三回

問題5

つぎの(1)と(2)の文章を読んで、質問に答えなさい。答えは、1・2・3・4から最もよいものを一つえらびなさい。

(1)

　　昨日、電車の中でちょっと①うれしい光景に出会った。車内は混んでいたが満員というほどでもなく、私は入り口の近くに立っていた。私の前の優先席には、派手な服装をした若い男が座っていた。私はまだ若いつもりだから、席を譲ってほしいとは思わないが、もし、そばにお年寄りや体の不自由な方が立っていたら、その若者に一言注意してやろうと思い、まわりを見まわしてみた。しかし、そばには席が必要そうな人は見当たらなかった（注）。次の駅で、一人のおじいさんが乗ってきて、私のとなりに立った。私が若者に向かって②口を開こうとしたその時、若者は自分から立ち上がり、おじいさんに「どうぞ」と言って席を譲った。③私は自分を恥ずかしく思った。だが、それと同時に、とてもさわやかな気持ちにもなった。よく最近の若者は礼儀を知らないという人がいるが、必ずしもそうではないのだ。

　（注）見当たる：探していた物が見つかる

28

①うれしい光景とあるが、どういうことか。

1 車内が混んでいたが、満員ではなかったこと

2 派手な服装をした若い男を見たこと

3 自分のそばに席が必要な人がいなかったこと

4 若者が自分から席を譲ったこと

29

②口を開こうとしたとあるが、何をしようとしたのか。

1 あくびをする。

2 おじいさんに席を譲るように若者に言う。

3 自分に席を譲るように若者に言う。

4 電車が発車したことを若者に教える。

30

③私は自分を恥ずかしく思ったとあるが、どうしてか。

1 服装だけで人を判断してしまったから

2 自分が注意する前に若者が立ち上がってしまったから

3 自分の服装が若者のように派手でなかったから

4 自分がおじいさんに席を譲ってあげなかったから

（2）

　以前、『分数ができない大学生』という本が話題になったことがあるが、本屋ではじめてこの本を見たとき、わたしは自分の目を疑った（注）。大学生にもなって、分数のような簡単な計算ができないなんて、とても信じられなかったのだ。しかし、①これは本当のことらしかった。この本の出版は、人々に大きな驚きを与えた。そして、このころから、「日本の学生の学力低下」が心配されるようになった。

　私は、そのいちばんの原因としては、やはり国の教育政策の失敗を挙げなければならないと思う。子どもの負担を軽くしようと、授業時間を短くしたために、学校で教えられる量まで減ってしまったのだ。私が子どものころと比べると、今の教科書はだいぶ薄くなっている。特に、国語や算数などの基礎的な科目の教科書はとても薄い。

　こう考えると、②「分数ができない大学生」たちが増えたのは当然だといえる。学生だけの責任ではない。

（注）目を疑う：実際に見た事実を信じられない

31

①これはなにを指すか。

1　『分数ができない大学生』という本が出版されたこと
2　『分数ができない大学生』という本がとても話題になったこと
3　分数の計算ができない大学生が存在すること
4　分数の計算ができない大学生が本を書いたこと

32

②「分数ができない大学生」たちが増えたのは当然だといえるとあるが、それはどうしてだと言っているか。

1　『分数ができない大学生』という本がとても売れたから
2　授業時間が短くなって、学校で教える量も減ったから
3　『分数ができない大学生』という本の内容をみんなが疑ったから
4　勉強が嫌いな学生が増えたから

33

この文章で「私」が最も言いたいことは何か

1　『分数ができない大学生』という本の内容はとてもすばらしい。
2　日本の学生の学力が下がったのは、『分数ができない大学生』という本に原因がある。
3　日本の学生の学力が下がったのは国の政策にも原因がある。
4　「分数ができない大学生」は、実際にはそれほど多くない。

問題 **5**

請閱讀下列（1）和（2）的文章並回答問題。請從選項1・2・3・4當中選出一個最恰當的答案。

▼(1)--

[翻譯]

　　昨天在電車中我遇見了一個有些①<u>令人高興的畫面</u>。車廂裡面雖然人擠人，但還不到客滿的程度。我站在靠近出口的地方。我前方的博愛座上坐了一個穿著搶眼的年輕男子。我覺得我還年輕，不需要他讓位給我。可是我心想，如果旁邊有老年人或是殘障人士站著的話，我一定要說他個幾句，所以我就張望一下四周。不過，四周並沒有看到看起來需要座位的人（注）。在下一站時，一位老爺爺上了車，站在我旁邊。我②<u>正準備要開口向年輕人說話時</u>，他就自己站起來，說句「請坐」並讓位。③<u>我自己覺得羞愧</u>。同時地，卻也有種舒爽的感覺。有很多人都說最近的年輕人沒有禮貌，可是也不全然是這麼一回事。

（注）看到：發現正在尋找的東西

▼(1)／28--

28 文中提到①<u>令人高興的畫面</u>，這是指什麼呢？

1 車內雖然人擠人，但是沒有客滿
2 看到一個穿著搶眼的年輕男子
3 自己身邊沒有需要座位的人
4 年輕人自動讓座

[解題]

1　選項1「車内が混んでいたが、満員ではなかったこと」。
　　解析：此選項描述車廂內的擁擠情況，但指出並未達到客滿。從分析來看，雖然這描述了當時的環境狀況，但與文章描述的「愉快景象」無直接關聯，因此不符合題意。
　　關鍵句：「車内は混んでいたが満員というほどでもなく」。

2
選項2「派手な服装をした若い男を見たこと」。
解析：此選項提到了觀察到一位穿著鮮艷服裝的年輕男子。雖然是對文章中的一個角色的描述，但這一觀察點並未引起文章中的愉快感受，因此此選項也不正確。
關鍵句：「派手な服装をした若い男が座っていた」。

3
選項3「自分のそばに席が必要な人がいなかったこと」。
這一選項表述了車廂中並無需要座位的人在作者旁邊。這描述了一種中性的狀態，沒有涉及或促成作者感受到的快樂，故此選項亦不正確。
關鍵句：「しかし、そばには席が必要そうな人は見当たらなかった」。

4
選項4「若者が自分から席を譲ったこと」年輕人主動讓座。
解析：這一選項描述了一名年輕人主動讓出自己的座位給老年人，這一行為直接體現了文章開頭提到的「愉快景象」，因此完全符合題意，是對作者感到高興和驚喜的關鍵行為。
關鍵句：「若者は自分から立ち上がり、おじいさんに『どうぞ』と言って席を譲った」。

|答案： 4

▼ **(1)／29**--

29 文中提到②正準備要開口，他是要做什麼呢？

1 打呵欠
2 叫年輕人讓座給老爺爺
3 叫年輕人讓座給自己
4 告訴年輕人電車開了

[解題]

1
選項1「あくびをする」打哈欠。
解析：文中描述敘述者試圖開口，但沒有任何證據表明這與打哈欠相關。因此，選項1與文中的敘述不符，是不正確的。
關鍵句：「口を開こうとした」的場景並未與打哈欠相關。

2
選項2「おじいさんに席を譲るように若者に言う」。
解析：根據文中的描述，敘述者考慮到若旁邊有需要座位的老人或身體不便的人時，他會提醒在場的年輕人讓座。因此，選項2「要求年輕人讓座給老人」正確反映了敘述者試圖開口的原因。
關鍵句：「もし、そばにお年寄りや体の不自由な方が立っていたら、その若者に一言注意してやろうと思い」。

③ 選項3「自分に席を譲るように若者に言う」。

解析：敘述者自己表明他認為自己還年輕，不需要位子，所以不會要求年輕人讓座給自己，因此這個選項不正確。

關鍵句：「私はまだ若いつもりだから、席を譲ってほしいとは思わない」。

④ 選項4「電車が発車したことを若者に教える」告知年輕人電車已發車。

解析：文中並未提到任何有關告知年輕人電車發車的情節，敘述者想要開口的動機與電車發車無關，因此這個選項也不正確。

「〜に向かって」（對…）表示面對、朝著某個人事物。「動詞意向形＋（よ）うとする」，前面接表示人為意志動作，表示說話者積極地要做某件事情，可以翻譯成「想要…」。前面如果接非人為意志動作，表示某個狀態正準備出現，可以翻譯成「將要…」。

|答案：2

▼ **(1)／30**--

30 文中提到③我自己覺得很羞愧，這是為什麼呢？

1 因為只憑服裝就判斷一個人
2 因為在自己提醒之前年輕人就自己站了起來
3 因為自己的服裝不如年輕人那樣搶眼
4 因為自己沒讓座給老爺爺

〔解題〕

① 選項1「服装だけで人を判断してしまったから」。

解析：敘述者最初因年輕人的鮮豔服裝產生偏見，認為他不會讓座，但年輕人主動讓座的行為顛覆了這一預設，最終讓敘述者感到羞愧。這反映了敘述者因自己的先入為主的判斷而感到羞愧，因此選項1是正確的。

關鍵句：「派手な服装をした若い男が座っていた」和「私が若者に向かって口を開こうとしたその時、若者は自分から立ち上がり、おじいさんに『どうぞ』と言って席を譲った」。

② 選項2「自分が注意する前に若者が立ち上がってしまったから」。

解析：雖然這情況的確發生，導致敘述者沒有發揮原本想提醒的行為，但這與敘述者羞愧感的核心原因（對年輕人的誤判）無關。因此，選項2沒有直接回答問題。

關鍵句：同上。

③ 選項3「自分の服装が若者のように派手でなかったから」。

解析：這與敘述者感到羞愧的原因無關，文章中未涉及敘述者自己的服裝不如年輕人鮮豔問題。因此選項3是不正確的。

④ 選項 4「自分がおじいさんに席を譲ってあげなかったから」因為自己沒有給老人讓座。

解析：這個選項描述的情況未發生，文中焦點在於年輕人的行為，不涉及敘述者是否讓座給老人。因此選項 4 不正確。

|答案：1

重要單字

- □ 光景（情景，畫面）
- □ 混む（擁擠，混雜）
- □ 満員（〈船、車、會場等〉滿座）
- □ ほど（表程度）
- □ 優先席（博愛座）
- □ 派手（華麗；鮮豔）
- □ 服装（服裝，服飾）
- □ 譲る（讓〈出〉）
- □ 不自由な方（行動不便者）
- □ 一言（幾句話；一句話）
- □ 見まわす（張望，環視）

- □ 立ち上がる（起身，起立）
- □ 恥ずかしい（羞恥，慚愧）
- □ さわやか（〈心情〉爽快，爽朗）
- □ 必ずしも（不一定，未必〈後接否定〉）
- □ あくび（哈欠）
- □ 発車（發動，發車）
- □ 〜てやる（表以施恩的心情，為晚輩做有益的事）
- □ 〜てあげる（表為他人做有益的事，可譯作「〈為他人〉做…」）

▼ **(2)**

[翻譯]

　　以前曾經有本名叫『不會分數的大學生』的書造成話題，我第一次在書店看到這本書時，一度懷疑自己的眼睛（注）。都已經是大學生了，居然不會算分數這麼簡單的東西，真是讓人難以置信。不過，①這件事似乎是真有其事。這本書的出版帶給眾人很大的震撼。從此之後，大家也就開始擔心起「日本學生學力下降」。

　　我認為最大的原因應該在於國家教育政策的失敗。為了減輕孩子們的負擔、減少上課時間，連學校教授的事物都跟著減量。比起我小時候，現在的教科書都變薄許多。特別是國語、數學等基礎科目的教科書薄到不行。

　　一這麼想，②「不會分數的大學生」們之所以增加也是理所當然的。這不僅僅是學生的責任。

（注）懷疑自己的眼睛：不相信實際上看到的事實

31 文中提到①這件事，是指什麼呢？

1『不會分數的大學生』這本書出版問世
2『不會分數的大學生』這本書造成話題
3 不會分數的大學生實際上真的存在
4 不會分數的大學生寫書

[解題] 這篇文章整體是在探討學生學力下降的原因。各段落的主旨如下表所示：

第一段	『不會分數的大學生』這本書點出了日本學生學力下降的事實。
第二段	作者認為造成這個現象的原因在於國家的教育政策失敗。
第三段	作者認為不會分數的大學生人數增加，不完全是學生的問題。

1 選項1「『分数ができない大学生』という本が出版されたこと」。
解析：雖然書籍的出版是事實，但文中的「これ」並非指這本書的出版，而是後文描述的具體情況，因此選項1並不符合文中「これ」的指向。

2 選項2「『分数ができない大学生』という本がとても話題になったこと」。『分数ができない大学生』這本書成為熱門話題的事實」。
解析：此選項提到書籍成為話題，但與文中的「これ」也無直接關聯，因為「これ」指的是作者確認的現象，不僅僅是書籍成為話題。

3 選項3「分数の計算ができない大学生が存在すること」。
解析：此選項直接對應於文中的描述，即大學生中存在不會做分數計算的情況。作者原本難以相信大學生會不會分數，但後來發現這是真實的情況。因此，「これ」指的是分數計算能力缺失的事實。
關鍵句：「大学生にもなって、分数のような簡単な計算ができないなんて、とても信じられなかったのだ。しかし、これは本当のことらしかった」。

4 選項4「分数の計算ができない大学生が本を書いたこと」。
解析：此選項錯將焦點放在大學生出書上，而文中「これ」並非指書籍的撰寫，而是確認了大學生存在計算能力缺失的情況，因此不正確。
關鍵句：同選項3。

「～が話題になる」意思是「…造成話題風潮」。「なんて」（怎麼會…）是「など」的口語說法，用來表示輕蔑、不屑一顧、吃驚、強烈否定等語氣。「～らしい」（似乎…）表示根據所見所聞來進行推斷，含有一種「我看到的就是這樣（我是這樣聽說的），所以才會這樣推測」的意思。「～ようになる」（變得…）表示某種能力、習慣、狀態在時間的推移之下發生改變。

答案：3

32 文中提到②「不會分數的大學生」們之所以增加也是理所當然的，作者為什麼這樣說呢？

1 因為『不會分數的大學生』這本書十分熱賣

2 因為上課時間縮短，學校教授的事物也減量

3 因為大家都懷疑『不會分數的大學生』這本書的內容

4 因為討厭讀書的學生增加了

[解題]

1 選項1「『分数ができない大学生』という本がとても売れたから」。
解析：這個選項與問題的核心無關，因為銷售良好並不直接解釋為何學生的學力會下降。

2 選項2「授業時間が短くなって、学校で教える量も減ったから」。
解析：這個選項正中紅心，反映了文章中作者對於日本學生學力下降的解釋，即教育政策的失敗導致教學時間和內容的減少，自然導致學生的基本學力如分數計算能力下降。
關鍵句：「子どもの負担を軽くしようと、授業時間を短くしたために、学校で教えられる量まで減ってしまったのだ」。

3 選項3「『分数ができない大学生』という本の内容をみんなが疑ったから」。因為大家對「分数ができない大学生」這本書的內容持懷疑態度。
解析：這個選項與文中敘述無關，文章中沒有提到人們對書內容的普遍懷疑。

4 選項4「勉強が嫌いな学生が増えたから」。因為不喜歡學習的學生人數增加。
解析：雖然學生的學習態度可能影響學力，但文章中沒有提及學生厭學情緒作為學力下降的原因。

「（よ）うと」後面省略了「する」，前面接人為意志動作表示某人積極地想做某件事情。「～ために」在這邊表示原因理由。「～といえる」意思是「可以說是…」。

答案：2

33 在這篇文章中「我」最想說的是什麼？

1『不會分數的大學生』這本書內容非常精彩

2 日本學生學力之所以下降，是因為『不會分數的大學生』這本書

3 日本學生學力之所以下降也是因為國家政策

4「不會分數的大學生」其實沒有那麼多

［解題］

① 選項1「『分数ができない大学生』という本の内容はとてもすばらしい」。
解析：文章中沒有對該書的內容品質進行「非常好的」評價，僅討論了它所揭示的學力問題。因此，這個選項不正確，因為它提供了一個文中未有支持的觀點。

② 選項2「日本の学生の学力が下がったのは、『分数ができない大学生』という本に原因がある」。
解析：文章指出學力下降的原因是教育政策的失敗，而非這本書本身。該選項誤將影響歸咎於一本書，而文章中未有這樣的表述。
關鍵句：「そのいちばんの原因としては、やはり国の教育政策の失敗を挙げなければならないと思う」。

③ 選項3「日本の学生の学力が下がったのは国の政策にも原因がある」。
解析：選項3指出教育政策是導致學力下降的原因，這直接對應於文章中的主要論點。作者明確指出認為教育政策失敗，是導致學生學力下降的原因之一，這是文章中一個主要的論點。
關鍵句：同上。

④ 選項4「『分数ができない大学生』は、実際にはそれほど多くない」。實際上不擅長分數的大學生並不多。
解析：文章指出不擅長分數計算的大學生實際上在增加，與這個選項所述的不擅長分數的大學生並不多情況相矛盾。
關鍵句：「『分数ができない大学生』たちが増えたのは当然だといえる」。

|答案：3

重要單字

□ 分数（ぶんすう）（〈數學結構的〉分數）
□ 話題になる（わだい）（引起話題）
□ 出版（しゅっぱん）（出版，發行）
□ 驚き（おどろき）（震驚，吃驚）
□ 与える（あたえる）（給予；使蒙受）
□ 学力（がくりょく）（學習力）
□ 低下（ていか）（低落，下降）
□ やはり（果然；依然）
□ 政策（せいさく）（政策）
□ 挙げる（あげる）（舉出，列舉）

□ 負担（ふたん）（負擔，承擔）
□ だいぶ（頗，很，相當）
□ 基礎的（きそてき）（基礎的，根基的）
□ 科目（かもく）（科目）
□ 存在（そんざい）（存在）
□ それほど（〈表程度〉那麼，那樣）
□ ～なんて（表輕視語氣，可譯作「連…都…〈不〉…」）
□ ～ようになる（表狀態、行為的變化，可譯作「〈變得〉…了」）
□ ～としては（以…來説）

[讀解・第三回]

問題6

つぎの文章を読んで、質問に答えなさい。答えは、1・2・3・4から最もよいものを一つえらびなさい。

　妻と子供を連れてドイツに留学して3年、日常生活のドイツ語には不自由しなくなった頃、首をかしげた（注）ものだが、野菜でも何でも、私が買ってくるものは、あまりよくないのである。①それに比べて、同じアパートに住む日本人が買い物をすると、いいものを買ってくる。彼のドイツ語は私より全然上手ではない。しかし、彼が買い物をすると、八百屋のおばさんが私よりずっといい野菜や果物を袋にいれてくれるようなのである。

　②う～ん、なぜだろうと不思議に思ったが、よくよく考えてみれば、その理由がわかるような気がした。

　私が留学したばかりで、買い物のドイツ語にも不自由していた頃、どの店にいっても、店の人は皆、親切だった。家族を連れて買い物に出て、欲しいものをお店の人に苦労して伝えると、③お店の人から、「たいへんだねえ、どこから来たの、学生？」などと聞かれたものだった。お金を払って横を見ると、娘は店の人からもらった果物やハムなどを喜んで食べていた。

　その後、ドイツ語力に自信がつき、買い物をする時に、品物についていろいろと注文をつけたり、ドイツの生活や政治について、自分の意見

を言うようになった。その頃から、お店からあまり親切な対応をされなくなったのである。私はドイツ人にとって「生意気な外国人」になったのだ。「生意気」ということは、あまり「かわいくない」外国人になったということだ。

（関口一郎『「学ぶ」から「使う」外国語へ——慶応義塾藤沢キャンパスの実践』より一部改変）

（注）首をかしげる：不思議に思う

34

①それは、何を指しているか。

1　自分のドイツ語がうまくなったこと
2　自分の日常生活が不自由なこと
3　自分が買ってくるものはあまりよくないこと
4　ドイツに留学したこと

35

②う〜ん、なぜだろうと不思議に思ったとあるが、それはなぜか。

1　別の日本人が自分よりドイツ語が下手な理由が分からなかったから
2　別の日本人が自分よりいいものを買ってくる理由が分からなかったから
3　別の日本人が自分よりドイツ語が上手な理由が分からなかったから
4　別の日本人が自分よりドイツ語も買い物も上手な理由が分からなかったから

36

③お店の人から、「たいへんだねえ、どこから来たの、学生？」など
と聞かれたものだったとあるが、この時のお店の人の気持ちは次のどれ
だと考えられるか。

1 悲しんでいる。

2 よろこんでいる。

3 かわいそうに思っている。

4 つまらないと思っている。

37

筆者は、自分がドイツ語が上手になってから、お店から親切にされな
くなったのはなぜだと考えているか。

1 筆者がドイツ人の話すドイツ語を注意して、嫌われたから

2 筆者がドイツ人よりドイツ語が上手になり、生意気だと思われる
ようになったから

3 筆者がドイツについてドイツ語で話すことは、ドイツ人にとって
不思議なことだから

4 筆者がドイツ語で不満や意見を言うようになり、生意気だと思わ
れるようになったから

問題6

請閱讀下列文章並回答問題。請從選項1・2・3・4當中選出一個最恰當的答案。

[翻譯]

　我帶著妻兒到德國留學3年，在我能掌握日常生活所用的德語時，有一點我想不透，那就是不管是蔬菜還是別的，我買回來的東西都不怎麼好。比起①這件事，和我住在同一間公寓的日本人，買東西都會買到好貨。他的德語比我差多了。可是只要是他去買東西，蔬菜店的老闆娘似乎就會把比我好上許多的蔬菜和水果裝袋給他。

　②嗯～這是為什麼呢？真是不可思議。我仔細地思考，好像找到了理由。

　我剛去留學的時候，連購物用的德語也不太會說，不管去哪家店，店員都非常親切。帶著家人去買東西，花了好大的力氣才把想要的東西告訴店員，③店員總是會問「很辛苦吧？你從哪裡來的？是學生嗎？」。付了錢往旁邊一看，女兒正滿心歡喜地吃店員所給的水果或火腿。

　之後我對自己的德語有了自信，買東西時也能訂購各式各樣的商品，針對德國的生活和政治，也變得能發表自己的意見。從那個時候開始，店家就不再對我親切了。對於德國人來說，我變成一個「自大的外國人」。所謂的「自大」，就是指變成「不太可愛」的外國人。

（節選自關口一郎『從「學習」到「運用」的外語—
慶應義塾藤澤校園的實踐』，部分修改）

（注）想不透：覺得不可思議

▼34 --

34 ①這件事，指的是什麼呢？

1 自己的德語變好了
2 自己的日常生活變得不便
3 自己所買的東西不太好
4 在德國留學

這篇文章整體是在描述作者在德國隨著語言能力的進步，周圍對他的觀感也跟著不同。各段落的主旨如下表所示：

第一段	作者的德語不錯，但在德國買東西總是買到不好的；相反地，其他日本人德語沒他好，卻總能買到好貨。
第二段	承接上一段。對此作者很納悶，但他似乎終於知道原因出在哪裡。
第三段	作者表示剛到德國時德語不好，店家都會體恤他的辛苦。
第四段	當作者德語進步，不僅能購物，還能發表意見後，在德國人眼中就成了自大的外國人，店家也就不再對他親切。

1 選項1「自分のドイツ語がうまくなったこと」。
解析：雖然文章提到作者在德國的生活中使用德語，但「それ」並非指德語的進步。因此，這個選項不正確。

2 選項2「自分の日常生活が不自由なこと」。
解析：文中表明作者已經適應了德國的日常生活，語言不再是障礙。因此，「それ」不是指日常生活的不自由，這個選項也不正確。
關鍵句：「もう生活に不自由はないと言ってもいいくらいだ」。

3 選項3「自分が買ってくるものはあまりよくないこと」。
解析：這個選項直接對應到文中對「それ」的使用，指的是作者自己購買的商品質量通常不佳，這與他人的購物結果形成對比。這是正確的解釋。
關鍵句：「野菜でも何でも、私が買ってくるものは、あまりよくないのである。それに比べて…」。

4 選項4「ドイツに留学したこと」。
解析：「それ」並不直接指作者留學德國這一行為，而是針對特定情況的描述，如他購物的質量問題，因此這個選項不正確。

「～に不自由」意思是「對…感到不便」。「～ものだ」在這邊表示一種對於往事強調、感嘆的語氣，可以翻譯成「真的是…」。

答案：3

▼**35**---

[35] 文中提到②嗯～這是為什麼呢？真是不可思議，這是為什麼呢？

1 不懂為什麼別的日本人德語比自己還差
2 不懂為什麼別的日本人可以買到比自己還好的東西
3 不懂為什麼別的日本人德語比自己還好
4 不懂為什麼別的日本人不管是德語還是購物都比自己在行

[解題]

① 選項1「別の日本人が自分よりドイツ語が下手な理由が分からなかったから」。
解析：這個選項提到作者無法理解為什麼其他日本人的德語比自己差。然而，文中沒有提到作者對其他日本人德語能力較差感到困惑，因為問題在於購買到的商品質量，而不是語言能力。

② 選項2「別の日本人が自分よりいいものを買ってくる理由が分からなかったから」。
解析：此選項指出作者不明白為何其他日本人能購買到比自己更好的商品。這正是作者感到困惑的原因。他觀察到自己總是買到質量較差的商品，而相同公寓的其他日本人則能買到質量好的商品，這使他感到不解。這個選項正確地反映了文中描述的情境。
關鍵句：「野菜でも何でも、私が買ってくるものは、あまりよくないのである。それに比べて、同じアパートに住む日本人が買い物をすると、いいものを買ってくる」。

③ 選項3「別の日本人が自分よりドイツ語が上手な理由が分からなかったから」。
解析：這個選項提出了一個問題，即作者不明白為何其他日本人的德語比自己好。然而，文中作者明確指出，其他日本人的德語不比自己好，因此這不是他感到困惑的原因。

④ 選項4「別の日本人が自分よりドイツ語も買い物も上手な理由が分からなかったから」。
解析：這個選項結合了德語和購物技巧，提出作者不明白為何其他日本人在這兩方面都比他好。然而，文中沒有提到其他日本人在德語或購物技巧上超越作者，因此這個選項提供了一個不存在於文中的比較，與文中的描述不符。

> 「〜に思う」可以翻譯成「感到…」、「覺得…」。前面通常接和感受有關的名詞或形容動詞語幹，常用的說法有「誇りに思う」（感到驕傲）、「残念に思う」（感到遺憾）、「不満に思う」（感到不滿）、「意外に思う」（感到意外）、「大事に思う」（珍惜）。「〜ような気がする」意思是「有好像…的感覺」，帶有一種不確定的語感。

|答案：2

▼ 36--

36 文中提到③店員總是會問「很辛苦吧？你從哪裡來的？是學生嗎？」，當時店員的心情是下列何者呢？

1 很悲傷
2 很開心
3 覺得很可憐
4 覺得很無聊

① 選項1「悲しんでいる」。
解析：這句話中的「たいへんだねえ」表達的是同情或關心，而非「悲しんでいる」（悲傷）。因此這個選項不符合。
關鍵句：「たいへんだねえ、どこから来たの、学生？」。

② 選項2「よろこんでいる」。
解析：文中沒有跡象表明店員是因為高興而發表這句話。這是一種更偏向同情或關心的表達方式，不含有「よろこんでいる」（高興）的情感。
關鍵句：同上。

③ 選項3「かわいそうに思っている」。
解析：「たいへんだねえ」這句話顯示出店員對顧客的處境感到同情或關心，因為作者描述的情境是自己在語言上有困難，店員通過這樣的話語來表達對這種困難的理解和憐憫。這與「かわいそうに思っている」（感到同情）的情緒吻合，因此這個選項是正確的。
關鍵句：同上。

④ 選項4「つまらないと思っている」。
解析：文中的語境沒有提供任何證據表明店員覺得無聊或不感興趣。這句話更多的是一種關心的表達，而不是表達無趣。
關鍵句：同上。

> 「動詞た形＋ばかりで」表示某個動作才剛做完不久而已，這個舉動是導致後項的原因。「動詞た形＋ものだった」用在回想，表示過去的習慣或是以前經常發生的事情。

答案：3

▼ **37**--

37 筆者覺得自從德語變得流利以後，店家就對自己不再親切的原因為何？

1 因為筆者會糾正德國人的德語，而被討厭

2 因為筆者的德語變得比德國人還好，所以人家覺得他自大了起來

3 因為筆者用德語評論德國，對德國人來說很不可思議

4 因為筆者開始用德語表達不滿或意見，所以人家覺得他自大了起來

［解題］

① 選項1「筆者がドイツ人の話すドイツ語を注意して、嫌われたから」。
解析：這個選項描述筆者因為糾正德國人的德語發音或語法而被討厭，但文中並未提到這種情況。與文中的描述不符。

2

選項2「筆者がドイツ人よりドイツ語が上手になり、生意気だと思われるようになったから」。

解析：這個選項指出筆者的德語能力超越了德國人，因而被視為傲慢。文中確實提到筆者在德語能力提升後變得更自信地表達意見，但並未直接提及其能力超越德國人。因此，這與文中的描述不完全相符。

3

選項3「筆者がドイツについてドイツ語で話すことは、ドイツ人にとって不思議なことだから」。

解析：這個選項提到筆者用德語討論德國事物，給德國人留下了奇怪的印象。然而，原文中並未提到德國人對此有奇怪的反應，因此這與文中的描述並不相符。

4

選項4「筆者がドイツ語で不満や意見を言うようになり、生意気だと思われるようになったから」。

解析：這個選項與文章中描述的情景完全吻合。作者提到，自從他開始用德語更多地表達自己的意見和不滿後，他被視為傲慢，進而導致接受到的友善待遇有所減少。這段描述與文中的情節一致無縫。

關鍵句：「ドイツ語力に自信がつき、買い物をする時に、品物についていろいろと注文をつけたり、ドイツの生活や政治について、自分の意見を言うようになった。その頃から、お店からあまり親切な対応をされなくなったのである」。

答案：**4**

重要單字

□ 連れる（帶，領）
□ ドイツ（德國）
□ 日常生活（日常生活）
□ 不自由（不方便）
□ 比べる（比較）
□ 不思議（不可思議）
□ よくよく（仔細地；好好地）
□ 気がする（發現到）
□ 伝える（告訴）
□ 払う（支付，付錢）
□ 娘（女兒）

□ ハム（火腿）
□ 自信がつく（有了自信）
□ 品物（物品；東西）
□ 注文をつける（訂購）
□ 政治（政治）
□ 対応（應對）
□ 生意気（自大，狂妄）
□ 〜ものだ（用於回想過去時表達感嘆）
□ 〜たばかり（剛…）
□ 〜にとって（對…而言）
□ 〜ということだ（這就是…；…也就是說…）

讀解・第三回

Track N3-24

問題7

右のページは、初めて病院に来た人への問診票である。これを読んで、下の質問に答えなさい。答えは、1・2・3・4から最もよいものを一つえらびなさい。

38

張さんは、熱が高いので、今日初めてこの病院に来た。問診票に書かなくてもいいことは、つぎのどれか。

1　今、何も食べたくないこと
2　前に骨折して入院したこと
3　今、熱があること
4　病院に来た日にち

39

張さんは、子供のころから卵を食べると気分が悪くなる。このことは、何番の質問に書けばいいか。

1　（1）
2　（2）
3　（3）
4　（4）

問診票
<ruby>問診票<rt>もんしんひょう</rt></ruby>

<ruby>初<rt>はじ</rt></ruby>めて<ruby>診察<rt>しんさつ</rt></ruby>を<ruby>受<rt>う</rt></ruby>ける<ruby>方<rt>かた</rt></ruby>へ

<ruby>下記<rt>かき</rt></ruby>の<ruby>質問<rt>しつもん</rt></ruby>にお<ruby>答<rt>こた</rt></ruby>えください

<ruby>診察<rt>しんさつ</rt></ruby>を<ruby>受<rt>う</rt></ruby>けた<ruby>日<rt>ひ</rt></ruby>：<ruby>令和<rt>れいわ</rt></ruby>＿＿＿<ruby>年<rt>ねん</rt></ruby>＿＿＿<ruby>月<rt>がつ</rt></ruby>＿＿＿<ruby>日<rt>にち</rt></ruby>

【<ruby>基本資料<rt>きほんしりょう</rt></ruby>】
○ <ruby>名前<rt>なまえ</rt></ruby>＿＿＿＿＿＿＿＿＿＿＿＿＿＿（<ruby>男<rt>だん</rt></ruby>・<ruby>女<rt>じょ</rt></ruby>）
○ <ruby>生年月日<rt>せいねんがっぴ</rt></ruby>＿＿＿＿＿<ruby>年<rt>ねん</rt></ruby>＿＿＿＿<ruby>月<rt>がつ</rt></ruby>＿＿＿＿<ruby>日<rt>にち</rt></ruby>（＿＿＿＿<ruby>歳<rt>さい</rt></ruby>）
○ <ruby>住所<rt>じゅうしょ</rt></ruby>＿＿＿＿＿＿＿＿＿＿＿＿＿＿＿＿＿＿＿
○ <ruby>電話番号<rt>でんわばんごう</rt></ruby>（＿＿＿＿＿）＿＿＿＿＿＿＿＿＿＿（<ruby>家<rt>いえ</rt></ruby>）
　　　　　　　　　　＿＿＿＿＿＿＿＿＿＿（<ruby>携帯<rt>けいたい</rt></ruby>）

....

【<ruby>質問<rt>しつもん</rt></ruby>】

（１）<ruby>今日<rt>きょう</rt></ruby>はどのような<ruby>症状<rt>しょうじょう</rt></ruby>でいらっしゃいましたか。できるだけ<ruby>具体的<rt>ぐたいてき</rt></ruby>
　　　に<ruby>お書<rt>おか</rt></ruby>きください。

　　　（<ruby>例<rt>れい</rt></ruby>）<ruby>熱<rt>ねつ</rt></ruby>がある、<ruby>頭<rt>あたま</rt></ruby>が<ruby>痛<rt>いた</rt></ruby>い
　　　（　　　　　　　　　　　　　　　　　　　）

（２）<ruby>食欲<rt>しょくよく</rt></ruby>はありますか。
　　　□はい　　□いいえ

（３）これまでに<ruby>薬<rt>くすり</rt></ruby>や<ruby>食<rt>た</rt></ruby>べ<ruby>物<rt>もの</rt></ruby>でアレルギー<ruby>症状<rt>しょうじょう</rt></ruby>を<ruby>起<rt>お</rt></ruby>こしたこ
　　　とがありますか。

　　　□はい　　□いいえ
　　　「はい」と<ruby>答<rt>こた</rt></ruby>えた<ruby>方<rt>かた</rt></ruby>、もし<ruby>分<rt>わ</rt></ruby>かれば<ruby>薬<rt>くすり</rt></ruby>・<ruby>食<rt>た</rt></ruby>べ<ruby>物<rt>もの</rt></ruby>の<ruby>名前<rt>なまえ</rt></ruby>を<ruby>お書<rt>おか</rt></ruby>きください。
　　　（<ruby>薬<rt>くすり</rt></ruby>の<ruby>名前<rt>なまえ</rt></ruby>　　　　　　　　　）
　　　（<ruby>食<rt>た</rt></ruby>べ<ruby>物<rt>もの</rt></ruby>の<ruby>名前<rt>なまえ</rt></ruby>　　　　　　　）

（４）<ruby>今<rt>いま</rt></ruby>まで<ruby>大<rt>おお</rt></ruby>きな<ruby>病気<rt>びょうき</rt></ruby>にかかったことがありますか。
　　　□はい（<ruby>病気<rt>びょうき</rt></ruby>の<ruby>名前<rt>なまえ</rt></ruby>　　　　　　）　□いいえ

＊ご<ruby>協力<rt>きょうりょく</rt></ruby>ありがとうございました。
<ruby>順番<rt>じゅんばん</rt></ruby>が<ruby>来<rt>き</rt></ruby>ましたら、お<ruby>呼<rt>よ</rt></ruby>びいたしますので、お<ruby>待<rt>ま</rt></ruby>ちください。

問題7

右頁是一張初診單。請在閱讀後回答下列問題。請從選項1・2・3・4當中選出一個最恰當的答案。

[翻譯]

問診單

初診病患填用

請回答下列問題

看診日：令和＿＿年＿＿月＿＿日

【基本資料】
○ 姓名＿＿＿＿＿＿＿＿＿（男・女）
○ 出生年月日 ＿＿＿＿年＿＿月＿＿日（＿＿歲）
○ 住址＿＿＿＿＿＿＿＿＿＿＿＿＿＿＿＿＿＿
○ 電話號碼 （＿＿）＿＿＿＿＿＿＿＿＿（家）
＿＿＿＿＿＿＿＿＿（手機）

....

【問題】
（1）請問您今天是因為什麼症狀前來看病？請盡可能地詳細描述。
（例）發燒、頭痛
（　　　　　　　　　　　　　）
（2）請問您有食欲嗎？
□有　　□無
（3）請問您有藥物或食物所引起的過敏病史嗎？
□有　　□無
回答「有」的病患，如有確定的藥物、食物請寫下。
（藥物名稱　　　　　　　）
（食物名稱　　　　　　　）
（4）請問您至今有罹患過重大疾病嗎？
□有（疾病名稱　　　　　　　）□無
＊ 感謝您的填寫。
輪到您看病時，我們會通知您，敬請稍候。

38 張先生發了高燒，今天第一次來這家醫院。請問下列哪個選項<u>不一定要</u>寫在問診單上呢？

1 現在什麼也不想吃
2 之前曾經骨折住院
3 現在在發燒
4 來看病的日期

[解題]

❶ 選項1「今、何も食べたくないこと」。
解析：此問題直接詢問食欲狀況，因此如果患者沒有食欲，這應該在問診單上表示為「いいえ」，因此需要填寫。
關鍵句：「（2）食欲はありますか」。

❷ 選項2「前に骨折して入院したこと」。
解析：這個問題詢問是否曾經患過大病。骨折雖然嚴重但不屬於病症範疇，通常被視為意外或傷害，所以不需要在這個項目下填寫骨折事項，這是可以不用填寫的項目。
關鍵句：「（4）今まで大きな病気にかかったことがありますか」。

❸ 選項3「今、熱があること」。
解析：此問題直接詢問當天的具體症狀，因此患者應該在這裡填寫「熱がある」（有發燒），所以必須填寫。
關鍵句：「（1）今日はどのような症状でいらっしゃいましたか」。

❹ 選項4「病院に来た日にち」。
解析：這個選項要求患者填寫來診的日期。問診單上的資料欄「診察を受けた日：令和　　年　　月　　日」要求患者記錄診察日期，這是填寫問診單的基本要求。因此，選項4是與問診單問題直接相關的，需要填寫。
關鍵句：「診察を受けた日：令和　　年　　月　　日」。

「動詞未然形＋なくてもいい」（不…也行）表示允許不用做某種行為。副詞「できるだけ」意思是「盡可能地」。「～たら」（如果…）表示確定條件，表示前項發生的話，後項也會跟著實現，或是要採取後項的行動。

|**答案：2**

39--

39 張先生從小吃雞蛋就感到身體不適。這件事要寫在第幾個問題才好呢？

1（1）
2（2）
3（3）
4（4）

[解題]

1 選項1「（1）今日はどのような症状でいらっしゃいましたか」。
解析：這個問題詢問的是今天來診所的具體症狀，與張先生長期的食物過敏問題不相符，因此不是正確選項。
關鍵句：「（1）今日はどのような症状でいらっしゃいましたか」。

2 選項2「（2）食欲はありますか」。
解析：這個問題僅問及目前的食欲狀況，並非詢問是否有食物導致的不適，因此也不是正確選項。
關鍵句：「（2）食欲はありますか」。

3 選項3「（3）これまでに薬や食べ物でアレルギー症状を起こしたことがありますか」。
解析：這個問題直接詢問是否有過藥物或食物引起的過敏反應，完全符合張先生從小對雞蛋產生不適的情況，因此這是正確的選項。
關鍵句：「（3）これまでに薬や食べ物でアレルギー症状を起こしたことがありますか」。

4 選項4「（4）今まで大きな病気にかかったことがありますか」。
解析：這個問題詢問的是過去是否有嚴重疾病的歷史，與食物過敏無關，因此不是正確選項。
關鍵句：「（4）今まで大きな病気にかかったことがありますか」。

答案：3

重要單字

□ 初めて（第一次，初次）
□ 問診票（問診單）
□ 診察（診斷）
□ 受ける（接受）
□ 基本（基本；基礎）
□ 携帯（手機）
□ 症状（症狀）
□ いらっしゃる（〈来る、行く、いる的尊敬語〉來；去；在）

□ 食欲（食欲）
□ アレルギー（過敏）
□ 起こす（引起；發生）
□ 協力（協助；幫忙）
□ 順番（順序）
□ 骨折（骨折）
□ 日にち（日期）
□ 気分が悪い（不舒服）

第三回 | **285**

日本語能力試験 N3

讀解・第四回

問題4

つぎの（1）から（4）の文章を読んで、質問に答えなさい。答えは1・2・3・4から最もよいものを一つえらびなさい。

（1）

これは、高橋先生のゼミの学生に届いたメールである。

あて先	takahasi@edu.jp
件名	次のゼミ合宿（注）について
送信日時	2020年9月3日

　　ゼミ合宿の日にちが、9月29、30日に決まりました。希望する人の多かった22、23日は、合宿所が一杯で予約が取れませんでした。どうしても参加できない人は、5日までに山本にお電話ください。

　　合宿では、皆さんが翻訳してきたテキストをもとに、話し合いをします。話し合いの前に、一人10分ずつ発表してもらいますので、準備を忘れないようお願いします。担当するページは前に決めた通りです。翻訳文が全てそろわないと話し合いができませんので、参加できない人は、自分が担当した分の翻訳文を、必ず14日までにメールで高橋先生に送ってください。

山本　090-0000-0000

（注）合宿：複数の人が、ある目的のために同じ場所に泊まって、いっしょに生活すること

24

このメールを見て、合宿に参加しない人は、どうしなければならないか。

1　山本さんに電話して、自分の翻訳文を高橋先生にメールで送る。

2　高橋先生に電話して、自分の翻訳文を山本さんにメールで送る。

3　山本さんに電話して、みんなの翻訳文を全てそろえて高橋先生に
　　メールで送る。

4　翻訳文が全てそろわないと、話し合いができないので、必ず参加
　　しなければならない。

(2)

大学の入学試験を受けたあと、次の通知を受け取った。

受験番号　00000
○○××殿

　　　　　　　　　　　　　　　　　　　　　　　　　　　　○○大学

大学入学試験結果通知書

　2月に行いました入学試験の結果、あなたは **合格** されましたので、お知らせいたします。

　入学ご希望の方は、別紙に書いてある方法で入学手続きをしてください。理由がなく、期限までに手続きをなさらなかった場合、入学する意思がないものとして処理されます。

　理由があって期限までに手続きができないときは、教務課、担当○○（00-0000-0000）まですぐにご連絡ください。

　　　　　　　　　　　　　　　　　　　　　　　　　2021年3月7日

　　　　　　　　　　　　　　　　　　　　　　　　　　　　　以上

25

上の内容と合うのは、どれか。

1　この通知さえもらえば、手続きをしなくても大学に入学できる。
2　この通知をもらっても、手続きをしなければ入学できない。
3　この通知をもらったら、入学手続きをしないわけにはいかない。
4　この通知をもらったら、この大学に入るほかない。

Track N3-27

(3)

　「将来の生活に関して、何か不安なことがありますか？」と働く女性に質問したところ、約70%が年金や仕事、健康などに関して「不安」を感じていることが分かった。不安なことの内容をたずねると、「いつまで働き続けられるか」「いまの収入で子どもを育てられるか」といった声が寄せられた。さらに、「貯金をするために我慢しているもの」をたずねると、洋服や外食と答えた人が多く、反対に、化粧品代や交際費を節約していると答えた人は少なかった。

26

　上の文の内容について、正しいのはどれか。

1　仕事を続けるために、子どもを育てられない女性がたくさんいる。

2　半分以上の働く女性が、将来の生活に関して不安を持っている。

3　洋服を買ったり、外食をしたりしたため、貯金ができない人が多い。

4　人と付き合うためのお金を節約している人が多い。

（4）

　さあ寝ようとふとんに入ったけれど、体は温まっても、足の先がいつまでも冷たくて、なかなか眠れないという方がいらっしゃると思います。そんな方におすすめなのが、「湯たんぽ」です。「湯たんぽ」は、金属やゴムでできた容器に温かいお湯を入れたものです。これをふとんの中に入れると、足が温まります。靴下をはいて寝るという方もいますが、血の流れが悪くなってしまいますので、あまりおすすめできません。

27

　足の先が冷たくて眠れない人は、どうすればいいと言っているか。

1　「湯たんぽ」をふとんの中に入れて寝る。

2　「湯たんぽ」をふとんの中に入れて、靴下をはいて寝る。

3　「湯たんぽ」の中に足を入れて寝る。

4　「湯たんぽ」がない人は、靴下をはいて寝る。

問題 **4**

請閱讀下列（1）～（4）的文章並回答問題。請從選項 1・2・3・4當中選出一個最恰當的答案。

▼ **(1)** ／ **24**--

[翻譯]

　這是一封寄給高橋老師研討會學生的電子郵件。

收件者	takahasi@edu.jp
標題	關於下次研討會的合宿（注）
寄件日期	2020年9月3日

　　研討會合宿的日期訂在9月29、30日。最多人選的22、23日由於舉辦地點額滿，所以不能預約。無法配合參加的人請在5日前撥通電話給山本同學。

　　合宿當中，會依據大家所翻譯的文件來進行討論。進行討論之前，要先請每個人都各別報告10分鐘，請別忘了準備。個人負責的頁數就像之前決定的那樣。譯文如果不齊全就無法進行討論，所以請沒有參加的人務必在14號之前把自己負責的譯文寄給高橋老師。

山本　090-0000-0000

（注）合宿：一群人為了某種目的一起投宿在某個地方，一起生活

24 看完這封電子郵件，不參加合宿的人應該怎麼做呢？

1 打電話給山本同學，用電子郵件把自己的譯文寄給高橋老師

2 打電話給高橋老師，用電子郵件把自己的譯文寄給山本同學

3 打電話給山本同學，收集所有人的譯文，用電子郵件寄給高橋老師

4 譯文沒有齊全的話就無法討論，所以一定要參加

[解題]

1
　選項1「山本さんに電話して、自分の翻訳文を高橋先生にメールで送る」。
　解析：此選項準確地概括了文中對於無法參加的人的要求，先打電話給山本通知不能參加，然後把負責的翻譯文郵件給高橋老師。
　關鍵句：「どうしても参加できない人は、5日までに山本にお電話ください」。「参加できない人は、自分が担当した分の翻訳文を、必ず14日までにメールで高橋先生に送ってください」。

2
　選項2「高橋先生に電話して、自分の翻訳文を山本さんにメールで送る」。
　解析：此選項的行動對象錯誤，應該先聯繫山本而非高橋老師，並且翻譯文應發給高橋老師而非山本，因此這個選項不正確。
　關鍵句：同上。

3
　選項3「山本さんに電話して、みんなの翻訳文を全てそろえて高橋先生にメールで送る」。
　解析：此選項要求把所有人的翻譯文發給高橋老師，但文中要求只是發送自己的部分，而且沒有提到需要統一發送所有人的翻譯文，因此不正確。
　關鍵句：同上。

4
　選項4「翻訳文が全てそろわないと、話し合いができないので、必ず参加しなければならない」。
　解析：此選項表達了一個錯誤的觀點，文中並未表明譯文沒有齊全的話就無法討論，絕對必須參加，而是提供了，如果無法參加應該採取的行動，因此這個選項不正確。
　關鍵句：同上。

　「～について」（針對…）表示提出某個話題，並就這個話題進行說明。「どうしても～ない」在這邊的意思是「無論怎樣…也」，表示盡了全力卻無法如願。

　「～をもとに」（以…為依據）表示把前項當成依據、材料、基礎，進行後項的動作。「ずつ」（各…）接在數量詞後面，表示平均分配的數量。

　「～よう」（請…）相當於「～ように」，在這邊表示說話者的期望，也可以用來下指令。

|答案：1

重要單字

□ ゼミ（研討會）	□ 予約を取る（預約）
□ 合宿（合宿，共同投宿）	□ どうしても（無論如何也不…）
□ 合宿所（合宿處）	□ テキスト（文件）

▼ (2) ／ 25

大學入學考試後收到了下面這份通知。

准考證編號　00000

○○××先生／小姐

○○大學

大學入學考試結果通知

在此通知您 2 月的入學考試結果為 **合格錄取**。

若您有意願入學，請依照附件上的方法辦理入學手續。若無端未於期限內完成手續，則視為無入學意願。

如有特殊原因以致無法在期限內辦理手續，請立即與教務處負責人○○（00-0000-0000）聯絡。

2021年 3 月 7 日

僅此證明

25 下列選項哪一個符合上述內容？

1 只要有了這張通知單，不用辦理手續也可以就讀大學

2 即使收到這張通知單，不辦理手續的話還是無法入學

3 收到這張通知單後就一定要辦理入學手續

4 收到這張通知單後就一定要進入這所大學就讀

［解題］

❶ 選項1「この通知さえもらえば、手続きをしなくても大学に入学できる」。

解析：這個選項是錯誤的。這個選項暗示收到通知後無需進行任何手續就可入學。但文中明確指出若未在期限內完成手續將視為無意入學，因此收到通知後還必須進行正式的入學手續。

關鍵句：「入学ご希望の方は、別紙に書いてある方法で入学手続きをしてください。理由がなく、期限までに手続きをなさらなかった場合、入学する意思がないものとして処理されます」。

❷ 選項2「この通知をもらっても、手続きをしなければ入学できない」。

解析：此選項正確。根據通知的內容，必須依照指示完成入學手續，否則將不會被錄取為正式學生。

關鍵句：同上。

❸ 選項3「この通知をもらったら、入学手続きをしないわけにはいかない」。

解析：這個選項暗示無法避免進行入學手續，但文中表明這是基於個人意願，如果希望入學則需要進行手續。因此，這種表述略顯不準確。

關鍵句：同上。

❹ 選項4「この通知をもらったら、この大学に入るほかない」。

解析：此選項暗示了一種被迫的情形，即收到通知後必須選擇該大學。然而，根據關鍵句，通知僅是一個機會，並未強制要求學生一定選擇該大學，而是提供了完成入學手續的選擇。因此，這個選項的描述誤導了讀者，不符合文中的描述。

關鍵句：同上。

「～結果」（…結果）表示某件事情所帶來的最終狀態。「～場合」（…時）是假設用法，表示某種情況發生的時候。

「さえ～ば」意思是「只要…的話」，表示一種假定條件。「～たら」（如果…）是假定用法，表示前項發生的話，後項也會跟著實現，或是要採取後項的行動。

答案：2

重要單字

□ 入学試験（入學考，入學測驗）
にゅうがく しけん

□ 受験番号（准考證號碼）
じゅけんばんごう

□ 殿（接於姓名之後以示尊敬）
どの

□ 別紙（附加用紙）
べっし

□ 手続き（手續）
てつづ

□ 期限（期限）
き げん

□ 意思（意願）
い し

□ 処理（處理，辦理）
しょり

□ 教務課（教務處）
きょうむ か

□ さえ～ば（只要…〈就〉…）

□ ～わけにはいかない（不能…，不可…）

□ ほかない（只好…，只有…）

[翻譯]

　　訪問上班族女性「對於將來的生活，有沒有什麼不安的地方？」，結果大約有70%的人對於年金、工作和健康感到「不安」。詢問這些人不安的具體內容，有些人表示「不知能工作到何時」、「憑現在的收入不知養不養得起小孩」。再進一步地詢問這些人為了存錢正在節省什麼，多數人回答服裝和外食。反之，只有少數人表示自己在節省化妝品費用和交際費。

26 針對上面這篇文章，下列敘述何者正確？

1 為了繼續工作，有很多女性無法扶養小孩
2 超過半數的上班族女性對於生活感到不安
3 有很多人會治裝、外食，所以存不了錢
4 有很多人省下維持人際關係的費用

[解題]

①
選項1「仕事を続けるために、子どもを育てられない女性がたくさんいる」。
解析：這個選項暗示許多女性因為工作的需求而無法兼顧育兒，但文中並未提供足夠的證據支持這一點。文中只提到對於「憑現在的收入不知養不養得起小孩」的疑慮，並沒有明確指出大量女性因工作而無法養育孩子。因此，這個選項將文中信息擴展過度，不符合文中的描述。
關鍵句：「いまの収入で子どもを育てられるか」。

②
選項2「半分以上の働く女性が、将来の生活に関して不安を持っている」。
解析：這個選項準確地反映了調查結果，指出約70%的女性對未來的生活（包括年金、工作、健康等）感到不安。這個數字遠超過一半。
關鍵句：「約70%が年金や仕事、健康などに関して『不安』を感じていることが分かった」。

③
選項3「洋服を買ったり、外食をしたりしたため、貯金ができない人が多い」。
解析：此選項誤解了原文。文中並未直接表明因為購買衣服和外食，導致無法儲蓄，而是說這些是被犧牲來進行儲蓄的項目。
關鍵句：「洋服や外食と答えた人が多く」。

④
選項4「人と付き合うためのお金を節約している人が多い」。
解析：此選項表示許多人節省交際與化妝費用與文中信息相反，原文明確表示很少人節約化妝品或交際費。
關鍵句：「化粧品代や交際費を節約していると答えた人は少なかった」。

「名詞＋に関して」可以翻譯成「關於…」、「就…」，是文章用語。表示針對前項進行探討、評價、研究、發表、詢問…等動作。「動詞た形＋ところ」表示在做某件事情的同時發生了其他事情，或是做了某件事情之後的結果。中文可以翻譯成「…結果」、「…時」。

　　「～ことが分かった」意思是「可以得知…」。「～といった」（…之類的）和「などの」（…等等）意思差不多，用來從複數事物當中列舉幾個出來。有時也會用「～などといった」這樣的形式。

　　「～声が寄せられる」意思是「得到了…的迴響」。「～ために」（為了…）表示為了達到某種目的而積極地採取後項行動。「反対に」意思是「相反地」。

　　「～について」（針對…）表示提出某個話題，並就這個話題進行說明。和「不安を持つ」（抱持不安）意思相近的表現還有「不安がある」（懷有不安）、「不安を感じる」（感到不安）、「不安になる」（擔心起來）。

|答案： 2

重要單字

□ 年金（退休金）
□ 収入（收入）
□ 声が寄せられる（發聲表示，訴説）
□ 貯金（積蓄）
□ 我慢（忍耐）
□ 外食（外食，在外用餐）

□ 化粧品（化妝品）
□ ～代（…的費用）
□ 交際費（應酬費）
□ 節約（節省）
□ 付き合う（交往，交際）
□ ～に関して（關於…）

▼ (4) ／ 27

[翻譯]

　　有些人躺進被窩準備要睡覺，即使身體暖和，可是腳丫子卻一直冷冰冰的，怎樣也睡不著。我要推薦「熱水袋」給這些人。「熱水袋」是在金屬或橡膠製成的容器裡放入熱水的東西。把這個放入被窩當中，腳會感到暖和。雖然有些人會穿襪子睡覺，但這樣會導致血液循環不好，我不太贊成這樣的做法。

27 作者認為腳丫子冰冷睡不著的人應該怎麼做才好呢？

1 把「熱水袋」放入被窩睡覺

2 把「熱水袋」放入被窩，穿著襪子睡覺

3 把腳放入「熱水袋」睡覺

4 沒有「熱水袋」的人要穿襪子睡覺

[解題]

1 選項1「『湯たんぽ』をふとんの中に入れて寝る」。
解析：此選項正確描述了文章中建議的方法，即將裝有熱水的「熱水袋」放入被窩中以幫助腳部保暖。
關鍵句：「『湯たんぽ』をふとんの中に入れると、足が温まります」。

2 選項2「『湯たんぽ』をふとんの中に入れて、靴下をはいて寝る」。
解析：這個選項混合了正確的建議（使用「熱水袋」）和不建議的行為（穿著襪子）。因此，這個選項的建議與文中部分矛盾，不完全正確。
關鍵句：「血の流れが悪くなってしまいますので、あまりおすすめできません」。

3 選項3「『湯たんぽ』の中に足を入れて寝る」。
關鍵句：文中沒有提到將腳放進「熱水袋」的方法，而是說將「熱水袋」放入被窩以增加溫暖。因此，這個選項描述的方法與文中描述不符。
關鍵句：これをふとんの中に入れると、足が温まります」。

4 選項4「『湯たんぽ』がない人は、靴下をはいて寝る」。
解析：雖然穿襪子似乎是一個選項，但文章明確表示這樣做不太推薦，因為會影響血液循環。選項4中的建議與文中的建議相矛盾。
關鍵句：「靴下をはいて寝るという方もいますが、血の流れが悪くなってしまいますので、あまりおすすめできません」。

感嘆詞「さあ」在這邊是表示催促或邀請的發語詞，可以翻譯成「來吧」。「いつまでも」（不管到何時都…），表示某件事情或某個狀態沒有完畢的時候。「～におすすめです」意思是「推薦給…」，也可以說「～におすすめします」。

|答案：1

重要單字

☐ さあ（表決心或重述事情的用語）　　☐ ゴム（橡膠）

☐ なかなか（怎麼也無法…〈後接否定〉）　☐ 容器（容器）

☐ 湯たんぽ（熱水袋）　　　　　　　　☐ 血の流れ（血液循環）

☐ 金属（金屬）

［讀解・第四回］

Track N3-29

問題5

つぎの（1）と（2）の文章を読んで、質問に答えなさい。答えは、1・2・3・4から最もよいものを一つえらびなさい。

（1）

「楽は苦の種、苦は楽の種」という言葉があります。「今、楽をすれば後で苦労することになり、今、苦労をしておけば後で楽ができる」という意味です。

子どものころの夏休みの宿題を思い出してみてください。休みが終わるころになってから、あわててやっていた人が多いのではないでしょうか。先に宿題を終わらせてしまえば、後は遊んで過ごせることは分かっているのに、夏休みになったとたんに遊びに夢中になってしまった経験を、多くの人が持っていると思います。

人は誰でも、嫌なことは後回し（注）にしたくなるものです。しかし、たとえ①そのときは楽ができたとしても、それで嫌なことを②やらなくてもよくなったわけではありません。

苦しいことは、誰だっていやなものです。しかし、今の苦労はきっとよい経験となり、将来幸せを運んでくれると信じて乗り越えてください。

（注）後回し：順番を変えてあとにすること

28

①そのときとあるが、ここではどんなときのことを言っているか。

1 子どものとき

2 夏休み

3 自分の好きなことをしているとき

4 宿題をしているとき

29

②やらなくてもよくなったわけではありませんとあるが、どういうことか。

1 やってもやらなくてもよい。

2 やりたくなったら、やればよい。

3 やらなくてもかまわない。

4 いつかは、やらないわけにはいかない。

30

「楽は苦の種、苦は楽の種」の例として、正しいのはどれか。

1 家が貧しかったので、学生時代は夜、工場で働きながら学んだが、今ではその経験をもとに、大企業の経営者になった。

2 ストレスがたまったので、お酒をたくさん飲んだら楽しい気分になった。

3 悲しいことがあったので下を向いて歩いていたら、お金が落ちているのに気がついた。

4 家が金持ちなので、一度も働いたことがないのに、いつもぜいたくな生活をしている。

この文章で一番言いたいことは何か。

1　楽しみと苦しみは同じ量あるので、どちらを先にしても変わらない。

2　今の苦労は将来の役に立つのだから、嫌なことでも我慢してやる
　　方がよい。

3　夏休みの宿題は、先にする方がよい。

4　楽しみや苦しみは、その人の感じ方の問題である。

Track N3-30

(2)

　「ばか（注）とはさみは使いよう」という言葉があります。「使いよう」は、「使い方」のことです。これは、「古くて切れにくくなったはさみでも、うまく使えば切れないことはない。それと同様に、たとえ頭の良くない人でも、使い方によっては役に立つ」という意味です。

　どんな人にも、できることとできないこと、得意なことと苦手なことがあります。人を使うときには、その人の能力や性格に合った使い方をすることが大切です。会社であなたの部下が、あなたの期待したとおりに仕事をすることができなかったとしても、それはその人がまじめにやらなかったからとか、頭が悪いからとは限りません。一番の責任は、その人に合った仕事を与えなかったあなたにあるのです。

　（注）ばか：頭が悪い人

32

　期待したとおりに仕事をすることができなかったときは、誰の責任が一番大きいと言っているか。

1　その人にその仕事をさせた人

2　その仕事をした人

3　その仕事をした人とさせた人の両方

4　誰の責任でもない

33 この文章を書いた人の考えに、もっとも近いのはどれか。

1　人を使うときには、期待したとおりに仕事ができなくても当然だと思うほうがいい。

2　頭の良くない人でも、うまくはさみを使うことができる。

3　人を使う地位にいる人は、部下の能力や性格をよく知らなければならない。

4　人を使うときには、まず、はさみをうまく使えるかどうかを確かめるほうがいい。

問題5

請閱讀下列（1）和（2）的文章並回答問題。請從選項1・2・3・4當中選出一個最恰當的答案。

▼ **(1)**--

[翻譯]

　　有句話叫「先甘後苦，先苦後甘」。意思是「現在輕鬆的話之後就會辛苦。現在辛苦的話之後就可以輕鬆」。

　　請回想一下小時候的暑假作業。有很多人都是等到假期快結束了，才急急忙忙寫作業。明知道先把作業寫完，之後就可以遊玩過日子了，但是暑假一到就完全沉迷於玩樂之中，相信大家都有這樣的經驗。

　　每個人都想把討厭的事物拖到最後（注）。可是，即使①當時是輕鬆快樂的，②也不代表就可以不用做討厭的事情。

　　辛苦的事物誰都不喜歡。但請相信現在的辛勞一定會成為良好的經驗，且將來會為自己帶來幸福，克服它吧！

（注）拖到最後：改變順序延到後面

▼ **(1)** ／ **28**--

28 文中提到①當時，這裡是指什麼時候呢？

1 小時候
2 暑假
3 做自己喜歡做的事的時候
4 做作業的時候

這篇文章的話題一直環繞在「先苦後甘」上面。各段落的主旨如下表所示：

第一段	以諺語來破題，點出主題「先苦後甘」。
第二段	以暑假作業為例子，幫助讀者理解。
第三段	話題轉到「先甘後苦」上。
第四段	作者勉勵大家要有「先苦後甘」的精神。

1 選項1「子どものとき」。
解析：雖然文中提到了孩童時期的夏假作業情境，但「そのとき」（當時）的上下文並非專指孩童時期本身，而是指在某一特定情況下的行為或決定。因此，選項1雖然提到了相關時期，但並不完全符合問題的具體要求，因為它沒有涵蓋文中提及的特定行為。

2 選項2「夏休み」。
解析：文中確實提及了「暑假」期間的作業，但「そのとき」（當時）的表述並不是僅限於暑假本身，而是更廣泛地指一個行為發生的時刻。因此，選項2僅提及了暑假，但沒有涵蓋問題要求的更廣泛情境。

3 選項3「自分の好きなことをしているとき」。
解析：此選項正確對應到文中描述，即使能夠在那個時候獲得短暫的樂趣，也無法徹底解決討厭的事情。此句子指的是推遲討厭的事情來享受當下的快樂。
關鍵句：「人は誰でも、嫌なことは後回しにしたくなるものです」。和「たとえそのときは楽ができたとしても」。

4 選項4「宿題をしているとき」。
解析：雖然做家庭作業是文中的一個例子，並且作為推遲行為的說明，但「そのとき」（當時）在文中的使用並不是指做家庭作業本身的時刻，而是指選擇推遲這項家庭作業，轉而去做其他事的時候。因此，選項4並沒有完全捕捉到文中對「そのとき」的意涵。

> 「用言仮定形+ば」（如果…）表示一種假設條件，滿足前項條件就能得到後項的結果。接續詞「のに」表示前項和後項不相應或是不合邏輯，有時還帶有一種惋惜或責備的語氣，可以翻譯成「明明…」、「卻…」。

答案：3

▼ **(1)／29**---

29 文中提到②也不代表就可以不用做，這是指什麼呢？

1 可以做也可以不做
2 想做的時候再做
3 不用做也沒關係
4 總有一天必須要做

[解題]

❶
選項1「やってもやらなくてもよい」。
解析：這個選項暗示了一種選擇性，好像說這件事情做不做都可以，但原文表示的是即使當時選擇了輕鬆的方式，最終還是不能完全避免做那件事，因此選項1是錯誤的。
關鍵句：「やらなくてもよくなったわけではありません」。

❷
選項2「やりたくなったら、やればよい」。
解析：這個選項提倡了一種隨意的態度，好像說只有在自己想做的時候才去做這件事。但原文的關鍵句表明，儘管可以暫時推遲，這件事最終是不可避免的。因此，選項2的建議與原文的意義相悖，不符合原文意思。
關鍵句：同上。

❸
選項3「やらなくてもかまわない」。
解析：這個選項給出了完全可以避免做這件事的印象，但這與原文的描述正相反。關鍵句指出並非因為推遲了就可以永遠避免，顯示最終還是需要面對這件事。因此，選項3的說法是錯誤的。
關鍵句：同上。

❹
選項4「いつかは、やらないわけにはいかない」。
解析：這個選項完美地對應了原文的核心意義，即不論現在是否選擇輕鬆一時，那些不想做的事情最終還是必須要處理。因此，選項4直接反映了原文的主要觀點，是正確的。
關鍵句：同上。

> 「～ものだ」在這邊表示前項是一個常理、社會習慣或普遍的行為，可以翻譯成「難免…」、「本來就是…」。「～たら」（如果…）是假定用法，表示前項發生的話，後項也會跟著實現，或是要採取後項的行動。

> 「かまわない」前面經常接「ても」或「でも」，表示「即使…也沒關係」。「～ないわけにはいかない」（不能不…）表示受限於常識、社會規範…等等，於情於理都必須要做某件事情才行。

答案：4

▼ (1) ／ 30 -

30 下列選項當中哪一個是「先甘後苦，先苦後甘」的例子？

1 以前家裡很窮，所以學生時代，晚上在工廠邊工作邊學習，現在以當時的經驗為基礎，成為大公司的老闆
2 累積壓力後喝了很多酒，感覺很開心
3 發生了難過的事情，所以臉朝下走路，結果發現地上有人掉了錢
4 家裡很有錢，從來沒工作過，卻可以一直過著奢侈的生活

[解題]

1 選項1「家が貧しかったので、学生時代は夜、工場で働きながら学んだが、今ではその経験をもとに、大企業の経営者になった」。

解析：這個選項描述了一位學生時代由於家庭貧窮而夜間工作，經歷了辛勞，最終成為大公司的經營者。這完美符合諺語「楽は苦の種、苦は楽の種」的意義，即通過早期的努力和犧牲，最終獲得了成功和舒適的生活。這是一個典型的「先苦後甘」的例子。

2 選項2「ストレスがたまったので、お酒をたくさん飲んだら楽しい気分になった」。

解析：這個選項描述了因應壓力而透過飲酒來尋求短暫的愉快感受。然而，這並非涉及透過長期的努力來獲得持久的好處。此選項描繪的是一種逃避或即時的解決方式，與「先苦後甘」的概念相悖。

3 選項3「悲しいことがあったので下を向いて歩いていたら、お金が落ちているのに気がついた」。

解析：此選項描述了一種偶然的幸運，發現錢物的經歷是意外而非由於個人努力或選擇的結果。這與「先苦後甘」或透過努力獲得的正面結果相去甚遠，因為諺語強調的是通過努力和持久的勞作才能獲得最終的回報。因此，這個選項並不符合諺語的教訓。

4 選項4「家が金持ちなので、一度も働いたことがないのに、いつもぜいたくな生活をしている」。

解析：這個選項描述了一個人因為出生於富裕家庭，而無需經歷工作的辛勞就能享受奢華生活。這種情況完全違背了「先苦後甘」的理念，該諺語意味著只有經過努力和困難才能達到享受的階段。因此，這個選項同樣不符合諺語的核心教訓。

> 「～をもとに」（以…為依據）表示把前項當成依據、材料、基礎，進行後項的動作。「お金が落ちている」用來描述「錢掉在地上」的景象、狀態。「一度も」下面接否定表現，表示從來都沒有做過、發生過某件事，可以翻譯成「一次也沒…」。

> 「ストレスがたまる」意思是「累積壓力」。另外，「ストレス」是指內心有的壓力，是一種心理狀態，也就是英文的 "stress"，如果是外在的精神壓力，那就是「プレッシャー」（pressure），「施壓」就是「プレッシャーをかける」。

|答案：1

▼ (1) ／31--

31 這篇文章當中作者最想表達的是什麼？

1 享樂和辛苦都是同量的，不管哪個先做都不會有所改變

2 現在的辛勞對將來是好事，所以再討厭的事情都要忍耐地做

3 暑假作業先做比較好

4 享樂和辛苦都是個人的觀感

［解題］

① 選項1「楽しみと苦しみは同じ量あるので、どちらを先にしても変わらない」。

解析：此選項錯誤地假設樂與苦的量相等，並主張先後順序無關緊要。然而，關鍵句「楽は苦の種、苦は楽の種」という言葉強調了先苦後甘的重要性，指出透過先經歷苦難可培養未來的快樂。因此，這個選項與文章中的主旨不符。

關鍵句：「楽は苦の種、苦は楽の種」。

② 選項2「今の苦労は将来の役に立つのだから、嫌なことでも我慢してやる方がよい」。

解析：這個選項是對文章主旨的精確表達。文章透過「楽は苦の種、苦は楽の種」的說法及其解釋，以及使用暑假作業作為例子，強調了當下的努力和苦難將帶來未來的便利和幸福。這個選項很好地體現了文章想傳達的哲理，是最符合文章主旨的選擇。

關鍵句：「楽は苦の種、苦は楽の種」。

③ 選項3「夏休みの宿題は、先にする方がよい」。

解析：雖然文章利用暑假作業來作為例子，此選項指出在具體情境中應該先處理作業以避免日後的壓力，但它只涵蓋了文章中的一部分情境，未能全面代表文章想傳達的普遍哲理。因此，它雖然正確，但未能全面代表文章想傳達的普遍原則。

關鍵句：「子どものころの夏休みの宿題を思い出してみてください」。

④ 選項4「楽しみや苦しみは、その人の感じ方の問題である」。

解析：此選項將焦點放在個人的主觀感受上，與文章強調的行為和其結果之間的客觀因果關係不相符。關鍵句中表明文章著重通過苦難來達到最終的幸福，而非僅僅是主觀感受的問題。因此，選項4與文章的主旨不相符。

關鍵句：「しかし、今の苦労はきっとよい経験となり、将来幸せを運んでくれると信じて乗り越えてください」。

答案：2

重要單字

□ 楽（らく）（輕鬆）

□ 苦労（くろう）（辛苦，辛勞）

□ 過ごす（す）（過日子，過生活）

□ 夢中になる（むちゅう）（沉溺）

□ 幸せ（しあわ）（幸福）

□ 乗り越える（の こ）（克服）

□ 貧しい（まず）（貧窮的）

□ 大企業（だいきぎょう）（大企業，大公司）

□ 経営者（けいえいしゃ）（經營人）

□ ストレスがたまる（累積壓力）

□ ぜいたく（奢侈）

□ 楽しみ（たの）（享樂）

□ 苦しみ（くる）（吃苦，辛苦）

□ 役に立つ（やく た）（對…有幫助）

□ ～とたんに（一…就…，剛…立刻就…）

□ たとえ～ても（即使…也…）

□ ～だって（即使…也〈不〉…）

▼ (2)--

[翻譯]

　　有句話叫「笨蛋（注）和剪刀端看使用方式」。「使用方式」指的是「用法」。意思是說，「用舊的鈍剪刀只要使用得巧，沒有剪不斷的東西。同樣地，頭腦再怎麼不好的人，依據用人方式不同也能有用武之地」。

　　不管是什麼樣的人，都有辦得到的事和辦不到的事，也有擅長的事和不擅長的事。用人時最重要的就是要針對那個人的能力和個性。即使公司屬下無法依照你的期望來做事，也有可能是因為他做事不認真，不一定是因為他頭腦不好。最大的責任是在於你無法給那個人適合他的工作。

　　（注）笨蛋：頭腦不好的人

▼ (2) ／ 32--

32 作者認為無法依照你的期望來做事的時候，誰的責任最大？

1 給那個人那項工作的人
2 做那項工作的人
3 給工作的人和做工作的人，兩者皆是
4 沒有人應該負責

[解題]

1
　　選項1「その人にその仕事をさせた人」。
　　解析：根據文章，如果部下不能如期望完成工作，這並不全因為他們不認真或能力不足，而是因為未被賦予適合其能力和性格的工作。因此，負責任的是分配工作的上司，即「その人にその仕事をさせた人」。選項1「安排工作的人」直接對應這個理念。
　　關鍵句：「一番の責任は、その人に合った仕事を与えなかったあなたにあるのです」。

2
　　選項2「その仕事をした人」。
　　解析：雖然直接完成工作的人可能有部分責任，但文章強調最主要的責任在於工作是否被分配給了對的人。因此，這個選項不完全符合問題所求的「一番大きい責任」（最大的責任）。

3
　　選項3「その仕事をした人とさせた人の両方」。
　　解析：這個選項暗示了雙方都有一定的責任，但文章中特別強調了分配工作的人的責任更為重大，因此這個選項未能精確捕捉到文章中的主旨。

4 選項4「誰の責任でもない」。
解析：這個選項暗示了雙方都沒有責任，但文章明確指出了責任問題，指責了未能根據員工的特質，合理分配工作的管理者。因此，這個選項與文章的訊息不符。

「動詞ます形＋よう」表示做這個動作的樣子、方法。「〜によって」（依照⋯）表示依據的方法、手段，文章當中可以寫成「〜により」。「それと同様に」（同樣地）也可以用「それと同じように」來取代。

「たとえ」（即使）是假定用法，後面常接「ても」、「でも」、「とも」等逆接表現，表示前項即使成真，也不會影響到後項的結果。

「〜ことが大切だ」（⋯是很重要的）也可以改寫成「大切なのは〜ことだ」（重要的是⋯）。「用言た形＋としても」（就算⋯也⋯）是假定用法，表示前項就算成立了也不會影響到後項的發展，強調的語氣比「ても」還來得重一些。

「とか」（像是⋯啦）用在列舉，是口語說法。「〜とは限らない」（不一定⋯）表示事情不能完全這樣斷定，有其他的可能性。

|答案： 1

▼ **(2) ／ 33**--

33 下列選項當中哪一個最接近這篇文章作者的想法？

1 用人時最好要知道無法順應期待工作是理所當然的事情
2 即使是頭腦不好的人都能夠巧妙地使用剪刀
3 位居上位用人的人，一定要熟知下屬的能力和個性
4 用人時首先要先確定對方能不能巧妙地使用剪刀

［解題］

1 選項1「人を使うときには、期待したとおりに仕事ができなくても当然だと思うほうがいい」。
解析：這個選項提出了一個假設性的態度，認為員工未達預期應被視為常態，但文章實際上強調的是管理者需要理解部下的能力和特質，並非一味接受低效能。因此，這個選項與文章的主旨不符。
關鍵句：「それはその人がまじめにやらなかったからとか、頭が悪いからとは限りません」。

2 選項2「頭の良くない人でも、うまくはさみを使うことができる」。
解析：這個選項使用了文章中的比喻（剪刀），但僅限於字面意義上的技能，沒有觸及文章主旨關於適當評估和利用每個員工獨特能力的更深層次意義。因此，這個選項未能捕捉到文章關於人力管理的核心思想。故不符合問題所問的「もっとも近いのはどれか」。

3 選項3「人を使う地位にいる人は、部下の能力や性格をよく知らなければならない」。

解析：此選項直接反映了文章的主旨，即管理者應根據員工的特質合理分配工作，完全符合文章中的關鍵句。這個選項正確地表達了有效管理的核心要素，即理解和適當利用部下的特質和能力。

關鍵句：「人を使うときには、その人の能力や性格に合った使い方をすることが大切です」。

4 選項4「人を使うときには、まず、はさみをうまく使えるかどうかを確かめるほうがいい」。

解析：此選項錯誤地將「はさみ」這一比喻字面化，將其解讀為具體的技能評估，而文章中的比喻意在強調，應根據每個人的獨特能力來安排合適的工作，而非僅僅是技能的直接測試。因此，這個選項未能準確捕捉文章的核心訊息。

「〜に近い」意思是「和…相近」。「〜とおりに」表示和前項相同的狀態、方法，可以翻譯成「按照…」、「和…一樣」。「〜かどうか」（是否…）帶有不確定的語氣，表示疑惑，或是不知道該如何下判斷。

|答案：3

重要單字

□ はさみ（剪刀）

□ 得意（擅長）

□ 苦手（不擅長）

□ 部下（部屬，屬下）

□ 期待（期待，期望）

□ まじめ（認真）

□ 責任（責任）

□ 両方（兩者，雙方）

□ 当然（理所當然）

□ 地位（位子，地位）

□ 確かめる（確定，確認）

□ 〜によって（根據…；按照…）

□ （動詞普通形／名詞＋の＋）〜とおりに（按照…）

□ 〜とは限らない（不一定是…）

［讀解・第四回］

Track N3-31

問題6

つぎの文章を読んで、質問に答えなさい。答えは、1・2・3・4から最もよいものを一つえらびなさい。

　今、皆さんは、①「光より速いものはない」と教わっているはずですが、これも仮説（注1）でしかないのです。明日、新たな大発見によってその考えが全て変わる可能性があるのです。

　しかし、私たちの常識が仮説でしかない、と自覚（注2）している人はあまりいません。目の前で起きる事件や現象（注3）を全て疑っていると、疲れてしまいます。

　事件や現象については他の人が説明してくれます。それを信じるほうが楽なのです。だから②大部分の人は、他人から教わったことをそのまま納得（注4）しているのです。常識は正しいに決まっている……そんなふうに思っているのです。

　でも、実際は、われわれの頭の中は仮説だらけなのです。そして、昔も今も、それから将来も、そういった仮説はつぎつぎと崩れて修正される運命なのです。そして、③それこそが科学なのです。

　常識が常に正しいと思いこむ（注5）こと、つまり、頭のなかにあるものが仮説だと気がつかないこと、それが「頭が固い」ということなのです。頭が固ければ、ただ皆の意見に従うだけです。逆に、常に常識を疑

う癖をつけて、頭の中にあるのは仮説の集合なのだと思うこと、それが「頭が柔らかい」ということなのです。

(竹内薫『99.9%は仮説 思いこみで判断しないための考え方』より一部改変)

（注1）仮説：ある物事をうまく説明するための一時的な説

（注2）自覚：自分の状態や能力が自分ではっきりと分かること

（注3）現象：人間が見たり聞いたりできるすべてのできごと

（注4）納得：人の考えや説明を正しいと考えて受け入れること

（注5）思いこむ：固く信じる

34

この文章を書いた人は、①「光より速いものはない」という説について、どう考えているか。

1　今は正しいと考えられているが、将来は間違いになる。

2　今は正しいと考えられているが、将来は変わる可能性がある。

3　今は正しいかどうか分からないが、将来は正しいことが証明されるだろう。

4　今は正しいかどうか分からないが、将来は常識になるだろう。

35

②大部分の人は、他人から教わったことをそのまま納得しているのですとあるが、それはなぜだと言っているか。

1 皆が正しいと思っていることを疑うのは良くないことだから。
2 他人から教わったことを疑うのは、人の心を傷つけてしまうから。
3 目の前の事件や現象を全部疑うのは、疲れることだから。
4 目の前の事件や現象を疑うことは禁止されているから。

36

③それこそが科学なのですとあるが、科学とはどういうものだと言っているか。

1 ある現象についての仮説が、新しい発見によって修正されること
2 ある現象についての仮説が、常に正しいと信じること
3 ある現象についての仮説が、常に正しいと皆に信じさせること
4 ある現象についての仮説が、常に間違っていることを新しい発見によって証明すること

37

「頭が固い」と「頭が柔らかい」は、どう違うと言っているか。

1　「頭が固い」は、常識が常に正しいと信じていることで、「頭が柔らかい」は、常識でも疑う気持ちを持っていること

2　「頭が固い」は、皆の意見に従うことで、「頭が柔らかい」は、皆の意見に反対すること

3　「頭が固い」は、常識が常に正しいと信じていることで、「頭が柔らかい」は、常識が常に間違っていると信じていること

4　「頭が固い」は、頭の中にあるものが仮説だと気がつかないことで、「頭が柔らかい」は、頭の中にあるものが常識だと気がつかないこと

問題6

請閱讀下列文章並回答問題。請從選項 1・2・3・4 當中選出一個最恰當的答案。

[翻譯]

現在大家應該都是學到①「沒有比光還更快的東西」，不過這也只是一種假說(註1)。這個想法搞不好明天會根據某個全新大發現而全面更改。

不過，很少人能自覺(註2)自己的常識只是一種假說。全盤懷疑眼前發生的事件或現象(註3)是非常累人的。

事件或是現象都有別人來為我們說明。負責相信它的人比較輕鬆。所以②大部分的人都是別人怎麼教就怎麼接受(註4)。常識肯定是正確的……大家都是這麼覺得。

然而，我們腦中的其實淨是些假說。不管是過去還是現在，甚至是未來，這些假說的命運都是一一地破滅並被修正。而③這就是科學。

深信(註5)常識總是正確的，也就是說沒注意到腦中的東西是假說，這就是所謂的「頭腦僵硬」。頭腦一旦僵硬，就只會順從眾人的意見。反之，如果培養時時懷疑常識的習慣，認定頭腦裡面的東西都是假說，這就是所謂的「頭腦柔軟」。

（節選自竹內薰『99.9%是假說 不靠固執念頭來下判斷的思考方式』，部分修改）

（註1）假說：為了能圓滿解釋某件事物的一時說法

（註2）自覺：自己清楚地明白自己的狀態或能力

（註3）現象：人類能看見、聽見的所有事情

（註4）接受：覺得別人的想法或說明是正確的而接納

（註5）深信：堅定地相信

▼34---

34 這篇文章的作者對於①「沒有比光還更快的東西」這種說法，覺得如何呢？

1 現在覺得是正確的，但將來會是錯的

2 現在覺得是正確的，但將來有可能會改變

3 現在不知道是否正確，但將來會被證明是正確

4 現在不知道是否正確，但將來會成為常識

這篇文章整體是在探討僵硬的思考模式和柔軟的思考模式有什麼不同。各段落的主旨如下表所示：

第一段	我們學到的東西其實只是一種假說，隨時都有可能會被推翻。
第二段	承接上一段，幾乎很少人能意識到這種情形。
第三段	作者指出大部分的人都把學到的東西照單全收，以為那就是正確的常識。
第四段	其實我們的常識都是假說而已。所謂的科學就是假說不斷地被推翻修正。
第五段	沒有意識到腦中知識只是假說，就是頭腦僵硬。懷疑腦中知識的正確性，就是頭腦柔軟。

1 選項1「今は正しいと考えられているが、将来は間違いになる」。
解析：這個選項暗示了目前被接受的科學理論，如「光速最快」將來必定被證明完全錯誤。然而，文章中主要強調的是科學理論的可能變動性，並非它們絕對的錯誤性。因此，選項1過於絕對地否定了現有理論，並未完全符合文章的強調點。

2 選項2「今は正しいと考えられているが、将来は変わる可能性がある」。
解析：此選項精確地對應文章中的主旨，即科學理論，例如「光速最快」，只是基於當前知識的假說，可能會隨著未來新證據和發現而進行調整或重評估。關鍵句直接支持了這一點。因此，選項2非常符合文章的訊息。
關鍵句：「明日、新たな大発見によってその考えが全て変わる可能性があるのです」。

3 選項3「今は正しいかどうか分からないが、将来は正しいことが証明されるだろう」。
解析：這個選項暗示目前「光速最快」的正確性尚未確定，這與文章提到的觀點不完全吻合。文章中強調的是科學理論的不確定性和變動性，而不是預測其最終會被證明正確。

4 選項4「今は正しいかどうか分からないが、将来は常識になるだろう」。
解析：這個選項也提到了目前的不確定性，但預測未來這一理論將成為常識。這與文章的論點相矛盾，文章強調科學知識和常識是不斷變動和進步的，未必會變成未來的常識。

答案：2

▼**35**--

35 文中提到②大部分的人都是別人怎麼教就怎麼接受，請問作者認為原因為何呢？

1 因為懷疑大家覺得是正確的事物，不是件好事
2 因為懷疑別人教導的事物，會傷害別人的心
3 因為懷疑眼前所有的事件和現象會很累
4 因為懷疑眼前的事件和現象是被禁止的

[解題]

❶
選項1「皆が正しいと思っていることを疑うのは良くないことだから」。
解析：這個選項提出了一個觀點，認為懷疑普遍接受的事情是不好的行為。然而，文章中沒有提到對普遍接受的事物持懷疑態度是不好的觀點。因此，這個選項與文章的主旨不符。

❷
選項2「他人から教わったことを疑うのは、人の心を傷つけてしまうから」。
解析：這個選項提到懷疑他人教導的內容可能會導致情感傷害。然而，文章中沒有提及懷疑他人的教導會引起情感傷害，因此這個選項同樣不符合文章中討論的內容。

❸
選項3「目の前の事件や現象を全部疑うのは、疲れることだから」。
解析：這個選項明確指出，懷疑一切會導致疲憊，這是人們傾向於接受而不是質疑的一個原因。這與文章中懷疑一切，易感疲倦的觀點一致，是對為何人們輕易接受他人教導的解釋。
關鍵句：「目の前で起きる事件や現象を全て疑っていると、疲れてしまいます」。

❹
選項4「目の前の事件や現象を疑うことは禁止されているから」。
解析：這個選項提到了懷疑是被禁止的，但文章中並未提及任何關於禁止懷疑事件和現象的規定。因此，這個選項與文章內容無關。

> 「教わる」意思是「受教」、「學到」，它的對義詞是「教える」（教）。「〜に教わる」是「向…學習」，「〜に教える」是「教導…」。「そのまま」（就這樣…）表示不做改變，按照原先的樣子、方式來進行後項的動作。

|答案：3

▼36--

36 文中提到③這就是科學，作者認為科學是什麼呢？

1 某個現象的假説透過新發現而被修正
2 相信某個現象的假説永遠是正確的
3 讓所有人相信某個現象的假説永遠是正確的
4 利用新發現來證明某個現象的假説永遠是錯誤的

[解題]

❶
選項1「ある現象についての仮説が、新しい発見によって修正されること」。
解析：這個選項精確地體現了文章中關於科學進程的描述，指出科學的本質包括假設的不斷修正和更新。文中明確地指出無論在任何時代，科學假設都是在不斷的檢驗和更新中，這支持了選項1的正確性。
關鍵句：「昔も今も、それから将来も、そういった仮説はつぎつぎと崩れて修正される運命なのです」。

② 選項 2「ある現象についての仮説が、常に正しいと信じること」。
解析：這個選項信任某個現象的假設永遠是正確的，與文章中關於科學假設是可變和可修正的核心觀點相矛盾。文章強調科學知識不是靜態的絕對真理，而是隨著新證據和理解的進步不斷變化的。

③ 選項 3「ある現象についての仮説が、常に正しいと皆に信じさせること」。
解析：此選項提出了一種科學推廣的方式，即讓人們相信一個不變的真理。然而，文章強調的是科學知識的不確定性和修正性，表明科學並不旨在讓人們相信某個永恆不變的命題。

④ 選項 4「ある現象についての仮説が、常に間違っていることを新しい発見によって証明すること」。
解解析：此選項暗示科學假設總是存在錯誤，這與文章提出的觀點不符。文章強調假設可能會被修正或更新，但不是說每個假設一定是錯的。

> 「名詞＋だらけ」表示數量很多（全是…），或是分布的面積很大（滿是…），通常用在負面意思。其他常見用法還有「傷だらけ」（全身是傷）、「間違いだらけ」（錯誤百出）、「借金だらけ」（一屁股債）、「ほこりだらけ」（滿是灰塵）。「こそ」直接接在其他語詞後面，用來特別強調前項。可以翻譯成「才是…」、「正是…」。

答案：1

▼ **37**--

37 「頭腦僵硬」和「頭腦柔軟」有什麼不同呢？

1「頭腦僵硬」是指相信常識永遠是正確的，「頭腦柔軟」是指對常識抱持懷疑

2「頭腦僵硬」是指順從眾人意見，「頭腦柔軟」是指反對眾人意見

3「頭腦僵硬」是指堅信常識一直都是正確的，「頭腦柔軟」是指堅信常識一直都是錯誤的

4「頭腦僵硬」是指沒發現腦中事物是假說，「頭腦柔軟」是指沒發現腦中事物是常識

[解題]

① 選項 1「『頭が固い』は、常識が常に正しいと信じていることで、『頭が柔らかい』は、常識でも疑う気持ちを持っていること」。
解析：此選項指出頭腦僵硬者盲信常識，頭腦柔軟者對常識保持質疑，完全符合文章中描述。文章指出「頭腦僵硬」的人未能意識到自己的觀念僅是假設，而「頭腦柔軟」的人則會習慣性地質疑常識，明白這些僅是假設。
關鍵句：「頭が固ければ、ただ皆の意見に従うだけです。逆に、常に常識を疑う癖をつけて、頭の中にあるのは仮説の集合なのだと思うこと、それが『頭が柔らかい』ということなのです」。

2 　選項2「『頭が固い』は、皆の意見に従うことで、『頭が柔らかい』は、皆の意見に反対すること」。
　解析：選項2雖然涵蓋了「順從」與「反對」的概念，但文中並未專注於反對意見作為「頭腦柔軟」的定義，而是更多強調質疑和自我思考。

3 　選項3「『頭が固い』は、常識が常に正しいと信じていることで、『頭が柔らかい』は、常識が常に間違っていると信じていること」。
　解析：這個選項錯誤地將「頭腦柔軟」的定義簡化為認為常識總是錯誤。實際上，文章中「頭腦柔軟」的人對常識保持質疑，這並不等同於認為常識總是錯誤。

4 　選項4「『頭が固い』は、頭の中にあるものが仮説だと気がつかないことで、『頭が柔らかい』は、頭の中にあるものが常識だと気がつかないこと」。
　解析：選項4描述不準確，文章明確指出「頭腦柔軟」的人是意識到自己腦中的觀念僅是假設，而非未意識到是常識。

答案：1

重要單字

□ 光（光，光線）
□ 教わる（學習，受教）
□ 新た（全新的，嶄新的）
□ 発見（發現）
□ 可能性（可能性）
□ 常識（常識，常理）
□ 疑う（懷疑）
□ つぎつぎ（接二連三地）
□ 崩れる（崩毀，破滅）
□ 修正（修正，改正）
□ 運命（命運）

□ 科学（科學）
□ 従う（跟隨，順從）
□ 癖（習慣）
□ 集合（集合）
□ 説（説法）
□ 証明（證明，驗證）
□ 〜はずだ（〈按理説〉應該…）
□ しかない（只有…，只是…）
□ 〜に決まっている（肯定是…）
□ 〜だらけ（全是…，淨是…）
□ 〜こそ（正是…，オ〈是〉…）

[讀解・第四回]

問題7

右のページは、さくら市スポーツ教室の案内である。これを読んで、下の質問に答えなさい。答えは、1・2・3・4から最もよいものを一つえらびなさい。

38

　田中さんは土曜日に、中学生の娘と一緒にスポーツ教室に行きたいと思っている。田中さん親子が二人いっしょに参加できるのはどれか。

　　1　バスケットボールとバドミントンと初級水泳

　　2　バスケットボールとバドミントンと中級水泳

　　3　バレーボールとバドミントンと中級水泳

　　4　バスケットボールと中級水泳と自由水泳

39

　田中さんは、さくら市のとなりのみなみ市に住んでいる。田中さん親子が、水泳教室に参加した場合、二人でいくら払わなければならないか。

　　1　500円

　　2　600円

　　3　800円

　　4　900円

さくら市スポーツ教室のご案内

場所	種目	時間	対象	注意事項
体育館	バレーボール	火・木 18：00〜20：00	中学生以上の方	
	バスケットボール	月・水 18：00〜19：30 土 10：00〜12：00	中学生以上の方	土曜日だけでも参加できます。
	バドミントン	土・日 14：00〜16：00	小学生以上の方	土・日どちらかだけでも参加できます。
プール	初級水泳	月〜木 19：00〜21：00	小学生以上の方	週に何回でも参加できます。
	中級水泳	金・土 18：00〜20：00	中学生以上の方	金・土どちらかだけでも参加できます。
	自由水泳	月〜土 10：00〜17：00 の中の2時間	高校生以上の方	左の時間の中のご都合のよい時間にどうぞ。

・自由水泳以外は、どの種目も専門の指導員がついてご指導いたします。

・料金： 体育館 大人（大学生以上） 350円 （400円）
中学・高校生 150円 （200円）
小学生 100円 （150円）

プール 大人（大学生以上） 500円 （550円）
中学・高校生 300円 （350円）
小学生 150円 （200円）

＊（ ）内は、さくら市民以外の方の料金です。

・プールでは必ず水着と水泳帽を着用してください。

問題7

右頁是櫻花市運動教室的簡章。請在閱讀後回答下列問題。請從選項項1・2・3・4當中選出一個最恰當的答案。

[翻譯]

櫻花市運動教室簡章

地點	種類	時間	對象	注意事項
體育館	排球	二・四 18：00～20：00	國中以上	
	籃球	一・三 18：00～19：30 六 10：00～12：00	國中以上	也可以只參加禮拜六的課程。
	羽球	六・日 14：00～16：00	國小以上	六、日可擇一參加。
游泳池	初級游泳	一～四 19：00～21：00	國小以上	一週內不限上課次數。
	中級游泳	五・六 18：00～20：00	國中以上	五、六可擇一參加。
	自由游泳	一～六 10：00～17：00 之間兩小時	高中以上	左列時段皆可任意使用。

・除了自由游泳以外，每個種類都有專門指導員教導。

・費用： 體育館 大人（大學生以上）　　350圓（400圓）
　　　　　　　　　國、高中生　　　　　150圓（200圓）
　　　　　　　　　小學生　　　　　　　100圓（150圓）
　　　　　游泳池 大人（大學生以上）　　500圓（550圓）
　　　　　　　　　國、高中生　　　　　300圓（350圓）
　　　　　　　　　小學生　　　　　　　150圓（200圓）
　　　　　＊（　　）內是非櫻花市市民的費用。

・游泳池內請務必穿著泳裝、戴泳帽。

38 田中太太禮拜六想和就讀國中的女兒一起去運動教室。田中母女倆能一起參加的項目是什麼呢？

1 籃球、羽球、初級游泳

2 籃球、羽球、中級游泳

3 排球、羽球、中級游泳

4 籃球、中級游泳、自由游泳

[解題]

1

選項1「バスケットボールとバドミントンと初級水泳」。

解析：從表格中可知，籃球和羽毛球的活動都允許「中学生以上の方」（國中以上者）參加，且星期六有課程。然而，初級游泳是每週一至週四的課程，不適用於星期六。

關鍵句：

バスケットボール／月・水18：00〜19：30；土10：00〜12：00／中学生以上の方／土曜日だけでも参加できます。

バドミントン／土・日14：00〜16：00／小学生以上の方／土・日どちらかだけでも参加できます。

初級水泳／月〜木19：00〜21：00／小学生以上の方／週に何回でも参加できます。

2

選項2「バスケットボールとバドミントンと中級水泳」。

解析：籃球和羽毛球符合星期六的時間及對象年齡限制。中級游泳亦於星期五和星期六開課，適合「中学生以上の方」（國中以上者）參加。

關鍵句：

バスケットボール／月・水18：00〜19：30；土10：00〜12：00／中学生以上の方／土曜日だけでも参加できます。

バドミントン／土・日14：00〜16：00／小学生以上の方／土・日どちらかだけでも参加できます。

中級水泳／金・土18：00〜20：00／中学生以上の方／金・土どちらかだけでも参加できます。

3

選項3「バレーボールとバドミントンと中級水泳」。

解析：排球課程僅在星期二和星期四開設，因此不符合田中希望在星期六參加的需求。

關鍵句：

バレーボール／火・木18：00〜20：00／中学生以上の方。

バドミントン／土・日14：00〜16：00／小学生以上の方／土・日どちらかだけでも参加できます。

中級水泳／金・土18：00〜20：00／中学生以上の方／金・土どちらかだけでも参加できます。

4

選項4「バスケットボールと中級水泳と自由水泳」。

解析：自由游泳課程限定於「高校生以上の方」（高中以上者），因此不適合田中的中學生女兒。

關鍵句：

バスケットボール／月・水18：00〜19：30；土10：00〜12：00／中学生以上の方／土曜日だけでも参加できます。

中級水泳／金・土18：00〜20：00／中学生以上の方／金・土どちらだけでも参加できます。
自由水泳／月〜土10：00〜17：00の中の２時間／高校生以上の方／左の時間の中のご都合の
よい時間にどうぞ。

答案：2

▼**39**--

39 田中太太住在櫻花市隔壁的南市。田中母女倆如果參加游泳課，兩人總共要付
多少錢呢？

1 500 圓

2 600 圓

3 800 圓

4 900 圓

〔解題〕

❶
選項１「500円」。
解析：此選項顯然不足以涵蓋田中太太與女兒的水泳費用，因為僅田中太太的費用即
為550圓，遠高於此選項。
關鍵句：
プール／大人（大学生以上）／500円（550円）。

❷
選項２「600円」。
解析：此選項同樣不符合實際計算的結果。從費用表中可知，田中太太和女兒的費用
總和應該是900圓「田中太太550圓＋女兒350圓＝900圓」，600圓明顯太低。
關鍵句：
プール／大人（大学生以上）／500円（550円）。
中学・高校生／300円（350円）。

❸
選項３「800円」。
解析：此選項仍然低於實際所需費用。根據費用表，田中太太需要支付550圓，女兒需
要支付350圓，兩者相加為900圓。
關鍵句：同上。

❹
選項４「900円」。
解析：此選項正確。根據課程費用表，田中太太作為成人需支付550圓，女兒作為中學
生需支付350圓，兩者總和為900圓。
關鍵句：同上。

答案：4

讀解・第一回

Track N2-01

問題 10

次の(1)から(5)の文章を読んで、後の問いに対する答えとして最も良いものを1・2・3・4から一つ選びなさい。

(1)

　日本では、　伝統的に「謙譲 (注1) の美徳」が重視される。たとえば、人に何か贈るのに「つまらないものですが」と言う。客に料理を出すに際しては「何もありませんが」と言う。しかし、こう言ったからといって謙虚な人だとは限らない。むしろ、「こういうときはこう言うものだ」という知識による言葉にすぎないことが多い。

　このごろ、これらの言葉が聞かれなくなってきたのは、人々が表面的な謙譲を空虚 (注2) だと感じるようになってきたからだろう。本心から出てこそ、こういう言葉は価値があるのだ。

（注1）謙譲：「謙虚」とほぼ同じ意味
（注2）空虚：中身がないこと

55

筆者は、「謙譲の美徳」をどのように考えているか。

1 「つまらないものですが」や「何もありませんが」といっ
   た言葉は空虚でくだらない。

2 このごろ、「謙譲の美徳」のある人が減りつつある。

3 日本人は「謙譲の美徳」を前ほど重視しなくなってきた。

4 謙虚な言葉は、謙虚な心から発せられたときにこそ意
   味がある。

(2)

以下は、黄さんが仕事で出したメールの内容である。

本社　営業部
鈴木様

いつもお世話になっております。
このたびの台湾ご出張スケジュールは、以下のように考えております。

15日	午後３時	ご到着（私が空港までお迎えに参ります）台湾支店へ
16日	午前10時	工場見学
	午後	会議
	夜	歓迎会
17日	午前	台北市内観光（ご希望の場所がありましたらご連絡ください）
	午後２時	ご帰国（私が空港までお送りいたします）

お気づきの点がありましたら、どうぞご指摘ください。
私ども一同、心よりお待ち申し上げております。

台湾支店　総務部
黄永輝

56

このメールの内容について、正しいものはどれか。

1 鈴木さんは生産現場へは行かない。

2 黄さんは空港まで2往復する。

3 鈴木さんと黄さんは違う会社の人である。

4 スケジュールは黄さんが決める。

(3)

　説教 (注1) を効果的にしようと思うなら、短くすることを工夫しなくてはならない。自分が絶対に言いたいことに焦点を絞る、繰り返し同じことを言わない、と心に決めておく。そうすると、説教をされる側としては、また始まるぞ、どうせ
5 長くなるのだろう、と思っているときに、ぱっと終わってしまうのでよい印象を受け、焦点の絞られた話にインパクト (注2) を受ける。もっとも、こうなると「説教」というものではなくなっている、と言うべきかもしれない。

（河合隼雄『こころの処方箋』新潮文庫による）

（注1）説教：教育、指導のために話して聞かせること
（注2）インパクト：印象

57

　筆者がここで最も言いたいことは何か。

　1　説教は、本当に相手に伝えたい要点だけを話すほうがよい。

　2　説教は、話の長さに関係なく、相手にインパクトを与えることが重要である。

　3　説教は、説教をされる側に、また始まるぞ、と思わせなければいけない。

　4　説教は、よい印象を与えるためにするものであり、工夫が求められる。

Track N2-04

（4）

　最近では、めっきり手書きで書く機会が少なくなってきました。プライベート (注1) の約束や仕事の打ち合わせでも、もっぱら (注2) メールが使用されています。

5　しかし、逆に考えれば、手紙の価値は上がっているといえます。メール全盛時代にあえて (注3) 手紙を利用することによって、他人と差をつける (注4) ことが可能なのです。とくにお礼状などは手紙を出すのが自然であり、非常に効果的なツール (注5) になります。

（川辺秀美『22歳からの国語力』講談社現代新書による）

（注1）プライベート：個人的な
（注2）もっぱら：ある一つのことに集中するようす
（注3）あえて：やりにくいことを特別にやるようす
（注4）差をつける：違いを生み出す
（注5）ツール：道具

58

筆者は、手紙を書くことをどのように考えているか。

1　手紙の価値が上がっているので、何でも手紙で出すべきだ。

2　メールを使うことができない人というマイナスの印象を与えることになる。

3　他人と差をつけるために、お礼状なども手紙ではなく、メールで出すほうがよい。

4　時と場合に応じて手紙を効果的に活用するべきだ。

(5)

　私たちが生きているのは「今、ここ」以外のなにものでも
ない。オーケストラの人たちも聴衆も、同じ時間と空間で息
をしている。そこで起こることはいつも未知（注1）であり、起
こったことは瞬く間（注2）に過ぎ去る。再び帰ってはこない
し、戻ることはできない。ただ一度きり。それがライブ（注3）
だ。

　コンサートは、消えていく。その事実に呆然とする（注4）。
どうしようもないと分かっていてもなお、悲しい。だが、そ
の儚さ（注5）もまた音楽の本質の一つではないだろうか。それ
はＣＤが発明された後も変わらない。

（茂木健一郎『全ては音楽から生まれる』ＰＨＰ新書による）

（注1）未知：まだ知らないことや知られていないこと
（注2）瞬く間：一瞬
（注3）ライブ：音楽や劇などをその場でやること
（注4）呆然とする：ショックで何もできなくなる
（注5）儚さ：短い時間で消えて無くなること

59

筆者がここで最も言いたいことは何か。

1　CDが発明されてから、誰でも好きなときに音楽を聴けるようになった。

2　オーケストラで演奏された音楽は再び聴くことはできない。

3　ライブの音楽は一度きりのものだが、それもまた音楽の本質である。

4　二度と聴くことができないライブには、悲しい思いだけが残る。

問題 10

請閱讀下列（1）～（5）的文章並回答問題。請從選項 1・2・3・4 當中選出一個最恰當的答案。

▼ (1)／55

［翻譯］

在日本，傳統上很重視「謙讓（注1）的美德」。比如説，送東西給別人時會説「一點小禮不成敬意」。端菜給客人吃時會説「沒什麼好招待的」。不過，即使嘴巴上這麼説，也不能代表他就是謙虛的人。絕大部分的時候，這些話甚至只是從「這種時候就該這麼説」的知識而來的。

近來之所以越來越少聽到這些話，是因為人們逐漸覺得表面上的謙讓很空虛（注2）吧？唯有發自內心，這些言語才真正具有價值。

（注1）謙讓：意思幾乎等同於「謙虛」
（注2）空虛：沒有實際內容

55 作者如何看待「謙讓的美德」呢？

1 「一點小禮不成敬意」和「沒什麼好招待的」，這些話既空虛又沒意義。
2 近來，擁有「謙讓的美德」的人正在減少當中。
3 日本人越來越不像之前那樣重視「謙讓的美德」。
4 謙虛的言語只有當發自謙虛的心時才具有意義。

［解題］

1 選項1 提到的是"空虛和無聊"，這與文章中的"空虛"有所聯繫，但文章並未表明這些謙虛話語本身無聊和空虛，而是說人們的這種行為（僅僅口頭上的謙虛）變得空虛。

2 選項2 提到了「謙讓の美德」的人在減少，這與文章中的內容不符，文章並沒有提及這種美德的人是否減少，而是談到了人們對於這種美德表面化的態度變化。

3 選項3 提到了"重視程度的變化"，但文章中主要討論的是人們對於表面上謙虛的看法變化，並非謙虛美德本身的重視程度。

4 選項 4 強調了 "真誠的心態" ，這與文章中的核心觀點相符，即只有從真誠的心態出發，謙虛的話語才具有其真正的價值。正確答案是選項 4 。

答案： 4

≫ 文法說明

○ に際<small>さい</small>して

| 例句 | チームに入<small>はい</small>るに際<small>さい</small>して、自己紹介<small>じこしょうかい</small>をしてください。
入隊時請先自我介紹。 |

解說 表示以某事為契機，也就是動作的時間或場合。中文意思是：「在…之際」、「當…的時候」。

○ からといって

| 例句 | 友達<small>ともだち</small>の友達<small>ともだち</small>だからといって、別<small>べつ</small>にお前<small>まえ</small>と友達<small>ともだち</small>じゃねえよ。
就算你是我朋友的朋友，但並不代表我和你就是朋友。 |

解說 表示不能僅僅因為前面這一點理由，就做後面的動作。後面接否定的說法。中文意思是：「（不能）僅因…就…」、「即使…，也不能…」等。

○ とは限<small>かぎ</small>らない

| 例句 | 訴<small>うった</small>えたところで、勝訴<small>しょうそ</small>するとは限<small>かぎ</small>らない。
即使是提出告訴，也不一定能打贏官司。 |

解說 表示事情不是絕對如此，也是有例外或是其他可能性。中文意思是：「也不一定…」、「未必…」。

○ ものだ

| 例句 | 自分<small>じぶん</small>のことは自分<small>じぶん</small>でするものだ。
自己的事情應該自己做。 |

解說 表示理所當然，一般社會習慣、風俗、常識、規範等理應如此。中文意思是：「應該…」、「要…」。

○ にすぎない

例句	これは少年犯罪の一例にすぎない。
	這只不過是青少年犯案中的一個案例而已。

解說 表示程度有限，有這並不重要的消極評價語氣。中文意思是：「只是…」、「只不過…」、「僅僅是…」。

○ つつある

例句	プロジェクトは、新しい段階に入りつつあります。
	企劃正往新的段階進行中。

解說 接繼續動詞後面，表示某一動作或作用正向著某一方向持續發展。中文意思是：「正在…」。

▶▶ 重要單字

- □ 伝統（傳統）
- □ 謙譲（謙讓，謙虛）
- □ 美徳（美德）
- □ 重視（重視，認為重要）
- □ 謙虚（謙虛，謙遜）

- □ むしろ（與其…倒不如）
- □ 空虚（空虛；沒有價值）
- □ 本心（真心）
- □ 発する（發散，展現）

▶▶ 補充單字

感謝、後悔 / 感謝、悔恨

01│有り難い
難得；值得感謝

02│祝い
祝賀；慶祝活動

03│恨み
恨，怨恨

04│恨む
抱怨；報仇

05│お詫び
道歉

06│恩
恩情，恩

07│恩恵
恩惠，恩賜

08│悔やむ
懊悔的，後悔的

09│請う
請求，希望

10│（どうも）ありがとう
謝謝

□ 對義詞

增減

增　加	減　少
增大（增大）	減少（減少）
增加（增加）	減少（減少）
激增（激增）	激減（鋭減）
急增（突然增加）	急減（突然減少）
倍增（倍增）	半減（減半）
增量（增量）	減量（減量）
增税（增税）	減税（減税）
增額（增額）	減額（減額）
加速（加速）	減速（減速）

「增減」相關的「自動詞 vs 他動詞」

（が）自動詞	（を）他動詞
增える（增加）	增やす（使…增加）
加わる（加…）	加える（添加）
減る（減少）	減らす（使…減少）

其他「增減」相關動詞的介紹

增　加	減　少
足す（加上、增加）	引く（減去）
付け加える（添加）	削減（削去、減去）
付け足す（追加）	軽減（減輕）
增やす（增加）	減らす（減去）
追加（追加）	削除（消除）
	除く（刪除）
	取り除く（除去）

[翻譯]

以下是黃先生在工作上發送出去的電子郵件內文。

總公司　營業部
鈴木先生

一直以來都承蒙您的照顧了。
這次您到台灣出差的行程規劃如下。

15日　下午３點　抵達（我會到機場接您）前往台灣分店
16日　上午10點　參觀工廠
　　　下午　　　會議
　　　晚上　　　歡迎會
17日　上午　　　台北市內觀光（若您有想去的地點請聯絡我）
　　　下午２點　回國（我會送您到機場）

若您有發現不妥之處，敬請指正。
我們全體衷心地歡迎您的到來。

⋯⋯⋯⋯⋯⋯⋯⋯⋯⋯⋯⋯⋯⋯⋯

台灣分公司　總務部
黃永輝
⋯⋯⋯⋯⋯⋯⋯⋯⋯⋯⋯⋯⋯⋯⋯

---

56 關於這封電子郵件的內容，下列何者正確？

1 鈴木先生不會去生產現場。
2 黃先生要來回機場兩次。
3 鈴木先生和黃先生是不同公司的人。
4 行程是由黃先生決定的。

[解題]

1　選項1郵件明確提到了「工場見学」（工廠參觀），說明鈴木先生會參觀生產現場。因此，選項1不正確。

2　選項2郵件中提到鈴木先生會在鈴木先生到達時去機場迎接，並在鈴木先生回國時送他到機場。這證明黃先生會進行兩次往返機場的行程，因此選項2是正確的。

3　選項3從電子郵件的開頭稱謂可知鈴木先生是「本社　営業部」的人，而黃先生最後的署名可以看出他隸屬於「台湾支店　総務部」。「支店」隸屬於「本社」，可見這兩個人是同一間公司的員工，只是地區、層級和部門不同而已。所以選項3不正確。

4　選項4雖然黃先生提出了行程計劃，但郵件中也提到「お気づきの点がありましたら、どうぞご指摘ください」，暗示鈴木先生有機會提出修改意見。這表明最終的行程可能是經過雙方協商確定的，因此選項4不一定準確。

答案：2

▶▶ 文法說明

○ ておる

例句	またあなたにお会いできるのを楽しみにしております。 盼望著能見到你。
解說	是「ている」的鄭重語或自謙語。中文意思是：「正在…」、「…著」。

○ お（ご）…いたす

例句	書き終わったら、すぐカードをお返しいたします。 寫完，我馬上就把卡片還給您。
解說	是動詞謙讓語的形式。比「お（ご）…する」在語氣上更謙和。

▶▶ 重要單字

- □ このたび（這次，這回）
- □ 台北（NHK發音為「たいほく」，但一般大眾唸法傾向於「たいぺい」）
- □ お気づき（〈向對方表示禮貌恭敬〉察覺）
- □ 指摘（指正；揭示）
- □ ども（〈接於第一人後〉表示自謙）
- □ 一同（全體，大家）
- □ 心より（衷心地）
- □ 総務（總務）
- □ 現場（現場）

仕事、職場 / 工作、職場

01｜最終的（さいしゅうてき）
最後

02｜催促（さいそく）
催促，催討

03｜作業（さぎょう）
工作，操作

04｜至急（しきゅう）
火速；急速

05｜指示（しじ）
指示，指點

06｜実績（じっせき）
實績，實際成績

07｜事務（じむ）
事務（多為處理文件、行政等庶務工作）

08｜締切る（しめきる）
（期限）屆滿，截止

▶▶ 補充知識---

□ 電子郵件通知信常用表達句

開頭與結束	常　用　表　達
通知的表達	～の件で、お知らせします。 （關於…事宜，謹此通知。）
	～の件で、ご連絡いたします。 （關於…事宜，謹此聯絡。）
	～の件は、次のように決まりました。 （關於…事宜，謹做出以下決定。）
	～のお知らせです。 （…事宜通知。）
	～することになりました。 （謹訂為…。）
諮詢處	ご不明な点は、山田まで。 （如有不明之處，請與山田聯繫。）
	何かありましたら、山田まで。 （如需幫忙之處，請與山田聯繫。）
	本件に関するお問い合わせは山田まで。 （洽詢本案相關事宜，請與山田聯繫。）
	何かご質問がありましたら、山田までメールでお願いします。 （如有任何疑問，請以郵件與山田聯繫。）
	この件についてのお問い合わせは山田まで。 （諮詢本案相關事宜，請與山田聯繫。）

	まずは、お知らせまで。 （暫先敬知如上。）
	取り急ぎ、ご連絡まで。 （草率書此，聯絡如上。）
	それでは当日お会いできることを楽しみにしております。 （那麼，期待當天與您會面。）
通知的 結束語	では、25 日に。 （那麼，25 日見。）
	では、また。 （那麼，再會。）
	以上、よろしくお願い申し上げます。 （以上，敬請惠賜指教。）

▼ (3) ／ 57--

［翻譯］

　　若想要説教（注1）具有效果，就不得不設法説得短一點。把焦點放在自己很想説的事物，下定決心不重複説一樣的東西。這樣的話，被説教的人正想説：「又開始了，肯定又會講很久」時，突然一下子就結束，因此有了好印象，並從抓到重點的一番話中受到衝擊影響（注2）。不過，我們或許應該説，如此一來「説教」就不是説教了。

（選自河合隼雄『心靈處方籤』新潮文庫）

（注1）説教：為了教育、指導而説話給人聽
（注2）衝擊影響：印象

57　作者在此最想表達的是什麼呢？

1 説教最好是只説出想傳達給對方的重點。
2 説教無關內容長短，重要的是要帶給對方衝擊影響。
3 説教必須讓被説教的人想説「又開始了」。
4 説教是為了帶給對方好印象的行為，力求竅門。

［解題］

1　選項 1　說到 "只講真正想傳達的要點"，這與文章中的建議相符，即聚焦在自己絕對想說的內容上。正確答案是選項 1。

2　選項 2　提到 "無論講話的長度如何，給對方留下深刻印像是重要的"。這雖然與文章提到的 "留下印象" 有關，但文章的主要觀點並不是說教的長度，而是內容的集中和精煉。

3　選項 3　提到 "讓被說教的人覺得 '又開始了'"，這是文章描述的一種現象，而不是作者想要傳達的主旨。

4　選項 4　說到 "為了給好印象而進行說教"，這只是文章中提到的一種效果，並非文章的主要論點。

|答案：1

▶▶ 文法說明--

○ なくてはならない

例句	今日中に日本語の作文を書かなくてはならない。
	今天一定要寫日文作文。

解說　表示根據社會常理來看、受某種規範影響，或是有某種義務，必須去做某件事情。中文意思是：「必須…」、「不得不…」。

○ べき

例句	人間はみな平等であるべきだ。
	人人應該平等。

解說　表示那樣做是應該的、正確的。常用在勸告、禁止及命令的場合。中文意思是：「必須…」、「應當…」。

▶▶ 重要單字--

□ 説教（説教；教誨）
□ 焦点（焦點；中心）
□ 絞る（集中；擰擠）
□ 繰り返し（重覆，反覆）
□ どうせ（反正，終歸）

□ インパクト（衝擊，強烈影響）
□ もっとも（不過；話雖如此）
□ 指導（指導，教導）
□ 要点（重點，要點）

教育、学習 / 教育、學習

01 | 学 (がく)
學校；知識

06 | 課程 (かてい)
課程

02 | 学習 (がくしゅう)
學習

07 | 基礎 (きそ)
根基；地基

03 | 学術 (がくじゅつ)
學術

08 | 教養 (きょうよう)
教育；（專業以外的）知識學問

04 | 学問 (がくもん)
學業；學術

09 | 講演 (こうえん)
演説，講演

05 | 学会 (がっかい)
學會，學社

10 | 参考 (さんこう)
參考，借鑑

▶▶ 補充知識

□ 和心有關的慣用句

慣　用　句	意思、意義
心が乱れる	心亂如麻
心に浮かぶ	想起
心に描く	描繪在心；想像
心に刻む	銘記在心
心に留める	記在心上
心に残る	難以忘懷
心にもない	不是真心的
心行くまで	盡情地
心を痛める	痛心
心を入れ替える	洗心革面
心を動かす	使…感動
心を打つ	打動人心
心を移す	變心
心を躍らせる	心情雀躍
心を鬼にする	狠著心

心を傾ける	全神貫注
心を砕く	十分擔心；嘔心瀝血
心を込める	誠心
心を騒がす	擾亂心靈
心を澄ます	心無雜念；冷靜思考
心を尽くす	盡心
心を残す	留戀
心を引かれる	引人入迷
心を乱す	心煩意亂
心を許す	由衷地信賴
心を寄せる	寄予愛慕

▼ **(4)／58**--

[翻譯]

　　最近手寫的機會明顯地減少。不管是在私人（注1）邀約還是洽公，主要（注2）都是使用電子郵件。

　　然而，換個角度想，我們可以說書信的價值提高了。在電子郵件的全盛期當中反倒（注3）使用書信，藉此可以和他人分出高下（注4）。特別是謝函等等，用書信寄出才顯得自然，也成為非常有效果的工具（注5）。

（選自川邊秀美『從22歲開始的國語能力』講談社現代新書）

（注1）私人：個人的
（注2）主要：集中於某件事物的樣子
（注3）反倒：特別去處理難做事物的樣子
（注4）分出高下：產生差別
（注5）工具：道具

58 作者如何看待寫信這件事呢？

1 書信的價值提高，所以任何信件應該都要用書信寄出。

2 會給人「不會使用電子郵件的人」這種負面印象。

3 為了和他人分出高下，謝函等也最好不要用書信，而是用電子郵件寄出。

4 應該要順應情況和場合來有效地活用書信。

[解題]

1 　選項 1 提到 "應該用親筆寫信發送所有內容"，但文章並未建議對所有情況都使用親筆寫信，而是強調了其特定場合的價值。

2 　選項 2 提到 "使用親筆寫信會給人負面印象"，這與文章的論點相反，文章實際上強調了親筆寫信的正面價值。

3 　選項 3 說到 "為了與他人區分開來，應該用電子郵件而不是親筆寫信發送感謝信"，這與文章強調的親筆寫信的獨特效果相反。

4 　選項 4 討論了 "根據時間和場合有效利用親筆寫信"，這與文章強調的親筆寫信在特定情況下的特殊價值相符。正確答案是選項 4。

答案：4

>> 文法說明 -

○ によって

| 例句 | その村は、漁業によって生活しています。
那個村莊，以漁業為生。 |

解說　表示所依據的方法、方式、手段。「により」大多用於書面。相當於「が原因で」。中文意思是：「根據…」、「按照…」。

○ ことになる

| 例句 | 涼しい夏はエアコンの在庫が増えることになる。
涼爽的夏季造成冷氣機庫存的增加。 |

解說　表示客觀上產生的某種結果或定論。依據某事實或情況，導致某結果。中文意思是：「就會…」、「將要…」、「該…」。

○ に応じて

| 例句 | 保険金は被害状況に応じて支払われます。
保險給付是依災害程度支付的。 |

解說　表示按照、根據。前項作為依據，後項根據前項的情況而發生變化。中文意思是：「根據…」、「按照…」、「隨著…」。

□ めっきり（明顯地，顯著地） □ 全盛（全盛，極盛）

□ 手書き（手寫） □ あえて（反倒）

□ プライベート（私人的，非公開的） □ 礼状（謝函）

□ 打ち合わせ（事先商量） □ ツール（工具）

□ もっぱら（主要） □ マイナス（負面）

▶▶ 補充單字

文書、出版物 / 文章文書、出版物

01 | シリーズ【series】
叢書；（影片、電影等）系列

02 | 資料
資料，材料

03 | 図鑑
圖鑑

04 | 刷る
印刷

05 | 全集
全集

06 | 増刷
加印，增印

▶▶ 補充知識

□ 電子郵件的寫法

主　題	各　種　說　法
主旨	商品Ｂの企画案について。 （關於商品Ｂ之企畫案。）
	忘年会のご案内。 （尾牙內容說明。）
	人事異動のお知らせ。 （人事異動通知。）
	本日より出社いたしました。 （從今天開始上班。）
	納品が遅れて申し訳ございません。 （延遲出貨，萬分抱歉。）
致送單位	株式会社○○　○○部　御中 （○○股份有限公司　○○部　鈞鑑）
	株式会社○○　○○部　○○課　○○　○○様 （敬致　○○股份有限公司　○○部　○○課　○○　○○ 先生 / 小姐）

開頭語	お忙しいところ、失礼いたします。 （正值忙碌之時，非常抱歉。）
	初めてご連絡させていただきます。 （初次與　台端聯繫。）
	突然のメールで恐れ入ります。 （冒昧致信，尚乞海涵。）
	いつもお世話になっております。 （平素惠蒙多方關照。）
	平素より弊社商品をご愛顧いただきありがとうございます。 （平素惠蒙愛顧敝公司商品，敬表衷心感謝。）
結束語之一般 性商務寒暄	では、失礼いたします。 （恕不多寫。）
	まずは納期遅延の承諾まで。 （予以同意延遲交貨。）
	では、よろしくお願いいたします。 （萬事拜託。）
	長文メールにて、失礼いたします。 （函文冗長，十分抱歉。）
	最後に、貴社の一層のご発展を祈念いたしております。 （最後，衷心盼望　貴公司日益興隆。）
要求對方回覆 及立即回覆	お返事をお待ちしております。 （靜待佳音。）
	取り急ぎ、お返事まで。 （速急回覆如上。）
	取り急ぎ、ご報告のみにて失礼いたします。 （速急稟告，恕略縟節。）
	まずは取り急ぎお詫びまで。 （臨書倉促，竭誠致歉。）

[翻譯]

　我們活在「此時此刻、此處」，除此之外無他。交響樂團的人們和聽眾都在同一個時間和空間中呼吸。在那裡會發生的總是未知（注1），而已發生的事在轉眼間（注2）就已成過往。不會再回來，也無法回去。僅有一次。這就是現場演出（注3）。

　音樂會會消失而去。我對於這個事實感到呆然（注4）。就算知道束手無策，也只是徒增傷悲。不過，這種虛幻無常（注5）不也是音樂的本質之一嗎？這點在ＣＤ發明後也沒有改變。

（選自茂木健一郎『全都由音樂而生』PHP新書）

（注１）未知：尚未知道或是不被人知道的事物
（注２）轉眼間：瞬間
（注３）現場演出：音樂或戲劇當場表演
（注４）呆然：受到打擊什麼也做不了
（注５）虛幻無常：短時間就消失殆盡

59　作者在此最想表達的是什麼呢？

1 自從ＣＤ發明後，誰都變得可以在喜歡的時間聽音樂。
2 交響樂團所演奏的音樂無法再次聽到。
3 現場演奏的音樂雖然是僅有一次的東西，但這也是音樂的本質。
4 再也不能聽到的現場演出，只留下悲傷的感受。

[解題]

1　選項1　提到"CD的發明使人們可以隨時聽音樂"，雖然是事實，但虛幻無常仍是音樂的本質之一，因此並不是文章的主要論點。

2　選項2　說到"在管弦樂隊演奏的音樂無法再次聆聽"，這只是文章提到的一個現象，而不是作者最想表達的核心意思。

3　選項3　討論了"現場音樂是一次性的，但這也是音樂的本質之一"，這與文章強調的現場音樂的獨特性和一次性完全吻合。正確答案是選項3。

4　選項4　提到"無法再次聆聽的現場音樂只留下傷感"，這只是文章中所述情感反應的一部分，而不是作者的主要論點。

答案：3

○ **きり**

> 例句　**今度は二人きりで、会いましょう。**
> 下次就我們兩人出來見面吧！

> **解說**　接在名詞後面，表示限定。也就是只有這些的範圍，除此之外沒有其它。與「だけ」、「しか…ない」意思相同。中文意思是：「只有…」。

○ **ようになる**

> 例句　**練習して、この曲はだいたい弾けるようになった。**
> 練習後這首曲子大致會彈了。

> **解說**　表示是能力、狀態、行為的變化。大都含有花費時間，使成為習慣或能力。中文意思是：「（變得）…了」。

≫ 重要單字

- □ オーケストラ（交響樂團）
- □ 聴衆（聽眾，聽者）
- □ 空間（空間）
- □ 息をしている（呼吸）
- □ 未知（未知，尚未知道）
- □ 瞬く間（轉眼間，瞬間）
- □ 過ぎ去る（過去，消逝）

- □ 再び（再度，再次）
- □ ライブ（現場演出）
- □ 呆然と（呆然，茫然）
- □ なお（還，仍然）
- □ 儚さ（虛幻無常）
- □ 本質（本質）
- □ ショック（打擊）

≫ 補充單字

音楽 / 音樂

01 | オーケストラ【orchestra】
管絃樂(團)；樂池

02 | オルガン【organ】
風琴

03 | 音
聲音；發音

04 | 歌
唱歌；歌詞

05 | 楽器
樂器

06 | 合唱
一齊唱；同聲高呼

07 | 歌謡
歌謠，歌曲

08 | からから
乾的、硬的東西相碰的聲音(擬音)

09 | がらがら
手搖鈴玩具；硬物相撞聲

10 | 曲
曲調；彎曲

11 | コーラス【chorus】
合唱

12 | 古典
古書；古典作品

13 | コンクール【concours】
競賽會，競演會

14 | 作曲
譜曲，配曲

15 | 太鼓
（大）鼓

16 | テンポ【tempo】
（樂曲的）拍子；（局勢、對話或動作的）速度

17 | 童謡
童謠；兒童詩歌

18 | 響き
聲響；回音

19 | 響く
發出聲音；發出回音

20 | 民謡
民謠，民歌

21 | リズム【rhythm】
節奏，格律

≫ 補充知識--

□ 和「聞く」相關的單字

慣用語詞	意思、意義
聞き入る（傾聽，專心聽）	耳を澄ましてじっと聞く。 （專注地傾聽。）
聞きかじる（學得毛皮）	物事の一部分や表面だけを、聞いて知る。 （只聽懂事物的一小部分或皮毛。）
聞きつける（得知）	聞いて、そのことを知る。 （聽到而得知某事。）
聞き届ける（批准）	要求や願いなどを聞いて承知する。 （答應請求或希望。）
聞きほれる（聽得入迷）	うっとりとして聞く。 （陶醉地聽。）
小耳にはさむ（偶然聽到）	ほんの少し聞く。 （只聽到一些。）
地獄耳（善於聽他人隱私）	人の噂などを、何でも知っていること （對於他人的八卦瞭若指掌）
空耳（聽錯）	実際には声や物音がしないのに、聞こえたように感じること （實際上明明沒有聲音或聲響，卻覺得好像聽到聲音）

初耳（前所未聞）	初めて聞くこと （第一次聽到）
耳が痛い（刺耳）	自分のまちがいや弱点を指摘されて、聞くのがつらい。 （聽別人指出自己的錯誤或弱點，而覺得不舒服。）
耳が早い（耳朵靈）	世間の噂などを、人より早く聞いて知っている。 （比別人還要早一步聽到謠傳等。）
耳にする（聽到）	聞くつもりもなく、耳に入ってくる。 （無意中聽到什麼。）
耳にたこができる（聽膩了）	同じことを何度も聞かされ、嫌になる。 （多次聽到同樣的話，感到厭煩。）
耳を疑う（懷疑自己的耳朵）	思いがけないことを聞いて、聞き間違いかと思う。 （聽到意想不到的事，以為自己是不是聽錯了。）
耳を貸す（聽取）	人の話を聞く。 （聽別人說話。）
耳を傾ける（傾聽）	熱心に話を聞く。 （熱心傾聽對方的話。）
耳を澄ます（靜聽）	神経を集中して聞く。 （全神貫注地注意聽。）

讀解・第一回

問題 11

次の（1）から（3）の文章を読んで、後の問いに対する答えとして最も良いものを、1・2・3・4から一つ選びなさい。

（1）

　現代人の忙しさは尋常ではない。睡眠時間を削ってでもやらなくてはならない仕事もあるし、つきあいもある。睡眠時間が不足すると、翌朝からだはだるいし、頭もボーッとしてしまう。なんとかうまく忙しさに合わせて睡眠時間を振り分
5 け (注1) られないものか。そうした忙しい社会人の中には「休日の寝だめ (注2)」でしのぐ (注3) 人がいる。

　明日からの忙しい日々に備えて、しっかりと寝だめをして睡眠時間を貯金し、忙しい平日をやり抜くための活力を養っておこうというのだ。　（中略）

10 　休日に睡眠不足を補うとはいっても、平日の睡眠時間よりもプラス2時間が上限と考えたほうがいい。

　では、平日の睡眠不足はどうしたら解消できるのか。ベストは平均してきちんと睡眠時間を確保することだが、それができなければ、電車の中で仮眠したり、昼休みに仮眠したり
15 するなどして補うことだ。細切れ (注4) の睡眠では眠った気が

しないかもしれないが、休息にはしっかり役立っている。ま
た、夜勤の場合は昼寝が有効だ。

　要は、睡眠時間は一日単位で考えるべきだ。夜にしっかり
と睡眠がとれなかった場合は、なるべく仮眠などで不足を補
20 うようにして、翌日に持ちこさ (注5) ないこと。これが忙しい
現代人の健康の秘訣である。

（日本博学倶楽部『世の中の「常識」ウソ・ホント「寝る子は育つ」は本当に育つ?!』Ｐ
ＨＰ文庫による）

（注1）振り分ける：いくつかに分ける
（注2）寝だめ：寝ることをためる、つまり、時間のあるときにたくさん寝ること
（注3）しのぐ：乗り越えて進む、なんとか切り抜ける、我慢する
（注4）細切れ：細かく切られたもの
（注5）持ちこす：そのままの状態で次へ送る

60

「休日の寝だめ」でしのぐ人は、なぜそうしているのか。

　1　前の週に睡眠時間が不足したから
　2　睡眠時間を削るために仕事をしているから
　3　体調が悪くて眠れないから
　4　睡眠時間の不足が予期されるから

[61]

休日に「寝だめ」をする場合、どのようにする方がよいと言っているか。

1　多くても平日より２時間長く寝る程度にした方がよい。

2　休日には寝られるだけ寝ておいた方がよい。

3　平日は２時間ぐらい少なく寝る方がよい。

4　寝るための活力をしっかりと養っておいた方がよい。

[62]

筆者がここで勧めている睡眠不足の解消のしかたは、どのようなものか。

1　寝られなくても、できるだけ眠った気になるようにする。

2　寝られなかった場合、翌日の夜にしっかり睡眠をとるようにする。

3　短時間ずつでも、寝られるときに寝て、その日のうちに睡眠時間を補うようにする。

4　睡眠は一日単位で考えるべきなので、一日中寝る日と、一日中寝ない日を作る。

Track N2-07

(2)

　誰でも逃げだしたくなるときがある。

　ぎっしり詰まったスケジュールに、かわり映えのしない仕事。見慣れて背景の一部になってしまった家族や恋人。そして自分の周りを取り巻く都市の日ざしや風といった環境のすべて。何もかもうんざりし (注1) て、リセットし (注2) たくなるのだ。

　ぼくの場合、それに一番いいのは旅行だった。もちろん観光はしない。けれど何もしない旅というのも退屈だ。そこで、いつか読もうと思って積んでおいた本の山から、何冊かを選んで旅の友にすることになる。

　冬も終わりのその夜、僕は三泊四日の本を読む旅のために書籍を選別していた。くつろぎ (注3) にでかけるのだ。あまり硬派なものは望ましくない。かといって、内容のない薄っぺらな本は嫌だ。文章だって最低限ひっかからずに読めるくらいの洗練度がほしい。そうなると必然的にいろいろな種類の小説を残すことになる。

　恋愛小説、時代小説、推理小説にＳＦ。翻訳もののミステリーにファンタジー。ぼくは旅先で旅について書かれたエッセイを読むのが好きなので、その手 (注4) の本をさらに何冊か

20 加えておく。（中略）ぼくは思うのだが、実際に読書をして
いる最中よりも、こうして本を選んでいるときのほうが、ずっ
と胸躍る (注5) のではないだろうか。それは旅行でも同じな
のだ。旅の計画を立てているときの方が、旅の空のしたより
も幸福なのだ。

（石田衣良「あなたと、どこかへ。」文春 文庫による）

（注1）うんざりする：物事に飽きていやになる
（注2）リセットする：元に戻す、始めからやり直す
（注3）くつろぐ：気持ちが落ち着いてゆったりする
（注4）その手：そのような種類
（注5）胸躍る：期待や喜びで興奮する、わくわくする

63

筆者はどんなときに旅行したくなるのか。

1　仕事が多すぎて、誰かに代わりにやってほしいとき

2　普段の生活や周囲の事物に飽きて、リセットしたくなっ
たとき

3　仕事に疲れて、何もしたくなくなったとき

4　読みたいのに読んでいない本がたまってしまったとき

64

筆者の旅行のしかたについて、最も近いものはどれか。

1　観光に飽きれば、読書を楽しむ。

2　何もせず、退屈になれば読書を楽しむ。

3　たまった本を読み終われば、観光する。

4　日常生活から離れるために旅に出るのであり、観光は
　　しない。

65

筆者は何をしているときに幸福を感じると述べているか。

1　本を読んでいるときや、旅行に出ているとき

2　恋愛小説、時代小説、推理小説、ＳＦなど、硬派でな
　　い本を読んでいるとき

3　本を選んだり、旅行の計画を立てたりしているとき

4　日々の様々なことを忘れて、読書をしているとき

(3)

　仕事の関係上、ロケ先で昼食をとることがある。ファミリーレストランなどでも、ランチタイムになると会社員や営業ドライバーが、昼食をとるため、限られた休み時間に長い列を作る。

5　そんな時間によく目にする (注1) のが食事を終えても熱心に、しかも楽しそうに話し込む子供連れ同士の主婦とおぼしき (注2) 一団だ。私たちが席に着く前から座っていたのに、食事を済ませて店の外に出るまで席を離れる気配すらなかったりする。子供が飽きても、自分たちが飽きるまでは席を立つ

10　つもりがないのだろう。いろいろと語り合いたいこともあるのかもしれない。旦那 (注3) や姑 (注4) の愚痴 (注5) を言ったりしてストレスを発散 (注6) させたいのも分からないでもない。しかし、彼女たちがストレスを発散させている間、待たされ続ける人たちのストレスがたまっていく。

15　他のテーブルは次から次へと入れ替わっているのに、何も感じない、あるいは感じていても無視できる人が、子供を育てているとしたら。子供は間違いなく親のそんな姿を見て育つだろう。それでよいのか。親は、子供を良識を持った大人として社会に送り出す責任がある。

（『ランチタイムの心遣い』2009 年 2 月 7 日付　産経新聞による）

（注１）目にする：実際に見る
（注２）とおぼしき：と思われる。のように見える
（注３）旦那：夫
（注４）姑：夫の母
（注５）愚痴：言ってもしかたがないことを言って悲しむこと
（注６）発散：外へ発して散らすこと。外部に散らばって出ること

66

そんな姿とは、どんな姿を指しているか。

1　レストランで食事を楽しむ姿
2　子育てをしている姿
3　周囲の状況に無関心な姿
4　ストレスを発散させている姿

67

筆者は何に対して、不満を述べているか。

1　食事が終わったにもかかわらず、席を立たずに話し込んでいる主婦
2　昼食を取るために長い列を作らなければならない状況
3　主婦が家の外でストレスを発散させること
4　親が話しているのに、すぐに飽きて待っていられない子供たち

68

筆者は子どもを育てる親には何が必要だと考えているか。

1 レストランで子供が飽きたら、食事の途中でも席を離れること

2 愚痴を言ってストレスを発散できる友だちを持つこと

3 子どもの見本となる行動をとること

4 旦那や姑に不満があっても、外では言わずに我慢すること

問題 11

請閱讀下列（1）～（3）的文章並回答問題。請從選項1・2・3・4當中選出一個最恰當的答案。

▼ (1)--

[翻譯]

　　現代人異常的忙。有必須削減睡眠時間也要做的工作，也有交際應酬。睡眠時間要是不足，隔天早上身體就會無力，腦子也會不太清楚。有沒有什麼辦法能夠巧妙地配合忙碌，分割（注1）睡眠時間呢？像這樣忙碌的社會人士當中，就有為「假日補眠（注2）」而忍（注3）的人。

　　也就是說，為了應付明天開始的忙碌日子，好好地補眠，先儲存睡眠時間，培養能撐過忙碌平日的活力。（中略）

　　雖說假日要彌補睡眠不足，但上限最好是比平日睡眠時間再多個2小時。

　　那麼，平日的睡眠不足應該如何解除呢？最好的做法是確保平均且充足的睡眠時間，不過要是辦不到，也可以在電車中小睡，或是午休小睡片刻來彌補。細分（注4）的睡眠雖然可能會覺得沒什麼睡，但對於休息而言可是幫了大忙。此外，大夜班的話午睡是有效的。

　　總之，睡眠時間應以一日為單位來思考。晚上如果不能好好睡上一覺，那就要盡量透過小睡片刻來彌補不足，不要拖（注5）到隔天。這就是忙碌現代人的健康秘訣。

（選自日本博學俱樂部『世上的「常識」真的假的「睡覺的孩子長得大」是真的長得大？！』PHP文庫）

（注1）分割：分配成好幾份
（注2）補眠：累積睡眠，也就是有空就大睡特睡
（注3）忍：度過難關向前進、設法擺脫、忍耐
（注4）細分：瑣碎分割的東西
（注5）拖：保持狀態留待下次

[全文重點剖析]

這篇文章是在提供讀者睡眠不足時的解決之道。各段落的主旨如下表所示：

第一段	點出現代人因忙碌而睡眠不足的問題，並提到有些人的解決方法是在假日補眠。
第二段	解釋假日補眠的意思，就是預先儲存睡眠時間來應付平日的忙碌。
第三段	提醒讀者假日補眠最多比平時多睡兩個鐘頭即可。
第四段	提供讀者小睡片刻的方法來應付平日的睡眠不足。
第五段	以「睡眠時間應以一日為單位來思考」來總結全文。

▼ (1) ／60---

60 為「假日補眠」而忍的人，為什麼要這麼做呢？

1 因為上週睡眠時間不足
2 因為為了削減睡眠時間而工作
3 因為身體狀況不好睡不著
4 因為預想到睡眠時間會不足

[解題]

1 　選項 1 提到 "因為前一週睡眠不足"，這雖然是常見原因，但文章中提到的是為了預備未來的忙碌，而不是補償過去的睡眠不足。

2 　選項 2 討論 "因為為了減少睡眠時間而工作"，這並不是文章中提到的「休日寝だめ」的原因。

3 　選項 3 提到 "因為身體狀況不好而無法入睡"，這個選項與文章中的情境不符，文章討論的是有意識地調整睡眠模式，而不是因為身體原因無法睡眠。

4 　選項 4 討論 "因為預期睡眠時間不足"，這正是文章中提到的原因，即人們通過休息日的睡眠儲備來，預備未來忙碌日子的能量。正確答案是選項 4。

|答案：4

▼ (1) ／ **61**--

61 在假日「補眠」時，文章當中說應該怎麼做才好呢？

1 最多應該比平日多睡 2 小時就好了。
2 假日能睡多久就睡多久。
3 平日應該要少睡大概 2 個鐘頭比較好。
4 應該要好好地培養為了睡覺的活力。

[解題]

1 　選項 1 提到 "即使在休息日，睡眠時間也應該僅比平日長 2 小時"，這與文章中的建議完全一致。正確答案是選項 1。

2 　選項 2 討論 "休息日應該盡可能多睡"，這並不是文章建議的最佳做法。

3 　選項 3 提到 "平日應該比休息日少睡 2 小時"，這與文章的建議無關，文章沒有提到平日應該減少睡眠。

4 　選項 4 討論 "為了睡眠應該充分積累活力"，這雖然是健康生活的一般建議，但並不是文章針對「寢だめ」提出的具體建議。

|答案： **1**

▼ (1)／**62**--

62 作者在此建議大家解除睡眠不足的方法，是什麼樣的方法呢？

1 即使睡不著，也要盡可能讓自己有睏意。
2 睡不著時，要在隔天晚上好好地睡上一覺。
3 即使每次都是短時間，也要在能睡的時候睡覺，在當天就補足睡眠時間。
4 睡眠應以一日為單位來思考，所以要有睡一整天和一整天都不睡的時候。

[解題]

1 　選項 1 提到 "即使無法入睡，也要盡可能讓自己感到想睡"，這並不符合文章提出的具體建議。

2 　選項 2 討論 "如果前一晚睡不好，應在下一晚儘量補充睡眠"，這雖然是一般性建議，但文章更強調通過日間的短暫睡眠來補充。

3 選項 3 提到 "即使是短時間，也應在能睡時睡覺，儘量在當天補足睡眠時間"，這正好反映了文章的建議，即通過小睡片刻來解決睡眠不足的問題。正確答案是選項 3。

4 選項 4 討論 "應該制定睡一整天和一整天不睡的日子"，這與文章的建議不符，文章並沒有提倡這種極端的睡眠模式。

| **答案：3**

▶▶ 文法說明 --

○ **ものか**

> 例句　何^{なん}とかできないものか。
> 能否想想辦法呢。

解說　後接否定表示願望，一般為現實上難以實現的願望。後面常接「かなあ」。中文意思是：「真希望⋯」。

○ **とはいっても**

> 例句　貯金^{ちょきん}があるとはいっても、10万円^{まんえん}ほどですよ。
> 雖說有存款，但也只有 10 萬日圓而已。

解說　表示承認前項的說法，但同時在後項做部分的修正，或限制的內容，說明實際上程度沒有那麼嚴重。中文意思是：「雖說⋯，但⋯」。

○ **ことだ**

> 例句　大会^{たいかい}に出^でたければ、がんばって練習^{れんしゅう}することだ。
> 如果想出賽，就要努力練習。

解說　表示一種間接的忠告或命令。中文意思是：「就得⋯」、「要⋯」、「應當⋯」、「最好⋯」。

○ **ようにする**

> 例句　毎日^{まいにち}野菜^{やさい}を取^とるようにします。
> 我要努力每天都吃青菜。

解說　表示說話人自己將前項的行為，或狀況當作目標，而努力。中文意思是：「爭取做到⋯」、「設法使⋯」。

>>> 重要單字

- □ 尋常（普通，尋常）
- □ 削る（削減，去除）
- □ だるい（無力的，懶倦的）
- □ ボーッとする（模糊不清）
- □ なんとか（想辦法，設法）
- □ 振り分ける（分割，分配）
- □ 寝だめ（補眠）
- □ しのぐ（忍耐；克服）
- □ 備える（為應付，對應某事而事先準備）
- □ やり抜く（撐過）

- □ 養う（培養）
- □ 補う（彌補，填補）
- □ 解消（解除）
- □ ベスト（最好，最佳）
- □ 仮眠（小睡片刻）
- □ 細切れ（細分）
- □ 夜勤（夜班）
- □ 要は（總之，簡單而言）
- □ 持ちこす（拖，遺留待完成）
- □ 秘訣（秘訣，訣竅）
- □ 勧める（建議）

>>> 補充單字

体調、体質 / 身體狀況、體質

01｜欠伸
哈欠

02｜荒い
凶猛的；粗野的

03｜荒れる
天氣變壞；（皮膚）變粗糙

04｜意識
（哲學的）意識；自覺，意識到

05｜異常
異常，不尋常

06｜居眠り
打瞌睡，打盹兒

07｜失う
失去；改變常態

08｜切る
（接助詞運用形）表示達到極限；表示完結

09｜崩す
拆毀，粉碎

10｜消耗
消費；（體力）耗盡

□ 各式各樣的副詞、副詞句

副詞種類	副詞、副詞句
價值判斷	運悪く、 あいにく、 幸いにも、不幸にして、 （運氣不好地）（不湊巧） （幸運地） （不幸地）
	うれしいことに、妙なことに、驚いたことに、 （好消息是…） （奇妙的是…）（驚訝的是…）
	不思議なもので、 残念ながら、 当然のことながら、 （不可思議的是…） （很可惜…） （理所當然地）
	お気の毒ですが、信じがたいことだが （真遺憾…）（雖然難以置信，但…）
真假判斷	おそらく、たぶん、もちろん、むろん、きっと、必ず、 （恐怕） （大概） （當然） （當然） （一定）（一定）
	さぞ、 確か、確かに、明らかに、 思うに、 考えるに、 （想必）（也許）（的確） （顯然） （在我看來…）（這樣看來…）
	疑いもなく、ひょっとして、もしかすると、一見、 （無疑地） （萬一） （也許）（乍看之下）
	私の見るところ、私の知る限り （據我推測） （就我所知）
發話行為	ついでながら、ちなみに、 要するに、 例えば、 （順道一提）（順道一提）（總而言之）（比方說）
	率直に言って、本当のところ、つまりは、 いわば、 （坦白說） （事實上） （也就是說）（可以說是…）
	言ってみれば、どちらかと言えば、話は違いますが、 （換句話說） （如果真的要說…） （是說）
	ちょっとおうかがいしますが、恐れ入りますが、 （請教一下…） （不好意思…）
	ものは相談だが、 改めて言うまでもなく （我有事想跟你商量…） （無須再三重複…）
範圍指定	建て前としては、表向きは、名目上は、根本的には、 （理論上） （表面上）（名義上） （徹底地）
	基本的には、理想を言えば、理屈を言えば、原理上、 （基本上） （就理想而言）（就道理而言）（原理上）
	定義上 （定義上）

366｜N2 解答と解説

▼ (2)---

[翻譯]

誰都有想要逃跑的時候。

擠得滿滿的行程，再加上一成不變的工作。看慣了、儼然成為背景的家人或情人，以及包圍自己的都市陽光、風這些環境的全部。所有的一切都讓人心煩（注1），想要重置（注2）。

如果是我，最好的辦法是旅行。當然不是去觀光的。不過什麼也不做的旅遊也很無聊。因此，我會從想說改天再看而堆積如山的書堆當中，選出幾本當我的旅伴。

冬季將結束的那個晚上，我為了4天3夜的讀書之旅而挑選書籍。我是為了放鬆（注3）才出門的，最好不要帶很生硬的書。雖說如此，我也不想看沒有內容的膚淺書籍。文章也是，希望至少有讀來流暢的洗鍊。如此一來，勢必會留下許多種類的小說。

戀愛小說、時代小說、推理小說和科幻小說。翻譯的懸疑小說再加上奇幻小說。我在旅途中喜歡閱讀關於旅行的散文，這種（注4）書再多帶個幾本。（中略）我覺得，比起實際在讀書的當中，像這樣選書的時候反而更讓人情緒高揚（注5）吧？而旅行也是一樣的。計劃旅行的時候，比身處旅途的天空下還更為幸福。

（選自石田衣良「和你，去某處。」文春文庫）

（注1）心煩：對事物感到厭煩
（注2）重置：回到原本，重新從頭開始
（注3）放鬆：心情沉澱閒適
（注4）這種：這樣的種類
（注5）情緒高揚：因期待或喜悅而激動、興奮

[全文重點剖析]

這篇文章整體是在描述作者會用自己的旅行方式來消除心煩、想逃開一切的感覺。各段落的主旨如下表所示：

第一段	破題點出每個人都有想逃跑的時候。
第二段	承接上段舉出各種心煩的人事物。
第三段	話題轉到作者身上。作者在心煩時會選擇旅行，並提到自己的旅行方式是帶幾本書。
第四段	承接上段，說明作者選書的條件。
第五段	結論。作者認為行前準備比旅行當中還更令人興奮。

▼ (2) ／ **63**---

63 作者在什麼時候會想要旅行呢？

1 工作過多，希望有人可以接手幫自己做的時候
2 對於平常的生活或周邊事物感到厭倦的時候
3 疲於工作，什麼也不想做的時候
4 累積一堆想讀卻還沒讀的書的時候

［解題］

1 　選項1 提到"工作太多，希望別人可以替自己做"，這並不是文章中提到想去旅行的原因。

2 　選項2 討論"對日常生活和周圍的事物感到厭倦，想要重置時"，這與文章中描述的情境完全吻合。正確答案是選項2。

3 　選項3 提到"因為工作累了，什麼都不想做時"，雖然這也可能是旅行的一個原因，但文章更強調的是對現狀的整體厭倦和想要重置的心情。

4 　選項4 討論"因為積累了很多還沒讀的書時"，這更多是旅行中的一個活動，而不是想要旅行的主要原因。

|**答案： 2**

▼ (2) ／ **64**---

64 關於作者的旅行方式，最接近的選項是哪一個？

1 厭倦觀光的話就享受閱讀。
2 什麼也不做，如果感到無聊就享受閱讀。
3 把累積的書看完後就進行觀光。
4 旅行是為了離開日常生活，所以不觀光。

［解題］

1 　選項1 提到"如果厭倦了觀光，就享受閱讀"，這與作者明確表示的"不進行觀光"原則不符。

2 　選項2 討論"什麼都不做，如果感到無聊就享受閱讀"，雖然作者提到了閱讀，但這個選項忽略了作者對旅行目的的描述。

3 選項 3 提到 "如果讀完了累積的書，就去觀光"，這同樣與作者不進行觀光的原則相違背。

4 選項 4 討論 "為了遠離日常生活而出行，並不進行觀光"，這最準確地反映了文章中作者描述的旅行方式。

答案： 4

▼ (2) ╱ 65 --

65 作者表示自己在做什麼的時候能感到幸福呢？

1 看書的時候，或是旅行的時候
2 看戀愛小説、時代小説、推理小説、科幻小説等不生硬的書的時候
3 選書或是計劃旅行的時候
4 忘掉每天各種事情，閱讀的時候

[解題]

1 選項 1 提到 "在閱讀或旅行時"，這並不是文章強調的幸福感來源。

2 選項 2 討論 "在閱讀非硬派書籍時"，雖然作者提及了閱讀各類書籍，但並未特別強調這一活動帶來的幸福感。

3 選項 3 提到 "在選擇書籍或計劃旅行時"，這直接對應了文章中作者描述的幸福感來源。正確答案是選項 3。

4 選項 4 提到 "忘記日常雜事，在閱讀時"，雖然閱讀可能帶來快樂，但文章更強調選擇書籍和計劃旅行的過程。

答案： 3

▶▶ 文法說明 --

○ （の）ではないだろうか

例句	読んでみると面白いのではないだろうか。 讀了以後，你不覺得很有趣嗎？

解說	表示意見跟主張。是對某事能否發生的一種預測，有一定的肯定意味。中文意思是：「我認為不是…嗎」、「我想…吧」。

○ のに

| 例句 | その服、まだ着られるのに捨てるの。
那件衣服明明就還能穿，你要扔了嗎？ |

解説　表示後項結果違反前項的期待，含有説話者驚訝、懷疑、不滿、惋惜等語氣。中文意思是：「明明…」、「卻…」、「但是…」。

○ ず（に）

| 例句 | 連絡せずに、仕事を休みました。
沒有聯絡就請假了。 |

解説　表示以否定的狀態或方式來做後項的動作，或產生後項的結果。中文意思是：「不…地」、「沒…地」。

>>> **重要單字**

□ ぎっしり（〈擠得〉滿滿的）
□ かわり映え（〈後面多接否定〉改變，替換）
□ 見慣れる（看慣）
□ 取り巻く（包圍）
□ 日ざし（陽光）
□ 何もかも（所有，一切）
□ うんざりする（心煩，厭煩）
□ リセット（重置，重排）
□ 退屈（無聊，無趣）
□ 選別（挑選）
□ くつろぎ（放鬆）
□ 硬派（〈內容〉生硬嚴肅）

□ 望ましい（想要，希望）
□ かといって（雖説如此，即便如此）
□ 薄っぺら（膚淺）
□ 洗練（精煉，簡練俐落）
□ 必然的（勢必）
□ ＳＦ（科幻小説，科幻）
□ ミステリー（懸疑小説，神祕小説）
□ ファンタジー（奇幻小説）
□ エッセイ（散文，隨筆）
□ 幸福（幸福）
□ 周囲（周邊，周圍）

>>> **補充單字**

文書、出版物／文章文書、出版物

01｜引用
引用

02｜英文
用英語寫的文章；「英文學」、「英文學科」的簡稱

03｜御中
（用於寫給公司、學校、機關團體等的書信）公啟

04｜概論
概論

05｜継続
繼續，繼承

06｜原稿
原稿

07｜校
學校；校對

08｜索引
索引

09｜作成
寫，作（表、件、計畫、文件等）

10｜作製
製造

11｜仕上がる
做完；做成的情形

12｜下書き
試寫；草稿

▶▶ 補充知識 --------

☐ 助數詞

事　　物	助　數　詞
映画（電影）	一本 （一部）
絵画（繪畫）	一点、一枚 （一件、一幅）
紙（紙）	一枚、一葉 （一張、一頁）
小説（小説）	一編 （一篇）
書物（書籍）	一冊、一巻、一部 （一冊、一卷、一部）
書類（文件）	一通、一部、一枚 （一封、一份、一張）
新聞（報紙）	一部、一紙 （一份、一份）
イカ、タコ、カニ （烏賊、章魚、螃蟹）	一杯（死んで食用になったもの） （一隻） 一匹（生きているもの） （一隻）
遺体（遺體）	一体 （一具）
エレベーター（電梯）	一基、一台 （一部、一台）
寄付（捐款）	一口 （一筆）
キャベツ（高麗菜）	一玉、一株、一個 （一粒、一顆、一個）

薬（藥）	飲み薬一回分 ··· 一服 （一份） 粉薬 ··· 一包 （一包） 錠剤 ··· 一錠、一粒 （一顆、一粒）
碁〔対局〕（圍棋〈對局〉）	一局、一番 （一局）
口座（戶頭）	一口 （一個）
ざるそば（竹籠蕎麥麵）	一枚 （一份）
事件、事故（事件、事故）	一件 （一起）
銃（槍）	一挺、一丁 （一把）
相撲の取組（相撲的對賽組合）	一番 （一組）
膳（吃飯時放飯菜的方盤）	一客 （一個）
倉庫（倉庫）	一棟 （一間）
大砲（大砲）	一門 （一座）
電車（電車）	一両 （一輛）
豆腐（豆腐）	一丁 （一塊）
トンネル（隧道）	一本 （一條）
涙（眼淚）	一滴、 一筋 （一滴、一行）
人形（人偶）	一体 （一隻）
海苔（海苔）	一枚 （一片）
バイオリン（小提琴）	一挺 （一把）
履物（鞋類的總稱）	一足（左右一組で） （一雙）

箸（筷子）	一膳 （一雙）
花（花）	一輪、一本 （一株、一朵）
干物（魚乾）	一枚 （一條）
船（船）	大きな船…一隻 （一艘） 小さな船…一艘 （一條）
めん（うどん、そばなど） （麵〈烏龍麵、蕎麥麵〉）	ゆでめん…一玉 （一團） 乾麺…一束、一把 （一束、一捆）
料理（料理）	一品 （一道） 一皿、一人分、一人前 （一盤、一人份、一人份）
和歌（和歌）	一首 （一首）

▼ (3)--

[翻譯]

　　因為工作的關係，我有時會在外景地點吃中餐。即使是在家庭式餐廳，一到午餐時間，上班族或司機為了吃中餐，會在有限的午休時間排長長的隊伍。

　　在這種時候，經常可以看到（注1）一群帶著小孩、疑似（注2）主婦的人，用完餐還很熱絡，甚至是愉快地只顧著聊天。她們雖然在我們入座前就已經坐在那邊了，但一直到我們用完餐要離開店家時她們都沒有要離席的意思。即使小孩厭煩了，但只要自己不厭煩的話就沒有要離席的打算吧？也許有很多想要聊天的話題。我不是不知道她們想針對丈夫（注3）或是婆婆（注4）發發牢騷（注5），發洩（注6）一下壓力。可是在她們發洩壓力的同時，那些等待已久的人們壓力也正節節升高。

　　其他桌的客人一組換過一組，卻沒有任何感覺，或者是有了感覺卻無視於此，像這樣的人如果要養育小孩呢？小孩肯定會看著父母這種樣子而成長吧？這樣好嗎？父母有責任將小孩培養成有常識的大人送入社會。

（選自『午餐時間的體貼』2009年2月7日產經新聞）

（注１）看到：實際見到
（注２）疑似：被認為是。看起來像是
（注３）丈夫：先生
（注４）婆婆：先生的母親
（注５）牢騷：説些講了也無濟於事的話而傷心
（注６）發洩：朝外面發散出去。分散到外部

［全文重點剖析］

這篇文章是作者從觀察到的用餐現象來進行批判，並闡述他對於身教的想法。各段落的主旨如下表所示：

第一段	作者提到自己在外吃中餐時，常常看到大排長龍的景象。
第二段	承接上一段。有些帶小孩出來的主婦用完餐還繼續佔著位子聊天。
第三段	結論。作者懷疑這種不顧他人感受的家長無法教育小孩。

▼ **(3)／66**--

66 這種樣子指的是什麼樣子呢？

1 在餐廳快樂用餐的樣子
2 養育小孩的樣子
3 對於周圍狀況漠不關心的樣子
4 發洩壓力的樣子

［解題］

1 選項1提到"在餐廳享受用餐的姿態"，這並非文章批評的焦點。

2 選項2討論"正在育兒的姿態"，文章並未將這一行為直接聯繫到批評的焦點。

3 選項3提到"對周圍情況漠不關心的態度"，這正是文章批評的主要行為。

4 選項4討論"釋放壓力的姿態"，雖然文章提及了這一點，但更多是作為釋放壓力行為的背景，而不是被指責的主要行為。

|答案：**3**

▼ **(3)／67**--

作者對於什麼表示不滿呢？

1 用完餐卻不離開座位，只顧著聊天的主婦
2 為了吃中餐而不得不大排長龍的情況
3 主婦在外面發洩壓力一事
4 父母在講話，卻一下子就不耐煩的小孩們

［解題］

　　選項1直接對應文章中，對主婦群體在餐廳中，即使結束用餐也不離席，繼續交談的行為表示不滿。正確答案是選項1。文章的第2段全都是針對主婦在進行敘述，如下表所示：

❶

行數	敘　　述	重　點
5〜10	そんな時間によく目にするのが食事を終えても熱心に、しかも楽しそうに話し込む子供連れ同士の主婦とおぼしき一団だ。私たちが席に着く前から座っていたのに、食事を済ませて店の外に出るまで席を離れる気配すらなかったりする。子供が飽きても、自分たちが飽きるまでは席を立つつもりがないのだろう。	主婦們在用餐尖峰時刻帶著小孩來用餐，即使吃完也沒有離去的意思，繼續坐著聊天。
11〜13	旦那や姑の愚痴を言ったりしてストレスを発散させたいのも分からないでもない。	主婦們藉由抱怨先生或婆婆來抒發壓力。

　　選項2描述了為了用餐而形成的長隊等待情況，但文章中沒有直接表達對這種狀況的不滿。選項2的關鍵字在「長い列」。文章裡面提到排隊的部分如下：

❷

行數	敘　　述	重　點
1〜4	ファミリーレストランなどでも、ランチタイムになると会社員や営業ドライバーが、昼食をとるため、限られた休み時間に長い列を作る。	午餐時段即使是在家庭式餐廳，上班族或司機也要大排長龍。
13〜14	しかし、彼女たちがストレスを発散させている間、待たされ続ける人たちのストレスがたまっていく。	排隊的人因為沒位子坐所以負面的情緒也跟著漲高。

❸　　選項3談及主婦在外釋放壓力的行為，儘管文章提到了這一點，但作者表達的不滿，更多集中在因此行為而影響到他人的部分。

4 選項 4 提到孩子們很快就感到厭煩，無法耐心等待，而這並非文章中作者不滿的焦點。

|答案：**1**

▼ **(3)／68**---

68 作者認為對養育小孩的父母而言什麼是必須的呢？

1 在餐廳如果小孩厭煩了，即使是用餐到一半也要離席
2 要有能發牢騷發洩壓力的朋友
3 行為要能當孩子的榜樣
4 即使對丈夫或婆婆不滿，在外面也要噤口忍耐

［解題］

1 選項 1 提到 "如果孩子在餐廳感到無聊，即便飯未吃完也應該離席"，這並不是文章中討論的重點。

2 選項 2 談論 "擁有可以讓自己釋放壓力的朋友"，雖然文章提到釋放壓力的重要性，但這不是作者強調的育兒建議。

3 選項 3 討論 "以身作則的行為"，這直接對應了文章中提到的父母，應該怎樣表現來作為孩子的榜樣。正確答案是選項 3。

4 選項 4 提到 "即使對丈夫或婆婆有不滿，在外也應保持沉默忍耐"，這是一個具體情境，但文章更廣泛地討論了，父母的行為對孩子成長的影響。

|答案：**3**

▶▶ 文法說明--

○ 上（じょう）

| 例句 | 経験上（けいけんじょう）、練習（れんしゅう）を三日（みっか）休（やす）むと体（からだ）がついていかなくなる。
就經驗來看，練習一停 3 天，身體就會生硬。 |

解說 表示「從這一觀點來看」的意思。相當於「…の方面では」。中文意思是：「從…來看」、「出於…」、「鑑於…上」。

○ すら

例句 プロの選手<ruby>選手<rt>せんしゅ</rt></ruby>ですら、<ruby>打<rt>う</rt></ruby>てないボールもある。
也有連職業選手都打不到的球。

解說 舉出一個極端的例子，表示連他（它）都這樣了，別的就更不用提了。
有導致消極結果的傾向。中文意思是：「就連…都」；「甚至連…都」。

○ ないでもない

例句 <ruby>安<rt>やす</rt></ruby>くしてくれれば、<ruby>買<rt>か</rt></ruby>わないでもない。
如果能算便宜一點，也不是不買。

解說 表示某種行為或認識有可能成立。語氣上不是很積極。中文意思是：
「也不是不…」。

○ としたら

例句 この<ruby>制度<rt>せいど</rt></ruby>を<ruby>実施<rt>じっし</rt></ruby>するとしたら、まずすべての<ruby>人<rt>ひと</rt></ruby>に<ruby>知<rt>し</rt></ruby>らせなければならない。
這個制度如果要實施，首先一定要先通知大家。

解說 表示順接的假定條件。在認清現況或得來的信息的前提條件下，據
此條件進行判斷。中文意思是：「如果…的話」。

○ にもかかわらず

例句 <ruby>努力<rt>どりょく</rt></ruby>にもかかわらず、ぜんぜん<ruby>効果<rt>こうか</rt></ruby>が<ruby>上<rt>あ</rt></ruby>がらない。
儘管努力了，效果還是完全沒有提升。

解說 表示逆接。後項事情常是跟前項相反或相矛盾的事態。中文意思是：
「雖然…，但是…」。

▶▶ 重要單字

☐ ロケ（外景拍攝）
☐ <ruby>先<rt>さき</rt></ruby>（地點，場所）
☐ ファミリーレストラン（家庭式餐廳）
☐ ランチタイム（午餐時間）
☐ <ruby>営業<rt>えいぎょう</rt></ruby>ドライバー（為了業務而開車的人）

☐ <ruby>目<rt>め</rt></ruby>にする（看到，看見）
☐ <ruby>話<rt>はな</rt></ruby>し<ruby>込<rt>こ</rt></ruby>む（只顧聊天，談得入神）
☐ ～<ruby>連<rt>つ</rt></ruby>れ（〈前接表示人的名詞〉帶著，協同）
☐ <ruby>同士<rt>どうし</rt></ruby>（〈表性質相同的人〉們）
☐ おぼしい（疑似是，好像是〈常用文語「…とおぼしき」形式〉）

□ 一団（一群，一批）
□ 済ませる（結束，完成）
□ 気配（情形，樣子）
□ 飽きる（厭煩，厭倦）
□ 語り合う（相談，對話）
□ 旦那（丈夫，先生）
□ 姑（婆婆，先生的母親）

□ 愚痴（牢騷，抱怨）
□ 発散（發洩〈怒氣等〉）
□ 無視（無視，忽視）
□ 良識（健全的思考，健全的判斷力）
□ 散らばる（分散）
□ 見本（榜樣，範本）

>>> 補充單字 ---

人間関係 / 人際關係

01｜お互い様
彼此，互相

02｜間接
間接

03｜強力
力量大，強大

04｜交際
交往，應酬

05｜交流
往來；交流電

06｜裂く
撕開；扯散

07｜上下
（身分、地位的）高低

08｜隙
空隙；空暇

09｜接する
接觸；連接

10｜相互
相互；輪流

11｜存在
存在；存在的事物

12｜尊重
尊重，重視

13｜立場
站立的場所；處境

14｜他人
別人；陌生人

15｜偶々
偶然；偶爾

16｜便り
音信，消息

17｜頼る
依靠；投靠

18｜付き合い
交際；應酬

19｜出会い
相遇；幽會

20｜敵
敵人；（競爭的）對手

□ 情緒相關的單字

單　　字	意　　思
うきうき （樂不可支）	楽しそうなことを期待して、うれしさのあまり落ち着いていられない様子 （盼望愉快的事情到來，高興得平靜不下來的樣子）
わくわく （興奮）	期待または心配などで、心が落ち着かず胸が騒ぐ様子 （因為期待或擔憂的事情，興奮得無法平靜下來的樣子）
楽しい （愉快）	満ち足りていて、愉快な気持ちである。 （很滿足，心情很愉快。）
嬉しい （高興）	物事がうまくいって、満足できるようになり、明るく快い気持ちである。 （由於事情進展順利而感到滿意，快活愉悦的心理狀態。）
有頂天 （得意忘形）	うれしくなって、何もかも忘れてしまい、じっとしていられない様子。冷静でないという否定的な意味でも使う。 （高興得忘了一切，欣喜若狂的樣子。也用在不夠冷靜的負面意思。）
退屈（な） （無聊）	何もすることがなかったり、興味のあることがなくて、つまらない （無事可做，或是什麼都覺得沒意思，很無趣）
わびしい （寂寞）	ひっそりとして寂しかったり、見た感じがとても貧しかったりする様子 （幽靜寂寞的感覺，或是看起來顯得十分寒酸的樣子）
不機嫌（な） （不高興）	「機嫌がいい」の反対の意味で、楽しいことやいいことがなくて愉快でない様子 （跟「高興」的意思相反，因為沒有什麼高興的事或喜事，而心情不好的樣子）
むしゃくしゃ（と） （心情煩躁）	何か嫌なことや、腹の立つこととがあって、静かな気持ちでいられない様子 （遇到討厭或叫人生氣的事，致使心情無法平靜的樣子）
かっと （突然發怒）	激しい怒りの気持ちが急に起こる様子 （突然大發脾氣的樣子）

讀解・第一回

Track N2-09

問題 12

次のAとBはそれぞれ、餅について書かれた文章である。二つの文章を読んで、後の問いに対する答えとして最もよいものを、1・2・3・4から一つ選びなさい。

A

　　親戚から餅つき (注1) の機械をもらいました。私は一人暮らしなので、この機械で1回にできる量を全部食べるのには何日もかかります。お餅は長く置いておくとかびが生えたりひび割れたりしてしまうので、最初はいらないと断りました。でも、その親戚がよいお餅の保存方法を教えてくれました。お餅がつけたら、ビニール袋にすみまできちんと詰めて置いておき、さめたら空気が入らないように閉じてすぐ冷凍すると、長持ち (注2) するそうです。解凍してそのまま食べるか、冷凍のまま焼いて食べればよいということでした。それを聞いて、機械をもらうことにしました。早速、今度の休みにこの機械を使ってお餅をつこうと思います。

B

日本のお正月といえば、お餅ですね。でも、毎日食べていると飽きてくるものです。長く置いておいて、かびが生えたりひび割れたりしてしまわないうちに、工夫して早く食べきってしまいましょう。お餅の食べ方というと、あんこかきなこか、さもなければ (注3) お雑煮ばかりになっていませんか。お餅は、ほかにもいろいろおいしい食べ方があるのです。たとえば、納豆をからめた納豆餅と、枝豆のあんをからめたずんだ餅は、東北地方では一般的なお餅です。お餅にチーズなどピザの具を載せてピザ風にしたり、大根おろしと醤油で食べたりしてもおいしいですよ。それでも食べきれないときは、小さく切ったものを焼いたり揚げたりすれば、おいしいおやつになります。

(注1) 餅つき：餅をつくこと。餅をつくとは、炊いたもち米を強く打って押しつぶし、餅にすること
(注2) 長持ち：よい状態を長く保つこと
(注3) さもなければ：そうでなければ

69

AとBのどちらの文章にも触れられている点は何か。

1　お餅の食べ方にはどんなものがあるか。

2　お餅を長持ちさせるにはどうすればよいか。

3　多すぎるお餅をどうすればよいか。

4　おいしいお餅を作るにはどうすればよいか。

70

AとBの文章の最大の違いは何か。

1　Aはお餅の冷凍について述べており、Bはお餅の一般
　　的な食べ方を述べている。

2　Aは餅つきの機械について述べており、Bはお餅の変
　　わった食べ方を述べている。

3　Aはお餅の保存方法について述べており、Bはお餅を
　　早く食べ終わる工夫を述べている。

4　Aは餅つきの機械について述べており、Bはお餅の一
　　般的な食べ方を述べている。

問題 12

下列的 A 和 B 分別是針對年糕撰寫的文章。請閱讀這兩篇文章並從選項 1・2・3・4 當中選出一個最恰當的答案。

[翻譯]

A

我從親戚那邊拿到搗年糕（注1）的機器。我一個人住，所以要花上好幾天才能把這台機器搗一次的量給吃光。年糕放久了會發霉或是龜裂，起初我本來拒絕對方說我不要，不過那位親戚教我一個保存年糕的好方法。年糕搗好後，確實地塞入塑膠袋的各個角落，等放涼後，再封緊袋子避免空氣跑入，立刻拿去冷凍，聽說這樣一來就能保久（注2）。解凍後就能直接吃，也可以在冰凍的狀態下烤來吃。我聽了之後決定收下這台機器。這次休假我要馬上來用這台機器搗年糕。

B

說到日本的新年，就是年糕了吧？不過每天都吃的話是會膩的。趁著久放還沒發霉或龜裂的時候，花點心思盡早把它吃完吧！說到年糕的吃法，你是否只想到紅豆餡、黃豆粉，不然（注3）就是年糕什錦湯呢？年糕其實還有其他各式各樣的吃法。例如，沾附納豆的納豆年糕，以及沾附毛豆泥的毛豆年糕，在東北地區都是常見的年糕吃法。在年糕上放上乳酪等披薩的料，就能變成披薩風味；或是配著蘿蔔泥和醬油吃，都很美味喔！如果這樣還是吃不完，也可以切成小塊來烤或是炸，就能搖身一變成為好吃的點心。

（注１）搗年糕：舂製年糕。所謂的舂製年糕，就是用力地搗打壓碎煮好的糯米，使之變成年糕

（注２）保久：長時間地保持良好的狀態

（注３）不然：否則

［全文重點剖析］

這一大題是「綜合理解」。題目當中會有２～３篇同一主題、不同觀點的文章，考驗考生是否能先各別理解再進一步比較。所以最重要的是要掌握每篇文章的主旨，然後找出它們之間的異同。

Ａ和Ｂ的主題都是年糕，文體同樣都是記敘文。Ａ的大意是說作者拿到一台搗年糕的機器，本來怕一個人吃不了那麼多所以不敢收下，但得知年糕保存的方法後他改變了心意。Ｂ則是介紹各種年糕的吃法，讓讀者能盡快把新年的年糕吃完。

通常記敘文當中花最多字數去描述的事物就是這篇文章的重點。Ａ從第５～10行都是在針對「よいお餅の保存方法」（保存年糕的好方法）在介紹，佔了整體的一半，可見這個就是它的主旨。Ｂ從第４～12行都是在介紹「お餅の食べ方」（年糕的吃法），佔了整體的２／３，所以這就是它的主旨。

▼ **69**--

69 Ａ和Ｂ兩篇文章都有提到的觀點是什麼？

1 年糕的吃法有哪幾種。

2 如何保久年糕。

3 該如何處理過多的年糕。

4 該如何做出好吃的年糕。

［解題］

1 選項１ Ａ文未具體談及年糕的吃法，而Ｂ文詳述了多種吃法，顯示這不是兩文共同討論的內容。

2 選項２ Ａ文專注於介紹年糕的保存技巧，與Ｂ文聚焦於如何通過不同的食用方法避免年糕過期，故不是共議主題。

3 選項３ 兩篇文章均探討了處理剩餘年糕的方式，Ａ文通過冷凍保存方法延長壽命，Ｂ文則提倡利用多樣化食法快速消耗，這成為了一個共同的討論焦點。正確答案選項３。

4 選項４ 兩篇文章都沒有專門討論如何製作美味的年糕，因此這並非共同觸及的內容。

答案：3

70 A和B兩篇文章最大的不同是什麼？

1 A針對年糕的冷凍進行敘述，B是敘述年糕的一般吃法。

2 A針對搗年糕的機器進行敘述，B是敘述年糕的特殊吃法。

3 A針對年糕的保存方法進行敘述，B是敘述盡早吃完年糕的方法。

4 A針對搗年糕的機器進行敘述，B是敘述年糕一般的吃法。

［解題］

1 　選項1　A文確實提到了冷凍保存年糕的方法，而B文聚焦於年糕的不同食用方式，非一般吃法。這個選項沒有準確指出兩篇文章的核心差異。

2 　選項2　A文提到了搗年糕機器，但主要是講述了年糕的保存方法，而B文確實講述了不同的食用方式。這個選項沒有全面概括A文的主要內容。

3 　選項3　A文主要討論了如何保存年糕，而B文集中講述了如何通過多種方式快速消耗年糕，這是兩篇文章的主要區別。正確答案選項3。

4 　選項4　A文講述了搗年糕機器的使用，但這並不是文章的主要差異點，而B文並沒有專注於講解年糕的一般吃法，而是多樣的吃法。

答案：3

▶▶ 文法說明

○ **のに**

| 例句 | 掃除をするのに１日かかった。
我花了一整天打掃。 |

解説　「のに」除了表示前後的因果關係之外，還可以陳述事物的用途、目的、有效性等的表達方式。中文意思是：「用於…」。

○ **ということだ**

| 例句 | 田中さんは、大学入試をうけるということだ。
聽說田中先生要考大學。 |

解説　表示傳聞，直接引用的語感強。一定要加上「という」。中文意思是：「聽説…」、「據説…」。

○ ことにする

例句	警察に連絡することにしました。 決定要報警了。

解説 表示說話人以自己的意志，主觀地對將來的行為做出某種決定、決心。大都用在跟對方報告自己決定的事。中文意思是：「決定⋯」；「習慣⋯」。

○ といえば

例句	京都の名所といえば、金閣寺と銀閣寺でしょう。 提到京都名勝，那就非金閣寺跟銀閣寺莫屬了！

解説 用在承接某個話題，從這個話題引起自己的聯想，或對這個話題進行說明。也可以說「というと」（提到）。中文意思是：「談到⋯」、「提到⋯就⋯」、「說起⋯」等，或不翻譯。

○ ものだ

例句	腐ったものを食べると、腹を壊してしまうものです。 吃腐壞的東西，會弄壞肚子的。

解説 表示常識性、普遍的事物的必然的結果。中文意思是：「⋯就會⋯」。

○ ないうちに

例句	雨が降らないうちに、帰りましょう。 趁還沒有下雨，回家吧！

解説 這也是表示在前面的環境、狀態還沒有產生變化的情況下，做後面的動作。中文意思是：「在未⋯之前，⋯」、「趁沒⋯」。

○ きる

例句	何時の間にか、お金を使いきってしまった。 不知不覺，錢就花光了。

解説 有接尾詞作用。接意志動詞的後面，表示行為、動作做到完結、竭盡、堅持到最後。中文意思是：「⋯完」；「充分」；「不能完全⋯」。

□ 餅つき（搗年糕）
□ 一人暮らし（一個人住，獨居）
□ かび（〈發〉霉）
□ ひび（龜裂）
□ 断る（拒絕）
□ さめる（冷卻）
□ 長持ち（保久）
□ 解凍（解凍，退冰）
□ 早速（馬上，立刻）
□ あんこ（紅豆館；豆沙）
□ きなこ（黃豆粉）

□ さもなければ（不然，否則）
□ 雑煮（年糕什錦湯）
□ 納豆（納豆）
□ からめる（沾附，沾有）
□ 枝豆（毛豆）
□ ピザ（披薩）
□ 具（菜餚料理的料）
□ 風（…風〈味〉）
□ 大根おろし（蘿蔔泥）
□ 触れる（提到，談到）

補充單字

食事、食べる、味 / 用餐、吃、味道

01 | 味わう
品嚐；體驗

02 | 旺盛
旺盛

03 | お代わり
（酒、飯等）再來一杯、一碗

04 | 齧る
咬；一知半解

05 | カロリー【calorie】
（熱量單位）卡路里

06 | 食う
（俗）吃，（蟲）咬

07 | 高級
（級別）高級；（等級程度）高

08 | 肥える
肥；土地肥沃

09 | 献立
菜單

10 | 刺身
生魚片

補充知識

□ 過年相關的動作

過年相關例句	意思、意義
家中をきれいに大掃除する。	把家裡打掃乾淨。
アメ横で正月の食材を購入する。	去「阿美橫町」辦年貨。
お節料理を作る。	準備年菜。

年越し蕎麦を作る。	做跨年蕎麥麵。
門松を立てる。	門口擺放門松。
鏡餅を供える。	將鏡餅供在神前。
歳神様を迎える。	迎接年神。
年賀状を書く。	寫賀年卡。
除夜の鐘をつく。	敲響除夕鐘聲。
初詣に出かける。	元旦參拜。
おみくじを引く。	抽籤。
新年会を開く。	舉辦新年聯歡會。
年越しのカウントダウンをする。	跨年倒數活動。
お正月番組を見る。	看新春電視節目。
紅白を見る。	看紅白歌唱大賽。
お年玉をもらう。	領壓歲錢。
たこ上げをする。	放風箏。
羽根つきをする。	玩羽子板。
お雑煮を食べる。	吃什錦年糕湯。
お屠蘇を飲む。	喝屠蘇酒。
年始挨拶周りに行く。	拜訪親朋好友。

Track N2-10

問題 13

次の文章を読んで、後の問いに対する答えとして、最も良いものを1・2・3・4から一つ選びなさい。

　それから、最も大切な問題は、報道のあり方です。カメラマンは、現場に行けば、いい取材 (注1) をしたいと、多少の無理をしてしまいがちですので、私は、毎晩のミーティングでカメラマンに対し、「被災者の方々には、当然撮って欲し
5　くないところ、撮られたくないところがある。相手を尊重して、人間らしい取材をしてほしい。あとで、きっと自分たちの仕事を振り返ることがあると思う。そのとき、一人の人間として、震災にどのように立ち向かい、どんな役割を果たしたのか、後悔することのないよう、①責任と自覚をもって行
10　動して欲しい」と話しました。

　実際、カメラマンたちは、ただやみくもに (注2) 取材を進めるのではなく、時間さえあれば、被災者の方々と一緒に水や食料を運んだりしているわけです。ですから、「NHKだったら取材に応じてもいい」とおっしゃる方もいました。とに
15　かく、震災で傷ついた被災者の方々の心に、土足で踏み込む (注3) ようなことだけはしないように心掛け (注4) ました。被災者の方々は、最初のうち、われわれマスコミに対して「と

にかく撮ってくれ、伝えてくれ」といっていました。ところが日がたつにつれて、マスコミが殺到する (注5) ようになると、無理な取材も行われるようになり、当然「見せ物じゃない、やめてくれ」という声があがってきました。被災者の方々は、震災に遭われてやり場のない不満を持っていますから、いわば、部外者であるわれわれマスコミに対して、その不満をぶつけるしかない。②その意味もふくめて、私は「相手の気持ちをよく理解して、取材される立場になって取材しよう」といい続けたんです。（中略）

　結局、取材というのは、相手の信頼を得られるかどうかにかかっていると思うのです。その信頼を得る努力はもちろん必要ですが、大前提として、日々のNHKのニュースというものが信頼あるものでなければいけません。信頼される情報と信頼される映像です。我々は、この震災でNHKに対する信頼感と期待、公共放送としての重みをあらためて感じました。もちろん頭の中では理解していましたが、実際に被災地域を取材して歩いて、被災者の方々に接して体の芯まで理解できたような気がするのです。

（片山修『NHKの知力』小学館文庫による）

（注1）取材：ニュースの材料を事件や物事から取って集めること
（注2）やみくもに：先のことをよく考えずに物事を行う様子。やたらに
（注3）土足で踏み込む：強引に入り込む
（注4）心掛ける：気をつける。忘れないようにする
（注5）殺到する：大勢集まる

71

①責任と自覚をもって行動するとは、どのようにすることか。

1　現場に行ったら、多少無理をしてでも取材をすること

2　一人の人間としてどのように震災に立ち向かったか自身の記録を残すこと

3　取材される側の人を尊重して、人間らしい取材をすること

4　被災者の方と一緒に水や食料を運ぶのを忘れないこと

72

②その意味もふくめてが意味していることは何か。

1　「NHKだったら取材に応じてもいい」と言ってくれる被災者がいること

2　震災に遭った人々に協力すること

3　震災に遭った人は、その不満を言う相手が取材に来た人以外にいないこと

4　「とにかく撮ってくれ、伝えてくれ」と思っている被災者のために、撮って伝えること

$\boxed{73}$

筆者がこの文章で一番言いたいことはどんなことか。

1 　日々、信頼される情報と映像を提供することの大切さ

2 　震災の被害に遭うことの大変さ

3 　取材される側の気持ちを心の芯まで理解することの大
切さ

4 　公共放送としてのNHKのすばらしさ

問題 13

請閱讀以下的文章，並從選項 1・2・3・4 當中選出一個下列問題最恰當的答案。

[翻譯]

此外，最重要的問題是，報導應有的姿態。攝影師到了現場，都會想要有好的採訪（注1），多少都會強逼對方。因此，每晚的會議我都會對攝影師說：「受災戶們當然有不希望你們拍的東西，或是不想被拍到的地方。我希望你們能尊重對方，做些人性的採訪。我想之後你們一定都會回過頭來看看自己的工作。到時，作為一個人類，希望你們能①秉持責任和自覺採取行動，對於自己面對震災的方式、所扮演的角色，毫無任何後悔」。

事實上，攝影師們並沒有胡亂地（注2）只顧著採訪，有時間的話，他們也會和受災戶一起搬運水或食物。所以也有人表示：「如果是ＮＨＫ的話，我可以接受採訪」。總之，我們絕不強行進入（注3）受災戶們因震災而受傷的心靈，這點可是謹記在心（注4）。起初受災戶們對我們媒體說：「總之就是給我們拍、讓大家知道」。但是隨著時間的流逝，媒體蜂擁而至（注5）後，也開始會有些強迫性的採訪行為，想當然爾，「不是給人家參觀的東西，不要拍了」這樣的聲音也跟著出現。受災戶們經歷震災，怨氣無處宣洩，所以只能對所謂的外人，也就是我們這些媒體發洩不滿。②同時包含了這層意義，我才會一直強調：「要充分了解對方的心情，站在被採訪的立場來採訪」。（中略）

到頭來，我認為所謂的採訪，和能否取得對方的信賴很有關聯。得到這份信賴固然需要努力，但大前提是，每天播放的ＮＨＫ新聞必須是要值得信賴的東西。是能被信賴的資訊和被信賴的影像。我們在這次震災當中，重新感受到大眾對ＮＨＫ的信賴感和期待，以及公共傳播的重擔。當然，腦袋雖然早就能理解這點，但我覺得我們是實際走訪災區，和受災戶接觸後才連體內深處都能理解的。

（選自片山修『ＮＨＫ的智力』小學館文庫）

（注1）採訪：從事件或事物當中擷取收集新聞的素材
（注2）胡亂地：做事不顧後果的樣子。任意地
（注3）強行進入：強硬地踏入
（注4）謹記在心：留意。不遺忘
（注5）蜂擁而至：很多人聚集

[全文重點剖析]

這一大題是「理解想法」，考驗考生能否讀完一篇較長的評論等文章，掌握作者整體而言想表達的意見或想法。所以最重要的就是要掌握全文主旨。

這篇文章整體而言是在闡述作者認為媒體報導取材應該有的態度，並說明採訪的前提是要累積他人對我方的信賴。各段落的主旨如下表所示：

第一段	作者希望自家攝影師在採訪震災新聞時能夠多尊重被訪者，做有人性的報導。
第二段	承接上一段，作者表示在震災現場，如果不站在受災戶的立場為他們著想，就會引發情緒反彈。
第三段	採訪報導最重要的就是得到對方的信賴。

▼ 71 ---

71 所謂的①秉持責任和自覺採取行動，是指怎麼做呢？

1 到了現場，就算有點強迫對方也要採訪

2 要留下作為一個人類，自己如何面對震災的記錄

3 尊重被採訪的人，做有人性的採訪

4 不要忘記和受災戶一起搬運水或食物

[解題]

1 選項1 "強調盡量採訪"，與文章的核心理念相違背，文章強調的是尊重被採訪者，避免侵犯他們的隱私和尊嚴。

2 選項2 "記錄一個人面對災難的方式"，雖然這是一個積極的行為，但並不是文章強調的「秉持責任感和自覺採取行動」的核心內容。

3 選項3 "強調尊重與人性化採訪"，直接對應文章中的核心理念，即強調在採訪中尊重與理解受訪者，避免傷害和侵犯。體現新聞工作者的職業倫理和人性關懷。正確答案選項3。

4 選項4 "描述善行"，這雖是一個積極的社會行為，但它更多是描述攝影師們在具體行動中的善舉，而非解釋「帶著責任感和自覺行動」的含義。

答案：3

72 ②同時包含了這層意義是什麼意思呢？

1 有受災戶説「如果是ＮＨＫ的話，我可以接受採訪」
2 幫助遭遇震災的人
3 遭遇震災的人，能表達不滿的對象除了前來取材者並無他人
4 為了有「總之就是給我們拍、讓大家知道」這種想法的受災戶，要幫他們拍攝並公諸於世

[解題]

1 選項 1 "受災者願意接受NHK採訪"，這與「その意味もふくめて」直接關聯不大，不是文章強調的主要含義。

2 選項 2 "幫助受災者"，雖然與文章的精神有關，但並非是「その意味もふくめて」所特指的含義。

3 選項 3 "受災者只能向來採訪的媒體表達不滿"， 直接呼應文章核心，即受災者將不滿情緒表達給媒體人員，最符合「その意味もふくめて」的含義。正確答案選項 3。

4 選項 4 "受災者初期期待媒體傳達訊息"，這個觀點更多反映了受災者最初的期待，而不是「その意味もふくめて」所要表達的核心含義。

答案：3

73 作者在這篇文章當中最想表達的是什麼呢？

1 每天提供值得信賴的資訊和影像的重要性
2 遭遇震災的痛苦
3 徹底了解被採訪者的心情的重要性
4 ＮＨＫ作為一個公共傳播媒體的好

[解題]

1 選項 1 "每天提供可信資訊與影像的重要"，直接反映文章中，通過提供可信的新聞和影像來建立觀眾信任的觀點，與文章主旨一致。正確答案選項 1。

2 選項 2 "遭受震災的痛苦"，文章雖然是在討論震災採訪的背景下，但並非文章焦點。

3 選項 3 雖然文章提到 "深入理解受訪者心情的重要性"，但這不是文章最想強調的主旨，而是支持主旨的一個方面。

4 選項 4 文中的一個內容點 "NHK作為公共廣播的角色和其受到的信賴"，但並非文章的中心主旨。

答案：1

>>> 文法說明 ---------------------------------

○ **がちだ**

例句 おまえは、いつも病気がちだなあ。
你還真容易生病呀。

解說 表示即使是無意的，也容易出現某種傾向，或是常會這樣做。一般多用在負面評價的動作。中文意思是：「容易…」、「往往會…」。

○ **さえ…ば**

例句 手続きさえすれば、誰でも入学できます。
只要辦手續，任何人都能入學。

解說 表示只要某事能夠實現就足夠了。其他的都是小問題。強調只需要某個最低，或唯一的條件，後項就可以成立了。中文意思是：「只要…（就）…」。

○ **につれて**

例句 一緒に活動するにつれて、みんな仲良くなりました。
隨著共同參與活動，大家感情變得很融洽。

解說 表示隨著前項的進展，同時後項也隨之發生相應的進展。中文意思是：「伴隨…」、「隨著…」、「越…越…」。

○ に対して

| 例句 | この問題に対して、意見を述べてください。
請針對這問題提出意見。 |

解說 表示動作、感情施予的對象。可以置換成「に」。中文意思是：「向…」、「對（於）…」。

○ を…として

| 例句 | 豆腐はダイエット食品として人気がある。
豆腐作為減肥食品很受歡迎。 |

解說 表示身分、地位、資格、立場、種類、作用等。中文意思是：「把…視為…（的）」、「把…當做…（的）」。

▶▶ 重要單字

□ 報道（報導）
□ あり方（應有的姿態，應有的樣子）
□ 取材（取材，收集素材）
□ ミーティング（會議）
□ 被災（受災，遇害）
□ 振り返る（回過頭看）
□ 震災（震災，地震災害）
□ 立ち向かう（面對）
□ 役割（角色）
□ 果たす（實行，實踐）
□ 後悔（後悔，懊悔）
□ 自覚（自覺）
□ やみくもに（胡亂地，任意地）
□ 応じる（應答，回應）
□ 土足（赤腳；帶泥的腳）
□ 踏み込む（擅自進入，闖入）
□ 心掛ける（留意，謹記在心）

□ マスコミ（媒體）
□ 殺到（蜂擁而至）
□ 見せ物（給人參觀的東西，給人當熱鬧看）
□ やり場がない（無處宣洩）
□ いわば（也就是）
□ 部外者（外人，局外者）
□ われわれ（我們）
□ 立場（立場）
□ 得る（取得，得到）
□ かかる（有關；關係）
□ 前提（前提，事物成立條件）
□ 映像（影像）
□ 公共放送（公共媒體，公廣電視集團）
□ 重み（重擔；重要性）
□ あらためる（重新）

□ 接する（接觸）　　　　　　□ 強引（強硬，強行）
□ 芯（深處）　　　　　　　　□ 入り込む（踏入，進入）

➤➤ 補充單字--

報道、放送 / 報導、廣播

01｜アンテナ【antenna】
天線

02｜解説
解説，説明

03｜構成
構成，組成

04｜公表
公布，發表

05｜撮影
攝影；拍電影

06｜スピーチ【speech】
（正式場合的）簡短演説，致詞

07｜世論・世論
世間一般人的意見，輿論

08｜騒々しい
吵鬧的；（社會上）動盪不安的

09｜載る
登上；騎

10｜放送
廣播；傳播

11｜論争
爭論，爭辯

➤➤ 補充知識--

□ 和「走路」相關的單字

單　詞	意　思
足が棒になる （腳痠）	長い間立っていたり歩いたりして、足がひどく疲れる。 （由於長時間站著或走路，使得腳極度疲乏。）
足並み （步伐）	複数の人が一緒に歩くときの、足のそろい具合 （複數的人一起走路時，邁步的方式）
さまよう （徘徊）	目的もなく歩き回る。 （無目的的走來走去。）
散歩 （散步）	気晴らしや健康のために、気のままに歩くこと （為了散心或健康信步而行）
忍び足 （輕聲走路）	人に気づかれないように、足音を立てずに歩くこと （為了不讓別人發現，輕聲走路）
ずかずか （毫不客氣）	遠慮なく、勢いに任せて歩く様子 （毫不客氣，盛氣凌人般地走路的樣子）

すたすた （急歩走）	わき目もふらず、さっさと歩く様子 （不分心，快歩走的様子）
すり足 （躡手躡腳）	足の裏を地面や床にするようにして歩く様子 （腳掌貼著地面或地板，放輕腳歩走路的様子）
そぞろ歩き （信歩而行）	目的もなく、ぶらぶらと歩き回ること （沒有目的，漫歩走動）
千鳥足 （搖搖晃晃）	酒に酔って、よろよろと歩く様子 （喝酒醉，走路歪歪斜斜，搖搖晃晃的様子）
つかつか （大模大樣）	ためらいなく進み出る様子 （隨隨便便，毫不客氣走路的様子）
踏破 （踏破，走過）	長く困難な道を歩き通すこと （走過漫長艱苦的路程）
とぼとぼ （沈重）	元気なく歩く様子 （走路歩伐沒有精神的様子）
練り歩く （緩歩前行）	行列がゆっくり歩き回る。 （結隊漫歩行走。）
のっしのっし （慢吞吞地走）	体が大きくて重い物が、ゆっくりと歩く様子 （身體龐大的重物，慢騰騰走路的様子）
ぶらつく （搖晃）	目的もなく、ゆっくりと歩き回る。 （沒有目的，漫歩溜達。）
よたよた （歩履蹣跚）	足の動きがしっかりしていない様子 （腳歩不穩，走路踉踉蹌蹌的様子）

讀解・第一回

Track N2-11

問題 14

次は2つのスピーチコンテストの募集要項である。下の問いに対する答えとして最も良いものを、1・2・3・4から一つ選びなさい。

74

中国人の楊さんとアメリカ人のロビンソンさんは、〇〇県の同じアパートに住んでいる。楊さんは半年前に日本に来て、〇〇県にある日本語学校で日本語を学んでいる。一方、ロビンソンさんは3年前に来日し、今は〇〇県立大学に通っている。二人ともスピーチコンテストに出場したいと思っているが、二人が応募できるのは、AとBのどちらのコンテストか。

1　楊さんは両方のコンテストに応募できるが、ロビンソンさんはコンテストBにだけ応募できる。

2　楊さんはコンテストAにだけ応募でき、ロビンソンさんは両方とも応募できない。

3　ロビンソンさんは両方のコンテストに応募できるが、楊さんはコンテストBにだけ応募できる。

4　二人とも両方のコンテストに応募できる。

75

韓国人のキムさんは、5年前に来日して、今は××県立大学の大学院でアジア事情を研究している。日本と韓国の文化交流の歴史をテーマにコンテストBに参加したいと思い、今回新たに自分で書いた原稿と自分のスピーチの録音、パスポートのコピーをEメールに付けて、必要事項を書いて6月30日に送ったが、出場者に選ばれなかった。その理由はなぜだと考えられるか。

1　送った書類に足りないものがあった。

2　スピーチのテーマがコンテストのテーマに合わなかった。

3　キムさんの条件が応募資格に合わなかった。

4　書類の送り方を間違えていた。

コンテストA

○○県主催
外国人による日本語スピーチコンテスト

　当県では、下記の通り「外国人による日本語スピーチコンテスト」を開催いたします。

テーマ「日本に住む外国人として思うこと」
　　　　※日本での日常生活で日頃感じていること、母国との生活習慣の違いなどのテーマで述べていただきます。

日程
　　　応募締切：8月31日
　　　予選：10月1日午前10時から（予選通過者10名が本選に出場できます）
　　　本選：10月2日午後2時から

会場：予選と本選ともに県庁の講堂。参観はどなたでも可。

応募資格
　　○○県内在住または県内の学校に通学している日本国籍以外の方で、日本での在住期間が1年以内の方。

応募方法

　スピーチ内容を日本語で400字以内にまとめたものに、住所・氏名・年齢・国籍・学校名・電話番号を記載の上、下記の応募先へ郵送、ファックス、またはＥメールにてお送りください。

応募先

　〒・・・　〇〇県××市1-2-3
　〇〇県庁　「外国人による日本語スピーチコンテスト」開催

事務局

　TEL：000-000-0000
　FAX：000-000-1111
　E-mail：aaa@bbb.jp

応募の決まり

　・スピーチは一人3分以内で日本語によること。
　・内容はオリジナルで未発表のものであること。
　・コンテスト当日はパスポートを持参してください。

賞

　大賞　　1名：　賞金1万円
　優秀賞　数名：　賞金5千円
　参加賞　予選通過者で大賞・優秀賞受賞の方以外全員に、
　　　　　記念品をお贈りします。

審査方法

　〇〇県立大学の日本語教師3名が、内容と日本語の正確さに基づいて審査します。

主催：〇〇県

コンテストB

○○アジア留学生協会主催
日本語スピーチコンテスト

当協会では、アジアの視点から見た日本とアジア諸国との関係について述べてもらい、今後の国際交流、相互理解を深めるために、日本以外のアジア国籍の方による日本語スピーチコンテストを開催いたします。

テーマ「日本とほかのアジア諸国との関係」
※商業的、政治的、宗教的な宣伝内容を含まないものに限る

日程
応募締切：7月1日必着
コンテスト：8月1日14：00（会場：当協会ホール）

応募資格
日本在住の日本以外のアジア国籍の方で、日本の大学または大学院に在学中の方

応募方法
応募用紙に必要事項を記入の上、スピーチ内容全文の原稿及び応募者本人がスピーチしたものを録音したカセットテープまたはCDと、パスポートのコピーを添えて当協会に郵送してください。応募用紙は当協会窓口または、当協会のホームページからもダウンロードできます。ファックスまたはEメールでの応募は受付けておりませんので、ご注意ください。

問い合わせ先

〒・・・　△△県☆☆市 0-0-1

○○アジア留学生協会

TEL：000-111-1111

FAX：000-111-2222

ホームページ：http://www.cccddd.jp

E-mail：ccc@ddd.jp

出場者の決定

　当協会において、応募者の中から10名をスピーチ原稿及び録音内容により選考します。選考結果は7月10日までに全応募者に通知します。

応募規定

・スピーチは一人5分以内。超過は減点します。

・内容は自作で、公表したことのないものに限る。

賞

金賞　1名：　賞金50万円

銀賞　1名：　賞金10万円

銅賞　1名：　賞金1万円

審査員

当協会の役員5名

問題 **14**

下面是兩則演講比賽的報名辦法。請從選項 1・2・3・4 當中選出一個下列問題最恰當的答案。

[翻譯]

A比賽

○○縣主辦
外籍人士日語演講比賽

本縣依照以下辦法，舉行「外籍人士日語演講比賽」。

主題　「在日外國人所想的事情」
　　　　※請各位以在日本的日常生活平日的感觸，或是和自己國家不同的生活習慣等等為題發表。

日程
　　報名截止日：8月31日
　　預賽：10月1日上午10時開始（10位通過預賽者可以晉級決賽）
　　決賽：10月2日下午2時開始

會場：預賽和決賽均在縣政府講堂。開放自由參觀。

報名資格
　　住在○○縣內或是在縣內學校上課，非日本國籍，且在日期間為1年以下。

報名方法
　　將演講內容整理成日語400字以內的文章，並寫下住址、姓名、年齡、國籍、學校名、電話號碼，郵寄到下列的報名地址，或是以傳真或e-mail傳送。

報名地址

　〒・・・　○○縣××市 1 - 2 - 3
　○○縣政府　「外籍人士日語演講比賽」舉辦事務處
　TEL：000-000-0000
　FAX：000-000-1111
　E-mail：aaa@bbb.jp

報名規則

　・演講是使用日語，一人限時 3 分鐘。
　・內容須為原創且未經發表的東西。
　・比賽當天請攜帶護照。

獎項

　大獎　　 1 名：　 獎金 1 萬圓
　優秀獎　數名：　 獎金 5 千圓
　參加獎　通過預賽者，除大獎、優秀獎獲獎者之外，將致
　　　　　贈全員紀念品。

評選方法

　○○縣立大學的 3 位日語教師，將根據內容及日語的正確性
來進行評選。

主辦：○○縣

○○亞洲留學生協會主辦
日語演講比賽

本協會希望各位能站在亞洲的角度來看日本及其他亞洲各國的關係發表意見。為了加深今後的國際交流及相互理解，將舉辦亞洲籍人士的日語演講比賽。

主題
「日本與其他亞洲各國的關係」
※僅限不含商業、政治、宗教性質宣傳內容的主題

日程
報名截止日：7月1日必須送達
比賽：8月1日14：00（會場：本協會大廳）

報名資格
住在日本，非日本籍的亞洲國籍人士，正就讀日本的大學或是研究所

報名方法
請在報名表內填入必填項目，並將演講內容全文的原稿以及錄有演講者本人演講內容的錄音帶或ＣＤ光碟，附上護照影本郵寄到本協會。報名表可在本協會櫃台領取，或是官網下載。恕不接受傳真或e-mail報名，敬請注意。

聯絡方式
〒・・・　△△縣☆☆市０-０-１
○○亞洲留學生協會
TEL：000-111-1111
FAX：000-111-2222
官網：http://www.cccddd.jp
E-mail：ccc@ddd.jp

參賽者選拔

　本協會將依據演講原稿以及錄音內容，從報名參賽者當中挑選出10位。選拔結果在 7 月10日之前會通知所有報名參賽者。

報名規定

・演講一人限時 5 分鐘，超時將扣分。
・內容限為自己的作品，且未經公開發表。

獎項

金牌　1 名：　獎金50萬圓
銀牌　1 名：　獎金10萬圓
銅牌　1 名：　獎金 1 萬圓

評審

5 位本協會幹部

▼ **74**--

74 中國人楊同學和美國人羅賓森同學住在○○縣的同一間公寓。楊同學半年前來到日本，在○○縣的日本語學校學習日語。另一方面，羅賓森同學 3 年前來到日本，現在就讀於○○縣立大學。兩人都想參加演講比賽，他們能報名的是 A 比賽還是 B 比賽呢？

1 楊同學兩場比賽都能報名，羅賓森同學只能報名 B 比賽。
2 楊同學只能報名 A 比賽，羅賓森同學兩場比賽都不能報名。
3 羅賓森同學兩場比賽都能報名，楊同學只能報名 B 比賽。
4 兩人兩場比賽都能報名。

〔解題〕

　A 比賽的「応募資格」是「○○県内在住または県内の学校に通学している日本国籍以外の方で、日本での在住期間が 1 年以内の方」。從這邊可以看出要同時符合以下 3 點才能報名 A 比賽：

1. ○○県内在住または県内の学校に通学している（住在○○縣或是在○○縣內的學校上課）
2. 日本国籍以外の方（非日本國籍）
3. 日本での在住期間が1年以内の方（在日期間為1年以下）

從以上3點來對照題目對於楊同學和羅賓森同學的敘述，可以得到下面這張表：

條　件	楊同學是否符合	羅賓森同學是否符合
○○県内在住または県内の学校に通学している	○ 中国人の楊さんとアメリカ人のロビンソンさんは、○○県の同じアパートに住んでいる ○○県の同じアパートに住んでいる ○○県にある日本語学校で日本語を学んでいる	○ 中国人の楊さんとアメリカ人のロビンソンさんは、○○県の同じアパートに住んでいる ○○県の同じアパートに住んでいる 今は○○県立大学に通っている
日本国籍以外の方	○ 中国人の楊さん	○ アメリカ人のロビンソンさん
日本での在住期間が1年以内の方	○ 楊さんは半年前に日本に来て	× ロビンソンさんは3年前に来日し

B比賽的「応募資格」是「日本在住の日本以外のアジア国籍の方で、日本の大学または大学院に在学中の方」。從這邊可以看出要同時符合以下3點才能報名B比賽：

1. 日本在住（住在日本）
2. 日本以外のアジア国籍の方（非日本籍的亞洲國籍人士）
3. 日本の大学または大学院に在学中の方（正就讀日本的大學或是研究所）

從以上3點來對照題目對於楊同學和羅賓森同學的敘述，可以得到下面這張表：

條　件	楊同學是否符合	羅賓森同學是否符合
日本在住	○ 楊さんは半年前に日本に来て	○ ロビンソンさんは 3 年前に来日し
日本以外のアジア国籍の方	○ 中国人の楊さん	× アメリカ人のロビンソンさん
日本の大学または大学院に在学中の方	× ○○県にある日本語学校で日本語を学んでいる	○ 今は○○県立大学に通っている

1 選項1 "楊同學可報名兩比賽，而羅賓森只能報名 B"，不符報名條件分析。

2 選項2 "楊同學只能報名 A，而羅賓森兩都不能"，這是正確答案。

3 選項3 "羅賓森可報兩，楊同學只能 B"，與實際條件不符。

4 選項4 "兩可報兩"，同樣不符報名條件。

答案： 2

▼ 75---

75 金同學是韓國人，5 年前來到日本，現在在 ×× 縣立大學研究所研究亞洲情勢。他想以日韓文化交流史為題參加 B 比賽。他在 6 月 30 日把這次自己新撰寫的原稿和自己的演講錄音檔連同護照影本附加在 e-mail 裡，並填寫必填項目寄出，不過沒入選為參賽者。我們可以推測理由為何呢？

1 他寄送的資料有缺。
2 演講題目不符合比賽主題。
3 金同學的條件不符合報名資格。
4 弄錯了資料的寄送方式。

[解題]

　　這一題的主角是金同學。題目問的是他沒獲選出賽可能是因為什麼原因。我們可以從題目敘述抓出關鍵，來對照海報裡面的項目，看看他是哪個環節出錯：

敘　述	對 應 項 目	是否符合條件
韓国人	応募資格 日本在住の日本以外のアジア国籍の方	○
５年前に来日して	無	○
今は××県立大学の大学院でアジア事情を研究している	応募資格 日本の大学または大学院に在学中の方	○
日本と韓国の文化交流の歴史をテーマにコンテストＢに参加したいと思い	テーマ 「日本とほかのアジア諸国との関係」	○
今回新たに自分で書いた原稿と自分のスピーチの録音、パスポートのコピーをＥメールに付けて、必要事項を書いて６月30日に送った	応募方法 スピーチ内容全文の原稿及び応募者本人がスピーチしたものを録音したカセットテープまたはＣＤと、パスポートのコピーを添えて当協会に郵送してください。	×

① 選項 1 題目未提供具體信息，不是直接原因。

② 選項 2 題目指出演講主題實際上與比賽主題相符，排除。

③ 選項 3 題目顯示金同學符合比賽 B 的報名資格，排除。

④ 選項 4 題目指出金同學用電子郵件提交報名材料，但比賽不接受電子郵件或傳真報名，所以金同學沒被選為參賽者。正確答案選項 4。

答案：4

>> 文法說明--

○ に基(もと)づいて

例句　学生(がくせい)から寄(よ)せられたコメントに基(もと)づいて授業改善(じゅぎょうかいぜん)の試(こころ)みが始(はじ)まった。
依照從學生收集來的建議，開始嘗試了教學改進。

解説　表示以某事物為根據或基礎。相當於「をもとにして」。中文意思是：「根據…」、「按照…」、「基於…」。

○ に限る

> | 例句 | 応募対象は学部の学生に限る。
招募對象僅限大學生。 |

> | 解説 | 在此表示限定，相當於「だけだ」。中文意思是：「只限於…」。 |

>>> 重要單字---

□ スピーチコンテスト（演講比賽） □ オリジナル（原創）
□ 主催（主辦） □ 未発表（未經發表）
□ 当（本，這個） □ 持参（帶〈來〉）
□ 母国（自己的國家，祖國） □ ～名（〈人數〉…名）
□ 応募（報名） □ 数～（數〈個〉，幾〈個〉）
□ 締切（截止日，截止時間） □ 諸国（各國）
□ 予選（預賽） □ 必着（必須到達）
□ 本選（決賽） □ 大学院（研究所）
□ 県庁（縣政府） □ 公表（公開發表）
□ 在住（住在…，居住） □ 役員（幹部）

>>> 補充單字---

言語 / 語言

01｜アクセント【accent】
重音；重點

02｜意義
意義；價值

03｜英和
英日辭典

04｜送り仮名
漢字訓讀時；用日語讀漢文時

05｜活字
鉛字，活字

06｜仮名遣い
假名的拼寫方法

07｜関連
關聯，有關係

08｜漢和
漢語和日語；漢日辭典（用日文解釋古漢語的辭典）

09｜句読点
句號；標點符號

10｜訓
（日語漢字的）訓讀（音）

11｜形容詞
形容詞

12｜形容動詞
形容動詞

13｜言語
言語

14｜五十音
五十音

讀解・第二回

問題 10

次の（1）から（5）の文章を読んで、後の問いに対する答えとして最もよいものを、1・2・3・4から一つ選びなさい。

（1）

　私の父は、この地域で最後の一つになってしまった古いアパートを今でも経営している。数年前、近くに新しい駅ができたのを契機として、土地の値段が急激に上がった。周りのアパートは皆、高層マンションになった。しかし父は、家族
5　が勧めたにもかかわらずマンションに建て替えなかった。欲張って、今借りてくれている人を困らせるものではないというのである。

　その後、景気が悪くなり、近所のマンションは空き室ばかりになったが、父のアパートは違う。あのとき建て替えていたら、借金だけが残っていたに違いない。<u>そうならなかった</u>
10　のは、父のおかげである。

55

<u>そうならなかった</u>のはなぜだと考えているか。

1　父がマンションを持っていないおかげ

2　父は人を困らせることができないおかげ

3　父が利益を第一に考える人ではないおかげ

4　父が家族の勧めを聞いたおかげ

Track N2-13

(2)

以下は、あるレストランが出したメールの内容である。

お客様各位

　いつもご利用いただきましてありがとうございます。

　さて、当店では日頃のご愛顧に感謝いたしまして、今月末まで下記の通りキャンペーンを実施いたします。

　１）ご夕食のお客様、毎日先着50名様に、特製デザート（500円相当）を無料サービスいたします。
　２）お支払いがお一人で3,000円以上のお客様全員に、次回からお使いいただける「10％割引券」をプレゼントいたします（6か月間有効）。

　※上記の3,000円には、無料サービスの特製デザートの金額は含みません。

　ご来店をお待ちしております。

56

このレストランのキャンペーンについて正しいものはどれか。

1 「10％割引券」は今月末までしか使えない。

2 夕ご飯を食べれば必ず特製デザートがもらえるとは限らない。

3 二人で飲食した合計金額がちょうど3,000円だったので、二人とも一枚ずつ「10％割引券」をもらえる。

4 一人で2,500円のステーキを注文して特製デザートをもらえば、必ず「10％割引券」を一枚もらえる。

Track N2-14

(3)

「正しい」日本語とは、アナウンサーが話すようなきれいな日本語を言うのではありません。現実に言葉を使って何かを伝えようとするとき、むしろうまく伝わらないことのほうが多いのではないでしょうか。語学の教科書に出てくる会話の
5 ようにスムーズ (注1) に流れるほうが珍しいと思います。とすると、豊かな表現やコミュニケーションをするためには、多少文章や発音がギクシャク (注2) しても、誠意を持って相手に伝えようという気持ちのこもった日本語が「正しい」日本語ではないでしょうか。

(浅倉美波他『日本語 教師必携ハート＆テクニック』アルクによる)

(注1) スムーズ：物事が順調に進むようす
(注2) ギクシャク：物事が順調に進まないようす

57

「正しい」日本語とは、アナウンサーが話すようなきれいな日本語を言うのではありませんとあるが、なぜか。

1　きれいな日本語では、本当に言いたいことが伝わらないから

2　自分の考えを相手に分かってほしいというまっすぐな心が大事だから

3　表現を豊かにするためには、ギクシャクした話し方をする必要があるから

4　教科書のようなスムーズな会話では、誠意が伝わらないから

(4)

　コロッケというものはつくづくエライ！と思うのだ。といっても、気取った蟹クリームコロッケなんかじゃなくて、例の、お肉屋さんで売っている、あの小判形 (注1) のイモコロッケのほうである。（中略）すなわち三十年前にはコロッケは
5　五円と相場 (注2) が決まっていたのだ。それが今日でもおおむね (注3) 一個五、六十円、安いものだ。しかもコロッケは昔から今までちっとも風味が変わらない。（中略）それにまた、肉屋さんたちが申し合わせ (注4) をしてるんじゃないかと思うくらい、これはどの店でも味にさしたる違いがない (注5)。だ
10　から、どこでも安心して食べられるというところもまたまたエライ。

（林望『音の晩餐』集英社文庫による）

（注1）小判形：江戸時代の金貨の形。楕円形
（注2）相場：値段、価格
（注3）おおむね：だいたい
（注4）申し合わせ：話し合って決めること
（注5）さしたる…ない：それほど…ない

58

筆者が、コロッケというものはつくづくエライ！と思う理由として、正しいものはどれか。

1　今でも三十年前と同じ値段で売っているから

2　食べたときの感じが、今でも昔と同じだから

3　肉屋さんたちが、どの店でも同じ味になるように決めているから

4　店によって味に特色があっておいしいから

Track N2-16

(5)

　そもそも、「ことばの乱れ (注1)」という発想が言語学には
ない。あるのは変化だけである。ことばはいつの時代でも変
わっていく。それを現象として注目はするが、正しいとか正
しくないとか評価して、人を啓蒙 (注2) したり、批判すること
5　は考えていない。心情的に新しい語や表現を嫌う言語学者も
いるだろうが、立場としては中立でなければならない。正し
いか正しくないかなんて、どんな基準をもとにきめたらいい
のかわからない。

（黒田龍之助『はじめての言語学』講談社現代新書による）

（注１）乱れ：整っていないこと。混乱
（注２）啓蒙：人々に正しい知識を与え、指導すること

59

筆者の考える言語学者の立場とはどのようなものか。

1　言葉の変化に常に関心を持ち、人々に正しい言葉を使
　　うよう指導する。

2　正しい言葉を守るために、時代に則した新しい基準を
　　作っていく。

3　新しい語や表現は、全て正しいものとして受け入れる。

4　時代につれて変わっていく言葉を、批判することなく、
　　ただ関心を持って見守る。

問題 10

請閱讀下列（1）～（5）的文章並回答問題。請從選項1・2・3・4當中選出一個最恰當的答案。

▼ **(1)／55**--

[翻譯]

　　我的父親至今仍在出租這個區域最後一間的老舊公寓。幾年前，公寓附近蓋了新車站，因此土地突然增值。周圍的公寓也都變成高樓層的大廈了。不過，父親不顧家人的勸告，堅持不改建成大廈。他說，不可以因為貪心而造成現在租戶的困擾。

　　之後景氣衰退，鄰近的大廈都租不出去，但父親的公寓卻不同。如果那時改建的話，肯定只會留下滿屁股債。<u>事態沒有變成那樣</u>，全是託父親之福。

55 作者認為事態沒有變成那樣，是什麼原因呢？

1 幸虧父親沒有大廈
2 幸虧父親無法造成別人的困擾
3 幸虧父親不是以利益為第一優先的人
4 幸虧父親有聽家人的勸告

[解題]

1 　選項1 提到"幸虧父親沒有持有大廈"，但問題不在於父親是否擁有大廈，而在於他的決定不對公寓進行建築改造。

2 　選項2 提到"幸虧父親無法給人帶來困擾"，文章中確實提到父親不想給租戶帶來困擾，但這並不是避免借款的直接原因。

3 　選項3 討論了"幸虧父親不將利益放在第一位"，這與文章中描述的父親的行為和態度相符，即他更關心租戶的利益，而不是僅僅追求自己的經濟利益。正確答案是選項3。

4 　選項4 提到"幸虧父親聽取了家族的勸告"，但文章明確指出父親並沒有聽從家族的建議進行建築改造。

答案：3

»» 文法説明

○ を契機として

> **例句** 子どもが誕生したのを契機として、たばこをやめた。
> 自從生完小孩，就戒了煙。

> **解説** 表示某事產生或發生的原因、動機、機會、轉折點。中文意思是：「趁著…」、「自從…之後」、「以…為動機」。

○ にもかかわらず

> **例句** 努力したにもかかわらず、ぜんぜん効果が上がらない。
> 儘管努力了，效果還是完全沒有提升。

> **解説** 表示逆接。後項事情常是跟前項相反或相矛盾的事態。中文意思是：「雖然…，但是…」。

○ ものではない

> **例句** 狭い道で、車の速度を上げるものではない。
> 在小路開車不應該加快車速。

> **解説** 用在勸告別人的時候，表示勸阻、禁止。中文意思是：「不要…」、「就該…」、「應該…」。

»» 重要單字

□ 地域（地區，地域）　　　　　□ 空き室（空屋，空房）
□ 急激（突然）　　　　　　　　□ 借金（欠款，負債）
□ 建て替える（改建）　　　　　□ 利益（利益，好處）
□ 欲張る（貪心，貪得無厭）　　□ 第一（第一，首要的）

»» 補充單字

家 / 住家

01｜衣食住
衣食住

02｜井戸
井

03｜外出
出門，外出

04｜帰す
讓…回去，打發回家

05｜**家屋** 房屋，住房	12｜**スタート【start】** 起動；開始（新事業等）
06｜**暮らし** 度日；生計	13｜**宅** 住所，自己家
07｜**自宅** 自己家，自己的住宅	14｜**ついで** 順便；順序
08｜**住居** 住所，住宅	15｜**出かける** 出門；剛要走
09｜**修繕** 修繕，修理	16｜**取り壊す** 拆除
10｜**住宅** 住宅	17｜**軒** 屋簷
11｜**住宅地** 住宅區	18｜**別荘** 別墅

▶▶▶ 補充知識--

□ **兩個動詞複合為一的動詞**

〜替える：（動詞の連用形に付いて）古いものを新しいものにする。

（…換：〈接在動詞連用形後面〉把舊的東西變成新的。）

單字	意思	例句
入れ替える （更換）	中のものを出して、別のものを入れる。中身をとりかえる。 （把裡面的東西拿出來，放入別的東西。更換內容物。）	寒くなってきたから、夏物を冬物に入れ替えよう。 （天氣轉冷了，收起夏季衣物，換上冬服吧。）
取り替える （互換；更換）	1. 互いに替える。2. 新しいものと交換する。 （1.互相交換。2.與新的東西交換。）	友達と本を取り替える。 （跟朋友交換書籍。）
張り替える （重新糊上〈紙、布等〉；重新換上〈罩、套等〉）	張ってあった古いものを取り除いて、新しいものを張る。 （取下覆蓋的舊物，貼上、套上新的東西。）	もうすぐお正月だから、障子を張り替えて気分を一新したい。 （由於快要過年了，所以想把拉門重新糊過，讓心情煥然一新。）

□ **近義詞**

困る、苦しむ、窮する、困り果てる

單字	意思	例句
困る （煩惱，困擾）	自分にとって都合のよくない ことに直面して、どうしてよ いか分からなくなる。 （對於自己感到不便的事物， 不知該如何是好。）	息子は怠け者で困る。 （因為兒子好吃懶作而苦惱。）
苦しむ （苦惱；痛苦， 受…折磨）	どうしてよいか分からず悩ん だり、精神的・肉体的につら いと思ったりする状態が続く 様子を表す。 （表示持續因不知所措而煩惱， 或是感受到精神上、身體上之 煎熬的樣子。）	歯の痛みに苦しむ。 （受牙痛所苦。）
窮する （困窘，苦於）	どうしてよいかわからない状 態にあって、追い詰められて いる様子を表す。また、金や 物がはなはだしく不足する。 文語的。 （用以表示處於不知該如何是 好的狀態，被逼到死路的樣子。 或是金錢或物質十分不足。文 章用語。）	金に窮して盗みを働く。 （受貧窮所苦而以盜為業。）
困り果てる （束手無策）	これ以上困ることはあり得な いというほどに困る。 （苦惱到再也沒有比現況還更 一籌莫展的地步。）	赤ん坊が泣いて困り果てる。 （嬰兒哭鬧不休，真叫人束手 無策。）

[翻譯]

以下是某餐廳發送的電子郵件內文。

各位親愛的顧客

　一直以來都承蒙您的光顧蒞臨。

　本店為感謝各位平日的光顧，至本月月底將實施以下的優惠活動。

　１）享用晚餐者，每日前50名顧客，將免費致贈特製甜點
　　　（價值500圓）。
　２）消費金額為一人3,000圓以上的顧客，將致贈每人一張
　　　下回開始能使用的「９折優惠券」（使用期限為６個
　　　月）。

　※上述的3,000圓不包含免費提供的特製甜點金額。

　期待您的大駕光臨。

56　關於這家餐廳的優惠活動，下列何者正確？

1「９折優待券」的使用只到這個月月底。

2 享用晚餐不一定就能得到特製甜點。

3 兩人用餐的合計金額剛好是 3,000 圓，兩個人各可以拿到一張「９折優待券」。

4 一個人點 2,500 圓的牛排，得到特製甜點，就一定可以拿到一張「９折優待券」。

[解題]

❶　選項１提到的「10%割引券」使用期限誤解了郵件中的說明，郵件明確指出折扣券有效期為６個月，所以選項１不正確。

❷　選項２正確反映了促銷活動的條件，特製甜點僅對每日晚餐時間先到的前50名顧客免費提供，因此不是每位晚餐顧客都能獲得。正確答案是選項２。

③ 選項 3 錯誤地假設了兩人合計消費3000圓，就能各獲得一張折扣券，而郵件中明確指出，需要每個人單獨消費達到3000圓，才符合條件。

④ 選項 4 忽略了郵件中，對於獲得折扣券的消費金額計算，不包含免費提供的特製甜點的規定，因此該選項描述不正確。

|答案： 2

≫ 文法說明

○ **しかない**

例句	病気になったので、しばらく休業するしかない。 因為生病，只好暫時歇業了。

解説 表示只有這唯一可行的，沒有別的選擇，或沒有其它的可能性。中文意思是：「只能…」、「只有…」。

≫ 重要單字

- □ 各位（各位，諸位）
- □ 日頃（平日，平常）
- □ 愛顧（光顧，惠顧）
- □ キャンペーン（活動）
- □ 実施（實施，實行）

- □ 先着（先來，先到達）
- □ デザート（甜點）
- □ 相当（相當於，同等於）
- □ 割引券（折價券）
- □ 有効（有效）

≫ 補充單字

店 / 商店

01 | 市場
市場，商場

02 | 移転
轉移位置；搬家

03 | 営業
營業，經商

04 | 看板
招牌；牌子

05 | 喫茶
喝茶，喫茶

06 | 共同
共同

□ 線上購物的詢問

件名	「らんらん」2023 年 10 月号ありますか。 （有 RANRANN 雜誌 2023 年 10 月號嗎？）
	注文のキャンセル （取消訂單）
	品物がまだ届きません。 （還沒有收到東西。）
	返品希望 （要求退貨）
稱呼對方	かとうブックセンター御中 （加藤書店中心敬啓）
	ネット・青山御中 （青山網路敬啓）
自我介紹	王志明と申します。 （我叫王志明。）
	『日本語の発音表記』を注文したマリアと申します。 （我是訂購『日本語發音表記』的瑪麗亞。）
	先週、そちらのホームページでかばんを購入した小松由佳と申します。 （我是上禮拜在貴網站購買包包的小松由佳。）
內容	『らんらん』2023 年 10 月号を探しています。御社の在庫にありますか。 （我想要找 RANRANN 雜誌 2023 年 10 月號，貴公司有庫存嗎？）
	2 月 3 日に注文した『おいしい京都料理』につきまして、キャンセルしたいのですが、よろしいでしょうか。 （我在 2 月 3 號訂購了『美味的京都料理』，但我想要取消訂單，請問方便嗎？）
	2 月 3 日に注文した商品が、2 週間経ったのにまだ届きません。 （2 月 3 號訂購的商品過了兩個禮拜都還沒有收到。）
	色がホームページで見た印象と違っていましたので、返品したいと思います。 （因為顏色跟網頁上看到的感覺不一樣，所以我想退貨。）
	返品手順をお知らせいただけますか。 （請問可以告訴我退貨程序嗎？）
	注文番号は B 123-4567 です。 （訂單號碼為 B123-4567。）

結束語	ご回答いただければ幸いです。よろしくお願いいたします。
	（希望能收到您的答覆。那就麻煩您了。）
	すみませんが、よろしくお願いします。
	（不好意思，麻煩您了。）
	ご返答をよろしくお願いします。
	（麻煩您答覆了。）
署名	王志明
	e-mail:abc@mas.hinet.net
	マリア・ミュラー
	電話番号：090-1234-5678
	（瑪麗亞・穆拉 電話號碼：090-1234-5678）

▼ (3) ／ **57**--

[翻譯]

　　所謂「正確的」日語，並不是指主播所説的那種漂亮的日語。在現實生活當中，想用言語來表達什麼的時候，比較常無法順利表達出來吧？我想，像語言教科書裡面的會話那般流暢（注1）的情況反而比較稀奇。這樣一來，為了能有豐富的表達方式或溝通，即使多少有些句子或發音上的不順（注2），只要能秉持誠意傳達給對方知道，這樣的日語不就是「正確的」日語嗎？

（選自淺倉美波等『日語教師必備的心＆技巧』ＡＬＣ）

（注1）流暢：事物順利進行的樣子
（注2）不順：事物無法順利進行的樣子

57 文章提到所謂「正確的」日語，並不是指主播所説的那種漂亮的日語，這是為什麼呢？

1 因為用漂亮的日語不能傳達出真正想説的事情
2 因為想讓對方明白自己的想法這種直率的心情才是重要的
3 因為為了讓表達方式更為豐富，用不順的説法是必要的
4 因為像教科書般的流暢會話無法傳達誠意

[解題]

1 　　選項1 提到"漂亮的日語無法傳達真正想說的話"，雖然文章提到現實中流暢的對話較為少見，但並未直接指出漂亮的日語無法傳達真正的意圖。

2 　　選項2 討論"直接表達自己的想法和對方理解這種心態是重要的"，這與文章中的觀點相吻合，即正確的日語是包含有誠意的，嘗試傳達給對方的日語。

3 　　選項3 說"為了豐富表達，需要說話時出現些許不順暢"，這雖然接近文章提到的一點，但並不是文章的主要論點。

4 　　選項4 提到"教科書式的流暢對話無法傳達誠意"，文章中確實暗示了流暢對話在現實中較少見，但沒有直接說不能傳達誠意。

| 答案：2

≫ 文法說明

○ **とは**

> | 例句 | 人間とは言葉を持った動物であるということができる。
所謂人可以説是會説話的動物。 |

> **解説** 提出主題，後項對這一主題進行定義或評論，或提出疑問。相當於「というのは」。中文意思是：「所謂…」。

≫ 重要單字

□ むしろ（反而）　　　　　　　□ コミュニケーション（溝通）

□ スムーズ（流暢，流利）　　　□ ギクシャク（不順，生硬）

≫ 補充單字

表現／表達

01｜あら
（女性用語）唉呀！唉唷

02｜あれ（っ）
呀！唉呀？

03｜あんなに
那麼地，那樣地

04｜あんまり
太，過於，過火

05｜言い出す
開始説，説出口

06｜言い付ける
命令；告狀

07 | 言わば
い
譬如，打個比方

08 | 所謂
いわゆる
所謂，一般來説

09 | 云々
うんぬん
云云，等等

10 | えっ
啊！；怎麼？

11 | お気の毒に
き どく
令人同情；過意不去

12 | お元気で
げん き
請保重

13 | お目出度い
め で た
恭喜，可賀

14 | 語る
かた
説；演唱

15 | 必ずしも
かなら
不一定，未必

16 | 構いません
かま
沒關係，不在乎

▶▶▶ 補充知識

☐ **近義詞**

單字	意思	例句
スムーズ （順利；流暢）	物事が支障なく運ぶさま （事情不受阻礙進展的樣子）	仕事はスムーズに運んだ。 （工作進行得很順利。）
なめらか （順利；流暢）	表面が平らで手さわりのよいさま。また、つかえないで進むさま （表面平順，觸感很好的樣子。又指事情順暢無阻地進行的樣子）	このカップルのダンスは動きの滑らかさに欠けている。 （這對夫妻的舞步欠缺流暢感。）
円滑 （順利；圓滿）	物事に邪魔が入らず、すらすら運ぶこと （事情無阻礙，順暢進行的樣子）	今回の改革が円滑に進んでいる。 （這次的改革順利地進行中。）

☐ **讚美、關心等的各種說法**

例　句
山田さんの会議での発表ですが、堂々としていらっして、同僚として鼻が高かったです。 （山田先生在會議的發表充滿自信，身為同事的我很引以為傲。）
みんな、部長が戻ってこられる日を心待ちにしています。（お見舞いのとき） （大家誠心等待部長早日康復歸來的日子。）〔探病時〕

君が作成した企画書は簡潔・明解でとてもよくかけているね。
（你製作的企畫書既簡潔又明瞭，寫得很好呢！）

君のいれてくれたお茶本当においしいね。茶道でもやっていたの。
（妳替我泡的茶真是好喝啊。是不是學過茶道啊？）

こんにちは、Ａさん。風邪はもういいんですか
（你好，Ａ先生。感冒好了嗎？）

▼ (4) ／58

[翻譯]

　　可樂餅這東西真的是很了不起！　我如此認為。話雖如此，我指的不是那種裝模作樣的蟹肉奶油可樂餅，而是傳統的，肉店會賣的那種小判形狀（注1）的薯泥可樂餅。（中略）也就是30年前可樂餅市價（注2）為5圓。而現在一個也大概（注3）是5、60圓，實為便宜。而且可樂餅從以前到現在風味一點也沒改變。（中略）除此之外，幾乎是到了一種懷疑肉店老闆們不知是不是有什麼協定（注4）的地步，不管是哪家店鋪，味道絕對都沒有那般的（注5）不同。所以，不管在哪裡都可以放心享用這點更是了不起。

（選自林望『音之晚餐』集英社文庫）

（注1）小判形狀：江戶時代的金幣形狀。橢圓形
（注2）市價：價錢、價格
（注3）大概：大致上
（注4）協定：商量後決定
（注5）沒有那般的：不到那樣程度的

58 作者認為可樂餅這東西真的是很了不起！的理由，下列何者正確？

1 因為現在的售價還是和30年前一樣
2 因為吃的時候的感覺，不管是現在還是過去都是一樣的
3 因為肉店老闆們有講好不管哪家店的味道都要一樣
4 因為依據店家的不同，味道也會有各有特色又美味

[解題]

1　選項1 提到"現在和30年前的價格相同"，但文章指出了價格的變化，從30年前的5圓到現在的5、60圓，所以選項1不正確。

2 　選項 2 討論了 "吃的感覺，現在和過去相同"，這與文章中提到的「コロッケは昔から今までちっとも風味が変わらない」相吻合，即可樂餅從過去到現在味道未變。正確答案是選項 2。

3 　選項 3 提到 "肉店老板們商定讓每家店的味道相同"，雖然文章提到各店味道的統一性，但並未明確指出是商定的結果，而是作為一種觀察結果描述。

4 　選項 4 提到 "不同的店鋪味道各具特色且美味"，這與文章描述的情況相反，文章強調的是各家店鋪的味道並無太大差異。

|答案： **2**

▶▶ 文法說明 ------

○ なんか／なんて

例句 | 食品<ruby>なんか近く<rt>しょくひん ちか</rt></ruby>の<ruby>店<rt>みせ</rt></ruby>で<ruby>買<rt>か</rt></ruby>えばいいじゃない。
食品之類的，在附近的商店買就好了不是嗎？

解說 | 表示從各種事物中例舉其一。中文意思是：「…等等」、「…那一類的」、「…什麼的」。

○ んじゃないかと<ruby>思<rt>おも</rt></ruby>う／んじゃない

例句 | その<ruby>実力<rt>じつりょく</rt></ruby>だけでも<ruby>十分<rt>じゅうぶん</rt></ruby>なんじゃないかと<ruby>思<rt>おも</rt></ruby>う。
光憑那份實力，我想應該沒問題吧。

解說 | 是「のではないだろうか」的口語形。表示意見跟主張。中文意思是：「不…嗎」、「莫非是…」。

▶▶ 重要單字 ------

□ コロッケ（可樂餅；炸肉餅）　　　□ <ruby>相場<rt>そうば</rt></ruby>（市價）

□ つくづく（深感，痛切地）　　　　□ おおむね（大概，大致上）

□ <ruby>気取<rt>きど</rt></ruby>る（裝模作樣）　　　　　　　□ <ruby>風味<rt>ふうみ</rt></ruby>（風味，滋味）

□ <ruby>蟹<rt>かに</rt></ruby>（螃蟹）　　　　　　　　　　　□ <ruby>申<rt>もう</rt></ruby>し<ruby>合<rt>あ</rt></ruby>わせ（協定）

□ イモ（芋頭、馬鈴薯、地瓜等根莖　　□ さしたる（那般的）
　　類的總稱，此指馬鈴薯）

□ すなわち（也就是説，換而言之）

▶▶ 補充單字--

店 / 商店

01│行列
ぎょうれつ
行列，隊伍

02│クリーニング【cleaning】
（洗衣店）洗滌

03│これら
這些

04│サービス【service】
售後服務；服務

05│品
しな
物品；商品

06│仕舞い
しま
終了；停止

▶▶ 補充知識--

□ 和「吃」相關的單字

單字・ 慣用句等	意　思	例　句
つまみ食い （偷吃）	人に隠れてこっそりもの を食べること （背著他人偷吃東西）	来客用の菓子をつまみ食いする。 （偷吃招待客人用的零食。）
味見 （試吃）	少し食べてみて、味の具 合を確かめること （試吃一點點東西來確認 味道）	ちょっとスープの味見をしてく れませんか。 （你能不能幫我喝喝看湯的味道 呢？）
毒味・毒見 （試毒）	毒が入っていないかを調 べるために食べること （為了調查是否有毒而吃）	毒味してからお膳を出す。 （試毒之後再上菜。）
間食 （正餐之間吃 點心）	決まった食事と食事の間 に物を食べること （在正餐與正餐之間吃東西）	やせたければ間食をやめることだ。 （如果想要減肥的話，就得戒掉 吃點心的習慣。）
がつがつ （拚命地吃）	むやみにたくさん食べる 様子 （肆無忌憚大吃的樣子）	弟はおなかをすかせて帰ってき たらしく、夕飯をがつがつ食べ ている。 （弟弟好像餓著肚子回家的樣子， 現在正狼吞虎嚥地吃著晚餐。）
ぺろりと （很快地吃完）	あっという間に食べつく してしまう様子 （一下子便吃個精光的樣子）	特大のケーキをぺろりと平げて しまった。 （居然一下子就把特大的蛋糕給 吃完了。）

暴飲暴食 （暴飲暴食）	むやみに飲み食いをする こと （肆無忌憚地吃喝）	暴飲暴食して体をこわした。 （暴飲暴食把身體搞壞了。）
箸が進む （食慾旺盛）	おいしくて、どんどん食 べられる （覺得美味而可以不停地吃）	炭焼きの香りに食欲をそそられ、 ついつい箸が進む。 （炭烤的香味讓我食慾大增，不 禁一口接著一口。）

▼ (5) ／ 59 --

[翻譯]

　　話說回來，語言學裡面本來就沒有「語言的紊亂(注1)」這種想法。有的只有變化。語言不管在哪個時代都會有所改變。我們會把這視為是一種現象而關注，但不會去評論對錯是非，也不會想啟蒙(注2)眾人，或是進行批判。雖然也有一些學者會在心裡討厭新的語詞或說法，不過還是必須保持中立的立場。正確或不正確什麼的，我們不知要用什麼基準來判斷才好。

（選自黑田龍之助『第一次的語言學』講談社現代新書）

（注1）紊亂：不整齊的樣子。混亂
（注2）啟蒙：給予人們正確的知識並進行指導

59 作者認為的語言學家立場是什麼樣的立場呢？

1 對語言變化總是抱持關心，教導人們使用正確的語言。
2 為了保護正確的語言，不斷訂定因應時代的新基準。
3 將所有新語詞或說法都視為是正確的並接納。
4 不批評隨著時代變遷的語言，只是抱持關心並關注。

[解題]

1　　選項1 提到"對語言變化持續關注，並指導人們使用正確的言語"，這與文章中的觀點相反，文章強調語言學家應保持中立，不從正誤角度評價語言變化。

2　　選項2 討論"為了保護正確的語言，根據時代制定新的標準"，這同樣與文章中語言學家應保持中立的觀點不符。

3 　　選項 3 提到 "將所有新的詞彙和表達都接受為正確的"，雖然語言學家可能對新詞彙和表達有個人感情，但文章強調的是作為一個學科的立場應該是中立的，而不是無條件接受。

4 　　選項 4 討論 "對隨時間變化的語言持批判性態度，僅僅保持關注"，這與文章描述的語言學家的態度一致，即關注語言的變化，但不進行批評。正確答案是選項 4。

|答案：**4**

▶▶ 文法說明----------

○ をもとに

例句	この映画は、実際にあった話をもとに制作された。 這齣電影是根據真實的故事而拍的。

解說 　表示將某事物為啟示、根據、材料、基礎等。後項的行為、動作是根據或參考前項來進行的。中文意思是：「以…為根據」。

▶▶ 重要單字----------

□ そもそも（話說回來；究竟）　　　□ 評価（評論）
□ 乱れ（紊亂，混亂）　　　　　　　□ 啓蒙（啟蒙）
□ 発想（想法，構思）　　　　　　　□ 批判（批判，批評）
□ 言語学（語言學）　　　　　　　　□ 心情的（心理層面）
□ 現象（現象）　　　　　　　　　　□ 中立（中立）
□ 注目（關注，注目）　　　　　　　□ 見守る（關注，關切）

▶▶ 補充單字----------

言語 / 語言

01 | 代名詞
代名詞，代詞

02 | 単語
單詞

03 | 注
註解；注入

04 | 的
…的

05 | 動詞
動詞

06 | 何々
什麼什麼，某某

07 | ノー【no】
表否定；沒有

08 | 一言
一句話；三言兩語

09 | 無
無，沒有
10 | 副詞
副詞
11 | 部首
（漢字的）部首
12 | 振り仮名
（在漢字旁邊）標註假名

13 | ペラペラ
説話流利貌（特指外語）；單薄
不結實貌

14 | ぽい
表示有某種成分或傾向

>>> 補充知識--

□ 敬語的誤用

1、敬語只用在人身上

看到上司養的金魚：

例1	× きれいな金魚でいらっしゃいますね。 （好漂亮的金魚喔！）
	○ きれいな金魚ですね。 （好漂亮的金魚喔！）
例2	× どんなえさを召し上がっているのですか。 （牠都享用什麼魚飼料呢？）
	○ どんなえさを与えていらっしゃるのですか。 （您都給牠吃什麼魚飼料呢？）

→用在金魚身上不需用敬語，上司的動作才需要用敬語。

2、「になります」的誤用

例1	× アイスティーになります。 （變成冰紅茶。）
	○ アイスティーでございます。 （這是冰紅茶。）

例2	× こちらは禁煙席になります。 （此處變為禁菸座位。） ○ こちらは禁煙席でございます。 （此處為禁菸座位。）

→「になります」表示變化。譬如「さなぎ→蝶」從「蛹」，變成「蝴蝶」；「係長→課長」表示身份的變化；「一文無しになる」從原來的狀態，變成別的狀態。

→ 因此，「アイスティー」原本就是「アイスティー」，所以不用「になります」，而是用「でございます」；另外「禁煙席」這句話，如果要表示平常是「喫煙席」，只有那個時候變成「禁煙席」，就可以用「になります」。比方説「こちらは 11：30 ～ 14：30 禁煙席になります」（這裡 11：30 到 14：30 改為禁煙區）。但是前面的例句並沒有説到什麼變化，就不太適合。如果平常都是「禁煙席」的話那就要用「でございます」才對。

3.「（の）ほう」的誤用

例1	× お弁当のほう、温めますか。 （便當這邊要加熱嗎？） ○ ○お弁当は温めますか。 （便當要加熱嗎？）
例2	× お箸のほう、おつけしますか。 （需要這個筷子嗎？） ○ お箸はおつけしますか。 （需要筷子嗎？）

→「（の）ほう」表示比較，例如「AとB、どちらの方がいい？」用在比較兩者的時候；又例如「私はあきらめが悪いほうだ。」表示比較偏向某一性質的時候；還有「鳥が東のほうへ飛んで行った。」表示方向跟方位。

→ 如果有兩項「お弁当」跟「サンドイッチ」，要問「お弁当のほうを温めるかどうか」，就可以用「お弁当のほう」。如果只問單項的「お弁当」，就不需要用「のほう」。只要簡單的説「お弁当は温めますか」。「お箸」這句話也是。

Track N2-17

問題 11

次の（1）から（3）の文章を読んで、後の問いに対する答えとして最もよいものを、1・2・3・4から一つ選びなさい。

（1）

　仕事がら私は、たくさんの論文を読まなくてはならない。いろいろ読むと、こりゃわかりやすくてすごくうれしい論文だ！というものと、これは難しいとイライラする論文がある。たしかに、難しい言葉が連発される（注1）とたいへんだ。
5　とくに、外国語の論文だと辞書をひかなくてはならないから、もっとたいへん。

　Comestiblesという単語に出くわす。わからんぞと辞書を引くと「食料品」とある。Foodと言わんかいオンドリャー！と思わず言いたくなる。

10　でも、こういうのは①本当の「難しい論文」ではない。私にとって、本当に難しくて読みにくい論文というのは、構成がはっきりしない論文のことだ。こういう論文は高名な学者の書いたものの中にもある。ということは、彼らはわざとやっているのだろうか？②構成がなかなかつかめないとどうな
15　るか。いま読んでいる箇所は筆者の主張なのだろうか、それとも筆者が叩こう（注2）としている相手の主張なのだろうか。

そもそも筆者は、いくつの見解を検討しているんだろうか。ここで出てきた問題は、さっきの問題と同じ問題なのか違うのか。あああ、だんだん頭が混乱してきた。ムキー……と、こういうことになる。

　読みづらいということは、難しい言葉で書かれていることではない。構成を見通すことができないということなのだ。キミたちや私が、その分野をリードする (注3) 最高峰の学者だったら、どんなに読みづらい論文を書いても、みんな我慢して読んでくれるだろう。③でも、それは少数者の特権 (注4) としておこう。

（戸田山和久『論文の教室　レポートから卒論まで』日本放送出版協会による）

（注1）連発される：連続して発される
（注2）叩く：打つ、ぶつということだが、ここでは批判するという意味
（注3）リードする：集団の先頭に立って進むこと
（注4）特権：特別な権利

60

筆者の考える①本当の「難しい論文」とは、どういうものか。

1　難しい外国語をたくさん使っているもの
2　多くの学者の考えを並べて比較しているもの
3　筆者の主張と、他の学者の主張に似ているところがあるもの
4　筆者の主張しようとしていることが何かを理解するのが困難なもの

61

②構成がなかなかつかめないとあるが、その例として
筆者が挙げていないのはどれか。

　1　今読んでいる部分とさっき読んだ部分は、テーマ
　　　が違うのかどうか分からない。

　2　検討している見解が多すぎるために、筆者の見解
　　　がどれなのか分からない。

　3　筆者がいくつの説を比べているのか分からない。

　4　今読んでいる箇所に書かれているのが誰の意見な
　　　のか分からない。

62

③でも、それは少数者の特権としておこうとあるが、
ここで筆者が言いたいことは何か。

　1　彼らは高名な学者だから、読みづらい論文を書く
　　　のは当然だ。

　2　論文を書くのが苦手な学者は、早く有名になって
　　　特権を手に入れればよい。

　3　自分たちは多くの人に読んでもらえるよう、読み
　　　やすい論文を書こう。

　4　大部分の学者には、読みづらい論文を書いてもい
　　　い特権を与える必要はない。

(2)

　テレビでよく目撃 (注1) する光景ですが、犯罪で捕まった人について、「どんな人でした？」とインタビューすると、必ずといっていいほど、「そんなふうにはみえなかった」とか「よく挨拶してくれて真面目でいい人だった」などといっ

5 た返事がかえってきますよね。あるいは、「まさか、わが子が……」みたいな話も、よく聞かれるわけです。

　これはまさに、この人間はこういう人なんだゾーというように、たったひとつの人格で他人のことをとらえている証拠 (注2) です。固定化された先入観 (注3) です。

10　でも、①それはまったくちがうんですよ。

　実際には、どんな人間でもたくさんの人格、つまり②「役割」を演じて (注4) いるのです。だから役割理論と呼ぶんです。「演じる」というと少し違和感があるかもしれませんが、だれでもごく自然に、日常生活でいろんな人格を演じていま

15 す。

　たとえば、会社にいきますよね。そうすると、××係長とか○○責任者とかいった肩書きがあって、名刺があります。自分専用の椅子があって、机があって、期待されている役割というものがあります。

20 社会人として、その肩書きや役割に応じた人格というものがあるわけです。

だから、どんなに陽気な人でも、会社でいきなり裸踊りをはじめたりはしないですよね。

ところが、その人が自宅に帰って「ただいま」といった瞬25 間に、子供が「パパお帰りなちゃーい」とくるわけです。

すると今度は、会社における人格とはまったくべつで、パパとしての自分を演じはじめるんです。

(竹内薫『９９．９％は仮説　思いこみで判断しないための考え方』光文社新書による)

（注１）目撃：（その場で）実際にはっきり見ること
（注２）証拠：事実はこうだというための理由となるもの
（注３）先入観：思い込み
（注４）演じる：劇などの役を務める

63

①それとは何か。

1　ふだん目にしている姿や様子だけが、その人のすべてだと思うこと

2　罪を犯す人は、表面上はみんな真面目に見えること

3　親に信用されている子どもほど、悪いことをしやすいこと

4　犯罪で捕まった人についてインタビューされた人は、必ず驚くこと

64

②「役割」を演じているの例として正しいものはどれか。

1　自分も今日から課長になるのだから、これからはもう少し落ち着いて行動しなければいけないな。

2　自分でできるといって引き受けた仕事だから、絶対に完成させます。

3　はじめて主役を務めるのだから、今度の舞台は必ず成功させたい。

4　ゆうべの飲み会では、だんだん楽しくなってとうとう裸踊りをしてしまった。

65

この文章で筆者がいちばん言いたいことは何か。

1　犯罪者でもいい人の部分があるのは、驚くべきことではない。

2　私達は、この人はこういう人と思い込みがちだ。

3　人にはたくさんの面があり、その場に応じて使い分けている。

4　他人について、先入観を持つのはいけないことだ。

Track N2-19

（3）

　　私が小・中学生の頃（三十年ほど前の話です）、理科の授業では、観察ということが特に強調されていたように思います（あるいは今でもそうかも知れません）。事実をありのまま (注1) に見て記述せよ。先入観を捨てて観察すれば、自然の
5　中にひそむ (注2) 法則を見出す (注3) 事ができるに違いない。観察を強調する背景には、このような思想があったように思われます。観察される出来事は、すべてある特定の時と場所で起こる一回起性 (注4) の出来事です。このような一回起性の出来事をいくつも観察して、そこから共通の事実を見出す事
10　を①「帰納」と呼びます。また共通の事実は通常、「法則」と呼ばれます。帰納により正しい法則を見出す事こそ、科学者のとるべき方法であると主張する思想的立場が帰納主義です。これはまた、観察、すなわち経験を重視する立場でもありますから、②そちらにウェートを置く (注5) ときは、経験主
15　義とも呼ばれます。

　　あなたが、ある時、家の前を飛んでいるカラスをみたら黒かった、という経験をしたとします。また別のある時、お寺の屋根にとまっているカラスも黒かった、畑で悪さをしていたカラスも黒かった、というようないくつもの経験を重ね
20　て、「カラスは黒い」という言明 (注6) をしたとします。おおげさに言えば、あなたは③帰納主義的方法により法則を見出した事になります。

（池田清彦『構造主義科学論の冒険』講談社学術文庫による）

（注1）ありのまま：実際にあるとおり

（注2）ひそむ：隠れている

（注3）見出す：発見する

（注4）一回起性：一回だけ起こること

（注5）ウェートを置く：重視する

（注6）言明：言葉に出してはっきりと言うこと

66

①「帰納」の説明として、正しいものはどれか。

1　いくつかの法則を比較して、どれが最も事実に近いかを見出すこと

2　いくつかの出来事を見比べて、どれにも当てはまる事実を見出すこと

3　特定の場所と時間で起こる出来事を一回だけ観察して、法則を見出すこと

4　自分が実際に見た出来事を、そのまま書き記すこと

67

②そちらとは何か。

1　観察した結果から法則を見出すこと

2　科学者のとるべき方法を主張すること

3　科学者がいろいろなことを経験すること

4　繰り返し見たり、聞いたり、やってみたりすること

68

③帰納主義的方法により法則を見出した例として近いものはどれか。

1　象は陸上で一番大きい動物だと図鑑に書いてあった。だから、今、動物園で見ている象も一番大きいに違いない。

2　日本人の平均寿命は約80歳だから、自分も80歳まで生きられるに違いない。

3　あるレストランについて100人にアンケートしたところ、全員がおいしいと答えたので、その店はおいしいに違いない。

4　「絶対おいしいご飯が炊ける方法」という本に書いてある通りにご飯を炊いてみたから、このご飯はおいしいに違いない。

問題 11

請閱讀下列（1）～（3）的文章並回答問題。請從選項 1・2・3・4 當中選出一個最恰當的答案。

▼ (1)---

[翻譯]

　　由於工作關係，我必須要看各式各樣的論文。看了許多下來，我發現有的論文會讓人覺得這淺顯易懂，是篇讓人開心的論文，也有論文讓人覺得這個好難，讀起來不耐煩。如果艱深用語不斷連發（注1），的確會讓人讀來辛苦。特別是讀外語論文一定要查字典，所以更加辛苦。

　　我偶然看到 Comestibles 這個單字。不曉得意思，翻了字典才發現是「食品」。這讓我不自覺想吐出「為什麼不說 Food 呢你這傢伙！」。

　　可是，這種不是①真正的「困難的論文」。對我而言，真正艱深難懂的論文是架構不明顯的論文。這種論文也會出現在著名的學者作品當中。這麼說起來，是他們刻意這樣寫的嗎？②不太能掌握架構會怎樣呢？現在在讀的地方是作者的主張？還是作者想針對對手的看法進行敲擊（注2）呢？話說回來作者到底是在探討幾個見解呢？這裡出現的問題，和剛剛的問題是一樣的還是不同的呢？啊啊啊，腦子漸漸地混亂起來。真火大…就會造成這樣的結果。

　　所謂的「不好讀」不是指用很難的字眼撰寫，而是指無法看透架構。如果你們和我都是引領（注3）該領域的頂尖學者，就算寫出來的論文再怎麼難讀，大家都還是會忍耐拜讀吧？③但要把它當成是少數人的特權（注4）喔。

　　　　　　　　　　　（選自戶田山和久『論文教室　從報告到畢業論文』日本放送出版協會）

（注1）連發：接連發出
（注2）敲擊：原意是打、敲，在這裡指的是攻擊
（注3）引領：身處集團的前列而前進
（注4）特權：特別的權利

[全文重點剖析]

這篇文章整體是在説明作者心目中的「困難的論文」。各段落的主旨如下表所示:

第一段	論文可以分成好讀的論文和難讀的論文。特別是用語艱深的外語論文讀來更辛苦。
第二段	承接上段,作者舉出用語艱深的外語論文的例子。
第三段	話題一轉,作者指出真正難懂的其實是架構不清的論文。
第四段	結論。作者以打趣的方式暗示讀者要寫好懂的論文。

▼ **(1) / 60**--

60 作者認為的①真正的「困難的論文」是什麼論文呢?

1 使用很多困難外語的論文

2 並列並比較許多學者想法的論文

3 作者的主張和其他學者的主張有相似之處的論文

4 難以理解作者想主張的事物為何的論文

[解題]

1 　選項 1 提到 "使用了很多難懂的外國語",這雖然是文章討論的一個方面,但作者明確表示這不是真正難懂的論文的特徵。

2
3 　選項 2 和選項 3 描述的是論文內容的特點,但文章中作者的重點在於論文的結構和表達方式,而不是內容的並列比較的複雜性或相似性。

4 　選項 4 直接對應文章中作者對真正難懂論文的描述,即難以理解作者想要表達的主張,這是因為文章結構不清晰。正確答案是選項 4。

答案:4

▼ **(1) / 61**--

61 文中提到②不太能掌握架構,作者沒有舉出的例子為何?

1 不知道現在讀到的部分和剛剛讀過的部分,主題有沒有一樣。

2 因為探討的見解太多了,不知道作者的見解到底是哪一個。

3 不知道作者正在比較幾個學説。

4 不知道現在讀到的地方所寫的究竟是誰的意見。

作者舉了 3 個例子來說明架構不明的論文會帶來什麼結果：

行數	例　子	內　容	對應選項
第 15～16 行	いま読んでいる箇所は筆者の主張なのだろうか、それとも筆者が叩こうとしている相手の主張なのだろうか。	分不清某個主張是作者本人的還是作者引用別人來評論的。	選項 4
第 17 行	そもそも筆者は、いくつの見解を検討しているんだろうか。	不知作者在探討幾個見解。	選項 3
第 18～19 行	ここで出てきた問題は、さっきの問題と同じ問題なのか違うのか。	讓人搞不清楚問題究竟有沒有重複出現。	選項 1

1 選項 1 對應文章中提到的，讀者可能會不清楚目前閱讀的部分，與先前的部分是否涉及相同的主題。

2 選項 2 並沒有直接在文章中提到，文章強調的是構成上的不明確性，而不是明確指出「考察的觀點過多」這一點。正確答案為選項 2。

3 選項 3 對應文章中提到的，讀者可能不清楚作者在比較幾個不同的理論或觀點。

4 選項 4 直接對應文章中提到的情況，即不清楚當前閱讀部分的觀點，是作者的還是作者試圖批判的對象的觀點。

答案：2

▼ **(1) ／ 62** --

62 文中提到③但要把它當成是少數人的特權喔，作者的這句話是想表示什麼呢？

1 他們是知名學者，所以寫難讀的論文也是理所當然的。
2 不擅長寫論文的學者只要盡快成名就能得到特權。
3 為了讓很多人讀我們的論文，來寫好讀的論文吧。
4 沒必要給大多數的學者可以寫難讀論文的特權。

[解題]

1 選項 1 暗示知名學者寫難懂論文是正常的。這與文章主旨相悖，文章強調即使是知名學者，也應該寫出容易理解的論文。

2 　選項 2 建議寫作能力不佳的學者，應該努力成名以獲得特權。這並未捕捉到文章強調的，應努力提高論文的可讀性。

3 　選項 3 直接反映文章主旨，即所有學者都應努力寫出易於理解的論文，以便更多人閱讀。正確答案選項 3。

4 　選項 4 指出不應給大多數學者寫難懂論文的特權。這與文章觀點一致，但未完全覆蓋作者鼓勵的寫作清晰易懂的全面觀點。

答案：3

▶▶ 文法說明

○ ようとする

| 例句 | 赤ん坊が歩こうとしている。
嬰兒正嘗試著走路。 |

解說　表示動作主體的意志、意圖。中文意思是：「想…」、「打算…」。

▶▶ 重要單字

□ こりゃ（「これは」的口語形式，表驚訝語氣）

□ 連発（連發，接連發出）

□ 出くわす（偶然遇見，碰到）

□ 構成（架構）

□ 高名（著名）

□ 箇所（〈特定的〉地方，部分）

□ 叩く（敲擊；批判）

□ 見解（見解，看法）

□ 混乱（混亂，雜亂）

□ ムキー（擬聲擬態語，表憤怒之意）

□ 見通す（看透）

□ リード（引領，領導）

□ 特権（特權）

□ 説（學說；說法）

▶▶ 補充單字

理解 / 理解

01 | 有らゆる
一切，所有

02 | 異見
不同的意見，不同的見解

03 | 解釈
解釋，理解

04 | 観念
觀念；決心

□ 各種副詞

疑問	いったい、 はたして （到底）　 （究竟）
否定	決して、 必ずしも、　とうてい （絕不…）（未必）（怎麼也〈不〉…）
依頼、命令、願望	ぜひ、 なんとか、 どうか、 どうぞ （務必）（想辦法）　（設法）　（設法）
推測	たぶん、 おそらく、 さぞ、　まず、 どうも、 どうやら （大概）　（恐怕）（想必…）（大體上）（似乎）　（彷彿）
傳聞	何でも （據説是…）
比喩	まるで、 あたかも （簡直像是）（宛如）
感嘆	なんと、 なんて （何等）　（多麼）
條件、讓步	もし、 万一、 かりに、 たとえ、 いくら、　いかに （如果）（萬一）（假設）　（即使）（即使是…）（怎麼也）
評價	当然、 あいにく、 さいわい、 むろん、 たまたま （當然）（不湊巧）　（幸虧）　（當然）　（碰巧）
發言	実は、　　いわば、　　例えば、　概して （其實）（可以説是…）（舉例來説）（一般而言）
限定	特に、　ことに、　単に （特別是…）（格外）（只不過是…）

▼ (2)--

[翻譯]

電視上常常可以目睹（注1）這種畫面吧？針對被捕的罪犯，訪問人們「他是怎樣的人呢」的時候，幾乎是每個人都一定會這麼回答：「看不出來他會做這種事」、「他常常跟我們打招呼，是個老實的好人」，或是「我們家的孩子怎麼可能會…」，這樣的發言也經常可以聽到。

這簡直就像是在說「這個人就是這樣的人喔」，是只以一個人格就來評斷他人的證據（注2）。是僵化的先入為主的觀念（注3）。

然而，事情並非①如此。

事實上，不管是什麼樣的人都在扮演（注4）許多的人格，也就是②扮演「角色」。所以我們才稱之為角色理論。用「扮演」這個詞或許會覺得有點怪怪的，不過，不管是誰都非常自然地，在日常生活當中扮演各式各樣的人格。

比如說，我們會去公司上班吧？如此一來，就會有 ×× 股長、○○ 負責人這些頭銜，以及名片。有自己專用的椅子、辦公桌，有被寄予厚望的角色。

做為一個社會人士，當然就有符合該頭銜或角色的人格。

因此，再怎麼開朗的人，也不會在公司突然就脫光光跳起舞來對吧？

不過，這種人回到自家，一說「我回來了」，他的小孩就會回應「爸爸你肥來囉」。

如此一來，這回就和在公司的人格有著天壤之別，開始扮演身為爸爸的自己。

（選自竹內薫『99.9%是假說 不靠固執念頭來下判斷的思考方式』光文社新書）

（注1）目睹：（在現場）實際清楚地看見
（注2）證據：說明事情就是如此，可以成為理由的東西
（注3）先入為主的觀念：固執念頭
（注4）扮演：擔任戲劇等的角色

[全文重點剖析]

　　這篇文章的重點是「角色理論」。説明每個人都具有很多面相，在不同的場合、時間會扮演不同的人格。各段落的主旨如下表所示：

第一段	作者以採訪罪犯週遭的人為例，帶出整篇文章的話題。
第二段	承接上段，作者認為單憑一個人格就對整個人下定論，是種僵化的先入為主的觀念。
第三段	話題轉折。
第四段	作者指出每個人在日常生活中都扮演許多角色。
第五段	承接上段，舉例説明。
第六段	承接上段，説明社會人士在工作時有其相應的人格。
第七段	再度舉例，有孩子的社會人士下班回家後的情形。
第八段	承接上段，此人的身分又從社會人士轉換成孩子的父親。

▼ **(2)／63** ---

63　①如此指的是什麼呢？

1 認為平時看到的姿態或樣子，就是這個人的全貌

2 犯罪的人表面上看起來都是老實人

3 越是被父母信賴的小孩，越容易做壞事

4 針對犯罪被捕的人進行採訪，受訪者都一定會吃驚

[解題]

1　　選項1正確反映了文章的核心觀點，人們往往根據某個人的表面行為或角色來全面判斷其人格，這是一種固定化的先入為主的觀念。正確答案選項1。

2　　選項2描述了人們對犯罪者的一種常見反應，但這並非文章想要強調的「完全錯誤」的觀念。

3　　選項3 "越是被父母信賴的小孩，越容易做壞事"，提出了一個可能的社會現象，但文章並未涉及這一點。

4　　選項4指出了對犯罪者周圍人的驚訝反應，雖然這是文章提到的現象，但不是作者指出的關於固定化先入為主的錯誤認識。

|答案：1

64 下列哪一個是②扮演「角色」的正確舉例呢？

1 我也是從今天開始當上課長，所以今後必須較為冷靜地採取行動了啊。

2 這是我表示自己可以辦得到而接下的工作，所以一定會完成它。

3 這是我第一次擔任主角，所以一定要讓這次的演出成功。

4 昨晚的飲酒聚會上玩得越來越開心，終於裸體跳舞了。

[解題]

1 　選項1描述了一個人因為職位變動（成為課長），而感到需要改變行為方式，以符合新的角色期望，直接呼應了文章中，關於扮演不同社會角色的論述。正確答案選項1。

2 　選項2雖然表達了責任感，但與扮演特定社會角色的情境關聯不大。

3 　選項3提到了在舞台上的角色，這更接近於字面上的「角色扮演」，而非文章討論的社會角色概念。

4 　選項4描述了一種社交活動中的行為，但這與扮演特定的社會角色或人格，沒有直接關係。

|答案： **1**

65 這篇文章當中作者最想表達的是什麼呢？

1 即使是罪犯也有好的一面，不必驚訝。

2 我們容易有「這個人就是這樣的人」的先入為主的觀念。

3 人有很多面相，且順應場合分別使用。

4 對於他人不應該有著先入為主的觀念。

[解題]

1 　選項1 "犯罪者也有好的一面，並不令人驚訝"，這雖然觸及了文章開頭提到的現象，但並非文章的主旨。

2 　選項2 "提及人們對他人的固定印象"次觀點在文章中，僅作為引入更深層次討論的起點，不是文章的核心主旨。

❸ 選項 3 "人們在不同的社會情境下扮演不同的角色"，直接呼應了文章的中心論點。正確答案選項 3。

❹ 選項 4 "對他人持有先入為主的觀念是不好的" 文章提到先入為主觀念，旨在於勸告人們避免單一視角評判他人，非直接批評先入為主觀念的負面影響。

| 答案：3

▶▶ 文法說明--

○ に応じて／に応じた

| 例句 | 働きに応じて報酬をプラスしてあげよう。
依工作的情況來加薪！ |

解說 表示按照、根據。前項作為依據，後項根據前項的情況而發生變化。中文意思是：「根據…」、「按照…」。

○ わけだ

| 例句 | 3年間留学していたのか。どうりで英語がペラペラなわけだ。
到國外留學了 3 年啊。難怪英文那麼流利。 |

解說 表示按事物的發展，事實、狀況合乎邏輯地必然導致這樣的結果。中文意思是：「當然…」、「怪不得…」。

○ において（は、も）／における

| 例句 | 私は、資金においても彼を支えようと思う。
我想在資金上支援他。 |

解說 表示動作或作用的時間、地點、範圍、狀況等。是書面語。中文意思是：「在…」、「在…時候」、「在…方面」。

▶▶ 重要單字--

□ 目擊（目睹）

□ あるいは（或是）

□ まさか（怎能，怎會）

□ まさに（就像是，簡直）

□ 人格（人格；人品）

□ とらえる（抓住，捕捉）

□ 証拠（證據）

□ 固定化（僵化；固定）

□ 先入観（先入為主的觀念；成見）

□ 役割（角色）

□ 演じる（扮演）　　　　　□ 瞬間（瞬間，剎那）
□ 理論（理論）　　　　　　□ 落ち着く（冷靜，沉著）
□ 違和感（不對勁的感覺）　□ 行動（行動；行為）
□ 係長（股長）　　　　　　□ 引き受ける（接下；承擔）
□ 肩書き（頭銜；地位）　　□ 主役（主角，中心人物）
□ 専用（專用，專屬）　　　□ 勝手（擅自，隨便）
□ 陽気（活潑；熱鬧）　　　□ 思い込む（認定，確信）
□ いきなり（突然）　　　　□ 面（面相，樣子）

≫≫ 補充單字

犯罪 / 犯罪

01 | 誤り
錯誤

07 | 着せる
給穿上(衣服)；鍍上

02 | 誤る
錯誤，弄錯

08 | 厳重
嚴重的，嚴格的

03 | 一致
一致，相符

09 | 強盗
強盜；行搶

04 | 訴える
控告，控訴，

10 | こっそり
悄悄地，偷偷地

05 | 奪う
剝奪；強烈吸引

11 | 自力
憑自己的力量

06 | 大凡
大體，大概

12 | 侵入
浸入；(非法)闖入

≫≫ 補充知識

□ 各種性格的說法

【あ行】	暗い（陰沉的）	生意気な（自大狂妄的）
明るい（開朗的）	けちな（吝嗇的）	涙もろい（愛哭的）
温かい （溫暖的，熱情的）	【さ行】	なれなれしい （愛裝熟的）
甘えん坊 （愛撒嬌的）	しつこい （固執煩人的）	鈍い（遲鈍的）
いい加減な （隨便的，敷衍的）	小心者 （膽小的人）	のんきな （悠哉的，慢郎中）

怒りっぽい （易怒的）	親切な （親切的）	【は行】
おしゃべりな （健談的；長舌的；大嘴巴）	せっかちな （性急的）	激しい （情緒激動的）
落ち着きがない （不穩重的）	【た行】	八方美人 （八面玲瓏）
おとなしい （老實的，乖巧的）	頼りない（不可靠的）	反抗的な （愛唱反調的）
【か行】	だらしない（散漫的）	ふざけた （愛開玩笑的，胡鬧的）
かたくるしい （拘謹的，古板的）	短気な （個性急躁的）	ぼーっとした （反應慢的，不機伶的）
勝ち気な（好強的）	単純な（單純的）	【ま行】
変わった（古怪的）	調子に乗りやすい （容易得意忘形的）	負けず嫌いな （好勝心重的）
頑固な（頑固的）	冷たい（冷酷的）	真面目な（認真的）
気が強い （好強的）	でしゃばりな （愛管閒事的； 愛出風頭的）	無口な（沉默寡言的）
気が弱い（懦弱的）	鈍感な（遲鈍的）	無責任な（沒責任感的）
きつい （苛薄的；難相處的）	【な行】	面倒くさがりな （怕事的，怕麻煩的）
きまじめな （一本正經的）	泣き虫 （愛哭鬼）	【ら行】
		ルーズな （不嚴謹的，隨便的）

▼ (3)--

[翻譯]

還記得在我小學、中學時期（大約是 30 年前的事了），理科課堂上會特別強調觀察這個動作（或許現在也還是這樣）。把事實據實(注1)地觀看記錄下來！只要拋開成見進行觀察，就一定能將潛藏(注2)在自然當中的定律給找出來(注3)。在強調觀察的背後，總覺得似乎存在著這樣的思想。觀察的事件全是在某個特定時間、地點的一次性(注4)事件。觀察好幾個這樣的一次性事件，從中找出共通的事實，就叫做①「歸納」。此外，共通的事實通常稱為「定律」。主張科學家應該經由歸納找出正確的定律，這種思維的觀點就是歸納主義。由於這也是重視觀察，也就是經驗的觀點，所以，著重(注5)②這點時，也稱為經驗主義。

假設你看過飛過家門前的烏鴉是黑色的。此外，你有一次看到停在寺廟屋簷上的烏鴉也是黑色的，而在田裡作亂的烏鴉也是黑色的。像這樣的經驗重複幾次之後，你斷言(注6)「烏鴉是黑色的」。說得誇張一點，你就是③用歸納主義的方法找出定律。

（選自池田清彥『構造主義科學論的冒險』講談社學術文庫）

（注 1）據實：如同實際情況
（注 2）潛藏：隱藏
（注 3）找出來：發現
（注 4）一次性：只發生一次
（注 5）著重：重視
（注 6）斷言：化作言語明確地說出

[全文重點剖析]

這篇文章的重點在說明何謂「歸納主義」。各段落的主旨如下表所示：

第一段	歸納主義就是藉由觀察幾個一次性事件，然後從中找出規則定律。
第二段	舉觀察烏鴉顏色的例子解釋歸納主義。

▼ (3) / 66---

66 關於①「歸納」的說明，下列何者正確？

1 比較幾個定律，找出哪一個是最接近事實的
2 比較幾個事件，找出一個符合全體的事實
3 只觀察一次在特定地點、時間發生的事件，找出定律
4 將自己實際上看到的事件，如實記錄下來

[解題]

1 選項1 "比較法則，尋找最真實者"這個過程更像是「演繹」，而不是「歸納」。

2 選項2 "觀察比較幾個事件，來發現共通規律"這正是歸納法的過程。正確答案選項2。

3 選項3 "單次觀察尋規律"這描述的是一個單一實例的觀察，而歸納法需要多個實例。

4 選項4 "記錄所見"這更多是描述了觀察的過程，而不是歸納的過程。

|答案：2

▼ (3) / 67---

67 ②這點指的是什麼呢？

1 從觀察到的結果找出定律
2 主張科學家應該採取的方法
3 科學家經歷過各式各樣的事物
4 反覆看、反覆聽、反覆做

[解題]

1 選項1 "從觀察找規律"這更偏向於描述了「歸納法」的過程，而不是經驗主義的核心概念。

2 選項2 "主張科學方法"雖然科學家採取的方法可能基於經驗，但這個選項並未直接指向經驗主義的定義。

3 選項3 "科學家經歷各種事情"雖然提到了「經驗」，但它更強調科學家個人的經歷，而不是經驗主義的科學研究方法。

4 　選項4 “反復看、聽、嘗試做”最直接地反映了經驗主義強調的重複觀察和實踐，以此來獲得科學知識的方法。正確答案選項4。

|答案： **4**

(3) ／**68**--

68 最接近③用歸納主義的方法找出定律的例子是什麼呢？

1 圖鑑上寫説大象是陸地上最大的動物。所以現在在動物園看到的大象也一定是最大的。

2 日本人的平均壽命大概是 80 歲，所以自己肯定也能活到 80 歲。

3 針對某間餐廳對 100 人進行問卷調查，結果全部的人都回答「很好吃」，這間店一定很美味。

4 試著按照「絕對能煮出好飯的方法」這本書所寫的方式煮飯，所以煮出來的飯肯定很好吃。

[解題]

1 　選項1 “利用圖鑑推斷象”這更接近演繹推理，而不是歸納。

2 　選項2 “用平均壽命推個體壽命”這是將一般性數據應用於個體的判斷，也不符合歸納主義的典型應用。

3 　選項3 “問100人評價餐廳，全讚美”完美符合歸納主義的方法：從多個具體實例中尋找普遍規律。正確答案選項3。

4 　選項4 “依書預測烹飪美味”，這更偏向於依據已知方法的應用，而非通過多個觀察實例歸納出規律。

|答案： **3**

➤➤ 文法說明 --

○ まま

例句	子供（こども）が遊（あそ）びに行（い）ったまま、まだ帰（かえ）って来（こ）ないんです。 小孩就這樣去玩了，還沒回到家呢。
解說	表示原封不動的樣子，或是在某個不變的狀態下進行某件事情。中文意思是：「就這樣…」。

○ に違いない

例句	この写真は、ハワイで撮影されたに違いない。

這張照片，肯定是在夏威夷拍的。

解說 表示說話人根據經驗或直覺，做出非常肯定的判斷。常用在自言自語的時候。中文意思是：「一定是…」、「准是…」。

○ こそ

例句	誤りを認めてこそ、立派な指導者と言える。

唯有承認自己的錯，才叫了不起的領導者。

解說 （1）表示特別強調某事物。（2）表示強調充分的理由。前面常接「から」或「ば」。中文意思是：「正是…」；「正（因為）…才…」。

○ とする／とすれば／としたら

例句	3億円があったとする。あなたはどうする。

假如你有了3億日圓，你會怎麼花？

解說 表示順接的假定條件。在認清現況或得來的信息的前提條件下，據此條件進行判斷。中文意思是：「如果…的話」。

》》 重要單字

- □ 観察（觀察，仔細查看）
- □ 強調（強調，極力主張）
- □ 事実（事實）
- □ ありのまま（據實）
- □ 記述（記錄，記述）
- □ ひそむ（潛藏，隱藏）
- □ 法則（定律，規則）
- □ 見出す（發現，找出來）
- □ 思想（思想，思維）
- □ 特定（特定，特別指定）
- □ 共通（共通）

- □ 帰納（歸納，歸結）
- □ 通常（通常，一般）
- □ 主義（主義，對事物或原理的基本主張）
- □ ウェート（重點；重量）
- □ カラス（烏鴉）
- □ 畑（田地，旱田）
- □ 悪さ（惡劣行為）
- □ 言明（斷言）
- □ おおげさ（誇張，誇大）

計算 / 計算

01 | 円周（えんしゅう）
（數）圓周

02 | 確率（かくりつ）
機率，概率

03 | 加減（かげん）
加法與減法；調整

04 | 過剰（かじょう）
過剩，過量

05 | 加わる（くわ）
加上，添上

06 | 激増（げきぞう）
激增，劇增

07 | 合計（ごうけい）
共計，合計

08 | 増加（ぞうか）
增加，增多

09 | 増減（ぞうげん）
增減，增加

10 | 統計（とうけい）
統計

11 | ぴたり
突然停止；緊貼地

12 | 方程式（ほうていしき）
（數學）方程式

13 | まし
增，增加

14 | 率（りつ）
率，比率

15 | 割る（わ）
打，劈開

量 / 量、容量

01 | 余る（あま）
剩餘；超過

02 | 或る（あ）
某，有

03 | 有る・在る（あ・あ）
有；持有

04 | 幾（いく）
表數量不定，幾

05 | 幾分（いくぶん）
一點，少許

06 | 一定（いってい）
一定；規定

07 | うんと
多，大大地

08 | 大（おお）
（形狀、數量）大，多

09 | 大いに（おお）
很，頗

10 | 主に（おも）
主要，重要

11 | 過半数（かはんすう）
過半數，半數以上

12 | 巨大（きょだい）
巨大，雄偉

13 | 限度（げんど）
限度，界限

14 | 全て（すべ）
全部，一切

15｜多少 (たしょう)
多少，多寡

16｜だらけ
（接名詞後）滿，淨

17｜多量 (たりょう)
大量

18｜足る (たる)
足夠，充足

19｜段 (だん)
層，格

20｜中 (ちゅう)
中央，當中

21｜定員 (ていいん)
定員，規定的人數

22｜どっと
哄堂；雲集

23｜莫大 (ばくだい)
莫大，無尚

24｜分 (ぶん)
部分；份

25｜分量 (ぶんりょう)
分量，重量

26｜膨大 (ぼうだい)
龐大的，臃腫的

>> 補充知識 --

□ 和「看」相關的單字

單字・慣用句等	意 思	例 句
一望 （一望）	一目で見渡すこと （一眼望去）	晴れた日にはここから富士山の全景が一望できる。 （晴天時從這裡可以一望富士山全景。）
眺望 （眺望）	遠くを眺めること （瞭望遠處）	頂上からの眺望がすばらしい。 （從山頂眺望出去的景色很美。）
着目 （著眼）	特に注意して見ること （特別留神去看）	以下の点に着目して調査を進める。 （著眼於以下幾點進行調查。）
目撃 （目擊）	その場にいて、実際に目で見ること （在現場親眼看到）	多くの人がその引き逃げ事件を目撃した。 （很多人目擊到那場肇事逃逸事件。）
見詰める （凝視，盯看）	眼を離さないでじっと見続ける。 （不移開視線，一直盯著。）	そんなに見詰めないでください。 （請不要一直盯著我瞧。）
見とれる （看得入迷）	心を奪われて、じっと見る。 （失了神地一直觀看。）	奇麗な夕日に見とれてバスに乗り遅れた。 （看漂亮的夕陽看得入迷，導致沒趕上公車。）

垣間見る （窺視）	隙間から、ちょっと見る。物事の様子わずかな面を知る。 （從縫隙間稍微看到。只知道事物一部分的樣貌。）	絵本を通じて、子どもの心を垣間見る。 （透過繪本，窺見孩子們的心靈。）
睨み付ける （瞪視）	怖い目で、じっと見る。 （用恐怖的眼神一直看著。）	妻は私をじっと睨み付けた。 （太太一直瞪我。）
食い入るよう （緊盯貌）	視線が深く入り込むように、じっと見る様子 （視線彷彿深入望穿一般，一直注視的樣子）	生徒たちは先生の顔を食い入るように見つめていた。 （學生們緊盯著老師的臉看。）
きょろきょろ （睜大雙眼 尋視）	落ち着きなく、周りを見る様子 （靜不下心來，環顧四周的樣子）	試験中にきょろきょろするな。 （考試中不要四處張望。）
しげしげ （仔細地）	じっと、よく見る様子 （一直仔細盯視的樣子）	相手の顔をしげしげと見つめる。 （仔細地注視對方的臉。）
目を配る （四處查看）	よく気をつけて、あちこちを見る。 （仔細留意，查看各處。）	細かいところにまで目を配る。 （連小地方都注意到了。）
目を注ぐ （留心注視）	気をつけて、じっと見る。 （小心且不停地觀看。）	全局に目を注ぐ。 （留心注視整個局勢。）
目を光らせる （嚴密監視）	悪いことができないように、厳しく監視する。 （嚴加監視慎防作惡。）	過激派の動きに監視の目を光らせる。 （嚴密監視過激份子的一舉一動。）
目を皿のようにする （睜大雙眼）	目を大きく見開いて、よく見る。 （睜大眼睛好好地看。）	目を皿のようにして探し回る。 （睜大雙眼到處尋找。）
高みの見物 （壁上觀）	傍観者、あるいは第三者の立場で、ゆとりを持って物事を眺めること （站在旁觀者或是第三者的立場悠哉地遠眺事物）	少年たちのけんかに高みの見物をきめこんでいた。 （對於少年們的打架爭執故意作壁上觀。）

[讀解・第二回]

問題 12

次のAとBはそれぞれ、中学校の教師が自分のしごとについて書いた文章である。二つの文章を読んで、後の問いに対する答えとして最もよいものを、1・2・3・4から一つ選びなさい。

A

　私は子供のときからずっと教師になりたいと思っていました。願いがかなってこの春、中学校教師となり、担任するクラスで自己紹介をしたときのことです。数人の生徒が「うるさいな！」と怒鳴ったり、消しゴムを投げてきたりしたあげく、教室を出て行ってしまいました。それ以降、私は生徒たちが怖くなりました。半年間、何とか頑張りましたが、このままではストレスのあまり、心の病気になってしまいそうです。病気にならないうちにしごとを変えようかとも思いましたが、嫌な生徒がいるからといって辞めてしまったら子供のときからの夢はどうなると考えなおしました。どうせ、あと半年すればあの子たちは卒業するのです。諦めたくありません。

B

　私は家の経済状況が悪く、しごとを選ぶ上では何よりも安
定を考え、中学校教師になりました。今担任をしているクラ
スに、態度の悪い生徒が数人います。あんまり嫌なことをす
るので、何度か教師を辞めたくなったこともありますが、中
5　学生というのは大人に反抗したくなるものだと考えてがまん
して、気にしないようにしていました。最近、また腹の立つ
ことを言われ、思わず怒鳴りそうになったとき、別の生徒が
態度の悪い生徒を注意してくれました。このとき初めて、中
にはわたしのことを気遣ってくれる生徒もいるのだと気付き
10　ました。考えてみると、嫌な生徒にも、必ず何らかの事情が
あるのです。これをきっかけに、教師とは嫌なことばかりで
はないと思うようになりました。

69

AとBのどちらの文章にも触れられている点は何か。

1　教師というしごとのやりがい

2　嫌な生徒に対処する方法

3　教師というしごとのつらさ

4　嫌なことをされたら怒鳴るとすっきりすること

[70]

AとBの筆者は、しごとを今後どうしようと考えているか。

1　AもBも、しごとを辞めたい。

2　Aはしごとを辞めたいが、Bは辞めたくない。

3　Bはしごとを辞めたいが、Aは辞めたくない。

4　AもBも、しごとを辞めたくない。

問題 12

下列的 A 和 B 分別是兩位中學教師針對自己的工作而撰寫的文章。請閱讀這兩篇文章並從選項 1・2・3・4 當中選出一個最恰當的答案。

[翻譯]

A

　　我從小就一直想當老師。這個春天我如願當上國中老師，在我帶的班上自我介紹時發生了這樣的事情。幾個學生怒罵「吵死人了！」，還朝著我扔橡皮擦，最後離開了教室。之後我對學生們開始感到害怕。這半年來我想辦法撐了過來，但再這樣下去似乎會壓力過大，造成心理的疾病。雖然我也曾想過要趁著還沒生病的時候換工作，但我重新思考過，只因為有討厭的學生就辭職的話，我從小的夢想又該怎麼辦呢？反正再過半年那些孩子就要畢業了。我不想放棄。

B

　　我家經濟狀況不好，在選擇工作上我優先考量安定，所以我成為一名國中老師。現在帶的班級，有幾個學生態度很差。他們有時會做些過火的事，所以我有幾次都想辭去教職，但又想說國中生本來就是會想反抗大人，便忍了下來，要自己別去在意。最近，又有人對我說了令人生氣的話，我不禁想要大吼的時候，其他同學替我訓斥了那名態度不佳的學生。這時我才第一次發現，其中也有同學會為我著想。仔細想想，討厭的學生應該也有什麼理由會讓他這樣才對。如此一來，我便覺得當老師所遇到的不全是討厭的事情了。

［全文重點剖析］

這一大題是「綜合理解」。題目當中會有 2 篇同一主題、不同觀點的文章，考驗考生是否能先各別理解再進一步比較。所以最重要的是要掌握每篇文章的主旨，然後找出它們之間的異同。

Ａ文章的大意是作者從小就想當老師，沒想到當上老師後卻遇到態度惡劣的學生，讓他一度壓力過大想換工作；但一方面又不想因為這點理由就放棄自己的夢想。

Ｂ文章的大意是作者因為經濟考量而選擇當老師。遇到了一些態度差的學生讓他數度想辭職，但最近也注意到有一些學生很為他著想。所以作者開始覺得教師這份工作不全是壞事。

將兩篇文章稍微做個比較，可以得到下面這張表：

	A	B
當老師的動機	私は子供のときからずっと教師になりたいと思っていました。 →從小的夢想。	私は家の経済状況が悪く、しごとを選ぶ上では何よりも安定を考え、中学校教師になりました。 →考量安定度。
	異	
碰到的問題	数人の生徒が「うるさいな！」と怒鳴ったり、消しゴムを投げてきたりしたあげく、教室を出て行ってしまいました。 →班上有態度不好的學生。	今担任をしているクラスに、態度の悪い生徒が数人います。 →班上有態度不好的學生。
	同	
面對問題的心態	このままではストレスのあまり、心の病気になってしまいそうです。 病気にならないうちにしごとを変えようかとも思いましたが、嫌な生徒がいるからといって辞めてしまったら子供のときからの夢はどうなると考えなおしました。 どうせ、あと半年すればあの子たちは卒業するのです。 →壓力過大。有想過要辭職，但改變心意。消極面對學生。	何度か教師を辞めたくなったこともありますが、 中学生というのは大人に反抗したくなるものだと考えてがまんをし、気にしないようにしていました。 考えてみると、嫌な生徒にも、必ず何らかの事情があるのです。 →有想過要辭職，但改為站在學生的角度設想。
	異	
決定	諦めたくありません。 →不想辭職。	教師とは嫌なことばかりではないと思うようになりました。 →沒有辭職的意思。
	同	

▼ **69**--

[69] A、B 兩篇文章都有提到的點是什麼呢？

1 從事教職的意義
2 應對討厭的學生的方法
3 從事教職的辛苦
4 如果有人冒犯自己就怒吼，這樣心情就會舒暢

[解題]

1 　選項 1 "教師這個職業的成就感"，兩篇文章主要講述了面對挑戰的經歷，而不是成就感，所以此選項不符合。

2 　選項 2 "應對討厭的學生的方法"，雖然兩篇文章都提到了處理困難學生的情境，但重點不在於具體的應對方法。

3 　選項 3 "從事教職的辛苦"，兩篇文章均提到了教師在處理問題學生時遇到的困難和壓力，反映了從事教職的辛苦，是共通點。正確答案選項 3。

4 　選項 4 "遭受不愉快的事情後，通過怒吼來發洩會感到舒暢"，這一選項在兩篇文章中都沒有被直接提及。

|**答案： 3**

▼ **70**--

[70] A、B 兩位作者對於今後的工作有什麼想法呢？

1 A 和 B 都想辭掉工作。
2 A 想辭掉工作，但 B 不想辭掉工作。
3 B 想辭掉工作，但 A 不想辭掉工作。
4 A 和 B 都不想辭掉工作。

［解題］

1 　　選項1 "A和B都想辭職"，根據文章內容，兩位作者最終都沒有明確表示想要辭職，因此這個選項不符合。

2 　　選項2 "A想辭職，B不想"，文章顯示A在經過一番思考後決定不辭職，B也有保持工作的積極態度，所以選項不符合。

3 　　選項3 "B想辭職，A不想"，文章顯示B選擇繼續堅持自己的教師職業，與文章內容相反，不符合。

4 　　選項4 "A和B都不想辭職"，根據文章內容，兩位作者儘管遇到了困難，但最終都表示了繼續堅持自己職業的態度，這個選項符合兩篇文章的情感傾向。正確答案選項4。

答案：4

▶▶ 文法說明--

○ あげく（に）

例句　　あちこちの店を探_{さが}したあげく、ようやくほしいものを見_みつけた。
　　　　四處找了很多店家，最後終於找到要的東西。

解說　　表示事物最終的結果。也就是經過前面一番波折和努力達到的最後結果。中文意思是：「…到最後」、「…，結果…」。

○ 上_{うえ}で

例句　　土地_{とち}を買_かった上_{うえ}で、建_たてる家_{いえ}を設計_{せっけい}しましょう。
　　　　買了土地以後，再設計房子。

解說　　表示兩動作間時間上的先後關係。表示先進行前一動作，後面再根據前面的結果，採取下一個動作。中文意思是：「在…之後」。

▶▶ 重要單字--

□ 願_{ねが}い（願望）　　　　　　　　□ 以降_{いこう}（之後，以後）

□ かなう（實現）　　　　　　　□ 何_{なん}とか（想辦法，設法）

□ 担任_{たんにん}（擔任；負責）　　　　　□ 考_{かんが}えなおす（重新思考，重新考慮）

□ 怒鳴_{どな}る（怒罵；大吼）　　　　　□ 諦_{あきら}める（放棄）

□ 安定（安定，穩定）
<ruby>安定<rt>あんてい</rt></ruby>

□ 反抗（反抗，抵抗）
<ruby>反抗<rt>はんこう</rt></ruby>

□ 腹が立つ（生氣，動怒）
<ruby>腹<rt>はら</rt></ruby>が<ruby>立<rt>た</rt></ruby>つ

□ 気遣う（掛念，擔心）
<ruby>気遣<rt>きづか</rt></ruby>う

□ 何らか（某些，什麼）
<ruby>何<rt>なん</rt></ruby>らか

□ 事情（理由，緣故）
<ruby>事情<rt>じじょう</rt></ruby>

□ やりがい（做〈某事〉的意義）

□ 対処（應對）
<ruby>対処<rt>たいしょ</rt></ruby>

>>> 補充知識- -

□ 跟心情有關的成語

成　語	例　句
以心伝心 （以心傳心）	あの人とは以心伝心で、お互いに今何を考えているかが手に取るように分かる。 （我和那個人以心傳心，可以很清楚地知道對方現在在想什麼。）
一喜一憂 （一喜一憂）	野球の試合は接戦で、逆転したりされたりするたびに一喜一憂しながら見ていた。 （棒球比賽勝負難分，我方一下反轉局面，一下又被對方追回比數，一喜一憂地觀看著。）
一心不乱 （專心一致）	入学試験が目前に迫った兄は、苦手な科目を中心に一心不乱に勉強している。 （入學考試迫在眼前，哥哥以他不擅長的科目為主，專心一致地唸書。）
喜怒哀楽 （喜怒哀樂）	彼は、喜怒哀楽をあまり顔に出さない。 （他不太把喜怒哀樂表現在臉上。）
五里霧中 （五里霧中）	捜査は五里霧中の状態のまま、時間だけが過ぎていった。 （偵查陷入了五里霧中的狀態，只有時間不停地流逝著。）
自画自賛 （自賣自誇）	兄は「どうだ、俺の言った通りだろう」と自画自賛している。 （哥哥自賣自誇地說：「怎麼樣？就跟我說的一樣吧」。）
四苦八苦 （千辛萬苦）	算数の問題が難しくて、四苦八苦の末、やっと解くことができた。 （算數問題太難了，我費了千辛萬苦，總算解出來了。）
心機一転 （心念一轉）	先生の言葉に感激して、心機一転して、勉学に励んでいます。 （感激老師的一番話，於是心念一轉，努力向學。）
意気消沈 （意志消沉）	サッカーの試合で大量リードされ、応援団は意気消沈していた。 （足球比賽被敵隊大幅領先，啦啦隊意志消沉。）

讀解・第二回

問題 13

次の文章を読んで、後の問いに対する答えとして最もよいものを、1・2・3・4から一つ選びなさい。

　昔、アメリカの経営コンサルタント (注1) がトップセールスマン (注2) と呼ばれる人たち三〇〇人の言動をつぶさに (注3) 観察し、その共通点を探ったことがありました。その結果、「言葉づかいがていねい」「自己主張をしない（いばらない）」「ユーモアに長けている (注4)」「人を笑わせるのがうまい」など、いろいろな要素を探り当てたのですが、なかでも「①相手を立てるのがうまい」という要素がもっとも重要であることを突き止めました (注5)。

　要するに、「人間は、社会生活や人とのつながりにおいて、『自分という人間を認めてもらいたい』『他人から評価してもらいたい』『他人から敬われたい』という欲求に一番の反応を示します。トップセールスマンと呼ばれる人たちは、他人のこの欲求を満たしてあげる術に長けている」というのです。

　心理学においても、人間は衣食住や愛情といった基本的な欲求が満たされると、他者から尊敬されたいという「承認の欲求」、つまり「自己重要感の欲求」にかられる (注6) ようになるということが実証されています。

　あなたも②この人間心理をうまく活用し、他人の自己重要感
20　の欲求を満たしてあげてはいかがでしょう。相手の価値観・存
在感を認めてあげてはいかがでしょう。そうすれば、相手
はこのうえない幸福感に満たされるため、あなたに対して好
感と親しみを寄せざるを得なくなります。

　この芸当 (注7) に長けていたのがヒルトン・ホテルの創立者
25　コンラッド・ヒルトンです。彼はホテルで働く従業員一人ひ
とりの名前を覚え、顔を合わすたびに声をかけたほか、給料
を手渡すときも、「今月もご苦労様」「来月も頑張ってくだ
さい」といいながら深々と一礼したといいます。社長にこう
までされたらどうなるか。誰だって「ああ、社長はいつも私
30　のことを気にかけてくれているのだ」と感激し、この人にずっ
とついていこうという気になります。

　この例にもあるように、人は皆、自分の存在感、価値とい
うものを認めてもらいたがっているのです。そして、その欲
求を満たしてくれた相手には、「この人に協力しよう」「こ
35　の人を応援しよう」という気持ちを抱くのが人の心理という
ものなのです。

（植西聰『マーフィー言葉の力で人生は変わる』成美文庫より一部改変）

（注１）コンサルタント：企業経営などについて、指導・助言をする専門家
（注２）セールスマン：販売員
（注３）つぶさに：詳しく
（注４）長けている：優れている
（注５）突き止める：不明な点や疑問点などを、よく調べてはっきりさせる
（注６）かられる：激しい感情に動かされる
（注７）芸当：普通の人にはできない行為

71

①相手を立てるの意味として正しいのはどれか。

1　相手を起き上がらせる。

2　相手の立場になって考える。

3　相手を尊重し大切に扱う。

4　相手をこのうえない幸福感で満たしてあげる。

72

②この人間心理とはどのような心理か。

1　他人に自分の価値を認めてもらいたいという心理

2　衣食住のような基本的な要素が何よりも重要だと思う
　　心理

3　相手に親しみを感じたいと思う心理

4　相手の欲求を満たしてあげたいと思う心理

73

この文章全体で、筆者がもっとも言いたいことは何か。

1 人に何かをしてもらうときは、自分が重要な人物だということを相手に分からせると、きちんとやってもらえる。

2 相手に自分のことを好きになってもらうためには、相手の持ち物の価値にお世辞を言うことも必要である。

3 人とうまく付き合うためには、相手のことを大切に思っている気持ちを表現することが重要である。

4 トップセールスマンや大会社の社長は、人に好かれ、親しみを感じてもらうのがうまい。

問題 **13**

請閱讀以下的文章，並從選項１・２・３・４當中選出一個下列問題最恰當的答案。

[翻譯]

　　過去，美國的經營顧問（注1）曾將 300 位被稱為頂級業務（注2）的人的言行仔細地（注3）進行觀察，並探求其共通點。結果，他們找出了「遣詞用字客氣」、「不主張自我（不自大）」、「擅長（注4）幽默」、「很會逗人笑」等各種要素，其中還查明（注5）「很會①給對方面子」這個要素是最重要的。

　　簡而言之，這就說明了「人類在社會生活與人之間的連繫上，最能反映出『想要別人認同自己』、『想要別人給自己正面評價』、『想要被別人尊敬』這些需求。被稱為頂級業務的人們，很擅長滿足別人的這項需求。」

　　在心理學方面也證實，人類在食衣住或愛情等基本需求獲得滿足後，會受到驅使（注6），產生希望獲得他人尊敬的「認可的需求」，也就是「自我重要感的需求」。

　　您也充分利用②這個人類心理，滿足他人的自我重要感這份需求如何呢？認同對方的價值觀、存在感如何呢？如此一來，對方就會因為充滿著這份至高無上的幸福感，不由得對你產生好感及親和感。

　　擅長這個絕技（注7）的是希爾頓飯店的創始人康拉德・希爾頓。聽說他將每位在飯店工作的工作人員姓名都記下來，除了碰面時會向他們打招呼，連當面發薪水時也是，他會邊說「這個月也辛苦你了」、「下個月也請加油」，邊深深地一鞠躬。如果社長做到這個地步會怎麼樣呢？無論是誰，都會心生感激：「啊，社長一直都有把我放在心上」，然後產生想要一直跟隨這個人的念頭。

　　就像這個例子一樣，每個人都想要別人認同自己的存在感、價值。而人類的心理就是會對滿足自己這份需求的人抱持著「我來幫這個人忙」、「我要支持這個人」這樣的心情。

（節選改編自植西聰『莫非語詞的力量能使人生產生改變』成美文庫）

（注１）顧問：針對企業經營等，給予指導、建議的專業人士
（注２）業務：銷售員
（注３）仔細地：詳細地
（注４）擅長：出色

（注５）查明：好好地調查並弄清楚不詳的地方或是疑問點

（注６）受到驅使：被激烈的感情所策動

（注７）絕技：普通人辦不到的行為

[全文重點剖析]

這篇文章整體是在說明人類想獲得他人尊敬、認同的一種心理。各段落的主旨如下表所示：

第一段	據調查，頂級業務最重要的特質是「很會給對方面子」。
第二段	承接上段，說明大家都希望能獲得別人的尊敬，而頂級業務正是擅長此道。
第三段	佐以心理學為證，說明人類在滿足基本需求後，會希望被滿足「認可的需求」。
第四段	承接上段，作者建議讀者給予對方認同，讓對方對自己抱持好感。
第五段	承上，舉出希爾頓飯店創始人的例子來說明。
第六段	結論。人類會支持能認同自己的人。

▼ **71** -

71 ①給對方面子的正確意思為下列何者？

1 讓對方爬起來。

2 站在對方的立場思考。

3 尊重對方並珍視對方。

4 滿足對方至高無上的幸福感。

[解題]

1 　選項1 "讓對方起身"描述了一個具體動作，這與文章討論的社交和職場中的心理技巧不相關，因此不符合「相手を立てる」的實際意義。

2 　選項2 "站在對方的立場思考"雖然代表了一種尊重的行為，但並不直接對應文章中「相手を立てる」所強調的尊重和珍視對方的概念。

3 　選項3 準確地反映了文章的主要觀點，即通過關鍵行為 "尊重並珍視對方"，來滿足他們被認可的需求，和增強他們的自我重要感。這是正確答案。

4 　選項4雖然提到 "使對方充滿無上的幸福感"，但它過於具體，且未能準確捕捉到「相手を立てる」在文章中所涵蓋的廣泛含義。

答案：3

72 ②這個人類心理是什麼樣的心理呢？

1 希望別人認同自己價值的心理
2 認為食衣住這樣的基本要素比什麼都來得重要的心理
3 希望能從對方身上感受到親近的心理
4 想要滿足對方需求的心理

[解題]

1 　選項 1 直接對應文章提及的，人們在基本需求滿足後，會產生 "尋求他人認可的心理" ，是文章討論的核心概念。這是正確答案。

2 　選項 2 "認為衣食住基本需求極其重要的心理" 與文章探討的進階心理需求不匹配，文章強調在基本生活需求得到滿足後，人們會有更深層次的心理需求。

3 　選項 3 "希望能與他人建立更親密關係的心理" 雖為人際互動中常見心理，但並非文章焦點。

4 　選項 4 "想要滿足對方需求的心理" 是文中頂級銷售員特質，而非文章主旨所探討的一般人類心理狀態。

答案：1

73 這篇文章整體而言作者最想表達的是什麼？

1 要別人幫自己做事時，如果能讓對方明白自己是重要人物，對方就會好好地替自己做事。
2 為了讓對方喜歡自己，也必須針對對方的持有物奉承阿諛。
3 為了和人更融洽地相處，表現出自己很重視對方的感覺是很重要的。
4 頂級業務和大公司社長很討人喜愛，擅長給人親和感。

[解題]

1 　選項 1 "表明自己重要可確保他人妥善完成任務" ，但這並不完全符合文章強調的，透過滿足他人認可需求來建立良好關係的主題。

2 　選項 2 "讚美對方物品，有助於獲得喜愛" ，這與文章主旨不符，文章並未強調通過虛假讚美建立關係。

3 　　選項 3 "與人建立良好的關係，關鍵是表達對他們的重視"，這直接體現了文章討論的核心——認可對方的價值和存在，是建立良好關係的關鍵。正確選項為3。

4 　　選項 4 "頂級銷售員和大公司總裁擅長讓人喜歡和親近他們"，這一觀點雖然被文章提到，但不是文章的核心訊息。

| 答案： 3

▶▶ 文法說明--

○ に対して（は）／に対し／に対する

| 例句 | この問題に対して、意見を述べてください。
請針對這問題提出意見。 |

解說　表示動作、感情施予的對象。可以置換成「に」。中文意思是：「向…」、「對（於）…」。

○ ざるをえない

| 例句 | 上司の命令だから、やらざるを得ない。
由於是上司的命令，也只好做了。 |

解說　表示除此之外，沒有其他的選擇。有時也表示迫於某壓力或情況，而做某事。中文意思是：「不得不…」、「被迫…」。

○ たび／たびに

| 例句 | あいつは、会うたびに皮肉を言う。
每次跟那傢伙碰面，他就冷嘲熱諷的。 |

解說　表示前項的動作、行為都伴隨後項。相當於「するときはいつも」。中文意思是：「每次…」、「每當…就…」。

▶▶ 重要單字--

□ セールスマン（業務，銷售員）　　□ ユーモア（幽默）

□ 探る（探求）　　□ 突き止める（查明）

□ 主張（主張）　　□ 要するに（簡而言之）

□ いばる（自大；吹牛）　　□ つながり（連繫）

□ 敬う（尊敬）　　　　　□ 手渡す（親手交付）
□ 術（手段，方法）　　　□ 深々と（深深地）
□ 衣食住（食衣住）　　　□ 一礼（鞠躬，行禮）
□ 満たす（滿足）　　　　□ 気にかける（放在心上，掛念）
□ 承認（承認，認可）　　□ 抱く（抱持）
□ このうえない（至高無上）

▶▶ 補充單字--

心 / 心、內心 ①

01 | 呆れる
吃驚，愕然

02 | 熱い
熱的；熱烈的

03 | 飢える
飢餓，渴望

04 | 疑う
懷疑，猜測

05 | 敬う
尊敬

06 | 羨む
羨慕，嫉妒

07 | 運
命運，運氣

08 | 惜しい
遺憾；可惜的

09 | 思い込む
確信不疑；下決心

10 | 思い遣り
同情心，體貼

11 | 覚悟
精神準備；覺悟

12 | がっかり
失望；筋疲力盡

13 | 感
感覺；感

14 | 感覚
感覺

15 | 感激
感激，感動

16 | 感じ
知覺；印象

心 / 心、內心 ②

01 | 心当たり
想像；線索

02 | 堪える
忍耐；忍住

03 | 幸い
幸運；幸虧

04 | 仕方がない
沒有辦法；沒有用處

05 | 実感
真實感；真實的感情

06 | しみじみ
痛切；親密

07 | **占めた**
（俗）太好了，好極了

08 | **真剣**
真刀；認真

09 | **心中**
（古）守信義；殉情

10 | **心理**
心理

11 | **澄む**
清澈；澄清

12 | **ずるい**
狡猾，奸詐

13 | **精神**
（人的）精神；心神

14 | **善**
善行；善良

15 | **大した**
非常的，了不起的

16 | **大して**
（接否定語）並不太…，並不怎麼

17 | **堪らない**
難堪，忍受不了

18 | **躊躇う**
猶豫，躊躇

19 | **誓う**
發誓，起誓

20 | **尖る**
尖；發怒

21 | **何となく**
（不知為何）總覺得，不由得

22 | **なんとも**
真的，實在

23 | **願い**
願望，心願

24 | **膨らます**
（使）弄鼓，吹鼓

25 | **面倒臭い**
非常麻煩，極其費事的

26 | **油断**
缺乏警惕，疏忽大意

>>> 補充知識

□ 和臉部有關的慣用句

慣 用 句	中 譯
顔を合わす	見面
顔が広い	交友廣闊
顔が利く	有勢力，吃得開
顔をつぶす	丟臉；名譽受損
顔を出す	現身，露面；參加（聚會）
顔が売れる	有名望，出名
顔から火が出る	羞紅了臉
顔に泥を塗る	損害聲譽，丟臉
顔が立つ	有面子
目が高い	眼光高，有慧眼
目が利く	眼尖；有鑑賞力

目がない	著迷;沒眼光
目が回る	頭暈目眩;喻非常忙碌
目に余る	看不下去,忍無可忍
目もくれない	無視,不理會
目と鼻の先	近在咫尺
目に入れても痛くない	(兒孫)可愛得不得了,溺愛(兒孫)
目をつぶる	閉上眼睛;假裝沒看見;過世
目を丸くする	瞪大眼睛,吃驚
鼻が高い	洋洋得意
鼻にかける	炫耀,驕傲自滿
鼻につく	膩煩,討厭
耳が痛い	對批評或忠告感到刺耳,不中聽
耳にたこができる	同樣的事聽太多次而感到厭煩
耳が早い	消息靈通
耳を疑う	懷疑是否聽錯
口が軽い	說話輕率,口風不緊
口がすべる	說溜嘴
口を割る	招供,坦白
口が減らない	話多;強詞奪理
口を切る	先開口說話;打開瓶蓋或封蓋

讀解・第二回

問題 14

次は、ある大学で開かれる公開講座のリストである。下の問いに対する答えとして最もよいものを、1・2・3・4から一つ選びなさい。

74

　山本さんは外国語かパソコンが習いたい。外国語はこれまで英語しか勉強したことがなく、今度は何か日本の近くの国の言葉をやってみたい。パソコンに関しては、自分のブログはすでに持っているので、次は会社の仕事で使えるようにホームページの作成の仕方を勉強したいと思っている。土日のうち1日は家族と過ごしたい。水曜日は仕事が遅くなることがあるので都合が悪い。リストの中に、山本さんの条件に合う講座はいくつあるか。

1　1つ

2　2つ

3　3つ

4　4つ

ミードさんはアメリカ人留学生で、いろは市にある国際学生会館に住んでいる。日本語は日常会話に全く困らない程度できるようになった。月曜日の夜は、アルバイトで英語を教えている。週末は家にいることが多い。デジタルカメラでたくさんの写真を撮ったので、絵はがきにしてアメリカにいる家族に送りたいと思っている。リストの中に、ミードさんが取るとよい講座はいくつあるか。

1 2つあるが、1つは都合が悪い

2 2つあるが、2つとも都合が悪い

3 1つあって、都合もよい

4 1つもない

いろは大学　夏休み公開講座

7/17〜8/21（毎週火曜日）19:00-20:30　全6回

初心者のための中国語

9,000円

　中国語のおもしろさは、目で字を見るとなんとなく内容が想像できるのに、耳で聞くと全く分からないところにあります。まずは発音から！

7/11〜8/15（毎週水曜日）19:00-20:30　全6回

韓国語入門

9,000円

　韓国語は、文字が規則正しいのみならず、文法も日本語とよく似ており、学びやすいことばです。初めての方、大歓迎！

7/9〜8/17（毎週月・金曜日）19:00-20:30　全12回

はじめてのにほんご

6,000円

　「五十音」とふだんよく使うあいさつから始め、買い物のときなどに役立つ表現を学んでいきます。

＊　ご家庭の状況次第で無料となる場合があります。

＊　いろは市にお住まいの外国人の方が対象です。

7/19〜8/23（毎週木曜日）19:00-20:30　全6回

初心者のパソコン

9,000円

　ワープロの打てない方、インターネットには興味あるけれど難しそう……という方、初めはみんな未経験者です。勇気を出して、レッツトライ！

7/8〜8/12（毎週日曜日）10:30-12:00　全6回

情報処理講座

12,000円

　ワープロ、Eメール、ネットサーフィン以外でパソコンを使ったことがない方、ビジネスですぐに役立つ表計算を中心に学びます。

7/7〜8/11（毎週土曜日）10:30-12:00　全6回

やさしい画像編集

9,000円

　デジタルカメラで撮った写真の管理、編集を学びます。オリジナルアルバムや写真入り年賀状を作ってみませんか。

7/22〜8/26（毎週日曜日）18:00-21:00　全6回

ブログを書こう

24,000円

　ワープロが打ててデジタルカメラを持っている方なら誰でもブログを開設できます。あなたもインターネットに日記を書いてみませんか。

問題 14

下面是在某大學舉行的公開講座的列表。請從選項 1 · 2 · 3 · 4 當中選出一個最恰當的答案。

[翻譯]

伊呂波大學　暑期公開講座

7/17～8/21（每週二）19:00-20:30　共6回

初級中文

9,000圓

　　中文有趣的地方就在於用眼睛看字多少能想像其內容，但是用耳朵聽的話就完全不知道在說什麼。首先從發音著手！

7/11～8/15（每週三）19:00-20:30　共6回

韓語入門

9,000圓

　　韓語不僅是文字規則方正，連文法也和日文極為相似，是很容易學的一種語言。我們十分歡迎初學者！

7/9～8/17（每週一、五）19:00-20:30　共12回

初級日語

6,000圓

　　從「五十音」和平時常用的招呼用語開始，學習在購物等場合能派得上用場的說法。

＊　依照家庭經濟狀況可以免除學費。

＊　對象是住在伊呂波市的外國人。

7/19～8/23（每週四）19:00-20:30　共6回
基礎電腦
9,000圓

不會使用文書處理的人，或是對網路有興趣但覺得似乎很難的人，大家一開始都是沒有經驗的。請拿出勇氣，Let's try！

7/8～8/12（每週日）10:30-12:00　共6回
資訊處理講座
12,000圓

若您沒有使用過文書處理、e-mail、上網以外的電腦功能，我們將主要學習對商務馬上有幫助的試算表。

7/7～8/11（每週六）10:30-12:00　共6回
簡易圖像處理
9,000圓

學習數位相機所拍攝的照片的管理、處理。要不要做做看原創的相簿或照片賀年卡呢？

7/22～8/26（每週日）18:00-21:00　共6回
來寫部落格吧
24,000圓

只要會打字又有數位相機，不管是誰都能開設部落格。你要不要也試試看在網路上寫日記呢？

▼ 74 --

74 山本先生想學外語或是電腦。外語的話他至今只學過英語而已，這回想試試看日本鄰近國家的語言。關於電腦，他已經有自己的部落格了，所以接下來想學網站架設方法，好用在公司的工作上。禮拜六、日的其中一天他想和家人一起度過。有時週三會晚下班，所以不太方便。列表當中，符合山本先生條件的講座一共有幾個呢？

1 1個　　　　　**2** 2個　　　　　**3** 3個　　　　　**4** 4個

[解題]

1 選項1 "1個"，符合山本先生要求的課程只有一個。根據題目描述，他對外語的興趣是學習鄰近國家的語言，對電腦的需求是學習與工作相關的技能，而時間上，週三不方便，且希望保留週末一天家庭時間。僅有的符合這些條件的課程是【初心者のための中国語】。正確答案選項1。

2 選項2 "2個"，根據條件篩選，只有一個課程完全符合山本先生的需求，因此這個選項不正確。

3 選項3 "3個"，同樣，根據條件篩選，找不到3個完全符合需求的課程，所以這個選項也不正確。

4 選項4 "4個"，題目中提供的信息，並沒有表明有4個課程同時符合山本先生的所有條件，因此這個選項同樣不正確。

|答案：1

▼ **75**--

75 密德同學是美國的留學生，他住在伊呂波市的國際學生會館。他的日語已經到達日常會話完全不會感到困擾的程度。星期一晚上他要打工教英文。週末他經常待在家。他有用數位相機拍照，所以想把照片製作成明信片，寄給在美國的家人。列表當中，適合密德同學的講座有幾個呢？

1 有2個，但其中一個時間不方便　　　　**3** 有1個，時間上也方便
2 有2個，但這兩個時間都不方便　　　　**4** 1個也沒有

[解題]

1 選項1 "有兩，但一個不方便"，根據題目描述，有一個課程符合密德同學的需求，因此這個選項不正確。

2 選項2 "兩個都不方便"，同樣，題目中只提及一個符合需求的課程，這個選項也不適用。

3 選項3 "一個方便"，正確反映了密德同學情況，即有一個符合他需求的課程，而且安排在他有空的週末，不與其他活動衝突。正確答案選項3。

4 選項4 "一個都沒有"，根據題目信息，至少有一個課程是符合密德同學的需求和時間安排的，所以這個選項不正確。

|答案：3

○ のみならず

例句	この薬は、風邪(かぜ)のみならず、肩(かた)こりにも効力(こうりょく)がある。 這個藥不僅對感冒有效，對肩膀酸痛也很有效。

解說 表示添加。用在不僅限於前接詞的範圍，還有後項進一層的情況。中文意思是：「不僅…，也…」。

○ 次第(しだい)で／次第(しだい)では／次第(しだい)だ

例句	気温(きおん)次第(しだい)で、作物(さくもつ)の成長(せいちょう)はぜんぜん違(ちが)う。 氣溫的變化左右著農作物的生長。

解說 表示行為動作要實現，全憑「次第だ」前面的名詞的情況而定。中文意思是：「全憑…」。

➤➤ 重要單字--

- □ 公開(こうかい)（公開）
- □ リスト（列表，清單）
- □ ブログ（部落格）
- □ デジタルカメラ（數位相機）
- □ 絵(え)はがき（〈印有圖樣或照片的〉明信片）
- □ 初心者(しょしんしゃ)（初學者）
- □ なんとなく（〈不知為何〉總覺得）
- □ 無料(むりょう)（免費）

- □ お住(す)まい（住所，住處）
- □ 未経験者(みけいけんしゃ)（沒有經驗的人）
- □ 情報(じょうほう)（資訊）
- □ ネットサーフィン（上網）
- □ 表計算(ひょうけいさん)（試算表）
- □ 編集(へんしゅう)（編輯，處理）
- □ 開設(かいせつ)（開設，開辦）

➤➤ 補充單字--

学校 / 學校

01 | 裏口(うらぐち)
後門；走後門

02 | 学科(がっか)
科系

03 | 学期(がっき)
學期

04 | キャンパス【campus】
（大學）校園，校內

05 | 休校(きゅうこう)
停課

06 | 校歌(こうか)
校歌

07 | 高等 <ruby>高等<rt>こうとう</rt></ruby>
高等，高級

08 | 在校 <ruby>在校<rt>ざいこう</rt></ruby>
在校

09 | 室 <ruby>室<rt>しつ</rt></ruby>
房屋，房間

10 | 実技 <ruby>実技<rt>じつぎ</rt></ruby>
實際操作

11 | 受験 <ruby>受験<rt>じゅけん</rt></ruby>
參加考試，應試

12 | 私立 <ruby>私立<rt>しりつ</rt></ruby>
私立，私營

13 | 進路 <ruby>進路<rt>しんろ</rt></ruby>
前進的道路

14 | 推薦 <ruby>推薦<rt>すいせん</rt></ruby>
推薦，舉薦

15 | スクール【school】
學校；學派

16 | 正門 <ruby>正門<rt>せいもん</rt></ruby>
大門，正門

17 | 引き出す <ruby>引<rt>ひ</rt></ruby>き<ruby>出<rt>だ</rt></ruby>す
抽出，拉出

18 | 付属 <ruby>付属<rt>ふぞく</rt></ruby>
附屬

教育、学習 / 教育、學習

01 | 学 <ruby>学<rt>がく</rt></ruby>
學校；知識

02 | 学習 <ruby>学習<rt>がくしゅう</rt></ruby>
學習

03 | 学術 <ruby>学術<rt>がくじゅつ</rt></ruby>
學術

04 | 学問 <ruby>学問<rt>がくもん</rt></ruby>
學業，學問

05 | 学会 <ruby>学会<rt>がっかい</rt></ruby>
學會，學社

06 | 課程 <ruby>課程<rt>かてい</rt></ruby>
課程

07 | 基礎 <ruby>基礎<rt>きそ</rt></ruby>
基石，基礎

08 | 教養 <ruby>教養<rt>きょうよう</rt></ruby>
教育，教養

09 | 講演 <ruby>講演<rt>こうえん</rt></ruby>
演説，講演

10 | 参考 <ruby>参考<rt>さんこう</rt></ruby>
參考，借鑑

11 | しくじる
失敗，失策

12 | 自習 <ruby>自習<rt>じしゅう</rt></ruby>
自習，自學

13 | 自然科学 <ruby>自然科学<rt>しぜんかがく</rt></ruby>
自然科學

14 | 実験 <ruby>実験<rt>じっけん</rt></ruby>
實驗；經驗

15 | 実習 <ruby>実習<rt>じっしゅう</rt></ruby>
實習

16 | 指導 <ruby>指導<rt>しどう</rt></ruby>
指導；領導

17 | 社会科学 <ruby>社会科学<rt>しゃかいかがく</rt></ruby>
社會科學

18 | 上級 <ruby>上級<rt>じょうきゅう</rt></ruby>
上級，高級

19 | 上達 <ruby>上達<rt>じょうたつ</rt></ruby>
進步，長進

20 | 初級 <ruby>初級<rt>しょきゅう</rt></ruby>
初

□ 「週末」所指的範圍

• 「週末」指的是星期五，還是六、日呢？我們來看看幾本辭典中的意思：

辭典	意　　思
国語辞書	一週間の末。土曜日、また土曜日から日曜日へかけていう。近年は金曜日を含めてもいう。 （一星期的尾聲。星期六，或指星期六到星期天的期間。近年來也含星期五在內。）
『広辞苑』 岩波書店	一週間の末。土曜日から日曜日にかけてをいう。ウイークエンド。 （一星期的尾聲。指星期六到星期天的期間。Weekend。）
『大辞林』 三省堂	金曜日を含めていうこともある （有時也指含星期五在內）
『日本国語 大辞典』 小学館	一週間の末。一週間の終わり頃。金曜から土曜日、また土曜の午後から日曜日にかけてをいう。 （一星期的尾聲。一星期將要結束的時候。指從星期五到星期六，或稱星期六下午到星期天這段期間。）

• 另外，再查一下英文辭典的「weekend」：

辭典	意　　思
小学館ランダムハウ ス英和大辞典	（特に金曜 [土曜] 日の夜から月曜日の朝までの）週末 （「特別指星期五或六晚上直到星期一早上的」週末）
研究社 新英和大辞典	週末《土曜日の午後または金曜日の夜から月曜日の朝まで》 （週末《星期六下午或星期五晚上到星期一早上為止》）

• 從以上幾本辭典的解釋、說明來看，「週末」所指的範圍，如下：

(1) 土曜日 （星期六）

(2) 金曜日と土曜日 （星期五和星期六）

(3) 土曜日と日曜日 （星期六和星期天）

(4) 金曜日の夜から日曜日の夜 （または月曜日の朝）まで （從星期五晚上到
　　星期天晚上 （或星期一早上）為止）

⇨ 據 NHK 在 1999 年的調查顯示，日本全國有過半數以上的人認為「週末」
指的是「土曜日と日曜日」。而答（1）（2）（4）的人各占一成多。也因此，
為了正確傳遞訊息，許多新聞媒體都盡可能具體的加上「星期或日期」。例
如「這個週末的星期六」或是「下個星期六、25 日」等等。

讀解・第一回

Track N1-01

問題8

次の（1）から（3）の文章を読んで、後の問いに対する答えとして最もよいものを、1・2・3・4から一つ選びなさい。

（1）

　いったい、今まで私のように政治に対してまったく興味を持たない国民が何人かいたということは、決して興味を持たない側の責任ではなく、興味を奪い去るようなことばかりをあえてした政治の罪なのである。国民として、国法の支配を
5 受け、国民の義務を履行し、国民としての権利を享受して生活する以上、普通の思考力のある人間なら、政治に興味を持たないで暮らせるわけはない。にもかかわらず、我々が今まで政治に何の興味も感じなかったのは、政治自身が我々国民に何の興味も持っていなかったからである。

（伊丹万作『政治に関する随想』、一部表記を改めたところがある）

46

ここで述べられている筆者の考えに最も合致するのはどれか。

1　政治家は、義務を履行してこそ権利を享受することが
　　できる。

2　私が政治に関心がないのは、私たちを無視してきた政
　　治のせいである。

3　私は以前は政治に興味があったのに、興味を失ったの
　　は政治が何もしてくれないからである。

4　政治に興味を持ったところで、政治家になるのは<ruby>易<rt>やさ</rt></ruby>し
　　いことではない。

(2)

正直言って、私は、生真面目な動機から、論理的思考について学ぼうとする人間が好きではない。そういう人間に限って、論理的思考力の効能を固く信じ、正しい議論を真剣になってやろうとする（ディベートの訓練をしている人など、大抵そうだ）。だが、議論に世の中を変える力などありはしない。もし本当に何かを変えたいのなら、議論などせずに、裏の根回しで数工作でもした方がよほど確実であろう。実際に、本物のリアリストは、皆、そうしている。世の中は、結局は数の多いほうが勝つのである。

（香西秀信『論より詭弁　反論理的思考のすすめ』）

47

筆者の考えに最も合うのはどれか。

1　議論で説得しようとすると相手のプライドが傷付くので、陰でこっそり話すほうがよい。

2　論理で人を動かそうとするよりも、自分一人でたくさん仕事をして片付けてしまうほうがよい。

3　社会を変えたければ、論理的に正しい意見を述べるよりも、とにかく味方を増やすことである。

4　議論するよりも、陰で関係者に賄賂（お金や贈り物）を配るほうが有効である。

Track N1-03

(3)

　現実に対する作者の態度の如何_{いかん}によって、種々の作品が生まれる。ある時代には、現実に対する多くの作者の態度がほぼ一定していて、同じ種類の作品が多く現れる。何某主義時代という文学上の時代は、そういう時期である。またある時期には、現実に対する作者の態度が四分五裂_{しぶんごれつ}して、各人各様_{かくじんかくよう}の態度をとり、したがって作品の種類も雑多になる。いわば (注) 無秩序無統制の時期であって、各種の主義主張が乱立する。現代はその最もよい例である。

（豊島与志雄『現代小説展望』、一部表記を改めたところがある）

（注）いわば：言ってみると

48

この文章の内容に最もよく合致するのはどれか。

1　現代は、作者の考え方がばらばらなので、文学も雑多なものが生まれている。

2　現代の文学は種類が雑多だが、いつかは何某主義時代といわれるようになるだろう。

3　現代の文学は、もっと秩序立って統制の取れたものにすべきである。

4　現代の文学は、作者の思想が多様なのでかつてないほど豊かである。

（4）

　将棋はとにかく愉快である。盤面の上で、この人生とは違った別な生活と事業がやれるからである。一手一手が新しい創造である。冒険をやってみようか、堅実にやってみようかと、いろいろ自分の思い通りやってみられる。しかも、その結果が直（ただ）ちに盤面に現れる。その上、遊戯（ゆうぎ）とは思われぬくらい、ムキになれる。昔、インドに好戦の国があって、戦争ばかりしたがるので、侍臣（じしん）が困って、王の気持を転換させるために発明したのが、将棋だというが、そんなウソの話が起こるくらい、将棋は面白い。

（菊池寛『将棋』、一部表記を改めたところがある）

49

　筆者は、将棋をなぜ面白いと言っているか。

　　1　現実の暮らしとは異なる生き方を試すことができるから

　　2　盤面の上で試してみたことが、現実の生活に現れるから

　　3　一手一手、相手を追いつめていく楽しみがあるから

　　4　いろいろやってみるうちに、上達するから

問題 8

請閱讀下列（1）～（4）的文章，並從每題所給的4個選項（1・2・3・4）當中，選出最佳答案。

▼ **(1)／46**--

[翻譯]

　　說到底，至今之所以會有一些像我這樣對政治冷感的國民，絕非政治冷感者的責任，問題出在使人冷感的政治身上。身為國民，既然生活中受到國家法律的規範、履行國民的義務、享受國民的權利，只要是具有普通思考能力的人，就不可能過著對政治不感興趣的生活。話雖如此，我們向來對政治冷感是因為政治本身絲毫不關心我們這些國民。

（伊丹萬作《政治隨感》，更改部分表記）

46 下列哪項敘述與作者的想法最吻合？

1 由於政治家有履行義務，所以才可以享受權利。

2 我之所以對政治無感，是因為政治向來都無視於我們。

3 我以前對政治是感興趣的，但現在失去興趣是因為政治並沒有為我做什麼。

4 即使對政治感興趣，當政治家也不是件簡單的事。

[解題]

1　　選項1並不符合文章中所述的情境。文章指出，國民對政治的興趣缺失，並非因為國民自身不履行義務，而是政治對國民缺乏吸引力，這與政治家履行義務或享受權利的話題不直接相關。

2　　選項2直接反映了文章的主旨。作者透過自身的觀點指出，國民對政治失去興趣，主要是因為政治本身未能引起國民的興趣或關注，暗示了一種政治與國民之間缺乏有效溝通和關懷的狀況。符合文章的主旨和論點。

3　　選項3雖然反映了一種對政治期望落空的情緒，但文章並沒有明確指出作者曾經對政治懷有興趣，而是從一開始就顯示了對政治的興趣缺乏，主要歸咎於政治自身的問題。

4 選項 4 並未在文章中被提及。文章聚焦於探討為什麼人們對政治缺乏興趣，而非討論成為政治家的難易程度。

|答案：2

>>> 文法說明 -

○ 以上（は）

> **例句** 絶対にできると言ってしまった以上、徹夜をしても完成させます。
> 既然説絕對沒問題，那即使熬夜也要完成。

> **解説** 前句表示某種決心或責任，後句是根據前面而相對應的決心、義務或奉勸的表達方式。中文意思是：「既然…，就…」。

○ わけはない

> **例句** 人形が独りでに動くわけはない。
> 洋娃娃不可能自己會動。

> **解説** 表示從道理上而言，強烈地主張不可能或沒有理由成立。相當於「はずがない」。相當於「不會…」。

○ にもかかわらず

> **例句** 仕事量が膨大にもかかわらず、彼は不満も言わず黙々と働いている。
> 儘管他的工作量非常沉重，依然毫無怨言地默默工作著。

> **解説** 表示逆接。後項事情常是跟前項相反或相矛盾的事態。中文意思是：「雖然…，但是…」、「儘管…，卻…」、「雖然…，卻…」。

○ てこそ

> **例句** 自分でやってこそはじめてわかる。
> 只有自己親自做，才能瞭解。

> **解説** 表示由於有前項強，才能有後項的好結果。中文意思是：「只有…才（能）…」。

○ たところで…ない

| 例句 | 応募したところで、採用されるとは限らない。
即使去應徵了，也不保證一定會被錄用。 |

解說　表示即使前項成立，後項的結果也是與預期相反，無益的、沒有作用的，或只能達到程度較低的結果。中文意思是：「即使…也不…」、「儘管…也不…」。

≫ 重要單字

□ いったい（此表疑問或怪罪語氣）　　□ 享受（享受）

□ あえて（硬是，勉強）　　□ 思考力（思考能力）

□ 履行（履行）　　□ 合致（一致）

≫ 補充單字

政治 / 政治

01 | 危機
危機，險關

02 | 共和
共和

03 | 君主
君主，國王

04 | 権力
權力

05 | 行進
(列隊)進行，前進

06 | 公然
公然，公開

07 | 公認
公認，國家機關或政黨正式承認

08 | 公用
公用；公務

09 | 失脚
失足；下台

10 | 司法
司法

11 | 樹立
樹立，建立

12 | 情勢
形勢，情勢

13 | 政権
政權；參政權

14 | 政策
政策，策略

□ 生真面目（形容過於認真而不知
　　　　變通）
□ 動機（動機）
□ 論理的（邏輯性的）
□ 効能（功效）
□ ディベート（辯論）

□ 根回し（事前準備）
□ リアリスト（現實主義者）
□ プライド（自尊心，尊嚴）
□ 賄賂（賄賂）

判断 / 判斷

01 | 敢えて
敢；勉強

02 | 証
證據，證明

03 | 当て
目的，目標

04 | あやふや
態度不明確的；曖昧的

05 | 案の定
果然，不出所料

06 | イエス【yes】
是；同意

07 | いかなる
如何的，怎樣的

08 | いかに
如何，怎麼樣

09 | いかにも
的的確確；實在

10 | 何れも
無論哪一個都，全都

□ **英語原文是「ist」結尾的外來語**
這些表示「人」的外來語可以展現職業、主義、思想、生活方式等等。

日　語	英　語	意　思
バイオリニスト	violinist	小提琴家
ピアニスト	pianist	鋼琴家
ジャーナリスト	journalist	新聞工作者
スタイリスト	stylist	造型師
ソーシャリスト	socialist	社會主義者
コミュニスト	communist	共產主義者
ナショナリスト	nationalist	民族主義者
テロリスト	terrorist	恐怖主義者

ナルシスト	narcissist	自戀狂
ナチュラリスト	naturalist	自然主義者
モラリスト	moralist	道德家
エゴイスト	egoist	利己主義者
フェータリスト	fatalist	宿命論者
フェミニスト	feminist	女權主義者
ロマンチスト	romanticist	浪漫主義者

▼ (3) ╱ **48**---

[翻譯]

　　作者對於現況的看法導致各種作品的應運而生。比方在某個時代當中，多數作者對於現況的看法幾乎一樣，便有相同類型的作品大量出現。文學史上被標注為某某主義的時代，就是屬於這樣的時期。然而，當某個時期的作者對於現況的看法眾多紛紜，每個人有其各自的觀點時，作品的種類便會變化繁多。亦即愈是無秩序、無管制的時期，各派學說主義愈是紛呈多彩。當代即為最好的例子。

（豐島與志雄《現代小說展望》，更改部分表記）

（注）亦即：說起來就是

48 下列何者和這篇文章的內容最為一致？

1 當代作者的想法各不相同，所以會產生各式各樣的文學作品。
2 當代文學種類繁多，有一天也許會被稱為某某主義時代。
3 當代文學應該要採取更有秩序、更有管制的作法。
4 當代文學由於作者思想的多樣性，所以有著不同以往的豐富度。

[解題]

1　　選項1直接反映了文章中提及的現象，即現代文學界存在著各式各樣的觀點和作品，這種多樣性正是由於作者對現實的多元態度所引起。文章指出，當作者對現實的態度分歧極大時，就會產生各種各樣的作品，這種情況在當代尤為明顯。

2　　選項2與文章的主旨不完全一致。文章雖然提到了某些時期可以被稱作某某主義時代，但並沒有暗示現代的多樣性最終會被劃歸為某一種主義。

3　　選項3同樣不符合文章所述。文章並未表達出對現代文學多樣性的批判或認為應該追求更多的秩序與統制，而是客觀地描述了現狀。

4 選項4雖然觸及到了作者思想的多樣性，但文章中並沒有將現代文學的多樣性與豐富性作直接聯繫，也未必然地將之視為正面現象。

|答案：1

>>> 文法說明---

○ 如何によって（は）

例句	判定の如何によって、試合結果が逆転することもある。 根據判定，比賽的結果也有可能會翻盤。

解說 表示依據。根據前面的狀況，來判斷後面的可能性。中文意思是：「根據…」、「要看…如何」。

○ べき／べきだ

例句	人間はみな平等であるべきだ。 人人應該平等。

解說 表示那樣做是應該的、正確的。常用在勸告、禁止及命令的場合。中文意思是：「必須…」、「應當…」。

>>> 重要單字---

□ 種々（各種，各式各樣）　　　　□ 秩序（秩序）
□ 四分五裂（四分五裂）　　　　　□ 統制（將散亂事物加以統整）
□ 各人各様（各有各不同）　　　　□ 乱立（混雜並列）
□ 雑多（繁多）　　　　　　　　　□ かつて（過去）

>>> 補充知識---

□ 包含兩個數字的四字成語

成　語	解　釋
一期一会 （十年修得同船渡）	一生に一度しかないこと、特に出会い。茶道から来た言葉。 （一生當中只有一次，特別是指邂逅。由茶道而來的語詞。）
一石二鳥 （一石二鳥）	一つの行為によって、同時に二つの利益を得ること。 經由一個行為，同時得到兩個好處。

一長一短 （いっちょういったん） （ 有利有弊 ）	長所もあれば短所もあること。 （ 既有長處也有短處。）
億万長者 （おくまんちょうじゃ） （ 億萬富翁 ）	大金持ち。「億万」は、数が非常に多いことを表す。 （ 大富翁。「億萬」用來表示數目非常多。）
四苦八苦 （しくはっく） （ 千辛萬苦 ）	大変に苦しむこと。仏教から来た言葉。四苦は生・老・病・死を指し、八苦は四苦と愛別離苦・怨憎会苦・求不得苦・五陰盛苦を指す。 （ 非常痛苦。由佛教而來的語詞。所謂四苦是指生、老、病、死，八苦是指四苦，再加上愛別離苦、怨憎會苦、求不得苦、五陰熾盛苦。）
七転八起 （しちてんはっき） （ 百折不撓 ）	7回転んで8回起き上がる意から、何度失敗してもくじけずにやり抜くこと。 （ 從摔倒7次，第8次就爬起來的意思，引申為不管失敗幾次都不灰心，堅持到最後。）
七転八倒 （しちてんばっとう） （ 七顛八倒 ）	7回も8回も転び倒れる意から、ひどい苦しみや痛みで転げ回ること。 （ 從摔倒7、8次的意思，引申為因為極度折磨或痛苦而不斷四處翻滾。）
十人十色 （じゅうにんといろ） （ 一樣米養百樣人 ）	考え方や好みなどが人によってそれぞれ違っていること。 （ 每個人的想法或是喜好都有所不同。）
四六時中 （しろくじちゅう） （ 無時無刻 ）	4×6＝24であることから、一日中。いつも。 （ 從4×6＝24引申為一整天。總是。）
千載一遇 （せんざいいちぐう） （ 千載難逢 ）	千年に1回しか会えないくらい、珍しいこと。「千載一遇のチャンス」という使い方が多い。 （ 千年只能見到一次的稀奇事物。用法多為「千載難逢的機會」。）
二人三脚 （ににんさんきゃく） （ 兩人三脚 ）	二人が横に並んで内側の足首を結び、三脚となって走る体育競技。また、そこからの比喩で、二者が協力して物事を行うこと。 （ 兩人並列，將內側腳踝綁起來，以3隻腳的狀態賽跑的體育競技。此外，用這點來比喻兩人合力做事。）
唯一無二 （ゆいいつむに） （ 獨一無二 ）	ただ一つだけで二つとないこと。 （ 只有一個，沒有其他的了。）

[翻譯]

　　總而言之，日本象棋就是樂趣十足，因為可以在盤面上開展出不同於真實人生的生活和事業。每一著棋都是全新的創造。可以施以險招巧取，亦可步步為營，端看自己想採取哪種策略，並且成果立刻會在盤面上顯現出來，甚至令人不僅只以區區一場遊戲看待，而會認真較勁起來。日本象棋的饒富趣味，甚而流傳了一則捏造的故事：很久以前，印度有個好戰之國，時常發動戰爭，國王的家臣深感困擾。為了讓國王能換個方式發洩對戰爭的熱衷，於是發明了象棋這個遊戲。

（菊池寬《日本象棋》，更改部分表記）

49 作者為何認為日本象棋很有趣呢？

1 因為可以嘗試和現實生活不一樣的生活方式
2 因為在盤面上試著做的事情，會在現實生活中實現
3 因為每一著棋都能享受到把對手逼到絕境的樂趣
4 因為多方嘗試會有所進步

[解題]

❶　　選項1直接呼應了文章中提及的對日本象棋的熱愛原因，即日本象棋讓人能夠在盤面上體驗與現實生活截然不同的另一種生活與事業。這種遊戲不僅允許人們實施各種策略，從冒險到堅實的遊戲風格都能一一嘗試，而且其結果會立即在棋盤上呈現，讓人得到即時的反饋與滿足感。

❷　　選項2並不符合文中所述。文章著重於日本象棋遊戲本身的趣味性，並未提及在棋盤上嘗試的事物，會直接顯現在現實生活中。

❸　　選項3雖然對日本象棋這項遊戲的策略性有所觸及，但文章中的主要強調是，日本象棋允許體驗不同於現實生活的策略和選擇的自由度，而不僅僅是對戰策略的樂趣。

❹　　選項4沒有直接反映在文章中。雖然在日本象棋中嘗試不同策略是可能的，但文章沒有明確提到，通過多次嘗試而逐漸進步，作為日本象棋令人感到樂趣十足的一個原因。

|**答案：1**

□ 盤面（盤面）
□ 事業（事業）
□ 一手（指走一步將棋）
□ 創造（創造）
□ 堅実（扎實，踏實）
□ 遊戯（遊戲）

□ 思われぬ（不讓人覺得、不讓人相信〈「思われない」の文語形〉）
□ ムキになる（為小事認真、動怒）
□ 好戦（好戰）
□ 侍臣（侍臣）
□ 転換（轉換）
□ 追いつめる（窮追不捨）

▶▶ 補充單字

趣味、娯楽 / 愛好、嗜好、娛樂

01 | あいこ
不分勝負，不相上下

02 | アダルトサイト【adult site】
成人網站

03 | 弄る
(俗)玩弄；玩賞

04 | 訪れる
拜訪；來臨

05 | ガイドブック【guidebook】
指南；旅遊指南手冊

06 | 駆けっこ
賽跑

07 | 賭ける
打賭，賭輸贏

08 | 賭け
打賭；賭(財物)

09 | 風車
(動力、玩具)風車

10 | 観覧
觀覽，參觀

11 | 空前
空前

12 | 籤引き
抽籤

13 | 碁盤
圍棋盤

14 | 荷造り
準備行李，捆行李

15 | パチンコ
柏青哥，小鋼珠

16 | 引き取る
退出；離開

17 | マッサージ【massage】
按摩，指壓

18 | 鞠
(用橡膠、皮革、布等做的)球

19 | 余興
餘興

20 | 旅券
護照

☐ 菊池寬（きくちかん）

1888 年（明治 21 年）- 1948 年（昭和 23 年）。日本小說家、劇作家，出生於日本香川縣，本名菊池寬。曾參與第 3 期、第 4 期《新思潮》（文藝同人雜誌）的撰稿，除了他以外，還有山本有三、久米正雄、芥川龍之介等人，後來都相繼成名。菊池寬在 1923 年（大正 12 年）創辦發行雜誌《文藝春秋》，並在通俗小說界頗有成就。代表作品有《恩仇的彼岸》、《藤十郎之戀》、《父親歸來》等等。1935 年（昭和 10 年），他以芥川龍之介及直木三十五之名，分別設立了「芥川龍之介賞」（通稱：芥川賞）、「直木三十五賞」（通稱：直木賞），皆為日本現在備受矚目的文學獎。

☐ 由日本象棋而來的語詞

單　字	意　思
高飛車（たかびしゃ） （高壓、強勢）	「飛車（ひしゃ）」は将棋（しょうぎ）の駒（こま）の一（ひと）つ。「高飛車（たかびしゃ）」は本来（ほんらい）、この飛車（ひしゃ）の駒（こま）を使（つか）った戦法（せんぽう）の一（ひと）つで、その戦法（せんぽう）が攻撃的（こうげきてき）であることから、高圧的（こうあつてき）な態度（たいど）をとることを意味（いみ）するようになった。 （日本象棋有個棋子叫「飛車」。「高飛車」原本是使用這個飛車棋的戰術之一。由於這個戰術帶有攻擊性，所以引申出「擺出高壓態度」的意思。）
成金（なりきん） （暴發戶）	本来（ほんらい）は、王将（おうしょう）と金将（きんしょう）以外（いがい）の駒（こま）が相手（あいて）の陣地（じんち）に入（はい）って金将（きんしょう）と同（おな）じ働（はたら）きをするようになったものを指（さ）し、急（きゅう）に金将（きんしょう）になることから、急（きゅう）に金持（かねも）ちになることを意味（いみ）するようになった。 （原本是指除了王將、金將以外的棋子進入對手的陣地，發揮和金將一樣的功能。從「突然成為金將」這個狀態引申出「突然變成有錢人」的意思。）
王手（おうて）をかける （即將獲勝、勝利在即、將軍）	「王手（おうて）」は相手（あいて）の王将（おうしょう）を直接（ちょくせつ）攻（せ）める手（て）のことで、そこから転（てん）じて勝利（しょうり）まであと一歩（いっぽ）という段階（だんかい）になることを意味（いみ）するようになった。 （「王手」〈將軍〉是直接攻擊對方主將的戰術，引申為「只差一步就即將獲勝」的意思。）

［讀解・第一回］

Track N1-05

問題 9

次の(1)から(3)の文章を読んで、後の問いに対する答えとして、最もよい
ものを、1・2・3・4から一つ選びなさい。

(1)

　統計上は、①日本の子供は一日九分ぐらいしか仕事をして
いないことになっています。これは、アメリカ、イギリスな
どいわゆる先進国のなかでもきわだって (注1) 少ない方です。
それほど家庭内の合理化が進んだと見るべきなのか、親が過
5 保護になったと見るべきなのか、それとも、子供に仕事を与
えられないほど住宅が狭くなったと見るべきなのかわかりま
せん。おそらく理由は一つではないでしょう。

　仕事をするということは手先の器用さを養うという "生理
的なコース" での人間変革とともに、困難をともない、その
10 上価値を生み出す営み (注2) であるだけに、子供の②価値観の
形成に大きく影響します。（中略）

　労働生活で身につけた価値観はそのまま学習生活に移転す
ると考えてよさそうです。現状でも、決まった仕事を続けて
やっている子は、学習にも集団生活にも積極的であるという
15 傾向がはっきり出ています。（中略）

仕事をさせることは、家族の一員としてもやがて社会の一員として生き抜いていく上でも最重要な"生活の原点"のようなものだと私は思います。

（藤原義隆『子供の生活リズム』）

（注1）きわだって：ほかのものより特別に目立って
（注2）営み：行い、行為

50

①日本の子供は一日九分ぐらいしか仕事をしていないとあるが、考えられる理由として筆者が本文であげていないのはどれか。

1　家事の多くが昔よりも効率よくできるようになったから
2　親が子供を大事にしすぎているから
3　住宅が狭くなったため、子供に家事をさせるとかえって邪魔になるから
4　日本は、アメリカやイギリスなどと同様に先進国だから

51

ここでいう②価値観とはどのような考え方か。

1　働いて報酬を得るのは当然だという考え方
2　手先を器用にするためには、仕事をするのが一番だという考え方
3　努力し、いい結果を出すことに意義を見いだす考え方
4　良いものを作り出すには、手先が器用である必要があるという考え方

52

子供に仕事をさせることに対する筆者の考えに近いものは
どれか。

1　手先が器用になり、将来高い利益を生み出す製品を作
　　れるようになる。

2　手先が器用になるだけでなく、物事に進んで取り組む
　　姿勢を養うことができる。

3　将来の仕事の役に立つように、小さいうちから決まっ
　　た仕事をさせて訓練する必要がある。

4　子供のころから社会に出して仕事をさせる方が、学習
　　生活にも好影響を与えることができる。

(2)

　私は木花よりも草花を愛する。春の花より秋の花が好き
だ。西洋種はあまり好かない。野草を愛する。

　家のまわりや山野渓谷^{けいこく}を歩き廻^{まわ}って、見つかりしだい手あ
たり放題に雑草を摘んで来て、机上の壺に投げ入れて、それ
5　をしみじみ観賞するのである。

　このごろの季節では、蓼^{たで}、りんどう、コスモス、芒^{すすき}、
石蕗^{つわぶき}、等々何でもよい、何でもよさを持っている。

　草は壺に投げ入れたままで、そのままで何ともいえないポー
ズを表現する。なまじ（注1）手を入れる（注2）と、入れれば入
10　れるほど悪くなる。

　抛入花^{なげいればな}はほんとうの抛^なげ入れでなければならない。そこに
流派の見方や個人の一手が加えられると、それは抛入でなく
て抛挿^{なげさし}だ。

　摘んで帰ってその草を壺に抛げ入れる。それだけでも草の
15　いのちは歪^{ゆが}められる。私はしばしばやはり「野におけ」の
嘆息^{たんそく}を洩^もらすのである。

　人間の悩みは尽きない。私は堪えきれない場合にはよく酒を呷ったものである（今でもそういう悪癖がないとはいいきれないが）。酒はごまかす丈で救う力を持っていない。ごま
20 かすことは安易だけれど、さらにまたごまかさなければならなくなる。そういう場合には諸君よ、山に登りましょう、林に分け入りましょう、野を歩きましょう、水のながれにそうて、私たちの身心がやすまるまで逍遥しましょうよ。

（種田山頭火『白い花』）

（注１）なまじ：しなくてもよいことをして、かえって悪い結果を招くようす
（注２）手を入れる：修正する、整える

[53]

筆者は野草をどのように考えているか。
1　自然の中を歩き廻って好みの野草を探すのは心が安らぐ。
2　わざわざ花屋で花を買わなくとも、野草で十分である。
3　野草は手を加えず、自然のままにしておくのが一番よい。
4　野草は野におくべきなので、観賞し終わったら野に戻すほうがよい。

54

　野草を室内に飾ることについて、筆者はどのように考えているか。

　1　一切の作為を排除した姿にこそもっとも魅力がある。

　2　生け花の心得があるならいざ知らず、一般人はただ花を壺に投げ入れればよい。

　3　花の組み合わせや壺の中でのバランスなどをあれこれ考えなくても差し支えない。

　4　花といえども雑草なので、壺に投げ入れておけばよい。

55

　悩み事があるときは、どうするのがよいと言っているか。

　1　体が疲れて悩み事などどうでもいいと思うようになるまで野山を歩くとよい。

　2　心と体がゆったりするまで、自然の中を気ままに歩き回るとよい。

　3　まず酒を飲んでみて、ごまかすことができなければ、野山を歩くとよい。

　4　森林浴をして、植物から出る化学成分に接するとよい。

Track N1-07

(3)

　われわれはふだんそんなに意識しないで、「れる、られる」という助動詞を<u>その場その場に合ったかたちで使いこなしています</u>。そういうふうに「感じられる」とか、そう「思われて」仕方がないというような「自発」の意味で使います。それから、「殺される」、「殴られる」というような「受身」の意味でも使います。また、このキノコは「食べられる」とか、「行かれる」というような「可能」の意味でも使います。さらには、先生が「来られる」というような「尊敬」の意味でも使います。

10　このように、われわれは無意識のうちに、「自発」が「受身」であり、「受身」が「可能」または「尊敬」であるというような、そういう微妙な用法を自在に使いこなしているわけですが、そこには、こうした用法をとおして同質の発想があることが示されています。考えてみれば、たしかに、「感
15　じられる」、「思われる」というのは、自分が思うというだけではなくて、それは「自発」の意味でありながら、何かしらそういうふうに「感じられ」、「思われ」るというような、自分がそうさせられているという「受身」の出来事でもあるし、あるいはそういうふうに「感ずることができる」
20　「思うことができる」というような「可能」の意味にもとれるといえばとれるわけです。さらには自分をこえたはたらき

が現れ出てくるということで尊敬にもなるというような用法の展開にも考えられます。

（竹内整一『日本人はなぜ「さようなら」と別れるのか』）

56

　その場その場に合ったかたちで使いこなしていますとはどういう意味か。

1　場合ごとに違う形に変えて使っているという意味
2　場面ごとに違う意味に解釈しているという意味
3　場面ごとに違う文型として考えているという意味
4　場面ごとに違う語彙として解説しているという意味

57

　「れる、られる」について、この文章で述べている内容と最も合致するのはどれか。

1　それぞれの用法は自然に発生したものである。
2　それぞれの用法には意味的な関連性がある。
3　それぞれの用法は同じ人が考えたものである。
4　それぞれの用法には文法的な共通性がある。

問題 9

請閱讀下列（1）～（3）的文章，並從每題所給的 4 個選項（1・2・3・4）當中，選出最佳答案。

▼ **(1)**---

［翻譯］

　　根據統計，①日本的兒童每天做家事的時間大約只有 9 分鐘。即使與美國、英國等先進國家相較，這數據亦是明顯地（注1）較少。究竟是家務工作的效率已提升？還是父母的過度保護？抑或是居住空間過於狹小，以致無法讓孩子做家事呢？沒有人知道真正的原因，很可能是由多種理由共同造成這個結果的吧。

　　做家事是透過培養手指靈巧度的「生理性訓練」，藉以重新塑造人格，在克服困難之際使其明白這個行為（注2）的價值所在，因此對於兒童②價值觀的形成具有莫大的影響。（中略）

　　可以想見經由生活中的勞動學習到的價值觀，將會直接轉化到學業方面。從現狀可以清楚發現，兒童如果持續做分內的家事，在面對課業和團體生活時，也會傾向於採取積極的態度。

　　我認為要兒童做家事是最重要的「生活原點」，讓兒童身為家庭的一份子，甚至是在不久的將來成為社會的一份子，都能勇往直前活下去。

（藤原義隆《孩子的生活步調》）

（注1）明顯地：比其他事物更為明白顯露
（注2）行為：動作、行動

［全文重點剖析］

　　這篇文章的中心概念是「讓孩子做家事」，作者對於這件事持贊成意見。各段落的主旨如下表所示：

第一段	指出日本的小孩做家事的時間太少，原因不一。
第二段	做家事不僅可以培養雙手靈巧度，還會影響孩子的價值觀。
第三段	有在做固定家事的小孩對於課業和集團生活都比較積極。
第四段	作者認為讓小孩做家事是可以讓他勇往直前活下去的「生活原點」。

50 文中提到①日本的兒童每天做家事的時間大約只有 9 分鐘，下列何者是作者在文章當中沒有舉出的可能原因？

1 因為大部分家事的完成效率都比以前來得好
2 因為太過愛護兒童了
3 因為居住空間變得狹小，讓兒童做家事反而會礙手礙腳
4 因為日本和美國、英國同為先進國家

［解題］

1 　選項 1 文章中，作者提到了「家庭内の合理化が進んだ」，這可以理解為家務工作變得更加高效，因此，孩子每天花在做家事上的時間減少。這個選項與文章提及的一種可能原因相符。

2 　選項 2 文章確實提到了「親が過保護になった」（父母的過度保護）這個觀點，認為這可能是導致日本孩子在家務工作上，花費時間少的原因之一。

3 　選項 3 與住房條件有關，認為由於住宅空間狹小，讓孩子做家事反而會造成困擾。這也是文章中提到的一個可能的原因。

4 　選項 4 這個選項指出了日本作為一個先進國家的事實，但這並非文章討論的焦點。文章主要是在討論為什麼日本的孩子在家務工作上花的時間少，而不是在比較不同國家的狀況。因此，這個選項並未直接對應到文章中，對孩子做家事時間少的原因的討論。

答案：4

51 這裡所提到的②價值觀是指什麼樣的想法呢？

1 認為工作後得到報酬是天經地義的
2 認為為了讓手指更為靈巧，最好的方式就是做家事
3 認為經過努力得到良好的成果是具有意義的
4 認為想要做出好東西，就必須要有靈巧的手指

1 　選項 1 提到的是認為工作並獲得報酬是理所當然的，這與文章中討論的「価値観」的概念有所差異。文章著重於通過勞動生活學到的價值觀，而非僅僅關於報酬的預期。

2 　選項 2 提出了工作是讓手變得靈巧的最佳方式的觀點。雖然文章確實提到勞動可以培養手部的靈活性，但這並不完全等同於文中所述的價值觀。

3 　選項 3 完美地反映了文章所傳達的「価値観」的核心理念。文章強調，勞動不僅是體力活動，還包含克服困難並創造價值的過程。這種勞動過程對孩子的價值觀形成有著深遠的影響，使他們學會努力並體會到自己的成就感。

4 　選項 4 雖然討論了手部靈活性與創造良好產品之間的關係，但這個觀點並未直接關聯到文中對「価値観」的討論。文章更多是關注於，勞動經歷如何影響孩子們內在的價值觀，和對工作的看法。

答案： 3

▼ (1)／52---

52　針對讓兒童做家事一事，下列何者最接近作者的想法呢？

1 手指會變得靈巧，將來就可以做出高收益的製品。
2 不僅能讓手指變得靈巧，也可以培養其對事物採取積極的態度。
3 為了能在將來的工作派上用場，一定要讓兒童從小就做分內的家事來訓練他。
4 讓兒童從小就出社會工作，可以對學業有好的影響。

［解題］

1 　選項 1 講述的是孩子透過勞動可以提升手部技能，並能在未來創造高價值的產品。然而，文章更加強調的是勞動對於孩子們價值觀的塑造，以及從中學習到的教育意義，而非直接關聯到將來的經濟利益。

2 　選項 2 與文章的核心訊息高度吻合。作者強調，除了提升手部靈活性外，透過勞動還能培養孩子們，積極面對生活與學習的態度。這不僅涵蓋了技能的提升，更重要的是對於積極參與，和面對挑戰的價值觀形成有顯著影響。

3 　選項 3 指出從小訓練孩子做決定性的工作是必須的，以使之對將來的職業生涯有所助益。雖然文中提及勞動經歷，能夠轉化為學習與社會生活中的積極性，但並未特別強調如選項中所述的職業訓練必要性。

4 選項 4 則是認為將孩子從小送到社會中勞動，對他們的學習生活會有正面影響。這一點與文章所提倡的，即透過家庭內的勞動體驗，來塑造價值觀和態度有所不同。文章的討論重點是家庭內的勞動，並未提及將孩子送到社會中工作的概念。

|答案：2

>>> 文法說明 --

○ ことになっている

| 例句 | 10時以降は外出禁止ということとなっています。
按規定 10 點以後，禁止外出。 |

> **解說**　表示約定或約束人們生活行為的各種規定、法律以及一些慣例。中文意思是：「按規定…」、「預定…」、「將…」。

○ だけに

| 例句 | 役者としての経験が長いだけに、演技がとてもうまい。
正因為有長期的演員經驗，所以演技真棒！ |

> **解說**　表示原因。表示正因為前項，理所當然地才有比一般程度更深的後項的狀況。中文意思是：「到底是…」、「正因為…，所以更加…」。

○ 抜く

| 例句 | 苦しかったが、ゴールまで走り抜きました。
雖然很苦，但還是跑完全程。 |

> **解說**　表示把必須做的事，最後徹底做到最後，含有經過痛苦而完成的意思。相當於「最後まで…する」。中文意思是：「…做到底」。

>>> 重要單字 --

- [ ] 先進国（先進國家）
- [ ] きわだつ（顯著）
- [ ] 過保護（過度保護）
- [ ] 手先（手指）
- [ ] 養う（培養）
- [ ] 生理的（生理性）

- [ ] 変革（變革，改革）
- [ ] 営み（行為）
- [ ] 形成（形成）
- [ ] 原点（原點）
- [ ] 効率（效率）
- [ ] 報酬（報酬）

家事 / 家務

01 | あつらえる
點，訂做

06 | ごしごし
使力的，使勁的

02 | オーダーメイド【(和)order + made】
訂做的貨，訂做的西服

07 | 仕上がり
做完；（迎接比賽）做好準備

03 | 織る
織；編

08 | 刺繡
刺繡

04 | 絡む
纏在…上；糾纏

09 | 仕立てる
縫紉；喬裝

05 | きちっと
整潔；恰當

10 | 手芸
手工藝

➤➤ 補充知識

□ 兩個動詞複合為一的動詞

「～抜く」：（動詞の連用形に付いて）最後までやる。
（…完：〈接在動詞連用形後面〉做到最後。）

單　字	意　思	例　句
選り抜く（精挑細選）	たくさんある中から選んで取る。「選り抜く」ともいう。（從眾多事物當中選出。同「選り抜く」〈挑選〉。）	当店では、選り抜きの原料だけを使用して、素材そのものの味を引き出すように調理してご提供いたしております。（本店只使用精選材料，在烹調過程當中引出食材本身的風味，提供給各位顧客。）
追い抜く（超過；追過）	前にいた者より前に出る。なお、交通用語では、進路を変えないでほかの車の前に出ることを「追い抜き」と言う。（超前原本在前面的人。此外，在交通用語方面，不變換車道就超車的行為稱為「追い抜き」。）	（短距離走の中継で）日下、園田を追い上げています、追い上げています、ああっ、追い抜きました！（〈短跑比賽的實況轉播〉日下追上了園田！追上了！啊！追過他了！）

出し抜く （趁機搶先、 先下手為強； 隱瞞）	他人のすきをねらったり、だましたりして、自分が先に何かをする。 （趁人之危或是欺騙他人，好讓自己先做些什麼。）	まさか奴が美奈子さんと付き合うなんて、出し抜きやがって。 （沒想到那傢伙居然跟美奈子小姐交往，被他搶先一步了！）
引き抜く （抽出；拉攏）	引っ張って抜く。また、そこから転じて、ほかのグループに属している者を、そちらから脱退させ、こちらのグループのメンバーにする。 （拉拔出來。或是引申為讓原本屬於別的團體的人成為自己人。）	おじいさんとおばあさんと娘と犬と猫とネズミが力を合わせると、とうとう大きなかぶを引き抜くことができました。 （爺爺、奶奶、妹妹、小狗、小貓和老鼠同心協力，總算把碩大的蕪菁給拔了出來。）
見抜く （看穿、看透）	表面には出てこない本質を知る。 （瞭解表面上看不出來的本質。）	（雑誌の記事の見出し）気になる彼の本心を見抜くチェックポイント。 （〈雜誌報導的標題〉看穿心上人真心的注意要點。）

▼ (2)--

[翻譯]

我愛草花勝過樹花，喜歡秋花多過春花，對於源自歐美的花卉沒什麼好感，非常喜愛野草。

當我在住家附近或是山野溪谷散步時，一看到雜草就順手摘回家，隨意扔進桌上的花壺裡，再細細地玩味觀賞一番。

以最近的時節來説，水蓼、龍膽、波斯菊、芒草、大吳風草等等，什麼都好，什麼都有它的美。

若是將草枝隨意扔進花壺裡面，它所呈現出來的風姿便是妙不可言。如果硬是（注1）要加工修整（注2），反而越修整越難看。

拋入花的插法必須是隨手扔進去才行。如果加進了流派的風格或是插花者的動手調整，那就不叫拋入，而是拋插了。

摘採回家隨意扔進花壺內。即使只有如此，草枝的生命還是遭到了扭曲。我不時嘆道，畢竟仍該「讓它待在大自然裡最美」。

人類的煩惱永無止盡。我以前時常在心情無以排解時，把酒一飲而盡（雖然現在也還沒完全戒掉這個壞習慣）。不過，借酒澆愁愁更愁。雖然自我欺騙很容易，但是一旦騙了自己，往後就得一直騙下去才行。諸位若是遇上這種情形，不妨去爬爬山，邁入林間，漫步原野，傍著流水，讓我們的身心得到平靜，自在逍遙吧！

（種田山頭火《白花》）

（注1）硬是：做沒必要的事，反而招致不好的結果
（注2）修整：修正、整頓

[全文重點剖析]

　　這篇文章整體是作者分享他對花草的心得喜好，以及排遣煩惱的方法，並以「自然」、「天然」的感覺貫穿全文。各段落的主旨如下表所示：

第一段	作者表示自己對野花野草的喜好。
第二～三段	作者喜歡摘草帶回家觀賞。並舉例這季節有什麼不錯的植物。
第四～五段	指出「拋入花」這種插花方式就是要自然地拋入壺中，無為而治。
第六段	作者覺得野草還是要長在野外比較好。
第七段	話題轉到煩惱的處理方式。作者認為喝酒不能幫助消除煩惱，建議讀者去大自然舒緩心靈。

▼ (2) ／ 53

53　作者對於野草有什麼想法呢？

1　在大自然當中來回走動找尋喜歡的野草，可以讓心靈平靜。
2　不用特地到花店買花，有野草萬事足矣。
3　不要把野草採回來插，最好是任憑它自然生長。
4　野草應該長在野外，所以觀賞過後應該要把它放回野外。

[解題]

1　選項1雖作者在文中描述了對野草的摘取和觀賞，但並未特別提及這會給他帶來心靈上的安寧。

2　選項2並未直接反映在文中。作者在散文裡沒有討論購買花卉的行為，他的關注點在於從自然中直接尋找並欣賞野草的美。此選項傾向於對於商業化行為的討論，而非作者所傾向表達的自然與純粹之美的欣賞。

3 選項 3 的最好不要對野草進行加工，讓其保持自然狀態。這與文中提到的「野におけ」（待在大自然）的嘆息，和「なまじ手を入れると、入れれば入れるほど悪くなる」（過度干預只會破壞其美）完美呼應。

4 選項 4 提出了一種假設——野草應該被放回自然中。然而，文章中作者並未直接提及這樣的行動。雖然作者表達了對於野草自然狀態的偏愛，但他並沒有明確指出，觀賞後應將野草重新放回自然的具體想法。選項 4 引入了一個未被文本直接支持的觀念。

答案：3

▼ **(2) ／ 54**--

54 關於把野草插飾在室內，作者有什麼想法呢？

1 屏除所有人為加工的樣貌才是最有魅力的。
2 懂得插花的人另當別論，一般民眾只要把花投入花壺即可。
3 不必去想什麼花卉的搭配或在壺內的協調感沒關係。
4 雖說是花但實際上是雜草，所以只要丟入花壺就好了。

［解題］

1 選項 1 直達作者的核心理念。文章中強調了野草在被隨意投入壺中後，所呈現出的自然姿態，以及任何人為的加工，都會破壞其原有的美。這與這一選項的「屏除所有人為加工的樣貌才是最有魅力的」的觀點完美對應，反映了作者對於保持野草原始自然狀態的深切嚮往。

2 選項 2 雖然提到了一般人與懂得插花的人之間的差異，但這並非文章的主要討論點。作者的重點在於強調自然狀態的美，而非探討插花技巧，因此此選項並未直接反映出作者的主旨。

選項 3 和選項 4 雖然某種程度上接近作者的實踐行為，即隨意將野草投入壺中，但它們未充分捕捉到作者所傳遞的深層美學理念——尊重自然本身的美。作者提倡的是一種超越具體插花技巧或對花的任何人為歸類的美學態度。

3 選項 3 提出了一種輕鬆的態度，即在將野草作為室內裝飾時，不需要過度考慮花的組合或在壺中的擺放。這個選項觸及了文章中的一個重要觀念——美在於自然與無為。作者透過自己的實踐，展示了將野草隨意投入壺中所呈現的自然美，並提出對這種美的深刻體會。然而，選項 3 將焦點放在了 "不需要過分考慮" 的方面，這與作者更深層次的訊息，尊重野草的自然姿態，避免任何形式的人為干預略顯偏差。

4 選項 4 則似乎將焦點簡化為對野草的任意處理，即將其視為雜草，隨手投入壺中即可。這種表述失去了作者原文中的細膩情感和對野草美的深刻體會。文章中，作者對野

草的欣賞，遠遠超出了將其視作單純的 "雜草"，或僅僅是一種隨意的裝飾行為。選項 4 未能捕捉到作者將野草放入壺中時，那份敬意和對自然美的深切感悟，從而忽略了對野草本身價值的肯定。

答案： **1**

▼ (2)／55--

55 作者在文中提到，有煩惱時可以做什麼呢？

1 可以在山野散步直到身體疲累，覺得那些煩惱都不重要了。
2 可以在大自然中隨意走走，直到身心舒暢為止。
3 首先先試著喝酒，若不能自我欺騙，就去山野散步。
4 可以做森林浴，吸收植物所釋放的化學成分。

[解題]

1 選項 1 帶有一種到達極限後的解脫感，但這並非作者所傳達的核心。文章中的建議不是為了體力的疲憊，而是心靈的寧靜和恢復。這一點與選項 1 所述「直到身體感到疲勞，覺得煩惱等都無所謂為止」略有出入。

2 選項 2 似乎與作者的意圖和文章的調性相呼應。通過與自然的親密接觸，讓心靈得到真正的放鬆和安寧，這正是作者想要傳達的。他的建議是一種輕鬆漫步於自然之中，讓身心自然而然地達到一種寧靜狀態，而非透過肉體的勞累來忘卻煩憂。

3 選項 3 雖提到了酒精的暫時性慰藉，但作者明確指出，這種做法無法真正解決問題，反而可能導致更多的逃避和自我欺騙。因此，這一選項並不代表作者的觀點。

4 選項 4 引入了森林浴和植物化學成分的概念，雖然這是一種現代人越來越認可的放鬆方式，但在文章中並未提及，因此這一選項並不準確反映作者的建議。

答案： **2**

>> 文法說明--

○ しだい

> 例句　**バリ島に着きしだい、電話をします。**
> 一到巴里島，馬上打電話給你。

> 解說　表示某動作剛一做完，就立即採取下一步的行動。或前項必須先完成，後項才能夠成立。中文意思是：「一⋯立即」。

○ ならいざ知らず

| 例句 | 昔はいざしらず、今は会社を 10 も持つ大実業家だ。
不管他有什麼樣的過去，現在可是擁有 10 家公司的大企業家。 |

解説 表示不去談前項的可能性，而著重談後項中的實際問題。後項所提的情況要比前項嚴重或具特殊性。中文意思是：「另當別論…」。

○ といえども

| 例句 | 同い年といえども、彼女はとても落ちついている。
雖説年紀一樣，她卻非常成熟冷靜。 |

解説 表示逆接轉折。先承認前項是事實，但後項並不因此而成立。中文意思是：「即使…也…」、「雖説…可是…」。

>>> 重要單字

- □ 好く（喜歡，有好感）
- □ 渓谷（溪谷）
- □ 手あたり放題（順手就…）
- □ 摘む（摘，採）
- □ 壺（壺器）
- □ 観賞（觀賞）
- □ 何ともいえない（妙不可言）
- □ ポーズ（風姿）
- □ なまじ（硬是）
- □ 手を入れる（修整，整頓）
- □ 抛入花（原意是抛入插法〈一種自由形式的插花形式〉）
- □ 流派（流派）
- □ 歪める（使歪曲，歪扭）
- □ 嘆息を洩らす（嘆息）
- □ 尽きる（盡，完）

- □ 堪える（忍住，抑制住）
- □ 呷る（一口氣喝下去）
- □ 悪癖（壞習慣）
- □ ごまかす（欺騙，含糊帶過）
- □ 諸君（諸位，各位〈主要為男性用語，但對長輩不用〉）
- □ 逍遥（自在逍遙）
- □ 安らぐ（〈心靈〉平靜）
- □ 手を加える（修整，修正）
- □ 一切（一切，所有）
- □ 作為（人為）
- □ 排除（屏除，排除）
- □ 心得（知識，經驗）
- □ 差し支えない（沒關係，無所謂）
- □ 気まま（隨意）
- □ 森林浴（森林浴）

□ 種田山頭火

> 1882 年（明治 15 年）- 1940 年（昭和 15 年）。山口県出身。自由律俳句（五・七・五にこだわらずに自由な音律で表現する俳句）のもっとも著名な俳人の一人。曹洞宗で出家得度し、各地を放浪しながら句を詠んだ。本名・種田正一。
>
> 1882 年（明治 15 年）－ 1940 年（昭和 15 年）。出生於山口縣。是自由律俳句（不拘泥於五、七、五的形式，以自由音律來表現的俳句）當中最著名的詩人之一。皈依曹洞宗剃度出家，流浪各地吟詩作對。本名是種田正一。

□ ウ音便

> 本問題の引用文に「（水のながれに）そうて」と出てきますが、これは「沿って」のことです。また、問題 11 第 2 回の「（いかんと）いうて」も、「言って」のことです。あれ？日本人も動詞の活用を間違えたり、面倒くさくなってやめたりすることがあるのでしょうか。
>
> 本大題所引用的文章當中出現了「（水のながれに）そうて」，這其實是指「沿って」。此外，第 2 回問題 11 的「（いかんと）いうて」，其實是指「言って」。咦？日本人也會搞錯動詞活用嗎？是不是覺得很麻煩、想放棄日文了呢？
>
> そうではありません。これは二つとも「ウ音便」と言うもので、用言の活用語尾が「う」の音に変化する現象です。現代標準語ではあまり使いませんが、間違いとは言えません。この二つはたまたま音便の結果終止形と同じ形になっただけです。このほかに、問題 12 第 2 回の「出会うた」「買うた」「相会うて」も全てウ音便で、「出会った」「買った」「相会って」のことです（ただし「相会って」はあまり言いません）。これらはさらに前の母音とつながって、実際の発音は「でおーた」「こーた」「あいおーて」となります。
>
> 事情其實不是你所想的那樣。這兩個都是所謂的「ウ音便」，是用言活用語尾變成「う」的現象。在現代標準語當中雖然很少使用，但並不是錯誤。這兩個用法只是剛好與音便的結果終止形同形而已。其餘像是第 2 回問題 12 的「出会うた」、「買うた」、「相会うて」，這些也全都是ウ音便，也就是「出会った」、「買った」、「相会って」（不過很少會說「相会って」）。這些用法還與前面的母音結合，實際上唸成「でおーた」、「こーた」、「あいおーて」。

ウ音便は、古文や、現代でも西日本方言では多く使われます。とは言っても、実は N5 レベルで既に皆さんが出会っているウ音便もあります。

　ウ音便在文言文，甚至是日本西半部的現代方言當中經常使用。不過，其實在 N５程度時大家就已經有看過ウ音便了。

「ありがとう」／「謝謝」

ありがたい＋ございます

⬇

（連用形になる）／（變成連用形）

ありがたく＋ございます

⬇

（ウ音便になる）／（變成ウ音便）

ありがたう＋ございます

⬇

（前の母音とつながって）／（和前面的母音連音）

ありがとう＋ございます

「おはよう」／「早安」

おはやい＋ございます

⬇

（連用形になる）／（變成連用形）

おはやく＋ございます

⬇

（ウ音便になる）／（變成ウ音便）

おはやう＋ございます

⬇

（前の母音とつながって）／（和前面的母音連音）

おはよう＋ございます

▼ (3)--

[翻譯]

　　我們平時在沒有特別意識到的狀況下，就能將「れる、られる」這個助動詞<u>因應不同場合所需而運用自如</u>。比方，讓人不禁「覺得」、讓人不由得「認為」，這些都是指「自發」的意思。還有，也能用在「被殺」、「被打」這種「被動」的意思上。此外，亦可指這個蕈類「能吃」、「可以去」這種表示「可能」的意思。甚至還能作為老師「蒞臨」這種「尊敬」的意思。

　　誠如上述，我們在不自覺中，就能像這樣使用這些微妙的語法：「自發」可用「被動」表示，而「被動」含有「可能」或是「尊敬」的意味。不過在這當中，透過這樣的用法，也顯現出其含有同質性的想法。不妨試想，諸如「感到」、「認為」，這些的確不僅指自己這麼想，還含有「自發」的意思，同時也指基於某項事件導致自己「被動」地「察覺」、「判斷」，或者當然也可以當成「不由自主地覺得」、「不由自主地認為」這種「可能」的意思，甚至還能擴大解釋為已經超越自身能夠想像得到的範圍之上，因此值得尊敬呢。

（竹內整一《日本人為何以「再見」來道別呢》）

[全文重點剖析]

　　這篇文章整體是在說明「れる、られる」這個助動詞的 4 種用法。各段落的主旨如下表所示：

| 第一段 | 指出「れる、られる」有 4 種用法：自發、被動、可能、尊敬。 |
| 第二段 | 承接上段，說明每個用法都有其背後的想法，而各個用法之間也都有關聯性。 |

▼ (3) ／ 56--

56 因應不同場合所需而運用自如是什麼意思呢？

1 在每個場合都變成不同的形式使用的意思
2 在每個場合都解釋成不同意義的意思
3 在每個場合都當成是不同的句型來思考的意思
4 在每個場合都當成是不同的單字來解說的意思

[解題]

1 　選項1似乎在表面上與「その場その場に合ったかたちで使いこなしています」這句話有所呼應，但這一選項聚焦於「形式」的改變，而未能深入到作者試圖傳達的「意義」層面的變化上。因此，雖然表面貼近，卻未觸及核心。

2 　選項2恰如其分地捕捉了作者的核心意涵。文章通過展示「れる、られる」如何根據不同場合被賦予不同的「意義」，揭示了日本語中這一助動詞豐富的語義層次和使用者的語言靈活性。這一選項深入體現了對場合變化下的「意義」解讀的重視，與作者意圖完美契合。

3 　選項3和選項1類似，側重於「文型」即「形式」的改變，而這並非作者所重點關注的。文章中「れる、られる」的靈活使用，核心在於其背後的「意義」變化而非僅僅是「形式」或「文型」。

4 　選項4則因缺乏直接關聯而顯得格格不入。文章的焦點在於如何根據不同的情境靈活運用「れる、られる」來表達不同的「意義」，而非「語彙」的解說。

|答案： 2

▼ **(3)** ╱ **57**--

57 　關於「れる、られる」，下列何者和這篇文章的內容敘述最為一致呢？

1 每個用法都是自然發生的。
2 每個用法都有意思上的關聯性。
3 每個用法都是同一個人所想的。
4 每個用法都有文法上的共通性。

[解題]

1 　選項1提出了一種自然發生的概念，但這與文章要傳達的核心信息——即這些用法之間存在意義上的聯繫和相互作用——並不完全吻合。文章著重於這些用法如何相互關聯，而非它們的自然形成過程。

2 　選項2恰到好處地捕捉了文章的精髓。透過細膩的分析，作者展現了「れる、られる」在不同情境下所承載的「自發」、「受身」、「可能」及「尊敬」等多重意義，並指出這些用法背後共享的思維模式。這一選項深刻體現了對於「れる、られる」用法間意義相關性的認識，與作者意圖相契合。

3 　選項3提出了「れる、られる」的各種用法是由「同一人所創的」。然而，文章中的討論更側重於揭示這些用法之間，在意義上的相互關聯和共享的思維模式，而非特定個體的創造行為。因此未能準確反映文章的核心訊息。

4 　選項 4 提到了「文法共通性」的觀點。儘管這個觀點在語言學研究中有其價值，但在本文中，作者的焦點明顯在於探討這些用法如何在意義上相互聯繫，而非僅僅強調它們之間的文法結構共通性。

|答案： 2

≫ 文法說明------------------------

○ **わけだ**

| 例句 | ３年間留学していたのか。どうりで英語がペラペラなわけだ。
到國外留學了３年啊。難怪英文那麼流利。 |

　解說　表示按事物的發展，事實、狀況合乎邏輯地必然導致這樣的結果。中文意思是：「當然…」、「怪不得…」。

○ **を通して**

| 例句 | スポーツを通して、みんなずいぶんと打ち解けたようです。
透過運動，大家似乎變得相當融洽了。 |

　解說　表示利用某種媒介來達到某目的（如物品、利益、事項等）。又後接表示期間、範圍的詞，表示在整個期間或整個範圍內。中文意思是：「透過…」；「在整個期間…」。

○ **だけで（は）なく**

| 例句 | 少子化は女性の問題だけではなくて、社会全体の問題だ。
少子化不單是女性的問題，也是全體社會的問題。 |

　解說　表示不只是前項，涉及的範圍更擴大到後項。後項內容是說話人所偏重、重視的。中文意思是：「不只是…」、「不單是…」。

○ **ながら**

| 例句 | この服は地味ながら、とてもセンスがいい。
雖然這件衣服很樸素，不過卻很有品味。 |

　解說　連接兩個矛盾的事物。表示後項與前項所預想的不同。相當於「…のに」。中文意思是：「雖然…，但是…」、「明明…卻…」。

○ とは

> | 例句 | 「愛しい」とは、「かわいく思うさま」という意味です。
> | --- | --- |
> | | 所謂的「可愛」，就是「令人覺得憐愛」的意思。

解說 前接體言表示定義，前項是主題，後項對這主題的特徵等進行定義。
「所謂…」的意思，相當於「というものは」。

○ ごとに

> | 例句 | 千メートル登るごとに温度が5度ずつ下がる。
> | --- | --- |
> | | 每攀登 1000 公尺，溫度就下降 5 度。

解說 表示隨著某狀態的進展而發生變化。「每…」的意思。

▶▶ 重要單字

- [ ] 使いこなす（運用自如）
- [ ] 自発（自發〈語法〉，自然產生）
- [ ] 受身（被動〈語法〉）
- [ ] キノコ（蕈類，菇類）
- [ ] 無意識（不自覺）

- [ ] 微妙（微妙）
- [ ] 自在（自由自在，自如）
- [ ] 何かしら（什麼，某些）
- [ ] 展開（展開，擴大）
- [ ] 語彙（語彙）

▶▶ 補充單字

理解 / 理解

01 | アプローチ【approach】
接近；探討

02 | オプション【option】
選擇，取捨

03 | 該当
相當，適合

04 | 解明
解釋清楚

05 | 難い
很難（做）…

06 | 合致
一致，符合

07 | カテゴリ(ー)【(德)Kategorie】
種類；範疇

08 | 吟味
（吟頌詩歌）玩味；斟酌

09 | 形跡
形跡，痕跡

10 | 形態
型態，形狀

11｜系〔けい〕
系統；系列

12｜件〔けん〕
事情；（助數詞用法）件

13｜試みる〔こころみる〕
試試，試驗一下

14｜試み〔こころみ〕
試，嘗試

▶▶ 補充知識

□ 行かれる？行ける？見れる？見られる？

「れる・られる」の意味は可能・自発・受身・尊敬の四つですので、「行く」の可能としては「行かれる」もあり得ますが、今日では「行ける」を多く使います。五段動詞の可能形は、このように下一段活用に転じた「可能動詞」を使うのが一般的です。

「れる・られる」的意思有可能、自發、被動、尊敬4種，所以「行く」的可能形也有可能是「行かれる」，不過現在比較常使用的是「行ける」。五段動詞的可能形，通常就像這樣轉為下一段活用而使用「可能動詞」。

ということは、「れる・られる」の意味は四つあるとはいっても、「可能」の意味で使うことには制限があることになります。「れる」がつく五段動詞・サ行変格動詞では可能と受身・尊敬で形が違いますが、「られる」がつく上一段動詞・下一段動詞・カ行変格動詞では同じ形になります。

這麼說起來，雖說「れる・られる」有4種意思，但如此一來，在「可能」的意思方面就會有所限制。五段動詞後接「れる」及サ行變格動詞在「可能」的意思上，形態和「被動、尊敬」有所不同，不過上下一段動詞後接「られる」、カ行變格動詞的形態都一樣。

本来「られる」をつけるべき動詞に「れる」をつけて「見れる」「食べれる」「来れる」などという、いわゆる「ら抜き言葉」は、「可能動詞」からの類推で起こったと言われています。確かに、「ら抜き言葉」は可能の意味のときだけ使われており、受身・尊敬の意味のときに「ら」を抜く人はまずいません。「ら抜き言葉」は今のところ非標準だとされていますが、意味を明瞭化する役割があるとも考えられます。

有些動詞原本應該接上「られる」，改為接上「れる」，像是「見れる」、「食べれる」、「来れる」等等，也就是所謂的「ら抜き言葉」（省略ら的動詞），這被認為是從「可能動詞」類推而來的。的確，「ら抜き言葉」只被當成「可能」的意思所使用，沒有人會在「被動、尊敬」這個意思下省略「ら」。現階段「ら抜き言葉」雖然被認為是非標準的表現，但也可以視它為有釐清語意的功能。

[讀解・第一回]

問題 10

次の文章を読んで、後の問いに対する答えとして最もよいものを、1・2・3・4 から一つ選びなさい。

　二十五年ほど前、高等学校の理科の教科内容が改定され、「理科Ⅰ」という教科が設立されることになった。ある教科書会社での教科書作りに協力しなければならない事情ができた。「理科Ⅰ」というのは、「物化生地」つまり物理学・化

5　学・生物学・地学の四教科にこだわらずに、理科の全体像を掴むことを目的に考案された教科で、高等学校に進学した一年生の生徒すべてに課せられるものということだった。

　理科全体と言っても、「理科Ⅰ」で扱うべきものとして、やはり上の四教科に関連した項目が、指導要領のなかで文部

10　省 (注) によって指定されている。たまたま私は物理学に関連する「慣性」という概念の説明の部分を受け持つことになった。私は次のような原案を造った。

　「物体はいろいろな運動状態にあります。静止している、あるいは運動している。慣性というのは、そうした物体の持

15　つ性質であって、外から力が加わらない限り、今の運動状態を続けようとする性質のことを言います」

　大学の先生方を集めた編集委員会は通ったこの文章が、①社内の審査で引っかかった。「これではだめです」「どこがだめですか」「それがお判りになりませんか。それでは②理科教育の本質がわかっていないことになりますよ」そんなやり取りがあった。それでも私は判らなかった。読者は上の文章のどこが「だめ」かお判りですか。

　会社の担当者の説明はこうだった。最後の文章の実質上の主語は「物体」である。それが受けている動詞は「続けようとする」である。そのなかの「う」というのは意志を表す助動詞である。「物体」が「意志」を持つ、というのはともすれば子供たちが抱きがちな非科学的な考え方で、理科教育の目的の一つは、そうした非科学的な考え方を子供たちの頭から追い出すことにある。上の文章は、その目的に真っ向から反している。そういうわけで問題の個所は「今の運動状態を続ける傾向を持つ」と修正されたのであった。

　このエピソードに「科学」という知的営（いとな）みの自己規定が最も鮮明に表現されている。つまり、科学とは、この世界に起こる現象の説明や記述から、「こころ」に関する用語を徹底的に排除する知的活動なのである。言い換えれば、「この世界のなかに起こるすべての現象を、ものの振舞（ふるま）いとして記述し説明しようとする」活動こそ科学なのである。

（村上陽一郎『科学の現在を問う』）

（注）文部省：現在の文部科学省の前身となった省庁の一つ

58

筆者の原案が①社内の審査で引っかかったのはなぜか。

1 筆者の頭の中も実は非科学的だったから

2 筆者の記述が子供たちの誤解を招きかねないと思われ
たから

3 この説明では子供たちには難しすぎるから

4 筆者は会社の担当者がいう理科教育の目的に真っ向か
ら反対したから

59

ここでいう②理科教育の本質の一つは何か。

1 子供たちが「物化生地」の四教科をバランスよく学び、
理科の全体像を掴むこと

2 子供たちに「物化生地」の四教科の枠組みを超えた理
科を学ばせること

3 子供たちが持っている自然界に対する誤った認識を正
すこと

4 非科学的な考えを持った子供を学校から追い出すこと

60

最終段落にある「科学」の定義に一番近いものはどれか。

1 この世界に起こる現象や出来事は神によるのではない
と証明すること

2 この世界に起こる現象や出来事を人間の力で解明する
こと

3 この世界に起こる現象や出来事を物質の働きとして説
明すること

4 この世界に起こる現象や出来事を実験によって検証す
ること

問題 10

請閱讀下列文章，並從每題所給的 4 個選項（ 1・2・3・4 ）當中，選出最佳答案。

[翻譯]

　　大約在 25 年前，高級中學的理科教材內容做了重新審定，制訂了「理科Ｉ」這門科目。出於某些緣由，我不得不協助某家教科書出版社製作教科書。所謂的「理科Ｉ」，就是物理、化學、生物、地球科學這 4 門課不分科授課，而是重新設計一門能夠縱覽理科全貌的整合性科目，並且規定升上高級中學一年級的所有學生都要修課。

　　理科的全貌這句話看似簡要，但文部省（注）仍在指導要領裡訂定了「理科Ｉ」應當授課的內容，亦即上述 4 門課程的相關科目。我恰巧負責解釋物理學裡的「慣性」概念。以下是我當初寫的原始教案：

　　「物體處於各式各樣的運動狀態，比如靜止不動，或是正在運動。所謂的慣性，就是指物體的相關特性，亦即只要物體不受到外力，就能去維持現在的運動狀態」

　　由幾位大學教授組成的編輯委員會審核通過了這段敘述，卻①在出版社社內部的審查中被打了回票。「不能這樣寫」、「哪裡不對了？」、「您不明白嗎？那麼表示您不了解②理科教育的本質喔」──我和出版社有了上述的對話。儘管如此，我還是不懂。讀者們知道上面那段敘述到底哪裡「不對」嗎？

　　出版社承辦人員的說明如下：最後一句實際上的主語是「物體」，其動詞是「去維持」。這當中的「去」是表示意志的助動詞。「物體」擁有「意志」，這是孩子們容易發生的非科學性思考方式，而理科教育的目的之一，就是要將這種非科學性的思考方式趕出孩子們的腦袋之外。上面的敘述則和這個目的背道而馳。因此，有問題的部分最後被修正為「就有維持現在的運動狀態的傾向」。

　　這段插曲最能鮮明地展現「科學」這個知識行為的自我定義。也就是說，科學即是一種知識性活動，從針對世間現象的說明或記述當中，徹底排除和「心靈」相關的用語。換句話說，「將世上發生的所有現象，都當成是事物的舉動，進而予以記述說明」的活動，才是真正的科學。

（村上陽一郎《試問今日的科學》）

（注）文部省：省廳之一，現今文部科學省的前身

[全文重點剖析]

這篇文章整體是在說明理科教育的本質。各段落的主旨如下表所示：

第一段	高中理科設立「理科Ⅰ」的目的是幫助學生掌握理科全貌。
第二段	指導要領關於「理科Ⅰ」的內容是由文部省規定的。作者在一家出版社寫教科書時負責「慣性」的說明。
第三段	承上段，引用該說明的內容。
第四段	承上段，這段內容卻遭到退稿。
第五段	退稿的理由是原文敘述有非科學性思考，恐怕會誤導學生，有違理科教育的設立目的所以需要修正。
第六段	結論。作者表示科學是將所有現象都解釋為事物的作用的一門學問。

▼ 58

58 作者的原始教案為什麼會①在出版社社內部的審查中被打了回票呢？

1 因為作者的頭腦其實也是非科學性的
2 因為作者的敘述被認為容易造成孩子們的誤解
3 因為這個説明對孩子們而言太困難了
4 因為作者徹底反對出版社承辦人所説的理科教育目的

[解題]

1 選項1提出了一種可能性，即作者自身的思考方式可能受到非科學的影響。然而，文章的核心並非在於質疑作者的科學理解能力，而是在於如何通過文字準確地傳達科學概念，避免造成誤解。

2 選項2直接反映了文章中提出的主要問題，即筆者的描述方式可能導致孩子們產生物體具有意志這一非科學的誤解。這一點核心體現了科學教育的挑戰之一：如何以科學的方式表達概念，同時避免非科學的人格化解釋。

3 選項3談到了關於教材難易度的考量，儘管確保教育內容適合學生的認知水準是重要的，但在本文的脈絡中，這不是導致筆者的原始教案被批評的原因。

4 選項4關注於筆者是否直接反對了出版社承辦人，提出的理科教育目標。然而，文章中的批評焦點在於，筆者的表達方式可能不符合科學教育的精神，而非筆者對教育目標的直接反對。

答案：2

[59] 這裡所説的②理科教育的本質之一是什麼呢？

1 讓孩子們均衡地學習「物化生地」4 個科目，掌握理科的全貌

2 讓孩子們學習超越「物化生地」4 個科目框架的理科

3 糾正孩子們對自然界抱持的錯誤認識

4 將抱持非科學性思考的孩子從學校趕出去

[解題]

1 　　選項 1 談到了孩子們均衡學習物理、化學、生物、地理 4 門科學的重要性。儘管這是科學教育的一部分，文章的重點在於如何準確傳達科學概念，避免非科學的理解，而非學習的均衡性。

2 　　選項 2 提到了超越 4 門基本科學學科架構的學習，這與「理科Ⅰ」的開發初衷相關，旨在提供一個全面理解科學的平台。然而，這不直接對應到文章討論的科學教育的本質問題。

3 　　選項 3 直接反映了文章的核心訊息，即科學教育的一個關鍵目標是糾正孩子們的非科學思考方式。這一點在文中通過"慣性"概念的説明，被誤解為物體具有意志這一例子中得到了充分體現。

4 　　選項 4 提出了一個極端的解決非科學思考方式的方法，即將持有這種思考方式的孩子從學校中排除。這與科學教育旨在，通過教育改變思考方式的目的相去甚遠，並不符合文章所述的理科教育的本質。

答案：**3**

[60] 下列何者和最後一段的「科學」定義最為相近？

1 證明世上發生的現象或事件都不是由神創造的

2 以人類的力量解釋世上發生的現象或事件

3 以物質的作用説明世上發生的現象或事件

4 透過實驗來驗證世上發生的現象或事件

［解題］

1 　選項 1 將科學定義為證明世界現象不是由神所造。這個觀點雖然觸及了科學與宗教間的某些歷史辯論，但並不貼切地反映文章中所描述的科學定義。

2 　選項 2 強調了人類解釋世界現象的能力。雖然科學確實依賴於人類的智慧和方法，但這個選項沒有捕捉到科學活動中，排除非科學思考方式的核心目的。

3 　選項 3 準確地概括了文章中對科學的描述，即科學是試圖以物質行為的方式來說明和記述這個世界上的各種現象。這與文章最後一段中的闡述完全相符，強調了科學企圖用完全去人化的方式來理解自然界。

4 　選項 4 聚焦於科學通過實驗來檢驗世界現象的做法。儘管實驗是科學研究的一個重要方面，但這並不全面地體現了文章對科學的定義，特別是在去除非科學思考的語境中。

答案：3

▶▶ 文法說明

○ と言っても

| 例句 | 貯金があると言っても、10万円ほどですよ。
雖說有存款，但也只有 10 萬日圓而已。 |

解說 　表示承認前項的說法，但同時在後項做部分的修正，或限制的內容，說明實際上程度沒有那麼嚴重。中文意思是：「雖說…，但…」。

○ ない限り

| 例句 | 向こうが謝らない限り、絶対に頭を下げない。
只要對方不認錯，我就絕不低頭。 |

解說 　表示只要某狀態不發生變化，結果就不會有變化。中文意思是：「除非…，否則就…」、「只要不…，就…」。

○ がちだ／がちの

| 例句 | おまえは、いつも病気がちだなあ。
你還真容易生病呀。 |

解說 　表示即使是無意的，也容易出現某種傾向，或是常會這樣做。中文意思是：「容易…」、「往往會…」。

○ に関して（は）／に関しても／に関する

例句	フランスの絵画に関して、研究しようと思います。 我想研究法國畫。

解說 表示就前項有關的問題，做出「解決問題」性質的後項行為。多用於書面。中文意思是：「關於…」、「關於…的…」。

○ こそ

例句	今年こそ「竜馬伝」を終わりまで読むぞ。 無論如何，今年非得讀完《龍馬傳》不可！

解說 表示特別強調某事物。中文意思是：「正是…」、「才（是）…」。

○ かねない

例句	勉強しないと、落第しかねないよ。 如果不讀書就很可能會考不上唷。

解說 「かねない」是接尾詞「かねる」的否定形。表示有這種可能性或危險性。中文意思是：「很可能…」、「也許會…」。

≫ 重要單字--

□ 改定（重新審定〈法律等〉）
□ 設立（設立〈新〉制度等）
□ こだわる（拘泥）
□ 全体像（全貌）
□ 掴む（掌握）
□ 考案（設計）
□ 課す（受〈教育等〉義務）
□ 指導要領（指導要領）
□ 概念（概念）
□ 受け持つ（擔負責任）
□ 原案（草案）
□ 物体（物體）
□ 静止（靜止）

□ 審査（審查）
□ 引っかかる（受阻，卡關）
□ 本質（本質）
□ 実質（實質）
□ ともすれば（或許，説不定）
□ 真っ向から（全面地，根本地）
□ エピソード（插曲，小故事）
□ 規定（規則；定義）
□ 鮮明（鮮明）
□ 徹底的（徹底）
□ 振舞い（舉動，舉止）
□ 誤解を招く（招來誤解）
□ 枠組み（框架，結構）

□ 認識（認識，理解）　　　　　　□ 検証（驗證）
□ 正す（糾正）

>>> 補充單字 --

物、物質 / 物、物質

01 | アルカリ【alkali】
鹼；強鹼

02 | アルミ【aluminium】
鋁（「アルミニウム」的縮寫）

03 | 液
汁液，液體

04 | 黄金
黃金；金錢

05 | 化合
（化）化合

06 | 化石
（地）化石；變成石頭

07 | 岩石
岩石

08 | 結合
結合；黏接

09 | 結晶
結晶；（事物的）成果

10 | 原形
原形，舊觀

11 | 原子
（理）原子；原子核

12 | 元素
（化）元素；要素

13 | 合成
合成；（化）合成（化合物）

14 | 酸化
（化）氧化

15 | 酸
酸味；辛酸

16 | 磁器
瓷器

17 | 磁気
（理）磁性，磁力

18 | 滴
水滴，水點

19 | 砂利
沙礫，碎石子

20 | 蒸留
蒸餾

>>> 補充知識 --

□ 一個漢字的サ行變格動詞

サ行變格動詞	意　思
愛する	愛、喜愛
応じる／応ずる	接受；答應；按照
害する	有害；危害；殺害
感じる／感ずる	感覺；反應
禁じる／禁ずる	禁止；控制
察する	推察；體諒

称する (しょう)	稱為
信じる／信ずる (しん)(しん)	相信
煎じる／煎ずる (せん)(せん)	煎；熬；煮
託する (たく)	託付；藉口；寄託
達する (たっ)	到達；完成
罰する (ばっ)	責罰、處分；判罪
反する (はん)	違反；反對
封じる／封ずる (ふう)(ふう)	封；封鎖
訳する (やく)	翻譯；解釋
略する (りゃく)	省略；攻取
論じる／論ずる (ろん)(ろん)	討論；論述

　漢字2字の名詞は、「する」を付けてサ行変格動詞にすることができるものが多くありますが、漢字1字に「する」が付くサ行変格動詞は数が限られています。これらの中で、「する」なしで漢字1字だけで名詞として使えるものは多くありません。

　有很多由2個漢字所組成的名詞，可以在後面接上「する」，變成サ行變格動詞。不過由1個漢字接上「する」的サ行變格動詞卻為數不多。在這些動詞當中，拿掉「する」後還能當成名詞來使用的1字漢字也很少。

　漢字1字のサ行変格動詞のうち、「愛する」「訳する」など一部の動詞は、活用が五段活用的に変化しています。また、「する」のはずが「しる」に変化し、両方使われている場合もあります。そういった動詞では、一般に「～しる」の形の方が口語的で、「～する」の形の方が文語的なのですが、「～しる」は一般に活用が上一段化しています。

　在1個漢字的サ行變格動詞當中，有一部分的動詞，像是「愛する」、「訳する」等，其活用類似於五段動詞的變化。此外，有時候「する」會變成「しる」，或是兩者皆可。像這樣的動詞，通常「～しる」的形式偏向口語，「～する」的形式則是用於文章體，而「～しる」一般來說活用是上一段化。

　日本語の動詞の活用は、昔はもっと種類が多く、変格活用する動詞もたくさんありましたが、だんだん単純化してきました。それを考えると、いつかサ行変格動詞がなくなるということも、あるのかもしれませんね。

　過去的日語動詞活用種類更多。以前雖然有很多變格活用動詞，但已逐漸簡化。由此看來，サ行變格動詞或許某一天也會消失呢！

[讀解・第一回]

Track N1-09

問題 11

次のAとBは、若者の問題に対する意見である。後の問いに対する答えとして最もよいものを、1・2・3・4から一つ選びなさい。

A

　近年、フリーター・ニート・引きこもりといった言葉をよく耳にするようになった。「きちんとした大人」たちから見れば、彼らは単なる「落ちこぼれ」あるいは「迷惑者」にしか見えないかもしれない。しかし、彼らの生きる時代はかつての高度経済成長期とは違うのだ。長引く不況で雇用が不安定になるなど、今の大人世代が若かったころとは違う先の見えない世の中で、彼らは彼らなりにもがいている。中には、インターネットでかつてない新しいタイプの事業を興して (注1)、少なからぬ収入を得る人も現れるなど、新しい動きもある。彼らが今後どのような地平を切り開いて (注2) ゆくのか、もうしばらく見守ってみようではないか。

B

　このごろ、定職に就こうとしない、また、働けるのに働こうとせず、自分の世界に閉じこもって社会との関わりを持とうとしない、そんな「困った若者」たちが増えている。彼らは、いい歳（とし）をしてまともな収入もなく、親のすねをかじって（注3）生きている。大学出や、中には大学院を出ている者も相当多い。このままでは、日本の未来はどうなるのか。それでなくても少子高齢化により、今後の税収は減るし、老人の年金や介護など、問題は山積みなのだ。彼らが「きちんとした大人」になって社会の構成員としての責任を果たせるように、行政は彼らの自立を支援するべきだ。また、もっと若い年齢層、たとえば中学生・高校生についても、将来の就労意欲を育む（はぐく）よう、教育改革を急ぐ必要がある。

（注1）興す：新しく始める
（注2）地平を切り開く：ほかの人達の知らない世界を開拓する
（注3）親のすねをかじる：親に養ってもらう。親に生活するための金を出してもらう

61

AとBに共通するテーマは何か。

1　若者への就業教育の重要性

2　きちんとした大人とは

3　大人から若者への意見

4　定職のない若者たち

62

AとBの論点はどのようなものか。

1 Aは、若者の問題を社会の変化と関連付けて捉え、若者に好意的な意見を述べている。Bは、社会の行く先を憂えて、若者を変えるべきだと述べている。

2 Aは、若者は今後新たな世界を築いていくに違いないと期待を述べている。Bは、若者がこのように非社会的になったのは教育が悪いと行政を批判している。

3 Aは、問題のある若者もいずれは彼らなりの生き方を確立するに違いないと述べている。Bは、教育をよくすれば、将来社会の役に立ちたいという若者の意欲を育てることができると提言している。

4 Aは、フリーター・ニート・引きこもりを相手にする必要はないと述べている。Bは、若者に自立するよう勧め、大人は彼らを支えるべきだと述べている。

63

AとBはどのような関係にあるか。

1 Bは、Aに賛同する意見を述べている。

2 Bは、Aとは反対の意見を述べている。

3 Bは、Aについての補足意見となっている。

4 Bは、Aに対して懐疑的な意見を述べている。

問題 11

下列的Ａ和Ｂ分別是針對年輕人問題的意見。請閱讀這Ａ和Ｂ這兩篇文章,並從每題所給的
４個選項（１・２・３・４）當中,選出最佳答案。

[翻譯]

A

　　近年來,時常可以聽到飛特族、尼特族、繭居族等名詞。從「獨立自主
的大人」們的角度來看,或許這些人不管怎麼看都只是「不長進」或是「包
袱」。但是,這些人生長的時代和以前的高度經濟成長期是不同的。長期的
經濟不景氣,造成工作環境不安定等等,社會看不到未來,和現在的大人這
一輩年輕時期有所不同,這些人也用他們自己的方式在掙扎。其中也有人開
創（注１）網路這種過去所沒有的新類型事業,還進帳不少,像這樣有了新
的動向。這些人今後將如何開闢一條新路（注２）前進呢？不妨讓我們再花
點時間關注看看吧。

B

　　最近,不找份穩定的工作,還好手好腳的也不去工作,只關在自己的世
界裡不想和外界有所聯繫,像這樣的「令人困擾的年輕人」變多了。這些人
都一把年紀了卻沒有像樣的收入,靠著啃老（注３）來過活。其中有不少人
是大學畢業,甚至是研究所畢業的。再這樣下去,日本的未來會變得如何
呢？就算沒有這一現象,也會因為少子高齡化的影響,今後的稅收將減少,
再加上老人年金和看護等等,問題如山高。為了讓這些人成為

　　「獨立自主的大人」並善盡身為社會上的一份子的責任,行政方面應該要支
援他們的自立才對。此外,對於更年輕的年齡層,像是國中生、高中生,也有
必要趕緊實施教育改革來培養他們將來的就業意願。

（注１）開創：全新開始
（注２）開闢一條新路：開拓不為人知的世界
（注３）啃老：讓父母養，要父母給生活費

［全文重點剖析］

這一大題是「綜合理解」。題目當中會有２篇同一主題、不同觀點的文章，考驗考生是否能先各別理解再進一步比較。所以最重要的是要掌握每篇文章的主旨，然後找出它們之間的異同。

A的大意是說飛特族、尼特族、繭居族等年輕族群之所以會沒有固定工作，是受到景氣、社會的影響。但年輕人當中也是有些人努力地開創新事業，未來值得期待。給予年輕人正面鼓勵。

從「働けるのに働こうとせず」、「いい歳をしてまともな収入もなく」這些用詞就可以發現B對於年輕族群則是抱持批判的角度。一方面作者也擔心年輕人將來也會成為社會問題，提倡社會應該要幫助他們，甚至是教育改革。

▼ 61

61 A和B共通的主題是什麼？

1 向年輕人闡述職場教育的重要性
2 何謂獨立自主的成年人
3 大人給年輕人的意見
4 沒有固定職業的年輕人們

［解題］

1
選項１不正確，因為這個話題僅在B文中提及，並且不是兩篇文章的主要共同主題。A文主要討論的是在當前困難的經濟環境下，一些年輕人如何試圖找到自己的生存方式，並沒有特別強調就業教育的重要性。

2
選項２也不正確，因為雖然兩篇文章都提到了「きちんとした大人」（獨立自主的成年人）這個概念，但這不是文章的共同主題。A文和B文討論的焦點主要是針對當前社會中存在的無固定職業的年輕人群體，而不是探討什麼構成了一個「獨立自主的成年人」。

3
選項３同樣不正確，因為這兩篇文章其實更多是關於對現狀的描述與分析，而非直接的意見或建議。特別是A文中，更多地是對現象的觀察和對未來可能性的期待，而不僅僅是對年輕人的直接意見或建議。

4 選項4為正確。這是因為無論是A文還是B文，都集中討論了現代社會中無固定職業或不願就業的年輕人問題，這個問題成為了兩篇文章共同的主題。A文從一個較為理解和期待的角度出發，而B文則從社會責任和教育改革的需要角度提出問題，但兩者都圍繞著「定職のない若者たち」（無固定職業的年輕人）這個核心話題展開。

| 答案： **4**

▼ **62**--

62 A和B的觀點為以下何者呢？

1 A認為年輕人的問題和社會變化具有相關性，表達對年輕人的善意。B擔憂社會未來的演變，表示應該要改變年輕人。

2 A表達對今後的年輕人必將打造出一個新世界的期待。B批判政府行政機關，認為年輕人之所以會變成如此無法適應社會，都是教育的錯。

3 A認為每個有問題的年輕人，日後肯定都會用自己的方式來確立生存之道。B提議只要改善教育，就能培育年輕人未來想對社會盡一份心力的意願。

4 A表示沒有必要將飛特族、尼特族、繭居族當一回事。B奉勸年輕人要獨立自主，並表示大人應該要支援他們。

[解題]

1 選項1最符合A與B的論點。A從社會環境的變化出發，對於現象持有理解與同情的態度，並對未來保持一種正面期待的立場。而B對於年輕人的問題表達了擔憂，認為政府應該提供支援來幫助他們自立，同時指出需要對教育進行改革，以提高年輕人的就業動機。

2 選項2的錯誤之處在於它誤解了A與B的論點。A文中對於未來的展望是較為開放與觀望的，沒有明確表示對年輕人將建立新世界的確定期待。同時，B文中對於教育的提及並不是以批判現有教育制度為主，而是強調改革教育以支援年輕人自立的必要性。

3 選項3錯誤的原因是它過於簡化了A文的觀點，認為A文認為問題年輕人最終會找到自己的生活方式，並假設A文對年輕人持有無條件的樂觀態度。此外，B文中的教育改善建議，被誤解為是對現狀的直接解決方案，而忽略了B文較為複雜的論述背景。

4 選項4的不妥之處在於它對A文與B文的解讀過於武斷。A文並未表示對所謂的「フリーター・ニート・引きこもり」群體不需要關注，相反，A文對這些年輕人持有較為理解和同情的態度。B文的焦點也不僅僅是呼籲大人支援年輕人，而是更廣泛地討論了社會對年輕人的責任，和未來教育改革的重要性。

| 答案： **1**

63 A和B呈現什麼樣的關係呢？

1 B表示贊同A的意見。

2 B表示反對A的意見。

3 B是A的補充意見。

4 B表示懷疑A的意見。

[解題]

1　選項1認為B文讚同A文，但實際上兩文立場相反。A文理解並期待年輕人面對社會變遷的挑戰，對其未來抱有希望；而B文則批評年輕人的現狀，主張透過教育改革等措施促使改變，顯示對年輕人問題的緊迫與解決策略的迫切。因此，認為B文讚同A文的看法錯誤，兩者在對待年輕人問題的態度和解決方案上有明顯差異。

2　選項2準確描繪了A文與B文之間的對立關係。A文對年輕人採取理解與同情的態度，從社會變遷角度探討他們的困境，對其未來持觀望態度；而B文則對年輕人的行為表示不滿，主張透過個人改變與教育革新來解決問題，顯示了對A文態度的基本反對。這反映了兩文在處理年輕人問題的立場，和策略上的明顯差異。

3　選項3的錯誤在於錯誤地將B文視為A文的補充。A文與B文都關注年輕人問題，但採取截然不同的角度與解決策略。A文從社會經濟背景分析年輕人行為，表達理解與期待；而B文則批評現狀，呼籲立即行動改變。這兩種觀點本質上相對立，不應視為互補，顯示了兩文在處理年輕人問題上的根本差異。

4　選項4的錯誤在於不準確地將B文視為對A文的懷疑。實際上，B文對A文的理解和同情態度不僅有所懷疑，更是明確反對與批評。B文提出的觀點和解決策略與A文大相逕庭，這種態度超出了單純的懷疑，而是表現為積極的批判。因此，僅將B文態度描述為懷疑，無法全面反映兩文間的真正關係。

答案：2

▶▶ 文法說明 --

○ **といった**

例句	私は寿司、カツどんといった和食が好きだ。 我很喜歡吃壽司與豬排飯這類的日式食物。

解說　表示列舉。一般舉出兩項以上相似的事物，表示所列舉的這些不是全部，還有其他。中文意思是：「…等的…」。

○ なりに／なりの

| 例句 | 私なりに最善を尽くします。
我會盡我所能去做。 |

解說 表示根據話題中人切身的經驗、個人的能力所及的範圍，含有承認前面的人事物有欠缺或不足的地方，在這基礎上，做後項與之相符的行為。中文意思是：「那般…（的）」、「那樣…（的）」。

>> **重要單字**

- □ フリーター（飛特族〈靠兼差或打零工來為生的人〉）
- □ ニート（尼特族〈不升學、就業或進修，成天無所事事的人〉）
- □ 引きこもり（繭居族〈不事生產且關在家不與外界有所聯繫的人〉）
- □ 耳にする（聽到）
- □ 落ちこぼれ（指無法跟上團體或體制的人）
- □ 不況（不景氣）
- □ 雇用（雇用）
- □ もがく（掙扎）
- □ 事業を興す（興辦事業）
- □ 切り開く（開闢）
- □ 見守る（關注）
- □ 定職に就く（有份固定工作）
- □ 閉じこもる（足不出戶）
- □ 関わり（聯繫，關係）
- □ まとも（正當，正經）
- □ 親のすねをかじる（啃老，靠父母養）
- □ 介護（看護）
- □ 山積み（堆積如山）
- □ 責任を果たす（盡責任）
- □ 自立（自立）
- □ 支援（支援）
- □ 就労（就業）
- □ 育む（培養）
- □ 論点（論點，議論核心）
- □ 関連付ける（相關聯）
- □ 好意的（善意的）
- □ 行く先（將來，前途）
- □ 憂える（擔憂）
- □ 築く（建立，構成）
- □ 提言（提議）
- □ 賛同（贊同）
- □ 補足（補充）
- □ 懐疑的（懷疑，質疑）

□ 有「親」字的慣用句

慣用句	解　釋
いつまでもあると思うな 親と金 （不要以為父母和金錢永遠都在）	親はいつまでも養ってはくれないし、金も使えばなくなってしまうものなので、自立し倹約せよという戒めを川柳の形で表した言葉。 （父母不會養我們一輩子，且金錢用掉就沒了。這是以川柳形式〈一種 17 個音節的日本詩〉寫成的警世句，要大家獨立節儉。）
親の心子知らず （子女不知父母心）	子供は、自分を思う親の気持ちを知らずに、勝手なことをしたり反抗したりするものだということ。 （小孩不知道父母是在為自己著想，任性妄為、反抗叛逆。）
親の七光（親の光は七光） （沾父母的光）	親の社会的地位や名声が高いと、子供は何かと得をするということ。 （如果父母的社會地位或是名聲很高，小孩也就跟著有好處。）
親の欲目 （孩子是自己的好）	親はわが子がかわいいため、実際よりも高く評価してしまうということ。 （父母覺得自己的小孩很可愛，所以給予超出實際情況的好評。）
孝行のしたい時分に親はなし （子欲養而親不待）	親の気持ちが分かる年齢になって親孝行がしたいと思うころには、もう親は死去していて後悔する者が多い。親が生きているうちに孝行せよという戒めを川柳の形で表した言葉。 （很多人等到了能了解父母心情的年紀才想要盡孝心，但那時父母已死所以十分後悔。這是以川柳形式寫成的警世句，要大家趁父母在世時孝順他們。）
地震雷火事親父 （地震打雷火災老爸）	世間で恐ろしいとされているものを、恐ろしさの順に並べた言葉。 （這是把大家害怕的事物，依照恐怖的程度排序的慣用句。）

立_たっている者_{もの}は親_{おや}でも使_{つか}え （緊急時連父母也能用）	急用_{きゅうよう}のときにそばに誰_{だれ}か立_たっている者_{もの}がいたら、たとえ親_{おや}でも用事_{ようじ}を頼_{たの}んでよいということ。 （有急用時只要身旁有人，就算那個人是父母也可以請他幫忙。）
這_はえば立_たて立_たてば歩_{あゆ}めの 親心_{おやごころ} （希望孩子快快長大的父母心）	子供_{こども}の成長_{せいちょう}を願_{ねが}う親_{おや}の気持_{きも}ちを川柳_{せんりゅう}の形_{かたち}で表_{あらわ}した言葉_{ことば}。 （這是以川柳形式寫成的句子，展現出期盼孩子成長的父母心。）

▶▶ 補充單字

仕事、職場 / 工作、職場

01 | 斡旋_{あっせん}
幫助；關照

02 | 一挙_{いっきょ}に
一下子；一次

03 | 異動_{いどう}
異動，變動

04 | 負_おう
負責；背負

05 | 帯_おびる
佩帶；承擔

06 | カムバック【comeback】
（名聲、地位等）重新恢復

07 | 看護_{かんご}
護理（病人），看護

08 | 軌道_{きどう}
（鐵路、機械、人造衛星、天體等的）軌道

09 | キャリア【career】
履歷；生涯

10 | 業務_{ぎょうむ}
業務，工作

11 | 勤務_{きんむ}
工作，勤務

12 | 勤労_{きんろう}
勤勞，勞動

13 | 区切_{くぎ}り
句讀；文章的段落

14 | 組_くみ込_こむ
編入；入伙

15 | 公募_{こうぼ}
公開招聘，公開募集

16 | 護衛_{ごえい}
護衛，保衛

17 | 雇用_{こよう}
雇用；就業

18 | 採用_{さいよう}
採用（意見）；錄用（人員）

19 | 指図_{さしず}
指示；指定

20 | 差_さし支_{つか}える
（對工作等）妨礙；感到不方便

21 | 産休_{さんきゅう}
產假

22 | 辞職_{じしょく}
辭職

23 | システム【system】
組織；體系

24 | 使命_{しめい}
使命，任務

［讀解・第一回］

Track N1-10

問題 12

次の文章を読んで、後の問いに対する答えとして、最もよいものを、1・2・3・4から一つ選びなさい。

　一生懸命考えてみると、結核という病気は「実在しない」と結論づけるより他ありません。

　たとえ結核菌というばい菌が体の中にくっついていても、それが結核という病気と認識されるとは限りません。「保菌者」と認識すれば、それは病気ではないからです。アメリカの医者は、それを「症状のない結核という病気＝潜伏結核」と認識し直そうと提唱しました。そうみんなが考えれば、この現象は病気に転じます。

　以前の考え方だと、「潜伏結核＝結核菌が体に入っているけれど『病気』を起こしていない状態」とは、専門家が「病気ではない」と決めつけた①恣意的な存在でした。そして逆に「結核菌が体にあれば、それを病気と呼ぼうじゃないか」というアメリカ人の態度も別の専門家の恣意にすぎません。結核という病気は実在せず、病気は現象として、ただ恣意的に認識されるだけなのです。

潜伏結核のカウンターパート (注1) としての活動性結核。こ
れは、結核菌が人間の体内に入り、なおかつ結核菌がその体
内から見つかっている、あるいは結核菌が症状を起こしてい
る、という意味ですが、これも専門家たちが決めつけた恣意
20 的な存在です。

　（中略）

　ところが、その潜伏結核が潜伏結核である、あるいは、活
動性結核が活動性結核である、と確実に断言する方法が存在
しません。レントゲンにつかまっていない、ＣＴ (注2) で見つ
25 からない、そういった小さな結核病変があるかもしれないか
らです。病変があるかどうかを医者が認識すれば活動性結核
という病気ですが、そうでなければ活動性結核ではないので
す。それは、潜伏結核になってしまうのです。これは原理的
にそうなのです。

30 　将来、どんなにテクノロジーが進歩してもこの構造そのも
のが変化することはないでしょう。例えば、ＣＴを凌駕する
　(注3) Ｘという検査が発明されても、Ｘで見つからない結核
の病変では活動性結核という病気と認識されず、潜伏結核と
認識されるのです。さらに悪いことに、活動性結核の治療は
35 複数の抗結核薬を使用して６か月間の治療と決められている
のですが、潜伏結核の場合、イソニアチドという薬１つで９

か月間の治療なのです。判断、認識の違いが治療のあり方も変えてしまうのです。こんなへんてこなことが許容されるのは、結核という病気があくまで (注4) 認識のされ方によって姿

40　を変える「②」であり、実在しないものだからに相違ありません。

(磐田健太郎『感染症は実在しない　構造構成的感染症学』)

（注１）カウンターパート：対応するもの、対等の立場にある相手
（注２）ＣＴ：検査方法の１つ、コンピューター断層撮影法
（注３）凌駕する：ほかのものを越えて上に立つ
（注４）あくまで：絶対的に、徹底的に

64

この文脈における①恣意的の意味として適切なものはどれか。

1　状況によって決められるもの
2　自然に発生するもの
3　人によって定義が変わるもの
4　感覚によって違うもの

65

「結核」とはどのようなものだと述べられているか。

1　病気として治療される「活動性結核」と、治療できない「潜伏結核」の２つに分けられる。

2　初期症状である「潜伏結核」と、より病気がすすんだ状態である「活動性結核」の２つに分けられる。

3　結核菌を持っていても病変が見つかっていない「潜伏結核」と、結核菌を持っていてかつ病変が見つかっている「活動性結核」の２つに分けられる。

4　病気ではない「潜伏結核」と、病気である「活動性結核」の２つに分けられる。

66

「②」に入る言葉は何か。

1　病気

2　現象

3　症状

4　方法

67

この文章で筆者が最も言いたいことはどれか。

1 結核菌が体の中にあっても、それが結核という病気と
診断されるとは限らないこと

2 病気の診断や治療は医者の考え方によって変わってし
まうものであるということ

3 将来、どんなにテクノロジーが進歩しても結核の病変
を確実に見つけることはできないということ

4 病気の診断を客観的で論理的なものであると思うのは
医者だけであるということ

問題 12

請閱讀下列文章，並從每題所給的 4 個選項（1・2・3・4）當中，選出最佳答案。

［翻譯］

經過了反覆的推敲思索，最後得到的唯一結論就是結核病「並不存在」。

即使體內帶有名為結核菌的細菌，也未必會被認定是結核病，只要將之定義為「帶原者」，就不算是疾病了。美國的醫師建議將此現象重新認知為「沒有症狀的結核病＝潛伏結核感染」。只要大家都有這種看法，這個現象的定義就會轉變成疾病。

至於以往的想法，所謂「潛伏結核感染＝結核菌進入體內但還沒引起『疾病』的狀態」是專家單方面①專斷獨行的認定；相反的，「如果體內有結核菌的話，就稱之為疾病吧」，美國人的這種態度，同樣只是其他專家的專斷獨行。實際上結核病並不存在，只是該現象被擅自認定為疾病而已。

潛伏結核感染的相應物（注1）是活動性結核。這是指結核菌進入人體體內，並且能在體內發現結核菌，或是由結核菌引發了症狀，不過這也是專家們擅自單方面認定。

（中略）

然而，我們沒有確切的方法可以如此下定論：「這個潛伏結核傳染就是潛伏結核傳染」，或是「活動性結核就是活動性結核」。因為或許有Ｘ光找不到、ＣＴ（注2）無法發現的微小結核病變。醫生的判定依據是，有病變就是感染活動性結核，相反的就不是活動性結核，也就是潛伏結核傳染。原理上就是這麼一回事。

未來，不管科技再怎麼進步，這個推論模式都不會改變吧？比方說，即使發明了凌駕（注3）ＣＴ的Ｘ檢查，用Ｘ找不到的結核病變並不會被認定是活動性結核病，而是被認定為潛伏結核感染。更糟的是，活動性結核規定要使用多種抗結核藥進行 6 個月的治療；若為潛伏結核感染，要使用異菸鹼醯胺這一種藥物進行 9 個月的治療。依照判斷與認定的不同，治療方式也有所改變。這種古怪的狀況之所以會被容許存在，正是因為結核病完全是（注4）根據認定方式的不同而呈現不同樣貌的「②」，實際上根本不存在。

（磐田健太郎《感染症並非實際存在　結構建構的感染症學》）

（注1）相應物：對應的事物，立場對等的對象
（注2）ＣＴ：檢查方法之一，電腦斷層掃描
（注3）凌駕：超越其他事物居上
（注4）完全就是：絕對地、徹底地

[全文重點剖析]

這篇文章整體是在說明「體內有結核菌」這個現象並不是疾病，之所以會被稱為結核「病」，都只是醫生自己的想法。各段落的主旨如下表所示：

第一段	破題點出「結核病」實際上並不存在。
第二段	體內有結核菌這種現象，即使沒有症狀，美國醫師也提倡將之稱為疾病。
第三段	承上段，作者認為把這樣的現象當成一種病，或是命名為「潛伏結核感染」而不當成一種病，這些都只是專家專斷獨行的判斷。
第四段	話題轉到「潛伏結核感染」的相對概念：「活動性結核」。這也是專家自己決定的。
第五段	沒有方法去斷定結核感染屬於哪一種，所以全是由醫生說了算。
第六段	結論。再次強調結核病並不存在。

▼ **64**--

64 這個上下文關係中的①專斷獨行的，下列何者意思最為貼切呢？

1 依照狀況所決定的事物
2 自然發生的事物
3 定義因人而異的事物
4 依照感覺而有所不同的事物

[解題]

1 選項 1 不正確，因為文中強調的是專家個人的見解，或判斷對結核病的認定產生了影響，而非由特定狀況或條件所自動決定。

2 選項 2 亦不正確，文中所討論的是如何將某些醫學現象歸類為疾病，這種歸類並非自然發生的結果，而是基於專家的判斷或社會共識。

3 選項 3 正確。文中論述指出，結核是否被視為疾病完全取決於專家個人的認定，這種認定是主觀的、恣意的，因人而異，並不是基於絕對的、客觀的標準。

4 選項 4 不正確，文中討論的焦點在於專家的判斷，與社會認定對疾病的定義，而非依據個人的感覺。文章中的關鍵在於結核病的認定，是基於專家的主觀決定，而非普通人的直觀感受，或感覺所能決定的。

|答案：3

▼ **65** ---

65 這篇文章是如何描述「結核」這種東西的呢？

1 分成可治療的「活動性結核」，以及無法治療的「潛伏結核感染」這 2 種疾病。
2 分成初期症狀為「潛伏結核感染」，以及病情逐漸惡化的「活動性結核」 2 種。
3 分成有結核菌也找不到病變的「潛伏結核感染」，和有結核菌也找得到病變的「活動性結核」 2 種。
4 分成非疾病的「潛伏結核感染」，以及是疾病的「活動性結核」 2 種。

[解題]

1 選項 1 不正確，因為文中明確提到即使是「潛伏結核」也有其治療方法，並非不能治療。

2 選項 2 也不正確，文中對於「潛伏結核」跟「活動性結核」的說明與這個選項所述的進程有所不同，並非簡單地將其定義為疾病的初期與進階階段。

3 選項 3 正確，這與文章中的描述一致，明確區分了「潛伏結核」跟「活動性結核」的標準，前者指的是雖有結核菌但無症狀或病變，後者則是有結核菌且有症狀或病變的情況。

4 選項 4 不正確，因為文中的主旨是探討「結核」這個疾病名稱和概念的相對性與恣意性，而不是簡單地將「潛伏結核」定義為非疾病，「活動性結核」定義為疾病。

|答案：3

▼ **66** ---

66 下列語詞何者可填入「②」？

1 疾病
2 現象
3 症狀
4 方法

[解題]

1 選項1「病気」不正確，因為整篇文章的主旨是質疑結核作為一種疾病的存在性，強調結核是被恣意認定的。因此，將「病気」作為答案與文章的論點相矛盾。

2 選項2「現象」是正確答案。文章中強調結核並非作為一種病態的固定存在，而是依據專家的恣意認定而有所變化的現象。這表明結核被視為一種隨解釋而改變的現象，而不是一個固定不變的病理狀態。

3 選項3「症状」不正確，因為文章主要討論的是，結核作為一種現象的存在性質，而不是直接聚焦於具體症狀。文章探討的是結核的概念和定義，如何受到人們認識的影響，而非症狀本身。

4 選項4「方法」也不正確，因為「方法」與討論結核的認識和定義無直接關聯。文章中提到的是結核作為一種由專家定義的現象，而非特定的診療方法或治療手段。

|答案：2

▼ **67**--

67 這篇文章當中作者最想表達的是下列何者呢？

1 即使結核菌在體內，也不一定能診斷為結核病
2 疾病的診斷和治療是隨著醫生的想法而改變的事物
3 未來，不管科技再怎麼進步都無法確切找出結核病變
4 只有醫生才能將疾病診斷視為是客觀且有邏輯性的事物

[解題]

1 選項1揭示了文章中提到的一個觀點，即結核菌的存在並不直接等同於結核疾病的診斷。這雖然是文章中的一部分內容，但不足以概括作者的主要論點。

2 選項2更接近文章整體的中心思想。文章指出，無論是潛伏結核還是活動性結核的診斷，都高度依賴於醫生的判斷和認識，即使在未來科技發展之後，這種情況也不會改變，顯示了對疾病診斷的相對性和主觀性的強調。

3 選項3主要討論了結核疾病診斷的困難性，即使技術有所進步，仍然存在無法完全確定病變的情況。這一點在文章中有所提及，但不是作者最主要想要表達的內容。

4 選項4只有醫生認為疾病診斷是客觀和邏輯的，這一點在文章中沒有直接提及，且與文章的主旨不夠契合。

|答案：2

○ より他ない／より他はない

例句	売り上げを上げるには、笑顔でサービスするよりほかはない。 想要提高銷售額，只有以笑容待客了。

解說 表示問題處於某種狀態，只有一種辦法，沒有其他解決的方法。中文意思是：「只有…」、「只能…」。

○ たとえ…ても

例句	たとえつらくても、途中で仕事を投げ出してはいけない。 工作即使再怎麼辛苦，也不可以中途放棄。

解說 表示讓步關係，即使是在前項極端的條件下，後項結果仍然成立。中文意思是：「即使…也…」。

○ とは限らない

例句	お金持ちが必ず幸せだとは限らない。 有錢人不一定就能幸福。

解說 表示事情不是絕對如此，也是有例外或是其他可能性。中文意思是：「也不一定…」、「未必…」。

○ にすぎない

例句	これは少年犯罪の一例にすぎない。 這只不過是青少年犯案中的一個案例而已。

解說 表示程度有限，有這並不重要的消極評價語氣。中文意思是：「只是…」、「只不過…」。

○ に相違ない

例句	犯人は、窓から侵入したに相違ありません。 犯人肯定是從窗戶進來的。

解說 表示説話人根據經驗或直覺，做出非常肯定的判斷。中文意思是：「一定是…」、「肯定是…」。

□ 結核（結核）
けっかく

□ 実在（實際存在，實有其物）
じつざい

□ 結論づける（下結論）
けつろん

□ ばい菌（有害細菌等微生物的俗稱）
きん

□ 潜伏（潛伏）
せんぷく

□ 現象（現象）
げんしょう

□ 転じる（轉變）
てん

□ 決めつける（單方面斷定）
き

□ 恣意的（恣意，任意）
し い てき

□ カウンターパート（相應物，相對概念）

□ なおかつ（並且，而且）

□ 断言（斷言，下定論）
だんげん

□ レントゲン（X光）

□ 病変（病變）
びょうへん

□ 原理（原理）
げん り

□ テクノロジー（科技）

□ 凌駕（凌駕，超過）
りょう が

□ へんてこ（古怪，奇異）

□ 許容（容許）
きょよう

□ あくまで（徹底，到底）

病気、治療 / 疾病、治療

01 | 悪化
あっ か
惡化，變壞

02 | 圧迫
あっぱく
壓力；壓迫

03 | アトピーせいひふえん【atopy 性皮膚炎】
せい ひ ふ えん
過敏性皮膚炎

04 | アフターケア【aftercare】
病後調養

05 | アルツハイマーびょう・アルツハイマーがたにんちしょう【alzheimer 病・alzheimer 型認知症】
びょう   がたにんち しょう
阿茲海默症

06 | 安静
あんせい
安靜；靜養

07 | 鬱病
うつびょう
憂鬱症

08 | 害する
がい
損害；殺害

09 | 介抱
かいほう
護理，服侍

10 | 感染
かんせん
感染；受影響

11 | 癌
がん
（醫）癌；癥結

12 | 気管支炎
き かん し えん
（醫）支氣管炎

13 | 効き目
き め
效果，靈驗

14 | 近眼
きんがん
（俗）近視眼；目光短淺

15 | 緊急
きんきゅう
緊急，迫不及待

16 | 近視
きん し
近視，近視眼

17 | 菌
きん
細菌；蘑菇

18 | 結核
結核，結核病

19 | げっそり
突然減少；突然消瘦

20 | 欠乏
缺乏，不足

21 | 下痢
（醫）瀉肚子，腹瀉

22 | 幻覚
幻覺，錯覺

23 | 抗生物質
抗生素

>>> 補充知識--

□ 在醫療院所用得到的單字
（　　）内の病名は専門的な言い方で、日常会話では（　　）の左側の病名を言うことが多い。
括號內的病名是學名，在日常生活當中較常使用括號左側的病名。

病　名	意　思
おたふくかぜ	腮腺炎、流行性腮腺炎、耳下腺炎、豬頭皮
かさぶた	結痂、瘡痂
かぶれ	接觸性皮膚炎、過敏性斑疹
ぎっくり腰	閃到腰、急性腰痛
心筋梗塞	心肌梗塞
喘息	氣喘
水疱瘡（水痘）	水痘（日文「水疱瘡」多半寫成「水ぼうそう」）
ただれ	潰爛
盲腸（虫垂炎）	盲腸炎、闌尾炎
捻挫	扭傷、挫傷
脳卒中	腦中風
はしか（麻疹）	麻疹
風疹、三日ばしか	風疹、德國麻疹
水虫	香港腳、足癬

下痢<ruby>げ<rt></rt></ruby><ruby>り<rt></rt></ruby>	腹瀉、拉肚子
やけど	灼傷、燙傷、燒傷

和症狀相關的 擬聲擬態語	意思
（のどが）いがいがする （〈喉嚨〉癢、乾）	のどの不快感を表す。「のどがいがいがする」こと を「のどがいがらっぽい」ともいう。 （ 表示喉嚨的不適。「のどがいがいがする」也可 以説成「のどがいがらっぽい」。）
がらがらな（声） （沙啞〈聲音〉）	声がしゃがれているさまを表す。 （ 表示聲音嘶啞貌。）
（頭が）がんがんする （〈頭〉嗡嗡響）	頭の中で大きな音が響くような感じの痛みを表 す。 （ 表示頭裡面痛得大肆作響一般。）
（胃が／おなかが）きり きりする （〈胃／肚子〉刺痛）	錐をもみ込まれるような鋭い痛みを表す。 （ 表示彷彿錐子戳刺一般的疼痛。）
（鼻が）ぐずぐずする （〈鼻子〉鼻水要流不流 的）	鼻の中に鼻水がたまって不快なさまを表す。 （ 鼻水塞在鼻子裡面引起不適感。）
（目が／頭が）くらくら する （〈眼睛／頭〉天旋地轉）	めまいがする意。 （ 暈眩的意思。）
（目が／おなかが）ごろ ごろする （〈眼睛／肚子〉咕嚕咕 嚕）	異物が入った（ような）不快感を表す。 （ 表示（彷彿）有異物侵入的不適感。）
（胃が／おなかが）しく しくする （〈胃／肚子〉持續鈍痛）	小刻みな痛みがずっと続くことを表す。 （ 表示陣痛持續不停。）
（頭が／歯が）ずきずき する （〈頭／牙齒〉抽痛）	脈打つような痛みを表す。 （ 彷彿脈搏跳痛一樣的疼痛。）

讀解・第一回

問題 **13**

右のページは、「パンドール中島店」の店長・アルバイト募集の広告である。下の問いに対する答えとして最もよいものを、1・2・3・4から一つ選びなさい。

68

鈴木さんは、パンドール中島店で働こうかと思っている。鈴木さんがしようと思っている次の行動の中で、間違っているものはどれか。

1　パン工場で1カ月働いた経験があるので、店長に応募しようと思っている。

2　もし店長で採用されなかったら困るので、パン製造のほうでも応募しようと思っている。

3　月に数回、病院に行きたいので、休みは月曜日と木曜日にしてもらおうと思っている。

4　書類がなくなるのが心配なので、応募書類は自分で持っていこうと思っている。

69

次の４人の中で、この求人に応募するのに適さないのは誰か。

1　日本人男性、34歳。パンドール中島店の競合相手、中島ベーカリーで５年間パンを販売していたが、給料が上がらないので、パンドール中島店の店長に応募しようと思っている。

2　日本人女性、22歳。大学４年生になり、午前中は毎日授業がないので、週３日パン製造のアルバイトをしようと思っている。

3　中国人女性、29歳。日本人男性と結婚して、パンドール中島店の近くに住むことになった。日本語はできるが、夫以外とはしゃべるとき緊張するので、販売の仕事は難しい。パン製造の仕事ならあまりしゃべらなくてもできそうなので、アルバイトしたい。何曜日の何時でもいい。

4　日本人男性、40歳。大学を出てからずっとパン製造・販売会社の経理をしていたが、その会社が倒産したので、パンドール中島店の店長に応募しようと思っている。

店長さん・アルバイトさん募集
パンドール中島店

募集

● 店長　1名（男女不問。ただし、パン販売店で1カ月以上の職務経験があること。店長経験者優遇。35歳以上〈35歳未満の方でも相談可〉）

＊ 研修期間（2週間、参加必須）終了後、採否を正式に決定します。

● パン製造　若干名（男女、年齢、経験不問、パン作りに興味のある人）

＊ いままでパンを作ったことのない人でも大丈夫です。
＊ 店長と同時に応募も可。

勤務地

パンドール中島店（太田市中島町6－2－1ムーンスーパー1F）

勤務時間

● 店長　週休2日（好きな曜日に休みを設定できます〈土日を除く〉）。
　　　　9：00～18：00

● パン製造　週3日勤務（好きな曜日を選ぶことができます）
　　　　　　5：00～11：00

応募方法

　パンドール本店（〒200-5200新井市紅葉町3－2－1朝日ビル6F、TEL　0488-26-5831）に写真貼付の履歴書と指定の応募用紙を郵送、または持参。ただし、郵送中の事故について、当店は責任を負いません。応募用紙はパンドール本店および中島店に置いてあります。

　店の場所については、ホームページ（http://www.panndoru.jp）に載っている地図を参照のこと。なお、メールでの応募は不可。

審査方法

1. 書類審査（提出していただいた履歴書などの書類は返却しません。）
2. 面接（日時については、こちらから電話にてご連絡します。）

採用通知

面接後、電話にてご連絡いたします（メールでの連絡はいたしません）。

＊　店へのお問い合わせはご遠慮ください。

その他

1. 店長・パン製造いずれも勤務中の制服は無料で貸与します。
2. 外国人の場合は、日本で合法的に就労できる身分であること、および業務に支障がない程度に日本語ができることを条件とします。

問題 13

下面是「PANDOLL中島店」招募店長、兼職人員的廣告。請從每題所給的4個選項（1·2·3·4）當中，選出最佳答案。

[翻譯]

招募店長、兼職人員
PANDOLL 中島店

招　募

● 店長　1名（男女不拘。但須有麵包店1個月以上的職務經歷。有店長經驗者給以優厚待遇。35歲以上〈未滿35歲者也可洽談〉）

　＊　受訓期間（2週、強制參加）結訓後將正式決定是否錄取。

● 麵包學徒　數名（不限性別、年齡、經驗。對麵包製作有興趣者）

　＊　從來都沒有製作麵包經驗的人也可以。
　＊　可同時應徵店長。

上班地點

PANDOLL中島店（太田市中島町6－2－1MOON超市1F）

上班時間

●店　　長　週休2日（可擇日休假〈六日除外〉）。
　　　　　　9：00～18：00
●麵包師傅　一週上班3天（可擇日）
　　　　　　5：00～11：00

應徵方法

將貼有照片的履歷表及規定的報名表郵寄或親自送到PANDOLL總店（〒200-5200新井市紅葉町３－２－１朝日大樓６Ｆ、TEL 0488-26-5831）。但郵寄過程中如發生問題，本店概不負責。PANDOLL總店及中島店均備有報名表。

店舖位置請參照官網（http://www.panndoru.jp）上的地圖。又，不可以e-mail應徵。

評選方法

１‧書面評選（繳交的履歷表等文件恕不歸還。）
２‧面試（日期時間將由本店致電聯絡。）

錄取通知

面試後將以電話聯絡（不以e-mail聯絡）。
＊　請勿到店面詢問。

其　他

１‧店長、麵包學徒上班時的制服將免費出借。
２‧外籍人士的應徵條件需有在日合法勞動身分，以及工作上溝通無障礙的日語能力。

▼ **68**--

68 鈴木先生想在 PANDOLL 中島店工作。在下列鈴木先生打算採取的行動當中，哪一個是錯誤的呢？

1 擁有在麵包工廠工作過一個月的經驗，所以想應徵店長。
2 如果沒有被錄用為店長會很困擾，所以也想應徵麵包學徒。
3 一個月要去醫院幾次，所以休假想休禮拜一和禮拜四。
4 擔心資料會遺失，所以應徵資料想自己拿過去。

［解題］

這一大題是「資訊檢索」，考驗考生能否從圖表（傳單、廣告、公告等）找到解題需要的資訊。

這一題要特別注意題目問的是「間違っている」（錯誤的），可別選到正確敘述的選項了。最快的作答方式是直接從選項敘述中抓出關鍵字，回到海報裡面找出我們要的資料，再對照是否符合原文所設定的條件。利用這個方法可以得到以下這張表：

選項	關鍵字	對應項目	內容	是否符合
1	店長、応募	募集 （店長）	男女不問。ただし、パン販売店で１カ月以上の職務経験があること。店長経験者優遇。35 歳以上 <35 歳未満の方でも相談可 >	×
2	パン製造、応募	募集 （パン製造）	① 男女、年齢、経験不問、パン作りに興味のある人 ② いままでパンを作ったことのない人でも大丈夫です ③ 店長と同時に応募も可	○
3	休み	勤務時間	① 店長：週休２日（好きな曜日に休みを設定できます＜土日を除く＞）。9：00 ～ 18：00 ② パン製造：週３日勤務（好きな曜日を選ぶことができます）5：00 ～ 11：00	○
4	応募書類	応募方法	パンドール本店に写真貼付の履歴書と指定の応募用紙を郵送、または持参	○

❶ 選項１這個選項提到鈴木先生有在「パン工場」工作一個月的經驗，所以想要申請店長職位。但是，廣告要求是必須在「パン販売店」有一個月以上的職務經驗。由於「パン工場」和「パン販売店」是不同的工作環境，這裡有明顯的條件不符。因此，這是一個錯誤的行動選擇。

❷ 選項２廣告中明確提到了店長和「パン製造」職位的申請者可以同時申請，這表明鈴木先生的這一行動是被允許的。因此，這一選項是正確無誤的行動選擇。

❸ 選項３廣告中提到店長職位的工作日可按個人偏好設定（土日除外），因此鈴木先生想在週一和週四休息的想法是符合廣告條件的。所以這個行動選擇也是正確的。

❹ 選項４這個選項中提到鈴木先生想要親自攜帶申請文件前往，這是符合廣告中提到的「持參」這一申請方法的。因此，這是一個合理的行動選擇。

綜上所述，只有選項１是不符合廣告要求的行動選擇。

答案：1

69 以下 4 個人當中，不符合這項徵人條件的是誰呢？

1 日本人男性，34 歲。曾在 PANDOLL 中島店的競爭對手——中島烘焙屋銷售麵包
5 年，由於沒有加薪，所以想應徵 PANDOLL 中島店的店長。

2 日本人女性，22 歲。升上大學 4 年級，由於每天上午都沒課，所以一週想兼職
麵包學徒 3 天。

3 中國人女性，29 歲。和日本男性結婚，住在 PANDOLL 中島店附近。雖然會日語，
但是和丈夫以外的人說話時會緊張，所以難以從事銷售工作。製作麵包的工作似
乎不太需要與人交談，所以想兼職工作。星期一到日的任何時段都可以上班。

4 日本人男性，40 歲。大學畢業後一直從事麵包生產銷售公司的會計，由於該公
司倒閉，想要應徵 PANDOLL 中島店的店長。

[解題]

選項 1 這位日本人男性具有麵包銷售經驗，因此符合店長職位的應徵條件。廣告中
提到「35歲以上〈35歲以下的人也可商議〉」，因此即使他只有34歲，也是可以應
徵的。因此，這個選項是符合應徵條件的。以下是他本身的條件、需求和海報的對照
結果：

❶

本身條件、需求	對應內容	是否符合
日本人	無	○
男性	男女不問	○
34 歲	35 歲以上 <35 歲未滿の方でも相談可 >	○
中島ベーカリーで 5 年間パンを販売していた	パン販売店で 1 カ月以上の職務経験があること	○

選項 2 這位日本人女性對於不限男女、年齡、經驗的麵包製造職位感興趣。廣告中
提到麵包製造職位是「男女、年齡、經驗不問」，她的情況符合這些條件。因此，這
個選項也是沒有問題的。以下是她本身的條件、需求和海報的對照結果：

❷

本身條件、需求	對 應 內 容	是否符合
日本人	無	○
女性	男女、年齢、経験不問	○
22 歲	男女、年齢、経験不問	○
午前中は毎日授業がないので、週 3 日アルバイトをしようと思っている	週 3 日勤務 （5：00 〜 11：00）	○

選項 3 這位中國人女性，根據廣告中的條件「外國人的情況下，需要在日本合法工作的身分，以及能夠在業務上不造成困擾的日本語能力」，她滿足這些要求。因為她已經與日本人結婚，很可能已經擁有在日本合法工作的身分，而且她也能說日文，雖然和除了丈夫以外的人說話時會緊張，但對於製造麵包的工作而言，這並不構成障礙。以下是她本身的條件、需求和海報的對照結果：

3

本身條件、需求	對應內容	是否符合
中国人	外国人の場合	○
女性	男女、年齢、経験不問	○
29 歳	男女、年齢、経験不問	○
日本人男性と結婚して	日本で合法的に就労できる身分であること	○
日本語はできる。パン製造の仕事ならあまりしゃべらなくてもできそう	業務に支障がない程度に日本語ができること	○
何曜日の何時でもいい	週 3 日勤務（好きな曜日を選ぶことができます）5：00 ～ 11：00	○

選項 4 這位日本人男性有一個地方不符合應徵條件，那就是他從事的是「會計」工作，負責財務管理，這和公司要求的「麵包銷售」經驗不符，因此不符合應徵條件。正確答案是 4。以下是他本身的條件、需求和海報的對照結果：

4

本身條件、需求	對應內容	是否符合
日本人	無	○
男性	男女不問	○
40 歳	35 歳以上 <35 歳未満の方でも相談可 >	○
大学を出てからずっとパン製造・販売会社の経理をしていた	パン販売店で 1 カ月以上の職務経験があること	×

答案：4

》》 重要單字

□ 競合（競爭）
□ ベーカリー（烘焙屋，麵包店）
□ 経理（會計事務）
□ 倒産（倒閉，破產）
□ 不問（不拘）

□ 優遇（優厚待遇）
□ 必須（必須，必要）
□ 採否（錄用與否）
□ 若干（數〈名〉，若干）

□ 責任を負う（負責）　　□ 貸与（出借）
□ 返却（歸還，退還）　　□ 支障（障礙）

>>> 補充知識---

□ 源自於葡萄牙語的語詞

　　日本には、1543 年に鉄砲、1549 年にキリスト教が伝来しました。日本と西洋との本格的な接触の幕開けです。当時、日本に来る西洋人はポルトガル人とスペイン人（合わせて「南蛮」と言った）が主でした。この二国の言葉から借用された語彙は、日本語の中では漢語に次いで古い外来語なので、既に外来語という感じが薄れ、漢字や平仮名表記の方が普通になっているものもあります。

　　日本於西元 1543 年傳入槍砲，西元 1549 年傳入基督教。這為日本和西洋的正式接觸揭開了序幕。當時前來日本的西洋人主要為葡萄牙人和西班牙人（兩者合稱為「南蠻」）。從這兩國語言借用的詞彙，在日語當中是僅次於漢語的古老外來語，所以外來語的感覺已經變得很薄弱，其中甚至也有一些詞彙比較常寫成漢字或平假名。

常見表記	其他表記	原　文	意　思
カステラ		Pão de Castelha	焼き菓子の一種。 烘焙點心的一種。蜂蜜蛋糕。
合羽	カッパ	capa	雨天用の外套の一種。 雨天用的一種外套。雨衣。
歌留多	カルタ	carta	カードゲーム。特にいろはがるたと歌がるたを指すことが多い。 紙牌遊戲。特別是指伊呂波紙牌和百人一首紙牌。
金平糖	コンペイトー	confito	球状で、たくさんの突起がある砂糖菓子の一種。 一種球狀糖果，表面有很多突起物。
襦袢		gibão	和服用の下着。日本のものである上、通常漢字で書くため、日本人の多くが西洋の言葉由来だとは知らない。 和服的襯衣。由於是日本的東西，再加上通常寫成漢字，所以大多數日本人都不曉得這是自西洋傳入的語詞。

煙草 <small>タバコ</small>	タバコ	tabaco	植物の名、またその植物の葉を加工 した嗜好品。 植物名，或是用該植物的葉子加工製 成的嗜好品。菸草。香菸。
チャルメラ		chara -mela	木管楽器の一種。屋台のラーメン屋 がよく使う。なお、言葉はポルトガ ル語由来だが、現在日本で使われて いる楽器は中国由来のもの。 木管樂器的一種。拉麵攤經常使用。 此外，這個單字雖然借字於葡萄牙 語，但現在日本所使用的樂器是從中 國傳來的。蕭姆管。
パン		pão	小麦粉を発酵させて焼いた食品。 以麵粉發酵烘焙而成的食品。麵包。
ボーロ		bolo	丸くて小さい焼き菓子の一種。 一種球狀小餅乾。
ミイラ		mirra	死体が腐敗せずに元に近い状態を保っ ているもの。なお、慣用的に「ミーラ」 ではなく「ミイラ」と書く。 不會腐壞且幾乎能保持生前狀態的屍 體。又，習慣上寫成「ミイラ」而不 是「ミーラ」。木乃伊。

Track N1-12

問題8

次の文章を読んで、後の問いに対する答えとして、最も良いものを1・2・3・4から一つ選びなさい。

(1)

　就職支援を行う「内定 (注) 塾」では今年、入塾者数が昨年の200人から700人に大幅に増えた。同塾の柳田将司さんは、早く内定を取れる学生と、いつまでも内定の取れない学生の差をこう指摘する。「いかに早い段階で企業選びの着眼点を
5 『社名』から『やりがい』や『大切にする価値観』に移行できるか。30歳になったとき、自分はこうありたい。それを実現できる企業を探すのが、本来の企業選びなんです」

『親子が知らない「いい会社」55 社』

(注) 内定：正式な発表の前に実質的な決定をすること、特に、企業が内密に採用の
　　意志表示をすること

46

柳田将司さんがここで最も言いたいことは何か。

1　内定塾に来れば、早く内定が取れる。

2　企業を選ぶ上で重要なのは、企業の将来性である。

3　自分の将来像を実現できる企業を選ぶことがあるべき
　　企業選びのかたちである。

4　『やりがい』や『価値観』よりも『社名』に注目するべ
　　きである。

（2）

　岩波文庫 （注） は古今東西の古典の普及を使命とする。古典の尊重すべきは言うまでもない。その普及の程度は直ちに文化の水準を示すものである。したがって文庫出版については敬虔なる態度を持し、古典に対する尊敬と愛とを失ってはならない。私は及ばずながらもこの理想を実現しようと心がけ、一般単行本に対するよりも、さらに厳粛なる態度をもって文庫の出版に臨んだ。文庫の編入すべき典籍の厳選はもちろん、編集、校訂、翻訳等、その道の権威者を煩わして最善をつくすことに人知れぬ苦心をしたのである。

（岩波茂雄『岩波文庫論』）

（注）文庫：本を集めてしまっておくところ、また、小型の本のシリーズ名にも使われる

47

筆者はどのような考えで岩波文庫を出版しているか。

1　価値ある古典を広めんがため、謙虚な態度をもって微力を尽くしたい。

2　古典は売れないけれども、文化の水準を高めるために貢献したい。

3　文庫にどんな古典を収録するかがもっとも重要である。

4　編集、校訂、翻訳等を専門家にやってもらえれば、岩波文庫はもっとよくなるのだが。

Track N1-14

（3）

　昨年のいつ頃だったかな、（中略）ホームに派手なピンクのカタマリのごとき車両が進入してきたときの驚きは忘れられない。

　車体の前面にいわゆる、「萌え」系の「美少女」たちがお
5　もにピンク色のコスチュームにて狂喜乱舞しているところが描かれた車体広告なのだった。

　いい歳した大人としては目にするのも、乗り込むのも、何となく恥ずかしい車両だった。

　これが秋葉原 (注) の中だけを走り回るバスかなんかだった
10　ら、べつだん何の文句もないけれど、ＪＲや地下鉄には様々な趣味趣向の持ち主が乗り込むわけである。

『サンデー毎日』

（注）秋葉原：東京都内にある電気製品の商店街、近年は「オタク」の街としても著名

筆者がここで最も言いたいことは何か。

1 派手なピンクの車両に乗り込むとき、狂喜乱舞するか
　のごとく胸が高鳴った。

2 広範囲を運行する公共交通機関は、乗客によっては当
　惑するような車体広告を描くべきではない。

3 様々な趣味趣向の人がいるから、車体広告をどのよう
　にしようと自由である。

4 「美少女」が描かれた車体は、どんな年代の人にとって
　も恥ずかしくはあるが、喜ばしいものである。

Track N1-15

（4）

　花園のたとえ話が示すように、社会の中で言語がどのように使われるべきかということを計画することもある程度必要になってくるのだが、これは言語政策と呼ばれている。言語学者の中には言語を人為的（じんいてき）に計画したり操作したりすることは不可能で、自然の流れに任せるしかないと考える人も多くいる。しかしながら、言語は社会の中において存在していることを考えると、程度の差はあれ、何らかの言語政策が行われていることも事実だ。その多くは、言語の構造、あるいは言語の使用について影響を与えるものである。

（東照二『バイリンガリズム』）

49

筆者がここで最も言いたいことは何か。

1　言語の使用を人為的に計画することはある程度必要だが、不可能である。

2　社会の中で使われる言語は言語政策によるべきである。

3　社会の中に存在している言語を操作する必要はない。

4　社会における言語の使用には、多かれ少なかれ人為が介在（かいざい）している。

問題8

請閱讀下列（1）～（4）的文章，並從每題所給的4個選項（1・2・3・4）當中，選出最佳答案。

▼ (1) ╱ **46**---

[翻譯]

　　經營就業輔導的「內定（注）補習班」，今年報名人數由去年的 200 人大幅增加為 700 人。該補習班的柳田將司先生對於很早就取得內定的學生，以及始終拿不到內定的學生，指出了二者的差別：「重點在於如何從一開始，就將選擇企業的著眼點，從『公司名稱』轉移到『工作成就感』與『重要的價值觀』。必須試想當自己 30 歲的時候，想要成為什麼樣的人。尋找能夠實現自我願景的公司，才是找工作的人在選擇公司時應有的態度。」

（《父母與孩子不知道的55間「好公司」》）

（注）內定：在正式公布前做出實質決定，特別是指公司內部已預先決定了錄用與否

46 柳田將司先生針對這個問題最想表達的是什麼呢？

1 來內定補習班就能早點取得內定。

2 選擇公司最重要的一點，就是公司的發展性。

3 選擇公司時應有的態度是選擇能實現自我願景的公司。

4 比起『成就感』和『價值觀』，更應該著眼於『公司名稱』才對。

[解題]

1　　選項1原文中並沒有直接表示，來「內定塾」就能早早得到內定，而且這個選項側重於描述內定塾的功效，而非柳田對於企業選擇的建議。

2　　選項2也並未直接反映文章中的討論重點。雖然企業的未來發展可能是求職時考慮的因素之一，但本文中柳田更強調個人的未來理想，與找尋能夠幫助實現這些理想的企業。

3　　選項3最直接地反映了文章中，柳田將司先生所強調的核心觀點。柳田將司先生指出，成功的求職者能夠早期從注重 "公司名稱" 轉變為關注 "工作滿足感" 與 "重視的價值觀"。也就是說求職者應該應選擇，能夠實現自己未來願景的公司。

4 選項 4 與文章主旨完全相反。柳田明確指出，應該從關注 "公司名稱" 轉變為關注 "工作滿足感" 與 "重視的價值觀"。

答案：3

>> 文法說明 --

○ 上で

例句	漢字は中日両国を結ばせる上で大いに役立っている。 漢字對中日兩國的連結，起了很大的作用。

解說 表示後項問題所產生的範圍。相當於「…面で」。中文意思是：「在…方面」、「關於…」。

>> 重要單字 --

□ 内定（內定）　　　　　　　□ 着眼点（著眼點，觀點）

□ 大幅（大幅度）　　　　　　□ やりがい（意義，值得去做的價值）

□ 指摘（指出）　　　　　　　□ 移行（轉移）

□ いかに（如何地）

>> 補充單字 --

職業、事業／職業、事業

01｜跡継ぎ
後繼者；後代

02｜受け継ぐ
繼承，後繼

03｜家業
家業；(謀生的)職業

04｜ガイド【guide】
導遊；指南

05｜犠牲
犧牲；(為某事業付出的)代價

06｜給仕
伺候(吃飯)；服務生

07｜教職
教師的職務；(宗)教導信徒的職務

08｜警部
警部(日本警察職稱之一)

09｜家来
(效忠於君主或主人的)家臣；僕人

10｜サイドビジネス【(和)side+business】
副業，兼職

11｜事業
事業；(經)企業

12｜実業
產業，實業

□ 派生語是什麼呢？──接上接頭辭、接尾辭的語詞

▪ 接頭語のつく派生語：いつも単語の「前」につく

接上接頭辭的派生語：一般放在語詞的「前面」

詞 性	單 字
名詞	お天気（天氣）、ご恩（恩惠）、ご苦労（辛苦）、す足（光腳）、ま四角（正方形）、ま昼（正中午）、み心（心情）、お茶（茶）
動詞	うちあげる（發射）、さしひかえる（節制）、そらとぼける（裝糊塗）、ひきはがす（撕下）、たなびく（〈煙霧〉繚繞）
形容詞	おめでたい（可喜的）、か弱い（柔弱的）、こ高い（略微高起的）、すばやい（敏捷的）、そら恐ろしい（莫名害怕的）、ま新しい（嶄新的）
形容動詞	お元気だ（有精神）、こぎれいだ（相當乾淨）、ごりっぱだ（出色）、大好きだ（最喜歡）

▪ 接尾語のつく派生語：いつも単語の「後」につく

接上接尾辭的派生語：一般放在語詞的「後面」

詞 性	單 字
名詞	暑さ（熱氣）、厚み（厚度）、先生がた（老師們）、田中さん（田中先生）、眠け（睡意）、ぼくたち（我們）、私ども（我們）
動詞	汗ばむ（微微出汗）、学者ぶる（擺出學者架子）、苦しがる（感到痛苦）、高める（提高）、春めく（春意盎然）
形容詞	油っこい（油膩的）、重たい（沉重的）、男らしい（有男子氣概的）、子どもっぽい（幼稚的）、捨てがたい（難以捨棄的）
形容動詞	おあいにくさまだ（真不巧）、先進的だ（先進的）

▼ **(2) ／ 47**--

[翻譯]

　岩波文庫（注）將推廣自古至今國內外的經典之作視為使命。經典之作必須受到尊重自然不在話下，而普及的程度即是反映出社會的文化水準。因此對於文庫系列的出版，必須秉持虔敬的態度，不可忘卻對經典之作的尊敬及珍愛。儘管敝人才疏學淺，仍將致力於實現這個理想，並以出版一般的單行本時，更為嚴肅的態度面對文庫版。從精選應納入文庫系列的典籍，乃至於編輯、校訂、迻譯諸項作業均央託各該領域之權威人士鼎力相助，殫精竭慮，以盡至誠。

（岩波茂雄《岩波文庫論》）

（注）文庫：收集並收藏書的地方，此外也使用於小開本的系列名稱

47 作者是依據何種理念出版岩波文庫的呢？

1 為了推廣有價值的經典之作，抱持謙虛的態度願盡棉薄之力。
2 經典之作雖然銷量不佳，但為提升文化水準希望有所貢獻。
3 文庫最重要的是收錄什麼樣的經典之作。
4 若能請到專家來做編輯、校訂、翻譯等事務，岩波文庫就能編得更好。

[解題]

1 選項1最準確地捕捉了筆者對於岩波文庫出版的核心態度和目的，即出於對古典文學的尊重和珍愛，以及提升文化水準的宏偉使命，謙虛地貢獻自己的微薄之力。

2 選項2雖然觸及了提升文化水準的想法，但文章中並沒有明確提到古典文學的銷售狀況不佳，因此該選項未能準確反映文章的主旨。

3 選項3確實選擇合適的典籍對於出版岩波文庫是一項重要的工作，但這並非文章所要表達的最核心觀點。筆者所強調的是整個出版過程中對品質的堅持和對古典的尊敬。

4 選項4這一選項偏離了文章的主要論點。文章中筆者明確表示已經在編輯、校訂、翻譯等方面付出了巨大的努力，而非暗示需要外部幫助來提升品質。

答案：1

○ は言うまでもない

例句	栄養バランスは言うまでもなく、カロリーもしっかり計算してあります。 別說是營養均衡了，就連熱量也經過精細的計算。

解說 表示前項很明顯沒有說明的必要，後項較極端的事例當然就也不例外。中文意思是：「不用說…（連）也」。

○ てはならない

例句	この悲惨な体験を決して忘れてはならない。 千萬不要忘記這個悲慘的體驗。

解說 禁止用法。表示有義務或責任，不可以去做某件事情。中文意思是：「不能…」、「不要…」。

○ ながらも

例句	情報を入手していながらも、活かせなかった。 手中雖然握有情報，卻沒能讓它派上用場。

解說 表示逆接。表示後項實際情況，與前項所預料的不同。中文意思是：「雖然…，但是…」。

○ はもちろん

例句	病気の治療はもちろん、予防も大事です。 疾病的治療自不待說，預防也很重要。

解說 表示一般程度的前項自然不用說，就連程度較高的後項也不例外。中文意思是：「不僅…而且…」、。

○ …んがため（に）／んがための

例句	浮気現場を押さえんがために、彼女を尾行した。 因為要當場捉姦而跟蹤她。

解說 表示目的。用在積極地為了實現目標的說法。中文意思是：「為了…而…（的）」。

○ をもって

> 例句 以上をもって、わたくしの挨拶とさせていただきます。
> 以上是我個人的致詞。

解説 表示行為的手段、方法、材料、中介物、根據、仲介、原因、進行的時間等；另外，表示限度或界線。中文意思是：「以此…」、「用以…」。

≫ 重要單字

- □ 古今東西（古今中外）
- □ 使命（使命，任務）
- □ 敬虔（虔敬）
- □ 持する（秉持，保持）
- □ 心がける（留心，銘記在心）
- □ 単行本（單行本）
- □ 厳粛（嚴肅，肅穆）
- □ 臨む（面臨，面對）

- □ 編入（編入，排入）
- □ 典籍（典籍，書籍）
- □ 厳選（嚴選，慎選）
- □ 校訂（校訂，訂正）
- □ 権威（權威，權勢）
- □ 煩わす（麻煩，煩擾）
- □ 最善をつくす（竭盡全力）
- □ 人知れぬ（不為人知的）

≫ 補充單字

文書、出版物 / 文章文書、出版物

01 | 写し
拍照；抄本

02 | 上書き
寫在（信件等）上（的文字）；（電腦用語）數據覆蓋

03 | 英字
英語文字（羅馬字）；英國文學

04 | 閲覧
閱覽；查閱

05 | 応募
報名參加；認購（公債，股票等）

06 | 箇条書き
逐條地寫，引舉

07 | 刊行
刊行；出版

08 | 季刊
季刊

09 | 敬具
（文）敬啟，謹具

10 | 掲載
刊登，登載

11 | 原書
原書；（外語的）原文書

12 | 原典
（被引證，翻譯的）原著，原典

13 | 講読
講解（文章）

14 | 購読
訂閱，購閱

15 | 参照
參照，參看

16 | 主題
（作品的）主題，中心思想

17 | 初版<ruby>初版<rt>しょはん</rt></ruby>
（印刷物）初版，第一版

18 | 書評<ruby>書評<rt>しょひょう</rt></ruby>
書評（特指對新刊的評論）

▸▸ 補充知識--

□ **遊戯：「古今中外」**

日本に「古今東西」、またの名を「山手線ゲーム」というゲームがあります。準備するものは何もなく、二人以上いたらすぐに始められる手軽な遊びです。

日本有種遊戲叫「古今中外」，又名「山手線遊戲」。不用準備任何東西，只要有兩個人以上就能馬上玩，十分簡單。

遊び方（玩法）：

① スタートの人と、その人からどちら周りで答えていくかを決めます。

（決定帶頭的人是誰，以及回答順序是要順時針還是逆時針。）

② スタートの人がテーマを決めて該当する答えを一つ言います。たとえば、「古今東西、山手線の駅の名前。東京」と始めます。テーマは、誰でもいくつか答えを思いつくものでなければなりません。答えの数に限りのあるテーマを選ぶとよいでしょう。一般には、何かの範囲のものの名前に決めます。

（帶頭的人決定好主題，並説出一個符合的答案。例如：「古今東西，山手線車站的名稱。東京」，就像這樣展開遊戲。主題必須是要大家都能想到好幾個答案的東西。最好是選擇答案有一定限數的主題。一般而言會選擇某個範圍的事物名稱。）

③ ほかの人も順番にテーマに合う答えを言います。たとえば、上に続けて「新宿」「渋谷」などと答えていきます。

（其他人輪流説出符合主題的答案。例如，承接上題可以回答「新宿」、「澀谷」等一直玩下去。）

④ テーマと合わない答えを言った人、テンポ良く答えられなかった人、前に出た答えをまた言ってしまった人は、負けです。負けた人に罰ゲームを課すこともあります。

（説出不符合主題的答案、沒掌握好回答速度、答案重複的人就算輸了。輸的人有時要接受懲罰。）

⑤ 別のテーマでまたやるときには、負けた人から始めることが多いです。

（如果要換主題繼續玩，通常會從輸的人開始。）

［翻譯］

忘了是去年的什麼時候，（中略）有輛簡直是一大團鮮豔粉紅色的搶眼列車駛進月台，至今我仍無法忘記當時的震驚。

車頭繪有所謂的「萌」系「美少女」們身穿粉紅色的造型服飾，全湊在一起狂喜亂舞的模樣，也就是所謂的車身廣告。

這輛車讓我們這把年紀的成年人不管是觀看還是搭乘，都有股說不上來的難為情。

如果這是僅限於在秋葉原（注）一帶行駛的巴士之類的交通工具，我倒不會發什麼牢騷，但是來搭乘ＪＲ和地下鐵的人，每個人都有其不同的興趣嗜好。

（《SUNDAY每日》）

（注）秋葉原：位於東京都內的電器製品商店街，近年以「御宅族」之街而聞名

48 作者最想表達的是什麼呢？

1 搭乘搶眼的粉紅色車廂時，心臟會如狂喜亂舞之時一樣怦怦直跳。
2 運行於廣域範圍的公共交通工具，其車身廣告不應使乘客感到難為情。
3 由於每個人的興趣嗜好各不相同，所以車身廣告可以自由發揮。
4 各個年齡層的人對畫有「美少女」的車身都覺得難為情，但也看得很開心。

［解題］

1 選項1完全誤解了文章的語境。文章中筆者並未表達對該車輛的興奮或喜悅，相反，他使用了「恥ずかしい」（難為情）表達了一種尷尬或不適感。

2 選項2直接反映了文章中，筆者對於公共交通車體廣告選擇的關切。透過描述一次在公共交通上遇見的「搶眼的粉紅色車廂」一輛以「萌系美少女」為主題的車輛，筆者提出了對現實中，此類廣告帶來的個人感受與社會考量。

3 選項3同樣不符合文章的論調。筆者正是基於「様々な趣味趣向の持ち主が乗り込む」（搭乘的都有其不同的興趣愛好）這一事實，提出了對於車體廣告應該更加謹慎選擇的見解。

4 選項4與文章中筆者的態度不相符。筆者對於車輛的描述並未表達出任何正面的評價，而是表達了一種對於該廣告可能對某些乘客造成不適的擔憂。

答案：2

○ 如き

| 例句 | 彼女は天使のごとき微笑で、みんなを魅了した。
她用宛如天使般的微笑，讓眾人入迷。 |

解說 好像、宛如之意，表示事實雖然不是這樣，如果打個比方的話，看上去是這樣的。形容「宛如…的…」。

▶▶ 重要單字

- □ 萌え（流行語，極端喜愛之心情）
- □ 系（某類型的統稱）
- □ コスチューム（衣飾）
- □ 狂喜乱舞（高興到忍不住跳舞）
- □ いい歳した（年紀不小的）
- □ 目にする（看）
- □ べつだん（〈後接否定表現〉特別，格外）

- □ 趣味趣向（興趣取向）
- □ 持ち主（擁有者，持有人）
- □ オタク（御宅族）
- □ 胸が高鳴る（〈因喜悅或期待而〉心臟怦怦跳）
- □ 運行（〈按一定路線〉行駛）
- □ 当惑（為難，困惑）
- □ 喜ばしい（開心的，可喜的）

▶▶ 補充知識

□ 「目に」開頭的慣用句

慣用句	意思	例句
目に余る （看不下去）	あまりにひどくてとても見ていられないほどである。 （實在是過分到讓人無法繼續觀看。）	あいつの横暴ぶりは、全く目に余る。 （那傢伙蠻不講理的樣子簡直讓人看不下去。）
目に浮かぶ （浮現眼前、想像得到）	実際に見ているように、頭の中に想像する。 （彷彿實際看到一般，在腦中想像。）	それを知ったら、彼は喜ぶだろうなあ。目に浮かぶよ。 （他如果知道那件事，應該會很開心吧？我能想像喔！）
目に角を立てる （怒目而視）	怒った目つきになる。 （眼神帶有憤怒。）	確かに悪かったのはこちらだけど、あんなに目に角を立てて怒ることはないと思うな。 （錯的確是出在我身上，但也沒必要對我怒目而視吧？）

目に付く （引人注目）	目立つ（悪いことについて使うことが多い）。 （顯眼〈通常用在做壞事上〉）	短所ばかりが目に付く。 （只有缺點引人注目。）
目に留まる （看見、注意到）	見える。注目される。 （看得到。被注意到。）	夢は、イケメンの大金持ちの目に留まって、玉の輿よ。 （我的夢想是被帥氣的超級有錢人注意到，飛上枝頭當鳳凰啊！）
目に見える （看見、歷歷在目）	はっきりしている。 （非常清楚。）	そんなことをしたら、怒られるのは目に見えているよ。 （你如果做了那樣的事，我已經可以想見你會被罵了。）
目に物見せる （讓…瞧瞧厲害）	ひどい目に会わせて、はっきり分からせる。 （讓對方嚐嚐苦果，使之徹底明白。）	今度という今度こそは、目に物見せてくれよう。（注：この場合の「くれる」は、自分が相手に与えるという意味で、相手を見下した言い方。） （下次我一定要讓你瞧瞧我的厲害。〈注：這裡的「くれる」是指自己要給對方苦頭，是瞧不起對方的說法。〉）

▼ **(4) ╱ 49**--

[翻譯]

　　如同以花園做譬喻一樣，語言在社會裡應有的使用方式，逐漸演變成在某種程度上需要予以規劃的狀況，稱之為語言政策。語言學家當中也有不少人認為，試圖透過人為的規劃或操縱語言是不可能的，只能順其自然發展。然而，語言存在於社會之中是不爭的事實，實際上仍有或多或少的語言政策正在推行。其中的多數政策，均會對語言的結構或是語言的使用方式造成影響。

（東照二《雙語》）

49 作者在此最想表達的是什麼呢？

1 雖然語言的使用有某種程度必須透過人為的規劃，卻是無法執行的。
2 社會上所使用的語言都應該要依循語言政策。
3 沒有必要去操縱存在於社會上的語言。
4 社會上的語言使用，或多或少都有人為的介入。

[解題]

1　　選項1將筆者的意見描繪成了一種悖論，而文章中筆者並未完全否定語言政策的可能性，反而認為它在某種程度上是現實且必要的。

2　　選項2過於斷然，且文章中筆者嘗試探索的是，語言政策的實際存在與其對社會語言使用的影響，而非提倡所有社會語言，應完全依賴政策規劃。

3　　選項3則直接與文章主旨相反。筆者雖然指出有語言學者認為，語言不應人為操作，但最終強調了實際上存在的語言政策與其重要性。

4　　選項4精準地捕捉了文章中筆者所強調的主題：即使語言學界內有人認為語言的發展應該自然流轉，不應人為干預，實際上社會中存在的語言政策已經在某種程度上對語言的構造和使用造成了影響。這種觀點不僅揭示了語言與社會之間復雜的相互作用，也指出了人類對語言進行指導和規劃的現實必要性。

|答案：4

○ **における**

> | 例句 | **中国における人口問題について会議を開きました。**
> 就中國的人口問題召開了會議。

> **解說**　表示事物存在的時間、地點、範圍、狀況、條件等。是書面語。口語一般用「で」表示。中文意思是:「在…」、「在…方面」。

○ **かれ…かれ**

> | 例句 | **あの二人が遅かれ早かれ別れることは、目に見えていた。**
> 那兩個人遲早都會分手,我早就料到了。

> **解說**　舉出兩個相反的狀態,表示不管是哪個狀態、哪個場合的意思。中文意思是:「或…或…」、「是…是…」。

□ たとえ話 (比喻)　　　　□ 人為的 (人為地)
□ 政策 (政策)

言語 / 語言

01|当て字
借用字;別字

02|一字違い
錯一個字

03|画
(漢字的)筆劃

04|片言
(幼兒,外國人的)隻字片語

05|漢語
中國話;音讀漢字

06|慣用
慣用,慣例

07|原文
(未經刪文或翻譯的)原文

08|語彙
詞彙,單字

09|語句
語句,詞句

10|語源
語源,詞源

11|字体
字體;字形

12|自動詞
(語法)自動詞

13|修飾
修飾;(文法)修飾

14|助詞
(語法)助詞

15｜助動詞
（語法）助動詞

16｜数詞
數詞

17｜姓名
姓名

18｜接続詞
接續詞，連接詞

19｜題する
題名；題字

20｜代弁
替人辯解，代言

21｜他動詞
他動詞，及物動詞

22｜直訳
直譯

23｜使いこなす
運用自如，掌握純熟

24｜綴り
裝訂成冊；拼字

➤➤ 補充知識 -

□ 英語原文是「ism」（イズム）結尾的外來語
這些外來語可以表示主義、思想、態度、裝置、活動等等。

日 語	英 語	意 思
アカデミズム	academism	學問藝術至上主義、學院風
エキゾチシズム	exoticism	異國情趣
エゴイズム	egoism	利己主義
ジャーナリズム	journalism	報導活動、報導機構、新聞界
センチメンタリズム	sentimentalism	多愁善感、感傷主義
ナショナリズム	nationalism	民族主義、國家主義、民粹主義
ナルシシズム	narcissism	自我陶醉、自戀
ヒューマニズム	humanism	人文主義、人道主義
マンネリズム	mannerism	千篇一律、毫無新意。常簡稱為「マンネリ」。
メカニズム	mechanism	機械裝置
リベラリズム	liberalism	自由主義

［讀解・第二回］

問題 9

次の文章を読んで、後の問いに対する答えとして、最も良いものを1・2・3・4
から一つ選びなさい。

(1)

　長年インタビューをしていて気づいたのは、“聞かれる側
の痛み”というものがあることです。①聞く側は、相手の痛
みに無関心になりがちです。

　おそらく、私も相手の痛みに気づかず、インタビューしな
5 がら知らず知らず (注1) 相手を苦しめたことがあったと思いま
す。聞く側は、“聞く”という目的だけを主眼にしているの
で、どうしても相手の痛みに気づきにくいのです。

　親が子どもに、教師が生徒にたずねるときも聞かれる側の
痛みが忘れられてきたのではないでしょうか。相手の痛みに
10 気づかず傷つけてしまえば、心を閉ざしてしまうかもしれま
せん。それで話が引き出せなくなるだけではなく、②人間不
信につながることもあるわけです。逆に、相手の痛みに過敏
になりすぎても、肝心な質問ができなくなることもありま
す。

15 　どちらにしても、質の高いインタビューをするには、相手
の痛みに気づかいながら、相手の気持ちにどのように入って
いくか、ここにポイントがありそうです。

ニュースキャスターの久米宏さん_{くめひろし}の鋭い切り込み_(注2)方には定評があります。テレビ独特の方法ですが、政治家にグイグイ切り込むことで、相手を慌てさせて本音を引き出しています。もちろん聞く対象によってテクニックは変えなければなりませんが、③どこまで聞けばいいのか、加減しながら行うのが大切なのです。

（久恒啓『伝える力』）

（注1）知らず知らず：意識しないうちに、いつの間にか
（注2）切り込む：刃物で深く切る意から転じて、鋭く問いつめること

50

　①聞く側は、相手の痛みに無関心になりがちと筆者が考える理由は何か。

1　聞く側は、"聞く"という目的を達成するために、相手の痛みに気づかないふりをするから

2　聞く側は、相手の気持ちよりも、自分の知りたい情報を聞き出すことを優先してしまうから

3　相手の痛みを気にしていたら、自分の知りたい情報を聞き出すという目的を達成することができなくなるから

4　相手が苦しもうが苦しむまいが、聞く側にとっては関係のないことだから

51

②<u>人間不信につながることもあるわけです</u>とはどういうことか。

1 インタビューを受ける人が心を傷つけられてしまうと、周囲の人を信じなくなることもあるということ

2 インタビューをする人が心を閉ざしてしまうと、相手の痛みに気づかず傷つけてしまうこともあるということ

3 インタビューをする人が心を閉(と)ざしてしまうと、インタビューを受ける人が周囲の人を信じなくなることもあるということ

4 インタビューをする側とされる側、双方が相手を信じられなくなることもあるということ

52

③<u>どこまで聞けばいいのか、加減しながら行うのが大切なのです</u>とあるが、ここで筆者が述べている考えに近いものはどれか。

1 相手の痛みに気づかえば、心に入っていけるので、質の高いインタビューをすることができる。

2 相手を慌てさせてグイグイ切り込んでいけば、インタビューは成功する。

3 質の高いインタビューをしたければ、久米宏の真似をすることである。

4 相手への思いやりを持ちつつも、いかに聞きたいことを追及していくかがインタビューの鍵である。

（2）

　活動の後には疲労の来るのは当然である。例を筋肉活動にとれば、筋肉が活動するときには、筋肉内で物が消費される。それは主として葡萄糖 (注1) である。葡萄糖は筋肉内で燃焼して、水と炭酸瓦斯とになり、その燃焼によって生ずる勢 力 (注2) が即ち筋肉の活動力となるのである。勿論葡萄糖が不足すれば、脂肪や蛋白質が勢力源となることもある。

　筋肉そのものは活動するときに、自身消耗することは極力避けているが、しかし幾分かは消耗がある。飛行機の発動機 (注3) はガソリンを消費して活動するのであるが、それが活動するときには、発動機そのものも幾分磨滅する。<u>筋肉は発動機でガソリンは葡萄糖に該当する。</u>

　筋肉の活動するとき葡萄糖が燃えて生ずる水や炭酸瓦斯は、筋肉活動には邪魔になるものであるから、直ちに血液によって運び去られる。又筋肉そのものの老廃物も同様である。

　すべて筋肉活動の結果、筋肉内にできて、筋肉活動の邪魔になるものを、一般に疲労素と総称する。この疲労素はできるに従って血流で運び去られるのであるが、一小部分は筋肉内に残るので、あまり続けて筋肉が活動すると、筋肉に疲労素が蓄積して、筋肉の働きは鈍くなってくる。筋肉をしばらく休息させると、疲労素は運び去られて、筋肉は快復するのである。

（正木不如丘『健康を釣る』）

(注1) 葡萄糖：生命活動のエネルギー源となる糖の一種
(注2) 勢力：ここでは「エネルギー」のこと
(注3) 発動機：エンジン

葡萄糖の役割として、本文に合致するのはどれか。

1　摂取すると、疲労快復に役立つ。

2　筋肉に必要な水と炭酸ガスになる。

3　筋肉活動に必要な勢力となる。

4　筋肉の消耗を防ぐことができるのは、葡萄糖だけである。

筋肉は発動機でガソリンは葡萄糖に該当すると言えるのはなぜか。

1　エネルギーを消費する機関とエネルギー源という関係が類似しており、機関そのものも多少は傷むという点も共通するから

2　エネルギー源と、それを疲労素に変える機関であることが類似しており、機関自体はそのまま維持されるという点も共通するから

3　ガソリンと葡萄糖はいずれも、発動機と筋肉にとってほかに代替のきかないエネルギー源であることが類似しているから

4　エネルギーを使って活動する機関と、エネルギーの供給源であるという関係が類似しており、機関そのものが傷んでもかまわないという点も共通するから

55

筋肉と疲労素の関係として、本文に合致しないものはどれか。

1　血液の流れは、筋肉内の疲労素を取り去るのに役立つ。

2　筋肉を続けて使い過ぎると、疲労素がたまるので筋肉
　　痛になる。

3　血液の流れがよければ、疲労素が筋肉内にいっさいた
　　まらないわけではない。

4　筋肉を使った結果、筋肉の中に生ずる水と炭酸ガスは、
　　疲労素の一種である。

Track N1-18

(3)

　①新製品の開発は、顧客ターゲット抜きには考えられない。つまり、誰に販売するかということである。「膳」の開発コンセプトが「和食に合うウイスキー」だとして、では、それを誰に売るのか、あるいは、飲んでもらうのか。それは

5　まさしく開発戦略の基本だ。

　「晩酌というか、食中酒として提案するわけですから、主として既婚の男性、もっといえば、家庭で日常的に晩酌習慣のある人が対象として考えられるわけです。年齢でいうと、三十代と四十代ということになりますね」と奥水はいう。

10　かといって、奥水自身が開発した「白角」など、同社にはすでに食中酒がある。それらを晩酌で楽しんでいる人たちが、「膳」に乗り換える (注1) というパターンでは、②市場創造につながらない。その点については、どう考えたのだろうか。

15　彼は、晩酌にビールを傾けている (注2) 人に、いきなりウイスキーを飲んでもらうのは、少し無理があるし、距離があると思った。③彼がターゲットにしたのは、むしろ晩酌に焼酎を傾けている層だ。

「たとえば、晩酌は焼酎、寝る前はウイスキーをたしなむ
20　といった人であれば、焼酎と同じ蒸留酒のウイスキーでも、
こんなおいしい食中酒がありますよ、と提案をするなら受け
入れられるのではないか、と考えたんですね。」

（片山修『サントリーの嗅覚（きゅうかく）』）

（注1）乗り換える：乗っていた乗り物を降りて別の乗り物に乗る意味から転じて、
　　　　　　　　　　今までの考えや習慣などを捨ててほかのものに換えること
（注2）傾ける：杯を傾けるところから、酒を飲む意味

56

　①新製品の開発は、顧客ターゲット抜きには考えられない
とはどういうことか。

1　新製品の開発で最も重要なのは、商品のコンセプトだ
　　ということ

2　新製品を開発する前に、顧客を増やす努力をすること
　　が先決だということ

3　特定の層に限定して新製品を開発することが、売り上
　　げを増やすよい方法だということ

4　誰に対して販売するかを明確にして開発することが、
　　開発戦略の基本だということ

57

②<u>市場創造につながらない</u>とはどういうことか。

1　晩酌習慣がある人はその習慣を決して変えようとはしないということ

2　食中酒ばかり開発していては、新しい顧客を獲得することができないということ

3　日常的に晩酌習慣がある人が増加するわけではないということ

4　ある会社の酒を飲んでいる人が、その酒をやめて同社の別の酒を飲むようになっても意味がないということ

58

③<u>彼がターゲットにしたのは、むしろ晩酌に焼酎を傾けている層だ</u>とあるが、彼の考えに近いものはどれか。

1　寝る前に焼酎を飲むより、ウイスキーを飲むほうが一般的だろう。

2　寝る前にウイスキーを飲む習慣がある人には、受け入れられるだろう。

3　晩酌に焼酎を飲む習慣がある人より、ビールを飲む習慣がある人のほうが多いだろう。

4　焼酎を飲む習慣がある人にとって、焼酎と同じ製法でできているウイスキーは受け入れやすいだろう。

問題 9

請閱讀下列（1）～（3）的文章，請從每題所給的 4 個選項（1・2・3・4）當中，選出最佳答案。

▼ **(1)**--

[翻譯]

　　由長年的訪談經驗中，我發現到一點，那就是有所謂的「被訪者的痛楚」，而①採訪方不大會關心對方的痛楚。

　　恐怕我也曾經沒察覺對方的痛楚，在不自覺中（注1）進行訪談，造成了對方的痛苦。由於採訪方只把重點放在「提問」這個目標上，所以很難發現到對方的痛楚。

　　當父母在詢問小孩、或老師在詢問學生時，是否也是忘了被問者的痛楚呢？要是沒留意到對方的痛楚，不小心傷害了他們，可能會使他們把心靈封閉起來。如此一來，不僅什麼都問不出來，②有時甚至會導致他們無法再相信其他人。相反地，假如過度考量對方的痛楚，有時將會造成無法問到關鍵。

　　不管是哪一種情形，若想做一場出色的訪談，關鍵恐怕在於如何在察覺到對方痛楚之下，深入對方的心情。

　　新聞主播久米宏先生犀利的追問（注2）方式廣受好評。當然，這是電視節目的獨特手法，藉由積極追問政治家，讓對方慌了陣腳，而引出他們的真心話。當然，依據受訪對象的不同，技巧也必須要改變，不過③重要的是，在採訪時必須看情形調整詢問的深度。

（久恒啟《傳達的力量》）

（注1）不自覺中：沒有意識的時候、不知不覺間
（注2）切入：以刀刃深深地切開，引申為犀利地逼問

[全文重點剖析]

這篇文章整體是在說明進行訪談時應該要留意的重點。各段落的主旨如下表所示：

第一段	作者指出採訪者不容易察覺到受訪者的痛楚。
第二段	承上段，其理由是採訪者只把重點放在詢問上。
第三段	點出無視受訪者痛楚可能會讓對方封閉心靈。相對的，太過在意對方的痛楚也會影響訪談。
第四段	出色訪談的重點就是要留意對方的痛楚並進入對方的心情。
第五段	話題轉到久米宏的訪談技巧。並指出訪談中最重要的就是詢問的尺度拿捏。

▼ (1) ／ 50 --

50 作者認為①採訪方不大會關心對方的痛楚的理由是什麼呢？

1 因為採訪這一方為了達成「提問」這個目的，會裝作沒注意到對方的痛楚

2 因為比起對方的心情，採訪方以問出自己想知道的資訊為優先

3 因為若是在意對方的痛楚，就沒辦法達成問出自己所需資訊的目的

4 因為不管對方痛不痛苦，對於採訪方來說都不關自己的事

[解題]

1 選項 1 提到聽方為了達成 "聽" 的目的，可能會假裝沒有注意到對方的痛苦。然而，文章中的論點並非是聽方故意忽視對方的痛苦，而是因為過於專注於聽的目的本身，從而難以察覺到對方的痛苦。

2 選項 2 直接對應文章中的核心論述，即因為聽方過於專注於達成 "聽" 這一目標，往往會忽略對方的感受。這一選項精確捕捉了文章想要傳達的信息：聽方之所以可能不關心對方的痛苦，是因為他們優先考慮的是獲取想要的信息。

3 選項 3 說明了如果聽方過度關注對方的痛苦，可能會阻礙達到其 "聽" 的目的。這個理由在文中沒有直接被提及。文章討論的是採訪方因專注於 "聽" 的目標而忽略了對方痛苦，而非採訪方因擔心加重對方痛苦而無法達成其目標。

4 選項 4 暗示了對方是否痛苦對採訪方而言是無關緊要的。這與文章的說法不符，文章指出採訪方往往因為過於專注於 "聽" 的目的，而非故意忽視對方的痛苦，這與選項 4 的含義存在本質區別。

|答案：2

▼ (1) ／ **51**---

> 51 ②有時甚至會導致他們無法再相信其他人是指什麼呢？

1 一旦受訪者的心靈受傷，就有可能會不再相信周遭的人
2 一旦採訪者封閉心靈，就有可能會沒注意到對方的痛楚而傷害對方
3 一旦採訪者封閉心靈，採訪者就有可能不再相信周遭的人
4 採訪者和受訪者都有可能會變得不信任彼此

［解題］

1　　選項 1 正確地反映了文章中討論的主題，即當採訪者未能充分關注受訪者的情感需求時，可能會無意中造成對方心理上的傷害，從而導致受訪者對周圍人產生不信任的心態。這種心理機制在文章中被描述為，採訪過程中忽略受訪者的痛苦可能導致的一種負面後果。

2　　選項 2 錯誤地將問題的焦點放在了採訪者身上，而文章中討論的是受訪者因被忽視的痛苦而可能閉鎖心房，進而對人產生不信任。

3　　選項 3 的表述同樣有誤，它混淆了採訪者與受訪者的角色及其心理反應，文章的核心在於採訪過程中，忽略受訪者的痛苦可能造成的負面影響。

4　　選項 4 提出了一種可能性，即採訪過程中雙方可能都會因為信任問題而受到影響，但文章主要討論的是採訪者，未能關注到受訪者痛苦，而導致受訪者心理受創，和對人產生不信任，而非雙方同時受到影響。

|答案：**1**

▼ (1) ／ **52**---

> 52 文中提到③重要的是，在採訪時必須看情形調整詢問的深度，下列何者和此處作者所闡述的想法最為接近？

1 只要留意對方的痛楚就能深入對方的心，可以完成出色的訪談。
2 讓對方慌了陣腳再積極地逼問，訪談就能成功。
3 如果想要有出色的訪談，就要模仿久米宏。
4 如何在體貼對方的情況下，追問出想知道的事情，這就是訪　談的關鍵所在。

[解題]

1　選項1儘管強調了對受訪者痛苦的察覺，但它忽略了訪談中追問的必要性，因此不完全符合筆者的主張。

2　選項2過於強調積極逼問的技巧，忽視了對受訪者感受的重視，因而與筆者想要傳達的平衡思想不符。

3　選項3僅提及了模仿久米宏的採訪風格，而未能全面反映文章中提到的對受訪者的關懷，與問題追問之間的平衡，這不足以概括筆者的整體觀點。

4　選項4是最貼近文章中筆者想要傳達的想法。這選項明確地反映了筆者認為進行質量高的訪談時，需要同時兼顧對受訪者的關懷與追求訪談目的的決心。這種平衡手法，不僅顯示了對受訪者的尊重，也能有效達成訪談的目標。

答案：4

>> 文法說明--

○ うが…まいが

| 例句 | 台風が来ようが来るまいが、出勤しなければならない。
不管颱風來不來，都得要上班。 |

| 解説 | 表示逆接假定條件。中文意思是：「不管是…不是…」、「不管…不…」。 |

○ にとって（は）

| 例句 | チームのメンバーにとって、今度の試合は重要です。
這次的比賽對球隊的球員而言，是很重要的。 |

| 解説 | 表示站在前面接的那個詞的立場，來進行後面的判斷或評價。中文意思是：「對於…來説」。 |

○ つつ（も）

| 例句 | 彼は酒を飲みつつ、月を眺めていた。
他一邊喝酒，一邊賞月。 |

| 解説 | 「つつ」是表示同一主體，在進行某一動作的同時，也進行另一個動作；跟「も」連在一起，表示連接兩個相反的事物。中文意思是：「一邊…一邊…」；「儘管…」、「雖然…」。 |

□ 無関心（不關心，不感興趣）
□ 気づかう（擔心；關懷）
□ 知らず知らず（不知不覺）
□ 切り込む（追問，逼問）
□ 主眼（重點，主要目標）
□ 定評（廣受好評）
□ 心を閉ざす（封閉心靈）
□ グイグイ（有力地〈進行…〉）
□ 人間不信（不信任他人）
□ 本音（真心話）
□ 過敏（敏感，過敏）
□ テクニック（技巧）
□ 肝心（重要，緊要）

▶▶▶ 補充單字

報道、放送 / 報導、廣播

01 | 映像
映像；（留在腦海中的）形象

08 | 中継
中繼站；轉播

02 | 公
政府機關；公共

09 | 特集
特輯，專輯

03 | 会見
會見，會面

10 | 反響
迴響；反應

04 | 参上
拜訪，造訪

11 | 報じる
通知；報答

05 | 取材
（藝術作品等）取材；（記者）採訪

12 | 報ずる
通知；報答

06 | 短波
短波

13 | 報道
報導

07 | チャンネル【channel】
（電視，廣播的）頻道

14 | メディア【media】
手段，媒體

▶▶▶ 補充知識

□ 與【愛恨、爭鬥】相關的單字

單　字	例　句
あいせき（愛惜） （愛惜）	父の愛惜していた本。 （父親所愛惜的書籍。）
うぬぼれ（自惚） （自戀）	自惚の強い男は嫌いだ。 （我討厭有自戀狂的男人。）

えんせい（厭世） （厭世）	かのじょ さいきん えんせいてき 彼女は最近、厭世的になっている。 （她最近有些厭世。）
かえりみる（顧みる） （關心；照顧）	かれ かてい かえり よゆう 彼は家庭を顧みる余裕がない。 （他沒有多餘的力氣去照顧家庭。）
きょうげき（挟撃） （夾撃）	ぜんご てき きょうげき 前後から敵に挟撃された。 （被敵人前後夾撃。）
けんお（嫌悪） （嫌惡）	ひとり おっと はげ けんお かん 一人よがりの夫に激しい嫌悪を感じた。 （我對自以為是的丈夫感到萬分厭惡。）
こうお（好悪） （好惡）	かれ なに たい こうお はげ 彼は何に対しても好悪が激しい。 （他不管對什麼都好惡分明。）
しこう（嗜好） （嗜好；喜好）	かれ しこう あ そのワインは彼の嗜好に合った。 （那瓶紅酒很合他的喜好。）
ぞうお（憎悪） （憎惡；憎恨）	せんそう ぞうお 戦争を憎悪する。 （我憎恨戰爭。）
ちょうろう（嘲弄） （嘲弄）	ぼんよう さっか ちょうろう 凡庸な作家を嘲弄する。 （嘲弄沒天分的作家。）
とがめる（咎める） （怪罪）	たにん しっぱい とが 他人の失敗を咎める。 （怪罪他人的失敗。）
はんもん（煩悶） （煩悶）	れんあいもんだい はんもん 恋愛問題で煩悶する。 （因戀愛問題而煩悶。）
ふんぬ（憤怒） （憤怒）	ふんぬ み かお 憤怒に満ちた顔。 （臉上充滿憤怒。）
もんちゃく（悶着） （爭執；糾紛）	じけん ひともんちゃく お この事件から一悶着起きた。 （因為這個事件引起糾紛。）

▼ **(2)**--

［翻譯］

　　活動過後感到疲勞是理所當然的。以肌肉活動為例，當肌肉活動時，肌肉的內部會消耗物質，這些物質主要是葡萄糖（注1）。葡萄糖在肌肉內部燃燒，變成水和二氧化碳，透過這個燃燒反應而產生的力量（注2），亦即所謂的肌肉活動力。當然，如果葡萄糖不足，脂肪和蛋白質就會成為力量的來源。

　　肌肉本身在活動時會極力避免自我消耗，但還是有一小部分會被消耗掉。比如飛機的發動機（注3）是靠消耗汽油來運作的，當它在運作時，發動機本身也會有部分磨損。肌肉就相當於發動機，而汽油就相當於葡萄糖。

肌肉活動時燃燒葡萄糖所產生的水和二氧化碳會干擾肌肉的活動，所以會立刻透過血液運送出去。另外，肌肉的老廢物質也是一樣。

　　所有肌肉活動的產物，也就是在肌肉內部生成，會干擾肌肉活動的東西，一般統稱為疲勞物質。這種疲勞物質在形成之後雖會藉由血液運送出去，不過有一小部分會留在肌肉內部；一旦長時間持續運動肌肉，疲勞物質會累積在肌肉裡，肌肉的效能就會變得遲鈍。讓肌肉暫時休息之後，疲勞物質會被運送出去，肌肉就恢復正常了。

（正木不如丘《促進健康》）

（注1）葡萄糖：作為生命活動能量來源的一種糖類
（注2）力量：這裡是指「能量」
（注3）發動機：引擎

[全文重點剖析]

　　這篇文章整體是在說明肌肉活動後產生疲勞的原理。各段落的主旨如下表所示：

第一段	說明肌肉的能量來源主要是燃燒葡萄糖。
第二段	指出肌肉活動時難免會消耗肌肉本身。
第三段	肌肉活動會燃燒葡萄糖，該產物會影響肌肉活動，所以會立刻透過血液運送出去。
第四段	承上段，這種產物（疲勞物質）會有一小部分留在肌肉內造成影響，若讓肌肉休息一陣子就又可以恢復正常。

▼ (2) ／ 53---

53　下列何者和原文提到的葡萄糖的作用最為一致？

1 一攝取就能幫助消除疲勞。
2 能成為肌肉必需的水和二氧化碳。
3 能成為肌肉活動必需的力量。
4 只有葡萄糖能防止肌肉的耗損。

[解題]

1　　選項1似乎提供了一種直覺上的好處——葡萄糖有助於疲勞恢復。然而，這一點雖然在生理學上有其合理性，卻未直接反映在文章的討論範疇內，即葡萄糖作為肌肉活動能量來源的具體作用。

2 　選項 2 將焦點放在了葡萄糖燃燒產物——水和二氧化碳上。雖然這些產物確實是葡萄糖燃燒的直接結果，但文章強調這些產物對於肌肉活動來說是副產物，需要被迅速清除，以避免對肌肉活動造成干擾，而非葡萄糖的主要作用。

3 　選項 3 恰如其分地捕捉了文章的核心信息。通過對葡萄糖在肌肉內燃燒過程的解析，文章明確指出了葡萄糖燃燒所產生的能量是支撐肌肉活動的關鍵。這一選項精確地反映了葡萄糖作為肌肉活動力的主要來源，符合文章所傳達的科學原理。

4 　選項 4 提出了葡萄糖在防止肌肉耗損方面的獨特作用。儘管葡萄糖對於肌肉活動至關重要，文章中並未直接討論葡萄糖能否單獨防止肌肉的耗損。事實上，文章指出肌肉在活動時自身會有所耗損，但這一過程並未被描述為可以通過葡萄糖攝取來完全避免。

答案： 3

▼ **(2)／54**--

54　為什麼可以說肌肉就相當於發動機，而汽油就相當於葡萄糖呢？

1 因為消耗能源的構造和能量來源的關係很類似，構造或多或少都會稍有損害這點也雷同。

2 因為能量來源和把能量來源變成疲勞物質的構造相似，構造本身可以維持原貌這點也雷同。

3 因為汽油和葡萄糖對發動機和肌肉來說都是不可取代的能量來源，這點很類似。

4 因為使用能量進行活動的構造和能量供給源的關係很類似，構造本身即使稍有損害也無妨這點也雷同。

[解題]

1 　選項 1 精確地反映了文章中對於肌肉和發動機之間類比的描述。文中明示了肌肉在活動時消耗葡萄糖產生能量，與飛機發動機消耗汽油以驅動的過程相似，兩者均在此過程中會遭受一定程度的耗損，從而建立起一個明晰的類比關係。

2 　選項 2 未能正確捕捉文中論點。文章指出，雖然活動過程中會產生疲勞物質，但這不代表機構（肌肉或發動機）能完全保持不變，反而都會有所耗損。

3 　選項 3 忽略了文章中提到的能量來源可被替代的事實。實際上，文章中提及在葡萄糖不足時，脂肪和蛋白質也能作為能量來源，顯示了能量來源的多樣性。

4 　選項 4 則錯誤地假設了肌肉或發動機在活動時耗損是可接受的，而文章實際上是指出肌肉和發動機在避免自我耗損的同時，仍難免會有所耗損。

答案： 1

55 關於肌肉和疲勞物質的關係，下列何者和原文不吻合呢？

1 血液的流動可以幫助除去肌肉內部的疲勞物質。

2 過度持續使用肌肉，就會堆積疲勞物質而造成肌肉疼痛。

3 並不是説只要血液流動順暢，疲勞物質就完全不會堆積在肌肉內部。

4 使用肌肉後的產物，也就是在肌肉當中產生的水和二氧化碳，都屬於疲勞物質。

[解題]

1 　選項 1 直接對應文章中提到的概念，表明血液流動有助於將肌肉中的疲勞物質清除，這與原文的描述是一致的。因此，這個選項並非「不合」原文的描述。

2 　選項 2 則未在原文中直接提及。原文著重於說明疲勞物質累積會影響肌肉的功能，但並未將疲勞物質直接與肌肉痛這一具體症狀相連接，因此這是一個不符合原文描述的選項。這是正確答案。

3 　選項 3 亦與原文相吻合，因為文章確實指出，即便血液流動將一部分疲勞物質運走，但仍有小部分會在肌肉中殘留。

4 　選項 4 也正確反映了原文中對於疲勞物質定義的描述，說明在肌肉活動過程中，產生的水和二氧化碳被視為疲勞物質的一部分。

|答案： 2

➤➤ 文法說明

○ によって／により

例句	その村は、漁業によって生活しています。 那個村莊，以漁業為生。

解說 　表示所依據的方法、方式、手段。「により」大多用於書面。相當於「が原因で」。中文意思是：「根據…」、「按照…」。

○ にしたがって／にしたがい

例句	季節の変化にしたがい、町の色も変わってゆく。 隨著季節的變化，街景也改變了。

解說 　前面接表示人、規則、指示等的名詞，表示按照、依照的意思。中文意思是：「依照…」、「按照…」、「隨著…」。

▶▶ 重要單字

- ☐ 疲労（疲勞，疲乏）
- ☐ 葡萄糖（葡萄糖）
- ☐ 燃焼（燃燒）
- ☐ 炭酸瓦斯（二氧化碳）
- ☐ 生ずる（產生）
- ☐ 脂肪（脂肪）
- ☐ 蛋白質（蛋白質）
- ☐ 消耗（消耗，耗費）
- ☐ 極力（極力，盡可能）

- ☐ 磨滅（磨損）
- ☐ 該当（相當，符合）
- ☐ 老廃物（老廢物質）
- ☐ 総称（統稱）
- ☐ 蓄積（累積）
- ☐ 摂取（攝取）
- ☐ 類似（類似，相似）
- ☐ 傷む（損壞）
- ☐ 代替（取代）

▶▶ 補充單字

スポーツ / 體育運動

01｜あがく
掙扎；手腳亂動

02｜極める
查究；到達極限

03｜結束
捆綁；團結

04｜逆立ち
（體操等）倒立；顛倒

05｜更なる
更

06｜修行
修（學），練（武）

07｜じっとり
濕漉漉，濕淋淋

08｜すばしっこい
動作精確迅速

09｜宙返り
（在空中）旋轉，翻筋斗

10｜追放
流逐，驅逐（出境）

11｜鉄棒
鐵棒；（體）單槓

12｜道場
道場；教授武藝的場所

13｜土俵
（相撲）摔角場；緊要關頭

14｜引きずる
拖；硬拉著走

15｜びっしょり
溼透

16｜フォーム【form】
形式；（體育運動的）姿勢

17｜復活
復活；恢復

18｜負かす
打敗，戰勝

19｜跨がる
（分開兩腿）騎；跨越

20｜見失う
迷失，看不見

□ **【接續詞】是什麼呢？**——用來連接兩個短語或句子的語詞

例：だから→今日は快晴だ。だから、ピクニックに行こう。

（所以→今天天氣晴朗。所以野餐去吧！）

作　用	用　法	單　字
順接（順接）	A（原因、理由）→ B（結果、結論） A（原因、理由）→ B（結果、結論）	それで、そこで、だから、 　因而　　於是　　所以 すると、したがって 　結果　　因此
逆接（逆接）	A←→B（逆） A←→B（相反）	だが、けれども、しかし、 　但　　可是　　然而 ところが、だけど… 　但是　　不過
說明、補足 （說明、補充）	A←B（説明、補足） A←B（説明、補充）	つまり、すなわち、なぜなら、 　即是　也就是説　原因是 ただし、もっとも… 　可是　話雖如此
添加（添加）	A＋B（付け加える） A＋B（附加）	そして、それに、しかも、なお… 　還有　再加上　而且　　又
並立（並立）	A、B（並べる） A、B（排列）	また、および、ならびに 　另外　以及　　及
転換（轉換）	A→B（話題を変える） A→B（轉換話題）	さて、ところで、では、ときに… 　且説　可是　那麼　是説
対比、選択 （對比、選擇）	A、B（どちらかを選ぶ） A、B（從中擇一）	それとも、あるいは、または、 　還是　　或者　　抑或是 もしくは… 　或

▼ (3)---

[翻譯]

①新產品的開發必須考慮到客群。也就是説，要販售給誰。「膳」的開發概念是「適合日式料理的威士忌」，那麼，要將它賣給誰呢？或是説，想請誰來喝呢？這的確就是開發戰略的基本。

「提案的概念是晚餐時喝的酒，或者説是餐中酒，所以主要是針對已婚男性，進一步來説，亦即以平時在家有晚上喝酒習慣的人為對象」，奧水如是説。

雖説如此，但該公司已經有餐中酒的產品了，像是奧水親自開發的「白角」等等。即使讓這些在晚餐享受品酒之樂的客群，改變習慣換成（注1）喝「膳」，這樣的銷售模式②無法開拓市場客源。關於這點，他有什麼看法呢？

他認為，若要原本晚上往杯裡倒（注2）啤酒的人，突然改喝威士忌，不但有些勉強，也不太容易接受。③於是他將客群鎖定為在晚餐喝燒酒的族群。

「我的想法是，若是向原本晚餐喝燒酒、睡前愛好威士忌的人提議『和燒酒同為蒸餾酒的威士忌，也出了一支好喝的餐中酒喔！』也許他們比較容易接受。」

（片山修《三多利的嗅覺》）

（注1）改換：從原本搭成的交通工具下來，換搭別的交通工具。從這個意思引申為捨棄以往的想法和習慣，培養其他的想法和習慣
（注2）倒：從傾注酒杯的概念，引申為飲酒之意

[全文重點剖析]

這篇文章整體是在説明開發新產品時最重要的就是設定客群。各段落的主旨如下表所示：

第一段	直接破題點明新產品的開發一定要想到販售的對象。
第二段	借由開發者奧水的一番話帶出「膳」這支威士忌的販售對象。
第三段	承上段，作者點出客群設定的疑點。
第四段	指出奧水對於客群設定的想法。
第五段	進一步説明奧水是如何鎖定客群的。

▼ (3)／**56**---

|56| ①新產品的開發必須考慮到客群指的是什麼呢？

1 開發新產品最重要的就是商品的概念
2 開發新產品之前的先決條件就是要努力增加顧客
3 鎖定特定族群再開發新產品，才是提升業績的好方法
4 弄清楚要賣給誰再來開發，是開發戰略的基礎步驟

[解題]

1 選項1將重點放在了產品概念的重要性上。雖然產品概念對於開發過程至關重要，但根據文章的脈絡，單獨強調產品概念，而不提及對目標顧客群的考量，並未能完全捕捉到文章想要傳達的核心訊息。

2 選項2提出了在開發新產品前先增加顧客的觀點。這一觀點雖然在某些商業策略中可能有效，但並非文章所強調的重點，文章更多著重於產品開發過程中對目標客群的識別與定位。

3 選項3雖然文中討論了目標顧客群的概念，特別提到針對有在晚餐喝燒酒習慣的已婚男性，但文章的焦點在於說明定位顧客群的重要性，並非直接聲明這是提升銷售的好方法。

4 選項4直接與文章開頭的陳述相呼應，凸顯了在產品開發階段確定"誰是購買者"這一基本問題的重要性。這不僅是開發戰略的基礎，也是整個市場策略成功的關鍵。

|答案：**4**

▼ (3)／**57**---

|57| ②無法開拓市場客源指的是什麼呢？

1 有在晚餐喝酒習慣的人絕對不會改變這種習慣的
2 只專注開發餐中酒是無法獲得新顧客的
3 平時有在晚餐喝酒習慣的人並不會增加
4 固定喝某家公司旗下的某支酒的人，即使不喝這支酒而改喝同一家公司的另一支酒，也沒有實質上的意義

在這篇文章中,透過對新產品開發策略的探討,作者深入剖析了如何在既有市場中創造新需求的重要性。通過提出具體的案例——即開發符合和食風味的威士忌「膳」,文章展示了如何透過精確定位來吸引不同消費者群體的策略。基於此,我們們來細緻審視各選項:

1 選項1提到了消費者不願改變其晚餐飲酒習慣的觀點。雖然人們的飲食習慣可能具有一定的穩定性,但文章的核心在於探討,如何通過新產品開發來吸引和轉變消費者的習慣,而非習慣本身的不可變性。

2 選項2關注於僅僅開發餐中酒不能吸引新客群的觀點。這一選項未能直接反映文章中對市場創造的討論,即透過開發針對特定消費者需求的產品來擴大市場。

3 選項3表達了日常晚餐飲酒習慣的人群,不會因為新產品的開發而增加的觀點。這一觀點雖然在某種程度上是合理的,但它未能捕捉到文章中關於如何透過新產品,來吸引原本可能不選擇威士忌,作為餐中酒的消費者的討論。

4 選項4恰如其分地體現了文章的核心訊息。它指出,將已有的餐中酒消費者轉移到同一家公司的另一款食中酒產品上,並不能真正擴大市場或創造新的需求。這一選項直接反映了文章中提出的挑戰,即如何透過新產品開發來創造市場,而不僅僅是在現有消費者基礎上做文章。

|答案: **4**

▼ **(3) / 58**--

58 文中提到③於是他將客群鎖定為在晚餐喝燒酒的族群,下列何者和他的想法最為相近?

1 比起睡前喝燒酒,喝威士忌比較常見吧?
2 有睡前喝威士忌習慣的人應該會接受吧?
3 比起晚餐習慣喝燒酒的人,喝啤酒的人比較多吧?
4 對於習慣喝燒酒的人來說,和燒酒製法相同的威士忌比較容易被接受吧?

[解題]

1 選項1提出了關於晚上飲用燒酒與威士忌普及度的假設,但這並非文章所強調的重點。文章的核心在於如何將新產品「膳」,介紹給已習慣於晚餐時飲用燒酒的消費者,而非比較燒酒與威士忌的普及度。

2 選項2涉及了對於已有晚上飲用威士忌習慣的人群的考慮,儘管這個群體可能對「膳」持開放態度,但文章更多地是關注於原本飲用燒酒的消費者,試圖將他們轉變為「膳」的消費者。

3 選項3討論了飲用燒酒與啤酒習慣的普及度,這與文章的討論方向——即如何針對特定消費者群體推廣「膳」——並無直接相關。

4 選項 4 精確地捕捉了文章的關鍵訊息。它指出，對於已經有晚餐時飲用燒酒習慣的消費者來說，將「膳」這款同樣採用蒸餾法生產的威士忌介紹給他們，可能會是一個更容易被接受的選擇。這一選項不僅直接響應了文章對目標客群的精確定位，也體現了在產品推廣策略中，對消費者習慣的深刻理解。

答案：4

>>> 文法說明--

○ 抜きには

| 例句 | 炭水化物抜きでは、ダイエットはうまくいきませんよ。 |

如果都不吃碳水化合物的話，就無法順利減重喔。

| 解說 | 「抜きで、抜きに」表示除去或省略一般應該有的部分，中文意思是：「省去…」、「沒有…」；「抜きには、抜きでは」表示「如果沒有…，就做不到…」。 |

○ として

| 例句 | 給料が月に 30 万円として、彼の年収はざっと 400 万円ぐらいか。 |

假設一個月薪水是 30 萬圓，他年收大致算下來是 400 萬圓。

| 解說 | 表示假設前項，就會有後項。後項是當然的結果。中文意思是：「假設…」。 |

>>> 重要單字--

□ 顧客（顧客，主顧）

□ ターゲット（目標，標的）

□ コンセプト（概念）

□ まさしく（的確，確實）

□ 戦略（戰略）

□ 晩酌（晚飯時喝的酒；晚飯時飲酒）

□ 既婚（已婚）

□ かといって（雖說如此）

□ 乗り換える（改換）

□ 焼酎（燒酒）

□ たしなむ（愛好）

□ 蒸留（蒸餾）

□ 先決（首先決定，首先要解決）

□ 限定（限定，限制〈範圍等〉）

□ 獲得（取得）

□ 製法（製造方式）

□ 【呼應副詞】有固定的說法

副　詞	用　法	呼　應	例　句
まるで（簡直）	【たとえ】と呼応する（和【比喻】呼應）	ような（一般）	まるで夢のような出来事だった。（簡直就像是美夢一般的事。）
ちょうど（宛如）			ちょうど雪のような白さだ。（宛如雪一樣的白。）
とうてい（怎麼也…）	【打ち消し】と呼応する（和【否定】呼應）	ない（不）	とうてい自分が悪いとは思えない。（我怎麼也不覺得是自己的錯。）
少しも（一點也…）			少しも私のことを考えてくれない。（一點也不為我想想。）
決して（絕對）			決して君のことを裏切らない。（我絕對不會背叛你的。）
まさか（該不會…）	【打ち消し推量】と呼応する（和【否定推測】呼應）	ないだろう、まい（不…吧、沒有…吧）	まさか宿題はないだろう。（該不會有作業吧？）
なぜ（為何）	【疑問、反語】と呼応する（和【疑問、反語】呼應）	か（呢）	なぜ牛乳を飲まないのか。（為何你不喝牛奶呢？）
副　詞	用　法	呼　應	例　句
たぶん（大概）	【推量】と呼応する（和【推測】相互呼應）	う（吧）	たぶん宿題は出ないだろう。（大概不會出作業吧？）
たとえ（即使）	【仮定】と呼応する（和【假定】相互呼應）	ても、たら（就算、如果）	たとえ負けても泣くな。（即使輸了也不要哭！）
もし（如果）			もし勝っていたら大泣きしただろう。（如果贏了我會大哭。）

どうか （請…）	【願望】と呼 応する （和【願望】 相互呼應）	ください （請）	どうか願いをかなえてください。 （請實現我的願望。）
ぜひ （務必）			ぜひご覧ください。 （請務必過目。）

▶▶ 補充單字--

経済 / 經濟

01｜営む
舉辦；經營

02｜インフレ【inflation 之略】
（經）通貨膨脹

03｜上向く
（臉）朝上；（行市等）上漲

04｜営
經營；軍營

05｜オーバー【over】
超過；外套

06｜オイルショック【(和)oil + shock】
石油危機

07｜家計
家計，家庭經濟狀況

08｜契機
契機；轉機

09｜好況
（經）繁榮，景氣

10｜後退
後退，倒退

11｜財政
財政；（個人）經濟情況

12｜市場
菜市場；銷路

13｜下火
火勢漸弱；（流行，勢力的）衰退

14｜生計
謀生，生計

15｜相場
行情；投機買賣

16｜脱する
逃出；脫離

17｜動向
動向，趨勢

18｜投入
投入；投入（資本、勞力等）

19｜発足・発足
開始（活動），成立

20｜バブル【bubble】
泡泡；泡沫經濟的簡稱

21｜繁盛
繁榮昌茂，興隆

22｜ビジネス【business】
事務；商業

23｜ブーム【boom】
（經）突然出現的景氣繁榮；高潮

24｜不況
（經）不景氣，蕭條

[讀解・第二回]

Track N1-19

問題 10

次の文章を読んで、後の問いに対する答えとして、最も良いものを1・2・3・4から一つ選びなさい。

　江戸っ子だから「恨みっこ、なし！」で育ったが、一度だけ（何の恨みもないのに）①世間がねたましく (注1) 狂いそうになったことがある。

　今から19年前の91年11月 7 日の朝。脳卒中 (注2) で倒れ三日三晩の昏睡から、やっと目覚めた。

　何が起こったのか？家族が勢ぞろいしている理由が分からない。右半身まひ、言語障害でしゃべれないことにも気づかなかった。

　1 週間ぐらいたって、やっと②「ただならぬ事態」に気づく。何もしゃべれない姿を見た知人は病室を出ると「ヤツもこれでおしまいだ」とつぶやいた。上司からは「サンデー毎日の編集長を辞めてもらう！」と通告された。

　会社もクビになるのか？　坂道を転げ落ちたような気分だった。

せめて話せたら……せめて、車椅子で会社に行ければ……
泣いた。周囲の「五体満足の姿」がねたましく思えた。生き
る目的も、夢もなくなった。

職場で「下」になる。親戚の中でも「下」になってしま
う。収入も「下」？「下」という価値観にとらわれた。

多分、うつ病 (注3) にかかったのだろう。③一時は自殺まで
考えた。

まあ、監獄に入ったり、重病になったりすれば、狂いそう
になってもおかしくないが……国が「下」の症候群になると
始末が悪い。経済で中国に抜かれ、外交戦略は世界から無視
され、借金地獄の国家財政、人口も減る……高度成長を成し
遂げた「豊かなはずの日本人」（特に組織の歯車として闘っ
た企業戦士）が「これまで、俺は何をしていたのか？」とい
う虚脱感に襲われる。

目的も夢もなくなった「下の国」？今、日本はそんな気
分なのだろう。

日本の近代化を描いた司馬遼太郎さんの「坂の上の雲」が
一大ブームになっている。でも、これも「下の国」症候群の
裏返しではないのか？

　日清・日露戦争を連戦連勝して「坂」を上り詰めた明治の
35 日本人を人々は羨望する。個人より国が大事な明治だから！
と素直に評価し、その裏側で「これからの日本は？」と悲観
する。

　でも、歴史は登山と下山の繰り返し。第二次世界大戦の敗
戦で「下」に落ちた日本は戦後、経済大国になったじゃない
40 か。

　「下の国」症候群はうつ病の一種だろう。慌てて、歴史
ドラマのナショナリズムに逃げ込むことはない。しばらく
は……坂の「下」の雲も良い眺めではないか？

（『牧太郎の大きな声では言えないが…：坂の「下」の雲』）

（注1）ねたましい：うらやましくて憎らしい
（注2）脳卒中：脳の血管障害により、急に倒れ、運動や言語などが不自由になる症状
（注3）うつ病：精神病の一つで、絶望感・不安などにとらわれる

①<u>世間がねたましく狂いそうになったことがある</u>とあるが、なぜそうなったのか。

　1　江戸っ子なので、恨みたくても特定の相手を恨むことはできないから

　2　坂道を転げ落ちたせいで脳卒中になり、倒れたから

　3　不運に遭ったのは自分だけで、ほかの人は今まで通りピンピンして元気だから

　4　職場でも、親戚の中でも、収入も、「下」になったから

60

ここでの②<u>「ただならぬ事態」</u>とはどんなことだと考えられるか。

　1　体が動かない上、周囲の人にも見捨てられてしまったこと

　2　世間がねたましく狂いそうな状態にあること

　3　体が不自由になり、仕事も今まで通りにはできそうにないこと

　4　脳卒中で倒れて、回復の見込みがないと医者に言われたこと

61

③一時は自殺まで考えたのはなぜか。

1 重病になるのは、監獄に入っているようなものだと
思ったから

2 何においても自分は人より「下」の立場にあるという
考え方にとらわれたから

3 たとえ生きる目的や夢があっても、実現することはで
きないと考えたから

4 日本が「下」の国になってしまい、虚脱感に襲われた
から

62

筆者の考え方に最も近いのはどれか。

1 明治時代のように、個人より国家を大事にしなければ、
国家は成長を続けることができない。

2 戦後の日本が成長できなかったのは、ナショナリズム
がなかったせいである。

3 歴史の流れからすると、「下の国」になった日本がもう
一度輝かしい時代を取り戻すのは困難だ。

4 一国の歴史には起伏があるから、停滞している日本の
現状を悲観しすぎる必要はない。

問題 10

請閱讀下列文章，並從每題所給的 4 個選項（1・2・3・4）當中，選出最佳答案。

[翻譯]

我是個道地的江戶人，從小就被灌輸「不能怨恨別人！」的觀念，不過只有一次（分明沒什麼仇）曾經①憤世嫉俗（注1）得快要發瘋的經驗。

事情發生在距今 19 年前，1991 年 11 月 7 日的早上。我因腦溢血（注2）而病倒，昏睡了 3 天 3 夜才終於醒來。

到底發生什麼事了？我不明白為何全家人都湊在我的面前。連自己右半身癱瘓、語言障礙導致無法說話這些狀況都沒發現。

大概過了 1 個禮拜，我終於發現到②「事態非同小可」。前來探病的親友看到我沒辦法開口說話的樣子，在離開病房後嘟噥著「那傢伙已經完了」；上司則是告知我「你離開 SUNDAY 每日的總編位置吧！」

連公司都要炒我魷魚嗎？我的心情就像是從坡道上滾落下去一樣。

我哭了……若是至少能說話就好了……如果至少能坐輪椅上班就好了……。我開始恨起周遭人「四肢健全的模樣」。我失去了人生的目標和夢想。

我在職場上掉到「下位」，在親友戚中也掉到「下位」，連收入都變成「下位」。我陷入「下位」的價值觀當中。

我猜當時大概得了憂鬱症（注3）吧？③有段時間甚至還產生了自殺的念頭。

這也難怪，當人們入監服刑或是身患重症的時候，幾乎要發瘋也不是什麼奇怪的事。……不過，假如國家罹患了「下位」症候群，可就難以收拾了。日本在經濟上被中國超越，在外交戰略上又被國際忽視，國家財政陷入欠債地獄，人口也日漸減少……。曾經達成經濟高度成長而「應該很富裕的日本人」（特別是身為組織的螺絲釘而奮鬥不懈的企業戰士）如今遭到「長久以來，我到底做了些什麼？」的無力感重重打擊。

失去目標和夢想的「下位國」？現在的日本就是這種心情吧。

近來，司馬遼太郎先生描寫日本近代化的《坂上之雲》正在狂銷熱賣。不過，反過來說，這不也是「下位國」症候群嗎？

現代人個個羨慕明治時期的日本人在日清與日俄戰爭中連戰連勝，攀上「坡道」的榮光，並且由衷讚嘆：「畢竟那是國家比個人更重要的明治時期哪！」但一方面他們又感到悲觀：「那麼，往後的日本該何去何從呢？」

不過，歷史就是反覆的爬山和下山。日本在第二次世界大戰中戰敗而掉到「下位」，在戰爭結束候不是成了經濟大國嗎？

「下位國」症候群算是一種憂鬱症吧？大家犯不著慌慌張張地逃進歷史劇的民族主義當中。讓我們暫且欣賞……坡道「下方」的雲朵，也挺賞心悅目呀，不是嗎？

（《牧太郎的悄悄話……：坡道「下方」的雲朵》）

（注1）憤世嫉俗：痛恨社會世態
（注2）腦溢血：由腦部的血管障礙所引起的症狀，會突然倒下，無法自由運動、說話等等
（注3）憂鬱症：精神疾病的一種，會陷於絕望感、不安等等

［全文重點剖析］

這篇文章整體而言是作者從自己因腦溢血而一度跌落人生谷底的經驗，來奉勸日本人無須對於現居下位的日本感到悲觀。各段落的主旨如下表所示：

第一段	作者指出自己曾一度憤世嫉俗到快發瘋的地步。
第二段～第八段	承接上一段。憤世嫉俗的原因是因為他突然腦溢血，跌落人生谷底的他覺得自己什麼都居下位，嫉妒他人，萬念俱灰，甚至還想尋死。
第九段～第十段	話題轉到國家上，作者指出如果國家也陷入這種「下位」的悲觀想法就不妙了。
第十一段～第十二段	以暢銷書「坂上之雲」一書點出日本人既羨慕明治時期的光輝，又擔憂日本的未來。
第十三段～第十四段	歷史必有興衰起落，作者以此勉勵讀者不用為了國家走下坡一事而心慌。

▼ 59 ---

59 文中提到①憤世嫉俗得快要發瘋的經驗，為什麼會變成這樣呢？

1 因為是道地的江戶人，即使想怨恨也無法怨恨特定的對象
2 因為從坡道上滾下，造成腦溢血而病倒
3 因為遭受不幸的只有自己，其他人都和以往一樣活得好好的
4 因為在職場上、在親戚中，以及收入，全都變成「下位」

1　選項 1 探討了道地江戶人的心理特徵，即使在遭遇不幸時也不輕易抱持怨恨之心。然而，文章的焦點在於個人因自身的困境而感到的絕望和對周圍人群的羨慕和嫉妒，而非對特定對象的恨意。

2　選項 2 提到了腦溢血中風和身體下坡的比喻，但文章中描述的「狂いそうになった」（快要發瘋）原因，並非直接因為腦溢血中風本身，而是因為由此導致的身心狀態和社會地位的變化。

3　選項 3 直接反映了文章的核心情感。作者因病變成無法言語、半身不遂的狀態下，對於周圍人的健康狀態感到羨慕和嫉妒，正是引起他「ねたましく狂いそうになった」（憤世嫉俗）的原因。

4　選項 4 雖然確實觸及了作者在職場、家庭及經濟方面感到自己"下降"的心理，但這並非導致作者「狂いそうになった」直接原因。文中的核心在於作者對健康狀態的絕望，而非純粹的社會地位或經濟收入的比較。

|答案： 3

▼ **60**--

[60]　文中提到②「事態非同小可」可以想見是哪種事態呢？

1 不僅身體動不了，還被周遭的人棄而不顧
2 處於憤世嫉俗而快要發瘋的狀態
3 手腳變得不方便，也無法像以往一樣工作
4 因腦溢血而病倒，醫生告知無法康復

[解題]

1　選項 1 側重於人際關係的疏遠，但文章中更多強調的是作者對自己身體狀況和職業前景的認識。

2　選項 2 雖然觸及了作者因身體狀況，而對世間的嫉妒和不滿，但這並非「ただならぬ事態」（事態非同小可）直接的描述，而是由該情況引發的心理狀態。

3　選項 3 準確地捕捉了文章中描述的「ただならぬ事態」的本質，即作者在經歷腦溢血中風後，面臨的手腳不便以及職業生涯的不確定性。這段描述不僅涵蓋了作者身體的癱瘓和語言障礙，還間接提到了職業上的挑戰和未來的不確定性。

4　選項 4 提出了一個具體的醫學判斷，即回復無望的診斷，這在文章中並未明確提及，因此與「ただならぬ事態」的描述不匹配。

|答案： 3

61 為什麼作者③有段時間甚至還產生了自殺的念頭呢？

1 因為覺得罹患重病就像是入監服刑一樣
2 因為對任何事情的思考模式都是自己比別人居於「下位」
3 因為覺得就算有人生的目標和夢想，也無法實現
4 因為日本變成「下位」國家，受到無力感的重重打擊

[解題]

1 　　選項1提到的罹患重病與監獄的比喻，雖然在文章中被提及，但並非導致作者考慮自殺的直接原因。這個比喻更多是用來說明，遭遇重大不幸時人們可能會感到的困惑和無助。

2 　　選項2準確反映了文章中描述的原因，即作者由於覺得自己在各方面都處於「下」的地位，這種感受導致了他對生活失去了希望。這種心理狀態是作者一度考慮自殺的主要原因，反映了當個人感覺自己在社會中的地位大幅下降時可能產生的絕望感。

3 　　選項3的描述並不完全準確，因為文章指出作者是因為完全失去了生活的目標和夢想，而非因為認為即使有目標和夢想也無法實現。

4 　　選項4關注於國家層面的問題，雖然文章末尾有提及日本作為一個國家的處境，但這並非導致作者個人考慮自殺的原因。選項4更多涉及到文章中對社會和國家狀態的廣泛思考，而非作者個人的心理危機。

答案：2

62 下列何者最接近作者想法？

1 如果不像明治時代一樣，比起個人更以國家為重，國家就無法持續成長。
2 戰後日本之所以無法成長，一切歸咎於缺乏民族主義。
3 從歷史的演變來看，成為「下位國」的日本要再挽回光輝時代是很困難的。
4 一個國家的歷史有盛有衰，所以沒必要對於日本停滯的現狀感到悲觀。

［解題］

1 選項1不正確地反映了作者的觀點。文中確實提到了人們對明治時代的羨慕，以及那一代人將國家利益看得比個人更重要的情況，但作者本人並未表達認為這是日本現階段所必需的態度或方法。作者的討論更多是在反思日本當下的處境以及歷史的循環性，而不是提倡回到將國家利益置於個人之上的國家主義觀念。

2 選項2也不符合作者的觀點。事實上，作者在文中指出，即使在第二次世界大戰後日本成為了經濟大國，這說明了即便是在經歷了戰敗這樣的「下」階段後，日本仍然能夠實現顯著的成長和發展。作者沒有提到民族主義的缺失作為阻礙成長的因素。

3 選項3這一選項太過悲觀，與作者在文末提出的觀點不符。作者透過歷史的例子來說明，即使在達到低谷之後，國家也有機會再次上升，成為經濟大國。作者並沒有表達出一種對日本未來充滿絕望的態度，反而是提出一種更加平衡和有希望的視角來看待歷史和未來。

4 選項4最貼近作者的想法。文章中，作者透過歷史的觀點，提出了日本經歷起伏波動是正常且自然的歷史過程。特別是在討論到日本經濟和國際地位感受到壓力的情況下，作者提醒讀者，歷史是由起伏構成的，並暗示在逆境中也能找到積極的面向。

答案：4

▶▶ 文法說明--

○ 上（に）

> **例句** 彼女は美人である上に優しいので、みんなの人気者です。
> 她不僅漂亮，而且待人和善，大家都很喜歡她。

> **解說** 表示追加、補充同類的內容。也就是在本來就有的某種情況之外，另外還有比前面更甚的情況。中文意思是：「不僅…，而且…」。

○ においても

> **例句** 研究過程において、以下いくつかの点に気が付きました。
> 於研究過程中，發現了以下幾項要點。

> **解說** 表示動作或作用的時間、地點、範圍、狀況等。是書面語。中文意思是：「在…」、「在…時候」。

□ 江戸っ子（在江戸〈現：東京〉土生土長的人）

□ ねたましい（感到嫉妒）

□ 脳卒中（腦溢血）

□ 昏睡（昏睡）

□ 勢ぞろい（齊聚一堂）

□ まひ（癱瘓，麻痺）

□ 言語障害（語言障礙）

□ ただならぬ（不尋常的，非一般的）

□ つぶやく（嘟囔，嘀咕）

□ 通告（告知）

□ 五体満足（四肢健全）

□ うつ病（憂鬱症）

□ 監獄（監獄）

□ 症候群（症候群）

□ 始末が悪い（難以處理）

□ 成し遂げる（完成）

□ 歯車（齒輪）

□ 虚脱感に襲われる（虛脱襲來）

□ ブーム（風潮，熱潮）

□ 裏返し（反過來，表裡相反）

□ 上り詰める（爬到頂峰）

□ 羨望（羨慕）

□ 悲観（悲觀）

□ ナショナリズム（民族主義，國家主義）

□ ピンピン（健壯貌）

□ 見捨てる（棄而不顧）

□ 見込み（希望，可能性）

□ とらわれる（被俘，被逮捕）

□ 輝かしい（輝煌，光輝）

□ 起伏（盛衰，起落）

□ 停滞（停滯，停頓）

意志 / 意志

01｜諦め
斷念，死心

02｜後回し
往後推，緩辦

03｜意向
打算，意圖

04｜いざ
（文）好啦（表示催促、勸誘他人）

05｜意思
意思，想法

06｜挑む
挑戰；找碴

07｜意図
心意，主意

08｜祈り
祈禱，禱告

09｜意欲
意志，熱情

10｜打ち込む
打進；射進

11｜冒す
冒著；冒充

12｜押し切る
切斷；排除（困難、反對）

□ 【複合語】是什麼呢？──由幾個單字結合而成的語詞。

複合語（名詞）	單字組合	詞　性
山桜（山櫻）	山＋桜	名詞＋名詞
消しゴム（橡皮擦）	消す＋ゴム	動詞＋名詞
高値（高價）	高い＋値	形容詞＋名詞
人々（人們）	人＋人	同じ名詞を重ねる（重複同一個名詞）
竹の子（竹筍）	竹＋の＋子	名詞＋助詞＋名詞
物語（故事）	物＋語る	名詞＋動詞
受け取り（收下）	受ける＋取る	動詞＋動詞
遠まわり（繞道）	遠い＋まわる	形容詞＋動詞
足早（腳步快）	足＋早い	名詞＋形容詞
遠浅（〈海灘〉平淺）	遠い＋浅い	形容詞＋形容詞

複合語（動詞）	單字組合	詞　性
物語る（講、表明）	物＋語る	名詞＋動詞
勉強する（讀書、用功）	勉強＋する	名詞＋動詞
投げ出す（扔出、抛棄）	投げる＋出す	動詞＋動詞
近寄る（靠近）	近い＋寄る	形容詞＋動詞

複合語（形容詞）	單字組合	詞　性
酒臭い（帶酒氣味的）	酒＋臭い	名詞＋形容詞
寝苦しい（難以入睡的）	寝る＋苦しい	動詞＋形容詞
痛がゆい（又痛又癢的）	痛い＋かゆい	形容詞＋形容詞
軽々しい（草率的）	軽い＋軽い	同じ形容詞を重ねる（重複同一個形容詞）

[讀解・第二回]

問題 11

次のＡとＢは、歌舞伎で男性が女性の役を演じる女形（おやま）に関する文章である。ＡとＢの両方を読んで、後の問いに対する答えとして、最も良いものを1・2・3・4から一つ選びなさい。

A

（前略）歌舞伎の女形は不自然だから、女を入れなければいかんというて （注1）、ときどき実行するけれども、結局、あれは女形あっての歌舞伎なのだ。同じように宝塚（たからづか）の歌劇も、男を入れてやる必要はさらにない。なぜなれば、女から見た男役というものは男以上のものである。いわゆる男性美を一番よく知っている者は女である。その女が工夫して演ずる男役は、女から見たら実物以上の惚れ惚れ（ほれぼれ）する男性が演ぜられているわけだ。そこが宝塚の男役の非常に輝くところである。

歌舞伎の女形も、男の見る一番いい女である。性格なり、スタイルなり、行動なり、すべてにおいて一番いい女の典型なのである。だから歌舞伎の女形はほんとうの女以上に色気があり、それこそ女以上の女なんだ。

（小林一三『宝塚生い立ちの記』）

B

　旧劇 (注2) では、女形がちっとも不自然でない。男が女になっているという第一の不自然さが見物 (注3) に直覚されないほど、今日の私共の感情から見ると、旧劇の筋そのものが不自然に作られているのである。

5　けれども、たとえ取材は古くても、性格、気分等のインタープレテーションに、ある程度まで近代的な解剖と敏感さを必要とする新作の劇で、彼等はどこまで女になり切れるだろう。

　舞台上の人物として柄の大きいこと、地が男であるため、扮装にも挙止にも殊に女性の特徴を強調しつつ、どこかに底10 力のある強さ、実際にあてはめて見ると、純粋の女でもなし、男でもないという一種幻想的な特殊の美が醸される点などは、場合によって、多くの効果をもたらす。

　しかし噛みしめてみると、云うに云われないところに不満がある。やはり不自然だと云うことになるのか。

（宮本百合子『気むずかしやの見物──女形──蛇つかいのお絹・小野小町──』、一部表記を改めたところがある）

（注1）いかんというて：いけないといって
（注2）旧劇：伝統演劇、特に歌舞伎のこと。ここでは歌舞伎の中でも古典的な演目を指す
（注3）見物：ここでは「見物人」のこと

63

AとBの筆者に共通する考えはどれか。

1　女が男を演じたり、男が女を演じたりすることは、演劇においてたいへん効果がある。

2　歌舞伎の女形には、女が女を演じたのではできぬような効果がある。

3　歌舞伎の女形は効果的な場合もあるが、不自然さが気になる場合もある。

4　歌舞伎の女形は不自然だが、不自然さの中に性差を超越した芸がある。

64

AとBの筆者の考えはどのように異なるか。

1　Aは、歌舞伎の女形は本当の女以上の魅力が出せると考えており、Bは、女形はしょせん本当の女を超えることはできないと考えている。

2　Aは、女形が不自然であるとしてもその女形の魅力の上に歌舞伎が成り立つと考えているが、Bは、女形を不自然でおかしいと考えている。

3　Aは、女の役は全て男が演じ男の役は全て女が演じる方がよいと考えているが、Bは、男が女の役を演じるのには賛成だが女が男の役を演じるのには反対である。

4　Aは、女形の魅力や存在価値を無条件に認めているが、Bは、女形の効果を認めつつもどことなく不満に思っている。

65

AとBの文章は、論点がどのように異なるか。

1　Aの文章は、宝塚の男役と歌舞伎の女形の類似した長所を述べており、Bの文章は、女形の長所と短所を比較検討している。

2　Aの文章は、宝塚の男役と歌舞伎の女形の違いを述べており、Bの文章は、旧劇における女形と新作の劇における女形を比較して述べている。

3　Aの文章は、宝塚の男役と歌舞伎の女形の違いを述べており、Bの文章は、女形の長所と短所を比較検討している。

4　Aの文章は、宝塚の男役と歌舞伎の女形の類似した長所を述べており、Bの文章は、旧劇における女形と新作の劇における女形を比較して述べている。

問題 11

下列的Ａ和Ｂ皆是與歌舞伎中由男性飾演女性角色的男旦相關的文章。請閱讀這Ａ和Ｂ這兩篇文章，並從每題所給的４個選項（１・２・３・４）當中，選出最佳答案。

[翻譯]

> ### Ａ
>
> （前略）由於歌舞伎裡男旦的反串不大自然，有人認為不能不（注1）讓女角親自上場，有時也真找了女子加入演出；可到頭來發現，歌舞伎的精髓其實是在男旦身上。同樣地，寶塚歌舞劇也根本不需要男演員的參與。因為由女演員詮釋的男性角色，早已超越了真正的男人。所謂最了解男性之美的，莫過於女性了。這也是為何由女演員苦心鑽研的反串演出，比真正的男演員更能讓女性觀眾看得如痴如醉。寶塚的女唱男腔，正是其最有看頭的部分。
>
> 至於歌舞伎的男旦，同樣是男人眼中最完美的女人。不論是性情氣質、儀態身形，乃至於舉手投足，在在都是最理想的女子典範。因此，歌舞伎的男旦比真正的女人更為嬌媚迷人，可說是女人中的女人！
>
> （小林一三《寶塚沿革錄》）

B

　　觀眾在看傳統戲曲（注2）時，完全不覺得男旦有什麼異樣，甚至連下意識都沒觀看（注3）察覺到：男扮女裝這最明顯的不尋常，正是其最大的賣點所在。但站在我們今天的角度來看，傳統戲曲的故事情節安排其實鑿痕斑斑。

　　不過，新創作的戲碼即便改編自老掉牙的題材，在演繹人物性格與營造戲劇氛圍時，於一定程度上，仍需具備現代觀點的剖析與敏銳。在這樣的前提之下，不曉得他們能將女人詮釋到什麼地步呢？

　　站在舞台上的演員因是男兒之身，不免體貌魁偉，因此在扮相和動作上，均刻意突顯女性的特徵，卻又隱然透出底蘊的勁道；實際兩相對照起來，他既不是百分之百的女人，可又不是男人，反而形成一股如夢似幻的特殊美感，這在某些狀況下，足以發揮相當大的功效。

　　然而經過再三思索，還是讓人有一絲難以言喻的快快不悅。我想，或許癥結仍在於那份不自然吧。

（宮本百合子《挑剔的觀眾看戲評戲——男旦——弄蛇人阿絹‧小野小町——》更改部分表記）

［全文重點剖析］

　　這一大題是「綜合理解」。題目當中會有 2 篇同一主題、不同觀點的文章，考驗考生是否能先各別理解再進一步比較。所以最重要的是要掌握每篇文章的主旨，然後找出它們之間的異同。

　　A 和 B 的主題都是歌舞伎男旦。A 的大意是說男旦在歌舞伎來說是很重要的。這些反串的男演員就像寶塚演員一樣熟知異性美，所以能夠演出比女性還像女性的模樣。B 則是認為歌舞伎男旦有特別的美感也有一定的效果，但還是有種說不出的不自然。

63 下列何者為 A 和 B 的作者共通的想法？

1 由女演員飾演男性角色、男演員飾演女性角色，在戲劇中有非常好的效果。

2 歌舞伎的男旦所呈現的效果，是由女演員飾演女性角色所無法達到的。

3 歌舞伎的男旦有時效果十足，有時會讓人介意那種不自然。

4 歌舞伎的男旦雖不自然，但是在那股不自然當中具有超越性別差異的演技。

[解題]

1　選項 1 不正確。A 文和 B 文雖然討論了性別角色的反串（男性演女性角色），但關注點並非在於性別反串的普遍效果，而是特定於歌舞伎男旦或寶塚劇團的特殊情境和其獨特的美學效果。A 文強調男旦超越實際女性的表現，而 B 文則討論了不自然性與特殊美的關係，並未直接支持這一選項的廣泛論點。

2　選項 2 正確。A 文明確表達了歌舞伎男旦超越真實女性的美學價值，並認為這是由男性演繹女性角色特有的效果所致。B 文也暗示了男性扮演女性角色可能帶來獨特的幻想美，與 A 文的觀點相呼應。

3　選項 3 部分正確。B 文中提到了對男旦的不自然性有一定的不滿，但 A 文則全然肯定了男旦的藝術價值，認為它超越了真實的女性。因此，這一選項不能完全代表兩篇文章作者的共通觀點。

4　選項 4 部分正確。B 文提出了對男旦的不自然感有所批評，但也認識到了其中包含的性別超越的美學。而 A 文雖然起初提及了外界對男旦的不自然觀點，卻主要強調了男旦作為歌舞伎不可或缺的一部分，及其超越真實女性的藝術價值。

|答案：2

64　A 和 B 作者的想法有和差異呢？

1 A 認為歌舞伎的男旦會散發出超越真正女性的魅力，B 認為男旦終究無法超越真正的女性。

2 A 認為男旦雖然不自然但是歌舞伎的魅力就在男旦身上，B 認為男旦既不自然又很奇怪。

3 A 認為女性角色全由男演員擔任，而男性角色全由女演員擔任比較好；B 贊成由男演員飾演女性角色，但反對女演員飾演男性角色。

4 A 無條件認同男旦的魅力與存在價值，B 雖然認同男旦的效果但總覺得有些怏怏不悅。

[解題]

1 　選項 1 不正確。A 文確實強調了歌舞伎男旦比真正的女性更具魅力，但 B 文中的作者並未明確表示男旦無法超越真正的女性，而是提到了男旦所產生的特殊美感，即使存在不自然感，也有其獨特的效果。因此，這個選項並不準確地反映了 B 文作者的觀點。

2 　選項 2 　A 文的確肯定了男旦不自然但仍有其魅力，支持了男旦對於歌舞伎的重要性。然而，B 文的焦點不單單在於男旦的不自然，而是對於男旦產生的特殊美與其可能帶來的複雜感受進行了更細膩的探討，而非僅僅認為它「不自然でおかしい」（既不自然又很奇怪）。

3 　選項 3 不正確。無論 A 文還是 B 文都沒有提出這樣的觀點，特別是 B 文並沒有表示對於女性扮演男性角色有任何立場，因為 B 文完全沒有提及寶塚或相關的女扮男裝情況。

4 　選項 4 正確。A 文無條件肯定了男旦的價值和魅力，而 B 文雖然認可男旦帶來的特殊美，但對於其帶來的不自然感，和可能的不完滿感表達了某種程度的保留態度，這表現了兩篇文章作者，在對待男旦的看法上存在的細微差別。

答案：4

▼ **65** ---

65 　A 和 B 兩篇文章的觀點有何不同呢？

1 A 文章在敘述寶塚反串男角和歌舞伎男旦的相似優點，B 文章在比較檢討男旦的優缺點。

2 A 文章在敘述寶塚反串男角和歌舞伎男旦的不同，B 文章在比較敘述傳統戲曲的男旦和新創作戲碼的男旦。

3 A 文章在敘述寶塚反串男角和歌舞伎男旦的不同，B 文章在比較檢討男旦的優缺點。

4 A 文章在敘述寶塚反串男角和歌舞伎男旦的相似優點，B 文章在比較敘述傳統戲曲的男旦和新創作戲碼的男旦。

[解題]

1 　選項 1 不正確。A 文的確強調了寶塚的反串男角，與歌舞伎的男旦之間的類似之處，特別是他們如何各自超越了性別的限制，來展現理想化的男性與女性形象。然而，B 文並沒有直接對男旦的長短處進行比較檢討，而是討論了男旦在不同類型的戲劇中的表現與觀眾的感受。

② 選項２不正確。Ａ文中並未特別強調寶塚的反串男角，與歌舞伎的男旦之間的差異，而是著重於他們的相似性，與如何超越真實性別來表達一個理想化形象。Ｂ文則是著眼於男旦如何在傳統戲曲與新創作戲碼中表現，並探討了這種表現對於觀眾的意義與接受度。

③ 選項３不正確。如前所述，Ａ文並沒有強調兩者之間的差異，而Ｂ文也並非專注於比較男旦的優缺點。

④ 選項４正確。這一選項最準確地反映了Ａ與Ｂ文的論點差異。Ａ文著重於寶塚的反串男角，與歌舞伎的男旦如何各自超越性別限制，來展現理想化的男性與女性形象的相似之處，而Ｂ文則是探討了男旦在不同類型戲劇中的表現，以及這些表現對於觀眾的意義。

|答案：4

>> 文法說明 --

○ **あっての**

例句	失敗あっての成功ですから、失敗を恥じなくてもよい。 有失敗才會有成功，所以即使遭遇失敗亦無需感到羞愧。

解説 表示因為有前面的事情，後面才能夠存在。中文意思是：「有了…之後…才能…」、「沒有…就不能（沒有）…」。

○ **なり…なり**

例句	テレビを見るなり、お風呂に入るなり、好きにくつろいでください。 看電視也好、洗個澡也好，請自在地放鬆休息。

解説 表示從列舉的同類或相反的事物中，選擇其中一個。中文意思是：「或是…或是…」、「…也好…也好」。

○ **きれる／きる**

例句	マラソンを最後まで走りきれるかどうかは、あなたの体力次第です。 是否能跑完全程的馬拉松，端看你的體力。

解説 接意志動詞的後面，表示行為、動作做到完結、竭盡、堅持到最後。中文意思是：「充分」、「完全」、「到極限」。

○ つつ（も）

> **例句** 彼は金を返さない人間だと知りつつ、また貸してしまった。
> 明明知道他是個借錢不還的人，但還是借給他了。

> **解說** 表示連接兩個相反的事物。雖然有前項，但結果是後項。中文意思是：「明明…」、「儘管…」。

○ としても

> **例句** その子がどんなに賢いとしても、この問題は解けないだろう。
> 即使那孩子再怎麼聰明，也沒有辦法解開這個問題吧！

> **解說** 表示假設前項是事實或成立，後項也不會起有效的作用，或者後項的結果，與前項的預期相反。中文意思是：「即使…，也…」。

▶▶ 重要單字 -

- □ 女形（男旦）
- □ 歌舞伎（歌舞伎）
- □ 歌劇（歌舞劇）
- □ 惚れ惚れ（令人喜愛、心蕩神怡）
- □ 色気（魅力，吸引力）
- □ 直覚（直覺，不經思考的感覺）
- □ 筋（〈故事〉情節）
- □ インタープレテーション（詮釋〈常書寫為「インタープリテーション」〉）
- □ 解剖（分析，解剖）
- □ 敏感（敏感，感覺敏銳）
- □ 柄（身材，體型）
- □ 地（天生，本來）
- □ 扮装（裝扮）

- □ 挙止（舉止，動作）
- □ 殊に（特別）
- □ 底力（潛力）
- □ 幻想的（如夢似幻般的）
- □ 醸す（醞釀，形成）
- □ もたらす（帶來）
- □ 噛みしめる（玩味；細嚼）
- □ 云うに云われない（難以言喻）
- □ 性差（性別差異）
- □ 超越（超越，超出）
- □ しょせん（終究〈後常接否定〉）
- □ 成り立つ（建立，形成）
- □ どことなく（總好像，總覺得）

演劇、舞踊、映画／戲劇、舞蹈、電影

01｜映写（えいしゃ）
放映（影片、幻燈片等）

02｜演出（えんしゅつ）
（劇）演出；導演

03｜演じる（えん）
扮演；做出

04｜戲曲（ぎきょく）
劇本；戲劇

05｜喜劇（きげき）
喜劇；滑稽的事情

06｜脚本（きゃくほん）
（戲劇、電影、廣播等）劇本；腳本

07｜原作（げんさく）
原作，原著

08｜公演（こうえん）
公演，演出

09｜シナリオ【scenario】
電影劇本；劇情說明書

10｜主演（しゅえん）
主演，主角

11｜主人公（しゅじんこう）
（小說等的）主人公，主角

12｜出演（しゅつえん）
演出，登台

13｜上演（じょうえん）
上演

14｜ソロ【solo】
（樂）獨唱；獨奏

15｜台本（だいほん）
腳本，劇本

音楽／音樂

01｜アンコール【encore】
（要求）重演；呼聲

02｜楽譜（がくふ）
（樂）譜，樂譜

03｜指揮（しき）
指揮

04｜三味線（しゃみせん）
三弦

05｜ジャンル【（法）genre】
種類；（文藝作品的）風格

06｜吹奏（すいそう）
吹奏

07｜短歌（たんか）
短歌（日本傳統和歌）

08｜トーン【tone】
調子；色調

09｜音色（ねいろ）
音色

10｜音（ね）
聲音；哭聲

11｜ミュージック【music】
音樂，樂曲

12｜メロディー【melody】
（樂）旋律；美麗的音樂

13｜漏れる（も）
（氣體、光等）漏，漏出

>>> 補充知識------

□ 與【性格、態度】相關的單字

單字	意思	例句
あくせく（齷齪） （辛辛苦苦； 庸庸碌碌）	小さいことにとらわれて忙しくする様子 （受困於小事情而忙碌的樣子）	彼女は毎日齷齪と働く。 （她每天庸庸碌碌地工作。）
あくらつ（悪辣） （毒辣；陰險）	やり方が悪質でひどいこと （做法惡劣過分）	彼は悪辣な手段で儲ける。（他以陰險的手段來賺錢。）
いんとう（淫蕩） （淫蕩）	行いがだらしない、みだらなこと （行為不檢點、淫亂）	あいつは乱れた淫蕩な生活にふけっている。 （那傢伙沉迷於混亂淫蕩的生活。）
きょうだ（怯懦） （懦弱）	臆病、意気地なし （膽小、沒志氣）	自らの怯懦を隠した。 （隱藏自己的懦弱。）
けんかい（狷介） （狷介；自負）	頑固で妥協しないこと （個性頑固、絕不妥協）	性狷介にして人と交わらず。 （自命清高不與人打交道。）
こうかつ（狡猾） （狡猾）	悪がしこくずるいこと （奸詐）	狡猾詐欺の手口がテレビで紹介された。 （電視上介紹了狡猾的詐欺手法。）
ごうしゃ（豪奢） （奢華）	贅沢ではでなこと （奢侈闊綽）	会長の邸宅はきわめて豪奢だ。 （會長的宅邸十分奢華。）
じっこん（昵懇） （親暱）	親しいこと （親近的）	社長とは昵懇の間柄である。 （和社長有親密的關係。）
そこつ（粗忽） （粗心）	そそっかしいこと （冒失的）	私は生来の粗忽者です。 （我天生就是個粗心鬼。）
つっけんどん（突慳貪） （〈態度或言語〉不和藹、冷淡）	無愛想な様子 （不客氣的樣子）	突慳貪な応対に面食らう。 （面對不客氣的應對感到不知所措。）

648 | N1 解答と解說

[讀解・第二回]

Track N1-21

問題 12

次の文章を読んで、後の問いに対する答えとして、最も良いものを1・2・3・4から一つ選びなさい。

　科学者の天地と芸術家の世界とはそれほど相いれぬ (注1) ものであろうか、これは自分の年来の疑問である。

　夏目漱石先生がかつて科学者と芸術家とは、その職業と嗜好を完全に一致させうるという点において共通なものであるという意味の講演をされた事があると記憶している。もちろん芸術家も時として衣食のために働かなければならぬと同様に、科学者もまた時として同様な目的のために自分の嗜好に反した仕事に骨を折ら (注2) なければならぬ事がある。しかしそのような場合にでも、その仕事の中に自分の天与の嗜好に逢着して、いつのまにかそれが仕事であるという事を忘れ、無我の境に入りうる機会も少なくないようである。いわんや (注3) 衣食に窮せず、仕事に追われぬ芸術家と科学者が、それぞれの製作と研究とに（没頭）している時の①特殊な心的状態は、その間になんらの区別をも見いだしがたいように思われる。しかしそれだけのことならば、あるいは芸術家と科学者のみに限らぬかもしれない。天性の猟師が獲物をねらっている瞬間に経験する機微な享楽も、樵夫 (注4) が大木を倒す時に味わう一種の本能満足も、これと類似の点がないとはいわれない。

しかし科学者と芸術家の生命とするところは創作である。
他人の芸術の模倣は自分の芸術でないと同様に、他人の研究
を繰り返すのみでは科学者の研究ではない。もちろん両者の
取り扱う対象の内容には、それは比較にならぬほどの差別 (注5)
はあるが、そこにまたかなり共有な点がないでもない。
　科学者の研究の目的物は自然現象であってその中になんらか
の未知の事実を発見し、未発の新見解を見いだそうとするの
である。芸術家の使命は多様であろうが、その中には広い意
味における天然の事象に対する見方とその表現の方法におい
て、なんらかの新しいものを求めようとするのは疑いもない
事である。また科学者がこのような新しい事実に逢着した場
合に、その事実の実用的価値には全然無頓着に、その事実の
奥底に徹底するまでこれを突き止めようとすると同様に、少
なくも純真なる芸術が一つの新しい観察創見に出会うた場合
には、その実用的の価値などには顧慮する事なしに、その深
刻なる描写表現を試みるであろう。古来多くの科学者が②こ
のために迫害や愚弄の焦点となったと同様に、芸術家がその
ために悲惨な境界に沈淪せぬまでも、世間の反感を買うた例
は少なくあるまい。このような科学者と芸術家とが相会うて
肝胆相照らすべき機会があったら、二人はおそらく会心の握
手をかわすに躊躇しないであろう。③二人の目ざすところは
同一な真の半面である。

（寺田寅彦『科学者と芸術家』）

（注1）相いれぬ：相いれない、両立しない

（注2）骨を折る：苦労する

（注3）いわんや：言うまでもなく、まして

（注4）樵夫：山の木を切るのが仕事の人

（注5）差別：ここでは「区別」のこと

66

本文中に出てくる語句の中で、①特殊な心的状態と類似したものでないのはどれか。

1　無我の境

2　機微な享楽

3　本能満足

4　二人の目ざすところ

67

②このためとあるが、何のためか。

1　科学者や芸術家が反社会的であるため

2　実用上は価値のない道楽ばかりを求めるため

3　ほかの人を蹴落としても、新しい事実を発見しようとするため

4　実用性を顧みずに、未開拓の領域に突き進もうとするため

68

③二人の目ざすところはどこか。

1 自分の嗜好に反することはしなくて済む、嗜好と職業
が完全に一致した人生

2 これまでに誰も到達したことのない境地

3 迫害や愚弄の焦点となったり、世間の反感を買ったり
しなくて済む社会

4 科学者が芸術を楽しんだり、芸術家が科学を理解でき
たりする世界

69

この文章で筆者が言っていることは何か。

1 科学者と芸術家は仲が悪いが、仲良くできるはずだ。

2 科学者と芸術家は相いれぬと周りの者は思っているが、
当人達はそう思っていない。

3 科学者の天地と芸術家の世界とは、実のところかなり
似通っている。

4 科学者と芸術家は肝胆相照らすべき機会がない。

問題 12

請閱讀下列文章，並從每題所給的 4 個選項（ 1 · 2 · 3 · 4 ）當中，選出最佳答案。

［翻譯］

科學家的天地和藝術家的世界果真如此不相容（注1）嗎？這是我多年來的疑問。

我記得夏目漱石大師在演說中曾經提到：科學家和藝術家兩者的共通點是都能把工作和興趣結合起來。當然，藝術家有時為了餬口而不得不工作，同樣的，科學家有時也為了相同的目的而賣力（注2）從事與自己興趣不符的工作。不過就算在這種時候，似乎也有滿多機會能在工作當中找到十分合意的趣味，不知不覺就忘了那是工作，進入了渾然忘我的境界。更何況（注3）若是藝術家和科學家不愁吃穿、也沒有繁重工作時，當他們埋首於各自的創作和研究之中的①特殊的心理狀態，兩者幾乎沒有什麼差異。但如果只談這點，或許就不僅限於藝術家和科學家。天生的獵人在瞄準獵物的那一瞬間享受到的微妙樂趣，以及樵夫（注4）在砍倒大樹時嘗到的某種滿足本能的感受，都和這點頗為相似。

不過，科學家和藝術家是以創作為生命。就像是模仿他人的藝術不是自己的藝術一樣，一味重複他人的研究也稱不上是科學家的研究。當然兩者處理的標的內容之間的差別（注5）無從比較，但其中也不是完全沒有共通點。科學家的研究對象是自然現象，從中發現某些未知的事實，試圖找出一些尚未發表過的新見解；藝術家的使命雖然多樣化，但就廣義而言，其對於自然百態的看法和呈現方式上，試圖追求某些新風貌也是毋庸置疑。此外，當科學家發現這種前所未知的事實，他們完全不在乎該事實的實用價值，只會對該事實追根究柢。同樣的，至少純真的藝術在面臨一個全新觀察與創見時，也不會顧慮到它的實用價值，只會嘗試予以深刻的描摹表現吧？自古以來，有很多的科學家②因為如此而成為受迫害或被愚弄的焦點，藝術家也因為相同的理由甚至淪落到悲慘的境地，像這樣引發輿論抨擊的例子不在少數。假如這樣的科學家和藝術家有機會赤誠相見，兩人大概毫不猶豫地立刻來個英雄相惜的握手吧。③兩人鎖定的目標是真正的一體兩面。

（寺田寅彥《科學家與藝術家》）

（注1）不相容：合不來、不並存
（注2）賣力：費盡辛苦
（注3）更何況：不必說、況且
（注4）樵夫：在山上砍伐樹木為生的人
（注5）差別：這裡是指「區別」

[全文重點剖析]

這篇文章整體是在說明科學家和藝術家的相似之處。各段落的主旨如下表所示：

第一段	點出主旨：科學家和藝術家的世界其實還滿類似的。
第二段	科學家和藝術家有個共通之處，那就是職業和嗜好相符。還有就是兩者都容易完全投入到研究或創作之中。
第三段	繼續說明科學家和藝術家還有什麼類似的地方。比如說他們以創作為生命、尋求新事物、不在乎新事物的實用價值、常有不好的下場…等。

這篇文章的遣詞用字比較艱深一些，像是「逢着」、「肝胆相照らす」等等，連日本人也覺得很難懂。所以如果有不懂的地方，不是你程度不好，而是這篇難易度本來就比較高。再接再厲！可別氣餒喔！

▼ 66 --

66 在本文中出現的語句當中，和①特殊的心理狀態不相似的是下列何者？

1 忘我的境界
2 微妙樂趣
3 滿足本能的感受
4 兩人鎖定的目標

[解題]

1 選項1「無我の境」直接對應文章中提到的「その仕事の中に自分の天与の嗜好に逢着して、いつのまにかそれが仕事であるという事を忘れ、無我の境に入りうる機会も少なくないようである」的描述。這表示，即使在從事自己不喜歡的工作時，人們有時也會在某些情況下忘記這是一份工作，達到一種渾然忘我的狀態。這說明了「無我の境」是與「特殊な心的狀態」類似的心理狀態之一。

2
3 選項2「機微な享楽」和選項3「本能満足」都被用來說明即使是在從事日常或本能活動如狩獵及伐木時，人們也能經歷到與專業創作或研究過程中相似的心理狀態。這表明這些活動中的心理體驗與「特殊な心的狀態」有類似之處。

4 選項4「二人の目ざすところ」指的是科學家和藝術家共同追求的目標或理想，這與「特殊な心的狀態」不直接相關。文章中提到的是，無論是科學家還是藝術家，他們在追求創新時所展現出來的那種對於發現或創作的熱情和專注，彼此之間是有共鳴的。但這並不等同於他們在專注於工作時所達到的特殊心理狀態，因此選項4不是描述與「特殊な心的狀態」相類似的心理狀態或體驗的選項。

| 答案：4

67 文中提到②因為如此，是為了什麼呢？

1 因為科學家和藝術家是反社會性的
2 因為一味追求沒有實用價值的業餘嗜好
3 因為不惜擠下其他人也想要發現全新的事實
4 因為不顧實用性，朝未開拓的領域勇往直前

[解題]

1 　選項 1 不正確，因為文章並未指出科學家和藝術家是因為反社會性而受到迫害或愚弄。文中探討的是他們追求創新、探索未知領域的態度，而非任何反社會行為。

2 　選項 2 也不正確。文章確實提到了科學家和藝術家不過分關心其發現或創作的實用性，但這並不等於他們僅僅追求無實用價值的嗜好。他們的目標是發現新事實或創見，這遠超過了單純追求業餘嗜好的範疇。

3 　選項 3 同樣不正確。文章中沒有提及科學家或藝術家，會為了發現新事實而踐踏其他人。反而，他們的努力是朝著深入挖掘事實的真相，或表達創見的深度。

4 　選項 4 是正確的。這個選項直接對應到文章中描述的情境：科學家和藝術家在追求其工作的深度時，往往會忽略這些工作的實用性。他們被描繪為專注於進入自己興趣領域的未開拓之地，即使這可能導致他們遭受社會的不理解或輕視。

|答案： 4

68 ③兩人鎖定的目標指的是什麼地方呢？

1 過著不必做違反自己興趣的事，興趣和工作完全一致的人生
2 至今還沒有任何人到達的境界
3 不會成為受迫害和被愚弄的焦點、或引發輿論抨擊的社會
4 科學家能享受藝術，藝術家能理解科學的世界

[解題]

① 　選項1提到了「自分の嗜好に反することはしなくて済む、嗜好と職業が完全に一致した人生」，但文章中強調的是科學家和藝術家追求新事物和創作的共通點，並非專注於他們是否能夠避免與興趣相反的工作。因此，這個選項與文章中表達的中心思想不匹配。

② 　選項2直接反映了文章中對科學家和藝術家共有追求的描述。文章提到科學家尋求發現未知的事實，而藝術家在其作品中尋求表達新的觀點或情感，這都涉及探索前人未踏足的領域，因此與「二人の目ざすところ」相匹配。

③ 　選項3雖然文章中提到了科學家和藝術家，有時會因為他們的創新而遭遇社會的不理解甚至反對，但這不是文章試圖傳達的主要訊息。文章的重點是在於他們的創作過程和追求，而非他們希望避免的社會反應。

④ 　選項4也不是文章中討論的重點。文章並沒有著重於科學家和藝術家，相互理解或欣賞對方領域的可能性，而是在於他們創作過程中的相似性和共通追求。

|答案：2

▼ **69** --

69 這篇文章當中作者最想表達的是什麼呢？

1 科學家和藝術家雖然關係不睦，但應該可相處融洽。
2 周遭的人雖然覺得科學家和藝術家不相容，但他們本人卻不這麼認為。
3 科學家的天地和藝術家的世界事實上非常相似。
4 科學家和藝術家沒有能夠赤誠相見的機會。

[解題]

① 　選項1文中並沒有提到科學家和藝術家之間關係不睦，也沒有提到他們應該或可以和睦相處的可能性。反而，文章強調了科學家和藝術家之間在追求創新和理解世界的方法上有許多相似之處。因此，這個選項與作者的主旨不符。

② 　選項2文章從頭到尾都在探討科學家和藝術家，在追求新知和創作過程中的相似性，並未直接提及外界對他們是否「相容」的看法。雖然開頭提出了科學家和藝術家是否完全不相容的問題，但作者的探討重點在於揭示兩者間的相似性，而非確認外界的觀點，因此這個選項並不是文章的主旨。

③ 　選項3這是文章的核心主題。作者透過比較科學家和藝術家在創作過程中的心理狀態、追求新見解的動機，以及面對挑戰和困難時的態度，來強調他們之間的相似性。文章通過提出這些觀點，顯示了科學與藝術世界在本質上有許多共通之處。

4 選項4文章並未提到科學家和藝術家之間，缺乏相互理解或交流的機會。相反，它表明如果兩者有機會相遇並交流，他們可能會有深刻的共鳴，因為他們追求的目標在很多方面是相似的。因此，這個選項與文章的主旨不相符。

|答案：3

▶▶ 文法說明---

○ …得る／得る

| 例句 | Ａ銀行とＢ銀行が合併という話もあり得るね。
Ａ銀行跟Ｂ銀行合併一案，也是有可能的。 |

解說　表示可以採取這一動作，有發生這種事情的可能性。中文意思是：「可能」、「能」、「會」。

○ ことなしに／なしに

| 例句 | 言葉にして言うことなしに、相手に気持ちを伝えることはできない。
不把話說出來，就無法向對方表達自己的心意。 |

解說　「なしに」接在表示動作的詞語後面，表示沒有做前項應該先做的事，就做後項。中文意思是：「沒有…」、「不…而…」。

○ ぬまでも

| 例句 | 運動しないまでも、できるだけ歩くようにしたほうがいい。
就算不運動，也盡可能多走路比較好。 |

解說　前接程度比較高的，後接程度比較低的事物。表示雖然沒有做到前面的地步，但至少要做到後面的水準的意思。中文意思是：「沒有…至少也…」。

○ まい

| 例句 | その株を買っても、損はするまい。
買那個股票，大概不會有損失吧！ |

解說　（1）表示說話人推測、想像，「大概不會…」之意。（2）表示說話的人不做某事的意志或決心。中文意思是：「不打算…」。

- 相^{あい}いれぬ（不相容，合不來）
- 年来^{ねんらい}（長年，多年來）
- 嗜好^{しこう}（嗜好，愛好）
- 時^{とき}として（有時，偶爾）
- 衣食^{いしょく}（吃穿；糊口〈意指生活〉）
- 骨^{ほね}を折^おる（費力，賣力）
- 天与^{てんよ}（天賜，天賦）
- 逢着^{ほうちゃく}（遇到，碰上）
- 無我^{むが}（無我，渾然忘我）
- 窮^{きゅう}する（貧困，困窘）
- 仕事^{しごと}に追^おわれる（忙於工作）
- 没頭^{ぼっとう}（埋首）
- なんら（任何，絲毫〈接否定〉）
- 見^みいだす（看出，發現）
- 天性^{てんせい}（天性，天生）
- 猟師^{りょうし}（獵人）
- 獲物^{えもの}（獵物）
- 機微^{きび}（〈世間人情等的〉微妙）
- 享楽^{きょうらく}（享樂，享受）
- 樵夫^{しょうふ}（樵夫）
- 模倣^{もほう}（模仿）
- 未知^{みち}（未知，不知道）
- 事象^{じしょう}（事態，現象）
- なんらか（某些）
- 無頓着^{むとんちゃく}（不講究，不在乎）
- 奥底^{おくそこ}（深奧處，奧妙處）
- 突^つき止^とめる（追根究柢，查明）
- 純真^{じゅんしん}（純真，純潔）
- 顧慮^{こりょ}（顧慮）
- 描写^{びょうしゃ}（描寫，描述）
- 試^{こころ}みる（嘗試）
- 古来^{こらい}（自古以來）
- 迫害^{はくがい}（迫害，虐待）
- 愚弄^{ぐろう}（愚弄，蒙蔽玩弄）
- 沈淪^{ちんりん}（淪落，沒落）
- 反感^{はんかん}を買^かう（引起反感，引發與論抨擊）
- 肝胆相照^{かんたんあいて}らす（肝膽相照）
- 会心^{かいしん}（知心，英雄相惜）
- 躊躇^{ちゅうちょ}（猶豫）
- 道楽^{どうらく}（業餘嗜好，癖好）
- 蹴落^{けお}とす（擠下，擠掉）
- 顧^{かえり}みる（顧慮）
- 開拓^{かいたく}（開拓，開墾）
- 領域^{りょういき}（領域，範疇）
- 突^つき進^{すす}む（勇往直前）
- 境地^{きょうち}（境界）
- 実^{じつ}のところ（其實，實際上）
- 似通^{にかよ}う（相似）

芸術、絵画、彫刻 / 藝術、繪畫、雕刻

01 | 油絵 (あぶらえ)
油畫

02 | 生ける (い)
把鮮花，樹枝等插到容器裡

03 | 学芸 (がくげい)
學術和藝術；文藝

04 | カット【cut】
削掉；剪頭髮

05 | 画 (が)
畫；電影

06 | 芸 (げい)
武藝；演技

07 | 骨董品 (こっとうひん)
古董

08 | コンテスト【contest】
比賽；比賽會

09 | 細工 (さいく)
精細的手藝（品）；耍花招

10 | 作 (さく)
著作；耕種

11 | 仕上げる (しあ)
做完，完成

12 | 出品 (しゅっぴん)
展出作品，展出產品

13 | 手法 (しゅほう)
（藝術或文學表現的）手法

14 | ショー【show】
展覽；（表演藝術）演出

15 | 粋 (すい)
精粹；圓通

16 | 精巧 (せいこう)
精巧，精密

17 | 静的 (せいてき)
靜的，靜態的

18 | 選考 (せんこう)
選拔，權衡

天体 / 天體

01 | 渦 (うず)
漩渦；混亂狀態

02 | 衛星 (えいせい)
（天）衛星；人造衛星

03 | 火星 (かせい)
（天）火星

04 | 自転 (じてん)
（地球等的）自轉；自行轉動

05 | 星座 (せいざ)
星座

06 | 天体 (てんたい)
（天）天象，天體

07 | 天 (てん)
天空；天國

08 | ともる
（燈火）亮，點著

09 | 西日 (にしび)
夕陽；西照的陽光

10 | 日向 (ひなた)
向陽處；處於順境的人

11 | 満月 (まんげつ)
滿月，圓月

12 | 惑星 (わくせい)
（天）行星；前途不可限量的人

□ 寺田寅彦
<small>てら だ とらひこ</small>

1878 年（明治 11 年）-1935 年（昭和 10 年）。物理学者、随筆家、俳人。東京出身、幼少時に高知県に転居。地球物理学などを研究する一方で、夏目漱石に師事して文筆活動を始める。特に科学随筆で著名。

1878 年（明治 11 年）－ 1935 年（昭和 10 年）。物理學家、散文作家、俳句詩人。出生於東京，兒少時期遷居高知縣。除了研究地球物理學等之外，還跟隨夏目漱石從事文學活動。特以科學隨筆著名。

□ 與中國成語形義相近的日語慣用句

日　語	中　文
夷を以て夷を制す	以夷制夷
烏合の衆	烏合之眾
九牛の一毛	九牛一毛
人口に膾炙する	膾炙人口
青天の霹靂	青天霹靂
糟糠の妻	糟糠之妻
他山の石	他山之石
同病相憐れむ	同病相憐
背水の陣	背水為陣
破竹の勢い	破竹之勢
百聞は一見に如かず	百聞不如一見 （日文的「不」有時可唸成「ず」。「ず」是文章用語，相當於口語的「ない」）
禍を転じて福と為す	轉禍為福

[讀解・第二回]

測驗日　□□/□□　復習日　□□/□□

Track N1-22

問題 13

次は、インターネットで見つけた現在作品募集中のコンテストの一覧表である。下の問いに対する答えとして、最も良いものを1・2・3・4から一つ選びなさい。

70

　推理小説作家の久保さんはできれば次に書く作品は何かの懸賞に応募しようと思っている。久保さんが応募できるのはいくつあるか。

　　1　一つ
　　2　二つ
　　3　三つ
　　4　四つ

71

　川本さんの一家は、それぞれ趣味で次の作品を作った。いずれもまだ家族にしか見せていない。川本家では、合わせていくつの賞に応募することができるか。

祖母　花を描いた油絵
父　　四季の風景写真
母　　短歌
姉　　４コマ漫画（場面が四つで終わる漫画）
弟　　詩

1　一つ
2　二つ
3　三つ
4　四つ

		賞金	作品の種類	対象
1	にっぽんミステリー小説大賞	200 万円。	ミステリー小説 400 字詰め原稿用紙 200 枚以上 800 枚以内。	年齢不問。アマチュアの未発表の作品に限る。
2	日本漫画家大賞	大賞：300 万円。受賞作は本誌掲載。	ジャンル不問。	プロアマ問わず。
3	短編小説コンテスト	賞金 100 万円。	ジャンルの設定は自由。3000 字以上、10000 字以内。	プロアマ問わず。未発表の作品に限る。複数の投稿可。

4	俳句賞	賞状、記念品、副賞 30 万円。	俳句。	未発表の作品。一人 10 句まで。新聞、雑誌、同人誌、句会報のほか、ホームページ、ブログ等に掲載された作品は無効。
5	イラストコンクール	賞金 30 万円。最優秀作品は表紙イラストとして掲載。	ファンタジーの世界を描いた A 4 サイズのイラスト。画材は問わず。	年齢・プロアマ不問。未発表の作品に限る。応募は一人カラー作品 2 枚、モノクロ作品 2 枚の計 4 枚まで。
6	ベストフォト賞	観光パンフレット等に使用。	秋をテーマにした作品。	アマチュアに限る。
7	漫画新人賞	賞金 50 万円。9 月号に掲載。	ストーリー漫画。40 ページから 60 ページ。	アマ限定。未発表の作品に限る。
8	映像コンテスト	賞金 300 万円。授賞式にて上映。	10 歳以下の子どもを対象にしたアニメーション。10 分以上、20 分以内。	アマチュアの方が制作した作品とします。なお、個人で制作した作品でも、グループで制作した作品でも応募できます。
9	出版大賞	賞金 300 万円。最優秀作品は出版。	エッセー、小説などの散文作品（詩歌は不可）、ジャンルを問わず。400 字詰め原稿用紙換算で 50 枚以上、600 枚以内。	プロアマ問わず。応募は期間を通じて 1 回のみとし、複数作品の応募は受け付けません。

問題 13

下面是在網路上找到正在募集作品的比賽一覽表。請從每題所給的4個選項（1・2・3・4）當中，選出最佳答案。

[翻譯]

		獎　金	作品種類	對　象
1	日本懸疑推理小説大獎	200 萬圓。	懸疑推理小説 400 字稿紙 200 張以上，800 張以內。	年齡不拘。僅限於業餘人士未經發表過的作品。
2	日本漫畫家大獎	大獎：300 萬圓。得獎作品將刊載於本雜誌。	種類不限。	不限職業級或業餘人士。
3	短篇小説比賽	獎金 100 萬圓。	自由設定類別。3000 字以上，10000 字以內。	不限職業級或業餘人士。僅限於未經發表過的作品。可一次投稿複數作品。
4	俳句獎	獎狀、紀念品、副獎 30 萬圓。	俳句。	未經發表過的作品。一人限 10 句。除了報紙、雜誌、同人誌、句會報之外，刊載在網頁、部落格等處將視為無效。
5	插畫大賽	獎金 30 萬圓。最優秀作品將刊載為封面插圖。	描繪奇幻世界的A4 尺寸插畫。不限畫具。	年齡、職業級業餘人士均不拘。僅限於未經發表過的作品。投稿一人最多限彩色作品 2 張、單色作品 2 張，共計 4 張。
6	最佳照片獎	將使用於觀光手冊等。	以秋天為主題的作品。	僅限於業餘人士。
7	漫畫新人獎	獎金 50 萬圓。將刊載於 9 月號。	長篇漫畫。40 頁至 60 頁。	限定業餘人士。僅限於未經發表過的作品。
8	影像比賽	獎金 300 萬圓。將於頒獎典禮上播映。	以 10 歲以下的小孩為對象的動畫。10 分鐘以上，20 分鐘以內。	業餘人士所製作的作品。此外，個人製作作品及團體製作作品均可報名參加。
9	出版大獎	獎金 300 萬圓。將出版最優秀作品。	隨筆、小説等散文作品（詩歌不可），種類不拘。以 400 字稿紙換算下來，50 張以上，600 張以內。	職業級和業餘人士均無限制。報名期間僅能投稿 1 次，不接受投稿複數作品。

70 推理小説作家久保先生如果有機會，他想拿下一部作品去參加個什麼比賽。久保先生能夠報名的比賽有幾個呢？

1 1個
2 2個
3 3個
4 4個

[解題] 和小説有關的項目分別有1、3、9。現在來看看久保先生是否能報名參加這3個比賽。

編號	比賽名稱	作品種類	對象
1	にっぽんミステリー小説大賞	ミステリー小説	年齢不問。アマチュアの未発表の作品に限る。
		是否符合：○	是否符合：×
3	短編小説コンテスト	ジャンルの設定は自由	プロアマ問わず。未発表の作品に限る。複数の投稿可。
		是否符合：○	是否符合：○
9	出版大賞	エッセー、小説などの散文作品	プロアマ問わず。応募は期間を通じて1回のみとし、複数作品の応募は受け付けません。
		是否符合：○	是否符合：○

　　久保先生作為一位推理小說作家，希望將他接下來的作品提交至某個獎項進行申請。根據提供的比賽一覽表，與小說相關的比賽共有3項，分別為：

1 　「にっぽんミステリー小説大賞」（日本推理小說大獎）：該獎項特別針對未發表的推理小說作家開放，但有明確指出僅限業餘（アマチュア）作家參與，且作品頁數需介於400字原稿用紙200張以上800張以內。由於久保先生為職業作家，他的作品不符合這一資格要求。

2 　「短編小説コンテスト」（短篇小說比賽）：該比賽不限制參加者的職業背景（プロアマ問わず），只要求作品為未發表的，且字數在3000字以上10000字以內。久保先生的作品完全符合這些要求，因此他可以申請參加此比賽。

3 　「出版大賞」（出版大獎）：該獎項同樣不限制作者的職業背景，接受散文作品，包括小說和散文，但不接受詩歌，作品頁數需在400字原稿用紙50張以上600張以內。久保先生的作品也符合這些條件，因此他亦可參加此比賽。

綜上所述，久保先生可以參加的比賽共有兩個，分別是「短編小説コンテスト」和「出版大賞」。因此，正確的答案是「兩個」。

|答案：2

▼ 71

71 川本先生一家人依個人的興趣創作了以下的作品。到目前為止，每件作品都只給家人看過。川本先生全家人總共能報名幾個比賽呢？

祖母　以花為主題的油畫
父親　四季的風景照
母親　短歌
姊姊　4格漫畫（以4個場景作結的漫畫）
弟弟　詩

1　1個
2　2個
3　3個
4　4個

[解題]

川本家每位成員根據他們的作品，能夠報名參加的獎項分別如下：

① 祖母：她創作了一幅以花為主題的油畫。在列出的比賽中，主要與繪畫相關的是第5項「イラストコンクール」。然而，該比賽要求作品必須繪製一個奇幻世界，並且是A4大小的插圖。由於祖母的作品專注於繪製花卉，不符合奇幻題材的要求，因此她的作品不適合參加這項比賽。

② 父親：他拍攝了四季風景的照片。這些作品適合參加第6項「ベストフォト賞」，該獎項尋找以秋天為主題的作品。由於父親的四季風景照中肯定包含秋天主題，且該比賽限定業餘人士參加，適合父親的情況。

③ 母親：她創作了短歌。根據列出的比賽，沒有一項是專門針對短歌或詩歌的，因此母親的作品沒有適合報名的比賽。

④ 姐姐：她創作了一部4格漫畫。第2項「日本漫畫家大賞」接受所有類型的漫畫作品，不限定職業或業餘身分，因此姐姐的四格漫畫適合參加這項比賽。

⑤ 弟弟：他創作了詩歌。和母親的情況相同，列出的比賽中沒有適合詩歌參賽的項目。

綜上所述，川本家合計有兩個作品適合報名參加相應的比賽：父親的秋季風景照片可以報名參加「ベストフォト賞」，姐姐的四格漫畫可以報名參加「日本漫畫家大賞」。因此，正確答案是「兩個」。

答案：2

>>> 文法說明 ----------

○ を通（つう）じて／を通（とお）して

例句　台湾（たいわん）は一年（いちねん）を通（とお）して雨（あめ）が多（おお）い。
台灣一整年雨量都很充沛。

解説　後接表示期間、範圍的詞，表示在整個期間或整個範圍內。中文意思是：「在整個期間…」、「在整個範圍…」。

>>> 重要單字 ----------

- □ 一覧表（いちらんひょう）（一覽表）
- □ ミステリー（懸疑推理）
- □ 原稿用紙（げんこうようし）（稿紙）
- □ アマチュア（業餘人士）
- □ 掲載（けいさい）（刊載，刊登）
- □ ジャンル（種類）
- □ 俳句（はいく）（俳句）
- □ 副賞（ふくしょう）（副獎）
- □ 同人誌（どうじんし）（同人誌〈志同道合之人所共同出版的書刊雜誌〉）
- □ ファンタジー（奇幻）
- □ モノクロ（單色，黑白）
- □ ベスト（最佳）
- □ フォト（照片）
- □ 上映（じょうえい）（播映）
- □ エッセー（隨筆，小品文）
- □ 換算（かんさん）（換算折合）
- □ 懸賞（けんしょう）（懸賞〈比賽〉，獎金、獎品）

>>> 補充知識 ----------

□ 日文原創的片假名略語

片假名略語	原本的說法（＊為不常使用的說法。原文若無特別說明則為英文）	附　註
アニメ（動畫、卡通）	アニメーション animation	英語（えいご）にも逆輸入（ぎゃくゆにゅう）されている。（此略語也逆向傳入英語。）

アマ （業餘、業餘人士）	アマチュア amateur	日本語の「アマ」は英語では "a." や "am" と略し、"ama" と は言いませんが、「プロ」は英 語でも "pro" で通用します。 （日語的「アマ」在英語簡略為 「a.」或「am」，而非「ama」。 不過「プロ」〈專業人士〉在英 語講「pro」也會通。）
アメフト （美式足球）	アメリカンフットボール American football	
アングラ （地下的、違法的）	アンダーグラウンド （＊） underground	原義は「地下」だが、日本語の 「アングラ」は、商業性を無視 した芸術や非合法の組織など に限って使われている。 （原意是「地底下」，不過日語 的「アングラ」只限於使用在 無視商業價值的藝術或非法組 織。）
インフラ （基礎設施）	インフラストラクチャー （＊） infrastructure	
エアコン （空調）	エアコンディショナー （＊） air conditioner	
オートマ （自排變速箱）	オートマチックトランス ミッション（＊） automatic transmission	
カンパ （募捐）	略語しか使わない （只當略語使用 〈俄〉kampanija）	原義は「大衆闘争」だが、日本 では大衆闘争のための募金の 意味で使われ、その後募金活動 一般を指すようになった。 （原意是「群眾鬥爭」，不過在日 本是指為了群眾鬥爭而募款，日 後則普遍變為募捐活動的意思。）

コンビニ （超商）	コンビニエンスストア convenience store	
スパコン （超級電脳）	スーパーコンピュータ （ー） supercomputer	
スマホ （智慧型手機）	スマートフォン smart phone	正式に書くときは「スマート フォン」が多く、「スマート ホン」とはあまり書かないが、 略称は常に「スマホ」。 （正式寫法多為「スマートフォ ン」，很少會寫成「スマートホ ン」，不過經常簡稱為「スマ ホ」。）
ゼネコン （承包商）	略語しか使わない （只當略語使用） general contractor	
フリーター （飛特族）	略語しか使わない （只當略語使用） （英）free＋（徳） Arbeiter	
メタボ （代謝症候群）	メタボリック症候群 metabolic syndrome	
リストラ （裁員）	リストラクチュアリング （＊） restructuring	

QR Code 一掃到日本 全新解題版
絕對合格
【QR日檢大全09】

新日檢

■ 發行人／林德勝

■ 著者／吉松由美、田中陽子、西村惠子、林勝田

■ 出版發行／山田社文化事業有限公司
　地址　臺北市大安區安和路一段112巷17號7樓
　電話　02-2755-7622
　傳真　02-2700-1887

■ 郵政劃撥／19867160號　大原文化事業有限公司

■ 總經銷／聯合發行股份有限公司
　地址　新北市新店區寶橋路235巷6弄6號2樓
　電話　02-2917-8022
　傳真　02-2915-6275

■ 印刷／上鎰數位科技印刷有限公司

■ 法律顧問／林長振法律事務所　林長振律師

■ 書＋QR Code／定價　新台幣649元

■ 初版／2024年7月

© ISBN：978-986-246-841-8
2024, Shan Tian She Culture Co., Ltd.

STS

山田社

STS

山田社